Hilary Mantel

en 1952 dans le Derbyshire, Hilary Mantel
une romancière anglaise. Elle est notamment
auteur d'une trilogie historique consacrée à
Cromwell : *Le Conseiller*. Le premier tome, *Dans
l'Ombre des Tudors* (Sonatine, 2013), a obtenu
le Booker Prize 2009 et le deuxième, *Le Pouvoir*
(Sonatine, 2014), best-seller du *New York Times*
et du *Washington Post*, a été récompensé par le
Booker Prize 2012. Elle est ainsi la première femme
à avoir obtenu le Booker Prize deux fois. Une série
adaptée de la trilogie a été développée par la BBC,
en partenariat avec HBO, et a été diffusée en France
sur Arte en 2015. Sa seconde trilogie intitulée
Révolution, composée de deux tomes, *L'Idéal* (2016)
et *Les Désordres* (2016) a paru chez le même éditeur.
Tous sont repris chez Pocket.

RÉVOLUTION

Tome 1

DU MÊME AUTEUR
CHEZ POCKET

LE CONSEILLER

1. DANS L'OMBRE DES TUDORS
2. LE POUVOIR

RÉVOLUTION

1. L'IDÉAL

HILARY MANTEL

RÉVOLUTION

TOME 1
L'IDÉAL

Traduit de l'anglais
par Claude et Jean Demanuelli

Titre original :
A PLACE OF GREATER SAFETY

Pocket, une marque d'Univers Poche,
est un éditeur qui s'engage pour la préservation
de son environnement et qui utilise du papier fabriqué
à partir de bois provenant de forêts gérées
de manière responsable.

© Hilary Mantel, 1992
© Sonatine, 2016, pour la traduction française
ISBN : 978-2-266-27260-5

À Clare Boylan

Sommaire

NOTE DE L'AUTEURE

Ceci est un roman sur la Révolution française. Pratiquement tous ses personnages ont existé dans la réalité, et il est fondé sur des faits historiques – dans la mesure où ces faits sont avérés, mesure, à dire le vrai, assez étroite. Il ne propose pas une vue d'ensemble ni un compte rendu exhaustif de la Révolution : l'histoire est circonscrite à Paris ; ce qui se passe dans les provinces est hors champ, tout comme le sont pour l'essentiel les événements militaires.

Mes protagonistes n'étaient guère connus avant que la Révolution les rende célèbres, et l'on n'a guère de détails concernant la première partie de leur vie. J'ai utilisé les documents existants et eu recours pour le reste à des hypothèses, plausibles, me semble-t-il.

Il ne s'agit pas non plus d'une relation impartiale. Je me suis efforcée de voir le monde d'alors à travers les yeux de mes personnages, lesquels avaient bien sûr leurs opinions et leurs préjugés personnels. Chaque fois que la chose était possible, j'ai cité leurs paroles – tirées de discours rapportés ou d'écrits conservés – et les ai fondues dans mes propres dialogues. Je suis partie du principe que ce qui passe dans les annales a d'abord fait l'objet d'une première mention, en privé.

Un acteur risque de déconcerter le lecteur en raison du rôle secondaire, assez particulier, qu'il joue ici. S'il y a une chose que personne n'ignore à propos de Jean-Paul Marat, c'est qu'il a été poignardé dans sa baignoire par une jolie fille. Cette mort est avérée, mais pratiquement tout le reste de sa vie donne lieu à interprétation. Plus âgé de vingt ans que ceux qui l'entourent, le docteur Marat a eu une longue et intéressante carrière avant la Révolution. En parler aurait, à mon sens, déséquilibré l'ouvrage, et c'est pourquoi j'ai fait de lui la vedette dont on salue la « participation » dans les génériques, celle dont les apparitions sont rares mais toujours remarquées. J'espère pouvoir un jour faire de l'homme le sujet d'un roman, lequel ne saurait qu'aller à l'encontre de la vision de l'histoire que je propose ici. Au cours de la rédaction du présent livre, j'ai beaucoup débattu avec moi-même pour savoir quelle était la vraie nature de l'histoire. Mais il convient, me semble-t-il, avant que de pouvoir les réfuter, de présenter ses arguments.

Les événements du livre sont complexes, et il me fallait trouver un juste équilibre entre le besoin d'action et le besoin d'explication. Quiconque écrit un ouvrage de ce genre s'expose aux protestations des pédants. Deux détails illustreront la manière dont, sans falsifier les données, j'ai tenté d'en rendre la lecture plus facile.

En décrivant le Paris prérévolutionnaire, je parle de « la police ». C'est là une simplification : il y avait en fait à l'époque plusieurs organismes censés faire respecter la loi. Mais il aurait été fâcheux d'interrompre le cours du récit à chaque nouvelle émeute pour préciser lequel de ces organismes avait la charge d'intervenir.

Second point, plus mineur : mes personnages dînent et soupent à des heures très variables. Les Parisiens à la mode dînaient, au sens vieilli du terme, entre trois et cinq heures de l'après-midi et prenaient leur souper à dix ou onze heures. Mais quand celui-ci s'accompagne d'une certaine solennité, je le qualifie tout de même de « dîner ». Dans l'ensemble, on se couche fort tard dans ce livre. Si les gens font quelque chose à trois heures, c'est en général trois heures du matin.

Je suis très consciente du fait qu'un roman demande un effort de coopération, qu'il ne peut exister sans un accord de partenariat entre auteur et lecteur. Je fournis ma version personnelle des faits, mais ceux-ci varient en fonction du point de vue de chacun. Bien entendu, mes personnages n'avaient pas le privilège du recul et vivaient au jour le jour, du mieux qu'ils pouvaient. Je ne cherche pas à imposer à mon lecteur une vision spécifique des événements, ni à en tirer de quelconques leçons. J'ai simplement essayé d'écrire un roman qui laisse au lecteur la latitude de changer d'opinion en cours de route, de modifier ses sentiments à l'égard de tel ou tel : un livre susceptible d'être vécu de l'intérieur. Au lecteur qui voudrait savoir comment distinguer les faits de la fiction, je fournirai cette indication approximative : ce qui paraît particulièrement invraisemblable a toute chance d'être vrai.

PERSONNAGES

RÉVOLUTION 1 : L'IDÉAL

PREMIÈRE PARTIE

Guise
Jean-Nicolas Desmoulins, homme de loi
Madeleine, sa femme
Camille, son fils aîné (né en 1760)
Élisabeth, sa fille
Henriette, sa fille (morte à l'âge de 9 ans)
Armand, son fils
Anne-Clotilde, sa fille
Clément, son fils cadet
Adrien de Viefville et Jean Louis de Viefville, leurs parents
    snobs
Le prince de Condé, membre le plus éminent de la noblesse
    du district et client de Jean-Nicolas Desmoulins

Arcis-sur-Aube
Marie-Madeleine Danton, veuve qui épouse
Jean Recordain, inventeur
Georges Jacques, son fils (né en 1759)
Anne-Madeleine, sa fille

Pierrette, sa fille
Marie-Cécile, sa fille, qui entrera au couvent

Arras
François de Robespierre, homme de loi
Maximilien, son fils (né en 1758)
Charlotte, sa fille
Henriette, sa fille (morte à l'âge de 19 ans)
Augustin, son fils cadet
Jacqueline, sa femme, née Carraut, morte à la naissance
    de son cinquième enfant
Grand-Père Carraut, brasseur
Tante Eulalie et Tante Henriette, sœurs de François de
    Robespierre

Paris, collège Louis-le-Grand
Père Poignard, directeur, large d'esprit
Père Proyart, adjoint du directeur, beaucoup moins large
    d'esprit
Père Herivaux, professeur de lettres classiques
Louis Suleau, élève
Stanislas Fréron, connu sous le sobriquet de Lapin et dis-
    posant de relations

Troyes
Fabre d'Églantine, génie méconnu et sans emploi

DEUXIÈME PARTIE

Paris
Maître Vinot, avocat chez qui Georges Jacques Danton
    fait ses classes
Maître Perrin, avocat chez qui Camille Desmoulins fait
    ses classes

Marie-Jean Hérault de Séchelles, homme de loi appartenant
  à la noblesse
François Jérôme Charpentier, cafetier et inspecteur des
  impôts
Angélique (Angelica), sa femme, italienne
Gabrielle, sa fille
Françoise Julie Duhauttoir, maîtresse de Georges Jacques
  Danton

Rue de Condé
Claude Duplessis, haut fonctionnaire
Annette, sa femme
Adèle et Lucile, ses filles
Abbé Laudréville, confesseur d'Annette, intermédiaire

Guise
Rose-Fleur Godard, fiancée de Camille Desmoulins

Arras
Joseph Fouché, enseignant, galant de Charlotte de
  Robespierre
Lazare Carnot, ingénieur militaire, ami de Maximilien de
  Robespierre
Anaïs Deshorties, jeune fille « bien sous tous rapports »
  que sa famille destine à Maximilien
Louise de Kéralio, romancière, qui, une fois à Paris, épouse
  François Robert et prend la direction d'un journal
Hermann, avocat, ami de Maximilien de Robespierre

Les orléanistes
Philippe, duc d'Orléans, cousin de Louis XVI
Félicité de Genlis, son ex-maîtresse devenue gouvernante
  de ses enfants, écrivain
Charles Alexis Brûlart de Sillery, comte de Genlis, mari
  de Félicité, ancien officier de marine, joueur invétéré
Pierre Choderlos de Laclos, romancier, secrétaire du duc

Agnès de Buffon, maîtresse du duc
Grace Elliott, maîtresse du duc, espionne pour le compte
    du ministère des Affaires étrangères anglais
Axel von Fersen, amant de la reine

Étude de Danton
Jules Paré, clerc
François Deforgues, clerc
Billaud-Varenne, clerc occasionnel, de tempérament aigri

Cour du Commerce
Mme Gély, occupe l'appartement situé au-dessus de celui
    de Georges Jacques et Gabrielle Danton
Antoine, son mari Louise, sa fille
Catherine et Marie, domestiques des Danton
Legendre, maître boucher, voisin des Danton
François Robert, professeur de droit, qui épouse Louise
    de Kéralio et ouvre une épicerie fine, avant de devenir
    journaliste radical
René Hébert, guichetier de théâtre
Anne Théroigne, chanteuse

Assemblée nationale constituante
Antoine Barnave, député, d'abord radical, puis royaliste
Jérôme Pétion, député radical, à ranger plus tard parmi
    les « brissotins »
Docteur Guillotin, expert en santé publique
Jean Sylvain Bailly, astronome, maire de Paris
Honoré Gabriel Riqueti, comte de Mirabeau, aristocrate
    renégat siégeant pour le tiers état
Teutch, son valet
Clavière, Dumont et Duroveray, ses « esclaves », hommes
    politiques genevois en exil
Jacques-Pierre Brissot, journaliste
Momoro, imprimeur
Réveillon, directeur d'une fabrique de papier peint

Henriot, directeur d'une fabrique de salpêtre
Launay, gouverneur de la Bastille

TROISIÈME PARTIE

M. Soulès, gouverneur temporaire de la Bastille
Marquis de La Fayette, chef de la garde nationale
Jean-Paul Marat, journaliste, rédacteur de *L'Ami du peuple*
Arthur Dillon, gouverneur de Tobago et général de l'armée française, ami de Camille Desmoulins
Louis Sébastien Mercier, écrivain réputé
Collot d'Herbois, dramaturge
Père Pancemont, prêtre belliqueux
Père Bérardier, prêtre crédule
Caroline Rémy, actrice
Père Duchesne, fabricant de chaudières ; pseudonyme de René Hébert, guichetier de théâtre devenu journaliste
Antoine Saint-Just, poète révolté, parent plus ou moins éloigné de Camille Desmoulins
Jean-Marie Roland, homme d'un certain âge, ancien employé de l'administration
Manon Roland, sa jeune femme, écrivain
François Léonard Buzot, député, membre du club des Jacobins et ami des Roland
Jean-Baptiste Louvet, romancier, jacobin et ami des Roland

FAUBOURG ST-HONORÉ

AVENUE DES CHAMPS ÉLYSÉES

FAUBOURG ST-HONORÉ

Madeleine

Logement
de Robespierre

Place
(P

Le Manège

RU

Place Louis-XV
(Place de la Révolution)

Jardin
des
Tuileries

Seine

Pont Louis XVI
(en construction)

Pont-Royal

Champs-
de-Mars

Invalides

FAUBOURG
ST-GERMAIN

Pala
Prison

RUE DE SÈVRES

S

Paris de
la Révolution

FAUBOURG
ST-MICHEL

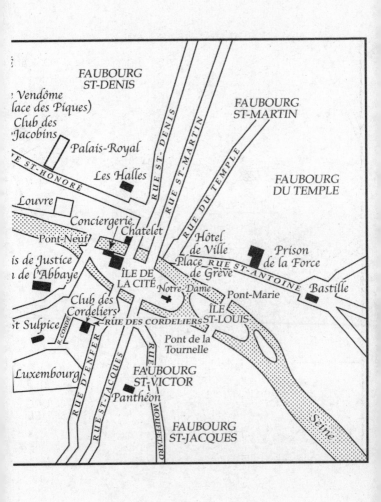

FAUBOURG
ST-DENIS

Vendôme
(Place des Piques)
Club des
Jacobins

FAUBOURG
ST-MARTIN

Palais-Royal

Les Halles

RUE ST-DENIS

RUE ST-MARTIN

RUE DU TEMPLE

FAUBOURG
DU TEMPLE

RUE ST-HONORÉ

Louvre

Conciergerie

Châtelet

Pont-Neuf

s de Justice
n de l'Abbaye

ÎLE DE
LA CITÉ

Hôtel
de Ville
Place RUE ST-ANTOINE
de Grève

Prison
de la Force

Bastille

Notre-Dame

Pont-Marie

Club des
Cordeliers

St Sulpice

R. CONDÉ

RUE DES CORDELIERS

ÎLE
ST-LOUIS

Pont de la
Tournelle

RUE D'ENFER

RUE ST-JACQUES

RUE MOUFFETARD

Luxembourg

FAUBOURG
ST-VICTOR

Panthéon

Seine

FAUBOURG
ST-JACQUES

RÉVOLUTION 1 : L'IDÉAL

Première Partie

Louis XV est nommé le *Bien-Aimé*.

Dix ans passent. Le même peuple croit que le Bien-Aimé prend des bains de sang humain [...]

Fuyant Paris, fuyant son peuple, toujours isolé à Versailles, il y trouve trop d'hommes encore, trop de jour. Il lui faut l'ombre [...]

Dans une année de disette (elles n'étaient pas rares alors), il chassait à son ordinaire, dans la forêt de Sénart. Il rencontre un paysan qui portait une bière, et demande :

« Où portez-vous cela ? – À tel lieu. – Pour un homme ou une femme ? – Un homme. – De quoi est-il mort ? – De faim. »

JULES MICHELET

I

De la vie comme champ de bataille

(1763-1774)

À présent que la poussière est retombée, nous pouvons commencer à examiner notre situation. À présent que la dernière tuile rouge est posée sur le toit, et que le contrat de mariage remonte à quatre ans. La ville sent l'été ; sensation pas très agréable, pour tout dire, mais pas différente de celle de l'an dernier ou des années à venir. La nouvelle maison, elle, sent la résine et la cire ; il y flotte cette odeur sulfureuse caractéristique des querelles de famille qui couvent.

Le bureau de maître Desmoulins est de l'autre côté de la cour, dans la vieille maison qui donne sur la rue. Si on prend la peine de regarder l'étroite façade blanche depuis la place des Armes, on l'aperçoit souvent derrière les volets du premier étage. Il a l'air de contempler la rue ; mais, à en croire les observateurs, il est à des lieues de là. Ce qui est l'exacte vérité : il est, par la pensée, de retour à Paris.

Physiquement, cependant, il gravit pour l'instant l'escalier, suivi de son bambin de trois ans. Comme il s'attend à avoir l'enfant dans les jambes pendant les vingt années à venir, il ne lui servirait de rien dese plaindre de sa présence. La chaleur de l'après-midi pèse sur les rues. Les bébés, Henriette et Élisabeth, dorment dans leur berceau. Madeleine est en train d'insulter la blanchisseuse avec une aisance et une violence qui démentent sa grossesse et son éducation bourgeoise. Il ferme la porte sur tout ce monde.

Il n'est pas plus tôt installé à son bureau qu'une pensée vagabonde s'insinue dans son esprit et le ramène à Paris, ce qui arrive fréquemment. Il s'y abandonne avec volupté : il est sur les marches du tribunal du Châtelet, après un acquittement chèrement obtenu, entouré de collègues qui le félicitent. Il leur donne un nom et un visage. Où est Perrin en cet après-midi ? Et Vinot ? À présent, il ne va plus à Paris que deux fois par an, et Vinot – qui, à l'époque où ils faisaient leurs études ensemble, discutait avec lui de ses projets d'avenir – est passé un jour tout près de lui place Dauphine sans même le reconnaître.

C'était l'an dernier. Mais nous sommes aujourd'hui en août, en l'an de grâce 1763, à Guise, en Picardie. Il a trente-trois ans, il est marié, père de famille, avocat, membre du conseil municipal, du conseil de la circonscription, et confronté à une grosse facture – celle de la toiture neuve.

Il sort ses livres de comptes. Il n'y a guère que deux mois que les parents de Madeleine se sont acquittés du dernier versement de la dot. Sachant qu'il n'avait pas les moyens de les détromper, ils ont fait comme s'il s'agissait là d'un oubli flatteur : un homme dans sa position, bénéficiant de rentrées d'argent régulières, ne saurait se soucier de quelques malheureuses centaines de louis.

Un coup bien digne des Viefville, devant lequel il était impuissant. Ils le clouaient au mât familial, pendant que lui, frémissant d'embarras, leur tendait les clous. C'était à leur requête qu'il était revenu de Paris pour installer confortablement Madeleine. Il ne se doutait pas alors qu'elle allait devoir atteindre la trentaine avant que sa famille jugeât sa situation à lui conforme, et encore pas totalement, à leurs exigences.

Les Viefville sont d'abord et avant tout des dirigeants ; ils dirigent aussi bien des petites villes que de gros cabinets juridiques. Les cousins essaiment dans toute la circonscription de Laon, dans toute la Picardie, ramassis d'escrocs que rien n'arrête et qui passent leur temps à discuter. Un Viefville est maire de Guise ; un autre, membre de cet auguste corps qu'est le parlement de Paris. En règle générale, les Viefville épousent des Godard ; Madeleine est une Godard, du côté de son père. Godard, le patronyme manque évidemment du lustre de la particule que possèdent les Viefville, ce qui n'empêche aucunement les porteurs du nom de réussir dans la vie, et si vous assistez à Guise ou dans les environs à une soirée musicale, à un enterrement ou à un dîner du cercle des avocats, vous avez toutes les chances d'en rencontrer un devant lequel vous pourrez dûment vous prosterner.

Les dames de la famille sont partisanes de la production annuelle et, bien qu'elle ait commencé tard, Madeleine n'a pas failli à la tradition. D'où la nouvelle maison.

Cet enfant qui, à cet instant, traversait la pièce pour grimper sur la banquette sous la fenêtre, était son aîné. Sa première réaction quand on lui avait présenté le nouveau-né avait été de dire qu'il n'était pas de lui. L'explication était venue lors du baptême, de la bouche des oncles ravis et des tantes jeteuses de sorts au-dessus des berceaux : alors, on était un vrai petit Godard, pas vrai ? Godard jusqu'au bout des ongles. Trois vœux formulés pour son avenir, avait amèrement pensé Jean-Nicolas : devenir échevin, épouser une cousine, vivre comme un coq en pâte.

L'enfant avait toute une kyrielle de noms, pour la bonne et simple raison que le parrain et la marraine avaient été incapables de se mettre d'accord. Jean-Nicolas avait bien émis une préférence, mais la famille avait fait bloc : appelez-le Lucien si vous voulez, quant à nous, nous l'appellerons Camille.

Avec l'arrivée de son premier-né, Desmoulins se sentit comme un homme pris dans des sables mouvants, sans aucun secours en vue. Non pas qu'il refusât d'assumer ses responsabilités, non, il était tout simplement dépassé par les complexités de la vie, paralysé par la certitude que, confronté à n'importe quelle situation, il était incapable d'agir efficacement. L'enfant, en particulier, présentait un problème insoluble. Il semblait imperméable à tout raisonnement de type juridique. Son père lui souriait, et le petit apprit peu à peu à lui sourire en retour – pas avec ce sourire amical et édenté de la plupart des enfants en bas âge, mais avec ce qu'il croyait être un petit rictus amusé. Par ailleurs, il savait que les yeux des nouveau-nés n'arrivaient pas à accommoder correctement, mais celui-ci – c'était sans doute là l'œuvre de son imagination – semblait l'étudier d'un regard plutôt impertinent. Ce qui ne manquait pas de mettre

Jean-Nicolas mal à l'aise. Au fond de lui, il redoutait qu'un jour le petit se mît sur son séant et, après avoir attiré son regard et l'avoir toisé des pieds à la tête, lui lançât tout de go : « Pauvre type, va. »

À présent debout sur la banquette, son fils, penché par la fenêtre pour regarder la place, lui commente ce qui s'y passe : Voilà le curé, voilà M. Saulce ; et puis un rat, et maintenant le chien de M. Saulce… aïe, le pauvre rat.

« Camille, dit-il, descends de là, si tu tombes sur le pavé et que tu t'abîmes la tête et le cerveau, tu ne seras jamais échevin. Encore que… pourquoi pas ? Personne ne remarquerait rien. »

Alors qu'il est occupé à additionner les montants des factures des marchands et des artisans, son fils se penche par la fenêtre aussi loin qu'il peut, à l'affût de nouveaux carnages. Le curé retraverse la place, le chien s'endort au soleil. Un gamin apparaît, un collier et une chaîne à la main, se rend maître du chien et l'emmène. Pour finir, Jean-Nicolas lève les yeux. « Quand j'aurai payé le toit, dit-il, je serai raide comme un passe-lacet. Est-ce que tu m'écoutes ? Tant que tes oncles continueront à ne me laisser que les miettes de la pratique de la circonscription, je ne m'en sortirai pas sans grignoter la dot de ta mère, censée pourtant financer ton éducation. Les filles, elles, n'auront pas de problèmes, elles feront des travaux de couture, à moins que leurs charmes personnels ne leur permettent de trouver un mari. Je te vois difficilement t'en tirer de la même façon.

— Ah, voilà le chien qui revient ! s'exclame le fils en guise de réponse.

31

« — Tu veux bien obéir et quitter cette fenêtre ? Cesse de faire l'enfant.

— Et pourquoi ? demande Camille. J'en suis un, non ? »

Son père traverse la pièce et le soulève dans ses bras, le forçant à lâcher l'encadrement auquel il s'agrippe. Les yeux de Camille s'écarquillent de stupéfaction devant cette preuve de force supérieure. Tout l'étonne : depuis les diatribes de son père jusqu'aux taches sur une coquille d'œuf, en passant par les chapeaux des femmes ou les canards qui barbotent dans la mare.

Jean-Nicolas le porte à travers la pièce, tout en se disant : Quand tu auras trente ans, tu seras toi-même assis à ce bureau et, laissant de côté tes livres de comptes pour t'occuper des affaires locales sans intérêt qui seront ton quotidien, tu rédigeras, pour la dixième fois peut-être de ta carrière, un acte hypothécaire relatif au manoir de Wiège ; et cela effacera de ton visage cet air constamment surpris qui est le tien. Quand tu auras quarante ans, les cheveux grisonnants, et que tu te feras un sang d'encre pour ton aîné, j'en aurai, moi, soixante-dix. Assis au soleil, je regarderai les poires mûrir sur l'espalier, et quand passeront M. Saulce et le curé, ils porteront la main à leur chapeau pour me saluer.

Quelle idée nous faisons-nous des pères ? Sont-ils importants, ou pas ? Voici ce qu'en dit Rousseau :

La plus ancienne de toutes les sociétés et la seule naturelle est celle de la famille. Encore les enfants ne restent-ils liés au père qu'aussi longtemps qu'ils ont besoin de lui pour se conserver [...] La famille est donc, si l'on veut, le premier modèle des sociétés politiques ; le chef est l'image du père, le peuple est l'image des enfants [...]

Observons donc quelques autres familles.

M. Danton avait quatre filles, et pour dernier enfant un fils. Il n'éprouvait pour celui-ci aucun sentiment particulier, hormis peut-être un certain soulagement devant le fait qu'il était du sexe masculin. À l'âge de quarante ans, M. Danton mourut. Sa femme était enceinte, mais elle perdit l'enfant.

Par la suite, l'enfant Georges Jacques crut se rappeler son père. Dans sa famille, on parlait beaucoup des morts. Il s'imprégna du contenu de ces conversations et s'arrangea pour que celui-ci fît bientôt office de souvenirs. De toute façon, les morts ne reviennent pas, ni pour rouspéter ni pour corriger vos dires.

M. Danton avait été employé d'une des juridictions locales. Il y avait un peu d'argent dans la famille, quelques maisons, quelques terres. Madame s'en sortait assez bien toute seule. C'était un petit bout de femme autoritaire qui affrontait la vie en jouant des coudes. Les époux de ses sœurs venaient la voir tous les dimanches et lui prodiguaient leurs conseils.

En grandissant, la marmaille Danton devint intenable, démolissant les clôtures, faisant fuir les moutons, multipliant les dégâts de toute nature à travers la campagne. Quand on les réprimandait, ils répondaient. Quant aux enfants des autres, ils se faisaient jeter dans la rivière.

« Que des filles puissent faire ça ! s'exclamait M. Camus, le frère de madame.

— Ce ne sont pas les filles, répondait madame. C'est Georges Jacques. Mais, entre nous, il faut bien qu'ils survivent.

— Mais nous ne sommes quand même pas en pleine jungle, rétorquait M. Camus. Ce n'est pas la Patagonie, ici. C'est Arcis-sur-Aube. »

Arcis est verte ; la terre tout autour est plate et jaune. La vie se déroule à un rythme régulier. M. Camus regarde par la fenêtre l'enfant qui bombarde la grange à coups de pierres.

« Ce garçon est un vrai sauvage, et à mes yeux inutilement grand et gros. Pourquoi a-t-il la tête bandée ?

— Et pourquoi te le dirais-je ? Tu vas encore dire pis que pendre de lui. »

Deux jours plus tôt, une des filles l'avait ramené à la maison dans la tiédeur d'un après-midi finissant. Ils étaient allés dans le pré du taureau jouer aux premiers chrétiens. Peut-être n'était-ce là que le vernis de piété dont Anne-Madeleine avait paré la chose ; il était somme toute bien possible que les martyrs de l'Église n'aient pas tous accepté de gaieté de cœur d'être encornés et que certains, à l'instar de Georges Jacques, se soient présentés armés de bâtons pointus. La corne du taureau lui avait déchiré la moitié du visage. Affolée, sa mère avait pris sa tête entre ses deux mains et plaqué les bords de la plaie l'un sur l'autre, dans l'espoir insensé qu'ils resteraient collés. Elle avait enfoui le tout sous un bandage serré, lui en enroulant un autre autour de la tête pour dissimuler les entailles et les bosses qu'il avait au front. Deux jours durant, l'allure casquée et agressive, le blessé resta à la maison à se morfondre. Se plaignant de migraine. On en était à présent au troisième jour.

Le lendemain du départ de M. Camus, Mme Danton se trouvait debout à cette même fenêtre et, perdue dans un terrible cauchemar éveillé, voyait une nouvelle fois les restes de son fils traverser les champs. Un ouvrier agricole, dont les genoux ployaient sous le fardeau, portait le grand corps dans ses bras. Deux chiens couraient derrière, la queue entre les pattes ; fermant la marche, Anne-Madeleine hurlait de fureur et de désespoir.

Quand elle était arrivée à leur hauteur, elle avait vu des larmes dans les yeux de l'homme. « Il va falloir abattre ce foutu taureau », avait-il dit. Ils étaient entrés dans la cuisine. Il y avait du sang partout, sur la chemise de l'homme, le pelage des chiens, le tablier d'Anne-Madeleine et même ses cheveux. Le sol en était inondé. Elle jeta un œil autour d'elle, à la recherche d'une couverture, d'un drap propre sur lequel allonger le cadavre de son fils unique. L'ouvrier, épuisé, chancelait contre le mur, laissant sur le plâtre une longue trace couleur rouille.

« Pose-le par terre », dit-elle.

Quand sa joue toucha le carrelage froid, le garçon gémit doucement ; ce n'est qu'alors qu'elle comprit qu'il n'était pas mort. Anne-Madeleine récitait le *De Profundis* sur un ton monocorde : « Plus qu'un veilleur ne guette l'aurore, attends le Seigneur, Israël. » Sa mère lui envoya une gifle pour la faire taire. Puis un poulet entra en volant et atterrit sur son pied.

« Ne frappez pas la petite, dit l'homme. C'est elle qui l'a sorti de sous les sabots du taureau. »

Georges Jacques ouvrit les yeux et vomit. Ils l'obligèrent à rester allongé et lui tâtèrent les membres à la recherche de fractures. Il avait le nez cassé. Des bulles de sang en sortaient à chaque respiration. « Ne te mouche pas, dit l'homme, sinon, ta cervelle va se répandre.

— Reste tranquille, Georges Jacques, lui dit Anne-Madeleine. Tu as donné de quoi réfléchir à ce taureau. La prochaine fois qu'il te voit, il ira se cacher comme un voleur.

— Si seulement j'avais encore un mari, se plaignit la mère.

Personne n'avait jamais vraiment fait attention à son nez avant l'accident, si bien que personne ne fut capable de dire si, en l'occurrence, un noble appendice avait été mis à mal. Mais la plaie eut du mal à cicatriser là où la corne du taureau lui avait déchiré le visage. La balafre descendait le long de sa joue pour se terminer en une sorte d'éperon violacé sur sa lèvre supérieure.

L'année suivante, il attrapait la petite vérole. Les filles en firent autant, mais il se trouva que personne n'en mourut. Mme Danton estima que les cicatrices qu'il en garda ne constituaient pas un handicap insurmontable. Tant qu'à être laid, autant y mettre tout son cœur et toute son énergie. Georges faisait se retourner les gens sur son passage.

Il avait dix ans quand sa mère épousa en secondes noces un marchand de grain de la ville, Jean Recordain, un veuf qui avait un garçon (tranquille, celui-là) à élever. Il était un peu excentrique, mais elle se dit qu'ils n'étaient pas si mal assortis. Georges, devenu écolier, fréquenta un établissement du coin sans prétention et ne tarda pas à découvrir qu'il pouvait tout apprendre sans le moindre effort. En conséquence de quoi, il refusa de permettre à l'école d'empiéter sur sa vie privée. Un jour, il se fit piétiner par un troupeau de cochons. Il y gagna entailles et contusions nouvelles, qui laissèrent quelques cicatrices supplémentaires sous ses épais cheveux rêches.

« C'est bien la dernière fois que je me laisse marcher dessus par quelque animal que ce soit, décréta-t-il, à quatre ou à deux pattes.

— Plaise à Dieu qu'il en soit ainsi », commenta pieusement son beau-père.

Une année passa. Un jour, il s'effondra brutalement, brûlant de fièvre, claquant des dents. Il se mit à cracher une matière sanguinolente, et un crépitement sourd montait de sa poitrine, assez fort pour être perçu par quiconque se trouvait dans la pièce. « Poumons endommagés, diagnostiqua le médecin. Avec toutes ces côtes enfoncées à intervalles réguliers… Désolé, ma chère, mieux vaut aller quérir le prêtre. »

Un prêtre arriva, qui lui administra les derniers sacrements. Mais le garçon refusa de mourir cette nuit-là. Trois jours plus tard, il s'accrochait toujours à une vie semi-comateuse. Sa sœur Marie-Cécile organisa une veillée de prières autour de son lit, se chargeant elle-même du tour de garde le plus pénible, de deux heures du matin jusqu'à l'aube. Le salon se remplit de membres de la famille qui, assis en cercle, s'efforçaient de trouver les mots justes. Il y avait des silences béants, rompus soudain par les efforts désespérés des présents ouvrant tous la bouche en même temps. Des nouvelles de chaque souffle étaient relayées d'une pièce à l'autre.

Le quatrième jour, il se mit sur son séant et reconnut

les siens. Le cinquième, il sortait des blagues et réclamait de la nourriture en abondance.

Il fut déclaré hors de danger.

On avait déjà prévu l'ouverture du tombeau où il devait être enterré, aux côtés de son père. Il fallut renvoyer le cercueil – sur lequel, par bonheur, ils n'avaient versé qu'un acompte –, qui attendait dans une remise.

Pendant la convalescence de Georges Jacques, son beau-père fit une expédition jusqu'à Troyes. À son retour, il annonça qu'il avait trouvé au garçon une place au petit séminaire.

« Quel idiot tu fais ! s'exclama sa femme. Avoue-le, tu ne cherches qu'à te débarrasser de lui.

— Comment pourrais-je prétendre me consacrer à mes inventions, quand il est dans les parages ? se plaignit, non sans quelque raison, Recordain. Je vis constamment sur un champ de bataille. Quand ce n'est pas une débandade de cochons, ce sont des poumons qui crépitent. Qui d'autre va se baigner dans la rivière en plein mois de novembre ? Qui d'autre y va jamais, d'ailleurs ? Les gens d'Arcis n'ont pas besoin de savoir nager. Mais lui, si, parce qu'il se croit supérieur à tout le monde.

— Peut-être qu'il ferait un bon prêtre, après tout, finit par dire madame, conciliante.

— Ben voyons, dit l'oncle Camus. Je le vois d'ici en train de s'occuper de ses ouailles. Peut-être l'enverra-t-on guerroyer contre les infidèles.

— Je ne sais pas d'où il tient son intelligence, reprit madame. Les gens intelligents brillent par leur absence, dans la famille.

— Trop aimable, dit son frère.

« — Bien entendu, ce n'est pas parce qu'il entre au séminaire qu'il doit forcément être prêtre. Il y a aussi le droit. On a des juristes dans la famille.

— Imagine que le verdict ne lui plaise pas. Mieux vaut ne pas y penser.

— Quoi qu'il en soit, dit madame, laisse-moi le garder encore un an ou deux à la maison, Jean. C'est mon fils unique. Et un réconfort pour moi.

— À ta guise », dit Jean Recordain. C'était un homme doux et accommodant, qui se pliait à toutes les exigences de sa femme ; il passait à ce moment-là le plus clair de son temps dans une dépendance à l'écart, où il inventait une machine à filer le coton. Laquelle, à l'entendre, allait révolutionner le monde.

Son beau-fils avait quatorze ans quand il emmena son encombrante et tapageuse personne dans la vieille ville épiscopale de Troyes. Une ville bien ordonnée, où le bétail avait conscience de son humble statut dans l'univers, et où les pères n'autorisaient pas la natation. Il semblait que, là-bas, Georges Jacques aurait une chance, si minime fût-elle, de survivre.

Par la suite, quand il repensait à son enfance, il la décrivait toujours comme extraordinairement heureuse.

Dans une lumière plus rare, plus grise, plus septentrionale, on célèbre un mariage. C'est le 2 janvier, et les membres de l'assistance, peu nombreux et frigorifiés, en profitent pour échanger les vœux traditionnels.

La liaison de Jacqueline Carraut couvrit le printemps et l'été 1757 ; à la Saint-Michel, elle savait qu'elle était enceinte. Elle ne faisait jamais d'erreurs. Ou alors uniquement des grosses, songea-t-elle à cette occasion.

Parce que les manières de son amant à son égard s'étaient considérablement refroidies, et que son père était d'un tempérament colérique, elle donnait de l'ampleur aux corsages de ses robes et faisait de son mieux pour passer inaperçue. Quand elle était à table en compagnie de son père et se trouvait incapable de manger, elle gavait le terrier assis à ses pieds. Bientôt, ce fut l'Avent.

« Si tu me l'avais dit plus tôt, la tança son amant, on aurait eu droit simplement aux protestations de rigueur devant l'alliance d'une fille de brasseur avec un Robespierre. Mais à présent, à voir la façon dont tu enfles, c'est un scandale qu'on a sur les bras.

— C'est un enfant de l'amour », lui opposa Jacqueline. Par nature, elle n'était pas romantique, mais en l'occurrence elle se sentait forcée d'adopter une attitude de ce genre. Elle garda la tête bien droite lors de la cérémonie et soutint le regard de la famille toute la journée. Sa famille à elle, s'entend, car les Robespierre avaient préféré rester chez eux.

François avait vingt-six ans. C'était l'étoile montante du barreau local et l'un des célibataires les plus convoités de la région. Les Robespierre étaient établis dans la circonscription d'Arras depuis trois cents ans. Ils étaient aussi désargentés qu'ils étaient fiers. Grande fut la stupéfaction de Jacqueline de voir dans quelle maison elle était reçue. Chez son père, où ce dernier passait sa journée à tempêter et à jurer après ses employés, on servait à table rôtis et gigots en abondance. Chez les Robespierre, on mangeait avec une politesse extrême le brouet le plus clair.

La prenant pour une robuste fille du peuple, on lui remplissait son assiette de mets qui nageaient dans l'eau. On lui proposait même la bière de son père. Mais Jacqueline était tout sauf robuste. Elle était frêle et chétive. C'était une bonne chose pour elle qu'elle se fût mariée dans la petite noblesse, disaient les mauvaises langues. Impossible d'obtenir d'elle le moindre travail. C'était un petit biscuit, une pièce de porcelaine délicate, sa silhouette étroite déformée pour l'instant par l'enfant à venir.

François était passé devant le prêtre et avait fait son devoir ; mais quand il retrouva le corps de sa femme entre les draps, ses premières ardeurs viscérales vinrent à nouveau l'échauffer. Il était fasciné par cet autre cœur qui battait dans son flanc, par la courbe primitive de ses côtes. Terriblement impressionné par sa peau translucide, par l'intérieur de ses poignets d'un blanc de marbre veiné de vert. Ensorcelé par ses yeux verts de myope, des yeux grands ouverts capables de s'adoucir ou de se durcir comme ceux d'un chat. Quand elle parlait, ses mots s'enfonçaient en vous comme autant de griffes.

« Ils n'ont rien d'autre dans les veines que leur brouet salé, disait-elle. Si on les leur tranchait, il s'en écoulerait des bonnes manières, pas du sang. Dieu merci, demain nous serons dans une maison à nous. »

L'hiver fut une période douloureuse et confuse. Les deux sœurs de François étaient toujours dans les parages, se chargeant de messages et craignant perpétuellement d'en dire trop. L'enfant de Jacqueline, un garçon, naquit le 6 mai à deux heures du matin. Plus tard dans la journée, la famille se retrouva autour des fonts baptismaux. Le parrain étant le père de François, le bébé reçut son prénom, Maximilien. Un bon vieux prénom, confia-t-il à la mère de Jacqueline ; et une bonne vieille famille à laquelle appartenait désormais sa fille.

Trois autres enfants naquirent de ce mariage dans les cinq années qui suivirent. Bientôt arriva le temps où pour Jacqueline la maladie, puis la peur, puis la souffrance devinrent une seconde nature. Elle ne se souvenait même plus d'avoir jamais rien connu d'autre.

Ce jour-là, Tante Eulalie leur lut une histoire, *Le Renard et le Chat*. Elle lisait vite, tournant les pages d'un coup sec. Se comporter ainsi, c'est ne pas avoir la tête à ce qu'on fait, songea-t-il. Un enfant, à sa place, se serait fait gifler. En plus, c'était son histoire préférée.

Elle-même ressemblait au renard, à dire le vrai, le menton relevé pour mieux écouter, ses sourcils blond roux froncés à l'extrême. Sans s'attirer la moindre remarque, il se laissa glisser au sol et joua avec la dentelle qu'elle avait au poignet. Sa mère était une artiste, côté dentelle.

Il était rempli d'appréhension ; jamais, au grand jamais, on ne lui permettait de s'asseoir par terre (tu vas user tes beaux habits).

Sa tante s'interrompait au milieu des phrases, pour tendre l'oreille. À l'étage, Jacqueline était mourante. Ses enfants l'ignoraient encore.

Ils avaient renvoyé la sage-femme, qui n'avait rien fait de bon. Elle était à présent dans la cuisine en train de manger du fromage, d'en racler la croûte avec délice, tout en effrayant la servante avec des récits d'accouchements catastrophiques. Ils avaient envoyé quérir le chirurgien ; François discutait vivement avec lui en haut de l'escalier. Tante Eulalie se leva brusquement pour aller fermer la porte, ce qui ne les empêchait pas de tout entendre. Elle reprit sa lecture, la voix empreinte d'une nuance particulière, sa main fine et blanche posée sur le berceau d'Augustin pour le balancer.

« Je ne vois aucun moyen de l'accoucher, dit le chirurgien, si ce n'est en coupant. » Le mot lui déplaisait, cela se sentait, mais il fallait bien qu'il l'utilise. « J'arriverai peut-être à sauver l'enfant.

— Sauvez-la, elle, rétorqua François.

— Si je ne fais rien, ils vont mourir tous les deux.

— Tuez-le, mais sauvez-la. »

Le poing d'Eulalie se crispa sur le bord du berceau et, sous la secousse, Augustin se mit à pleurer. Heureux Augustin, qui n'avait plus à naître, lui.

Le ton avait tourné à la franche dispute entre les deux hommes, l'homme de l'art manifestant son impatience devant l'incompréhension du profane. « Autant aller chercher le boucher tout de suite ! » cria François.

Tante Eulalie se mit debout, le livre lui échappa des doigts, glissa le long de sa robe et s'ouvrit en tombant sur le sol. Elle se précipita en haut de l'escalier. « Pour l'amour du ciel, parlez plus bas ! Pensez aux enfants. »

Les pages se déployèrent en éventail : le renard et le chat, le lièvre et la tortue, le sage corbeau et son œil luisant, l'ours sous son arbre. Maximilien ramassa le livre et lissa les pages écornées. Il plaça les mains potelées de sa sœur sur le berceau. « Comme ça », dit-il, en le balançant doucement.

Elle leva la tête ; elle avait la bouche molle des tout-petits. « Pourquoi ? »

Tante Eulalie passa devant lui sans le voir, sa lèvre supérieure ourlée de gouttes de sueur. Il trottina jusqu'en haut des marches. Son père était recroquevillé dans un fauteuil, en train de pleurer, un bras sur les yeux. « Mon forceps, dit le chirurgien en fouillant dans sa sacoche. J'aurai au moins essayé. Il arrive que cette technique soit efficace. »

L'enfant entrouvrit la porte, juste assez pour se glisser dans la chambre. Les fenêtres étaient fermées sur ce début d'été, sur les bourdonnements odorants qui montaient des champs et des jardins. Un bon feu brûlait dans la cheminée, et des bûches attendaient dans un panier. La chaleur était lourde, presque tangible. Sa mère avait tout le corps enveloppé de blanc, le dos appuyé sur des coussins, les cheveux ramenés en arrière et retenus par un bandeau. Elle tourna vers lui juste les yeux, pas la tête, et lui adressa les vestiges d'un sourire usé. La peau autour de sa bouche était grisâtre.

Bientôt, semblait-elle dire, toi et moi devrons nous quitter.

Il se détourna précipitamment de la scène. Arrivé à la porte, il leva la main en direction de sa mère, faible geste d'adulte en témoignage de solidarité. Dans le couloir, le chirurgien avait ôté son manteau qu'il tenait sur son bras, attendant de toute évidence que quelqu'un le lui prenne pour aller le suspendre. « Si seulement vous m'aviez appelé quelques heures plus tôt… » dit-il, sans prendre quiconque à partie. Le fauteuil de François était vide. Celui-ci semblait avoir quitté la maison.

Le prêtre arriva. « Si la tête voulait bien sortir, dit-il, je pourrais le baptiser.

« — Si la tête sortait, nous en aurions fini de nos ennuis, répliqua le chirurgien.

— Ou un membre quelconque, dit le prêtre d'un ton encourageant. L'Église autorise la chose. »

Eulalie pénétra de nouveau dans la chambre. Une bouffée de chaleur s'en échappa à l'ouverture de la porte. « Est-ce vraiment bon pour elle ? On étouffe là-dedans.

— Un refroidissement serait désastreux, dit le chirurgien. Encore que, de toute façon…

— Extrême-onction, alors, suggéra le prêtre. J'espère qu'il y a une table adéquate quelque part. »

Il sortit de sa sacoche une nappe d'autel blanche, avant de se lancer à la recherche de ses cierges. La grâce de Dieu, portative, livrée à domicile.

Les yeux du chirurgien se posèrent sur l'escalier. « Emmenez-moi cet enfant », dit-il.

Eulalie le souleva dans ses bras, lui, l'enfant de l'amour. Tandis qu'elle descendait les marches, il sentit le tissu de sa robe crisser légèrement en frottant contre sa joue.

Eulalie aligna les enfants devant la porte d'entrée. « Vos gants, dit-elle. Vos chapeaux.

— Il fait chaud, dit-il. On n'a pas vraiment besoin de nos gants.

— Il n'empêche », insista-t-elle. Son visage semblait parcouru de frissons.

La nourrice les écarta pour passer, le bébé, Augustin, jeté sur son épaule et tenu d'une seule main, comme un sac. « Cinq en six ans, dit-elle en s'adressant à Eulalie. Et on s'étonne ! La chance l'a lâchée, voilà tout. »

Ils allèrent chez Grand-Père Carraut. Plus tard ce

même jour, Tante Eulalie vint leur dire qu'ils devaient prier pour leur petit frère. Grand-Mère Carraut esquissa un mouvement à peine perceptible des lèvres pour demander : « Baptisé ? » Tante Eulalie secoua la tête. Avec un regard appuyé du genre « Impossible d'en dire plus » en direction des enfants, elle répondit de la même façon : « Mort-né. »

Il frissonna. Tante Eulalie se pencha pour l'embrasser. « Quand est-ce que je pourrai rentrer à la maison ? demanda-t-il.

— Tu seras beaucoup mieux avec Grand-Mère pendant quelques jours, jusqu'à ce que ta maman aille mieux. »

Mais il gardait en mémoire la peau grisâtre autour de la bouche. Il comprenait ce que cette bouche avait voulu lui dire : Bientôt je serai dans mon cercueil, bientôt je serai sous terre.

Il se demanda pourquoi ils éprouvaient ainsi le besoin de lui mentir.

Il compta les jours. Tante Eulalie et Tante Henriette allaient et venaient entre les deux maisons. Elles disaient : Tu ne nous demandes pas comment va ta maman aujourd'hui ? Tante Henriette disait à Grand-Mère : « Maximilien ne demande pas comment va sa mère.

— C'est une petite créature sans cœur », répliquait Grand-Mère.

Il compta les jours jusqu'au moment où ils se décidèrent à lui dire la vérité. Neuf jours s'étaient écoulés. C'était l'heure du petit déjeuner. Au moment où ils prenaient leur pain et leur lait, Grand-Mère entra.

« Vous allez devoir être très courageux, dit-elle. Votre mère est désormais auprès de Jésus. »

L'Enfant Jésus, pensa-t-il. « Je sais », dit-il.

Il avait six ans. Un rideau blanc frémit sous l'effet du vent qui entrait par la fenêtre ouverte ; des moineaux se chamaillaient sur l'appui ; Dieu le Père, siégeant en majesté sur ses nuages, regardait la scène du haut d'un tableau accroché au mur.

Deux ou trois jours encore, et sa sœur Charlotte désignait du doigt le cercueil, pendant que la cadette, Henriette, laissée à elle-même, ronchonnait et pleurnichait dans un coin.

« Je vais te lire quelque chose, dit-il à Charlotte. Mais pas une de ces fables. Je suis trop grand pour ça. »

Plus tard, Henriette l'adulte, sa tante, le souleva pour qu'il regarde à l'intérieur du cercueil avant qu'on le ferme. Toute tremblante, elle dit en détournant la tête : « Je ne voulais pas, c'est Grand-Père Carraut qui a tenu à ce qu'il la voie. » Il comprit fort bien que c'était sa mère, ce cadavre au nez en lame de couteau et aux terrifiantes mains blanches comme du papier.

Tante Eulalie sortit dans la rue en courant. « François, je t'en supplie. » Maximilien, qui s'était précipité à sa suite, s'accrocha à ses jupes ; il vit que son père ne se retournait même pas. François s'éloigna à grandes enjambées et se perdit dans la ville. Tante Eulalie rentra dans la maison, remorquant le garçon. « Il faut qu'il signe le certificat de décès, mais il dit qu'il n'apposera pas son nom sur le document, se lamenta-t-elle. Qu'est-ce qu'on va faire ? »

Le lendemain, François revint. Il sentait le cognac, et Grand-Père Carraut dit que, à l'évidence, il était allé avec une femme.

Au cours des mois qui suivirent, François se mit à boire beaucoup. Las d'être négligés, ses clients s'en allèrent voir ailleurs. Il lui arrivait de disparaître plusieurs jours de suite ; et un beau jour, il jeta quelques affaires dans un sac et annonça qu'il partait pour de bon.

Ils dirent, les grands-parents Carraut, qu'ils n'avaient jamais aimé leur gendre. Ils dirent : Nous n'avons rien à reprocher aux Robespierre, ce sont des gens convenables, mais lui ne l'est pas. Au début, ils soutinrent la fiction selon laquelle il était engagé dans une interminable et prestigieuse affaire qui le retenait dans une autre ville. Il revenait bien de temps en temps, le pas nonchalant, mais c'était le plus souvent pour emprunter de l'argent. Les parents Robespierre, arguant de leur âge, dirent qu'ils ne se sentaient pas de taille à prendre les enfants sous leur toit. Ce fut Grand-Mère Carraut qui se chargea des deux garçons, Maximilien et Augustin, tandis que Tante Eulalie et Tante Henriette, toutes deux célibataires, s'occupaient des fillettes.

À un moment ou à un autre de son enfance, Maximilien découvrit, à moins qu'on ne le lui ait dit, qu'il avait été conçu hors des liens du mariage. Peut-être fut-il amené à interpréter ses attaches familiales de la manière la plus négative qui soit, toujours est-il qu'il ne fit plus jamais la moindre allusion à ses parents, et ce jusqu'à sa mort.

En 1768, François de Robespierre réapparut à Arras après deux ans d'absence. Il était à l'étranger, dit-il, sans préciser où, ni comment, il avait survécu. Il se présenta chez Grand-Père Carraut et demanda à voir son fils. Du couloir où il se trouvait, Maximilien les entendit se disputer derrière une porte close.

« Vous dites que vous ne vous en êtes jamais remis, disait Grand-Père Carraut, mais avez-vous jamais pris la peine de demander à votre fils si lui s'en était remis ? Le garçon est à l'image de sa mère, il est fragile ; elle l'était aussi, et vous le saviez quand vous lui imposiez des rapports après chaque nouvelle naissance. C'est uniquement grâce à moi s'ils ont quelque chose à se mettre sur le dos et sont élevés en chrétiens. »

Son père sortit de la pièce et le trouva devant la porte : Qu'il est maigre, qu'il est donc petit pour son âge, dit-il. Il passa quelques minutes à lui parler, d'un ton contraint et embarrassé. Au moment de partir, il se pencha pour l'embrasser sur le front. Son haleine était aigre. L'enfant de l'amour rejeta brusquement la tête en arrière, avec l'expression de dégoût d'un adulte. François sembla déçu. Peut-être attendait-il une étreinte, un baiser, peut-être aurait-il voulu soulever son fils et le faire tournoyer en l'air à bout de bras.

À la suite de la rencontre, l'enfant, qui avait appris à mesurer ses émotions les plus fortes, se demanda s'il devait avoir des remords. « C'était pour me voir que mon père est venu ? demanda-t-il à son grand-père.

— Il est venu pour emprunter de l'argent, comme d'habitude, grommela le vieil homme en s'éloignant. Il va falloir que tu grandisses, bon sang. »

Maximilien ne causait aucun souci à ses grands-parents. C'est à peine si on sait qu'il est dans la maison, disaient-ils. Il passait beaucoup de temps à lire et à s'occuper des tourterelles hébergées dans un pigeonnier au jardin. On amenait ses petites sœurs le dimanche, et ils jouaient ensemble. Il leur laissait caresser – très doucement, d'un seul doigt – le dos frémissant des oiseaux.

Elles le supplièrent de leur en donner une, qu'elles emporteraient chez leurs tantes. Je vous connais, dit-il, vous vous en lasserez au bout de deux jours ; il faut en prendre grand soin, vous savez, ce ne sont pas des poupées. Impossible de les faire renoncer : dimanche après dimanche, elles revenaient à la charge, multipliant les pleurs et les gémissements. Il finit par se laisser convaincre. Tante Eulalie acheta une jolie cage dorée.

Quelques semaines plus tard, la tourterelle était morte. Elles avaient laissé la cage dehors sous l'orage. Il imagina le malheureux oiseau se jetant, affolé, contre les barreaux, les ailes brisées, effrayé par le tonnerre grondant au-dessus de sa tête. Charlotte était secouée de sanglots et de hoquets en lui rapportant la nouvelle, mais il savait que cinq minutes plus tard elle sortirait courir dans le soleil en ayant tout oublié. « On avait mis la cage dehors pour qu'il se sente libre, dit-elle en reniflant.

— Ce n'était pas un oiseau fait pour la liberté. Il avait besoin qu'on s'occupe de lui. Je vous l'avais dit. Et j'avais raison. »

Mais, loin de lui procurer un quelconque plaisir, le fait de savoir qu'il avait raison lui laissait un goût amer dans la bouche.

Son grand-père disait que, quand il serait plus âgé, il le prendrait avec lui dans l'affaire familiale. Il lui faisait faire le tour de la brasserie, lui expliquant les diverses opérations et l'encourageant à parler aux ouvriers. Le garçon ne manifestait qu'un intérêt poli.

Le grand-père finit par suggérer que, puisqu'il aimait l'étude et qu'il n'avait guère l'esprit pratique, il aimerait peut-être devenir prêtre. « Augustin prendra ma relève. À moins qu'on ne vende l'affaire. Je ne suis pas sentimental. Il y a d'autres métiers que celui de brasseur. »

Quand Maximilien eut dix ans, l'abbé de Saint-Waast fut amené à s'intéresser à la famille. Il s'entretint en personne avec Maximilien, qui ne lui plut guère. En dépit de son air effacé, le garçon semblait prendre de haut les opinions de l'ecclésiastique, comme s'il avait l'esprit occupé par des questions plus importantes, et que d'autres tâches l'attendaient ailleurs. On voyait toutefois sans peine qu'il possédait une grande intelligence, laquelle pour l'heure restait en friche. L'abbé eut la bonté de penser que ses malheurs n'étaient pas sa faute. C'était un enfant qui méritait sans doute qu'on intervînt en sa faveur ; il avait passé trois ans dans une école d'Arras, et ses professeurs ne tarissaient pas d'éloges sur son application et ses progrès.

L'abbé lui procura une bourse. Quand il déclara un beau jour : « Je vais faire quelque chose pour toi », il ne s'agissait pas de paroles en l'air. Ce serait Louis-le-Grand, la meilleure école du royaume, celle que fréquentaient les fils de l'aristocratie, certes, mais aussi un établissement qui recherchait les jeunes talents et où un garçon sans fortune pouvait prétendre faire son chemin. Ainsi parla l'abbé, qui lui recommanda par ailleurs de travailler dur, d'obéir jusqu'à l'abjection et de manifester une gratitude sans bornes.

« Quand je ne serai plus là, il faudra m'écrire, dit Maximilien à sa tante Henriette.

— Bien sûr.

— Charlotte et Henriette devront m'envoyer des lettres, elles aussi.

— J'y veillerai.

— À Paris, je vais me faire des tas de nouveaux amis.

— C'est probable.

— Et quand je serai grand, je pourvoirai aux besoins de mes sœurs et de mon frère. Personne d'autre n'aura à le faire.

— Et tes vieilles tantes, alors ?

— Vous aussi, bien sûr. Nous vivrons tous ensemble dans une grande maison. Et jamais nous ne nous disputerons. »

On peut toujours rêver, songea Tante Henriette. Fallait-il vraiment qu'il parte ? se demanda-t-elle. Pour un garçon de onze ans, il était encore si petit, avait une voix si douce, un air si effacé : elle redoutait qu'il passe totalement inaperçu une fois loin de chez son grand-père.

Mais bien sûr qu'il fallait qu'il parte. Pareilles occasions ne se rencontrent pas tous les jours, et il faut avancer dans la vie ; rien ne sert de rester accroché aux jupes des femmes. Il y avait des jours où il lui rappelait sa mère : mêmes yeux d'aigue-marine, qui semblaient capter et retenir la lumière. Cette fille, je l'aimais assez, reconnut-elle. Elle avait du cœur, Jacqueline.

Il consacra l'été 1769 à étudier pour améliorer son latin et son grec. Il confia le soin des tourterelles à la fille d'un voisin, une demoiselle un peu plus âgée que lui. En octobre, il quittait Arras.

À Guise, sous l'œil vigilant des Viefville, la carrière de maître Desmoulins a progressé. Il est devenu magistrat. Le soir, après le dîner, Madeleine et lui restent assis à se regarder. Ils sont toujours à court d'argent.

En 1767 – à l'époque où Armand faisait ses premiers pas et Anne-Clotilde était le bébé de la maisonnée –, Jean-Nicolas dit à sa femme : « Il faudrait que Camille aille à l'école, tu sais. »

Le garçon avait maintenant sept ans. Il continuait à suivre son père partout dans la maison, parlant sans arrêt à la façon des Viefville, et dénigrant les opinions de son géniteur.

« Ce serait bien s'il allait au Cateau-Cambrésis, dit Jean-Nicolas, où il serait avec ses petits cousins. Ce n'est pas loin d'ici. »

Madeleine avait beaucoup à faire. Leur fille aînée était toujours malade, les serviteurs les exploitaient, et le budget domestique requérait des économies dévoreuses de temps. Jean-Nicolas exigeait tout cela d'elle ; et il voulait en plus qu'elle eût des égards pour ses sentiments.

« N'est-il pas encore un peu jeune pour se charger du fardeau de tes ambitions inaccomplies ? » objecta-t-elle.

Car le temps de l'amertume était venu pour Jean-Nicolas. À force de discipline, il s'était purgé de ses rêves. Encore quelques années et les jeunes ambitieux du barreau de Guise lui demanderaient : Pourquoi vous être contenté d'un cadre aussi restreint pour des talents aussi manifestes que les vôtres, monsieur ? Et il leur répliquerait sèchement que sa province était bien assez bonne pour lui, et devrait l'être tout autant pour des hommes comme eux.

Ils envoyèrent Camille au Cateau-Cambrésis en octobre. Juste avant Noël, ils reçurent une lettre enthousiaste du directeur détaillant les progrès étonnants accomplis par Camille. Jean-Nicolas l'agita sous le nez de son épouse : « Alors, je ne te l'avais pas dit ? Je savais bien que c'était la chose à faire.

— Malgré tout, répliqua Madeleine, troublée par le ton de la lettre, on a un peu l'impression que l'on nous dit : "Comme votre enfant est intelligent, et séduisant, en dépit du fait qu'il est unijambiste." »

Ce que Jean-Nicolas prit pour un trait d'esprit. La veille encore, Madeleine l'avait accusé d'être dépourvu d'imagination et du sens de l'humour.

Quelque temps plus tard, l'enfant revint à la maison. Il était affligé d'un défaut d'élocution effroyable, et c'est à peine si on arrivait à le convaincre de prononcer un mot. Madeleine se barricada dans sa chambre et se fit monter ses repas. D'après Camille, les pères s'étaient montrés d'une grande gentillesse à son égard, tout en émettant l'opinion que c'était entièrement sa faute. Histoire de le réconforter, son père lui dit qu'il n'y avait pas lieu de parler ici de faute, qu'il s'agissait simplement d'un hasard malencontreux. Camille maintint qu'il se sentait confusément coupable et s'enquit d'un ton froid de la date à laquelle il lui serait possible de retourner à l'école, où on ne s'inquiétait guère de son affection et où l'on s'abstenait d'en parler. Plein d'animosité, Jean-Nicolas contacta Le Cateau-Cambrésis pour réclamer des éclaircissements quant à ce bégaiement. Tandis que les prêtres rétorquaient qu'ils l'avaient pris en l'état à l'arrivée, Jean-Nicolas affirmait qu'il était tout à fait normal en quittant le foyer familial. On en conclut que la capacité de Camille à s'exprimer avec facilité s'était perdue durant le trajet en diligence, comme un sac de voyage ou une vulgaire paire de gants. La faute à pas de chance ; une de ces choses qui vous arrivent comme ça, sans que l'on sache trop pourquoi.

En 1770 – Camille avait alors dix ans –, les prêtres conseillèrent à son père de le retirer de l'école, étant donné qu'ils n'étaient plus capables de donner au garçon un enseignement à la hauteur du niveau que celui-ci avait atteint. « On pourrait peut-être lui trouver un précepteur, suggéra Madeleine. Quelqu'un de premier ordre.

— Tu es folle ou quoi ? lui jeta son mari à la tête. Tu me prends pour un duc ? Un magnat anglais du coton ? Tu crois que je possède une mine de charbon, peut-être ? Ou des serfs ?

— Non, lui répondit sa femme. Je ne sais que trop ce que tu es. Il y a déjà quelque temps que je n'ai plus d'illusions à ce sujet. »

C'est un Viefville qui fournit la solution. « Ce serait vraiment dommage de laisser, faute d'un peu d'argent, un garçon si doué gâcher ses talents. Soyons clairs, dit-il d'une façon carrément discourtoise, vous-même ne ferez jamais de miracles. C'est un enfant charmant, poursuivit-il après mûre réflexion. On peut penser qu'il parviendra à surmonter son bégaiement. Il faut songer à la possibilité de bourses. Si nous réussissons à le faire entrer à Louis-le-Grand, les frais engagés par la famille seraient minimes.

— Croyez-vous qu'ils le prendraient ?

— D'après ce que j'entends, il est extrêmement brillant. Une fois inscrit au barreau, il sera un beau

55

fleuron pour la famille. Écoutez, la prochaine fois que mon frère ira à Paris, je lui demanderai d'intercéder en votre faveur. Que puis-je dire ou faire de plus ? »

L'espérance de vie en France se situe désormais autour de vingt-neuf ans.

Le collège Louis-le-Grand était de très ancienne fondation. Il avait été à une époque dirigé par les jésuites, mais, une fois ces derniers expulsés du pays, avait été repris par les oratoriens, un ordre plus éclairé. Les anciens élèves étaient diversement célèbres : parmi eux, Voltaire, à présent glorieux exilé, et M. le marquis de Sade, désormais terré dans un de ses châteaux, pendant que son épouse s'évertuait à faire commuer la peine récemment prononcée contre lui pour empoisonnement et sodomie.

Le collège, situé rue Saint-Jacques, était isolé du reste de la cité par de hauts murs et de solides grilles en fer forgé. Étant donné que l'on ne chauffait jamais l'endroit tant que la glace ne s'était pas formée sur l'eau bénite des fonts baptismaux de la chapelle, c'était pratique courante parmi les élèves que de sortir tôt le matin pour aller récolter des glaçons qu'ils s'empressaient de plonger là, tout en espérant que le directeur voudrait bien faire une petite entorse au règlement. Les lieux étaient balayés par des courants d'air glacés et parcourus par des bouffées de conversations presque inaudibles en diverses langues mortes.

Maximilien de Robespierre était au collège depuis maintenant un an.

À son arrivée, on lui avait dit qu'il allait devoir travailler dur, ne serait-ce que par égard pour l'abbé, puisque c'était à lui qu'il devait la grande chance de se trouver ici. On lui avait dit aussi que s'il avait le mal du pays, cela passerait. Une de ses premières préoccupations fut de consigner par écrit tout ce qu'il avait vu au cours de son voyage, dans l'idée qu'il aurait ainsi rendu à l'événement les honneurs qu'il méritait et n'aurait plus à s'en encombrer la tête. Les verbes à Paris se conjuguaient tout comme en Artois. Si l'on se concentrait sur les verbes, tout tombait parfaitement en place autour d'eux. Il suivait les cours avec une attention soutenue. Ses professeurs se montraient bienveillants avec lui. Il ne s'était fait aucun ami.

Un jour, il fut abordé par un élève des grandes classes qui poussa vers lui un petit garçon. « Dis donc, Chose », lui dit l'autre. (Ils affectaient de toujours oublier son nom.)

Maximilien s'arrêta net, mais ne se retourna pas sur-le-champ. « C'est à moi que tu t'adresses ? » demanda-t-il. D'un ton mi-amène mi-provocant qu'il maniait à la perfection.

« Je veux que tu gardes un œil sur ce bébé que l'on a eu la folie d'envoyer ici. Il vient de ta région – Guise, je crois bien. »

Ces Parisiens, se dit Maximilien, sont tous plus ignares les uns que les autres et mélangent tout. « Guise est en PICARDIE, répondit-il placidement. Moi, je viens d'ARRAS. Et c'est en ARTOIS.

— C'est important ? Bref, j'espère que tu pourras prendre un peu de temps sur tes études réputées si avancées pour l'aider à se repérer dans les lieux.

— Fort bien », dit Maximilien. Puis il se retourna pour regarder le soi-disant bébé et découvrit un très bel enfant aux cheveux très foncés.

« Et où voudrais-tu aller ? » lui demanda-t-il.

Au même moment, le père Herivaux débouchait dans le corridor, tout frissonnant. « Ah, vous êtes donc arrivé, Camille Desmoulins », dit-il en s'arrêtant.

L'ecclésiastique était un distingué spécialiste en histoire et littérature anciennes. Il se faisait un point d'honneur de tout savoir dans ce domaine. Mais la science et l'érudition n'ont jamais protégé des froidures de l'automne ; et le pire était encore à venir.

« Et je crois savoir que tu n'as que dix ans », dit le père.

L'enfant leva les yeux et hocha la tête.

« Et que dans l'ensemble tu es très en avance pour ton âge, c'est cela ?

— En effet, dit l'enfant. C'est exact. »

Le père se mordit la lèvre et s'éloigna à petits pas. Maximilien ôta les lunettes qu'il était obligé de porter et se frotta le coin des yeux. « La prochaine fois, fends-toi d'un "Oui, mon père", suggéra-t-il. C'est ce à quoi ils s'attendent. Et puis, ne te contente pas d'acquiescer d'un simple signe de tête, qui n'est pas de leur goût. Encore une chose : quand il t'a demandé si tu étais en avance pour ton âge, tu aurais dû te montrer plus modeste. Dire quelque chose comme : "J'essaie de faire de mon mieux, mon père." Enfin, tu vois.

— Alors, Chose, on est du genre lèche-bottes ? s'enquit le petit garçon.

— Écoute, c'était juste une idée, comme ça. Je me contente de te faire profiter de mon expérience. » Maximilien rechaussa ses lunettes. Les grands yeux sombres de l'enfant plongèrent dans les siens et lui évoquèrent un instant la tourterelle, emprisonnée dans sa cage. Il avait la sensation du plumage dans la main, doux et sans vie, celle des petits os qui ne bougeaient plus. Il brossa de la main le devant de son manteau.

L'enfant était affligé d'un bégaiement. Ce qui le mettait mal à l'aise. De fait, c'est la situation tout entière qui le troublait. Il sentait que le *modus vivendi* auquel il était parvenu était subitement menacé ; que la vie risquait de devenir plus compliquée, et que ses affaires avaient pris un mauvais tour.

Quand il rentra à Arras pour les vacances d'été, Charlotte lui dit : « Tu ne grandis pas beaucoup, je trouve. »

Elle répétait la même chose tous les ans.

Ses professeurs le tenaient en haute estime. Aucune imagination, disaient-ils ; mais on peut compter sur lui pour dire la vérité en toute circonstance.

Il n'avait pas vraiment idée de l'opinion que ses condisciples se faisaient de lui. Si on lui avait demandé quel genre de personne il pensait être, il aurait sans doute répondu qu'il était capable, sensible, patient, mais manquait de charme. Quant à savoir en quoi cette évaluation pouvait différer de celle des gens qui l'entouraient… ma foi, comment être sûr que les pensées qui sont les vôtres ne sont jamais venues à l'esprit de quelqu'un d'autre ?

Il recevait peu de lettres de chez lui, même si Charlotte lui envoyait assez régulièrement une chronique précise quoiqu'un peu enfantine des petits riens de la maisonnée. Il conservait ses lettres un jour ou deux, les lisait deux fois ; puis, ne sachant trop qu'en faire, les jetait.

Camille Desmoulins, lui, recevait du courrier deux

fois par semaine : des lettres-fleuves, qui devinrent vite une sorte de divertissement public. Il expliqua qu'il avait été envoyé comme pensionnaire loin de chez lui dès l'âge de sept ans et que, en conséquence, il connaissait davantage sa famille sur le papier que dans la vie réelle. Les épisodes ressemblaient aux chapitres d'un roman et, à force de l'entendre les lire à haute voix pour divertir le monde, ses camarades commencèrent à considérer les membres de sa famille comme des « personnages ». Il arrivait que le groupe fût pris d'un fou rire inextinguible à la lecture d'une phrase comme « Ta mère espère que tu es allé à confesse », et qu'il se la répétât des jours entiers en riant aux larmes. Camille expliqua que son père rédigeait une *Encyclopédie du droit*. Il était convaincu que le seul but de l'entreprise était de lui fournir un prétexte valable pour fuir sa mère et éviter d'avoir à lui faire la conversation le soir. Il alla même jusqu'à suggérer que son père s'enfermait dans son bureau avec ladite *Encyclopédie* pour lire ce que le père Proyart, l'adjoint du directeur, appelait des « mauvais livres ».

En guise de réponse, Camille remplissait des pleines pages de son écriture informe. Il gardait cette correspondance dans l'idée qu'elle pourrait un jour être publiée.

« Essayez de retenir cette vérité, Maximilien, lui disait le père Herivaux. La plupart des gens sont paresseux, et ils adopteront à votre sujet l'opinion que vous-même avez de vous. Veillez donc à afficher une haute estime de votre personne. »

Camille n'avait jamais eu ce genre de problème. Il avait le don de se faire accepter par les élèves plus âgés et bien introduits, de se donner en quelque sorte l'air de quelqu'un qu'il convient de connaître. Stanislas Fréron, de six ans son aîné, ainsi nommé d'après son parrain, le roi de Pologne, le prit sous son aile. La famille de Fréron était riche et cultivée, son oncle, connu pour être un ennemi juré de Voltaire. À six ans, il avait été emmené à Versailles, où il avait récité un poème devant Mesdames Adélaïde, Sophie et Victoire, les filles du vieux roi ; elles avaient été aux petits soins pour lui et l'avaient gavé de friandises. Fréron disait à Camille : « Quand tu seras plus âgé, je t'introduirai dans la bonne société, et ta carrière sera faite. »

Camille lui en était-il reconnaissant ? Pas le moins du monde. Il n'avait que mépris pour les idées de Fréron et ne s'en cachait pas. Il se mit à l'appeler « Lapin ». Fréron montrait les premiers symptômes d'une susceptibilité exacerbée. Il se plantait devant sa glace pour étudier son visage, tenter d'y déceler des dents trop proéminentes ou un air trop timide.

Il y avait également Louis Suleau, un garçon qui savait manier l'ironie, et qui souriait quand les jeunes aristocrates dénigraient le *statu quo*. C'est très formateur, disait-il, que de regarder les gens saper eux-mêmes le terrain sur lequel ils marchent. Nous connaîtrons une guerre de notre vivant, disait-il à Camille, et toi et moi ne serons pas dans le même camp. Alors, soyons amis pendant qu'il en est encore temps.

Camille dit au père Herivaux : « Je ne veux plus aller à confesse. Si vous m'y obligez, je ferai semblant d'être un autre. Et je confesserai des péchés qui ne seront pas les miens.

« — Sois raisonnable, répondit le père Herivaux. Attends d'avoir seize ans pour jeter ta foi aux orties. C'est le bon âge pour ce faire. »

Mais quand il eut atteint seize ans, Camille était engagé dans d'autres sortes de dévoiements. Maximilien de Robespierre souffrait quotidiennement à son sujet de petits accès d'appréhension. « Comment fais-tu pour sortir ? demandait-il.

— On n'est pas à la Bastille, tu sais. Parfois, il suffit de parlementer un peu ou de raconter des histoires. Tu peux aussi faire le mur. Veux-tu que je te montre le meilleur endroit ? Non, tu préfères ne pas savoir. »

À l'intérieur vit une communauté d'êtres pensants plus ou moins rationnels. À l'extérieur, ce sont des animaux qui passent devant les grilles de fer ; comme si les êtres humains avaient été mis en cage, tandis que dehors vont et viennent des bêtes sauvages qui se livrent à des activités humaines. La ville empeste la richesse et la corruption ; les mendiants se traînent dans les ordures des caniveaux, le bourreau torture en public, agressions et vols se commettent en plein jour. Ce que Camille découvre hors les murs l'excite et l'horrifie tout à la fois. C'est une ville plongée dans les ténèbres de l'ignorance, dit-il, oubliée de Dieu, un lieu de dépravation spirituelle insidieuse, vouée à un avenir d'Ancien Testament. La haute société dans laquelle Fréron s'est proposé de l'introduire est une sorte d'énorme organisme empoisonné qui claudique lentement sur le chemin de son extinction ; les gens comme toi, dit-il à Maximilien, sont les seuls dignes de diriger un pays.

Camille lui dit aussi un jour : « Attends un peu que

le père Proyart soit nommé directeur. Là, on va tous se retrouver plus bas que terre. » Et, à cette perspective, ses yeux brillaient d'excitation.

Maximilien se dit que c'est là une attitude propre à Camille : en somme, plus les choses empirent, meilleures elles deviennent. Il est vraiment le seul à penser de la sorte.

Mais il se trouva que le père Proyart n'obtint pas le poste. Le nouveau directeur fut le père Poignard d'Enthienloye, un homme de talent, souple et libéral. Qui ne tarda pas cependant à s'alarmer du nouvel esprit qui s'était fait jour parmi ses ouailles.

« Le père Proyart dit que vous avez une "clique", lança-t-il à Maximilien. D'après lui, vous êtes tous des anarchistes et des puritains.

— Le père Proyart ne m'aime pas, répondit Maximilien. Et je pense qu'il exagère beaucoup.

— Bien sûr qu'il exagère. Est-il besoin de s'étendre là-dessus ? Je dois dire l'office dans une demi-heure.

— Sommes-nous des puritains ? Si c'est le cas, il devrait être ravi.

— Si vous passiez votre temps à parler femmes, il saurait quoi faire, mais il dit que vous ne savez parler que politique.

— C'est vrai, dit Maximilien, prêt à prendre en compte, jusqu'à un certain point, les problèmes de ses aînés. Il craint que ces hauts murs ne suffisent pas à empêcher l'entrée des idées américaines. Et il a raison, bien sûr.

— À chaque génération ses passions. Personne n'en est meilleur témoin qu'un enseignant. Il m'arrive de penser que notre système est vraiment peu judicieux. Nous vous volons votre enfance, forçons vos idées dans cet air surchauffé de serre, puis nous vous faisons hiverner dans un climat de despotisme. » Ayant dit, le prêtre poussa un grand soupir : ses métaphores le déprimaient.

Maximilien s'imagina un instant à la tête de l'affaire familiale : toute cette « culture » se révélerait alors parfaitement inutile. « Vous pensez qu'il est préférable de ne pas donner des espoirs aux gens ? demanda-t-il.

— Ce que je pense, c'est qu'il est regrettable que nous vous encouragions à développer vos talents, pour vous dire à un moment (il lève la main, paume en avant) : Ça suffit, on arrête là. Nous sommes dans l'incapacité de fournir à un garçon comme vous les privilèges de la naissance et de la fortune.

— Oui, je comprends, dit le garçon avec un sourire qui, pour être simplement esquissé, n'en était pas moins sincère. Pour tout dire, ce point ne m'avait pas échappé. »

Le directeur ne comprenait pas les préjugés qu'entretenait le père Proyart à l'égard de ce garçon. Il n'était pas agressif, ne semblait pas vouloir à tout prix l'emporter sur vous dans la discussion. « Alors, qu'allez-vous faire, Maximilien ? Je veux dire par là, quelle sorte d'avenir envisagez-vous ? » Il savait que, d'après les clauses de sa bourse, le garçon était tenu d'obtenir un diplôme en médecine, en théologie ou en jurisprudence. « Il était plus ou moins entendu que vous feriez une carrière dans l'Église, je me trompe ? reprit-il.

— Ce sont les autres qui l'entendaient ainsi. » Le directeur trouva le ton de Maximilien très respectueux ; voilà quelqu'un, se dit-il, qui défère dûment aux opinions d'autrui, sans pour autant en tenir aucun compte. « Mon père avait un cabinet d'avocat autrefois, et j'espère reprendre l'affaire. Il faut que je rentre chez moi. Je suis l'aîné de la famille, voyez-vous. »

Cela, le père Poignard le savait ; comme il savait que, en l'occurrence, des parents plus ou moins éloignés versaient une somme de misère, et encore en rechignant, pour payer les frais que ne couvrait pas la bourse, et ce de façon que le garçon ne perdît jamais de vue sa position sociale. L'année précédente, il avait fallu que l'économe s'arrangeât pour lui procurer un nouveau pardessus.

« Une carrière en province ? dit le père. Saurez-vous vous en contenter ?

— Bah, j'évoluerai dans mon milieu naturel. » Un tantinet sarcastique, peut-être ? « Mais, mon père, vous vous alarmiez tout à l'heure du climat moral de cet endroit ; ne serait-il pas plus profitable pour vous d'avoir cette conversation avec Camille ? Il est autrement plus divertissant sur le chapitre du climat moral.

— Je déplore cette habitude consistant à le désigner par son seul prénom, objecta le prêtre. Comme s'il était célèbre. Aurait-il pour ambition de vivre toute sa vie avec pour tout nom un prénom ? Je n'ai pas très bonne opinion de votre ami. Et ne venez pas me dire que vous n'êtes pas son gardien.

— Je le suis en effet, j'en ai peur, dit Maximilien, avant d'ajouter après une pause : Allons, mon père, il n'est pas possible que vous n'ayez pas bonne opinion de lui. »

Le prêtre rit. « Le père Proyart dit que vous n'êtes pas seulement des puritains et des anarchistes, mais aussi des poseurs. Précieux, trop préoccupés de votre image… C'est également valable pour le jeune Suleau. Mais je constate que vous, vous êtes différent.

— Vous pensez que je devrais me contenter d'être moi-même ?

— Pourquoi pas ?

— Pour ma part, je trouve qu'il est bon de s'efforcer de sortir de soi. » Plus tard, une fois son bréviaire posé à côté de lui, le prêtre repensa à cet entretien. Cet enfant sera tout bonnement malheureux, se dit-il. Il va retourner dans sa province et ne fera jamais grand-chose.

Nous sommes à présent en 1774. Poseurs ou pas, il est désormais temps de grandir. Temps d'entrer dans le domaine public, ce monde des actes et des attitudes publiques. Tout ce qui va se produire à partir de maintenant se produira à la lumière de l'histoire. Une lumière qui n'a pas l'éclat de l'astre solaire mais trace le chemin de l'intellect à la simple lueur d'un feu follet de cimetière ; c'est au mieux le reflet d'une clarté lunaire, source d'erreurs, à demi-aveugle et desséchée.

Camille Desmoulins, 1793 : « On croit que gagner sa liberté, c'est comme grandir : cela ne va pas sans souffrance. »

Maximilien Robespierre, 1793 : « L'histoire est un roman. »

II

Feux follets de cimetière

(1774-1780)

Peu de temps après Pâques, Louis XV attrapa la petite vérole. Depuis son tout jeune âge, sa vie était encombrée de courtisans : son lever était une cérémonie réglée par une étiquette aussi complexe que rigide ; et quand il prenait ses repas, c'était en public, avec des centaines de témoins qui défilaient, bouche bée devant chaque coup de fourchette. Pas de selles, pas un coït, pas un éternuement qui ne fussent commentés en public ; sa mort n'échapperait pas à la règle.

Il lui fallut interrompre la chasse, et il fut ramené au palais, faible et fiévreux. Il avait soixante-quatre ans, et d'emblée on inclina à penser qu'il allait mourir. Quand l'éruption se déclara, il se mit à trembler de peur car lui aussi se doutait que l'issue serait fatale et le conduirait tout droit en enfer.

Le Dauphin et son épouse restèrent cloîtrés dans leurs appartements, redoutant la contagion. Quand les pustules commencèrent à suppurer, on ouvrit en grand portes et fenêtres sans pouvoir se défaire de l'insoutenable puanteur. Le corps en putréfaction fut confié aux médecins et aux prêtres le temps des dernières heures. Le carrosse de Mme Du Barry, la dernière des maîtresses officielles, quitta Versailles à jamais, et ce n'est qu'après son départ, quand il fut vraiment seul, que les prêtres consentirent à lui donner l'absolution. Il l'envoya chercher, apprit qu'elle était déjà partie. « Déjà », dit-il.

La Cour s'était rassemblée, pour attendre la suite des événements, dans l'immense antichambre que l'on appelait l'Œil-de-bœuf. Le 10 mai, à trois heures et quart de l'après-midi, un cierge qui brûlait devant la fenêtre de la chambre du malade fut éteint.

Aussitôt explosa un grand fracas, tel un coup de tonnerre dans un ciel serein : le bruit des glissements, des piétinements de centaines de pas précipités. D'un seul et même ensemble, la Cour sortait en trombe de l'Œil-de-bœuf et traversait la Grande Galerie pour se rendre auprès du nouveau roi.

Lequel a dix-neuf ans ; son épouse, la princesse autrichienne Marie-Antoinette, en a, elle, un de moins. Le roi est un garçon grand et gros, pieux, flegmatique et consciencieux, voué aux plaisirs de la chasse et de la table ; on le dit incapable, en raison d'un prépuce trop étroit, de se livrer aux plaisirs de la chair. La reine, elle, est une petite fille égoïste, volontaire et sans éducation. Blonde, le teint clair, elle est jolie – comme le sont presque toutes les filles à dix-huit ans ; mais sa morgue de Habsbourg au menton carré commence déjà à en découdre avec les avantages que confèrent les diamants, la soie et l'ignorance.

Le nouveau règne suscite d'immenses espoirs. Sur

la statue du grand Henri IV, la main d'un optimiste anonyme écrit : *Resurrexit*.

Quand le lieutenant général de police arrive à son bureau – aujourd'hui comme l'an dernier, comme tous les ans –, la première chose dont il s'enquiert est le prix du pain dans les boulangeries de Paris. Si les Halles sont suffisamment approvisionnées en farine, les boulangers de la ville et des faubourgs seront en mesure de satisfaire leurs clients, et les centaines de boulangers itinérants iront ravitailler les marchés du Marais, de Saint-Paul, du Palais-Royal et des Halles elles-mêmes.

Quand tout va bien, une miche de pain bis coûte huit ou neuf sous. Un ouvrier sans qualification payé à la journée peut espérer en gagner vingt ; un maçon, autour de quarante, un serrurier ou un menuisier, cinquante. Éléments de base d'un budget moyen : loyer, chandelles, matière grasse pour la cuisine, légumes, vin. La viande est réservée aux grandes occasions. Le pain reste donc la préoccupation première.

Les lignes de ravitaillement sont strictes, précises et surveillées. Tout ce qui reste aux boulangers en fin de journée doit être vendu à bas prix ; les pauvres ne mangent qu'une fois la nuit tombée sur les marchés.

Tout fonctionne bien ; mais quand les récoltes sont mauvaises – en 1770, par exemple, en 1772 ou encore en 1774 –, on assiste à une montée inexorable des prix ; à l'automne 1774, un pain de quatre livres coûte onze sous à Paris, mais au printemps suivant le prix a grimpé à quatorze. Les salaires, eux, n'augmentent pas. Les ouvriers du bâtiment sont traditionnellement turbulents, les tisserands le sont tout autant, ainsi que les relieurs et (pauvres chères âmes) les chapeliers ; mais on fait rarement grève pour obtenir une augmentation de salaire, le plus souvent c'est pour protester contre une réduction. Ce n'est pas la grève mais l'émeute du pain qui est le recours le plus fréquent du travailleur des villes, et c'est pourquoi la température et la pluviosité qui affectent quelque lointain champ de blé ont une incidence directe sur les maux de tête du lieutenant général de police.

Chaque fois que le grain vient à manquer, les gens du peuple crient au « pacte de famine ». Ils accusent spéculateurs et profiteurs. Les meuniers, disent-ils, se sont mis d'accord pour affamer les serruriers, les chapeliers, les relieurs et leurs enfants. Et voilà justement que, dans ces années 1770, les tenants de la réforme économique veulent introduire le libre commerce des grains, ce qui obligerait les régions les plus défavorisées du pays à lutter dans un marché ouvert. Deux ou trois petites émeutes, et les contrôles ont tôt fait d'être rétablis. En 1770, l'abbé Terray, le contrôleur général des Finances, se dépêcha d'imposer à nouveau contrôle des prix, taxes et restrictions sur le mouvement des grains. Sans consulter personne, par simple décret royal. Et ceux qui avaient mangé ce jour-là de hurler : « Despotisme ! »

Le pain, voilà l'élément qu'il convient de ne jamais perdre de vue ; c'est la denrée de base de toutes les conjectures, l'aliment dont se nourrissent toutes les théories sur l'avenir, proche et lointain. Dans quinze ans, le jour de la chute de la Bastille, le prix du pain à Paris atteindra un montant jamais égalé depuis soixante ans. Et dans vingt (quand tout sera fini), une habitante de la capitale déclarera : « Sous

Robespierre, le sang coulait, mais le peuple avait du pain. Peut-être que pour avoir du pain il faut nécessairement répandre le sang. »

Le roi appela un certain Turgot au poste de contrôleur général des Finances. Alors âgé de quarante-sept ans, c'était un homme nouveau, un rationaliste, partisan du *laissez-faire**[1]. Il était énergique, bouillonnait d'idées et avait la tête pleine des réformes que selon lui on devait entreprendre si l'on voulait sauver le pays. Il était l'homme de la situation, c'était du moins là son avis. Il commença par réclamer des réductions dans les dépenses de Versailles. La Cour eut du mal à s'en remettre. Malesherbes, membre de la Maison du roi, conseilla au ministre de faire preuve d'un peu plus de prudence ; il se faisait trop d'ennemis. « Les besoins du peuple sont énormes, répliqua brutalement Turgot, et dans ma famille on meurt à cinquante ans. »

Au printemps 1775, des émeutes firent rage dans de nombreux bourgs, surtout en Picardie. À Versailles, huit mille Parisiens se rassemblèrent devant le palais et levèrent des yeux pleins d'espoir vers les fenêtres royales. Convaincus, comme à l'accoutumée, qu'une intervention personnelle du roi résoudrait tous leurs problèmes. Le gouverneur de Versailles promit que le prix du blé à Paris serait bloqué. On convainquit le nouveau roi de s'adresser à la foule depuis un balcon. Et la populace se dispersa sans violence.

À Paris, cependant, elle pilla les boulangeries de la rive gauche. La police procéda à quelques arrestations,

1. Les termes en italique suivis d'un astérisque sont en français dans le texte. *(N.d.T.)*

s'efforçant de ne pas envenimer les choses et réussissant à éviter les affrontements. Il y eut cent soixante-deux mises en accusation. Deux des pillards, dont un garçon de seize ans, furent pendus en place de Grève, le 11 mai, à trois heures de l'après-midi. Pour l'exemple.

* * *

En juillet 1775, il fut convenu que le nouveau roi et sa charmante reine rendraient visite au collège Louis-le-Grand, un usage auquel se pliait traditionnellement le souverain après son couronnement. Cette fois-ci, les époux royaux ne s'attarderaient guère, car des choses plus divertissantes les requéraient ailleurs. Le scénario de la visite serait le suivant : après avoir été accueillis, avec leur suite, devant la grande grille, ils descendraient de leur carrosse, et l'élève le plus appliqué et le plus méritant de l'établissement leur lirait alors le texte d'une humble allocution. Le jour venu, il faisait un temps épouvantable.

Une heure et demie avant l'heure à laquelle on pouvait raisonnablement s'attendre à voir paraître les invités, élèves et professeurs se rassemblèrent devant le portail de la rue Saint-Jacques. Arriva bientôt une brigade d'officiers à cheval qui les firent reculer et se ranger en bon ordre, sans trop de ménagements, soit dit en passant. Les gouttes jusque-là éparses se transformèrent en une pluie continue. Puis vint le tour des gens de la suite, des gardes du corps et du personnel attaché au service du couple royal ; le temps que chacun prît position, tout le monde était trempé et frigorifié, et personne ne cherchait plus à se glisser au premier rang. On avait quelque peu oublié le dernier couronnement, si bien qu'on ne se doutait pas que l'affaire prendrait autant de temps. Les élèves attendaient, en groupes compacts, l'air piteux, se dandinant d'un pied sur l'autre. Si quelqu'un s'avisait de sortir du rang, un officier surgissait aussitôt pour le repousser, une épée au bout du bras.

Le carrosse royal consentit enfin à se montrer. Les gens étaient maintenant hissés sur la pointe des pieds, le cou tendu, et les plus jeunes se plaignaient de l'impossibilité dans laquelle ils étaient de voir quoi que ce fût après avoir attendu si longtemps. Le père Poignard, le directeur, s'avança et s'inclina. Il commença à prononcer les quelques mots qu'il avait préparés en direction de la voiture royale.

L'élève boursier avait la bouche sèche et la main tremblante. Mais, comme il parlerait en latin, personne ne détecterait son accent provincial.

La reine pointa dehors sa jolie tête, avant de la rentrer précipitamment. Le roi agita la main et murmura quelques mots à un homme en livrée, qui les fit passer avec un ricanement le long d'une rangée d'officiers, lesquels les communiquèrent enfin d'un signe de la main au monde qui retenait son souffle. Tout devint soudain clair : Leurs Majestés ne paraîtraient pas. Elles resteraient douillettement calfeutrées dans le carrosse le temps de l'allocution.

Le père Poignard avait la tête qui lui tournait. Il aurait dû prévoir des tapis, des dais, faire installer une sorte de pavillon provisoire, décoré peut-être de rameaux verts à la mode rustique du moment, orné peut-être des armoiries royales ou des monogrammes entrelacés des souverains reproduits à l'aide de fleurs.

Son visage prit une expression égarée, lointaine, vaguement repentante. Par chance, le père Herivaux eut la présence d'esprit de donner le feu vert au jeune boursier.

Le garçon commença, sa voix prenant de plus en plus d'assurance après un début hésitant. Le père Herivaux se détendit ; c'était lui qui avait rédigé le texte, il l'avait fait répéter au garçon. Et il était satisfait : ça sonnait bien.

On vit la reine frissonner. « Ah ! s'exclama le monde. Elle a frissonné ! » Une seconde plus tard, elle étouffait un bâillement. Le roi se retourna, plein d'attentions. Mais... que se passait-il donc ? L'aurige sur son siège rassemblait les rênes entre ses mains ! Le lourd véhicule s'ébranlait au milieu des grincements. Ils partaient – l'accueil passé sous silence, l'allocution à peine commencée mais, pour eux, déjà terminée.

Le jeune orateur semblait ne pas se rendre compte des changements qui s'opéraient autour de lui. Il poursuivait son discours, le visage pâle et figé, le regard fixé droit devant lui. Comment pouvait-il ignorer que les hôtes royaux s'éloignaient à cet instant dans la rue ?

L'air était chargé de ressentiments rentrés. Un trimestre tout entier pour préparer l'événement... Les gens restaient sur place, allant et venant sans but. La pluie tombait plus dru maintenant. On avait l'impression que c'eût été manquer d'égards que de se disperser pour se précipiter à l'abri, mais de quels égards avaient donc témoigné le roi et la reine en s'éclipsant ainsi, laissant choir Chose au beau milieu de la rue, sans plus personne à qui s'adresser...

« Ça n'a rien de personnel, dit le père Poignard. Ce

n'est tout de même pas à cause de quelque chose que nous aurions fait ? Sa Majesté la reine était lasse…

— On aurait aussi bien pu s'adresser à elle en japonais, dit l'élève debout à son côté.

— Pour une fois, Camille, vous avez raison », reconnut le père Poignard.

L'orateur en était enfin à sa péroraison. Sans un sourire, il adressa un adieu ému de fidèle sujet aux souverains à présent hors de vue, exprimant l'espoir que l'école aurait à nouveau un jour l'honneur, etc.

Une main consolatrice se posa sur son épaule. « Ne vous inquiétez pas, Robespierre, cela aurait pu arriver à n'importe qui. »

C'est alors seulement que le jeune boursier consentit à sourire.

La scène se passait à Paris, en juillet 1775. À cette même date, dans la bonne ville de Troyes, Georges Jacques Danton avait déjà vécu la moitié de sa vie ou presque. Ce que, bien évidemment, sa famille ne pouvait pas savoir. Il avait de bons résultats à l'école, même si l'on n'aurait pu le dire tout à fait rangé. Son avenir était l'objet de discussions serrées au sein de la famille.

Transportons-nous donc à Troyes. Un jour, près de la cathédrale, un homme dessinait des portraits. Il s'efforçait de croquer les passants, jetant de temps à autre un coup d'œil au ciel et fredonnant un air à part lui. Un air populaire, facile à retenir.

Personne n'était disposé à se faire tirer le portrait ; les gens passaient sans lui accorder un regard. Mais l'homme ne semblait pas leur en tenir rigueur – manifestement, il se satisfaisait d'être là, avec ses crayons, par ce bel après-midi d'été. Il n'était pas de la région, comme en témoignaient ses allures de dandy et son air parisien. Georges Jacques Danton se tenait devant lui. En fait, il faisait tout pour se faire remarquer de lui : il brûlait de jeter un œil sur le travail de l'autre et d'engager la conversation. Il était du genre à parler à tout le monde, Georges Jacques, surtout aux étrangers. Il aimait tout savoir de la vie des gens.

« Auriez-vous le temps d'un portrait ? » s'enquit l'artiste sans lever la tête, en installant une feuille vierge sur sa planche.

Le garçon hésita.

« Vous êtes étudiant, vous n'avez pas d'argent, je le vois bien, reprit l'homme. En revanche, vous avez un visage… Doux Jésus, vous avez dû en connaître de rudes, non ? Jamais vu pareil lot de cicatrices. Restez sans bouger le temps pour moi de réaliser deux portraits au charbon, et je vous en donnerai un. »

Georges Jacques prit la pose et resta sans bouger, tout en observant l'artiste du coin de l'œil. « Ne parlez pas, reprit celui-ci. Contentez-vous de me faire ce terrible froncement de sourcils – oui, c'est ça – et c'est moi qui parlerai. Je m'appelle Fabre. Fabre d'Églantine. Drôle de nom, me direz-vous. Pourquoi "d'Églantine" ? vous entends-je demander d'ici. Eh bien, puisque vous tenez à le savoir, lors de son concours littéraire de 1771, l'académie de Toulouse m'a récompensé d'une couronne d'églantines. Un honneur insigne, très convoité, et qui vous marque une vie, vous ne trouvez pas ? Si, bien sûr… Encore que j'eusse préféré un petit lingot d'or, mais que voulez-vous ! Toujours est-il que, en souvenir de l'événement, mes amis m'ont vivement encouragé à ajouter le "d'Églantine" à mon prosaïque patronyme. Tournez un peu la tête, voulez-vous ? Non, de l'autre côté. Mais – permettez que je continue à vous mettre des mots dans la bouche –, si ce quidam est fêté pour ses dons littéraires, comment se fait-il qu'il croque des portraits d'inconnus dans la rue ?

— J'imagine que vous êtes un homme aux talents variés, répondit Georges Jacques.

— Certains de vos dignitaires locaux m'avaient invité à venir faire des lectures de mes œuvres. Ça n'a pas marché, comme vous pouvez voir. Je me suis pris de bec avec mes mécènes. Chose dont sont coutumiers les artistes, comme vous ne l'ignorez sans doute pas. »

Georges Jacques continuait de l'observer, du mieux qu'il pouvait vu l'obligation où il était de ne pas tourner la tête. Fabre devait avoir dans les vingt-cinq ans ; il n'était pas très grand, et ses cheveux noirs coupés court n'étaient pas poudrés. Son manteau était soigneusement brossé mais lustré aux poignets, et son linge montrait des signes d'usure. Tout ce qu'il disait était à la fois sérieux et léger. Son visage était un théâtre d'expressions adoptées à titre d'essai, et par suite éphémères.

Fabre choisit un autre crayon. « Un peu plus vers la gauche, dit-il. Vous avez parlé à l'instant de talents variés… Eh bien, pour tout vous dire, je suis dramaturge, directeur de théâtre, portraitiste – comme vous pouvez le voir – et peintre paysagiste ; mais également compositeur et musicien, poète et chorégraphe. Par ailleurs, j'écris sur tous les sujets d'intérêt public et je parle plusieurs langues. Je suis passionné par l'art des jardins et j'adorerais me lancer dans cette voie, mais personne n'accepte de faire appel à mes services. Il faut bien que je l'admette : le monde ne semble pas encore prêt à me reconnaître. Jusqu'à la semaine dernière, j'étais acteur itinérant, mais j'ai égaré ma troupe. »

Il avait maintenant terminé son travail. Jetant son crayon, il plissa les yeux pour regarder ses croquis, les tenant tous les deux à bout de bras. « Voilà, dit-il après réflexion. Prenez celui-là, c'est le meilleur. »

Il avait devant lui le visage ravagé de Danton : la longue cicatrice, le nez cabossé, l'épaisse chevelure indisciplinée qui semblait lui surgir du front.

« Si vous devenez célèbre un jour, dit le modèle, ce dessin pourrait valoir quelque argent. Mais, dites-moi, qu'est-il arrivé aux autres acteurs ? Vous deviez donner une représentation dans cette ville ? »

Il aurait aimé y assister. La vie était trop calme, elle était morne.

Fabre se leva brusquement de son tabouret et eut un geste obscène en direction de Bar-sur-Seine. « Deux de nos comédiens les plus applaudis sont en train de moisir dans quelque cachot de village, accusés d'ivresse sur la voie publique. Quant à notre principal rôle féminin, elle s'est fait engrosser il y a des mois de cela par un sombre cul-terreux et ne peut plus prétendre figurer aujourd'hui que dans les farces les plus vulgaires. Nous nous sommes séparés. Temporairement. » Il se rassit. « Mais vous... reprit-il, les yeux brillants d'intérêt, cela ne vous tenterait pas par hasard de vous enfuir de chez vous pour faire l'acteur ?

— Je ne pense pas, non. Ma famille voudrait que je devienne prêtre.

— Oh non, ce n'est pas une carrière pour vous. Savez-vous comment ils choisissent les évêques ? D'après leur origine. Et vous, vous avez quoi en fait d'origine ? Regardez-vous. Vous avez tout d'un garçon de ferme. Quel intérêt y a-t-il à embrasser une profession si on n'est pas sûr d'arriver tout en haut ?

— Vous croyez que je pourrais arriver au sommet en devenant acteur itinérant ? »

Il avait posé la question avec beaucoup de civilité, comme s'il était prêt à envisager tous les métiers.

« Vous pourriez jouer les méchants, dit Fabre en riant. Vous auriez du succès. Vous avez une bonne voix, du potentiel. Faites-la venir d'ici, dit-il en se tapotant la poitrine. Il faut que votre respiration parte de là, précisa-t-il en s'assénant un coup de poing en dessous du diaphragme. Pensez à votre souffle comme à un fleuve. Laissez-le couler librement, sans entrave. Tout est dans la respiration. Détendez-vous, laissez retomber vos épaules, comme ça. Si vous respirez d'en bas, de *là* – il se frappa à nouveau l'estomac –, vous pouvez tenir des heures.

— Je ne vois pas pourquoi je devrais le faire, objecta Danton.

— Oh, je sais bien ce que vous pensez. Pour vous, les acteurs sont la lie de la société, c'est ça ? Des moins que rien, de la merde ambulante. Comme les protestants. Comme les juifs. Mais dites-moi un peu, mon garçon, en quoi votre vie est-elle plus reluisante ? Nous sommes tous des vers de terre, tous de la merde. Vous rendez-vous compte que vous pourriez vous retrouver enfermé dès demain, et pour le restant de votre vie, s'il prenait fantaisie au roi d'apposer son

79

nom sur un morceau de papier qu'il n'aura même *jamais lu* ?

— Je ne vois pas pourquoi il ferait une chose pareille, dit Danton. Je ne lui en ai guère donné l'occasion. Je me contente de suivre mes études.

— Eh bien, justement, dit Fabre. Il faudrait que vous veilliez à vivre les quarante prochaines années sans attirer l'attention sur vous. Point n'est besoin pour lui de vous connaître, c'est là le plus beau de l'affaire. Vous ne comprenez donc pas... Bon sang, mais qu'est-ce qu'on vous apprend à l'école aujourd'hui ? Il suffit que quelqu'un – n'importe qui, mais alors vraiment n'importe qui – vous prenne en grippe et veuille vous voir débarrasser le plancher, et le voilà qui s'en va trouver le roi avec ses petits documents – "Signez ici, Votre Imbécillité" –, et vous voilà enfermé à la Bastille, enchaîné à une profondeur de dix mètres en dessous de la rue Saint-Antoine, avec un tas d'ossements pour toute compagnie. Non, non, vous n'aurez pas droit à une cellule particulière, parce qu'ils ne prennent pas la peine d'enlever les vieux squelettes. Vous savez, n'est-ce pas, qu'ils ont là-dedans une espèce spéciale de rats qui dévorent les prisonniers tout crus.

— Comment ça ? Morceau par morceau ?

— Absolument, dit Fabre. D'abord un petit doigt. Puis un petit orteil. »

Il chercha le regard de Danton, éclata de rire, fit une boule d'une feuille de papier déjà utilisée et la jeta par-dessus son épaule. « Merde alors ! s'exclama-t-il. C'est vraiment pas rien de vouloir faire votre éducation, à vous autres provinciaux. Je me demande pourquoi je ne vais pas à Paris de ce pas pour y faire fortune.

— J'espère moi-même aller à Paris, avant qu'il soit longtemps », dit Georges Jacques. Sa voix mourut dans sa gorge ; avant d'exprimer cet espoir, il ignorait même l'avoir en tête. « Peut-être que, une fois là-bas, j'aurai l'occasion de vous revoir.

— Pas question de peut-être, rétorqua Fabre, en montrant le portrait légèrement raté qu'il avait gardé. J'ai votre visage dans mes dossiers. J'ouvrirai l'œil et je vous trouverai.

— Mon nom est Georges Jacques Danton », dit le garçon en tendant sa grosse main.

Fabre leva les yeux, son visage mobile mainte-nant au repos. « Au revoir, dit-il. Georges Jacques… étudiez donc le droit. Sa connaissance est une arme redoutable. »

Il pensa toute la semaine à Paris. Le lauréat du prix littéraire hantait ses jours. Il n'était peut-être qu'une merde ambulante, mais du moins lui avait vu du pays, et pouvait en voir encore. Respire de là en bas, ne cessait-il de se répéter. Il s'y essaya. Eh oui, c'était bien vrai. Il avait l'impression d'être capable de parler des heures entières.

Quand M. de Viefville des Essarts allait à Paris, il rendait visite à son neveu au collège Louis-le-Grand, pour voir comment celui-ci se comportait. Il avait désormais des doutes – et des doutes sérieux – sur l'avenir du garçon, dont le défaut d'élocution, loin de s'arranger, avait plutôt tendance à empirer. Quand il s'adressait à lui, c'était avec un sourire anxieux aux lèvres. Il arrivait au gamin de rester coincé au beau milieu d'une phrase, ce qui ne laissait pas d'être embarrassant, voire attristant. Alors on était tenté de se lancer et de l'aider à formuler ce qu'il allait dire – si ce n'est que, avec Camille, on ne savait jamais au juste où il voulait arriver. Des phrases commencées de façon tout à fait normale étaient susceptibles chez lui de se terminer n'importe où.

Il semblait, de manière plus préoccupante encore, être totalement inapte à la vie qu'on lui avait tracée. Il était d'une telle nervosité qu'on entendait presque battre son cœur. Frêle, le teint pâle, les cheveux noirs et abondants, il regardait son oncle sous ses longs cils et déambulait dans la pièce comme si sa seule idée était d'en sortir. Et son parent de s'apitoyer : pauvre petite créature.

Mais à peine avait-il mis le pied dans la rue que sa compassion s'évanouissait. Il avait l'impression de s'être fait taillader à coups de mots. Ce n'était pas juste. Un peu comme si un estropié vous faisait tomber d'un croc-en-jambe dans le caniveau. On avait envie de se plaindre, mais au vu des circonstances on sentait bien qu'on ne pouvait pas.

Si monsieur venait à Paris, c'était d'abord pour siéger au Parlement. Les parlements du royaume n'étaient pas des corps élus. Les Viefville avaient acheté leur office, et le transmettraient à leurs héritiers : à Camille peut-être, si sa conduite s'améliorait. Les parlements jugeaient les affaires civiles et criminelles ; ils sanctionnaient les édits royaux. Ils confirmaient en somme qu'ils représentaient bien la loi.

De temps à autre, les membres des parlements ruaient dans les brancards, émettaient des protestations, se posant en défenseurs des intérêts de la nation… mais uniquement quand ils sentaient leurs propres intérêts menacés, ou quand ils voyaient une possibilité de mieux les servir. M. de Viefville appartenait à cette partie de la bourgeoisie qui ne cherchait pas à détruire la noblesse, mais espérait plutôt se fondre dans ses rangs. Charges, positions, privilèges – tout a un prix, et se trouve souvent assorti d'un titre.

Les parlementaires commencèrent à s'inquiéter sérieusement quand la Couronne se mit en tête d'affirmer son autorité, de publier des décrets dans des domaines où elle n'était jamais intervenue auparavant, d'avoir de brillantes idées sur la manière dont il convenait de gouverner le pays. Il leur arrivait de prendre le monarque à rebrousse-poil ; étant donné que toute résistance à l'autorité royale était chose nouvelle et n'allait pas sans risque, les membres des parlements réussissaient ce tour de force peu commun d'être des héros populaires en même temps que des ultraconservateurs.

En janvier 1776, le ministre Turgot proposa l'abolition de la corvée royale, pratique par laquelle les roturiers des campagnes étaient obligés de travailler gratuitement à l'entretien des routes et des ponts. Il estimait que les routes seraient en meilleur état si elle étaient construites et entretenues par des entrepreneurs privés, plutôt que par des paysans que l'on arrachait momentanément à leurs champs. Pareille opération serait coûteuse, forcément. Alors, peut-être pourrait-on instaurer une taxe foncière ? À laquelle seraient même soumis tous les nantis – les nobles, eh oui, aussi bien que les roturiers.

Les parlements rejetèrent tout net le projet. À la

suite d'une violente confrontation, le roi les força à entériner l'abolition de la corvée. Turgot se faisait des ennemis partout. La reine et son entourage intensifièrent leur campagne contre lui. Le roi, qui avait toujours rechigné à faire montre d'autorité, était aussi très vulnérable aux pressions du moment. En mai, il renvoyait Turgot, et la corvée était rétablie.

C'est ainsi qu'un ministre fut renversé, procédé qui devait connaître par la suite un certain succès. Et le comte d'Artois de déclarer dans le sillage de cette disgrâce : « Nous allons enfin pouvoir dépenser un peu d'argent. »

Quand le roi ne chassait pas, il aimait à s'enfermer dans son atelier pour jouer au ferronnier et bricoler des serrures. En refusant de prendre des décisions, il espérait éviter de commettre des erreurs, convaincu qu'il était que, s'il s'abstenait d'intervenir, les choses continueraient à marcher comme avant.

Turgot renvoyé, Malesherbes offrit à son tour sa démission. « Vous avez de la chance, vous, lui dit un Louis lugubre. J'aimerais bien pouvoir démissionner moi aussi. »

1776 : déclaration du parlement de Paris :

La première règle de la justice est de conserver à chaque individu les biens qui lui appartiennent. C'est là une règle fondamentale de la loi naturelle, des droits de l'homme et du gouvernement civil ; une règle qui consiste à garantir non seulement les droits de la propriété, mais aussi les droits dont est investi l'individu et qui lui viennent des prérogatives de sa naissance et de sa position sociale.

Quand M. de Viefville rentrait chez lui, il se frayait un chemin dans l'enchevêtrement des rues de la petite ville et dans les cœurs enchevêtrés de ces gens de province ; et il se résolvait à rendre visite à Jean-Nicolas, dans sa haute maison blanche remplie de livres de la place des Armes. Maître Desmoulins vivait à présent avec une obsession, et Viefville appréhendait leurs rencontres, redoutait de croiser le regard déconcerté de l'autre et de s'entendre poser la question à laquelle personne n'était capable de répondre : qu'était-il donc arrivé à cet enfant, beau et bien sous tous rapports, qu'il avait envoyé au Cateau-Cambrésis neuf ans plus tôt ?

Le jour anniversaire des seize ans de Camille, son père arpente la maison en vitupérant : « Il m'arrive de penser que j'ai sur les bras un petit monstre dépravé, dénué de raison et de tout sentiment. » Il a écrit aux prêtres à Paris pour leur demander ce qu'ils enseignent à son fils, pourquoi son apparence est toujours aussi négligée et pourquoi, lors de sa dernière visite, il a séduit la fille d'un conseiller municipal, « un homme que je suis amené à croiser tous les jours dans l'exercice de mes fonctions ».

Jean-Nicolas n'attendait pas vraiment de réponse à ces questions. Ce qui le dérangeait au fond chez son fils était quelque chose d'assez différent. Pourquoi ce garçon dégageait-il une telle aura émotive ? Voilà la question qui l'intriguait. D'où tirait-il cette capacité à affecter les autres à ce point – à les troubler, à les déconcerter, à les mettre brutalement mal à l'aise ? En présence de Camille, une conversation en apparence banale pouvait prendre une direction totalement inattendue ou se terminer en une dispute orageuse. Avec

85

lui, il y avait du danger à se fier aux conventions sociales les plus élémentaires. On ne pouvait, se disait Desmoulins, le laisser seul avec personne.

On se gardait bien désormais de dire de lui qu'il était un petit Godard. De leur côté, les Viefville ne se bousculaient pas non plus pour le revendiquer comme un des leurs. Ses frères étaient prospères, ses sœurs épanouies, mais, quand Camille paraissait à la porte d'entrée du manoir, on aurait cru un gamin apportant un message de l'hospice pour enfants trouvés.

Peut-être que, devenu grand, il serait de ces enfants que l'on paie pour qu'ils restent loin de chez eux.

Il y a certains membres de la noblesse de France qui ont découvert que leurs meilleurs amis étaient leurs hommes de loi. À présent que les rentes foncières connaissent un déclin régulier, et que les prix montent, les pauvres s'appauvrissent, et les riches aussi. Il est devenu nécessaire de faire valoir à nouveau certains privilèges que l'on a laissés tomber en désuétude au fil des ans. Souvent, des droits qui vous sont dus n'ont pas été payés depuis une génération ; fini, cette charité et ce relâchement de grand seigneur. Sans compter que vos ancêtres ont permis qu'une partie de leurs domaines reçoive l'appellation de « biens communaux », alors même que l'expression est le plus souvent dénuée de tout fondement juridique.

Époque bénie pour Jean-Nicolas ; s'il connaissait quelques déboires dans sa vie privée, du moins sa vie professionnelle était-elle prospère. Maître Desmoulins n'était pas un lécheur de bottes : il avait un sens aigu de sa dignité et une largeur de vues qui expliquait son esprit de réforme dans la plupart des domaines de la vie du pays. Il lisait Diderot après le dîner et était abonné à la récente parution à Genève de l'*Encyclopédie*, qu'il recevait en fascicules. Il passait néanmoins beaucoup de temps à consulter les registres de droit et à rechercher l'origine des anciens titres. On lui livra deux ou trois coffres-forts qui furent hissés jusqu'à son cabinet, et, une fois ouverts, laissèrent échapper une légère odeur de moisi. « C'est donc là l'odeur de la tyrannie », commenta Camille. Dédaignant son travail en cours, son père se plongea dans les coffres ; délicatement, il tendit les vieux parchemins jaunis vers la lumière. Clément, son plus jeune enfant, crut qu'il cherchait un trésor enfoui.

Le prince de Condé, l'aristocrate le plus en vue de la région, vint rendre visite en personne à maître Desmoulins dans sa haute maison blanche, remplie de livres mais si humble, de la place des Armes. Normalement, il se serait contenté d'envoyer son intendant, mais il était curieux de rencontrer l'homme qui faisait de la si belle ouvrage pour son compte. Sans compter que, honoré d'une telle visite, le bonhomme n'aurait pas le front d'envoyer une facture.

C'était une fin d'après-midi d'automne. Réchauffant dans sa main un verre d'un vin rouge au velours profond, et conscient de l'air de condescendance qui était le sien, le prince baignait dans le scintillement d'une débauche de chandelles ; le crépuscule gagnait peu à peu la pièce, dessinant des ombres dans les angles.

« Mais enfin, vous autres, que réclamez-vous ? demanda-t-il.

— Ma foi... commença maître Desmoulins, considérant cette vaste question. Les gens comme moi, membres des professions libérales, aimeraient un peu plus, comment dire, enfin je suppose... Ou alors, disons que nous serions heureux de pouvoir servir. » Il se dit que ce ne serait que justice ; sous l'ancien roi, les nobles n'étaient jamais ministres, aujourd'hui, tous les ministres ou presque étaient des nobles. « Nous voudrions l'égalité civile, reprit-il. L'égalité fiscale.

— Vous voulez donc que la noblesse paie vos impôts à votre place ? demanda Condé, le sourcil levé.

— Non, monseigneur, nous voulons simplement que vous payiez les vôtres.

— Mais je paie des impôts, dit Condé. Je ne suis pas exempté de la capitation, que je sache. Toute cette histoire de taxe foncière ne tient pas debout. Alors, quoi d'autre ?

— L'égalité des chances, dit Desmoulins avec un geste qu'il espérait éloquent. C'est tout. Des chances égales pour pouvoir entrer dans l'armée, faire carrière dans l'Église... » J'explique les choses le plus simplement possible, songea-t-il : le b.a.-ba de la revendication.

« L'égalité des chances ? Cela ne paraît-il pas contre nature ?

— Cela se passe différemment dans d'autres pays. Regardez l'Angleterre. On ne peut pas dire que c'est une fatalité de la condition humaine que d'être opprimé.

— Opprimé ? C'est ainsi que vous vous voyez ?

— C'est ce que je ressens, en effet. Et si moi, je le ressens, que dire des pauvres ?

— Les pauvres ne ressentent rien, dit le prince. Ne soyez donc pas sentimental. Ils ne s'intéressent pas à l'art du gouvernement. Ils ne se préoccupent que de leur estomac.

— Justement, même si l'on ne considère que leur estomac…

— Et vous-même, l'interrompit Condé, vous ne vous intéressez pas aux pauvres, si ce n'est comme munition dans un débat. Vous autres hommes de loi, c'est d'abord pour vous-mêmes que vous recherchez des concessions.

— Ce n'est pas une question de concession. Il s'agit du respect des droits naturels de l'homme.

— Que de belles formules ! Vous en usez bien librement, à mon avis.

— Liberté de pensée, liberté de parole… est-ce là trop demander ?

— Foutre ! C'est demander beaucoup, et vous le savez, dit Condé, l'air morose. Le pire, c'est que j'entends le même discours de la bouche de mes pairs. Élégantes idées de réforme sociale. Plaisants projets pour une "communauté de la raison". Et Louis est un faible. Qu'il donne un doigt, et la voie est ouverte à un Cromwell. Tout cela finira en révolution. Et ce ne sera pas une partie de plaisir, croyez-moi.

— Mais non, pas jusque-là tout de même », eut le temps de dire Jean-Nicolas avant que son œil soit attiré vers un coin sombre de la pièce par un léger mouvement. « Dieu du ciel, reprit-il, qu'est-ce que tu fais là ?

— Ben, j'écoute, dit Camille. Si tu avais regardé de plus près, tu te serais aperçu que j'étais là.

— Mon fils », dit maître Desmoulins, rouge de confusion, au prince, qui hocha la tête. Camille s'avança dans la lumière des chandelles.

« Eh bien, dit Condé, as-tu au moins appris quelque chose ? » Il était clair, d'après le ton adopté, qu'il prenait Camille pour plus jeune qu'il n'était. « Comment as-tu réussi à rester aussi longtemps sans bouger ?

— C'est peut-être que vos paroles m'ont figé sur place, dit Camille, qui toisait le prince à la manière d'un bourreau prenant ses mesures. Bien sûr qu'il y aura une révolution. C'est une nation entière de Cromwell que vous êtes en train de fabriquer. Mais nous irons plus loin que Cromwell, j'espère. Dans quinze ans, vous les tyrans et les parasites aurez disparu et nous aurons instauré une république, sur le plus pur modèle romain.

— Il fait ses études à Paris, intervint le père, l'air malheureux. C'est là qu'il récolte ces idées.

— Et je suppose qu'il se croit trop jeune pour qu'on l'oblige à les regretter, dit Condé avant de se retourner vers l'adolescent. Que diable est-ce que tout cela, mon garçon ?

— L'apogée de votre visite, monseigneur. Vous vouliez voir comment vivent vos serfs instruits et vous divertir en échangeant des platitudes avec eux. Eh bien, c'est chose faite. » Il se mit à trembler, visiblement, désespérément. Puis lança, en guise de conclusion : « Je vous hais.

— Je ne vais pas rester là à me faire insulter, grommela Condé. Desmoulins, ce fils qui est le vôtre, il faudra veiller à le tenir éloigné de moi. »

Il chercha un endroit où poser son verre, et finit par le fourrer dans les mains de son hôte. Maître Desmoulins le suivit jusqu'en haut de l'escalier.

« Monseigneur…

— J'ai eu tort de condescendre à une telle visite. J'aurais dû envoyer mon intendant.

— Je suis vraiment navré.

— N'en parlons plus. Comment pourrais-je me sentir offensé ? Ce serait m'abaisser.

— Me laissez-vous votre pratique ?

— Je vous la laisse.

— Et vraiment, vous n'êtes pas offensé ?

— J'aurais mauvaise grâce à me formaliser d'une chose qui, en tout état de cause, ne saurait revêtir la moindre importance. »

La petite suite du prince s'était vite rassemblée devant la porte d'entrée. L'éminent personnage se retourna pour lancer à l'adresse de Jean-Nicolas : « Quand je dis "le tenir éloigné de moi", j'entends la formule au sens littéral, dans l'espace et dans le temps. »

Une fois le prince parti, Jean-Nicolas remonta dans son bureau. « Alors, Camille ? » fit-il. Sa voix était empreinte d'un calme suspect, et il respirait profondément. Le silence se prolongea. Les dernières lueurs du jour s'étaient éteintes, et un seul croissant de lune éclairait la place de ses rayons curieux. Camille était retourné dans l'ombre, comme s'il s'y sentait plus en sécurité.

« Vous aviez tous les deux une conversation stupide et parfaitement niaise, finit-il par répondre. Tout le monde sait ces choses-là. Il n'est pas mentalement déficient. Les gens comme lui ne le sont pas… enfin, pas tous.

— Heureusement que tu es là pour me le préciser. Je vis tellement à l'écart de la société.

— J'ai bien aimé son "ce fils qui est le vôtre". Comme si c'était excentricité de ta part que de m'avoir comme fils.

— Il se peut que ce le soit, dit Jean-Nicolas. Si j'étais un citoyen de l'ancien monde, je me serais contenté d'un seul regard avant d'aller t'abandonner dans quelque coin de montagne et de te laisser livré à toi-même.

— Peut-être qu'une louve passant par là m'aurait pris en pitié, dit Camille.

— Au fait, Camille, quand tu parlais à notre visiteur, tu ne bégayais plus, si ?

— Ah, ne prends pas tes désirs pour des réalités. C'est revenu.

— J'ai cru qu'il allait te frapper.

— Oui, moi aussi.

— Je regrette qu'il ne l'ait pas fait. Si tu continues ainsi, mon cœur va s'arrêter d'un coup… comme ceci, dit-il en faisant claquer ses doigts.

— Mais non, dit Camille en souriant. En fait, tu es en parfaite santé ; ton seul ennui, ce sont des calculs, de l'avis même du médecin. »

Jean-Nicolas eut grande envie soudain d'étreindre son enfant. Une envie déraisonnable, et rapidement réprimée.

« Tu as causé une grave offense, dit-il. Et tu as mis notre avenir en péril. Ce que j'ai trouvé de pire, c'est la façon dont tu l'as toisé, des pieds à la tête et sans un mot.

— Oui, dit Camille, l'air songeur. L'insolence muette, c'est mon point fort. Je m'y exerce… Je suppose que tu comprends pourquoi. » Il vint s'asseoir dans le fauteuil de son père, se préparant à poursuivre la conversation, repoussant lentement ses cheveux de ses yeux.

Jean-Nicolas a de lui-même l'image d'un homme

d'une dignité glaciale, d'une raideur et d'une rectitude qui le rendent pratiquement inabordable. Il donnerait en cet instant n'importe quoi pour pouvoir hurler et fracasser les vitres, sauter par la fenêtre et mourir sur-le-champ dans la rue.

Le prince ne tardera pas à oublier l'incident dans sa précipitation à regagner Versailles.

Nous sommes dans la période où le jeu du pharaon fait fureur. Le roi l'a interdit, en raison des pertes trop élevées. Mais le souverain est un homme d'habitudes régulières, qui se retire de bonne heure le soir dans ses appartements, et il n'a pas sitôt quitté les lieux que les mises se mettent à flamber à la table de la reine.

« Le pauvre homme », c'est ainsi qu'elle l'appelle.

La reine fait et défait la mode. Ses robes – environ cent cinquante par an – sont l'œuvre d'une modiste, une certaine Rose Bertin, hors de prix mais incontournable, qui a son atelier rue Saint-Honoré. La robe de cour est alors une sorte de prison portative, dotée de baleines, d'amples cerceaux, de traînes, de brocarts raides et de passementerie quasi cuirassée. Coiffures et chapeaux sont bizarrement fondus les unes dans les autres et très sensibles aux *caprices du moment*** ; les troupes de George Washington, en ordre de bataille, font osciller leurs tours pommadées, et des jardins à l'anglaise désordonnés sont plaqués sur des boucles emmêlées. La reine, il est vrai, aimerait bien s'affranchir de telles lourdeurs, instaurer une ère de liberté : gazes légères, mousselines moelleuses, simples rubans, combinaisons vaporeuses. Il est surprenant de constater que pareil dépouillement, quand c'est un goût exquis qui le conçoit, revient aussi cher que les velours et les satins. La reine adore, dit-elle, tout ce qui est *naturel** – tant dans la parure que dans l'étiquette. Ce qu'elle adore encore plus, ce sont les diamants : ses transactions avec la maison parisienne Böhmer et Bassenge sont à l'origine de ragots aussi préjudiciables qu'étendus. Dans ses appartements, elle se débarrasse de ses meubles, arrache les tentures, en commande de nouveaux, avant d'aller s'installer ailleurs.

« L'idée de m'ennuyer me terrifie », dit-elle.

Elle n'a pas d'enfant. Des pamphlets distribués dans tout Paris l'accusent de promiscuité sexuelle avec ses courtisans et de pratiques lesbiennes avec ses favorites. En 1776, quand elle apparaît dans sa loge à l'Opéra, seul l'accueille un silence hostile. Une attitude qu'elle ne comprend pas. On dit qu'elle se lamente derrière les portes de sa chambre : « Que leur ai-je fait ? Mais qu'ai-je bien pu leur faire ? » Est-il juste, s'interroge-t-elle, quand l'heure est grave, de revenir sans cesse sur les futilités d'une seule femme ?

Son frère l'empereur lui écrit de Vienne : « Les choses ne pourront pas continuer ainsi longtemps... La révolution sera cruelle, et vous en serez peut-être l'auteur. »

En 1778, Voltaire rentre à Paris, âgé de quatre-vingt-trois ans, cadavérique et crachant le sang. Il traverse la ville dans un carrosse bleu couvert d'étoiles dorées, au son des cris d'une foule innombrable qui scande : « Vive Voltaire ! » Le vieil homme se contente de remarquer : « Ils seraient tout aussi nombreux pour me voir exécuter. » L'Académie s'est déplacée pour venir l'accueillir – avec à sa tête

Franklin et Diderot. Au cours de la représentation de sa tragédie *Irène*, les acteurs couronnent sa statue de laurier, et les balcons bondés se lèvent avec un bel ensemble pour l'ovationner.

En mai, il meurt. Paris lui refuse une sépulture chrétienne, et l'on craint de voir ses restes profanés. On fait donc sortir de nuit le cadavre de la ville, assis bien droit dans un carrosse, sous un beau clair de lune, l'air vivant.

Un homme du nom de Necker, banquier suisse millionnaire et protestant, fut appelé au poste de directeur général du Trésor royal puis de directeur général des Finances. Seul Necker serait capable d'empêcher le char de l'État de verser. Le secret, d'après lui, c'est d'emprunter. L'augmentation des impôts et la réduction des dépenses publiques prouvaient à l'Europe que l'on était aux abois. Emprunter, au contraire, c'était témoigner d'un regard résolument porté vers l'avenir, d'un solide esprit d'entreprise ; c'était en se montrant confiant que l'on mettait les autres en confiance. Plus vous empruntiez, et plus vous étiez sûr d'atteindre votre but. M. Necker était un optimiste.

Pendant un temps, la méthode sembla fonctionner. La preuve : quand, en mai 1781, l'habituelle cabale réactionnaire et antiprotestante renversa le ministre, le pays regretta la fin d'une époque jugée prospère. Le roi, lui, s'en trouva soulagé, et, pour fêter l'événement, fit l'emplette de quelques diamants qu'il offrit à Marie-Antoinette.

À ce moment-là, Georges Jacques Danton avait décidé de changer d'air et d'aller à Paris.

Quitter la maison s'était d'abord révélé une

entreprise difficile ; C'est comme si tu partais pour l'Amérique, ou la lune, disait Anne-Madeleine. Les conseils de famille s'étaient ensuivis, les oncles venant cérémonieusement et à tour de rôle exprimer leur opinion. On avait abandonné l'idée de la prêtrise. Pendant un an ou deux, Georges Jacques avait fréquenté les petites études de ses oncles et de leurs amis. C'était une tradition, assez modeste il est vrai, dans la famille. Nonobstant le fait qu'il n'était pas sûr que c'était vraiment là ce qu'il voulait…

Il manquerait à sa mère, mais à cette date ils s'étaient beaucoup éloignés l'un de l'autre. C'était une femme sans instruction, qui avait délibérément limité ses perspectives. L'unique industrie d'Arcis-sur-Aube consistait dans la manufacture de bonnets de nuit : comment lui expliquer que la chose avait fini par prendre pour lui les allures d'un affront personnel ?

À Paris, il recevrait une modeste rémunération de clerc dans le cabinet d'avocats où il serait stagiaire ; par la suite, il aurait besoin d'argent pour monter sa propre étude. Les inventions de son beau-père avaient sérieusement entamé le petit capital de la famille ; son nouveau métier à tisser se montrait particulièrement enclin aux catastrophes. Perplexes devant les claquements et les grincements affolés des navettes en délire, ils faisaient cercle dans la grange autour de la petite machine, attendant une énième cassure du fil. Il y avait un peu d'argent de M. Danton père, disparu depuis maintenant dix-huit ans, qui avait été mis de côté pour la majorité de son fils. Mais Georges Jacques avait dit : « Vous en aurez besoin pour les inventions. Et je me sentirai plus heureux, vraiment, à l'idée de démarrer seul dans la vie. »

Cet été-là, il rendit visite à sa famille. Un garçon entreprenant et énergique parti pour Paris ne revenait jamais chez lui – si ce n'est peut-être pour de courts séjours, et en homme qui signifie sa réussite par sa distance. De telles visites étaient en fait de rigueur, comme s'imposait la nécessité de n'omettre personne, pas plus le cousin éloigné que la veuve du grand-oncle. Dans leurs maisons de ferme, fraîches et si semblables les unes aux autres, il lui fallait s'installer confortablement et leur expliquer en gros ce qu'il attendait de la vie, soumettre ses projets à leur bienveillante compréhension. Il passait des après-midi entiers dans les salons de ces veuves et de ces tantes célibataires, en compagnie de vieilles femmes hochant la tête dans la lumière du jour tamisée, environnées d'une poussière violacée qui les auréolait de ses volutes. Il n'était jamais en peine de trouver quelque chose à leur dire ; ce n'était pas son genre. Mais chaque visite le détachait un peu plus de ce monde, l'en éloignait un peu davantage.

Puis vint le temps d'une dernière visite : Marie-Cécile dans son couvent. Il suivit le dos raide de la maîtresse des novices le long d'un couloir plongé dans un silence de mort ; il se sentait déplacé, absurdement grand et gros, beaucoup trop mâle, et condamné à s'en excuser. Des nonnes le croisaient dans un froissement de robes sombres, l'œil rivé au sol, les mains enfouies dans leurs manches. Il n'avait jamais voulu que sa sœur finisse dans cet endroit. Plutôt la mort, songea-t-il alors, que la condition de femme.

La bonne sœur s'arrêta et lui fit signe de franchir une porte. « Il est fâcheux, dit-elle, que notre parloir se trouve aussi loin à l'intérieur du bâtiment. Nous en ferons construire un autre à proximité de la grille d'entrée, quand nous aurons les fonds.

— Je croyais votre ordre riche, ma sœur.

— C'est que vous êtes mal informé, alors, dit-elle avant de faire la moue et d'ajouter : Certaines de nos postulantes apportent une dot à peine suffisante pour acheter le tissu de leur habit. »

Marie-Cécile était assise derrière une grille. Il ne put ni la toucher ni l'embrasser. Elle paraissait pâle, mais peut-être le blanc très cru de son voile de novice ne lui allait-il pas au teint. Elle avait de petits yeux bleus et un regard fixe, tout comme lui.

Ils parlèrent, mais se trouvèrent timides et empruntés. Il lui donna des nouvelles de la famille, lui détailla ses projets.

« Viendras-tu quand je prendrai l'habit et que je prononcerai mes vœux définitifs ?

— Oui, mentit-il. Si je peux.

— Paris est si grand. Tu vas te sentir bien seul, non ?

— J'en doute.

— Qu'attends-tu de la vie ? s'enquit-elle en le regardant d'un air grave.

— De faire mon chemin.

— Ce qui veut dire ?

— Obtenir une bonne situation, je suppose, gagner de l'argent, me faire respecter des gens. Désolé, mais je ne vois pas l'intérêt de ne pas dire les choses franchement : je veux être quelqu'un, point.

— Tout un chacun est quelqu'un. Aux yeux de Dieu.

— Ah, cette vie a fait de toi une vraie dévote ! »

Ils échangèrent un rire. Puis Marie-Cécile demanda :

« Y a-t-il place dans tes projets pour le salut de ton âme ?

— Pourquoi devrais-je me préoccuper de mon âme quand j'ai une grande paresseuse de sœur qui, en tant que nonne, n'aura rien d'autre à faire de son temps que de prier pour moi ? Mais toi, demanda-t-il en levant la tête, est-ce que tu es… comment dire… heureuse ?

— Pense à l'aspect économique de la chose, Georges Jacques, dit-elle avec un soupir. Le mariage revient cher, et il y a trop de filles dans notre famille. Je crois que les autres, d'une certaine façon, m'ont désignée pour être volontaire. Mais à présent que je suis ici… oui, je me sens bien. On trouve dans ce statut de vraies consolations, même si je me doute bien que tu ne les reconnaîtras jamais comme telles. Je ne crois pas, Georges Jacques, que tu sois fait pour une vie de tranquillité. »

Il savait que plus d'un fermier dans la région l'aurait prise en échange de la maigre dot qu'elle avait apportée au couvent, heureux de surcroît d'avoir pour épouse la femme de robuste constitution et de tempérament enjoué qu'elle était. Il n'était pas de l'ordre de l'impossible de trouver un homme prêt à travailler dur, à la traiter correctement et à lui donner des enfants. Il était d'avis que toutes les femmes devaient avoir des enfants.

« Tu pourrais encore sortir d'ici ? lui demanda-t-il. Si j'arrivais à gagner suffisamment d'argent, je pourrais m'occuper de toi, on te trouverait un mari, ou tu pourrais t'en passer, parce que je prendrais soin de toi…

— J'ai dit, je crois bien, l'interrompit-elle en levant la main, que j'étais heureuse. Satisfaite de mon sort.

— Cela m'attriste, dit-il avec douceur, de voir que la couleur a disparu de tes joues.

— Tu ferais mieux de partir, dit-elle en détournant le regard, sinon tu vas me rendre triste. Je repense souvent, tu sais, à nos journées dans les champs. Ma foi, c'est fini, tout ça. Dieu te garde.

— Qu'Il te garde toi aussi. »

Tu y crois, toi, songea-t-il. Moi, pas du tout.

III

L'étude de maître Vinot

(1780)

Sir Francis Burdett, ambassadeur d'Angleterre, à propos de Paris : « C'est la ville la plus mal pensée, la plus mal construite, la plus sale et la plus nauséabonde que l'on puisse imaginer ; quant à ses habitants, ils sont dix fois plus désagréables que ceux d'Édimbourg. »

Georges Jacques descendit de la diligence à la cour des Messageries. Contre toute attente, le voyage avait été très animé. Il y avait une fille parmi les passagers, Françoise Julie – Françoise Julie Duhauttoir, originaire de Troyes. Ils ne s'étaient jamais rencontrés – il s'en serait souvenu –, mais il savait quelque chose sur son compte : c'était le genre de fille devant laquelle ses sœurs pinçaient les lèvres. Et cela se comprenait : elle était jolie, enjouée, avait de l'argent, pas de parents et passait six mois de l'année à Paris. En route, elle le divertit avec des imitations de ses tantes : « La jeunesse n'a qu'un temps, bonne renommée vaut mieux que ceinture dorée, tu ne crois pas que le moment est venu pour toi de t'installer à Troyes où tu as toute ta famille et de te trouver un mari avant de te faner ? » Comme si, dit Françoise Julie, il devait y avoir tout à coup pénurie d'hommes.

Il ne voyait pas comment, avec une fille comme elle, pareille chose pourrait jamais se produire. Elle flirta avec lui, comme elle l'aurait fait avec n'importe qui ; la cicatrice ne semblait pas la déranger outre mesure. On aurait dit quelqu'un qui sortait tout juste de prison, après être resté bâillonné pendant des mois. Des flots de paroles se déversaient de sa bouche tandis qu'elle s'efforçait de lui expliquer Paris, de lui parler de sa vie, de ses amis. Quand la diligence s'arrêta, elle n'attendit pas son aide pour descendre mais sauta à terre toute seule.

Le bruit le frappa de plein fouet. Deux des hommes venus s'occuper des chevaux commencèrent à se quereller. Ce fut la première chose qu'il entendit : une suite ininterrompue de jurons et d'insultes avec cet accent aux sonorités dures typiques de la capitale.

Ses bagages autour d'elle, Françoise Julie attendait, accrochée à son bras. Elle riait, ravie d'être de retour. « Ce que j'aime ici, dit-elle, c'est que ça change tout le temps. Ils n'arrêtent pas de démolir pour construire autre chose à la place. »

Elle avait griffonné son adresse sur un morceau de papier, qu'elle lui avait fourré dans la poche. « Ne puis-je pas vous aider ? lui demanda-t-il. Vous accompagner jusqu'à votre logis ?

— Écoutez, occupez-vous d'abord de vous, dit-elle. Moi, *j'habite* ici, je n'aurai pas de problème. » Elle pirouetta, donna quelques ordres concernant ses bagages, déboursa quelques pièces. « Bon, vous savez où vous devez aller, j'espère ? Je compte bien vous revoir d'ici une semaine. Si vous ne venez pas, c'est moi qui viendrai vous chercher. » Elle ramassa le plus petit de ses sacs et, sans crier gare, se précipita sur lui, se haussa sur la pointe des pieds et lui planta un baiser sur la joue. Puis elle se perdit en dansant dans la foule.

Il n'avait qu'une seule mallette avec lui, pleine de livres. Il la hissa sur son épaule, avant de la reposer pour sortir de sa poche le morceau de papier sur lequel son beau-père avait griffonné une adresse :

Le Cheval Noir
rue Geoffroy-l'Asnier
paroisse de Saint-Gervais

Tout autour de lui résonnaient des carillons d'église. Il jura entre ses dents. Combien de cloches y avait-il dans cette ville et comment diable allait-il faire pour distinguer celle de Saint-Gervais et de sa paroisse ? Il froissa le papier et le jeta.

La moitié des passants semblaient chercher leur chemin. On pouvait errer des heures dans les ruelles et les arrière-cours ; rues dépourvues de noms, chantiers de construction jonchés de gravats, cheminées dressées au milieu de la chaussée. Des vieillards toussaient et crachaient, des femmes relevaient leurs jupes qui traînaient dans une boue jaunâtre, où couraient des enfants tout nus, comme on en voit à la campagne. Cela ressemblait à Troyes, tout en en étant très différent. Il avait dans sa poche une lettre d'introduction pour un avocat de l'île Saint-Louis, un certain Vinot.

Il trouverait bien toujours un endroit où passer la nuit, et demain il irait se présenter.

Un charlatan qui vendait des remèdes contre les maux de dents avait rassemblé autour de lui un groupe de badauds qui lui répondaient vertement. « Menteur ! criait une femme. Faut les arracher, y a pas d'autre moyen. » Avant de s'éloigner, il aperçut ses yeux, égarés par la démence des villes.

Maître Vinot, homme rondouillard et pugnace, à la main potelée, affectait la turbulence d'un écolier sur le retour.

« Bien, bien, dit-il, on peut vous mettre à l'essai. On peut… vous… mettre… à… l'essai. »

Oui, je peux bien faire un essai, songea Georges Jacques.

« Il reste que vous avez une écriture épouvantable. Qu'est-ce qu'on vous apprend donc de nos jours ? J'espère que votre latin est à la hauteur.

— Maître Vinot, répliqua Danton, j'ai déjà travaillé deux ans comme clerc. Croyez-vous que je sois venu ici simplement pour copier des lettres ? »

Maître Vinot le regarda, ébahi.

« Mon latin est bon, reprit Georges Jacques. Mon grec aussi. Et je vous signale par ailleurs que je parle couramment anglais et que je me débrouille en italien.

— Où avez-vous appris tout cela ?

— J'ai appris tout seul.

— Quel bel esprit d'entreprise ! Remarquez bien que lorsque nous avons un problème avec un étranger, nous faisons appel à un interprète, dit-il, avant d'examiner Danton de plus près. On aimerait voyager, par hasard ?

— Oui, si l'occasion se présentait. J'irais volontiers en Angleterre.

— On admire les Anglais, c'est ça ? Leurs institutions ?

— Un parlement, voilà ce dont nous avons besoin, vous ne pensez pas ? Un parlement réellement représentatif, j'entends, et pas miné par la corruption comme le leur. Sans parler d'une séparation du législatif et de l'exécutif. Rien ne tient debout là-bas.

— Écoutez-moi bien, dit maître Vinot. Je vais vous dire ma pensée là-dessus une bonne fois pour toutes, et j'espère ne pas avoir à me répéter. Je ne me mêlerai pas de vos opinions, encore que je suppose que vous les croyez exceptionnelles ? Eh bien, précisa-t-il en bredouillant légèrement, elles sont la chose la plus commune qui soit ; mon cocher a les mêmes. Je ne passe pas mon temps à faire la chasse à mes clercs pour m'informer de leur moralité et les emmener à l'église, mais cette ville n'est pas un endroit sûr, voyez-vous. Il y a toutes sortes de livres qui circulent sans le cachet de la censure, et dans certains cafés – et parmi les plus chics, croyez-moi –, les propos ne sont pas loin d'être séditieux. Je ne vous demande pas l'impossible, je ne vous demande pas de ne plus vous intéresser à tout cela, non, mais je vous demande instamment de faire attention à vos fréquentations. Je ne tolère pas la sédition – pas dans mes locaux en tout cas. Ne croyez jamais que vous parlez en privé, en confidence ou en toute sécurité, parce que votre interlocuteur pourrait tout aussi bien être en train de vous inciter à vous livrer, prêt à vous dénoncer aux autorités. Oh oui, conclut-il, hochant la tête pour montrer qu'il savait avoir affaire à un vaillant adversaire, on apprend une chose ou deux dans notre métier. Il conviendrait que les jeunes gens apprennent à surveiller leur langue.

— Très bien, maître Vinot », dit docilement Georges Jacques.

Un homme passa la tête dans l'embrasure de la porte pour dire : « Maître Perrin demande si vous prenez le fils de Jean-Nicolas, oui ou non ?

— Mon Dieu ! s'exclama maître Vinot. Vous l'avez vu, le fils de Jean-Nicolas ? Je veux dire, avez-vous eu le plaisir de converser avec lui ?

— Non, dit l'autre. Je me disais juste que… c'était le fils d'un vieil ami, et que donc… Vous me suivez. On dit par ailleurs que c'est un garçon très brillant.

— Ah bon ? On dit aussi beaucoup d'autres choses. Ma réponse est non, j'engage le jeune culotté ici présent, qui nous arrive de Troyes. Un séditieux très bavard sans doute, mais rien comparé aux périls d'une journée de travail avec le jeune Desmoulins.

— Ne vous faites pas de souci, Perrin le veut de toute façon.

— Ça, je n'ai aucun mal à le croire. Jean-Nicolas n'a donc jamais entendu ce qu'on raconte ? Non, je le crains fort, il a toujours été assez obtus. Ce n'est pas mon problème, Perrin n'a qu'à se débrouiller avec. Vivre et laisser vivre, telle est ma devise, dit maître Vinot à Danton. Maître Perrin est un de mes vieux confrères, spécialiste en droit fiscal – on dit qu'il est sodomite, mais cela me regarde-t-il, je vous le demande ?

— Non, c'est là un vice privé, reconnut Danton.

— Tout à fait. Bon, me suis-je bien fait comprendre ? dit-il en regardant Danton.

— Parfaitement, maître Vinot, je dirais que vos instructions, vous les avez gravées dans mon esprit.

— Fort bien. Maintenant, écoutez-moi, il est inutile de vous faire travailler au cabinet dans la mesure où personne ne sera capable de déchiffrer votre écriture ; vous commencerez donc à l'autre bout de la chaîne, à la "couverture des tribunaux", comme nous l'appelons. Vous suivrez quotidiennement le déroulement de chacune des affaires que traite le cabinet – ce qui vous permettra de découvrir le paysage, grande instance, chancellerie, prévôté du Châtelet. Vous vous intéressez aux affaires touchant l'Église ? Ici, nous ne nous en occupons pas, mais nous vous confierons aux soins de quelqu'un qui le fait. Le meilleur conseil que je puisse vous donner, reprit-il après une légère pause, est de ne pas vouloir aller trop vite. Bâtissez pierre à pierre ; celui qui travaille avec constance peut compter au moins sur un modeste succès. Un travail constant et régulier, il n'en faut pas plus. Vous aurez besoin des bons contacts, bien entendu, et c'est ce que mon cabinet vous offrira. Essayez de vous tracer un plan de carrière. Il y a du travail en suffisance dans votre région. Dans cinq ans d'ici, vous aurez déjà fait du chemin.

— J'aimerais faire carrière à Paris.

— Ah, c'est le souhait de tous les jeunes gens, dit maître Vinot en souriant. En attendant, sortez donc un peu demain, pour vous faire une idée de l'endroit. »

Ils se serrèrent la main, de manière assez formelle, comme des Anglais somme toute. Georges Jacques descendit l'escalier à grand bruit et sortit dans la rue. Il n'arrêtait pas de penser à Françoise Julie. Il ne se passait pas cinq minutes que la fille ne lui revînt à l'esprit. Il avait son adresse, rue de la Tixanderie, qui se trouvait Dieu sait où. Troisième étage, avait-elle précisé, rien de grandiose, mais je suis chez moi. Il se demanda si elle coucherait avec lui. Plus que probable, à son avis. Apparemment, ce qui à Troyes était impensable ne valait plus ici.

Tout le jour, ainsi qu'une partie de la nuit, le grondement de la circulation montait dans des rues étroites et totalement inadéquates. Des voitures l'aplatissaient contre les murs. Les écussons et armes de leurs propriétaires brillaient de leurs teintes héraldiques criardes ; des chevaux aux naseaux veloutés posaient des sabots délicats dans la saleté. À l'intérieur, les passagers, rejetés contre leur dossier, avaient le regard lointain. Sur les ponts et aux croisements, carrosses, charrettes et voitures des quatre-saisons se bousculaient et s'emmêlaient les roues. Des laquais en livrée, accrochés à l'arrière des véhicules, échangeaient des insultes avec les charbonniers et les boulangers des faubourgs. Les problèmes soulevés par les accidents étaient rapidement résolus, en espèces sonnantes et trébuchantes, selon les tarifs en vigueur pour bras, jambes ou mort d'homme, sous l'œil indifférent de la police.

Sur le Pont-Neuf s'alignaient les baraques des écrivains publics, et des vendeurs installaient leurs marchandises par terre ou sur des étals branlants. Georges Jacques fouilla dans des paniers de livres, tous d'occasion : un roman à l'eau de rose, un Arioste, un livre tout neuf, apparemment jamais ouvert, publié à Édimbourg, *Les Chaînes de l'esclavage* de Jean-Paul Marat. Il en acheta une demi-douzaine, au prix de deux sous l'un. Des chiens allaient et venaient en bandes, fouillant les ordures.

Une personne sur deux, lui sembla-t-il, était un ouvrier du bâtiment, couvert de poussière de plâtre. La ville était employée à se déraciner complètement. Dans certains quartiers, on rasait des rues entières pour repartir de zéro. Çà et là, des petits groupes de badauds suivaient les opérations les plus difficiles et les plus spectaculaires. Les hommes étaient pour la plupart des travailleurs saisonniers, très pauvres. Comme ils touchaient une prime s'ils terminaient la tâche plus tôt que prévu, ils forçaient dangereusement l'allure, chargeant l'air de leurs jurons, leur dos décharné ruisselant de sueur. Qu'avait dit maître Vinot déjà ? « Bâtissez pierre à pierre. »

Il y avait un chanteur de rues, doté d'une voix de baryton qui, à une époque, avait sans doute été puissante. Un visage défiguré et repoussant, une orbite vide recouverte de tissus cicatriciels d'une blancheur livide. À côté de lui, un écriteau proclamait : HÉROS DE LA LIBÉRATION DE L'AMÉRIQUE. Il chantait des chansons sur la Cour, les vices auxquels s'adonnait la reine, des horreurs dont Arcis-sur-Aube ne soupçonnait même pas l'existence. Dans les jardins du Luxembourg, une femme blonde très belle le toisa des pieds à la tête, pour le chasser aussitôt de son esprit.

Il poussa jusqu'à Saint-Antoine. Au pied de la Bastille, il regarda les huit tours qui se dressaient au-dessus de lui. Il s'attendait à des murs hauts comme des falaises. Le plus haut avait… quoi ? Vingt, vingt-cinq mètres ?

« Les murs sont épais de plus de deux mètres, vous savez, lui dit un passant.

— Je m'attendais à quelque chose de plus impressionnant.

— Ça l'est bien assez comme ça, dit l'autre avec aigreur. Que diriez-vous d'être enfermé là-dedans ? On les compte plus, ceux qui sont entrés sans jamais ressortir.

— Vous êtes du coin ?

— Pour ça oui, dit l'homme. On en sait tout, de cette bâtisse. Y a des cellules sous terre, qui baignent dans l'eau et sont pleines de rats.

— Oui, j'ai entendu parler des rats.

— Sans compter les cellules juste sous la toiture – qui sont pas drôles non plus. On y étouffe l'été, on y gèle en hiver. Remarquez, c'est pour les plus malchanceux. Y en a qui sont traités correctement, ça dépend qui vous êtes. Y z-ont des lits avec des vrais rideaux et le droit de garder leur chat pour exterminer la vermine.

— Et que leur donne-t-on à manger ?

— C'est variable. Là encore, tout dépend qui vous êtes. Il arrive qu'on voie entrer un quartier de bœuf entier. Un voisin m'a juré ses grands dieux qu'y a quelques années, il a même vu entrer une table de billard. J'pense que c'est comme tout le reste dans la vie. Y a des gagnants et des perdants, c'est tout. »

Georges Jacques lève la tête, et sa vue est offensée ; la forteresse est imprenable, aucun doute là-dessus. Ces gens vaquent à leurs occupations – apparemment, la plupart sont brasseurs ou tapissiers – et, à force de voir les murailles jour après jour, finissent par ne plus les voir, si bien qu'elles sont là sans y être. Ce qui compte finalement, c'est moins la hauteur des tours que les images que l'on a dans la tête : prisonniers rendus fous par la solitude, dalles glissantes du sang répandu, enfants nés dans la paille. On ne peut tout de même pas accepter de voir son monde intérieur bouleversé par un quidam rencontré par hasard dans la rue. Rien n'est-il donc sacré ? Souillé par les produits de teinture, le fleuve roulait des flots jaunes ou bleus.

Quand le soir tomba, les employés rentrèrent chez eux ; les joailliers de la place Dauphine sortirent verrouiller leurs diamants pour la nuit. Ici, pas de troupeaux rentrant des champs, pas de coucher de soleil sur les prés… Pas de sensiblerie, s'il vous plaît. Rue Saint-Jacques, une association de cordonniers se préparait à une nuit de beuverie. Au troisième étage d'un appartement de la rue de la Tixanderie, une jeune femme faisait entrer son nouvel amant et se déshabillait. Sur l'île Saint-Louis, dans un bureau désert, le fils de maître Desmoulins était confronté, la bouche sèche, aux charmes pesants de son nouvel employeur. Les modistes qui travaillaient quinze heures par jour dans une mauvaise lumière frottaient leurs yeux rougis et priaient pour leur famille restée à la campagne. On tirait les verrous, on allumait les lampes. Les acteurs se grimaient avant d'entrer en scène.

DEUXIÈME PARTIE

On ne fait de grands progrès qu'à l'époque où l'on devient mélancolique, qu'à l'heure où, mécontent d'un monde réel, on est forcé de s'en faire un plus supportable.

Théorie de l'ambition, essai,
MARIE-JEAN HÉRAULT DE SÉCHELLES

I

D'une théorie de l'ambition

(1784-1787)

Le Café du Parnasse était connu de ses clients sous le nom de Café de l'École, parce qu'il donnait sur le quai du même nom. Des fenêtres, on voyait le fleuve et le Pont-Neuf, et, plus loin, les tours du Palais de justice. Le propriétaire du café, M. Charpentier, était inspecteur des impôts ; l'établissement était son passe-temps, une sorte de violon d'Ingres. Une fois les séances des tribunaux levées pour la journée, les affaires marchaient fort ; il disposait alors une serviette sur son bras et servait lui-même les clients. En période d'accalmie, il se versait un verre de vin et allait s'asseoir avec les habitués, pour échanger les potins du palais. Le contenu juridique de l'essentiel des conversations au Café de l'École était aride, et pourtant la clientèle n'était pas entièrement masculine. On voyait là une dame de temps à autre ; des compliments relevés d'un discret mot d'esprit glissaient alors sur le marbre des tables.

Avant d'épouser monsieur, madame se nommait

Angelica Soldini. Il serait plaisant de pouvoir dire que la jeune épouse italienne menait toujours une existence secrète sous les dehors de la froide matrone parisienne qu'elle était devenue. Mais, en réalité, Angélique avait conservé son parler rapide et coloré, ses robes sombres et leur indéfinissable côté étranger, ses accès saisonniers de piété et de sensualité, et c'était sous couvert de ces traits plutôt engageants que fleurissait sa véritable nature, celle d'une femme avisée et économe, aussi solide que le granit. Elle était au café tous les jours – l'image même de l'épouse heureusement mariée : rondeurs et œil de velours. De temps à autre, un client lui dédiait un sonnet, présenté avec la révérence qui s'imposait. « Je le lirai plus tard », disait-elle, avant de le plier avec soin et de s'autoriser un éclair dans l'œil.

Sa fille, Antoinette Gabrielle, avait dix-sept ans lors de sa première apparition au café. Plus grande que sa mère, elle avait un beau front et des yeux marron empreints d'une grande gravité. Ses sourires étaient le fruit de décisions soudaines, un éclair de dents blanches avant qu'elle tournât la tête ou le corps tout entier, comme si sa gaieté avait des causes secrètes. Ses cheveux bruns, brillants à force d'être brossés, lui tombaient en cascade dans le dos et l'habillaient d'une cape de fourrure, exotiques, presque animés d'une vie propre : une source de chaleur intime pour les jours d'hiver.

Contrairement à sa mère, Gabrielle n'était pas soignée. Quand elle relevait ses cheveux, les épingles s'échappaient sous le poids. Elle marchait à l'intérieur comme si elle se trouvait dans la rue. Respirait bruyamment, rougissait facilement ; ses propos étaient décousus, son éducation, lacunaire, catholique et pittoresque. Elle possédait l'énergie animale d'une blanchisseuse, et sa peau – de l'avis de tous – était douce comme de la soie.

Mme Charpentier avait amené sa fille au café pour qu'elle soit vue des hommes susceptibles de lui offrir le mariage. De ses deux fils, l'un, Antoine, étudiait le droit ; l'autre, Victor, déjà marié, pouvait se targuer d'avoir réussi : il était notaire. Il n'y avait plus que la fille à caser. Il semblait acquis que Gabrielle épouserait un client homme de loi. Elle acceptait son sort avec grâce, sans se formaliser outre mesure des années d'hypothèques, de violations de propriété, d'homologations de testaments qui l'attendaient. Son mari aurait sans doute quelques années de plus qu'elle. Elle espérait un bel homme, jouissant d'une position bien établie, mais également généreux, attentionné, en un mot comme en cent, distingué. Aussi, quand la porte s'ouvrit un jour sur maître Danton, un autre de ces obscurs avocats de province, elle ne reconnut pas en lui son futur époux – loin s'en faut.

Peu après l'arrivée de Georges Jacques dans la capitale, le pays se félicitait de la nomination d'un nouveau contrôleur général, M. Joly de Fleury, qui devait sa célébrité à une augmentation de dix pour cent de la taxation sur les denrées alimentaires. La situation de Georges Jacques était loin d'être florissante, mais, en l'absence de difficultés financières, il eût été déçu ; il n'aurait rien eu alors sur quoi se retourner avec émotion une fois atteinte la prospérité dont il rêvait aujourd'hui.

Maître Vinot l'avait fait travailler dur mais n'avait pas failli à ses promesses ; « Faites-vous appeler d'Anton, lui avait-il conseillé. Cela fera meilleure impression. » Sur qui ? Pas sur la vraie noblesse, certes ; mais, au civil, la grande majorité des poursuites engagées reste le fait de hordes qui connaissent une situation précaire. « Quand bien même sauraient-ils que la particule n'est pas authentique… avait ajouté maître Vinot. Ce serait là le signe d'une envie de bon aloi. Il faut que vos ambitions soient intelligibles, mon garçon. Préservons notre confort. »

Quand le moment fut venu pour l'élève de passer son examen, maître Vinot recommanda l'université de Reims. Sept jours de résidence, peu d'ouvrages au programme, et des examinateurs réputés pour être accommodants. Maître Vinot eut beau fouiller sa mémoire à la recherche d'un candidat que Reims aurait recalé, il n'en trouva aucun. « Il va de soi, lui dit-il, que, avec vos compétences, vous pourriez passer vos examens à Paris, mais… » Il laissa sa phrase en suspens, écartant l'idée d'un geste de la main, donnant l'impression qu'il s'agissait là de quelque poursuite intellectuelle décadente, le genre d'ambition que l'on nourrissait dans une étude comme celle de Perrin. D'Anton s'en fut donc à Reims, obtint son diplôme et fut accepté comme avocat auprès du parlement de Paris. Il se retrouva tout au bas de l'échelle. Mais gravir les barreaux est ensuite moins affaire de mérite que d'argent.

Après quoi, il quitta l'île Saint-Louis, pour des logements et des bureaux dont le degré de confort était variable, et pour des affaires tout aussi variables, tant en quantité qu'en qualité. Il se spécialisa dans un certain type de dossiers : authentification des titres et droits de propriété de la petite noblesse. Souvent, quelque arriviste dont il avait réglé les problèmes de patente le recommandait à ses amis. La masse des détails afférents à ces affaires, certes complexes mais peu exigeantes, ne l'absorbait pas totalement. Une fois découverte la formule gagnante, son cerveau restait en grande partie en friche. Se chargeait-il de ce genre de dossiers précisément pour se donner du temps pour penser à d'autres choses ? À cette époque, il était peu porté sur l'introspection. Il fut d'abord quelque peu surpris, puis franchement irrité de constater que les gens qui l'entouraient étaient nettement moins intelligents que lui. Des empotés comme Vinot parvenaient à des postes élevés et à la prospérité. « Au revoir, disaient-ils. Plutôt une bonne semaine, non ? À mardi. » Il les regardait partir pour leur week-end à la campagne, du moins ce qui passait pour tel aux yeux des Parisiens. Un jour, lui aussi s'achèterait quelque chose : juste une petite maison avec un peu de terrain. Peut-être cela atténuerait-il ses sautes d'humeur.

Il savait ce qu'il lui fallait : de l'argent, un bon mariage, une vie bien réglée. Il avait besoin d'un capital pour se constituer une meilleure clientèle. Vingt-huit ans, et la carrure d'un livreur de charbon. Il était difficile de l'imaginer sans cicatrices, mais, sans elles, il n'aurait eu au mieux qu'un genre de beauté des plus rustiques. Il parlait couramment l'italien, à présent ; il le pratiquait avec Angelica, en se rendant au café tous les jours, une fois levées les séances des tribunaux. Dieu lui avait donné une voix puissante, cultivée, qui sonnait bien, en dédommagement de son visage cabossé, sans doute ; une voix qui faisait passer des *frissons** dans le dos des femmes. Il se souvenait de l'homme couronné de lauriers et suivait son conseil ; allait chercher son souffle très loin sous ses côtes. Sa voix demandait encore à être perfectionnée – un peu plus de modulation, de couleur dans le ton. Mais elle était là, atout professionnel considérable.

Le physique ne fait pas tout, se disait Gabrielle. L'argent non plus, d'ailleurs. Elle était bien un peu forcée de se dire ce genre de choses. Il restait que, comparés à lui, tous ceux qui venaient au café paraissaient petits, mièvres, falots. Au cours de l'hiver 1786, elle lui coula de longs regards en cachette ; le printemps venu, ce fut un baiser furtif et chaste, lèvres fermées. L'homme a un avenir, songea M. Charpentier.

Le problème de Georges Jacques, c'est que, pour faire carrière dans la magistrature, il faut témoigner quand on débute d'une servilité qui lui pèse énormément. Parfois, des signes de tension se lisent sur son visage rude et coloré.

Six mois à présent que maître Desmoulins avait ouvert son cabinet. Ses apparitions dans les salles d'audience étaient peu fréquentes, et, comme beaucoup de phénomènes rares, elles attiraient un groupe de connaisseurs, plus exigeants et plus émerveillés à mesure que passaient les semaines. Un troupeau d'étudiants le suivait à la trace, comme s'il s'était agi d'un grand juriste ; ils observaient l'évolution de son bégaiement, ses efforts pour le perdre en piquant des colères. Ils remarquaient aussi la manière cavalière avec laquelle il traitait les faits dans une affaire et son aptitude à transformer le verdict le plus banal en une déclaration émanant de quelque tyran retranché dans une forteresse qu'il lui appartenait en propre de prendre d'assaut. C'était une manière assez spéciale de regarder le monde, le point de vue salutaire de celui qui en a assez de se faire marcher sur les pieds.

L'affaire du jour concernait des droits de pâture et de mystérieux précédents trop insignifiants pour jamais faire jurisprudence. Maître Desmoulins rassembla ses papiers en un tournemain, adressa un sourire radieux au juge et quitta le tribunal avec l'empressement d'un prisonnier qui vient d'être libéré, ses longs cheveux flottant derrière lui.

« Attendez ! » lui cria d'Anton.

L'autre s'arrêta, se retourna. D'Anton le rejoignit. « Je vois que vous n'avez guère l'habitude de gagner, dit-il. La coutume veut que vous témoigniez un peu de compassion pour votre adversaire.

— De la compassion pour quoi ? Vous touchez vos honoraires, non ? Venez, faisons quelques pas – je n'aime pas m'attarder en ces lieux. »

D'Anton, lui, n'aimait pas s'avouer vaincu. « C'est une question de correction, même si ce n'est rien d'autre que de l'hypocrisie. C'est la règle. »

Camille Desmoulins tourna la tête tandis qu'ils marchaient et le regarda d'un air sceptique.

« Vous voulez dire, demanda Camille, que je pourrais en faire des gorges chaudes ?

— Si vous voulez.

— Je pourrais dire, par exemple : "Alors, voilà ce qu'on apprend chez maître Vinot ?"

— À la rigueur, oui. Ma première affaire était très semblable à celle-ci. Je défendais un vacher, contre le seigneur.

— Mais vous avez fait quelque progrès depuis.

— Pas d'un point de vue moral, allez-vous penser.

Avez-vous renoncé à vos honoraires ? Oui… c'est bien ce que je pensais. Je vous déteste pour cela.

— Vraiment, maître d'Anton ? dit Desmoulins, qui s'était figé sur place.

— Allez, mon vieux, arrêtez un peu. Je pensais simplement que vous aimiez les sentiments forts. L'audience a eu son compte d'échanges musclés. J'ai trouvé que vous étiez très accommodant avec le juge, en ne tombant pas dans les insultes personnelles les plus ordurières.

— Oui, mais ce n'est pas toujours le cas. Je n'ai guère l'habitude de la victoire, comme vous le remarquiez. Que diriez-vous, d'Anton : que je suis un très mauvais avocat ou que je n'ai que des affaires désespérées ?

— Qu'entendez-vous par "que diriez-vous" ?

— Si vous étiez un observateur impartial.

— Comment serait-ce possible ? » Tout le monde te connaît, songea-t-il. « À mon avis, vous auriez intérêt à prendre davantage d'affaires, à toujours vous présenter quand on vous attend, et à accepter la rémunération de votre travail, comme tout avocat qui se respecte.

— Voilà qui est plaisant à entendre ! Un petit sermon en bonne et due forme. Maître Vinot n'aurait pas fait mieux. Et je vous vois dans quelque temps en train de m'expliquer comment organiser ma vie, tout en tapotant votre panse naissante. On a toujours eu une juste idée de ce qui se passait dans votre cabinet. On avait des espions.

— Il n'empêche que j'ai raison.

— Il y a beaucoup de gens qui ont besoin d'un avocat et qui n'ont pas les moyens de se le payer.

— C'est vrai, mais il s'agit là d'un problème social, d'une situation dont vous n'êtes nullement responsable.

— On se doit d'aider les autres.

— On se le doit vraiment ?

— Oui… enfin, je vois bien l'argument contraire, consistant à dire que, d'un point de vue philosophique, on devrait laisser ces gens croupir dans leur coin, mais tout de même, quand les choses vont si mal pour eux, là, sous votre nez… eh bien…

— Et tout cela à vos frais ?

— Je ne vois pas comment le faire aux frais de quelqu'un d'autre. »

D'Anton le regarda fixement. Comment pouvait-on penser de la sorte ? « Vous devez donc me juger coupable, à vouloir simplement gagner mon pain.

— Vous appelez ça un gagne-pain ? Pour moi, c'est du pillage, de l'escroquerie, et vous le savez. Vraiment, maître d'Anton, vous vous couvrez de ridicule en affichant une position aussi vénale. Vous devez savoir qu'une révolution ne saurait tarder, or il vous faudra décider de quel côté vous serez.

— Et cette révolution… ce sera un gagne-pain ?

— Il faut l'espérer. Écoutez, il faut que j'y aille, j'ai un client à voir. On doit le pendre demain.

— C'est habituel, ça ?

— Oh, mes clients finissent toujours pendus. Même dans les affaires de divorce ou de propriété foncière.

— Non, je parlais de la visite à votre client. Est-ce qu'il sera content de vous voir ? Il risque de se dire que d'une certaine manière vous l'avez trahi.

— C'est possible. Mais rendre visite aux prisonniers c'est faire œuvre de miséricorde temporelle.

Vous le savez certainement, d'Anton. Vous avez été élevé au sein de l'Église, non ? Moi, je fais collection d'indulgences et de choses du même genre, parce que je pense que je peux mourir à tout instant.

— Où est votre client ?

— Au Châtelet.

— En ce cas, vous savez que vous n'allez pas dans la bonne direction ? »

Maître Desmoulins le regarda comme s'il venait de dire une bêtise : « Je n'avais pas dans l'idée, voyez-vous, d'emprunter un chemin précis pour m'y rendre. D'Anton, poursuivit-il après une hésitation, pourquoi restez-vous là à gaspiller votre temps dans ce dialogue futile, au lieu d'aller consacrer votre énergie à vous faire un nom ?

— Peut-être ai-je besoin de quelques jours de congé », dit d'Anton. Dans les yeux de son confrère, noirs et lumineux, se lisait la timidité des victimes désignées, cette lassitude fatale des proies faciles. « Camille, qu'est-ce qui vous a mis dans un état pareil ? » dit-il en se penchant vers lui.

Les yeux de Camille Desmoulins étaient plus écartés que la normale, et ce que d'Anton avait pris pour la révélation d'un trait de caractère n'était autre qu'une bizarrerie anatomique. Mais il devait s'écouler bien des années avant qu'il s'en rende compte.

Ils se retrouvèrent, pour une de ces conversations prolongées tard dans la nuit et entrecoupées de longs silences.

« Finalement, dit d'Anton, à quoi se résume tout ça ? » Le soir venu, et les vapeurs de l'alcool aidant, il est d'humeur désenchantée. « Passer sa vie à se plier aux caprices et aux quatre volontés d'un foutu imbécile comme Vinot.

— Tu vois donc plus loin ?

— Il faut dépasser tout ça ; quelle que soit ton occupation, il faut viser le sommet.

— Mais moi aussi, j'ai des ambitions, dit Camille. Tu sais que j'ai fréquenté cette école où on passait son temps à se geler, et où la nourriture était immonde ? Eh bien, elle est devenue en quelque sorte une partie de moi-même : si j'ai froid, je l'accepte sans broncher, le froid est naturel, et d'un jour à l'autre c'est à peine si je songe à manger. Mais, bien entendu, si j'arrive à avoir chaud, ou si quelqu'un me nourrit bien, ma reconnaissance en devient pathétique, et je me dis que, ma foi, ce serait très agréable de connaître ces états de façon régulière, d'avoir de grands feux ronflants et de sortir dîner tous les soirs. Évidemment, ce n'est que dans mes moments de faiblesse que j'ai ce genre de pensées. Ah, et puis tu sais bien... se réveiller tous les matins aux côtés de quelqu'un qu'on aime. Au lieu de passer son temps, la tête entre les mains, à gémir : Mon Dieu, mais que s'est-il passé hier soir, comment en suis-je arrivé là ?

— Ce n'est pas beaucoup demander, dit Georges Jacques.

— Mais une fois que tu as fini par obtenir ce que tu voulais, le dégoût s'installe. C'est du moins ce que dit la sagesse populaire. Parce que moi, je n'en sais rien, vu que je n'ai jamais rien obtenu.

— Tu devrais mieux t'organiser, Camille.

— Mon père voulait que je rentre sitôt mon diplôme obtenu, il voulait que je travaille à l'étude avec lui. D'un autre côté, il ne voulait pas... Ils ont décrété que j'épouserais ma cousine, c'est décidé depuis des années. On se marie tous entre cousins chez nous ; c'est la meilleure façon pour que l'argent ne sorte pas de la famille.

— Et ce mariage, toi, tu n'en veux pas ?

— Bah, ça m'est égal. Peu importe finalement qui tu épouses.

— Ah bon ? » Lui-même avait toujours pensé différemment. « Mais il faudra que Rose-Fleur vienne à Paris. Je refuse de retourner là-bas.

— Elle est comment ?

— Je n'en sais trop rien en fait, nos chemins se croisent si rarement. Ah, tu veux dire physiquement ? Elle est très jolie, c'est certain.

— Tu dis que peu importe qui on épouse… mais tu n'envisages pas de jamais tomber amoureux ?

— Si, bien sûr. Mais ce serait une sacrée coïncidence si la personne que j'aime était aussi celle que j'épouse.

— Et tes parents ? Comment sont-ils ?

— Ils en sont au point où ils ne s'adressent même plus la parole. Il y a dans la famille comme une tradition qui veut que l'on épouse quelqu'un dont on découvre rapidement qu'on ne le supporte pas. Mon cousin Antoine, un de mes cousins Fouquier-Tinville, est soupçonné d'avoir tué sa première femme.

— Comment ça ? Tu veux dire qu'il a été effectivement poursuivi pour ce meurtre ?

— Uniquement devant le tribunal des racontars. Il n'y avait pas suffisamment de preuves pour qu'il soit traduit devant les vrais tribunaux. Ce qui n'est pas étonnant, dans la mesure où Antoine est avocat lui aussi. J'imagine qu'il s'y entend pour falsifier les preuves. L'affaire a quand même passablement secoué la famille, si bien que je l'ai toujours considéré… comment dire… comme une sorte de héros, tu vois. Quiconque est capable d'offenser profondément les Viefville devient à mes yeux un héros. Un autre cas est celui d'Antoine de Saint-Just. Je sais que nous sommes parents, même si je ne vois pas du tout comment, ils vivent à Blérancourt. Il a récemment pris la poudre d'escampette en emportant l'argenterie de famille, et sa mère, qui est veuve, a réussi à obtenir une lettre de cachet et à le faire enfermer. Quand il sortira – il faudra bien qu'ils le relâchent un jour ou l'autre –, il sera si furieux qu'il ne leur pardonnera jamais. C'est un de ces garçons grands et costauds, d'une suffisance et d'une vanité incroyables ; il est probable qu'il est train de bouillir de fureur en ce moment même, et occupé à concocter un plan pour se venger. Il n'a que dix-neuf ans, il n'est donc pas impossible qu'il fasse carrière dans le crime, ce qui détournerait l'attention de la famille de ma propre personne.

— Je ne comprends pas que tu ne lui écrives pas pour l'encourager.

— Oui, je le ferai peut-être. Tu vois, je reconnais que je ne peux pas continuer comme ça. J'ai réussi à publier quelques petits poèmes de ma plume… Oh, pas grand-chose, rien qu'un modeste début. Ce que je voudrais, c'est écrire – comme tu peux l'imaginer, avec un handicap comme le mien c'est un vrai soulagement de ne pas avoir à parler. Tout ce dont j'ai envie, c'est de vivre dans le calme – de préférence quelque part où il fait chaud –, et qu'on me laisse tranquille jusqu'à ce que j'aie écrit quelque chose qui en vaille la peine. »

D'Anton ne croyait pas un mot de ces belles paroles. Il y voyait un de ces démentis que, par la suite, Camille publierait régulièrement dans l'espoir de masquer son côté fauteur de troubles invétéré. « Il n'y a aucune personne respectable pour qui tu aies quelque affection ? demanda-t-il.

— Oh si... il y a mon ami Robespierre, mais il habite Arras, et je ne le vois jamais. Et maître Perrin a été plutôt bien avec moi. »

D'Anton le dévisagea, incrédule. Il ne comprenait pas comment l'autre pouvait rester assis là à dire : « Maître Perrin a été plutôt bien avec moi. »

« Ça t'est égal ? demanda-t-il.

— Ce qu'on dit de moi ? Ma foi, dit Camille du même ton calme, je préférerais, à tout prendre, ne pas être un sujet d'opprobre, mais je n'irai pas pour autant jusqu'à laisser mes préférences me dicter ma conduite.

— J'aimerais savoir, dit d'Anton, mais uniquement pour ma gouverne, s'il y a du vrai dans ce qu'on raconte.

— Tout ça parce que dans une heure le soleil sera levé et que tu m'imagines déjà me précipitant au tribunal pour raconter à tout un chacun que j'ai passé la nuit avec toi ?

— On m'a dit... parmi d'autres choses que j'ai pu entendre sur toi... que tu avais une aventure avec une femme mariée.

— C'est vrai... d'une certaine manière.

— Tu présentes à toi tout seul une somme de problèmes intéressante. »

Quand l'horloge sonna quatre heures, il se dit qu'il

en savait déjà trop sur le compte de Camille, trop en tout cas pour le confort de son esprit. Il le dévisagea à travers un brouillard d'alcool et de fatigue, représentatif du climat de leurs prochaines années.

« Je te parlerais bien d'Annette Duplessis, dit Camille, mais la vie est trop courte.

— Crois-tu ? » D'Anton n'a jamais beaucoup réfléchi à la question jusqu'ici. Mais, à force de cheminer vers son avenir à pas lents, de le construire pierre à pierre, le temps lui semble bien assez long comme ça, sinon trop long.

Juillet 1786 : une naissance royale, le roi et la reine ont une fille. Réaction chez les Charpentier : « Tout cela est bel et bon, dit Angélique, mais je suppose qu'elle va réclamer quelques diamants supplémentaires maintenant, histoire de se consoler des dommages causés à sa silhouette.

— Et comment saurions-nous si elle l'a perdue, cette silhouette ? répond son époux. Nous ne la voyons jamais. Elle ne vient jamais jusqu'ici. Elle a quelque chose contre Paris, c'est certain. Je crois qu'elle ne nous fait pas confiance, poursuit-il, la voix chargée de regret. Il est vrai qu'elle n'est pas française, qu'elle est loin de chez elle.

— Et je ne le suis pas, moi, peut-être ? rétorque Angélique, impitoyable. Je ne plonge pas le pays dans les dettes pour autant. »

La dette, le déficit – ces mots étaient sur les lèvres de tous les habitués du café, qui passaient leur temps à tenter de chiffrer le désastre. À leur avis, rares étaient les gens capables de concevoir l'argent sur une telle échelle ; ils pensaient qu'il s'agissait là d'une aptitude particulière, dont M. Calonne, le contrôleur général des Finances du moment, était en l'occurrence dépourvu. Ce dernier était l'image même du parfait courtisan : manchettes en dentelle et eau de lavande, canne à pommeau d'or et goût prononcé pour les truffes du Périgord. À l'instar de M. Necker, il empruntait ; mais on estimait au café que, là où les emprunts de M. Necker avaient été à l'époque mûrement réfléchis, ceux de M. Calonne venaient d'un simple manque d'imagination et du désir de sauver les apparences.

En août 1786, le contrôleur général présenta au roi une série de projets de réformes. Il y avait urgence : on avait déjà engouffré la moitié des recettes publiques de l'année suivante. La France était un pays riche, dit M. Calonne au roi ; elle pouvait produire des revenus bien plus importants que ceux dont elle se targuait pour l'instant. Et n'était-ce pas là le moyen d'assurer un surplus de gloire et de prestige à la monarchie ? Louis se montra sceptique. La gloire et le prestige, c'était bien beau, bien agréable, mais il ne démordait pas de ce qui était juste, et la production de telles recettes exigerait, n'est-ce pas, des changements substantiels.

Certes, lui dit son ministre. Tout le monde à partir de maintenant – nobles, clergé, gens du peuple – allait devoir s'acquitter d'une taxe foncière. Il convenait de mettre fin au système pernicieux des exonérations. D'instaurer le libre-échange, de supprimer les droits de douane à l'intérieur du pays. Il fallait aussi faire quelques concessions à l'opinion libérale – par exemple, en abolissant définitivement la corvée royale. Le souverain fronça le sourcil. Il connaissait déjà la chanson, lui semblait-il : elle lui rappelait M. Necker. S'il avait réfléchi un instant, elle lui aurait également rappelé M. Turgot, mais à cette époque il avait déjà les idées confuses.

Le problème, fit-il savoir à son ministre, c'est que, en admettant que lui-même se montrât favorable à de telles mesures, les parlements, eux, ne seraient jamais d'accord.

Voilà, dit M. Calonne, qui était bien raisonné. Avec sa perspicacité habituelle, Sa Majesté avait mis le doigt sur le problème.

Mais si Sa Majesté était convaincue de la nécessité de telles mesures, devait-elle permettre aux parlements de se mettre en travers de son chemin ? Pourquoi ne pas prendre l'initiative ?

Hem, hem ! fit le roi. Il s'agita sur son siège et regarda par la fenêtre ce que devenait le temps.

Ce qu'il aurait intérêt à faire, poursuivit Calonne, était de convoquer une assemblée de notables. Une quoi ? demanda le roi. Calonne s'expliqua. Prenant conscience de la situation économique critique dans laquelle se trouvait le pays, les notables apporteraient leur soutien à toute mesure jugée nécessaire par le roi. Ce serait une audacieuse manœuvre, assura-t-il au roi, que de créer un corps intrinsèquement supérieur aux parlements, un corps dont ces derniers seraient obligés de suivre l'exemple. Le genre de tactique que n'aurait pas désavoué le grand Henri IV.

Le roi réfléchit. Henri IV était le plus sage et le plus populaire des monarques, et celui-là même que lui, son lointain successeur, avait pris comme modèle.

Le roi se prit la tête entre les mains. L'idée semblait bonne, ainsi présentée par Calonne, mais tous ses ministres étaient beaux parleurs, et les choses n'étaient jamais aussi simples qu'ils voulaient bien le lui faire croire. Sans compter que la reine et ses amis... Il releva la tête. La reine estimait, dit-il, que la prochaine fois que les parlements se mettraient en travers de sa route, le roi devrait purement et simplement les dissoudre. Le parlement de Paris, tous les parlements de province... Allez, ouste ! Tous à la trappe.

M. Calonne trembla en entendant pareils propos. Que présageaient-ils sinon une longue série de discussions virulentes, une décennie d'affrontements, de vendettas, d'émeutes ? Il nous faut sortir de ce cycle infernal, Votre Majesté, dit-il. Croyez-moi – je vous en prie, vous devez me croire –, la situation n'a jamais été aussi désespérée.

Georges Jacques alla trouver M. Charpentier et joua cartes sur table. « J'ai un bâtard, dit-il. Un fils de quatre ans. J'aurais dû vous le dire plus tôt, je suppose.

— Pourquoi donc ? répondit M. Charpentier, reprenant rapidement ses esprits. Il faut garder les bonnes nouvelles secrètes jusqu'au dernier moment.

— Je me fais l'effet d'un hypocrite, dit Georges Jacques. Je viens tout juste de sermonner ce jeunot de Camille.

— Mais allez-y, Georges Jacques, déballez votre sac. Je brûle de vous entendre. »

Ils s'étaient rencontrés dans la diligence, raconta-t-il, lors de son premier voyage à Paris. Elle lui avait donné son adresse, et il était allé la voir quelques jours plus tard. Tout était parti de là... Bref, M. Charpentier était sans doute à même d'imaginer la suite. Non, il ne voyait plus la fille, l'aventure était terminée depuis longtemps. Le garçon était en nourrice à la campagne.

« Bien entendu, vous lui avez proposé le mariage ? »

D'Anton hocha la tête.

« Et pourquoi a-t-elle refusé ?

— J'imagine qu'elle s'est prise d'une soudaine répulsion pour mon visage. »

Il revoyait Françoise arpentant sa chambre en fulminant, atterrée de se voir soumise aux mêmes lois que ses congénères : *Le jour où je déciderai de me marier, je veux que le jeu en vaille la chandelle, je ne veux pas d'un gratte-papier sans le sou, d'un homme comme toi, avec ses passions et sa vanité, qui court après tous les jupons qui passent alors qu'on se connaît depuis un mois à peine.* Même quand l'enfant avait commencé à donner des coups de pied dans le ventre de sa mère, il lui était apparu comme une lointaine éventualité… Arrivera, arrivera pas ? Il y avait des enfants mort-nés, d'autres qui mouraient au bout de quelques jours ; il ne souhaitait certes pas une telle issue, mais il la savait possible.

Pourtant le bébé se développa normalement et finit par naître. « Père inconnu », inscrivit-elle sur le certificat de naissance. Aujourd'hui, Françoise avait trouvé l'homme qu'elle voulait épouser, un certain maître Huet de Paisy, membre du Conseil du roi. Maître Huet songeait à vendre sa charge d'avocat, car il avait d'autres projets – d'Anton ne demanda pas lesquels –, et il offrait de s'en défaire au profit de D'Anton.

« Combien en demande-t-il ? »

D'Anton le lui dit. S'efforçant de digérer son second gros choc de l'après-midi, Charpentier déclara : « C'est tout bonnement hors de question.

— Oui, je sais que c'est grandement surévalué, mais c'est une façon pour moi de m'acquitter de mes devoirs envers l'enfant. Maître Huet le reconnaîtra, tout sera fait conformément à la loi, et je pourrai oublier cette affaire.

— Sa famille aurait dû l'obliger à vous épouser. Quelle sorte de gens peuvent-ils bien être ? Dans un sens, oui, reprit-il après une légère pause, vous pourrez oublier l'affaire, mais il restera le problème de vos dettes. Pour commencer, je ne vois pas comment vous allez pouvoir trouver une somme pareille. » Il fit glisser un morceau de papier dans la direction de son futur gendre. « Voici ce que je peux vous avancer – disons pour l'instant que c'est un prêt, mais, une fois signé le contrat de mariage, j'efface la dette. » D'Anton inclina la tête. « Je dois pourvoir au mieux aux besoins de Gabrielle. C'est mon unique fille. Maintenant, de votre côté, la famille peut apporter… combien ? Ah oui, c'est assez peu, fit-il remarquer avant de noter ces chiffres sur le papier. Comment allons-nous trouver l'argent manquant ?

— En empruntant. Ma foi, c'est ce que conseillerait Calonne.

— Je ne vois pas d'autre solution, en effet.

— Il y a, j'en ai peur, un autre élément dans la transaction. Et vous allez mal prendre la chose. C'est que Françoise a offert de me prêter elle-même la somme. Elle a pas mal d'argent. Nous ne sommes pas entrés dans les détails, mais je ne pense pas que le taux d'intérêt me serait très favorable.

— C'est absolument inique. Dieu du ciel, quelle garce, cette fille ! Vous n'avez pas envie de l'étrangler ?

— Oh, que si ! dit d'Anton en souriant.

— Je suppose que vous vous êtes assuré que l'enfant était bien de vous ?

— Elle ne m'aurait quand même pas menti. Elle n'aurait pas ce culot.

— C'est ce que les hommes pensent volontiers… » Il dévisagea d'Anton. Mais non, c'était clair. L'enfant était vraiment le sien, il fallait bien l'admettre. « C'est une somme conséquente, reprit-il. Pour l'ouvrage d'une nuit il y a maintenant cinq ans de cela, elle paraît hors de proportion et risque de vous empoisonner la vie pendant des années.

— Elle cherche à m'extorquer un maximum. Je suppose que vous pouvez comprendre. » Après tout, c'est elle qui avait souffert, qui avait dû supporter la disgrâce. « Je veux régler l'affaire dans les deux mois qui viennent. Je tiens à démarrer sur des bases saines avec Gabrielle.

— Moi, je ne parlerais pas de bases *saines*, le corrigea gentiment Charpentier. Elles sont justement tout sauf cela. C'est votre avenir entier que vous hypothéquez. Ne pourriez-vous pas…

— Non, décemment, je ne peux pas m'opposer à elle sur ce point. Je l'ai beaucoup aimée, à une époque. Et je dois penser à l'enfant. Écoutez, posez-vous la question : si j'adoptais l'attitude inverse, est-ce que vous seriez prêt à me prendre pour gendre ?

— Oui, bien sûr, je comprends, mais ne vous méprenez pas. Il y a simplement que je suis un vieux dur à cuire, et que je m'inquiète pour vous. À quelle date cette femme a-t-elle fixé le dernier versement ?

— Elle a parlé de 1791, le premier jour du terme.

Croyez-vous que je devrais parler de tout cela à Gabrielle ?

— C'est à vous de décider. Entre aujourd'hui et le jour du mariage, pouvez-vous vous débrouiller pour mener vos affaires avec prudence ?

— Écoutez, j'ai quatre ans pour me libérer de cette dette. Je suis sûr de réussir.

— Il est certain que vous pouvez gagner assez d'argent en tant que conseiller d'État. Je ne le nie pas. » Il est jeune, songea M. Charpentier, mal dégrossi, il a encore beaucoup à apprendre, mais, au fond de lui, il ne peut pas être aussi confiant qu'il veut bien le faire entendre. Il avait envie de le rassurer. « Vous savez ce que dit maître Vinot, il est d'avis que nous n'allons pas tarder à connaître une époque fort troublée ; et en période de troubles, les actions en justice se multiplient. » Il fit un rouleau de ses papiers, prêt à les archiver. « Je pense pouvoir affirmer que, d'ici à 1791, vont se dérouler des événements qui amélioreront grandement votre situation. »

2 mars 1787 : Camille a vingt-sept ans aujourd'hui, et personne ne l'a vu depuis une semaine. Il semble une nouvelle fois avoir changé d'adresse.

L'assemblée des notables est dans l'impasse. Le Café du Parnasse est bondé et bruyant ; les controverses fusent de toutes parts.

« Qu'est-ce qu'il a dit au juste, le marquis de La Fayette ?

— Il a dit qu'il fallait réunir les états généraux.

— Quoi ? Ce vestige du passé ? Ils n'ont pas été réunis depuis...

— 1614.

— Merci, d'Anton, dit maître Perrin. De quelle utilité nous serait cette assemblée ? On va voir le clergé débattre dans une chambre, les nobles dans une autre et le tiers état dans une troisième, et tout ce que ce dernier aura à proposer sera rejeté à deux contre un par les autres ordres. Alors quel progrès…

— Écoutez, l'interrompit d'Anton, même une institution très ancienne peut prendre une nouvelle forme. Nous ne sommes pas forcés de procéder comme ils l'ont fait lors de la dernière convocation. »

Le groupe le regarda avec de grands yeux, l'air solennel.

« La Fayette est vraiment très jeune, dit maître Perrin.

— Il est à peu près de votre âge, Georges. »

Oui, songea d'Anton, et pendant que j'étais plongé dans les archives du cabinet de maître Vinot, lui commandait une armée. Aujourd'hui, me voilà pauvre avoué, et lui héros de la France et de l'Amérique. La Fayette peut prétendre prendre la direction de la nation, et tout ce à quoi je peux prétendre, moi, c'est gagner péniblement ma vie. À présent, ce très jeune homme, d'apparence quelconque, plutôt maigre, presque rouquin, avait retenu l'attention de son auditoire, proposé une idée ; et d'Anton, bien que pris d'une antipathie irraisonnée pour le personnage, se voyait obligé de défendre sa position. « Les états généraux sont notre seul espoir, dit-il. À condition que nous y jouissions d'une représentation équitable, nous, le peuple, le tiers état. Il est clair que les nobles ne se préoccupent guère du bien-être du roi ; il serait donc ridicule de sa part de continuer à défendre leurs intérêts. Il faut qu'il convoque cette assemblée et donne un réel pouvoir au tiers état – pas simplement le droit à la parole et un rôle consultatif, mais un réel pouvoir de décision.

— Cela, je le croirai quand je le verrai, intervint Charpentier.

— Ça n'arrivera jamais, dit Perrin. Ce qui m'intéresse davantage, c'est la proposition qu'a faite La Fayette d'une enquête sur les fraudes fiscales.

— Et les spéculations louches conduites en sous-main, dit d'Anton. Les sales arcanes du marché dans son ensemble.

— Toujours cette même véhémence, dit Perrin, chez ceux qui ne détiennent pas d'actions en Bourse et qui voudraient bien en avoir. »

Quelque chose attira l'attention de M. Charpentier. Il regarda par-dessus l'épaule de D'Anton et sourit. « Ah, voici l'homme de la situation, celui qui pourrait éclairer notre lanterne. » Il s'avança et tendit les mains. « Monsieur Duplessis, vous voici devenu un étranger, nous ne vous voyons plus jamais. Vous ne connaissez pas encore, je crois, le fiancé de ma fille. M. Duplessis est un très vieil ami à moi, il travaille à la direction du Trésor.

— Pour mon plus grand malheur », dit M. Duplessis avec un sourire lugubre. Il eut un hochement de tête en direction de D'Anton, pour lui signifier peut-être que son nom ne lui était pas inconnu. C'était un homme grand, qui n'avait encore rien perdu de sa prestance, vêtu avec soin, quoique simplement. Son regard semblait toujours posé un peu en arrière et au-delà de son objet, comme si sa vision n'était pas bouchée par les plateaux en marbre des tables, les chaises dorées et les membres vêtus de noir des avocats.

« Ainsi donc, Gabrielle va se marier. L'heureux événement est prévu pour quand ?

— Nous n'avons pas encore fixé la date. Mai ou juin.

— Mon Dieu, comme le temps passe. »

Il sortait ces lieux communs en les façonnant comme un enfant ses pâtés de sable ; il sourit à nouveau, et l'on ne pouvait ignorer l'effort musculaire que lui demandait l'entreprise.

M. Charpentier lui tendit une tasse de café. « J'ai été désolé d'apprendre ce qui était arrivé au mari de votre fille.

— Ah oui, une bien triste histoire. Ma fille Adèle, précisa-t-il à l'adresse des présents, mariée et déjà veuve, alors qu'elle n'est encore qu'une enfant. » Il se tourna vers Charpentier, dirigeant son regard par-dessus l'épaule gauche de son hôte. « Nous allons garder Lucile avec nous quelque temps encore, reprit-il. Malgré ses quinze, que dis-je, seize ans. Une vraie petite femme. Les filles sont un sérieux souci. Les fils aussi, sans doute, bien que je n'en aie pas. Et les gendres, donc, avec leur propension à mourir. Pas vous, monsieur d'Anton, non, ne voyez rien de personnel dans ma remarque. Je suis sûr que vous n'êtes pas une cause de souci. Vous avez l'air en pleine santé. Que dis-je, vous êtes l'image même de la santé. »

Comment quelqu'un peut-il avoir l'air aussi digne, songea d'Anton, et tenir des propos aussi creux et décousus ? Était-il toujours ainsi, ou bien était-ce un effet des circonstances, et, en ce cas, le responsable était-il le déficit ou ses malheurs familiaux ?

« Et votre chère épouse, s'enquit M. Charpentier, comment va-t-elle ? »

M. Duplessis remua la question dans sa tête, incapable, semblait-il, de se rappeler exactement le visage de sa femme.

« Toujours la même, finit-il par dire.

— Accepteriez-vous une invitation à dîner un de ces soirs ? Avec ces jeunes filles, bien entendu, si le cœur leur en dit.

— Je ne demanderais pas mieux, vous savez… mais le travail, l'urgence… Je passe à présent beaucoup de temps à Versailles pendant la semaine, c'est simplement que, aujourd'hui, il fallait que je m'occupe d'une affaire… Il m'arrive même de travailler les samedis et les dimanches. J'ai été au Trésor toute ma vie, poursuivit-il à l'intention de D'Anton. Une carrière très gratifiante, mais qui chaque jour devient un peu plus difficile. Si seulement l'abbé Terray… »

Charpentier étouffa un bâillement. Il connaissait le refrain par cœur ; tout le monde le connaissait. L'abbé Terray était le contrôleur général numéro un de Duplessis, un héros de la fiscalité jamais égalé. « Si Terray était resté, il aurait pu nous sauver ; tous les projets mis en avant ces dernières années, toutes les solutions proposées, Terray les avait déjà élaborés il y a des années. » À l'époque, il était bien plus jeune, ses filles étaient encore au berceau, et il se passionnait pour son travail, avec le sentiment que chaque jour était une nouvelle aventure et marquait un nouveau progrès. Mais les parlements s'étaient opposés à l'abbé ; ils l'avaient accusé d'avoir spéculé sur les grains et avaient poussé la populace à brûler son effigie. « C'était avant que la situation devienne catastrophique, à un moment où l'on pouvait encore faire face aux problèmes. Depuis, je les vois tous autant qu'ils sont ressortir toujours les mêmes vieilles idées... » Il esquissa un geste de désespoir. M. Duplessis se préoccupait énormément de l'état du Trésor royal, et, depuis le départ de l'abbé Terray, son travail avait pris l'allure d'un déchirement professionnel quotidien.

M. Charpentier se pencha pour lui remplir sa tasse. « Non, merci, il faut que j'y aille, dit Duplessis. J'ai emporté des documents pour travailler à la maison. Nous reparlerons de cette invitation. Dès que la présente crise sera derrière nous. »

M. Duplessis s'empara de son chapeau, s'inclina et gagna la porte avec force hochements de tête. « Quand le sera-t-elle jamais ? interrogea M. Charpentier. Impossible de l'imaginer. » Angélique approcha dans un froufrou de jupes.

« Je t'ai vu, dit-elle. Tu souriais très distinctement quand tu lui as demandé des nouvelles de son épouse. Quant à vous, poursuivit-elle en donnant une petite tape sur l'épaule de D'Anton, vous aviez le visage presque bleu à force de vous retenir de rire. Dites-moi, qu'ai-je donc raté ?

— Ce ne sont que des cancans, ma chère, rien de plus.

— Rien de plus ? Mais qu'y a-t-il d'autre que les commérages dans la vie ?

— Ça concerne l'ami bohème de Georges, M. Comment-s'élever-dans-la-société.

— Qui ça ? Camille ? Vous vous moquez de moi. Vous dites ça juste pour mettre ma crédulité à l'épreuve, se plaignit Angélique, avant de regarder ses

clients qui souriaient bêtement. Annette Duplessis ?
Avec Annette Duplessis ?

— Écoute bien, alors, lui dit son mari. C'est
compliqué, accidentel, personne ne sait comment
finiront les choses. Il y en a qui prennent des abonnements à l'Opéra, d'autres qui prennent plaisir aux
romans de M. Fielding. Quant à moi, j'apprécie fort
les divertissements faits maison, et il n'y a rien de plus
divertissant en ce moment que la vie rue de Condé.
Pour le connaisseur en folie humaine…

— Jésus, Marie ! s'exclama Angélique. Tu vas te
dépêcher de raconter, oui ? »

II

Rue de Condé, un jeudi après-midi

(1787)

Annette Duplessis était une femme de ressources. Le problème auquel elle était confrontée à cet instant, elle y faisait face avec élégance depuis quatre ans. Cet après-midi-là allait la voir le résoudre une bonne fois pour toutes. Depuis midi soufflait un vent froid, des courants d'air parcouraient l'appartement, se glissant dans les trous de serrure et les interstices sous les portes, déployant les étendards nébuleux de la crise imminente. Annette, songeant à sa silhouette, avala un verre de vinaigre de cidre.

Quand elle avait épousé Claude Duplessis, il y avait bien longtemps de cela, il avait plusieurs années de plus qu'elle ; aujourd'hui, il paraissait assez vieux pour être son père. D'ailleurs, pourquoi l'avait-elle épousé ? Elle se posait souvent la question. Force lui était d'admettre que, jeune fille, elle avait toujours été sérieuse, et que le goût de la frivolité lui était venu avec le temps.

À l'époque où ils s'étaient rencontrés, Claude

s'acharnait à gravir les échelons de l'administration, connaissant et occupant l'un après l'autre tous les postes de clerc possibles et imaginables : d'intérimaire à subalterne, d'intermédiaire à qualifié, de supérieur à attaché particulier, puis clerc hors classe, *in excelsis*, clerc des clercs. La qualité qu'elle avait surtout remarquée en lui était son intelligence et l'attention constante, sans faille, qu'il portait aux affaires de la nation. Son père avait été forgeron, et – bien qu'il eût connu une existence prospère et ne se fût jamais approché d'une forge depuis l'époque lointaine où son fils n'était pas encore né – le succès professionnel de Claude restait pour lui un sujet permanent d'admiration.

Une fois ses premières luttes menées à bien, et lui prêt au mariage, Claude s'était retrouvé baignant dans les vapeurs d'une consternante euphorie. Annette fut la jeune fille fortunée, et très recherchée, dont il conçut, sans que l'on sût dire pourquoi, la meilleure des opinions et à laquelle, pour finir, il s'attacha. Leur évidente incompatibilité semblait suggérer que, en l'occurrence, un processus mystérieux était à l'œuvre, qui, selon leurs amis, augurait d'une union hors du commun.

Claude avait été peu loquace en faisant sa demande ; c'était un homme qui parlait en chiffres plutôt qu'en mots. De toute façon, elle croyait ferme aux émotions trop fortes pour être traduites en mots. Lui bridait à l'extrême ses espoirs et ses traits, à l'aide des fils d'acier d'une maîtrise de soi à toute épreuve ; elle imaginait ses incertitudes cliqueter dans sa tête comme les boules d'un boulier.

Six mois plus tard, les belles intentions d'Annette

étaient mortes, de suffocation. Une nuit, elle s'était précipitée dans le jardin en chemise de nuit et avait lancé aux pommiers et aux étoiles : « Claude, tu es d'un ennui mortel ! » Elle se souvenait encore de l'herbe humide sous ses pieds, de ses frissons quand elle avait levé les yeux derrière elle vers les lumières de la maison. Elle avait vu dans le mariage le moyen de se libérer de la tutelle de ses parents, pour finalement s'engager auprès de Claude. Inutile de chercher plus longtemps à t'évader, se dit-elle ; c'est bien connu, les choses finissent mal, avec des cadavres plein les champs boueux. Elle rentra furtivement, se lava les pieds et se fit une tisane bien chaude, afin de soigner tout espoir persistant. Après cet épisode, Claude l'avait traitée pendant plusieurs mois avec réserve et suspicion. Aujourd'hui encore, quand elle n'allait pas bien ou se montrait capricieuse, il faisait allusion à l'incident – expliquant qu'il avait appris à vivre avec sa nature instable, mais que, jeune homme, il en avait été grandement surpris.

Après la naissance des filles, il y avait eu une petite aventure. Un ami de son mari, avocat de son état, un blond, plutôt banal, qui, aux dernières nouvelles, vivait à Toulouse, encombré d'une épouse au teint rougeaud, atteinte d'hydropisie, et de cinq filles casées dans une école de religieuses. Elle n'avait pas renouvelé l'expérience. Et Claude n'en avait rien su. Si tel avait été le cas, peut-être les choses auraient-elles changé, mais dans la mesure où il n'avait rien découvert – rien découvert avec loyauté, vaillance et obstination –, il était sans intérêt de recommencer.

Et c'est ainsi que, histoire de lui faire trouver le temps moins long – et de lui donner l'occasion d'envisager une relation qui ne pût être rangée dans la catégorie « aventure amoureuse » –, Camille, à vingt-deux ans, débarqua dans sa vie. C'est Stanislas Fréron – les deux familles se connaissaient – qui l'avait amené à la maison. Camille ne faisait pas plus de dix-sept, dix-huit ans. Quatre années devaient encore s'écouler avant qu'il pût prétendre au barreau. Mais il était difficile de l'imaginer en train de plaider. Sa conversation était émaillée de petits soupirs et d'hésitations, d'objections et de fuites en avant. Il avait parfois les mains qui tremblaient, et il avait du mal à regarder les gens en face.

Il est brillant, soutenait Stanislas Fréron. Il sera célèbre un jour. La présence d'Annette, le décor dans lequel elle vivait, semblaient le terroriser. Pourtant, il continua de venir rue de Condé.

D'emblée, Claude l'avait invité à dîner. Les convives avaient été soigneusement choisis, et c'était, pour l'époux, une occasion rêvée d'exposer ses prévisions économiques – très sombres – pour les cinq ans à venir et de parler encore et toujours de l'abbé Terray. Camille, raide comme un piquet sur sa chaise, demandait de temps à autre de sa voix douce à M. Duplessis, dans un silence quasi religieux, de se montrer plus précis, de lui expliquer plus clairement les choses, comment, par exemple, il arrivait à tel ou tel chiffre. Claude réclama plume, encre et papier, écarta quelques assiettes, baissa la tête ; dans son voisinage immédiat, les convives suspendirent toute activité. Les autres invités les regardèrent, déconcertés, et se mirent à parler entre eux. Tandis que Claude marmonnait et gribouillait sur son papier, Camille regardait par-dessus son épaule, contestant ses simplifications et posant des questions qui se faisaient de plus en plus longues et pertinentes. Claude ferma les yeux l'espace d'un moment. Les chiffres s'abattaient en ribambelle de sa plume comme étourneaux dans la neige.

« Mon cher, ne pourriez-vous pas… commença Annette, qui s'était penchée au-dessus de la table.

— Juste une minute…

— Si c'est aussi compliqué…

— Là, voyez-vous, et puis là…

— … en parler plus tard. »

Claude agita un bilan à bout de bras. « C'est une approximation, dit-il. Rien de plus. Mais il faut dire que les contrôleurs sont eux aussi approximatifs. Ça vous donne tout de même une bonne idée. »

Camille lui prit la feuille des mains, la parcourut des yeux, et c'est alors, en relevant la tête, qu'il croisa le regard d'Annette. Celle-ci sursauta, ébranlée par… l'émotion, elle ne trouva pas d'autre mot, qu'elle y lut. Elle détourna les yeux et les posa sur d'autres invités, s'enquérant de leur bien-être. Ce que, à la base, il ne parvenait pas à comprendre, dit Camille – et sans doute était-il très bête –, c'était la relation qu'entretenaient les ministères entre eux et la manière dont ils obtenaient leurs dotations. Non, rétorqua Claude, la question n'était pas bête du tout, cela lui plairait-il qu'il y réponde ?

Claude repoussa alors sa chaise et quitta sa place au haut bout de la table. Ses invités levèrent le nez. « Nous pourrions tous beaucoup apprendre, j'en suis sûr », dit un sous-secrétaire d'État. Mais il semblait en douter, en douter beaucoup, tandis que Claude traversait la pièce. Quand il passa devant elle, Annette tendit la main, comme on ferait pour retenir un enfant. « Je veux juste prendre le compotier », dit Claude ; comme si c'était là quelque chose de tout à fait raisonnable.

Quand il s'en fut emparé, il revint à sa place et posa la coupe au milieu de la table. Il prit fantaisie à une orange de se dégourdir et de s'en aller rouler doucement de-ci de-là, comme douée de sensation et cherchant le chemin des tropiques. Tous les invités suivaient son périple. Les yeux rivés sur le visage de Claude, Camille tendit une main et arrêta l'agrume dans sa course. Il lui imprima une petite poussée, et il se mit à rouler dans la direction d'Annette ; hypnotisée, celle-ci l'attrapa à son tour. Tous les invités l'observaient. Elle rougit un peu, comme une gamine de quinze ans. Son mari récupéra la soupière sur une desserte voisine, enleva un plat de légumes des mains d'un domestique qui s'apprêtait à l'emporter. « Disons que le compotier représente les recettes de l'État », dit-il.

Claude était à présent le point de mire de l'assemblée ; les bavardages avaient cessé. « Si… », commença Camille. « La soupière, elle, sera le ministre de la Justice, qui est également, bien entendu, le garde des sceaux de France.

— Claude… », commença son épouse.

Il lui fit signe de se taire. Fascinés, pétrifiés, les invités suivaient le voyage de la vaisselle autour de la table ; adroitement, Claude ôta son verre à vin des mains du sous-secrétaire. Lequel eut l'air un instant de celui qui mime un harpiste au jeu de « trouvez qui je suis » ; son expression s'assombrit, mais Claude ne remarqua rien.

« Disons que cette salière est le secrétaire du ministre.

— Tellement plus petit, s'étonna Camille. Je ne me serais jamais douté que ces gens manquaient à ce point de stature.

— Et ces cuillères, des mandats sur le Trésor public. Bon, maintenant... »

Oui, oui, dit Camille, mais aurait-il l'obligeance de clarifier les choses, d'expliquer, pouvait-il revenir sur le moment où il avait dit... Oui, bien sûr, concéda Claude, il faut que tout cela soit bien clair dans votre esprit. Il attrapa une carafe d'eau, pour rectifier les proportions ; il rayonnait, littéralement.

« C'est encore mieux qu'au guignol, chuchota quelqu'un.

— Peut-être que la soupière va bientôt se mettre à parler d'une petite voix aiguë. »

Qu'il fasse montre d'un peu de pitié, priait Annette en silence, qu'il cesse de poser des questions ; elle le voyait diriger Claude à coups de grands gestes du bras comme un chef d'orchestre maniant sa baguette, et tout autour ses invités, assis, bouche bée, à sa belle table maintenant dévastée, leurs verres vides ou brusquement emportés, dépossédés de leurs couverts, privés de leur dessert, échangeant des regards furtifs et contenant leurs rires à grand-peine. L'histoire de ma soirée va faire le tour de la ville, de ministère en ministère, de tribunal en tribunal, et les gens en feront des gorges chaudes lors de leurs soupers en ville. Par pitié, qu'il s'arrête, que quelque chose le fasse arrêter ; mais quoi ? Un petit incendie, peut-être.

Et pendant tout ce temps, tandis qu'elle s'agitait de plus en plus, se creusait la cervelle en quête d'une solution, avalait une gorgée de vin, puis une autre, se tamponnait les lèvres à l'aide d'un mouchoir, l'œil enflammé de Camille la brûlait par-dessus le centre de table. Pour finir, s'excusant d'un mouvement de tête et d'un sourire apaisant qui embrassa l'ensemble des voyeurs, elle quitta majestueusement la table, et la pièce. Elle resta assise une dizaine de minutes devant sa coiffeuse, secouée par le cours que prenaient ses propres pensées. Elle avait l'intention de se repoudrer, mais si possible en évitant le regard vide et égaré qui habitait ses yeux. Cela faisait déjà quelques années que Claude et elle ne couchaient plus ensemble ; bon, mais quel rapport avec la situation actuelle, pourquoi prendre la peine d'en calculer le nombre, pourquoi, pendant qu'elle y était, ne pas demander, elle aussi, qu'on lui apporte encre et papier pour qu'elle établisse le bilan, certainement négatif, de sa vie ? À en croire Claude, si le pays continue comme ça jusqu'en 1789, il court droit à sa perte, et nous avec. Elle se voit dans la glace, voit ses grands yeux bleus à présent noyés de larmes difficiles à expliquer, qu'elle sèche pourtant aussitôt, comme elle a essuyé le vin rouge sur ses lèvres quelques minutes auparavant ; peut-être ai-je trop bu, peut-être avons-nous tous trop bu, à l'exception de ce gamin à la langue de vipère ; en admettant que me soit donnée, dans un avenir proche ou lointain, une raison de lui pardonner, jamais je ne lui pardonnerai d'avoir ruiné mon souper et ridiculisé Claude. Mais qu'est-ce que je fais avec cette orange dans la main ? Elle regarde sa main, comme une autre Lady Macbeth. Quoi, dans notre maison ?

Quand elle revint vers ses invités – le sang parfumé sous ses ongles –, la représentation était terminée. Les invités jouaient avec leurs *petits-fours**. Claude leva les yeux vers elle, comme pour lui demander où elle était passée. Il avait l'air joyeux. Camille avait cessé de participer à la conversation. Il fixait la table, les yeux baissés. Avec une expression que, chez une de ses filles, elle aurait qualifiée de modestie affectée. Tous les autres visages avaient l'air défaits et épuisés. On servit le café : noir et amer, comme des occasions ratées.

Le lendemain, Claude reparla de cette soirée. Il dit à quel point il l'avait trouvée stimulante, et bien supérieure aux réceptions habituelles avec leur cortège de futilités. Si toute leur vie sociale était de cette qualité, elle ne lui pèserait pas du tout. Et justement, cela ennuierait-il Annette d'inviter à nouveau ce jeune homme dont le nom, pour l'heure, lui échappait ? Il était si agréable, si intéressé, c'était vraiment dommage, ce bégaiement ; d'un autre côté, peut-être était-il un peu lent, un peu limité ? Il espérait en tout cas qu'il n'était pas reparti avec de fausses idées sur le fonctionnement du Trésor.

Quel supplice, songea-elle, que la situation d'un idiot qui se sait idiot ; et comme doit être agréable, par comparaison, celle de Claude.

Lors de sa visite suivante, Camille se montra plus réservé dans ses regards. Comme s'ils avaient décidé d'un commun accord qu'il ne fallait rien précipiter. Intéressant, se dit-elle, intéressant.

Il lui expliqua qu'il ne voulait pas d'une carrière dans la magistrature, mais que faire d'autre ? Il était tenu par les conditions de sa bourse. Tout comme Voltaire, lui dit-il, il ne voulait pas d'autre profession que celle d'homme de lettres. « Ah, Voltaire, répliqua-t-elle, je ne supporte plus ce nom. Les hommes de lettres, permettez-moi de vous le dire, seront un luxe dans les années à venir. Il va nous falloir travailler dur, sans plus songer à nous divertir. Nous allons devoir, tous autant que nous sommes, imiter Claude. » Camille repoussa légèrement ses cheveux. C'était là un geste qu'elle aimait : assez représentatif, inutile mais engageant.

« C'est ce que vous dites, objecta-t-il, mais dans votre for intérieur vous n'y croyez pas une seconde. Non, vous pensez que les choses resteront ce qu'elles sont.

— Permettez-moi d'être seul juge de mon for intérieur. »

À mesure que passaient les après-midi, le caractère inconvenant de leur relation finit par lui apparaître pleinement. Cela ne tenait pas simplement à l'âge de Camille, mais à l'orientation générale de sa vie. Ses amis étaient pour la plupart des acteurs sans emploi ou bien sortaient subrepticement, noirs d'encre, d'ateliers d'imprimerie clandestins. Ils avaient des enfants illégitimes, des opinions subversives et partaient pour l'étranger quand la police était sur leur trace. Il y avait la vie de salon ; et puis il y avait cette autre vie. Elle jugeait plus judicieux de ne pas poser de questions à ce sujet.

Il continuait à venir dîner chez eux. Il n'y eut pas d'autre incident. Il arrivait à Claude de l'inviter à passer la fin de semaine avec quelques hôtes à Bourg-la-Reine, où ils possédaient des terres et une maison

152

de ferme confortable. Il plaisait vraiment aux filles, pensait-elle.

Depuis deux bonnes années maintenant, ils se voyaient beaucoup. Un de ses amis, censé bien connaître ce genre de choses, lui dit qu'il était homosexuel. Elle n'en crut pas un mot, mais rangea l'information dans un coin de sa tête comme moyen de défense, au cas où son mari se plaindrait. Mais pourquoi se serait-il plaint ? Camille n'était qu'un très jeune homme qui venait de temps en temps en visite. Il n'y avait rien entre eux.

Un jour, elle lui demanda : « Vous vous y connaissez en fleurs sauvages ?

— Pas vraiment, non.

— C'est parce que Lucile a cueilli une fleur à Bourg-la-Reine et m'a demandé ce que c'était. Je n'en avais pas la moindre idée, et je lui ai dit en toute confiance que vous, vous saviez tout. J'ai donc mis la fleur dans mon livre, conclut-elle en tendant la main, en lui disant que je vous poserais la question. »

Elle se leva pour venir s'asseoir à côté de lui, tenant le gros dictionnaire dans lequel elle entassait lettres et listes de courses, et tout ce qu'elle avait besoin de garder en lieu sûr. Elle ouvrit le volume – avec précaution, pour éviter que le contenu s'en échappe en cascade. Il examina la fleur. Délicatement, du bout d'un ongle, il retourna la feuille parcheminée. Fronça le sourcil. « Probablement une espèce nocive très répandue », décréta-t-il.

Il lui passa un bras autour de la taille et essaya de l'embrasser. De stupéfaction plus que par intention délibérée, elle s'écarta brusquement. Lâcha le diction-

153

naire, et tout se répandit sur le sol. Il eût été de mise de le gifler, mais quel cliché, songea-t-elle, et qui plus est elle avait perdu l'équilibre. Elle avait toujours eu envie de gifler quelqu'un, mais aurait préféré avoir un quidam plus robuste sous la main ; si bien que, sans trop savoir comment, elle laissa passer l'occasion. Elle s'agrippa au canapé et se leva, chancelant un peu sur ses jambes.

« Je suis désolé, dit-il. C'était maladroit de ma part. »

Il tremblait légèrement.

« Comment avez-vous pu ?

— Ah, dit-il en levant la main dans un geste d'impuissance, c'est simplement parce que je vous désire, Annette.

— C'est hors de question », dit-elle, enjambant les papiers répandus sur le sol. Il y avait sur le tapis quelques poèmes de sa plume, roulés dans une facture de modiste qu'elle avait jugé préférable de cacher à Claude. Camille, lui, ne s'aviserait jamais de poser la moindre question sur le prix d'un chapeau. Il estimerait une telle demande aussi incongrue qu'indigne de lui. Elle ne put s'empêcher de regarder par la fenêtre d'un air concentré (même si c'était une morne journée d'hiver, peu prometteuse) et de se mordre les lèvres pour en réprimer le tremblement.

Un an à présent que les choses allaient ainsi.

Ils parlaient de théâtre, de livres, des gens qu'ils connaissaient ; pour tout dire, cependant, ils ne parlaient jamais que d'une seule chose : accepterait-elle un jour de coucher avec lui ? Ses propos étaient ceux de tout le monde. Il y répondait en disant que ses arguments étaient éculés et de ceux qu'on entendait d'ordinaire de la bouche des gens qui ont peur d'eux-mêmes, peur d'essayer d'être heureux de crainte d'être châtiés par Dieu, et parce que le puritanisme et la culpabilité les étouffent.

Elle pensait (en privé) qu'elle n'avait jamais rencontré personne qui eût aussi peur de lui-même, et qu'il avait de bonnes raisons pour cela.

Elle lui fit savoir qu'elle n'avait nullement l'intention de changer d'avis, mais que la discussion pouvait se prolonger indéfiniment. Pas indéfiniment, rétorqua Camille, pas au sens strict du terme, mais du moins jusqu'à ce que tous deux soient suffisamment âgés pour se désintéresser totalement de la question. C'est une pratique courante, dit-il, à la Chambre des communes en Angleterre. Elle leva un visage interloqué. Non, non, il ne faisait pas allusion à ce qu'elle avait si manifestement en tête, mais à cette tactique consistant, quand est proposé un projet de loi qui n'est pas de votre goût, à prendre la parole et à vous mettre à détailler tous les tenants et aboutissants de la proposition jusqu'à ce que tout le monde quitte les lieux, ou qu'intervienne la clôture de la séance. On appelle cela tenir le crachoir pour faire capoter un projet. Ça peut durer des années. « Vu sous cet angle, dit-il, et dans la mesure où j'aime bien bavarder avec vous, ce pourrait être une agréable façon de passer ma vie. Mais, en fait, c'est maintenant que je vous veux. »

Après cette première occasion, elle s'était toujours montrée distante, écartant ses avances avec adresse. Non pas qu'il eût jamais tenté à nouveau un contact physique avec elle, ni qu'il lui eût permis d'avoir ce genre de contact avec lui. S'il l'effleurait, même par accident, il s'excusait. C'était mieux ainsi, disait-il. La nature humaine étant ce qu'elle est, les après-midi si longs... les filles en visite chez leurs amies, les rues désertes, le silence dans la pièce en dehors du tic-tac des pendules et du battement des cœurs.

Elle avait projeté d'en finir en douceur avec cette non-aventure, en choisissant son heure ; en tant que non-aventure, l'épisode avait tout de même offert quelques bons moments. Mais, manifestement, Camille n'avait pas tenu sa langue, à moins que l'un des amis de son mari ne se fût montré très observateur. Reste que tout le monde était au courant. Claude connaissait des tas de gens intéressés par cette affaire. La question était débattue dans les vestiaires des juges (évoquée comme une possibilité au Châtelet, mais carrément élevée dans les tribunaux civils au rang de scandale de l'année, dans la catégorie scandales de la moyenne bourgeoisie) ; elle faisait le tour des cafés les plus sélects et était l'objet d'une intense réflexion au ministère. Dans l'esprit des bavards, point d'hésitations, point de tentations ou de contre-tentations en équilibre précaire, point de cas de conscience, point de scrupules. La femme était séduisante, s'ennuyait, n'était plus une jeune fille. Lui était jeune et opiniâtre. Bien sûr qu'ils étaient... Comment en serait-il allé autrement ? Les seules questions étaient : depuis combien de temps dure cette situation ? Et quand donc Duplessis se décidera-t-il à ouvrir les yeux ?

Claude est peut-être sourd, il est peut-être aveugle, voire stupide, mais ce n'est pas un saint, ni un martyr. « Adultère » est un bien vilain mot. Il est temps de mettre un terme à cette affaire, songeait Annette ;

temps de mettre un terme à ce qui n'a jamais même commencé.

Elle se souvenait, pour quelque obscure raison, d'un ou deux moments où elle avait cru être à nouveau enceinte, à l'époque où Claude et elle ne faisaient pas encore chambre à part. On s'imaginait dans cet état, on commençait à éprouver d'étranges sentiments, et puis les saignements revenaient, et on savait alors qu'il n'en était rien. Une semaine, quinze jours s'étaient écoulés, pendant lesquels on avait envisagé une autre vie, un flot d'amour particulier s'était déclenché, partant du cerveau pour se répandre dans le corps, puis dans le monde extérieur et pour longtemps. D'un coup, tout était fini, ou bien n'avait jamais existé : comme un avortement de l'amour. Mais on continuait à fantasmer sur l'enfant : aurait-il eu les yeux bleus ? Quel genre de caractère aurait été le sien ?

Et voici que le jour fatidique était venu. Annette était assise à sa coiffeuse. Sa femme de chambre s'affairait autour d'elle, tirant sur ses cheveux, les tordant doucement. « Pas comme ça, dit Annette. Je n'aime pas du tout. Ça me vieillit.

— Ah, mais non ! s'exclama la fille, simulant l'horreur. Trente-huit ans, pas un jour de plus.

— Je n'aime pas ce chiffre, dit Annette. Ce qui me plaît, ce sont les chiffres ronds. Trente-cinq, par exemple.

— Quarante, voilà un joli chiffre rond. »

Annette avala une gorgée de son vinaigre de cidre. Et fit la grimace. « Votre visiteur est arrivé », annonça la femme de chambre.

Des rafales de pluie fouettaient la vitre.

Dans une autre pièce de la maison, la fille d'Annette, Lucile, ouvrait son journal tout neuf, prête pour un nouveau départ. Reliure rouge. Papier blanc aux reflets satinés. Ruban pour marquer la page.

« Anne Lucile Philippe Duplessis », inscrivit-elle sur la première page. Son écriture était encore une fois en cours de transformation. « Le Journal de Lucile Duplessis, 1770-?, Volume III, année 1786. »

« En ce temps de ma vie, je pense souvent à ce à quoi doit ressembler la vie d'une reine. Pas la nôtre, non, mais une figure plus tragique, comme celle de Marie Tudor. "Quand je serai morte et que l'on m'ouvrira, c'est le mot 'Calais' que l'on trouvera gravé dans mon cœur." Si moi, Lucile, je mourais maintenant et si l'on m'ouvrait le cœur, ce que l'on trouverait gravé, c'est le mot "*Ennui**".

« En fait, je préfère Marie Stuart. C'est elle, ma favorite, et de loin. Je songe à sa stupéfiante beauté parmi ces barbares d'Écossais. Je pense aux murs de Fotheringay, se refermant sur elle comme les parois d'une tombe. Il est vraiment dommage qu'elle ne soit pas morte jeune. Il est toujours préférable que les gens meurent jeunes : ils restent rayonnants et vous évitent d'avoir à les imaginer perclus de rhumatismes ou menacés d'obésité. »

Lucile sauta une ligne, respira un bon coup et reprit sa narration.

« Elle a passé sa dernière nuit à écrire des lettres, puis a envoyé un diamant à Mendoza et un autre au roi d'Espagne. Quand tout fut scellé, elle est restée assise, les yeux grands ouverts, tandis que ses suivantes priaient.

« À huit heures, le prévôt des maréchaux est venu la chercher. Agenouillée sur son prie-Dieu, elle a lu d'une voix calme les prières pour les mourants. Des membres de sa maison se sont mis à genoux sur son passage quand, majestueuse, elle est entrée dans la salle d'apparat, toute vêtue de noir, un crucifix d'ivoire dans sa main ivoire.

« Trois cents personnes s'étaient rassemblées pour assister à son exécution. Les prenant par surprise, elle est entrée par une petite porte latérale, le visage indéchiffrable. L'échafaud était drapé de noir. Noir aussi le coussin sur lequel elle devait s'agenouiller. Mais quand ses gens s'avancèrent et firent glisser la robe noire de ses épaules, on s'aperçut qu'elle était entièrement vêtue de rouge écarlate. Elle s'était habillée de la couleur du sang. »

À ce stade, Lucile posa sa plume. Pour réfléchir à des synonymes possibles. Vermillon. Carmin. Cardinal. Rouge sang. Des expressions toutes faites lui vinrent à l'esprit : dans le rouge, le rouge est mis, rouge comme une pivoine.

Elle reprit sa plume.

« À quoi pensait-elle quand elle a posé la tête sur le billot ? Pendant qu'elle attendait, pendant que le bourreau se mettait en position ? Les secondes s'écoulaient, aussi longues que des années.

« Le premier coup de hache entama la nuque de la reine. Le deuxième ne parvint pas à sectionner le cou, mais inonda la scène d'un sang royal. Le troisième fit rouler sa tête sur le plancher. Le bourreau la récupéra et la brandit pour la montrer aux spectateurs. On s'aperçut alors que les lèvres remuaient toujours ; et elles continuèrent à remuer pendant un quart d'heure encore.

« Quant à savoir qui se trouvait là, penché sur la relique ensanglantée avec une montre de gousset… »

Adèle, sa sœur, entra. « Tu écris dans ton journal ? Je peux lire ?

— Oui, j'écris, mais non, tu ne peux pas lire.

— Oh, Lucile », dit sa sœur avant d'éclater de rire.

Adèle se laissa tomber dans un fauteuil. Non sans difficulté, Lucile s'efforça de revenir au moment présent et s'obligea à se concentrer sur le visage de sa sœur. Elle régresse, ma sœur, songea-t-elle. Moi, si j'avais été mariée, ne serait-ce que brièvement, je ne passerais pas mes après-midi chez mes parents.

« Je me sens seule, dit Adèle. Je m'ennuie. Je ne peux aller nulle part, parce que le décès est trop récent et que je suis obligée de porter ces affreux habits de deuil.

— À l'ennui, donc !

— Et au train-train quotidien ! C'est le cas, non ?

— Oui, si ce n'est que Claude est moins que jamais à la maison. Ce qui donne à Annette d'autant plus d'occasions de voir son grand ami. »

C'était une habitude chez ces deux impertinentes, quand elles étaient seules, que d'appeler leurs parents par leur prénom.

« Et comment se porte le grand ami en question ? s'enquit Adèle. Continue-t-il à faire ton latin à ta place ?

— Je n'ai plus à étudier le latin.

— Quel dommage ! Plus d'excuse pour rapprocher vos têtes l'une de l'autre, alors.

— Je te déteste, Adèle.

— Mais ça va de soi, lui rétorqua sa sœur avec bonhomie. Songe à quel point je suis grande et adulte. À tout ce bel argent que m'a laissé mon pauvre mari. À toutes les choses que je sais, et que tu ne sais pas. Pense à tous les plaisirs que je vais pouvoir m'offrir quand j'aurai quitté le deuil. À tous les hommes qui peuplent le monde ! Mais non, bien sûr. Toi, il n'y en a qu'un qui t'intéresse.

— Il ne m'intéresse pas du tout, protesta Lucile.

— Claude a-t-il ne serait-ce qu'un soupçon de ce qui se trame ici, entre lui et Annette, et lui et toi ?

— Il ne se trame rien du tout. Tu ne comprends donc pas ? Le fin mot de l'histoire, c'est qu'il ne se passe strictement rien.

— Peut-être pas de la façon technique la plus crue, dit Adèle. Mais je ne vois pas Annette, la simple lassitude aidant, résister encore bien longtemps. Quant à toi… tu avais douze ans quand tu l'as vu pour la première fois. Je me souviens des circonstances de cette rencontre. Tes petits yeux de cochon se sont illuminés.

— Pour commencer, je n'ai pas des yeux de cochon. Et ensuite, ils ne se sont certainement pas illuminés.

— Mais il correspond exactement à ce que tu cherches. D'accord, il ne ressemble à rien de ce que l'on peut trouver dans la vie de Marie Stuart. Mais il est tout à fait ce dont tu as besoin pour clouer le bec aux gens.

— De toute façon, il ne me regarde jamais. Il me prend encore pour une enfant. Il ne s'aperçoit même pas que je suis dans la pièce.

— Bien sûr que si. Allez, vas-y, l'encouragea Adèle avec un geste en direction du salon et de ses portes closes. Et après, tu viens me raconter. Tu es chiche ?

— Je ne peux pas me contenter d'entrer comme ça.

— Et pourquoi pas ? S'ils sont simplement en train de bavarder, ils ne trouveront rien à redire, si ? Dans le cas contraire… eh bien, n'est-ce pas précisément ce que nous voulons savoir ?

— Pourquoi n'y vas-tu pas, toi ? »

Adèle la regarda comme si elle était simple d'esprit. « Parce que, des deux éventualités, c'est la plus innocente qu'on pourrait s'attendre à te voir envisager. »

Lucile en convint ; et puis elle n'avait jamais su résister à un défi. Adèle la regarda s'éloigner, ses mules en satin absolument silencieuses sur les tapis. Le curieux petit visage de Camille flottait devant ses yeux. S'il ne finit pas par avoir notre peau, celui-là, songea-t-elle, je veux bien fracasser ma boule de cristal et me mettre au tricot.

Camille fut ponctuel. Venez à quatorze heures, avait-elle dit. Prenant l'offensive, elle lui demanda s'il n'avait rien de mieux à faire de ses après-midi. À quoi il jugea inutile de répondre, tout en se doutant du tour qu'allaient prendre les choses.

Annette avait décidé de recourir pour l'occasion à son image de « femme splendide », selon l'expression de ses amis. Ce qui supposait allées et venues majestueuses et sourires condescendants.

« Bien, dit-elle. Il existe des règles, et vous refusez de les respecter. Vous avez forcément parlé de nous à quelqu'un.

— Ah ! s'exclama Camille en jouant avec ses cheveux. Si seulement il y avait quelque chose à dire.

— Claude va découvrir le pot aux roses.

— Ah, faudrait-il encore qu'il y en eût un. » Il regarda le plafond d'un œil vide. « À propos, comment va-t-il, Claude ? finit-il par demander.

— Il est de mauvaise humeur, dit Annette, distraite de son propos. Fort mauvaise. Il avait mis beaucoup d'argent dans les projets de pompe à feu des frères Périer, et voilà que le comte de Mirabeau vient d'écrire un pamphlet contre cette invention, provoquant ainsi l'effondrement du cours des actions.

— Mais Mirabeau ne devait avoir en tête que le bien public. J'ai beaucoup d'admiration pour lui, voyez-vous.

— Ça ne me surprend pas. Il suffit qu'un homme soit en faillite, notoirement immoral pour que… Ah, par pitié, Camille, ne me distrayez pas.

— J'avais cru comprendre que vous aviez besoin de distraction », dit-il, l'air sombre.

Elle gardait entre eux une distance prudente, fortifiant ses résolutions à l'aide de quelques tables ici et là. « Il faut que cela cesse, reprit-elle. Il faut que vous cessiez de venir ici. Les commérages vont bon train, les gens font des suppositions. J'en ai la nausée. Comment avez-vous pu penser un jour que je sacrifierais la sécurité d'un mariage heureux à une aventure clandestine avec vous ?

— Je pensais simplement que vous le feriez, c'est tout.

— Vous me croyez peut-être amoureuse de vous, c'est ça ? Votre vanité est tout bonnement monstrueuse…

— Annette, partons, enfuyons-nous. Qu'en dites-vous ? Ce soir ? »

Elle faillit dire : Oui, d'accord.

Camille se leva, comme s'il s'apprêtait à dire qu'elle ferait bien de commencer ses bagages. Elle cessa ses allées et venues, s'arrêta devant lui. Posa son regard sur son visage, lissant sa jupe d'un geste gratuit. Leva l'autre main, effleura son épaule.

Il se rapprocha, lui mit les mains autour de la taille. Ils se retrouvèrent plaqués l'un contre l'autre. Son cœur battait à tout rompre. Il finira par mourir, songea-t-elle, d'un cœur aussi fou. Elle passa un moment à le regarder dans les yeux. Leurs lèvres se joignirent, hésitantes. Quelques secondes s'écoulèrent. Annette fit courir ses ongles sur la nuque de son amant et les enfouit dans ses cheveux, attirant sa tête contre sa poitrine.

Un cri perçant se fit entendre derrière eux. « Bon, dit une voix au souffle court et bruyant, c'est donc vrai, finalement. Et, comme dit Adèle, "de la façon technique la plus crue". »

Annette s'écarta brutalement et fit volte-face, le visage exsangue. Camille, lui, regarda sa fille, plus intéressé que surpris, mais rougit, à peine cependant. Et Lucile en fut choquée, de cet à peine précisément ; c'est la raison pour laquelle sa voix avait été si haut perchée, si effrayée, pourquoi aussi elle semblait à présent clouée sur place.

« Il n'y avait rien de cru là-dedans, fit remarquer Camille. C'est vraiment là ce que vous pensez, Lucile ? C'est bien triste, alors. »

Lucile pivota sur elle-même et prit la fuite. Annette relâcha sa respiration. Quelques minutes de plus, et

Dieu sait… songea-t-elle. Quelle femme ridicule et stupide je fais ! Et complètement folle, de surcroît. « Eh bien, Camille, dit-elle, il ne vous reste plus qu'à sortir de cette maison. Et n'y remettez pas les pieds, sinon je trouverai le moyen de vous faire arrêter. »

Ces paroles firent tout de même impression sur Camille. Qui recula lentement, comme s'il quittait une audience royale. Elle avait envie de lui crier : « Et à quoi pensez-vous donc maintenant ? » Mais elle était paralysée, comme lui, par le pressentiment d'une catastrophe imminente.

« Est-ce là ta dernière folie ? demanda d'Anton à Camille. Ou bien en as-tu d'autres en réserve ? »

Pour quelque raison, qu'il aurait du mal à expliquer, il est devenu le confident de Camille. Ce qu'on est en train de lui dire a quelque chose d'irréel, de dangereux, et peut-être même d'un peu – il savoure le mot – dépravé.

« Tu as dit toi-même, protesta Camille, que quand tu as voulu arriver à tes fins avec Gabrielle, tu as cultivé sa mère. C'est vrai, tout le monde t'a vu à l'œuvre, quand tu te vantais en italien, que tu roulais des yeux blancs en imitant l'impétuosité de l'homme du Sud.

— Oui, d'accord, mais c'est ce que font tous les gens. C'est une pratique innocente, nécessaire et socialement admise. Ça n'a rien à voir, mais alors rien du tout, avec ce que tu es en train de suggérer. Et qui, si je comprends bien, consisterait à démarrer quelque chose avec la fille pour pouvoir parvenir à la mère.

— Il ne s'agit pas de "démarrer quelque chose", le corrigea Camille. Ce serait mieux si je l'épousais, carrément. Un arrangement plus durable, non ? Qui ferait de moi un membre de la famille. Décemment, si je suis son gendre, Annette ne pourra pas me faire arrêter.

— C'est pourtant ce que tu mériterais, dit humblement d'Anton. On devrait t'enfermer. » Il secoua la tête...

Le lendemain, Lucile reçut une lettre. Elle ne comprit jamais par quel détour, étant donné qu'elle lui fut apportée de la cuisine. Elle avait dû être donnée à l'une des domestiques. Normalement, elle aurait dû être remise en main propre à Madame, mais il y avait une nouvelle petite bonne, une gamine, qui avait fait cela sans savoir.

Quand elle eut terminé sa lecture, elle retourna la lettre dans sa main et en lissa les pages. Elle la relut, méthodiquement. Puis elle la replia et la glissa dans un volume de poésie pastorale plutôt anodine. Aussitôt, elle se dit que c'était là lui faire affront ; elle la ressortit donc pour la placer dans les *Lettres persanes*. Elle était tellement étrange, cette lettre, qu'elle aurait pu tout aussi bien venir de Perse.

À peine avait-elle replacé le livre sur son rayon que l'envie de la tenir à nouveau lui brûla les mains. Elle voulait sentir le contact du papier, revoir l'écriture à grandes boucles noires, se délecter de certaines expressions. Camille écrit magnifiquement, songea-t-elle, ma-gni-fi-que-ment. Il avait des tournures à vous couper le souffle. Des phrases qui semblaient s'envoler de la page. Des paragraphes entiers qui retenaient la lumière avant de la réfracter, et où les mots s'assemblaient en une rivière de diamants.

Seigneur, se dit-elle. Elle se souvint de ses journaux, avec un sentiment de honte. Moi qui croyais maîtriser la belle prose...

Et tout ce temps, elle s'efforçait d'éviter de penser au contenu de la lettre. Elle avait du mal à croire qu'il pût s'appliquer à elle, même si la logique lui soufflait que pareille éventualité serait fondée.

Non, c'était bien elle – son âme, son visage, son corps – qui avait fait naître cette prose. Impossible d'examiner son âme à soi et de comprendre pourquoi on en faisait une telle histoire ; ce n'était déjà pas si facile pour ce qui était du corps et du visage. Les glaces de l'appartement étaient toutes accrochées trop haut ; c'était son père, sans doute, qui avait suggéré de les placer là où elles étaient. Elle n'apercevait que sa tête, ce qui produisait un curieux effet de démembrement. Elle devait se dresser sur la pointe des pieds pour apercevoir une partie de son cou. Elle avait été une jolie petite fille, elle le savait. Adèle et elle avaient toutes deux été jolies, le genre d'enfants dont les pères sont fous. Et puis, l'an dernier, il y avait eu ce changement.

Elle savait que, pour nombre de femmes, la beauté était une affaire d'efforts, un grand exercice de patience et d'ingéniosité. Qui requérait ruse et dévouement, en même temps qu'une curieuse forme d'honnêteté et d'absence de vanité. On pourrait parler ici, sinon précisément de vertu, du moins de mérite.

Mais ce mérite, elle ne pouvait se l'attribuer.

Il lui arrivait parfois de s'irriter de cette nouvelle donne – de la même façon que l'on peut s'irriter de sa paresse ou du fait qu'on se ronge les ongles. Elle n'aurait pas demandé mieux que d'œuvrer à améliorer son apparence physique, mais voilà, celle-ci n'en avait pas besoin. Elle sentait qu'elle se détachait des autres, et se retrouvait dans la situation d'être jugée sur des critères qui échappaient à son contrôle. Une amie de sa mère avait dit (le hasard avait voulu qu'elle surprît son propos) : « Une fille qui a cette allure à son âge ne ressemble plus à rien à vingt-cinq ans. » La vérité, c'est qu'elle est incapable d'imaginer cet âge canonique. Elle en a seize pour l'instant ; et la beauté est aussi définitive qu'une tache de naissance.

Sous prétexte que sa fille avait un teint d'une pâleur délicate, semblable à celui d'une femme vivant dans une tour d'ivoire, Annette l'avait persuadée de poudrer ses cheveux noirs et de les relever en les nouant à l'aide de rubans et de fleurs, cela afin de mettre en valeur l'ossature sans défaut de son visage. Heureusement qu'on ne pouvait pas lui enlever ses yeux noirs et les remplacer par des yeux bleu porcelaine. Sinon, Annette aurait peut-être tenté l'expérience ; histoire de voir, en regardant sa fille, l'image de son propre visage de poupée. À plus d'une reprise, Lucile s'était imaginée en poupée de porcelaine, relique de l'enfance de sa mère, enveloppée d'un tissu de soie en haut d'une étagère : une poupée trop fragile et trop précieuse pour être mise entre les mains des enfants d'aujourd'hui, peu soigneux et brutaux.

Pour l'essentiel, sa vie était terriblement ennuyeuse. Elle se souvenait de l'époque où son plus grand plaisir était un pique-nique, une excursion à la campagne, une promenade en bateau sur le fleuve par un chaud après-midi. Une journée sans études, où la notion d'heures régulières disparaissait, où il était possible d'oublier le jour de la semaine. Elle avait attendu ces moments-là avec une impatience et une excitation qui frisaient l'épouvante, se levant de bonne heure pour examiner le ciel et prévoir le temps qu'il ferait. Il existait de ces heures, rares, où l'on pouvait se dire : La vie c'est vraiment ça ; on supposait que c'était là le bonheur, et ça l'était. On avait ces pensées, un peu timidement, sur le moment. Puis, quand on rentrait le soir, fatiguée, les choses reprenaient leur cours comme avant. « La semaine dernière, disait-on alors, quand je suis allée à la campagne, j'ai été heureuse. »

À présent, elle ne s'intéressait plus à ces plaisirs dominicaux ; la rivière était toujours la même, et s'il pleuvait et qu'on était forcé de rester à l'intérieur, ce n'était pas un drame. Après son enfance (une fois qu'elle se fut dit : Mon enfance est terminée), les événements produits dans ses rêveries prirent le pas sur tout ce qui pouvait se passer chez les Duplessis de la réalité. Quand elle était à court d'imagination, elle errait d'une pièce à l'autre, indolente et malheureuse, la tête pleine de pensées destructrices. Elle voyait avec plaisir arriver l'heure du coucher et rechignait à se lever le matin. La vie était ainsi. Elle abandonnait ses journaux, envahie d'horreur à l'idée de ses journées informes, de tout ce temps gâché qui s'étirait devant elle.

Ou alors elle s'emparait de sa plume : Anne Lucile Philippe, Anne Lucile. Que je suis donc désolée d'être contrainte d'écrire ainsi, qu'il est donc désolant qu'une fille de ton éducation, de ton raffinement, ne trouve rien de mieux à faire, ni pratique d'un instrument, ni broderie, ni saines promenades l'après-midi, non, rien que ces pulsions de mort, ces fantasmes marqués au sceau du morbide et du grandiose, ces désirs de sang, ces *images*, doux Jésus, de cordes, de lames, de l'amant de sa mère avec son air à demi mort et sa bouche sensuelle et meurtrie. Anne Lucile. Anne Lucile Duplessis. Changer le nom et non la lettre, changer pour aller de mal en pis, car c'est plus excitant que de changer pour le meilleur. Elle s'examinait dans la glace, souriait ; rejetait la tête en arrière, déployant à son avantage cette longue gorge blanche dont sa mère estime qu'elle brisera le cœur de ses admirateurs.

Et c'est hier qu'Adèle a entamé cette extraordinaire conversation. Qu'elle-même a pénétré dans le salon pour découvrir sa mère en train de glisser sa langue entre les dents de son amant, de nouer ses doigts dans ses cheveux, de rougir, de trembler et de succomber entre ses mains fines et élégantes. Elle se souvenait de ces mains, de son index se posant sur le papier, sur son écriture à elle, lui disant : Lucile, ma chère, tu devrais avoir un ablatif ici, et je crains bien que Jules César n'ait jamais seulement imaginé les choses que semble suggérer ta traduction.

Aujourd'hui, l'amant de sa mère offrait de l'épouser. Quand quelque chose – un événement béni, si étrange soit-il – vient nous sortir de la monotonie de notre quotidien, alors, pleura-t-elle, on devrait se sentir bouleversé.

Claude : « Bien sûr que c'est là mon dernier mot sur cette affaire. J'ose espérer qu'il aura le bon sens de l'accepter. J'ignore ce qui, au départ, a pu l'amener à faire une telle demande. Et vous, Annette ? À une époque, les choses auraient pu être différentes. Quand j'ai fait sa connaissance, je me suis pris d'amitié

170

pour lui, je le reconnais. Son intelligence hors du commun… Mais qu'est-ce que l'intelligence auprès d'une nature dissolue ? D'une morale dépravée ? Il a la *réputation* la plus extraordinaire… Non, trois fois non. Je ne veux plus en entendre parler.

— Je suppose que non, en effet, dit Annette.

— Non mais, franchement, qu'il ait le culot… Je n'en reviens pas.

— Moi non plus. »

Il avait envisagé d'envoyer Lucile quelque temps chez des parents. Mais les gens risquaient de se méprendre… de croire que sa fille avait fait un faux pas.

« Et si…

— Si quoi ? l'interrompit Annette, impatiente.

— Si je la présentais à deux ou trois partis ?

— Seize ans, c'est trop jeune pour se marier. Et elle est suffisamment vaniteuse en l'état. Il reste, Claude, que vous devez agir comme bon vous semble. C'est vous, le chef de famille. Le père de cette enfant. »

Annette envoya chercher sa fille, après s'être fortifiée en avalant un grand verre de cognac.

« La lettre, s'il te plaît, dit-elle en accompagnant sa demande d'un claquement de doigts.

— Je ne la transporte pas sur moi.

— Où donc, alors ?

— Dans les *Lettres persanes*. »

Annette fut saisie d'un accès de gaieté déplacé. « Peut-être aimerais-tu l'archiver dans mon exemplaire des *Liaisons dangereuses* ?

— J'ignorais que vous en aviez un. Je peux le lire ?

— Certainement pas. Je suivrai peut-être le conseil donné par l'auteur dans son avant-propos et t'en donnerai un exemplaire pour ta nuit de noces. Quand, avec le temps, ton père et moi t'aurons trouvé un mari. »

Lucile s'abstint de tout commentaire. Comme elle supporte bien, se dit-elle – et avec pour seule aide un verre de cognac –, ce coup humiliant porté à son orgueil. Pour un peu, elle l'aurait félicitée.

« Il est venu voir ton père, dit Annette. Lui a dit qu'il t'avait écrit. Tu ne le reverras plus. S'il devait y avoir d'autres lettres, apporte-les-moi immédiatement.

— Accepte-t-il la situation ?

— C'est sans importance.

— Ainsi donc, mon père n'a pas jugé bon de me consulter ?

— Pourquoi te consulter ? Tu n'es qu'une enfant.

— Il se pourrait que s'impose une petite conversation avec mon père… À propos de certaines choses que j'ai vues.

— Impitoyable, hein ? fit Annette en souriant faiblement.

— Le marché me paraît équitable. » Lucile avait la gorge nouée. Sur le point de se livrer à pareilles tractations, elle était presque trop effrayée pour parler. « Un peu de temps pour réfléchir, c'est tout ce que je demande.

— Et, en échange, je peux compter sur ta discrétion ? Mais dis-moi, Lucile, que crois-tu savoir ?

— Ma foi, pour être honnête, je n'ai jamais vu mon père vous embrasser ainsi. Je n'ai d'ailleurs jamais vu personne embrasser quelqu'un de cette façon. Votre semaine a dû s'en trouver tout ensoleillée.

— La tienne, en tout cas, semble l'avoir été. » Annette se leva et traversa la pièce d'un pas lent, jusqu'à un endroit où quelques fleurs de serre ornaient une coupe. Elle les sortit d'un geste rageur, avant de les replacer une à une. « On aurait dû te mettre au couvent, dit-elle. Il n'est pas encore trop tard pour parfaire ton éducation.

— Vous seriez bien obligés un jour ou l'autre de m'en faire sortir.

— Certes, mais pendant que tu serais occupée à ton plain-chant, tu n'aurais pas le loisir d'espionner les gens et de pratiquer l'art de la manipulation. » Elle eut un rire – sans joie. « Je suppose que, jusqu'à ce que tu pénètres dans le salon, tu me prenais pour une femme avisée, qui connaît le monde ? Qui jamais ne commet de faux pas ?

— Oh, non. Jusque-là, je me demandais comment vous faisiez pour supporter une vie aussi ennuyeuse.

— Bref, j'aimerais te demander d'oublier ce qui s'est passé ces derniers jours. » Annette s'arrêta, une rose à la main. « Mais tu ne le feras pas, je me trompe ? Parce que tu es entêtée et vaniteuse, et déterminée à exploiter ce que tu penses, à tort, être ton avantage.

— Je ne vous ai nullement espionnée, vous savez, dit Lucile prise du désir pressant de rétablir la vérité. C'est Adèle qui m'a mise au défi d'entrer dans le salon à ce moment-là. Mais bon, que se passerait-il si j'insistais pour l'épouser ?

— Parfaitement impensable », rétorqua sa mère. Une fleur, d'un blanc de givre, tomba sur le tapis.

« Qui sait ? Le cerveau humain est une chose remarquable. »

Lucile ramassa la rose à longue tige et la tendit à sa mère. Elle suça une goutte de sang sur son doigt. Il se peut que je le fasse, songea-t-elle, ou pas. Quoi qu'il en soit, il y aura d'autres lettres. Elle n'utilisera plus le Montesquieu, mais archivera cette correspondance dans l'ouvrage de l'abbé de Mably daté de 1768 : *Doutes sur l'ordre naturel et essentiel des sociétés politiques*. Des doutes qui, pense-t-elle, sont devenus soudain très sérieux.

III

Maximilien : sa vie, son époque

(1787)

Mercure de France, juin 1783 : « M. de Robespierre, jeune avocat de grand mérite, a fait montre en cette occasion – toute à la gloire des arts et des sciences – d'une éloquence et d'une sagesse révélatrices d'un remarquable talent. »

> Je vois l'épine avec la rose
> Dans les bouquets que vous m'offrez…
>
> Maximilien de Robespierre, *Poèmes*

La coupure du journal jaunissait déjà, à force d'avoir été consultée. Il avait essayé de trouver un moyen de la protéger et de la garder propre, mais la page tout entière se recroquevillait sur les bords. Il était certain de connaître le texte par cœur, mais s'il se contentait de se le répéter, il risquait de prendre l'allure d'un produit de son imagination. Tandis que, quand on le lisait, que l'on tenait le papier dans la main, on ne pouvait douter que c'était là l'avis d'une autre personne, un texte rédigé par un journaliste parisien, composé par un imprimeur. Impossible alors de dire que l'événement ne s'était pas produit.

Le journal avait consacré un long compte rendu à l'affaire. Ce qui n'avait rien de surprenant, dans la mesure où il s'agissait d'un cas d'intérêt public. Tout avait commencé quand un certain M. de Vissery, de Saint-Omer, s'était procuré un paratonnerre et l'avait installé sur sa maison, sous les yeux sévères d'un groupe de nigauds. Une fois l'installation terminée, ces derniers s'en étaient allés se plaindre auprès des édiles locaux, déclarant que l'engin, en fait, attirait la foudre et devait donc être démonté. Pourquoi donc M. de Vissery chercherait-il à attirer la foudre ? Eh bien, mais c'est qu'il était de mèche avec le diable, pardi.

S'était donc ensuivie une action en justice portant sur le droit individuel à disposer d'un paratonnerre. Le propriétaire mécontent alla consulter maître de Buissart, figure majeure du barreau d'Arras et homme doté d'un goût affirmé pour les sciences. À l'époque, Maximilien était très bien avec Buissart. Son collègue prit l'affaire très à cœur : « Voyez-vous, c'est une affaire de principe : des gens s'efforcent de bloquer les avancées du progrès, de s'opposer à la diffusion des bienfaits de la science – et nous ne pouvons pas, sauf à ne pas nous considérer comme des esprits éclairés, rester là les bras croisés. Seriez-vous prêt à intervenir dans cette affaire, à rédiger quelques lettres pour moi ? Croyez-vous que nous devrions écrire à Benjamin Franklin ? »

Suggestions, conseils, gloses scientifiques commencèrent à circuler. Les journaux envahirent la maison.

« Ce Marat, dit Buissart, c'est bien de sa part de se mettre ainsi en peine, mais nous n'argumenterons pas trop en faveur de ses hypothèses. J'ai entendu dire qu'il n'était pas en odeur de sainteté chez les scientifiques de l'Académie. » Quand, pour finir, l'affaire fut examinée par la municipalité d'Arras, Buissart s'écarta délibérément, laissant à Robespierre le soin de plaider. Au départ, Buissart n'avait pas soupçonné à quel point sa mémoire et sa capacité d'organisation seraient mises à rude épreuve. Son confrère, lui, ne sembla pas en souffrir le moins du monde ; ce que Buissart mit sur le compte de son jeune âge.

Une fois le procès terminé, les vainqueurs donnèrent une petite réception. Des lettres de félicitation arrivèrent – « affluèrent » serait exagéré, mais il est certain que l'affaire avait retenu l'attention. Maximilien avait encore en sa possession tous les journaux, les preuves volumineuses apportées par le docteur Marat, son plaidoyer final, avec, en marge, les corrections de dernière minute. Et pendant des mois, chaque fois qu'elles avaient une visite, les tantes s'empressaient de ressortir le journal et de dire : « Vous avez vu l'article sur le paratonnerre, là où il est écrit que Maximilien a accompli des merveilles ? »

Maximilien est un garçon tranquille, réservé et facile à vivre ; solidement bâti, il a le teint pâle, de grands yeux clairs d'un bleu-vert changeant et une bouche qui n'est pas dépourvue d'humour. Il prend grand soin de ses vêtements, qui lui vont à merveille. Ses cheveux bruns sont toujours coiffés et poudrés. À une époque, il n'avait pas les moyens de soigner les apparences ; aujourd'hui, les apparences sont son seul luxe.

La vie de la maisonnée est réglée comme du papier à musique. Il se lève à six heures, travaille sur ses dossiers jusqu'à huit. À huit heures, arrivée du barbier. Puis un petit déjeuner léger : pain frais accompagné d'un bol de lait. À dix heures, il est en règle générale au tribunal. Après la séance, il s'efforce d'éviter ses confrères et rentre chez lui dès que possible. L'estomac encore retourné après les conflits de la matinée, il se restaure d'un fruit, d'une tasse de café et d'un petit verre de vin allongé d'eau. Comment les autres parviennent-ils à quitter la salle d'audience en s'esclaffant et en s'envoyant de grandes claques dans le dos, alors qu'ils ont passé tout le matin à jouer à qui crierait le plus fort pour empêcher le voisin de parler ? Pour ensuite rentrer chez eux et s'attabler devant une bouteille et des pavés de viande rouge ? La chose l'a toujours laissé pantois.

Après le déjeuner, il sort marcher un peu, par tous les temps, parce que son chien, Brount, ne fait aucun cas des conditions atmosphériques et n'arrête pas de bondir à travers la maison si on le garde à l'intérieur. Il laisse Brount l'entraîner par les rues, les bois, les champs. À leur retour, leur apparence est loin d'être aussi respectable qu'elle l'était quand ils sont partis. « Par pitié, s'exclame sa sœur Charlotte, ne laisse pas entrer ce chien crotté ! »

Brount se laisse tomber devant la porte de sa chambre, que Maximilien garde fermée pour travailler jusqu'à sept ou huit heures du soir, plus tard même, si une grosse affaire l'attend le lendemain. Quand il écarte enfin ses dossiers, il lui arrive de se mettre à mâchouiller sa plume et de s'essayer à quelques vers en vue de la prochaine réunion du cercle littéraire.

Ce n'est pas de la poésie, reconnaît-il ; simplement le travail d'un artisan compétent qui ne se prend pas au sérieux. Qui manque parfois carrément de sérieux ; en témoigne son « Ode aux tartes à la confiture ».

Il lit beaucoup, assiste aux réunions hebdomadaires de l'Académie d'Arras. Dont le but prétendu est de discuter de sujets historiques, littéraires, scientifiques, et de questions d'actualité. C'est ce que font ses membres, certes, mais ils colportent aussi les rumeurs, arrangent des mariages et déclenchent des querelles de clocher.

Les autres soirs, il écrit des lettres. Mais souvent Charlotte insiste pour qu'ils vérifient ensemble les comptes de la maison. Et les tantes supportent très mal de rester plus d'une semaine sans recevoir de visite. Comme elles ne vivent plus désormais sous le même toit, la chose lui prend deux soirées.

Beaucoup de changements l'attendaient quand il rentra à Arras, son diplôme de juriste en poche et ses projets mûrement réfléchis en tête. En 1776, l'année de la déclaration d'indépendance des États-Unis, Tante Eulalie annonça à la stupéfaction générale qu'elle se mariait. Il y a donc de l'espoir pour nous toutes, se dirent les vieilles filles de la paroisse. Tante Henriette exprima l'avis que Tante Eulalie avait perdu la tête : Robert Deshorties était un veuf encombré de plusieurs enfants, dont une fille, Anaïs, était presque en âge de se marier. Mais il ne s'était pas passé six mois que le dépit de Tante Henriette faisait place à des fards discrets, à des allusions et une agitation peu seyantes. L'année suivante, elle épousait Gabriel du Rut, un homme bruyant âgé de cinquante-trois ans.

Maximilien fut heureux de se trouver à Paris et dans l'impossibilité de se libérer.

Pour la filleule de Tante Henriette, elle-même prénommée Henriette, point de mariage, ni de célébration. Cette sœur de Maximilien n'avait jamais été de forte constitution. Perpétuellement essoufflée, sans aucun appétit, elle était de ces filles impossibles, destinées à se faire houspiller, toujours le nez dans un livre. Un matin – il apprit la nouvelle par une lettre une semaine plus tard –, ils la trouvèrent morte, son oreiller trempé de sang. Elle avait fait une hémorragie pendant que les tantes jouaient aux cartes avec Charlotte au rez-de-chaussée ; son cœur avait lâché tandis qu'elles prenaient un souper léger. Elle avait dix-neuf ans. Il l'avait beaucoup aimée. Avait espéré qu'ils deviendraient amis.

Deux ans après les stupéfiants mariages, Grand-Père Carraut mourut à son tour. Il laissait la brasserie à l'oncle Augustin Carraut et un legs à chacun de ses petits-enfants vivants : Maximilien, Charlotte et Augustin.

Grâce aux bons soins de l'abbé, le jeune Augustin avait hérité de la bourse de son frère à Louis-le-Grand. Il était devenu un gentil garçon, assez quelconque, raisonnablement consciencieux, mais pas particulièrement intelligent. Maximilien s'inquiéta pour lui quand il partit pour Paris, se demandant s'il ne trouverait pas la barre placée trop haut. Il avait toujours pensé que quelqu'un issu de leur milieu, à moins d'être intelligent, n'avait rien qui pût parler en sa faveur. Il présumait qu'Augustin était en train de faire la même découverte.

Quand il était rentré à Arras, il était allé habiter chez

Tante Henriette et le mari braillard – qui lui rappela, avant même la fin de la première semaine, qu'il leur devait de l'argent. Pour être exact, c'était son père, François, qui devait cet argent – à Tante Henriette, à Tante Eulalie, à Grand-Père Carraut. Il n'osa pas pousser l'enquête plus avant. C'est ainsi que l'héritage de son grand-père servit à éponger les dettes de son père. Pourquoi lui avaient-ils fait ça ? Quel manque de considération, quelle ladrerie ! Ils auraient pu lui accorder un an de grâce, le temps qu'il engrange un peu d'argent. Il ne fit pas d'histoires, régla la dette, puis déménagea, afin de ne pas mettre Tante Henriette dans l'embarras.

Si la question s'était posée dans le sens inverse, lui-même n'aurait pas réclamé l'argent – ni au bout d'un an, ni jamais. Sans compter qu'ils ne parlaient que de François : ton père était comme ci, ton père était comme ça, il faisait comme ceci ou comme cela à ton âge. Bon sang, songeait-il, je ne suis pas mon père. Puis Augustin rentra de Louis-le-Grand, brutalement et incroyablement adulte. Il parlait à tort et à travers, ne faisait rien de son temps et courait la gueuse sans relâche. Les tantes disaient – non sans admiration – : « C'est son père tout craché. »

Puis ce fut au tour de Charlotte de rentrer de son école de religieuses. Ils s'installèrent ensemble rue des Rapporteurs. Maximilien faisait rentrer l'argent, Augustin paressait à longueur de journée, Charlotte tenait la maison et trouvait toutes sortes de remarques cinglantes à faire sur leur compte.

Quand il était à Louis-le-Grand et qu'il revenait pour les vacances, il n'avait jamais failli à sa tournée de visites de courtoisie. Une à l'évêque, une à l'abbé, une autre encore aux maîtres de sa première école pour leur raconter ce qu'il devenait. Leur compagnie ne l'enchantait guère, mais il savait qu'il risquait d'avoir besoin d'eux plus tard. Si bien que quand il rentra définitivement, il put constater que ses attentions avaient porté leurs fruits. Si la famille avait une opinion, la ville, elle, en avait une autre. Il fut appelé au barreau du conseil d'Arras, où il reçut le meilleur accueil possible. Parce que, bien sûr, il n'était pas son père, et que le monde avait évolué ; il était sobre, rangé, scrupuleux ; il faisait honneur à la ville, honneur à l'abbé, ainsi qu'aux membres de la respectable famille qui l'avaient élevé.

Si seulement cet épouvantable du Rut voulait bien cesser de remuer le passé... Si seulement tu pouvais discipliner ton esprit, pour éviter que certaines conversations, certaines allusions, voire certaines pensées te donnent encore la nausée. Comme si tu étais coupable d'un crime. Après tout, tu n'es pas un criminel, mais un juge.

Au cours de sa première année d'exercice, il eut quinze affaires à traiter, ce qui le plaçait au-dessus de la moyenne. En principe, ses dossiers étaient prêts une bonne semaine à l'avance, mais, la veille de la première audition, il travaillait toujours jusqu'à minuit, jusqu'à l'aube, si nécessaire. Il oubliait tout ce qu'il avait fait jusque-là, mettait ses dossiers de côté et, réexaminant tous les faits, reconstituait à nouveau l'affaire, pas à pas, depuis le tout début. Son esprit était comparable au coffre-fort d'un avare ; une fois qu'un fait y était mis, il y restait. Il savait qu'il faisait peur à ses confrères, mais que pouvait-il bien y faire ?

S'imaginaient-ils qu'il pouvait être autre chose qu'un bon, un très bon avocat ?

Il se mit à conseiller à ses clients d'arriver à un arrangement à l'amiable chaque fois qu'ils le pouvaient. Ce qui ne lui rapportait pas grand-chose, pas plus qu'à son adversaire, mais épargnait à ses clients des dépenses et un temps considérables. « Bien d'autres ne se montrent pas aussi scrupuleux », commenta Augustin.

Au bout de quatre mois de pratique, il fut nommé à une position lui permettant d'exercer à mi-temps un pouvoir de justice. Une nomination aussi rapide était certes un honneur, mais il se demanda aussitôt si elle n'était pas à double tranchant. Au cours des premières semaines, il avait vu des choses qui lui paraissaient blâmables et, naturellement, l'avait fait savoir ; et M. Liborel, qui l'avait parrainé pour son entrée au barreau, semblait penser qu'il avait commis une série de gaffes. Liborel avait dit, reflétant l'opinion générale : « Bien sûr, nous sommes d'accord pour estimer que nous avons besoin de quelques réformes, mais nous autres, ici en Artois, préférerions ne pas précipiter les choses. » Et c'est ainsi que débutèrent les malentendus. Dieu sait qu'il n'avait jamais cherché à froisser quiconque, loin s'en fallait, mais tel était bien le cas. Dans ces conditions, cette fameuse nomination était-elle due uniquement à son mérite ou était-ce un cadeau destiné à l'amadouer, à émousser son jugement, ou bien encore une récompense, une faveur, voire un moyen de compensation... mais alors, une compensation pour un préjudice à venir ?

Le grand jour arriva enfin, le jour où il devait prononcer son premier jugement. Il n'alla pas se coucher et, volets ouverts, suivit les progrès de la nuit dans le ciel. Quelqu'un avait déposé un plateau avec son souper au milieu des papiers concernant l'affaire. Il se leva et alla fermer la porte. Il ne toucha pas à la nourriture. Il s'attendait à la voir pourrir sous ses yeux ; il regarda la mince peau verte d'une pomme sur une assiette, comme si elle était en voie de décomposition.

Si on mourait, ce pouvait être, comme cela avait été le cas pour sa mère, d'une manière qu'on avait toujours passée sous silence ; mais il se souvenait de son visage, alors qu'elle était dans son lit, appuyée contre ses oreillers, attendant d'être charcutée, se souvenait d'un des domestiques disant qu'après, ils brûleraient les draps. On pouvait aussi mourir comme Henriette : seul, votre sang s'écoulant sur le linge blanc, incapable d'appeler, de seulement bouger, tétanisé, frappé à mort – pendant que, au rez-de-chaussée, les gens bavardaient autour d'une assiette de petits gâteaux. Ou comme Grand-Père Carraut : paralysé, décrépit, repoussant, incapable de se souvenir de quoi que ce soit, s'inquiétant sans arrêt de son testament, tenant à son contremaître des propos incohérents sur l'âge du bois pour les barils, s'interrompant de temps à autre pour reprocher à tel ou tel des fautes commises trente ans plus tôt et maudire sa fille, morte depuis longtemps, dont le ventre gonflé avait fait le déshonneur de la famille. Ce n'était pas la faute de Grand-Père, c'était la vieillesse, voilà tout. Mais il n'arrivait pas à imaginer le grand âge. À imaginer jamais en approcher.

Et si on était pendu ? Il refusait d'y penser. Une pendaison prenait couramment une demi-heure.

Il essaya de prier : quelques grains, histoire de

mettre de l'ordre dans ses idées. Mais c'est alors que, en glissant sous ses doigts, le chapelet lui évoqua l'image d'une corde, et il le laissa tomber doucement par terre. Il gardait cependant le compte : « *Pater noster, qui es in caelis, Ave Maria, Ave Maria* », ainsi que ce pieux ajout « *Gloria patri, et Filio, et Spiritui Sancto, Amen* ». Les syllabes bénies se télescopaient. Formaient des mots incohérents, s'inversaient, alternaient entre sens et non-sens. De toute façon, quel sens tout cela pouvait-il avoir ? Ce n'est pas Dieu qui va lui dire ce qu'il convient de faire. Dieu ne l'aidera pas. Il ne croit pas en un dieu de ce genre. Il n'est pas athée, songe-t-il, adulte, simplement.

Puis ce fut l'aube : fracas des roues en dessous de la fenêtre, crissement du cuir des harnais, ébrouements et hennissements du cheval tirant une charrette pleine de légumes à l'intention de ceux qui seraient encore en vie à l'heure du dîner. Les prêtres essuyaient leurs calices pour la première messe, et là en bas la maisonnée se levait, se lavait, faisait bouillir l'eau et allumait les feux. À Louis-le-Grand, il aurait assisté à son premier cours de la matinée. Où étaient, à cette heure, les élèves qu'il avait connus ? Que faisait Louis Suleau ? Sans doute poursuivait-il son chemin semé de sarcasmes. Et Fréron ? Il creusait son sillon dans la bonne société. Et Camille serait encore en train de dormir, pelotonné contre le cœur sombre de la capitale, de dormir dans l'inconscience totale du fait que son âme habillée de chair et d'os était peut-être damnée.

Brount gémit derrière la porte. Charlotte lui ordonna vivement de s'éloigner. L'animal descendit l'escalier à contrecœur, ses griffes cliquetant sur l'escalier.

Maximilien déverrouilla la porte pour permettre au barbier d'entrer. L'homme examina de près le visage de cet aimable et fidèle client, jugeant préférable de laisser de côté pour aujourd'hui son bavardage matinal. Les aiguilles de la pendule s'approchaient inexorablement de dix heures.

Il lui vint à l'esprit au dernier moment qu'il pouvait ne pas y aller ; qu'il pouvait tout bonnement rester ici et dire : Je n'irai pas au tribunal aujourd'hui. Les autres l'attendraient une dizaine de minutes, placeraient un clerc dans la rue pour voir s'il arrivait et finiraient par lui faire parvenir un message ; auquel il répondrait qu'il ne se rendrait pas au tribunal aujourd'hui.

Ils ne pouvaient guère le faire sortir de force, ni s'emparer de lui pour l'emmener, quand même ? Ni lui extirper la sentence de la gorge.

Mais c'était la loi, songea-t-il avec découragement, et s'il était incapable de la mettre en œuvre, il aurait dû démissionner : il aurait dû démissionner hier.

Trois heures de l'après-midi : les séquelles. Il sent qu'il va vomir. Là, au bord de la route. Il se plie en deux. La sueur lui ruisselle le long du dos. Il tombe sur les genoux, des haut-le-cœur lui tordent l'estomac. Ses yeux se voilent ; sa gorge le brûle. Mais il n'a rien que de la bile ; il n'a pas avalé la moindre bouchée depuis vingt-quatre heures.

Il tend un bras, se remet debout et essaie de retrouver l'équilibre. Il aimerait qu'on lui prenne la main pour l'empêcher de frissonner ; mais quand vous êtes malade, personne ne vient à votre secours.

S'il y avait là quelqu'un pour le regarder avancer

le long de la rue, il verrait qu'il titube, qu'il tangue d'un pied sur l'autre. Il s'efforce consciencieusement de se tenir droit et de contrôler sa démarche, mais ses jambes refusent de le porter. Le corps méprisable lui donne à nouveau une leçon : reste fidèle à tes principes.

Voici donc Maximilien de Robespierre, avocat de son état : célibataire, bien sous tous rapports, avec la vie devant lui. Aujourd'hui, au mépris de ses convictions les plus intimes, il s'est plié à la règle et a condamné un criminel à mort. Il s'apprête maintenant à le payer.

Un homme survit toujours : il s'en sort d'une manière ou d'une autre. Même ici, à Arras, il est possible de trouver des alliés, sinon des amis. Joseph Fouché avait étudié chez les oratoriens. Il avait songé au départ à la prêtrise et avait fini par abandonner l'idée. Il enseignait la physique et s'intéressait à tout ce qui était nouveau. Fouché venait dîner assez souvent, invité par Charlotte. Il semblait l'avoir demandée en mariage – ou du moins étaient-ils arrivés à une sorte d'arrangement. Maximilien était surpris de voir qu'une fille pût être attirée par un homme tel que Fouché, avec ses membres grêles, pas plus épais que des allumettes, et ses yeux pratiquement dépourvus de cils. Mais allez savoir… Pour tout dire, il n'aimait pas du tout Fouché ; d'un autre côté, il fallait bien que Charlotte vive sa vie.

Et puis il y avait Lazare Carnot, capitaine du génie de la garnison d'Arras ; un homme plus âgé que lui, réservé, aigri par le manque de perspectives d'avancement dont il souffrait en tant que roturier dans les forces de Sa Majesté. Carnot assistait aux réunions de l'Académie pour trouver un peu de compagnie, retournant des formules dans sa tête tandis qu'ils discutaient de la forme du sonnet. Il lui arrivait de les divertir d'une diatribe sur l'état déplorable de l'armée. Les membres présents échangeaient des regards amusés.

Seul Maximilien écoutait avec attention, ignorant comme il l'était de tout ce qui touchait au militaire, somme toute assez impressionné.

Quand l'Académie décida d'accepter la candidature de Mlle de Kéralio – son premier membre féminin –, il fit en son honneur un discours sur le génie des femmes, sur leur rôle dans la littérature et dans les arts. Après quoi, elle lui avait dit : « Pourquoi ne pas m'appeler Louise ? » Elle écrivait des romans – des milliers de mots par semaine. Il lui enviait sa facilité. « Écoutez-moi ça, disait-elle à l'occasion. Et dites-moi ce que vous en pensez. »

Il s'en gardait bien, connaissant la susceptibilité des écrivains. Louise était jolie, et ne réussissait jamais tout à fait à effacer l'encre qui tachait ses petits doigts. « Je vais partir pour Paris, dit-elle un jour, on ne peut pas moisir indéfiniment dans ce trou, sauf le respect que je vous dois. » Sa main abattit un rouleau de manuscrits sur un dossier de chaise. « Ô solennel et étonnant Maximilien de Robespierre, pourquoi ne pas m'accompagner à Paris ? Non ? Alors, partons au moins pour un pique-nique. Faisons un peu jaser, voulez-vous ? »

Louise appartenait à la vraie noblesse. « Rien à attendre de ce côté-là, dirent les tantes. Pauvre Maximilien. »

« Noble ou pas, disait Charlotte, cette fille est une

catin. Imaginez un peu, elle voulait que mon frère fiche le camp avec elle à Paris. » Inimaginable, en effet. Louise fit ses paquets et disparut en trombe, appelée par son destin. Il fut vaguement conscient d'un tournant manqué : une de ces croisées de chemins dont on se souvient plus tard, quand on est complètement perdu.

Restait toujours la belle-fille de Tante Eulalie, Anaïs. Les deux tantes la préféraient de loin à toutes les autres candidates, tant elle avait, de leur avis commun, de jolies manières.

Peu de temps après, la mère d'un pauvre cordier vint le trouver à propos de son fils, accusé de vol par les bénédictins d'Anchin et jeté en prison. D'après elle, l'accusation était fausse et malveillante ; le trésorier de l'abbaye, Dom Brognard, était notoirement connu pour être peu scrupuleux en matière de finances et avait, de surcroît, tenté de mettre la sœur du cordier dans son lit, et elle n'aurait pas été la première fille à…

« Bon, bon, dit-il. Calmez-vous. Asseyez-vous. Commençons par le commencement. »

C'était le genre de client qu'il avait depuis quelque temps : une personne ordinaire – souvent une femme – ayant des démêlés avec des organisations aux intérêts particuliers. Évidemment, aucun espoir d'une quelconque rémunération de ce côté.

L'histoire du cordier paraissait trop noire pour être vraie. Néanmoins, dit-il, nous allons fouiller un peu. En moins d'un mois, une enquête était ouverte sur les activités de Dom Brognard, et le cordier poursuivait l'abbaye en dommages et intérêts. Quand les bénédictins voulurent prendre un avocat, à qui firent-ils appel sinon à M. Liborel, bien sûr, son ancien protecteur ? Je ne suis lié en rien par la reconnaissance, dit Maximilien, seule compte la vérité.

Les petites déclarations sans fondement font bientôt le tour de la ville. Tout le monde prend parti, et tous ceux qui comptent dans le monde juridique se rangent du côté de Liborel. L'affaire tourne au pugilat, et, bien entendu, elle se termine comme il pensait qu'elle le ferait : on propose au cordier plus d'argent qu'il n'en gagnera jamais en échange de sa totale discrétion et de sa disparition.

Il va de soi que, après un tel coup, plus rien ne pourra être pareil. Il n'oubliera pas comment ils se sont ligués pour conspirer contre lui, le stigmatiser dans la presse locale comme agitateur anticlérical. *Lui ?* Le protégé de l'abbé ? L'enfant chéri de l'évêque ? Fort bien. Si c'est ainsi qu'ils veulent le voir, il ne prendra plus la peine désormais de faciliter la tâche de ses confrères, de se montrer toujours si courtois et serviable. C'est une faiblesse, cette perpétuelle envie de vouloir impressionner favorablement les gens.

L'Académie d'Arras l'élut au poste de président, mais il les ennuya avec ses harangues sur les droits des enfants illégitimes. On croirait bien qu'il n'y a pas d'autre problème au monde, se plaignit l'un des membres.

« Si ta mère et ton père s'étaient conduits correctement, avait dit Grand-Père Carraut, tu n'aurais jamais vu le jour. »

Charlotte sortait ses livres de comptes et lui faisait remarquer que le manque à gagner que leur coûtaient ses scrupules enflait de mois en mois. « Évidemment, disait-il. Tu t'attendais à quoi ? »

Régulièrement, elle l'attaquait et lui assénait ces coups cuisants, lui prouvant qu'il n'était pas compris, même dans sa propre maison.

« Cette maison, dit-elle, moi je ne peux pas l'appeler un *foyer*. Nous n'avons jamais eu de vrai foyer. Il y a des jours où tu es tellement préoccupé que c'est à peine si tu ouvres la bouche. Je suis une bonne maîtresse de maison, mais tu ne montres aucun intérêt pour ce que je fais. Je suis bonne cuisinière, mais tu ne t'intéresses pas à la nourriture. J'invite des gens, et quand nous sortons les cartes ou nous apprêtons à converser, toi tu t'en vas cocher des passages dans un livre, à l'autre bout de la pièce. »

Il attendit que sa colère retombe. C'était compréhensible : la colère, ces temps-ci, était son état naturel. Fouché lui avait proposé le mariage – ou quelque chose d'approchant – avant de la planter là, l'air plutôt ridicule. Il se demanda un moment s'il aurait dû intervenir, mais il était convaincu que, au bout du compte, elle serait mieux sans lui.

« Désolé, dit-il. Je vais faire un effort pour être plus sociable. C'est simplement que j'ai beaucoup de travail sur les bras.

— Peut-être, mais ce travail te sera-t-il payé ? » Charlotte dit qu'Arras lui avait fait la réputation d'un homme désintéressé, au cœur tendre, ce qui ne laissa pas de le surprendre dans la mesure où il estimait lui-même être un homme de principes, pas facile à duper. Elle l'accusait de s'aliéner des gens qui auraient pu promouvoir sa carrière, et lui devait à nouveau expliquer pourquoi il était nécessaire de rejeter leur aide, où se trouvait son devoir, et ce qu'il se sentait obligé de faire. À son avis, elle exagérait beaucoup. Ils payaient leurs factures, non ? Et il y avait toujours de quoi manger.

Ce qui n'empêchait pas Charlotte de revenir à la charge. Tôt ou tard, elle finissait par éclater en sanglots. Et c'est alors qu'elle y allait de son aveu, exprimait la crainte qui l'obsédait : « Tu vas épouser Anaïs. Tu vas épouser Anaïs et me laisser seule. »

Il transformait maintenant ses plaidoiries en « discours politiques », comme le disaient les gens. Comment aurait-il pu en être autrement ? Tout est politique. Le système tout entier est corrompu. La justice est à vendre.

30 juin 1787 :

Nous, magistrats de Béthune, ordonnons la suppression des propos attaquant l'autorité de la justice et de la loi, et injurieux à l'égard des juges, tels qu'ils apparaissent dans le mémoire imprimé signé « De Robespierre, Avocat ». Ce décret sera affiché dans la ville d'ARRAS.

PAR ORDRE DES MAGISTRATS DE BÉTHUNE

De temps à autre, un petit point de lumière dans les ténèbres ambiantes : un jour, alors qu'il sortait du tribunal, un jeune avocat du nom de Hermann le rejoignit et lui dit : « Vous savez, Robespierre, je commence à croire que vous avez raison.

— À quel propos ?

— Oh, à propos de tout », répondit l'autre, affichant un air surpris.

Il écrivit un essai pour l'Académie de Metz :

Le ressort de l'énergie dans une république, c'est la *vertu**, l'amour de ses lois et de son pays ; et il s'ensuit, d'après la nature même de ceux-ci, que tous les intérêts privés et les relations personnelles doivent s'effacer devant le bien commun... Tout citoyen détient une part du pouvoir souverain... et ne peut donc en conséquence prononcer l'acquittement de son ami le plus intime si la sécurité de l'État exige qu'il soit châtié.

Quand il eut fini sa phrase, il posa sa plume, relut le passage et se dit : C'est bien beau, tout ça, et facile à dire pour moi, je n'ai pas d'ami intime ; puis, dans un deuxième temps : Mais bien sûr que si, j'ai Camille.

Il recherche sa dernière lettre. Elle était embrouillée, rédigée en grec, parlait d'une histoire avec une femme mariée. En s'obligeant à la rédiger dans cette langue morte, Camille se cachait son malheur, sa douleur, sa confusion ; de même qu'en obligeant son destinataire à la traduire, il disait en fait : Crois bien que ma vie est pour moi un divertissement élitiste, quelque chose qui n'a d'existence qu'une fois consigné sur le papier et expédié par la poste. Maximilien laissa sa main reposer à plat sur la lettre. Si seulement ta vie pouvait prendre meilleure tournure, Camille. Si seulement tu avais la tête un peu plus froide, le cuir plus épais, et si seulement je pouvais te revoir... Si seulement les choses voulaient bien nous sourire.

Il passe le plus clair de son temps maintenant à détailler, élément par élément, les iniquités du système et toutes les petites manifestations de tyrannie ici à Arras. Dieu sait qu'il a essayé d'être souple, de s'intégrer. Il s'est montré modéré et conformiste, déférent envers ses confrères plus expérimentés que lui. Quand il a usé de propos plus violents, c'était dans le seul but de susciter chez eux un sentiment de honte qui les pousserait dans la bonne direction. Il n'est en aucune façon un homme violent. Mais il demande l'impossible : ce qu'il leur demande, ce n'est rien de moins que d'admettre que le système dans lequel ils ont toujours travaillé est erroné, infondé et immoral.

Parfois, quand il est face à un adversaire de mauvaise foi ou un magistrat plein de suffisance, il doit lutter contre l'envie de lui envoyer son poing dans la figure ; il lutte avec une telle âpreté qu'il en a mal à la nuque et aux épaules. Il ouvre les yeux tous les matins en disant : « Mon Dieu, aidez-moi à supporter cette journée. » Et il prie pour que quelque chose, n'importe quoi, se produise, qui le délivrerait de ces perpétuelles récriminations, polies mais interminables, qui lui épargnerait de dissiper ainsi sa jeunesse, ses talents, son courage. Max, tu ne peux pas te permettre de retourner les honoraires que t'a versés cet homme. Il est pauvre, je ne peux pas faire autrement. Max, qu'est-ce qui te ferait plaisir pour le dîner ? N'importe quoi. Max, est-ce que tu as fixé la date du grand jour ? Il rêve de noyade, loin, très loin, sous la surface lisse de la mer.

Il s'efforce de ne pas blesser les autres. Il aime à se voir comme quelqu'un de naturellement raisonnable et conciliant. Il est capable de se défiler, d'user de faux-fuyants, d'éluder les problèmes. Capable de sourires énigmatiques, de refuser de se décider pour l'un ou l'autre camp. Il sait chicaner sur les détails, ergoter sur les mots. C'est une façon de gagner sa vie, songe-t-il, mais non, ça ne l'est pas. Car c'est alors que se présente brutalement la seule vraie question, et là, plus moyen de tergiverser, on ne peut répondre que par oui ou par non : souhaitez-vous une révolution, monsieur de Robespierre ? Oui, sacredieu ! Oui, je la souhaite, cent fois oui, nous en avons besoin, et nous l'aurons.

IV

Un mariage, une révolte,
un prince du sang

(1787-1788)

Lucile n'a pas dit oui. Elle n'a pas dit non. Elle a simplement dit qu'elle allait réfléchir.

Annette : sa première réaction a été la panique, la deuxième, la rage ; quand, la crise immédiate terminée, elle n'a plus revu Camille de tout un mois, elle a commencé à réduire le nombre de ses réceptions et de ses sorties dans le monde pour passer les soirées seule, à ruminer, comme un chien ronge son os.

Il est déjà suffisamment fâcheux de passer pour une femme séduite, pire encore, pour une femme abandonnée. Mais être abandonnée au profit de sa propre fille encore adolescente ? Comment retrouver un semblant de dignité après un coup pareil ?

Depuis que le roi avait renvoyé son ministre Calonne, Claude restait à son bureau tous les soirs, à rédiger des notes de service.

La première nuit, Annette n'avait pas dormi. Elle

s'était tournée et retournée dans son lit, trempée de sueur, jusqu'au petit matin, méditant sa vengeance. Elle avait pensé à le forcer d'une manière ou d'une autre à quitter Paris. À quatre heures, elle ne supportait plus de rester couchée. Elle se leva, s'enveloppa dans un châle, traversa l'appartement dans l'obscurité, pieds nus, comme une pénitente, car elle ne voulait surtout pas faire de bruit, au risque de réveiller sa femme de chambre, ou sa fille – laquelle, vraisemblablement, dormait du sommeil chaste et paisible de ceux qui jouent impunément des émotions d'autrui. L'aube la trouva frissonnante devant une fenêtre ouverte. Sa résolution lui apparaissait comme un fantasme ou un cauchemar, le produit monstrueux d'une imagination baroque rêvé par une autre qu'elle-même. Allez, reprends-toi, se dit-elle, c'est un incident, rien de plus. À ce moment-là, elle était seule, tout comme aujourd'hui, avec sa rancune et son sentiment d'abandon.

Lucile la regardait d'un air circonspect ces temps-ci, ne sachant pas ce qui se passait dans sa tête. Elles avaient cessé de se parler, si ce n'est pour les broutilles du quotidien. En présence des autres, elles parvenaient à échanger quelques propos insipides ; en tête à tête, elles étaient aussi embarrassées l'une que l'autre.

Lucile : elle passait le plus de temps possible seule. Elle relut *La Nouvelle Héloïse*. Un an auparavant, quand elle avait ouvert le livre pour la première fois, Camille lui avait parlé d'un ami, un drôle de nom, commençant par un R, qui jugeait que c'était là le chef-d'œuvre du siècle. Un sentimental invétéré ; ils s'entendraient bien s'ils se rencontraient un jour, elle et lui. Elle comprit par là que lui, Camille, ne tenait pas l'ouvrage en très haute estime et souhaitait influer sur son jugement. Elle se souvenait de l'avoir entendu parler à sa mère des *Confessions* de Rousseau, un autre de ces livres dont son père lui interdisait la lecture. Camille disait que l'auteur était dépourvu de tout sens de la délicatesse, et qu'il y avait des choses qu'il valait mieux ne pas coucher par écrit ; depuis ce jour, elle faisait attention à ce qu'elle consignait dans son petit journal rouge. Sa mère avait ri alors avant de dire : On peut donc se permettre n'importe quoi du moment que l'on garde le sens de la délicatesse ? Camille avait enchaîné avec une remarque qu'elle avait à peine entendue, quelque chose sur l'esthétique du péché, et sa mère avait ri à nouveau, avant de se pencher vers lui et de lui effleurer les cheveux. Elle aurait dû comprendre dès ce moment.

Ces temps-ci, elle se souvenait souvent d'incidents semblables, les retournant dans sa tête, les disséquant. Sa mère semblait nier – dans la mesure où l'on comprenait le sens de ses propos – avoir jamais couché avec Camille. Vraisemblablement, elle mentait.

Annette s'était montrée plutôt gentille avec elle, étant donné les circonstances. Allant jusqu'à lui dire que le temps finit souvent par dénouer les situations difficiles, sans qu'il soit besoin d'agir. C'était là une façon bien peu courageuse d'affronter la vie. Quelqu'un va souffrir, pensait-elle, mais je suis gagnante, quoi qu'il arrive. Je suis maintenant une personne d'importance ; mes actions ne sont plus de simples coups d'épée dans l'eau.

Elle revivait la scène cruciale. Après l'orage, un

timide rayon de soleil tardif avait lustré une mèche de cheveux non poudrée sur la nuque de sa mère. Il avait les mains posées en toute confiance sur les hanches d'Annette. Quand celle-ci s'était brusquement retournée, son visage tout entier avait paru se décomposer, comme si elle venait d'être frappée avec violence. Camille avait esquissé un sourire ; voilà qui était vraiment étrange, avait-elle songé. L'espace d'un instant, il avait retenu le poignet de sa mère, comme s'il se la réservait pour un autre jour.

Sans parler du choc – un coup terrible, à vous glacer le sang. Mais pourquoi un tel choc, alors même que c'était, à quelques détails près, ce qu'Adèle et elle-même avaient espéré voir ?

Sa mère sortait rarement, et toujours en voiture. Peut-être avait-elle peur de tomber sur Camille par accident. Son visage avait pris une sorte de rigidité, comme si elle avait vieilli d'un coup.

Mai arriva, avec ses longues soirées claires et ses nuits courtes ; fréquemment, Claude les passait à travailler, s'efforçant de recouvrir d'un vernis de nouveauté les propositions du dernier contrôleur général en date. Le Parlement refusait de se laisser emboiner ; le fameux impôt foncier était une fois de plus en discussion. Quand le parlement de Paris se montrait inflexible, le remède royal consistait d'ordinaire à l'exiler en province. Cette année-là, le roi choisit de l'expédier à Troyes, chacun des membres fut sommé individuellement de se rendre là-bas par une *lettre de cachet**. Une sorte de promotion pour la ville, dit Georges Jacques d'Anton.

Le 14 juin, il épousait Gabrielle à l'église de Saint-

Germain-l'Auxerrois. Elle avait vingt-sept ans ; attendant patiemment que son père et son fiancé aient réglé l'affaire entre eux, elle avait passé ses après-midi à essayer des recettes dans la cuisine, avant de manger ses créations. Elle avait pris goût au chocolat et à la crème et sucrait maintenant abondamment le bon café fort de son père. Elle ricana un peu sottement quand sa mère l'harnacha de sa robe de mariée, pensant au moment où son époux l'en dépouillerait. Elle se trouvait propulsée sur la grande scène de la vie. Quand elle sortit de l'église sous le soleil, plus serrée contre Georges qu'il n'était séant, elle se dit : Je suis en parfaite sécurité à présent, ma vie est devant moi, je sais à quoi elle va ressembler, et je n'en changerais pour rien au monde, pas même pour être à la place de la reine. Elle rougit quelque peu de la tiède sentimentalité de telles pensées ; toutes ces sucreries m'auront ramolli le cerveau, songea-t-elle, et elle sourit dans le soleil à ses invités, sentant la chaleur de son corps emprisonné dans sa robe de mariée. Non, justement, surtout pas à la place de la reine, qu'elle avait vue en cortège dans la rue, le visage figé par la bêtise et le mépris impuissant, ses diamants si bien taillés qu'ils étincelaient autour d'elle comme des lames nues.

L'appartement qu'ils avaient loué se révéla être un peu trop près des Halles. « Ah, mais il me plaît beaucoup, dit-elle. La seule chose qui m'ennuie, ce sont ces cochons à l'air sauvage qui courent en tout sens dans la rue. Je suppose, ajouta-t-elle avec un grand sourire à l'adresse de son époux, que toi, ça t'est égal.

— Des petits cochons de rien du tout. Insignifiants. Mais non, tu as raison, nous aurions dû voir les inconvénients.

— Mais c'est joli comme tout. J'en suis fort heureuse ; bien sûr, il y a les cochons, la boue et le langage des femmes du marché. On pourra toujours déménager quand on aura plus d'argent, et maintenant que tu es conseiller d'État ça ne saurait tarder. »

Bien entendu, elle n'avait aucune idée des dettes de Georges Jacques. Il avait bien pensé la mettre au courant une fois que les choses se seraient tassées. Mais elle ne se tassèrent point, parce qu'elle tomba enceinte – dès la nuit de noces, sembla-il – et qu'elle se montrait un peu niaise, insouciante, euphorique, faisait sans arrêt des allers et retours entre le café et leur maison, la tête pleine de plans et de projets d'avenir. À présent qu'il la connaissait mieux, il savait qu'elle correspondait exactement à l'image qu'il s'était faite d'elle, et il ne l'aurait pas voulue autrement : innocente, conventionnelle, avec une prédisposition à la piété. Il aurait été abominable, criminel de laisser quoi que ce soit assombrir son bonheur. Le moment où il aurait pu lui parler de ses problèmes d'argent vint, puis passa, avant de s'éloigner définitivement. La grossesse convenait à merveille à Gabrielle : cheveux plus épais, teint resplendissant ; elle était prospère, plantureuse, presque exotique, et souvent essoufflée. Ils voguèrent sur un océan d'optimisme jusqu'au milieu de l'été.

« Maître d'Anton, puis-je vous retenir quelques instants ? » Ils étaient juste devant le Palais de justice. D'Anton se retourna. C'était Hérault de Séchelles, juge, homme de son âge, mais surtout aristocrate, un grand, un vrai, riche à souhait. Eh bien, eh bien, se dit Georges Jacques, nous voilà en train de gravir quelques échelons.

« Je voulais vous présenter mes félicitations pour votre nomination au Conseil des parties. Excellent discours que vous avez fait là. » D'Anton inclina la tête. « Vous plaidiez ce matin ? »

D'Anton désigna un porte-documents en guise de réponse. « L'affaire du marquis du Chayla. Prouver que le marquis a bien le droit de porter ce titre.

— La preuve semble déjà faite, au moins dans ta tête, grommela Camille.

— Oh, bonjour, dit Hérault. Je ne vous ai pas vu à l'intérieur, maître Desmoulins.

— Bien sûr que si. Simplement, vous préféreriez que ce ne soit pas le cas.

— Allons, allons », dit Hérault en riant, découvrant des dents blanches parfaitement alignées. Que diable nous veux-tu ? songea d'Anton. Mais Hérault semblait tout à fait calme et urbain, prêt à un petit échange sur les questions du jour. « Que croyez-vous qu'il va se produire, demanda-t-il, à présent que le Parlement est exilé ? »

Pourquoi me poser la question à moi ? se demanda Anton. Il pesa sa réponse et dit : « Il faut que le roi trouve de l'argent. Le Parlement vient d'affirmer que seuls les états généraux pourraient lui voter des subsides, et je suppose que, ayant annoncé sa décision, il a bien l'intention de s'y tenir. Si bien que quand le roi rappellera les parlementaires à l'automne, ils réaffirmeront la même chose – et le souverain, dos au mur, sera bien obligé alors de convoquer les états généraux.

— Vous applaudissez donc à la victoire du Parlement ?

— Je n'applaudis à rien du tout, dit sèchement

d'Anton. Je me contente de constater. Personnellement, je pense que réunir les états généraux, c'est ce que le roi peut faire de mieux, mais je crains fort que certains des nobles qui font campagne à cette fin ne cherchent qu'à utiliser cette assemblée pour limiter le pouvoir du souverain et augmenter le leur.

— Je pense que vous avez raison, dit Hérault.

— Vous devriez le savoir mieux que moi.

— Et pour quelle raison ?

— On dit que vous êtes un *habitué** du cercle de la reine.

— Ah, pas besoin de jouer au démocrate grincheux avec moi, d'Anton, répliqua Hérault en riant à nouveau. J'ai idée que vous et moi avons davantage en commun que vous ne seriez prêt à l'admettre. Il est vrai que Sa Majesté m'accorde le privilège de lui prendre son argent en me faisant l'honneur de sa table de jeu. Mais la vérité, c'est que la Cour est remplie d'hommes de bonne volonté. Elle en compte certainement plus que vous n'en trouveriez au Parlement. »

Le genre, songea d'Anton, à faire des petits discours pour un oui ou pour un non. Bof, qui ne le fait pas ? Mais il est si profondément charmant. Si beau parleur, un vrai professionnel.

« De bonne volonté surtout pour leurs propres familles, intervint Camille. Ils aiment bien leur voir allouer de confortables pensions. Ne parle-t-on pas de 700 000 livres par an pour la famille Polignac ? Et vous-même, n'êtes-vous pas un Polignac ? Dites-moi un peu, pourquoi vous contentez-vous d'une fonction de juge ? Pourquoi ne pas acheter l'appareil de la justice dans son entier et en finir une bonne fois ? »

Hérault de Séchelles était un connaisseur, un collectionneur. Il était prêt à parcourir l'Europe pour une sculpture, une pendule ou une première édition. Il regarda Camille comme s'il était venu de très loin pour le voir et découvrait qu'il n'était qu'un faussaire de bas étage. Il se tourna à nouveau vers d'Anton. « Ce qui me stupéfie, c'est cette curieuse notion qui a cours chez les gens simples, suivant laquelle le Parlement, du fait qu'il s'oppose au roi, défendrait les intérêts du peuple. En réalité, c'est bel et bien le roi qui s'efforce d'imposer un système de taxation équitable…

— Ce qui m'indiffère absolument, dit Camille. Ce que je veux, c'est voir tous ces gens se disputer entre eux, parce que, plus ils le feront, plus vite le système tout entier s'effondrera, et plus vite nous aurons une république. Si, entre-temps, je prends parti, c'est uniquement pour attiser le conflit.

— Que vos vues sont donc excentriques ! s'exclama Hérault. Sans parler d'être dangereuses. » Un moment, il parut déconcerté, fatigué, un peu perdu. « Bref, les choses ne resteront pas en l'état, c'est certain. Et j'en serai heureux, croyez-moi.

— Vous vous ennuyez ? » demanda d'Anton. La question, très directe, ne s'était pas sitôt présentée à son esprit qu'elle lui était sortie de la bouche – ce qui ne lui ressemblait guère.

« Ce pourrait bien être le cas, admit Hérault à regret. Même si l'on aimerait… pouvoir adopter une position plus noble, vous me comprenez. Je veux dire, ce serait bien de penser que les choses devraient changer dans les intérêts de la France, et non simplement parce qu'on est au creux de la vague. »

Étrange, vraiment étrange… en l'espace de quelques

205

minutes, c'est toute la teneur de la conversation qui s'était modifiée. Hérault parlait sur le ton de la confidence, avait baissé la voix, abandonné ses airs d'orateur public ; il s'adressait à eux comme s'il les connaissait de longue date. Même Camille le regardait avec du moins l'apparence de la sympathie.

« Ah, le fardeau de vos richesses et de vos titres, dit-il. Vous allez bientôt nous faire pleurer, maître d'Anton et moi.

— J'ai toujours su que vous étiez des hommes sensibles, dit Hérault, qui se prépara à partir. Il faut que je me mette en route pour Versailles, je suis attendu pour le dîner. Au revoir donc, d'Anton. Vous venez de vous marier, il me semble ? Mes hommages à votre épouse. »

D'Anton le regarda s'éloigner, l'air un peu perplexe.

Ils s'étaient mis à fréquenter le Café de Foy, au Palais-Royal. L'atmosphère y était différente, moins guindée, comparée à celle qui régnait chez M. Charpentier ; on n'y rencontrait pas les mêmes gens. Et, avantage appréciable, on ne risquait pas d'y croiser Claude.

Quand ils arrivèrent, un homme était en train de déclamer des vers, debout sur une chaise. Il agitait un papier avec des gestes éloquents, puis soudain s'étreignit la poitrine dans une débauche de sincérité toute théâtrale. D'Anton lui jeta un bref coup d'œil, avant de se détourner.

« Ils se renseignent sur toi, chuchota Camille. La Cour, j'entends. Pour voir si tu pourrais leur être utile. Ils te proposeront un petit emploi, Georges Jacques.

Ils feront de toi un fonctionnaire. Si tu acceptes leur argent, tu finiras comme Claude.

— Claude s'en sortait bien, dit d'Anton. Jusqu'à ce que tu débarques dans sa vie.

— S'en sortir, ce n'est pas vraiment suffisant, si ?

— Ah bon ? Je n'en sais rien, à vrai dire. » Il regarda l'acteur pour ne pas avoir à affronter Camille. « Tiens, il a fini. C'est drôle, j'aurais parié… »

Au lieu de descendre de son perchoir, l'homme les fixa intensément. « Je veux bien être pendu ! » s'exclama-t-il. Il sauta à terre, se fraya un chemin à travers la salle, sortit quelques cartes de sa poche et les fourra dans les mains de D'Anton. « Tiens, des billets gratuits, dit-il. Comment vas-tu, Georges Jacques ? » Il riait de bon cœur. « Tu ne me remets pas, hein ? Bon sang, ce que tu as prospéré !

— Le lauréat ? demanda d'Anton.

— En personne. Fabre d'Églantine, pour vous servir. Eh bien, dis donc ! s'exclama-t-il, tout en martelant l'épaule de D'Anton de son poing fermé pour plus d'effet scénique. Ainsi donc, tu as suivi mon conseil. Tu es avocat. Et soit tes affaires marchent très fort, soit tu vis au-dessus de tes moyens, soit tu fais chanter ton tailleur. Et puis, tu as des airs d'homme marié.

— Quoi d'autre ? demanda d'Anton, amusé.

— Tu commences à te faire de la graisse, dit Fabre en lui plantant le doigt dans le ventre.

— Où étais-tu ? Qu'est-ce que tu fabriquais ?

— Ici et là, tu sais bien. Je suis avec une nouvelle troupe… On a fait une excellente saison l'an dernier.

— Mais pas à Paris, si ? Je t'aurais remarqué, je passe mon temps au théâtre.

207

— Non, pas ici. À Nîmes. Bon, d'accord… pas si excellente que ça. J'ai renoncé au paysagisme. J'écris surtout des pièces et je fais des tournées. Des chansons aussi. » Il s'interrompit, le temps de siffloter un air. Des clients se retournèrent pour le regarder avec de grands yeux. « Cet air-là, il est sur toutes les lèvres, et j'en suis l'auteur. Oui, désolé, il m'arrive d'embarrasser les gens. J'ai écrit beaucoup de ces chansons qui vous trottent dans la tête. Pour n'en retirer pratiquement aucun profit. J'ai quand même réussi à monter à Paris. J'aime bien venir ici – dans ce café, j'entends –, et essayer mes brouillons sur les clients. Ils vous font la politesse de vous écouter et vous donnent honnêtement leur avis – un avis que, bien sûr, vous ne leur demandiez pas, mais passons. Ces billets, c'est pour *Augusta*. Qui se donne en ce moment aux Italiens. C'est une tragédie, dans tous les sens du terme. Je pense qu'elle aura quitté l'affiche à la fin de la semaine. Les critiques veulent ma peau.

— J'ai vu *Les Gens de lettres*, intervint Camille. La pièce est bien de vous, Fabre, non ? »

Fabre se retourna, sortit un lorgnon et examina Camille. « Moins on en dira à propos des *Gens de lettres*, mieux ce sera. Ce silence de plomb. Suivi de sifflets assourdissants.

— À quoi d'autre s'attendre quand on écrit une pièce sur les critiques ? Mais, rappelez-vous, en d'autres temps, les pièces de Voltaire ont été sifflées d'abondance. Les premières représentations, avec lui, tournaient souvent à l'émeute.

— C'est vrai, dit Fabre. Il reste que Voltaire n'avait pas à s'inquiéter, lui, de la façon dont il se procurerait son prochain repas.

— Je connais votre travail, insista Camille. Vous êtes un vrai chansonnier. Si vous voulez vous faire un nom... pourquoi ne pas essayer de caresser un peu la Cour dans le sens du poil ? »

Fabre abaissa son lorgnon. De toute évidence, la simple phrase « Je connais votre travail » l'avait grandement flatté, lui procurant un immense plaisir. Il se passa la main dans les cheveux. « Renier mes principes ? Non, ce n'est pas mon genre. J'aime bien la vie facile, je l'admets, et l'argent vite gagné. Mais il y a des limites. »

D'Anton avait réussi à leur trouver une table libre. « Ça fait combien ? demanda Fabre en prenant place. Dix ans ? Davantage ? Sur le moment, on dit "On se reverra", mais sans trop y croire.

— Tous les gens bien commencent à se retrouver ensemble, dit Camille. On les repère, comme s'ils avaient le front barré d'une croix. Tenez, la semaine dernière, j'ai croisé Brissot. » D'Anton ne demanda pas qui était Brissot. Camille avait tout un lot de relations plus ou moins louches. « Et puis, à l'instant, Hérault. Incroyable, non ? J'ai toujours détesté Hérault, mais là, maintenant, je le vois sous un jour nouveau, très différent. À mon corps défendant, mais tout de même.

— Hérault est un juge parlementaire, dit d'Anton à Fabre. Il vient d'une famille très ancienne et immensément riche. Il n'a pas plus de trente ans, grand voyageur, physique irréprochable, coqueluche de ces dames de la Cour...

— Écœurant ! marmonna Fabre.

— Et il vient de nous sidérer en prenant dix minutes pour s'entretenir avec nous. On dit, poursuivit d'Anton avec un large sourire, qu'il se prend pour un grand orateur et qu'il passe des heures à parler tout seul devant sa glace. Mais comment peut-on savoir une chose pareille, s'il est seul ?

— Seul, à l'exception de ses domestiques, dit Camille. Les aristocrates ne considèrent pas leurs domestiques comme dotés d'une existence propre, si bien que cela ne les dérange pas de se laisser aller à leurs manies en leur présence.

— Pour quelle raison s'entraîne-t-il ainsi ? demanda Fabre. Au cas où les états généraux seraient convoqués ?

— C'est ce que l'on peut supposer, répondit d'Anton. Peut-être se voit-il en chef de file de la réforme. Il a des idées avancées. C'est du moins ce qu'il laisse entendre.

— Enfin, bref, dit Camille. "Leur argent et leur or ne pourront les sauver au jour de la colère de l'Éternel." C'est écrit dans le livre d'Ézéchiel, et c'est parfaitement clair quand on le lit en hébreu. Comment la loi fera défaut aux prêtres, et le conseil aux anciens. "Et le roi prendra le deuil, et le Prince les habits des temps de malheur...", ce qu'ils feront, j'en suis sûr, et même sans tarder, s'ils ne changent rien à leurs habitudes.

— Vous devriez parler moins fort, intervint quelqu'un à la table voisine. Vous allez bientôt avoir la police parmi vos auditeurs. »

Fabre fit claquer une main sur la table et bondit sur ses pieds. Son visage mince avait viré au rouge brique : « Ce n'est pas une offense, que je sache, de citer les Saintes Écritures. Et dans n'importe quel contexte, morbleu ! (On entendit quelqu'un glousser.)

Je ne sais pas qui vous êtes, poursuivit Fabre avec fougue en s'adressant à Camille, mais je sens qu'on va s'entendre.

— Par pitié ! s'exclama d'Anton. Ne l'encouragez pas. » Impossible, étant donné sa taille et sa corpulence, de sortir sans se faire remarquer, il s'efforça donc de donner l'impression qu'il n'était pas avec eux. Ah, Camille, la dernière chose dont tu as besoin, c'est d'encouragements, tu es un provocateur, parce que tu ne sais rien être d'autre, tu aimes à imaginer la destruction au-dehors à cause de celle qui sévit au-dedans de toi. Il tourna la tête vers la porte, et la ville qui s'étendait derrière. Il y a un million de personnes, songea-t-il, dont j'ignore l'opinion. Des gens trop hâtifs et irréfléchis, des gens sans principes, des gens qui agissent machinalement, calculateurs et aimables. Il y avait ceux qui interprétaient l'hébreu et d'autres qui ne savaient même pas compter, des bébés qui devenaient poissons dans la tiédeur du ventre de leur mère et des femmes très âgées défiant le temps, dont la peinture du visage se craquelait et coulait après minuit, découvrant d'abord la peau ridée en train de mourir, puis les os jaunes et luisants. Des religieuses en serge. Annette Duplessis obligée de supporter Claude. Des prisonniers à la Bastille, implorant pour leur liberté. Des gens difformes et d'autres simplement défigurés, des enfants abandonnés tétant le lait clair du devoir, pleurant pour être recueillis. Il y avait des courtisans, Hérault, entre autres, distribuant un jeu impossible à Antoinette. Des prostituées. Des perruquiers et des employés, des esclaves émancipés frissonnant de froid sur les places publiques, des agents collectant l'octroi aux portes de la ville.

211

Il y avait des hommes qui avaient été fossoyeurs tout au long de leur vie. D'autres encore dont les pensées allaient à contre-courant. Dont on ne savait rien et dont on ne pouvait rien savoir. Il jeta un œil à Fabre, de l'autre côté de la table. « Ma plus grande œuvre est encore à venir », était-il en train de dire. Il en esquissa les dimensions dans le vide. Une sorte d'abus de confiance, songea d'Anton. Fabre était un homme prompt à la détente, remonté comme un jouet mécanique, et Camille l'observait à la manière d'un enfant qui aurait reçu un cadeau inattendu. Le poids de l'ancien monde est écrasant, et la seule idée de tenter de s'en débarrasser est épuisante. Tout comme le sont les fluctuations constantes des opinions, le brassage de papiers sur les bureaux, le coupage de cheveux en quatre et l'habillage des attitudes. Il devait exister, quelque part, un monde plus simple, plus violent.

Lucile : l'inaction n'est pas sans charme, mais elle pense à présent que l'heure est venue d'avancer un peu. Elle a laissé derrière elle cette époque de la petite enfance, le temps de la poupée en porcelaine avec son cœur de paille. Maître Desmoulins et sa mère lui avaient réglé son compte avec autant d'efficacité que s'ils avaient brisé son cerveau en porcelaine. Depuis ce fameux jour, les corps avaient davantage de réalité – les leurs, sinon le sien. Ils étaient on ne peut plus solides, et substantiels. Elle se sentait inférieure à eux, et c'était vexant ; mais, si elle était capable de désir, c'est que sa chair devait se densifier.

Plein été : Brienne, le contrôleur général, emprunta douze millions de livres à la municipalité de Paris. « Une goutte d'eau dans la mer », commenta

M. Charpentier. Il mit le café en vente ; Angélique et lui avaient l'intention de se retirer à la campagne. Annette rendit hommage au beau temps en faisant des incursions au jardin du Luxembourg. Elle s'y était souvent promenée en compagnie des petites et de Camille ; ce dernier printemps, les fleurs des arbres avaient eu une odeur un peu aigre, comme si elles avaient déjà servi.

Lucile avait passé beaucoup de temps à écrire dans son journal, à reconstruire les événements. Ce vendredi-là, qui commença comme un autre, quand mon destin me fut apporté de la cuisine, avec mon nom sur l'enveloppe, et déposé dans ma main ignorante... La manière dont, cette nuit-là, celle du vendredi au samedi, je sortis la lettre de sa cachette et la plaçai contre le tissu froid et froissé de ma chemise de nuit, plus ou moins sur mon cœur qui battait à tout rompre : le craquement du papier, le tremblement de la flamme de la bougie, et mon pauvre petit émoi. Je savais que d'ici au mois de septembre ma vie aurait complètement changé.

« J'ai pris ma décision, dit-elle. Je vais finalement épouser maître Desmoulins. » D'un œil clinique, elle observa le visage de sa mère, dont le teint clair s'enlaidit brusquement, se marbrant de rouge sous le coup de la peur et de la colère.

Elle doit se préparer pour faire face aux conflits qui s'annoncent. Le premier affrontement avec son père l'expédie en larmes dans sa chambre. Les semaines passent, lentement, ses sentiments deviennent plus violents, imités en cela par les événements de la rue.

Les troubles avaient commencé devant le Palais de justice. Les avocats rassemblèrent leurs dossiers et débattirent des mérites respectifs d'attitudes contraires : ne pas bouger ou, à l'inverse, essayer de se faufiler à travers la foule. Mais il y avait eu des morts, un, peut-être deux. Ils estimèrent plus sûr, tout compte fait, de rester où ils étaient jusqu'à ce que le quartier soit complètement dégagé. D'Anton invectiva ses confrères et sortit se frayer un chemin sur le champ de bataille.

Il semblait y avoir un nombre incalculable de blessés. Des blessures dues à une incroyable bousculade, excepté pour ceux, rares, qui s'étaient battus au corps à corps avec les gardes. Un homme fort correctement habillé circulait dans la foule et montrait le trou qu'une balle avait fait dans sa veste. Une femme, assise sur le pavé, disait : « Qui a ouvert le feu, qui en a donné l'ordre, qui donc leur a dit de tirer ? », réclamant une explication d'une voix hystérique. Il y avait aussi eu quelques agressions à coups de couteau que personne ne s'expliquait.

Il trouva Camille à genoux au pied d'un mur, occupé à griffonner ce qui ressemblait aux déclarations d'un témoin. L'homme qui lui parlait était étendu sur le sol, seule sa tête était surélevée. Ses vêtements étaient en lambeaux, et son visage complètement noirci. D'Anton ne parvint pas à voir où il était atteint, mais, sous le noir, son visage avait l'air figé, et ses yeux paraissaient absents, voilés par la douleur ou l'incompréhension.

« Camille », appela d'Anton.

Camille jeta un coup d'œil de côté à ses chaussures, avant de laisser son regard remonter. Son visage était blafard. Il posa sa feuille de papier et cessa de vouloir suivre les divagations du blessé. Il montra du doigt un homme qui se tenait à quelques pas de là, les bras croisés, ses courtes jambes écartées, les yeux rivés au sol. D'une voix sans timbre ni accentuation, il dit : « Tu vois, là ? C'est Marat. »

D'Anton ne leva pas les yeux. Quelqu'un désigna Camille et dit : « Les soldats des gardes françaises l'ont jeté à terre et lui ont labouré les côtes à coups de pied.

— Je devais être sur leur chemin, probable », dit Camille avec un pauvre sourire.

D'Anton essaya de le remettre debout. « Non, je n'y arrive pas, dit Camille, laisse-moi tranquille. »

Georges Jacques le remmena tout de même chez lui et le confia à Gabrielle. Il s'endormit sur leur lit, l'air épouvantablement mal en point.

« Ma foi, une chose est sûre, dit Gabrielle plus tard dans la soirée. Si c'était toi qui t'étais fait labourer les côtes, leurs bottes auraient rebondi au lieu de s'enfoncer.

— Je te l'ai déjà dit, plaida d'Anton, j'étais à l'intérieur, dans un bureau. Camille, lui, était dehors, au beau milieu de l'émeute. Ces jeux stupides, ce n'est pas pour moi.

— Ça m'inquiète, malgré tout.

— C'était juste une échauffourée. Deux ou trois soldats ont perdu leur sang-froid. Personne ne sait même comment ni pourquoi tout a commencé. »

Gabrielle se montra difficile à consoler. Elle avait fait des projets, bien arrêtés, pour sa maison, ses enfants, la réussite qu'allait connaître son mari. Elle redoutait toute forme de troubles, civils ou personnels, craignait leur transfert furtif de la rue à sa porte, et jusqu'à son cœur.

Quand ils avaient des amis à dîner, son mari parlait avec une certaine familiarité de gens haut placés au gouvernement, comme s'il les connaissait personnellement. Quand il évoquait l'avenir, il ajoutait toujours : « ... en admettant que les choses restent en l'état. »

« Tu sais, dit-il, je crois que je te l'ai dit : j'ai depuis quelque temps beaucoup de dossiers qui me viennent de M. de Barentin, le président de la Cour des aides. Si bien que, tout naturellement, mon travail m'amène à pénétrer dans nombre de bureaux de l'administration. Et quand tu commences à rencontrer les gens qui dirigent ce pays, poursuivit-il en secouant la tête, tu t'interroges sur leurs compétences. Tu ne peux pas t'en empêcher.

— Mais ce ne sont que des individus. (Pardonne-moi, aurait-elle aimé dire, de me mêler de choses auxquelles je ne comprends rien.) Est-il vraiment nécessaire de remettre le système lui-même en question ? Est-ce là une attitude bien logique ?

— Il n'y a qu'une seule question en réalité, dit-il. Les choses peuvent-elles durer ainsi ? Et la réponse est non. D'ici douze mois, me semble-t-il, nos vies auront beaucoup changé. »

Puis il ferma la bouche d'un air résolu, parce qu'il avait compris qu'il parlait de sujets auxquels les femmes ne s'intéressaient pas. Et il ne voulait pas l'ennuyer, ni l'inquiéter.

Le crâne de Philippe, duc d'Orléans, se dégarnit. Ses amis – ou ceux qui souhaiteraient l'être – lui font l'amabilité de se raser le haut du front afin que l'alopécie du duc prenne l'allure d'une mode ou d'une fantaisie. Mais la flagornerie ne réussit pas à déguiser la vérité vraie.

Le duc Philippe a maintenant quarante ans. Il passe pour être un des hommes les plus riches d'Europe. Les princes d'Orléans constituent la branche cadette de la maison de Bourbon, et ils ont rarement partagé les vues de leurs aînés de cousins. Témoin le duc Philippe, qui, quel que soit le sujet, est systématiquement en désaccord avec Louis XVI.

La vie de Philippe, jusqu'ici, n'augure rien de bon. Il a été si mal éduqué, si mal habillé, qu'on serait fondé à croire que la chose s'est faite de propos délibéré, afin de le débaucher, de l'entraver, de le disqualifier de toute activité politique. Quand il s'est marié et s'est montré à l'Opéra en compagnie de la nouvelle duchesse, le poulailler était bondé de prostituées en habits de deuil.

Philippe n'est pas idiot, mais il est susceptible, c'est un homme de toutes les modes et de toutes les fantaisies. En ce moment, il a des tas de raisons de se plaindre. Le roi ne cesse de s'immiscer dans sa vie privée. Son courrier est ouvert, et la police et les espions du roi le suivent où qu'il mette le pied. On essaie de saccager sa belle amitié avec ce cher prince de Galles et de l'empêcher de se rendre en Angleterre, d'où il a importé tant de femmes et de chevaux de course racés. Il est constamment diffamé et calomnié par le parti de la reine, qui ne cherche qu'à le tourner en ridicule. Son seul crime, bien sûr, c'est qu'il est trop près du trône. Il trouve difficile de rester concentré pendant plus de quelques minutes, et il est inutile d'attendre de lui qu'il déchiffre le destin du pays dans un bilan ; en revanche, point n'est besoin de lui préciser que la liberté, en France, n'existe pas.

Parmi les nombreuses femmes qui peuplent sa vie, il y en a une qui sort du lot : non pas la duchesse, mais Félicité de Genlis, sa maîtresse depuis 1772 ; afin de prouver la nature de ses sentiments à son égard, le duc s'est fait faire un tatouage sur le bras. Félicité est le genre main de fer dans un gant de velours, et elle écrit des livres. Il est peu de champs de la connaissance humaine qu'elle n'ait pas labourés de son insupportable pédantisme. Impressionné, médusé, asservi, le duc lui a confié l'éducation de ses enfants. Ils ont eu ensemble une fille, Pamela, splendide et talentueuse créature dont ils prétendent qu'elle est orpheline.

Du duc, comme de ses enfants, Félicité exige respect, obéissance et adoration ; de la duchesse, une timide reconnaissance de son statut et de ses pouvoirs. Félicité a un mari, bien entendu – Charles Alexis Brûlart de Sillery, comte de Genlis, bel homme, ex-officier de marine doté de brillants états de service. C'est un proche de Philippe – un membre de sa cohorte bien entraînée d'organisateurs, de combinards, de parasites. À une époque, on avait parlé à leur sujet d'un mariage d'amour ; vingt-quatre ans plus tard, Charles Alexis n'a rien perdu de son charme ni de son élégance, et s'adonne, de jour comme de nuit, à sa passion dominante et exclusive : le jeu.

Félicité a même réussi à réformer le duc – à tempérer certains de ses excès les plus criants, à lui faire consacrer son argent et son énergie à des causes un tant soit peu nobles. La quarantaine bien conservée, c'est une femme grande et mince, avec des cheveux blond foncé, des yeux marron saisissants et des traits décidés. Elle a cessé toute intimité physique avec le duc, mais c'est elle désormais qui lui choisit ses maîtresses et leur dicte leur comportement. Habituée à être au centre des choses, elle aime être consultée et dispenser ses conseils. Elle n'a aucune affection pour Marie-Antoinette, l'épouse du roi.

La frivolité dévorante de la Cour lui a fait perdre son rôle de centre culturel du pays. Félicité a décidé que ce seraient Philippe et sa cour à lui qui combleraient le vide ainsi créé. Non point qu'elle ait des ambitions politiques pour lui, mais il se trouve que la grande majorité des intellectuels, des artistes, des penseurs, des gens que l'on aurait envie de fréquenter sont des hommes larges d'esprit, éclairés, qui espèrent l'avènement d'un nouveau régime – et le duc ne jouit-il pas de toutes les sympathies ? En cette année 1787 sont rassemblés autour de lui un certain nombre de jeunes gens, aristocrates pour la plupart, tous ambitieux et possédés du sentiment diffus que leurs ambitions ont été pour une raison ou une autre contrariées, que leur vie est devenue en quelque sorte moins satisfaisante. Il est plus ou moins entendu que c'est le duc, plus sensible à ce malaise, s'il se peut, que les autres, qui sera leur chef de file.

Philippe voudrait être un homme du peuple, surtout du peuple de Paris ; il souhaite rester au plus près de ses humeurs et de ses préoccupations. Il tient sa cour au cœur de la ville, au Palais-Royal. Il a ouvert les jardins au public et loué une partie des bâtiments pour qu'on les transforme en boutiques, en cafés, en maisons de passe ou de jeu. Et qui trouve-t-on au centre de ce foyer de fornication, d'intrigues, de vols à la tire et de bagarres, sinon Philippe, ce bon duc Philippe, le père de son peuple ? Mais on ne le crie pas trop fort, et pour cause : il n'a pas encore été intronisé.

Été 1787 : Philippe est armé, envoyé en manœuvres d'essai. En novembre, le roi décide de rencontrer le parlement récalcitrant au cours d'une session royale, afin d'obtenir l'enregistrement d'édits sanctionnant la levée d'un emprunt d'État. S'il n'obtient pas satisfaction, il se verra contraint de convoquer les états généraux. Philippe se prépare à affronter l'autorité royale – comme le dirait Sillery – par le travers.

Camille rencontra brièvement Lucile devant Saint-Sulpice, où elle était venue pour la bénédiction du saint sacrement. « Notre voiture est juste en face, lui dit-elle. Elle attend d'ordinaire de ce côté, mais là, notre cocher, Théodore, va devoir faire le tour de la place, il sera ici dans une minute. Alors, faisons vite.

— Ta mère n'est pas dans la voiture, au moins ? demanda-t-il, l'air alarmé.

— Non, elle traîne à la maison. Au fait, j'ai entendu dire que tu t'étais retrouvé pris dans une émeute.

— Comment l'as-tu appris ?

— Ah, le bouche-à-oreille. Claude connaît ce cafetier du nom de Charpentier, d'accord ? Tu imagines à quel point Claude est ravi.

— Tu ne devrais pas rester ici. Quel temps épouvantable. Tu es en train de te faire tremper. »

Elle eut la très nette impression qu'il aurait bien aimé la pousser dans la voiture et se débarrasser d'elle au plus vite. « Il y a des moments, dit-elle, où je

220

rêve de vivre dans un pays chaud. Où le soleil brille tous les jours. L'Italie me conviendrait bien. Et puis je me dis : Non, reste donc à la maison et frissonne un peu. Tout cet argent que mon père a mis de côté pour ma dot, je pense que je ne devrais pas le laisser me glisser entre les doigts. Ce serait pure ingratitude de ma part que de me dérober à mes responsabilités. C'est ici que nous devrions nous marier, poursuivit-elle en tendant le bras, à une date que nous aurons choisie. Ensuite, nous pourrions partir pour l'Italie, prendre des vacances. Nous en aurons bien besoin une fois que nous serons sortis vainqueurs du combat que nous leur livrons. On pourrait louer des éléphants et franchir les Alpes.

— Tu as donc bien l'intention de m'épouser ?

— Mais bien sûr ! » s'exclama-t-elle, stupéfaite. Comment avait-elle pu oublier de lui faire connaître sa décision ? Alors qu'elle ne pensait à rien d'autre depuis des semaines. Peut-être avait-elle supposé que le bouche-à-oreille ferait son office, ici comme ailleurs. Mais le fait que les choses ne se soient pas passées ainsi… Se pouvait-il que, d'une certaine façon, il ait enterré l'information au fin fond de son esprit ? « Camille… commença-t-elle.

— Fort bien, dit-il. Mais si je dois réserver des éléphants, il me faut davantage qu'une simple promesse. Il va falloir que tu me fasses un serment en règle. Tiens, jure sur les ossements de l'abbé Terray.

— Nous avons toujours tenu l'abbé Terray en haute estime, dit-elle en gloussant.

— Mais c'est comme cela que je l'entendais, je veux un serment sérieux.

— Comme tu voudras. Sur les ossements de l'abbé

221

Terray, je jure que je t'épouserai quoi qu'il arrive, quoi qu'on en dise, même si le ciel doit nous tomber sur la tête. J'ai le sentiment qu'on devrait se donner un baiser, mais, ajouta-t-elle en tendant la main, je crois que je ne peux guère aller plus loin. Sinon, Théodore va faire une crise de conscience et se présenter sur-le-champ.

— Tu pourrais au moins retirer ton gant, dit-il. Ce serait un début. »

Elle ôta son gant et lui donna sa main. Elle crut qu'il allait lui baiser les doigts, mais, de fait, il les prit, lui retourna la main non sans une certaine vigueur et en pressa la paume quelques secondes contre sa bouche. Rien de plus ; pas de baiser, simplement cette pression prolongée contre ses lèvres. Elle frissonna. « Tu sais t'y prendre, dis donc », commenta-t-elle.

Dans l'intervalle, sa voiture était arrivée. Les chevaux s'ébrouaient patiemment, faisant claquer leurs sabots sur le pavé ; Théodore se plaça le dos à l'attelage et scruta la rue d'un air d'intense concentration. « Maintenant, écoute-moi, dit-elle. Si nous venons ici, c'est parce que ma mère a une *tendresse** pour un membre du clergé. Elle le trouve d'une grande élévation spirituelle. »

À présent, Théodore se retournait et lui ouvrait la portière. Elle lui tourna le dos. « Il s'agit de l'abbé Laudréville. Il nous rend visite chaque fois que ma mère ressent le besoin de s'entretenir de son âme, ce qui, ces temps derniers, se produit au moins trois fois par semaine. Et il trouve que mon père est dépourvu de toute sensibilité. Alors, écris-moi. » La portière fut refermée, et elle continua à lui parler de la fenêtre. « J'imagine que tu sais t'y prendre avec les prêtres d'un certain âge. Les lettres que tu m'écris, il les apportera à la maison. Quant à toi, viens à l'office des vêpres et tu auras mes réponses. » Théodore rassembla les rênes. Elle s'enfonça dans la banquette. « Au moins un acte de piété qui servira à quelque chose », marmonna-t-elle.

Novembre : Camille au Café de Foy, incapable dans sa hâte de sortir ses mots assez vite. « Incroyable, mais mon cousin Viefville m'a parlé *en public*, tellement il était pressé de raconter à quelqu'un ce qui s'était passé avec le Parlement. Donc, voilà l'histoire : le roi est entré et s'est laissé tomber sur son siège à moitié endormi, comme à l'ordinaire. Le garde des Sceaux a pris la parole pour annoncer que les états généraux seraient convoqués, mais pas avant 1792, ce qui n'est pas près d'arriver...

— Ça, c'est la faute de la reine.

— Chuut.

— Bref, une controverse s'est ensuivie, puis une discussion portant sur les édits que le roi veut leur faire enregistrer. Alors qu'ils étaient sur le point de voter, le garde des Sceaux s'est approché du roi pour lui parler en privé, et c'est alors que le souverain lui a brutalement coupé la parole pour répéter que les édits devaient absolument être enregistrés. En a tout bonnement donné l'ordre.

— Mais comment peut-il...

— Chuut. »

Camille parcourut son auditoire du regard. Il était conscient de l'événement singulier qui venait de se produire : il avait soudainement cessé de bégayer. « Alors Orléans s'est levé, poursuivit-il, et tous se sont retournés, surpris. Il était blanc comme un linge, m'a dit Viefville. Et le duc de déclarer : "Vous ne pouvez pas agir ainsi. C'est aller contre la loi." Alors le roi s'est énervé et s'est écrié : "C'est légal, parce que je le veux !" »

Camille s'arrêta. Aussitôt s'éleva un brouhaha confus, fait de protestations, d'horreur simulée, de conjectures. Aussitôt, il ressentit cet épouvantable besoin de saboter sa propre cause ; peut-être avait-il trop l'étoffe d'un avocat, ou bien serait-ce, tout simplement, se demanda-t-il, que je suis trop honnête ? « Écoutez-moi tous, je vous prie. Ce que je vous rapporte, ce sont les paroles de Viefville *citant* le roi. Je ne suis pas sûr qu'on puisse lui faire entièrement confiance... Tout cela ne tombe-t-il pas un peu trop bien ? Ce que je veux dire, c'est que si certains cherchaient à déclencher une crise constitutionnelle, ne serait-ce pas exactement là ce qu'ils voudraient l'entendre dire ? Peut-être bien, en fait – parce que ce n'est pas un mauvais bougre, le roi... Moi, je serais porté à croire qu'il n'a rien dit de semblable, il s'est sans doute contenté de quelque médiocre plaisanterie. »

D'Anton remarqua deux choses : que Camille avait cessé de bégayer et qu'il s'adressait à chacun, dans la salle bondée, comme s'il était seul au monde. « Eh bien, finis ton histoire ! cria une voix.

— Les édits ont finalement été enregistrés. Sur quoi, Louis a quitté les lieux. Il n'avait pas sitôt franchi la porte que les édits en question étaient abrogés et rayés des registres. Deux membres du Parlement ont été arrêtés sur *lettres de cachet**. Le duc d'Orléans a été exilé dans son domaine de Villers-Cotterêts.

Ah, j'oubliais… je suis invité à dîner chez mon estimé cousin Viefville. »

L'automne passa. C'est comme si votre toiture s'était effondrée, dit Annette, et que vous vouliez vous mettre tout de suite à fouiller dans les décombres à la recherche d'objets de valeur encore intacts ; vous ne resteriez pas assis au milieu des murs en train de s'écrouler, à répéter inlassablement : « Pourquoi, oh, pourquoi ? » La perspective de ce que Camille était sur le point de leur faire, à elle et à sa fille, était trop effrayante pour que l'on cherchât à y résister. Elle acceptait la situation à la manière dont certains finissent par se faire à l'idée du cours interminable d'une maladie fatale ; par moments, elle aurait voulu mourir.

V

Une nouvelle profession

(1788)

Aucun changement. Rien de nouveau. Toujours cette sombre ambiance de crise. Le sentiment que la situation ne peut guère empirer sans que quelque chose cède. Mais tout résiste. La ruine, l'effondrement, le char de l'État embourbé, le point de non-retour, l'équilibre instable, l'édifice qui s'écroule et le temps imparti qui s'écoule. Seuls les clichés prospèrent.

À Arras, Maximilien de Robespierre aborde la nouvelle année dans un état d'esprit à la fois belliqueux et découragé. Il est en guerre contre la magistrature locale. N'a pas d'argent. Ne fréquente plus son cercle littéraire, parce que la poésie n'a plus de raison d'être. Il essaie de limiter sa vie sociale, parce qu'il trouve difficile à présent de faire preuve ne serait-ce que d'un minimum de courtoisie à l'égard des suffisants, des arrivistes, des beaux parleurs – et c'est là une juste description de la bonne société d'Arras. De plus en plus, les conversations les plus anodines portent sur les questions du jour, et il réprime son envie de sourire et de laisser passer les choses ; ce côté conciliant qu'il a toujours eu, il fait de gros efforts pour s'en défaire. C'est ainsi que le désaccord le plus banal se transforme en affront, chaque point concédé en salle d'audience, en défaite. Il existe des lois contre le duel, mais pas contre les duels sous un crâne. On ne peut pas, dit-il à son frère Augustin, séparer les opinions politiques des personnes qui les entretiennent ; celui qui s'y risquerait prouverait à l'envi qu'il ne prend pas la politique au sérieux.

Ce n'est pas possible, se dit-il, que ses idées ne se lisent pas sur son visage – mais il n'en figure pas moins toujours sur les listes d'invités, est toujours très demandé pour les excursions à la campagne ou les soirées au théâtre. Les gens ne veulent pas voir qu'il ne lui reste pas suffisamment d'onction pour huiler les rouages des rapports sociaux. La pression de leurs attentes lui arrache encore assez souvent une once de tact, une réponse accommodante ; il est si facile, après tout, de se comporter comme le gentil garçon que l'on a toujours été.

Tante Henriette, Tante Eulalie vous tournent autour, vous accablant de leurs égards oppressants, pleines du désir de faire toujours ce qu'il y a de mieux pour vous. La belle-fille de Tante Eulalie, Anaïs : si jolie, si éprise de vous. Alors, pourquoi pas ? Et pourquoi pas pour bientôt ? Parce que, rétorque-t-il en désespoir de cause, il se pourrait que l'an prochain les états généraux soient convoqués, et, qui sait, qui sait, je risque alors de quitter Arras.

À Noël, les Charpentier étaient bien installés dans leur nouvelle maison de Fontenay-sous-Bois. Le café

228

leur manque, c'est vrai, mais pas la boue de la ville, ni le bruit, ni les boutiquiers grossiers. L'air de la campagne, disent-ils, leur donne l'impression qu'ils ont rajeuni de dix ans. Gabrielle et Georges Jacques viennent les voir le dimanche. Leur bonheur est manifeste et comble tout un chacun. Le bébé aura des langes pour sept et recevra plus d'attention qu'un héritier de la Couronne. Georges Jacques a l'air éreinté et pâle après ce long hiver. Ce dont il a besoin, c'est d'un mois de repos chez lui, à Arcis, mais le temps lui fait défaut. Il a la charge à présent de tout le contentieux de la Cour des aides, mais, à l'entendre, il lui faudrait une autre source de revenus. Il aimerait acquérir quelques terres, mais, à l'entendre, ne dispose pas des capitaux nécessaires. Il dit aussi qu'il y a des limites à ce qu'un homme peut faire, mais il est probable qu'il s'inquiète inutilement. Nous sommes tous très fiers de Georges.

Au Trésor, Claude Duplessis se comporte avec autant d'entrain que possible au vu des circonstances. L'an dernier, en l'espace de cinq mois, la France a vu défiler pas moins de trois contrôleurs, qui tous posaient les mêmes questions stupides et exigeaient qu'on leur fournisse des tombereaux de renseignements inutiles. Il lui faut réfléchir sérieusement, le matin au réveil, pour se souvenir de la personne pour laquelle il travaille. M. Necker ne va sans doute pas tarder à être rappelé, lui et ses belles paroles et ses éternelles panacées destinées à restaurer la confiance. Si le grand public veut voir en Necker une sorte de messie, qui sommes-nous donc, nous autres, simples employés, simples serviteurs de l'État, après tout...

Personne au Trésor ne croit que l'on peut encore sauver la situation.

Claude confie à un de ses collègues que son adorable fille souhaite épouser un petit avocat de province, qui bégaie, ne plaide pratiquement jamais et, de surcroît, semble être d'une moralité douteuse. Il se demande pourquoi le collègue sourit d'un air bête.

Le déficit atteint maintenant cent soixante millions de livres.

Camille Desmoulins logeait rue Sainte-Anne, avec une fille dont la mère peignait des portraits. « Va donc voir ta famille, lui dit-elle. Juste pour le Nouvel An. » Elle le jaugea du regard : elle aussi songeait à se lancer dans la peinture. Camille n'est pas facile à mettre sur le papier ; il est plus simple de dessiner les hommes qui sont au goût du jour : bien en chair, le teint coloré, le port concerté, le visage fraîchement rasé. Camille, lui, se déplace trop vite, même pour un croquis éclair ; elle sait qu'il va poursuivre sa route, sortir de leur vie, et elle voudrait, si possible, lui faciliter les choses avant qu'il parte.

La *diligence**, qui ne mérite guère son nom, brinquebalait en direction de Guise sur des routes creusées d'ornières et inondées par les pluies de janvier. Quand il approcha de chez lui, Camille songea à sa sœur Henriette, à son interminable agonie. Des jours entiers, même des semaines s'étaient écoulés sans qu'ils la voient, confrontés seulement au visage très pâle de sa mère et aux allées et venues du docteur. Il était parti à l'école, au Cateau-Cambrésis, et il lui arrivait de se réveiller la nuit en sursaut et de se dire : Pourquoi ne tousse-t-elle pas ? Quand il était rentré à la maison, on l'avait emmené dans la chambre d'Henriette, et on lui avait permis de rester cinq minutes à son chevet. Elle avait des plaques transparentes sous les yeux, là où la peau était bleuâtre ; ses épaules décharnées s'inclinaient vers l'avant, poussées par les oreillers. Elle était morte l'année où il était parti poursuivre ses études à Paris, un jour où la pluie tombait dru et ravinait les rues de la ville.

Son père avait offert un verre de cognac au prêtre et au médecin – comme s'ils n'avaient pas l'habitude de la mort, comme s'ils avaient besoin d'un remontant. Quant à lui, il était assis dans un coin, essayant de passer inaperçu, et maladroitement, très maladroitement, les trois hommes avaient amené la conversation sur lui : Alors, Camille, ça te plaît d'aller à Louis-le-Grand ? J'ai décidé que oui, répondit-il. Ta mère et ton père vont te manquer, non ? N'oubliez pas qu'ils m'ont envoyé à l'école il y a trois ans, alors que je n'en avais que sept, ils ne me manqueront donc pas du tout, pas plus que je ne leur manquerai. Il est bouleversé, s'empressa de dire le prêtre ; mais Camille, ta petite sœur est au ciel. Non, mon père, répondit-il. Nous sommes obligés de croire qu'Henriette est maintenant au purgatoire, en proie à tous les tourments. C'est là tout ce que nous propose notre religion pour nous consoler de notre perte.

Il aurait droit à un verre de cognac en arrivant à la maison, et son père lui demanderait, comme il le faisait depuis des années, comment s'était passé le voyage. Mais il n'apprendrait rien de nouveau. Que les chevaux aient trébuché et soient tombés, que vous ayez été empoisonné *en route**, ou qu'un compagnon de voyage vous ait ennuyé à mourir, voilà à quoi se résumaient les événements possibles. Une fois, il avait dit à son arrivée : Je n'ai rien vu, je n'ai parlé à personne, j'ai eu de vilaines pensées tout au long du voyage. Tout au long, vraiment ? Et cela datait d'avant la *diligence**. Il devait avoir une grande résistance, quand il avait seize ans.

Avant de quitter Paris, il avait relu les dernières lettres de son père. Des lettres tranchantes, blessantes, sans ménagement. Entre les lignes se devinait l'inavouable vérité : les Godard désiraient rompre son engagement avec sa cousine Rose-Fleur. Une promesse faite alors que celle-ci était encore au berceau ; comment pouvaient-ils savoir le tour que prendraient les choses ?

Il arriva chez lui un vendredi soir. Le lendemain, il lui fallut faire plusieurs visites un peu partout dans la ville, participer à des réunions familiales auxquelles il ne pouvait se soustraire. Rose-Fleur fit semblant d'être trop timide pour lui adresser la parole, mais son attitude s'accommodait mal de cette affectation. Elle avait des yeux sans arrêt en mouvement, et la lourde chevelure foncée des Godard ; de temps à autre, elle laissait son regard le parcourir des pieds à la tête, lui donnant l'impression qu'on l'avait enduit de mélasse noire.

Le dimanche, il se rendit à la messe en famille. Dans les rues étroites que balayait le grésil, il était un objet de curiosité. À l'église, les gens le regardèrent comme s'il débarquait d'une région plus exotique que Paris.

« On dit que tu es athée, chuchota sa mère.

— C'est vraiment ce qu'on dit ?

— Tu finiras peut-être, dit Clément, comme ce

232

diabolique Angevin qui disparut dans un nuage de fumée au moment de la consécration ?

— Ce serait au moins un événement, intervint Anne-Clotilde. Notre vie sociale est tellement insipide. »

Camille n'examina pas l'assemblée, conscient du fait que tout le monde avait les yeux sur lui. Il y avait là M. Saulce et son épouse ; il y avait le médecin, portant perruque et bedaine, qui avait accompagné Henriette à son cercueil.

« Tiens, il y a ton ancienne petite amie, dit Clément. On n'est pas censés être au courant, mais on l'est quand même. »

Sophie était à présent une imposante matrone dotée d'un double menton. Son regard le transperça, comme s'il avait eu des os en verre. Il se dit que c'était peut-être le cas ; même la pierre semblait s'effriter et se dissoudre dans la pénombre ecclésiastique parfumée.

Six points lumineux tremblaient et clignotaient sur l'autel, dessinant des ombres qui hachuraient les visages et la pierre, le pain et le vin. Les rares communiants se fondirent dans l'obscurité. C'était la fête des Rois. Quand l'assistance sortit de l'église, la lumière bleutée du jour creusa les crânes des bourgeois, glaçant leurs traits et les dénudant jusqu'à l'os.

Il monta dans le bureau de son père à l'étage et fouilla dans sa correspondance bien classée jusqu'à ce qu'il trouvât la lettre qu'il cherchait, celle de son oncle Godard. Son père entra pendant qu'il était occupé à la lire. « Mais qu'est-ce que tu fais ? » Camille ne tenta pas de la dissimuler. « C'est quand même aller un peu loin, dit Jean-Nicolas.

— Certes, répondit Camille, qui sourit et tourna la

page. Mais aussi, vous le savez, je suis sans pitié et capable de grands crimes. » Il mit la feuille en pleine lumière. « "… l'instabilité notoire de Camille, lut-il, et les dangers que l'on peut craindre pour le bonheur et la durabilité de cette union". » Il reposa la lettre. Sa main tremblait. « Me croient-ils fou ? demanda-t-il à son père.

— Ils croient…

— Qu'est-ce que cela peut signifier d'autre, "instabilité" ?

— C'est uniquement sur une question de vocabulaire que tu les chicanes ? demanda Jean-Nicolas en s'approchant de la cheminée et en se frottant les mains pour les réchauffer. Ah, cette bon Dieu d'église est glaciale, dit-il. Ils auraient pu employer d'autres termes, mais bien sûr pas de ceux que l'on coucherait sur le papier. Quelque chose a transpiré à propos de… d'une relation que tu as entretenue avec un collègue que j'avais toujours tenu en grande…

— C'était il y a des années, l'interrompit Camille, les yeux écarquillés.

— Je ne trouve pas particulièrement facile de parler de ça, dit Jean-Nicolas. Cela t'ennuierait-il de simplement nier la chose, ce qui me permettrait d'avoir les coudées franches avec mes interlocuteurs ? »

Des bourrasques de neige fondue balayaient les vitres, le vent sifflait dans les cheminées et secouait les chéneaux. Jean-Nicolas leva les yeux avec appréhension. « Nous avons perdu des ardoises en novembre. Mais qu'est-ce qui arrive donc au temps ? Nous n'avons jamais connu ça.

— Tout ce qui s'est passé, reprit Camille, c'était… je dirais, à l'époque où le soleil brillait tout le temps.

Il y a six ans de cela. Au minimum. Et, de toute façon, rien n'était ma faute.

— Qu'est-ce que tu prétends, alors ? Que mon ami Perrin, un père de famille, un homme que je connais depuis trente-cinq ans, hautement respecté à la chancellerie, figure majeure chez les francs-maçons... Tu voudrais me faire croire que, un beau jour, sans crier gare, il s'est précipité sur toi, t'a assommé d'un coup de poing et traîné ensuite dans son lit ? Non, non, impensable. Écoute, cria-t-il, tu entends ces tapotements bizarres ? Tu crois que ce sont les gouttières ?

— Tu peux demander à n'importe qui, dit Camille.

— Quoi donc ?

— Pour Perrin. Il avait déjà une solide réputation. Je n'étais qu'un enfant, je... Ah, tu me connais... Je ne sais jamais comment j'arrive à me fourrer dans des pétrins pareils.

— La belle excuse ! Tu ne t'attends quand même pas à ce que les Godard s'en contentent. » Il s'interrompit, leva la tête. « Je crois bien que ce sont les gouttières, dit-il, avant de revenir à son fils. Et cette affaire n'est qu'un exemple parmi bien d'autres du genre d'histoires qui nous reviennent aux oreilles. »

Il neigeait pour de bon à présent. Le ciel était opaque et menaçant ; le vent tomba brusquement. Camille posa son front contre la vitre glacée et regarda la neige s'accumuler peu à peu sur la place en dessous des fenêtres. Le coup l'avait profondément affecté. Son souffle couvrait le carreau de buée, le feu crépitait dans la cheminée derrière lui, les mouettes virevoltaient en criant très haut dans le ciel. Clément entra. « C'est quoi, ce drôle de bruit, comme si on donnait des petits coups ? demanda-t-il. Les gouttières, vous croyez ? Tiens, c'est bizarre, on dirait que ça s'est arrêté. » Il regarda à l'autre bout de la pièce. « Camille, quelque chose qui ne va pas ?

— Non, je ne crois pas. Peux-tu simplement dire au veau gras que ce n'est pas encore cette fois-ci qu'il sera tué ? »

Deux jours plus tard, il était de retour à Paris, rue Sainte-Anne. « Je déménage, dit-il à sa maîtresse.

— À ton aise, dit-elle. Si tu veux vraiment savoir, je n'apprécie pas du tout cette liaison que tu as avec ma mère derrière mon dos. Alors, ça vaut sans doute mieux comme ça. »

C'est ainsi que Camille se réveille désormais tout seul, ce qu'il abomine. Il effleure ses paupières. Ses rêves ne supportent pas d'être examinés. Sa vie ne ressemble pas vraiment à celle qu'imaginent les gens, songe-t-il. La longue lutte qu'il a menée pour conquérir Annette lui a mis les nerfs en lambeaux. Comme il aimerait vivre bourgeoisement avec elle. Non pas qu'il en veuille à Claude, mais il aurait donné cher pour pouvoir le rayer du monde des vivants. Refusant de le voir souffrir, il essaya de penser à un précédent, dans les Écritures, peut-être. Il pouvait arriver n'importe quoi ; il le savait d'expérience.

Il se rappelait – et c'était désormais son lot de se le rappeler tous les matins – qu'il allait épouser la fille d'Annette, qu'il lui avait fait jurer solennellement qu'elle se marierait avec lui. Que toute cette affaire était donc compliquée ! Son père avait émis l'idée qu'il brisait la vie des autres. Mais lui ne voyait pas comment. Il n'avait violé personne, commis aucun meurtre, et, de toute autre mésaventure, les gens devaient être capables de se relever et de poursuivre leur route, comme lui-même le faisait jour après jour.

Une lettre arriva de chez lui. Il n'avait pas envie de l'ouvrir. Puis il se dit : Ne sois pas bête, il y a peut-être eu un décès dans la famille. À l'intérieur, il trouva une lettre de change, accompagnée de quelques mots de son père, moins d'excuse que de résignation. Pareille chose s'était déjà produite ; ils avaient connu plusieurs fois ce même cycle d'injures, d'horreur, de départ précipité, suivi d'apaisement. À partir d'un certain seuil, son père sentait qu'il avait passé les bornes. Instinctivement, il désirait rester maître de la situation, et que son fils cessât d'écrire, ne revînt plus à la maison, aurait signifié qu'il en avait perdu le contrôle. Je devrais renvoyer cette traite, songea Camille. Mais comme d'habitude, cet argent, j'en ai besoin, et il le sait. Père, n'avez-vous donc pas d'autres enfants à tourmenter ?

Tiens, je vais aller voir d'Anton, décida-t-il. Georges Jacques me parlera ; mes vices ne le dérangent pas ; mieux, il se pourrait bien qu'ils lui plaisent. La journée s'éclaira brusquement.

Il y avait de l'animation dans les bureaux de D'Anton. Le conseiller d'État employait maintenant deux clercs. L'un d'eux était un certain Jules Paré, que d'Anton avait connu à l'école, bien qu'il eût plusieurs années de moins que lui ; personne ne s'étonnait plus désormais qu'il eût ses aînés sous ses ordres. L'autre était un dénommé Deforgues, que d'Anton semblait avoir toujours connu lui aussi. Il y avait également une sorte de parasite du nom de Billaud-Varenne, qui venait comme extra, pour préparer certaines défenses, expédier les affaires courantes ou quand le cabinet connaissait un surplus d'activité. Billaud était présent ce matin-là, un homme sec et peu avenant, qui n'avait jamais rien d'aimable à dire sur personne. Quand Camille entra, il était en train de mettre des papiers en pile sur le bureau de Paré, tout en se plaignant que sa femme prenait trop de poids. Camille comprit qu'il était plus amer encore qu'à l'accoutumée ; car il était là, miteux et pitoyable, aux côtés de Georges Jacques, qui arborait son bon manteau de drap fin bien brossé et son foulard uni d'un blanc étincelant, ainsi que cet air de nanti qu'il avait et cette voix forte aux accents snobs… « Pourquoi te plaindre d'Anne, demanda Camille, alors que c'est en fait de maître d'Anton que tu as envie de te plaindre ?

— Je n'ai aucune raison de me plaindre, dit Billaud en levant la tête.

— Quelle chance tu as ! Tu dois bien être le seul en France dans ce cas. Pourquoi ment-il ?

— Laisse-nous, Camille, dit d'Anton, en ramassant la liasse de feuillets qu'avait apportée Billaud. J'ai du travail.

— Quand tu as été admis au collège de la magistrature, n'as-tu pas été obligé d'aller voir le prêtre de ta paroisse pour lui demander un certificat comme quoi tu étais un bon catholique ? » D'Anton, plongé dans ses demandes reconventionnelles, émit un grognement. « Ça ne t'est pas resté en travers de la gorge ?

— "Paris vaut bien une messe", répliqua d'Anton.

— Bien sûr, et c'est précisément la raison pour laquelle maître Billaud-Varenne reste coincé là où il est. Lui aussi aimerait bien être conseiller d'État, mais il ne peut se résoudre à une telle démarche. Il déteste les prêtres, je me trompe ?

— Non, dit Billaud. Puisque nous sommes dans les citations, je vous en livre une : "Je voudrais, et ce sera là le dernier et le plus ardent de mes souhaits, je voudrais que le dernier des rois fût étranglé avec les boyaux du dernier des prêtres." »

S'ensuit un court silence, le temps pour Camille d'étudier un peu Billaud. Il a du mal à supporter l'homme, du mal à se trouver avec lui dans la même pièce. Billaud lui donne la chair de poule, le remplit de dégoût et d'une sorte d'appréhension qu'il ne saurait expliquer. Mais c'est ainsi – il faut qu'il soit dans la même pièce. Il ne peut s'empêcher de rechercher la compagnie de gens qu'il abhorre, c'est devenu chez lui un besoin compulsif. À présent, quand il regarde certaines personnes, il a l'impression qu'il les connaît depuis toujours, que, d'une certaine façon, elles lui appartiennent, font partie de sa famille.

« Où en est ton pamphlet subversif ? demanda-t-il à Billaud. Tu as enfin trouvé un imprimeur ? »

D'Anton leva les yeux de ses papiers. « Pourquoi passer ton temps, Billaud, à écrire des choses qui sont absolument impubliables ? Si je te le demande, ce n'est pas pour te mettre en rogne, mais par simple curiosité.

— Parce que je refuse tout compromis, répondit Billaud, dont le visage se marbra.

— Ah, par pitié, dit d'Anton, ne vaudrait-il pas mieux… Non, c'est inutile, nous avons déjà eu cette conversation cent fois. Tu devrais peut-être t'essayer au pamphlet, toi aussi, Camille. Tâte donc de la prose, pour changer de la poésie.

— Son pamphlet s'intitule *Le Dernier Coup porté aux préjugés et à la superstition*, dit Camille. Il y a toute chance pour que ça ne soit pas le dernier, je me trompe ? Pour que ça ait autant de succès que toutes ces lamentables pièces de théâtre qu'il a déjà écrites.

— Le jour où tu… commença Billaud.

— On pourrait avoir un peu de calme ! le coupa d'Anton, avant de pousser les plaidoiries dans sa direction. C'est quoi, toutes ces sottises ?

— Tu veux m'apprendre mon métier, maître d'Anton ?

— Et pourquoi pas, si tu le connais mal ? » Il jeta les dossiers sur le bureau. « Comment allait ta cousine Rose-Fleur, Camille ? Non, ne me dis rien pour l'instant. J'en ai jusqu'ici, dit-il, en passant sa main sous son menton.

— C'est difficile d'être respectable ? demanda Camille. Je veux dire, c'est vraiment très dur ?

— Ah, quel numéro tu nous fais, maître Desmoulins ! Toujours le même, ça me rend malade, dit Billaud.

— Toi aussi, tu me rends malade, avec ton air macabre et ta mine sinistre. Tes talents doivent bien pouvoir trouver à s'exercer ailleurs, si tu échoues dans les professions du barreau. Gémir dans les caveaux funéraires te conviendrait assez. Et puis, les danses sur les tombes, c'est toujours très recherché. »

Là-dessus, Camille s'en alla. « Et où donc ses talents à lui pourraient-ils bien s'exercer ? demanda Jules Paré. Nous sommes trop polis pour répondre à la question. »

* * *

Au Théâtre des Variétés, le portier dit à Camille : « Vous êtes en retard, chéri. » Il ne comprit pas la remarque. Derrière le guichet, deux hommes étaient en pleine discussion politique, et l'un d'eux vouait l'aristocratie aux gémonies. C'était un petit homme rondouillard, qui ne semblait pas avoir d'os dans le corps, le genre que, d'ordinaire, on s'attend plutôt à voir glapir pour défendre le *statu quo*. « Hébert, Hébert, disait son adversaire sans grande passion, tu finiras par te faire pendre, Hébert. » Il y a de la sédition dans l'air, songea Camille. « Dépêchez-vous, dit le portier. Il est d'une humeur massacrante. Il va vous crier dessus, c'est sûr. »

À l'intérieur du théâtre régnait une obscurité hostile, voilée. Quelques interprètes sautillaient sans joie ici et là pour tenter de se réchauffer. Philippe Fabre d'Églantine était debout devant la scène et la chanteuse qu'il venait d'auditionner. « Je crois que tu as besoin de vacances, Anne, dit-il. Désolée, mon petit canard, ça ne passe pas. Qu'as-tu fait à ta gorge ? Tu t'es mise à fumer la pipe ? »

La fille croisa les bras sur sa poitrine. Elle donnait l'impression d'être sur le point d'éclater en sanglots.

« Mets-moi au moins dans la troupe, Fabre. Je t'en prie.

— Désolé. Je ne peux pas. On dirait que tu chantes dans une bâtisse en train de brûler.

— T'es pas désolé du tout, hein ? dit la fille. Salopard, va ! »

Camille s'approcha de Fabre et lui glissa à l'oreille : « Tu es marié ?

— Quoi ? fit l'autre, en sursautant et en pivotant sur lui-même. Non, jamais.

— Jamais, reprit Camille, impressionné.

— Bof, si, d'une certaine manière, dit Fabre.

— Non pas que j'aie l'intention de te faire chanter.

— Bon, bon, ça va. Je suis marié, oui. Elle est… en tournée. Écoute, tu m'attends une demi-heure, d'accord ? Je termine le plus vite possible. Je hais ce travail mercenaire, Camille. Mon génie est étouffé. Mon temps gaspillé. » Il agita un bras en direction de la scène, des danseuses, du directeur du théâtre, qui fronçait les sourcils dans sa baignoire. « Mais qu'ai-je donc fait pour mériter ça ?

— Tout le monde est énervé ce matin. Dans l'entrée, ils sont en train de se prendre de bec à propos de la composition des états généraux.

— Ah, René Hébert, quel cracheur de feu, celui-là ! En fait, ce qui l'irrite vraiment, c'est que sa glorieuse destinée soit d'être là, à comptabiliser les recettes.

— J'ai vu Billaud ce matin. Lui aussi est d'humeur massacrante.

— Qu'il aille se faire foutre ! dit Fabre. Un type qui essaye d'ôter le pain de la bouche des écrivains. Il a un métier, non ? Pourquoi il ne s'en contente pas ? Toi, c'est différent, ajouta-t-il gentiment. Je ne trouverais rien à redire si tu décidais d'écrire une pièce, parce que comme avocat raté on ne fait pas mieux que toi. Je crois, Camille, mon ami, que nous devrions collaborer sur un sujet commun.

— Ce que j'aimerais, moi, c'est collaborer à une révolution violente et sanglante. Quelque chose qui offenserait gravement mon père.

— Je pensais plutôt à du court terme, qui, en plus, rapporterait de l'argent », dit Fabre d'un ton réprobateur.

Camille recula dans l'ombre et regarda Fabre perdre son sang-froid. La chanteuse s'approcha de lui à grandes enjambées et se jeta dans un fauteuil. Elle laissa tomber sa tête sur sa poitrine, la balança un moment d'un côté et de l'autre pour relâcher les muscles de la nuque, avant de serrer sur ses épaules un châle à franges en soie qui ne manquait pas d'un certain chic élimé. Elle semblait elle-même passablement usagée, elle avait l'air en rogne, les lèvres pincées. Elle examina Camille. « Je vous connais, vous ? »

À son tour, il l'examina. Elle devait avoir dans les vingt-sept ans ; ossature délicate, cheveux bruns assez foncés, nez retroussé. Jolie, en fait, même si ses traits avaient quelque chose de brouillé, comme si on l'avait battue, à un moment ou à un autre, comme si on l'avait frappée à la tête, qu'elle s'en était presque remise, mais qu'elle n'y parviendrait jamais complètement. Elle répéta sa question. « J'admire le caractère direct de votre approche », dit Camille.

La fille sourit. Une bouche tendre, un peu meurtrie. Elle porta une main à sa gorge pour la masser. « J'ai vraiment cru que je vous connaissais.

— C'est un mal dont je suis affligé moi aussi. Ces temps-ci, j'ai l'impression de connaître tout le monde à Paris. On dirait une série d'hallucinations.

— En revanche, vous connaissez Fabre. Vous pourriez faire quelque chose pour moi de ce côté-là ? Lui glisser un mot, histoire de le mettre de meilleure humeur ? Et puis, non, oubliez ça, poursuivit-elle en secouant la tête. Il a raison, j'ai perdu ma voix. J'ai suivi une formation en Angleterre, vous ne le croiriez pas, hein ? J'avais de grandes idées. Mais maintenant je ne sais pas ce que je vais faire.

— Eh bien, que faisiez-vous jusque-là entre deux cachets ?

243

— Je couchais avec un marquis.

— Alors, c'est tout trouvé.

— J'hésite. J'ai l'impression que les marquis ne dépensent plus leur argent avec autant de facilité. Et moi, je ne dispense plus aussi facilement mes faveurs. Il reste que bouger est encore ce qu'il y a de mieux. Je crois que je vais essayer Gênes. J'ai des contacts là-bas. »

Il aimait bien sa voix, son accent étranger, aurait voulu qu'elle continue à parler. « D'où êtes-vous ?

— Près de Liège. J'ai… disons… voyagé un peu. » Elle posa la joue sur sa main. « Je m'appelle Anne Théroigne, dit-elle, avant de fermer les yeux. Seigneur, que je suis fatiguée ! » Elle remua ses frêles épaules sous le châle, comme pour se débarrasser du poids du monde.

Rue de Condé, Claude était chez lui. « Je suis surpris de vous voir, dit-il, même s'il n'en avait pas l'air. Vous avez eu votre réponse : non, définitivement non. Jamais.

— Vous seriez donc immortel ? dit Camille, qui se sentait prêt à en découdre.

— Pour un peu, je penserais que vous me menacez, dit Claude.

— Écoutez-moi, dit Camille. Dans cinq ans d'ici, il n'existera plus rien de tout cela. Plus d'employés du Trésor, plus d'aristocrates, les gens pourront épouser qui ils voudront, il n'y aura plus de monarchie, plus de parlements, et vous ne serez pas en mesure de m'interdire quoi que ce soit. »

Il n'avait jamais de sa vie parlé à quiconque de

cette façon. Il en éprouva un sentiment de délivrance. Je suis peut-être taillé pour une carrière de voyou.

À une pièce de là, Annette était paralysée sur sa chaise. Il était très rare que Claude rentre à la maison avant la nuit. Il s'ensuivait que Camille n'avait pas pu se préparer à une rencontre avec lui ; ces paroles lui étaient venues spontanément. S'il veut épouser ma fille, se dit-elle, c'est uniquement parce que quelqu'un cherche à l'en empêcher. Et dire que pendant des années elle avait entretenu cet ego d'une rare férocité dans son propre salon, le nourrissant comme une plante d'intérieur rare de mokas et de petites confidences !

« Lucile, dit-elle, assieds-toi. Je te défends de quitter cette pièce. Je ne supporterai pas que tu défies l'autorité de ton père.

— Parce que vous prenez ça pour de l'autorité ? » répliqua Lucile.

Effrayée, elle quitta la pièce. Camille était blanc de rage, et ses yeux ressemblaient à deux petites flaques sombres qui s'agrandissaient lentement. Elle se plaça sur son chemin. « Il faut que vous sachiez, dit-elle en s'adressant à toutes les parties concernées, que j'ai l'intention d'avoir une autre vie que celle que l'on m'a réservée. Camille, je suis terrifiée à l'idée d'être quelqu'un d'ordinaire. Je suis terrifiée à l'idée de m'ennuyer. »

Il lui effleura le dos de la main du bout des doigts. Lesquels avaient la froideur du marbre. Il pivota sur ses talons. Une porte claqua. Il ne lui resta plus rien de lui, en dehors de ces îlots glacés sur sa peau. Elle entendit sans la voir sa mère pleurer bruyamment, hoquetant et suffoquant. « Jamais, dit son père, jamais, en vingt ans, une parole déplacée n'a franchi le seuil de cette maison, il n'y a jamais eu de scènes de ce genre, jamais mes filles n'y ont entendu des voix pleines de colère. »

Adèle sortit d'une pièce. « Alors, nous vivons enfin dans le monde réel. »

Claude se tordit les mains. Ce qui pour elles était une première.

Le fils des D'Anton était un robuste bébé, à la peau foncée, aux cheveux noirs et épais, aux yeux d'un bleu clair étonnant, qui évoquaient ceux de son père. Les Charpentier, penchés sur le berceau, cherchaient les ressemblances et tentaient de voir de quel côté il tiendrait. Gabrielle était contente d'elle. Elle voulut allaiter le bébé, refusant de l'envoyer chez une nourrice. « Il y a encore dix ans, lui dit sa mère, pareille chose aurait été impensable pour une femme dans ta position. L'épouse d'un avocat. » Elle secoua la tête, signifiant ainsi sa désapprobation des manières modernes. Gabrielle rétorqua : Certains changements sont peut-être pour le meilleur ? Mais en dehors de cet exemple, elle aurait été bien en peine d'en citer d'autres.

Nous sommes à présent en mai 1788. Le roi a annoncé qu'il allait abolir les parlements. Certains de leurs membres ont été arrêtés. Les recettes s'élèvent à cinq cent trois millions, les dépenses à six cent vingt-neuf. Dans la rue, sous les fenêtres de Gabrielle, un des cochons du quartier poursuit un petit enfant, et lui saute dessus. Son cœur en défaille. Depuis qu'elle a elle-même un enfant, elle refuse de voir plus longtemps la vie comme un combat.

Le jour du terme, ils déménagent donc dans un appartement au premier étage, à l'angle de la rue des Cordeliers et de la cour du Commerce-Saint-André. On ne peut pas se le permettre, telle a été sa première pensée. Ils ont besoin d'un nouveau mobilier pour remplir tout cet espace ; c'est la demeure d'un homme établi. « Georges Jacques a des goûts dispendieux, commenta sa mère.

— Je suppose que le cabinet marche bien.

— Bien… à ce point ? Ma chérie, je t'ai toujours exhortée à l'obéissance. Mais pas à la stupidité. »

Gabrielle dit à son mari : « Avons-nous des dettes ?

— Ce genre de choses, c'est moi qui m'en inquiète, d'accord ? »

Le lendemain, devant la porte du nouvel appartement, d'Anton s'écarta pour laisser entrer une femme qui tenait par la main une fillette d'une dizaine d'années. Ils se présentèrent. Elle s'appelait Mme Gély, son mari, Antoine, était fonctionnaire à la prévôté du Châtelet. Peut-être M. d'Anton le connaissait-il ? Il le connaissait, en effet. Et le petit, c'est votre premier ? Et voici Louise – oui, c'est une enfant unique –, et par pitié, Louise, ne prends pas cet air renfrogné, tu ne pourras bientôt plus t'en défaire. Dites à Mme d'Anton, je vous prie, que si elle a besoin d'aide, elle n'a qu'à demander. La semaine prochaine, quand vous serez installés, venez dîner chez nous. »

La petite Louise la suivit dans l'escalier. Elle jeta un coup d'œil à d'Anton par-dessus son épaule.

Il trouva Gabrielle assise sur une malle, occupée à ajuster les deux moitiés d'un plat. « Voilà tout ce que nous avons cassé, dit-elle, avant de bondir sur ses pieds et de l'embrasser. Notre nouvelle cuisinière

247

est à l'œuvre. Et j'ai engagé une bonne ce matin, elle s'appelle Catherine Motin, elle est jeune et pas chère.

— Je viens de rencontrer notre voisine du dessus. Très maniérée, veut faire chic. Elle a une petite fille, à peu près grande comme ça. Qui m'a jeté un regard tout ce qu'il y a de plus soupçonneux. »

Gabrielle leva les bras et croisa les mains sur la nuque de son mari. « Il faut reconnaître que tu n'as pas l'air franchement rassurant, tu sais. Le procès est terminé ?

— Oui. Et j'ai gagné.

— Tu gagnes toujours.

— Pas toujours.

— Et moi, je prétends que si.

— Comme tu voudras.

— Donc, tu n'as rien contre le fait que je t'adore ?

— La question, me dit-on, est de savoir si l'on peut supporter tout le poids des attentes d'une femme. On me dit qu'on ne doit jamais se mettre, avec une femme, dans la position où il vous faut avoir raison tout le temps.

— Et qui dit ça ?

— Camille, bien sûr. »

Le bébé pleurait. Elle se détacha de lui. Ce jour, cette petite conversation lui reviendraient, des années plus tard : les vagissements de l'enfant, les seins de Gabrielle suintant le lait, cette atmosphère de tiède insignifiance qui avait marqué toute cette journée. Et l'odeur de cire et de peinture, le nouveau tapis, la liasse de factures sur le bureau, l'été qui habillait de neuf les arbres devant la fenêtre.

Inflation des prix (1785-1789)

Blé	66 %
Seigle	71 %
Viande	67 %
Bois de chauffage	91 %

Stanislas Fréron était un ancien camarade de classe de Camille. Il était journaliste, habitait au coin de la rue et publiait un périodique littéraire. Il aimait les plaisanteries mordantes et se préoccupait un peu trop de son apparence, mais Gabrielle le trouvait supportable parce qu'il était le filleul d'un roi[1].

« Je suppose que vous appelez ceci votre salon, madame d'Anton, dit-il, en se laissant tomber dans un de ses nouveaux fauteuils violets. Non, ne prenez pas cet air. Pourquoi est-ce que la femme d'un conseiller d'État n'aurait pas un salon ?

— Ce n'est pas ainsi que je me considère.

— Ah, je vois. Le probième, c'est donc vous. Je me disais que c'était peut-être nous. Que vous nous considériez comme des gens de second ordre. » Elle sourit poliment. « Notez bien que certains d'entre nous le sont effectivement. Et que quelqu'un comme Fabre, par exemple, est carrément de troisième ordre. » Fréron se pencha en avant et joignit ses deux mains, paume contre paume. « Tous ces hommes que nous admirions dans notre jeunesse sont morts à présent, ou séniles, quand ils n'ont pas quitté la vie publique pour vivre de pensions que leur a accordées la Couronne afin de condamner leur fureur à brûler à petit feu

1. Stanislas, roi exilé de Pologne et beau-père de Louis XV. *(N.d.T.)*

– même si je crains fort que cette fureur n'ait été au départ qu'un simulacre. Vous vous souvenez certainement de toutes les histoires que l'on a faites quand M. de Beaumarchais a voulu faire jouer ses pièces, et que notre gros roi à moitié illettré les a personnellement interdites parce qu'il les estimait contraires au bon ordre de l'État ; cela prouvait, n'est-ce pas, que l'ambition de Beaumarchais était d'avoir le plus bel hôtel particulier de Paris, qu'il est bel et bien en train de faire construire aujourd'hui, à portée de regard de la Bastille et à portée d'odeur de quelques-uns des plus misérables taudis de la ville. Et puis… mais non, je pourrais multiplier les exemples à l'infini. Les idées qui, il y a vingt ans, passaient pour subversives, sont aujourd'hui des lieux communs du discours officiel… et pourtant des gens meurent encore dans la rue tous les hivers, de froid ou de faim. Et nous autres, à notre tour, militons contre l'ordre existant uniquement parce que nous échouons individuellement à gravir ses sordides échelons. Si, pour prendre un exemple, Fabre devait être élu à l'Académie demain, vous verriez son ardent désir de révolution sociale se transformer sur-le-champ en un conformisme docile et complaisant.

— Très joli discours, Lapin, dit d'Anton.

— J'aimerais que Camille ne m'appelle pas ainsi, dit Fréron avec une exaspération contenue. Tout le monde me donne ce surnom, maintenant.

— Continue, dit d'Anton après s'être permis un sourire. À propos de ces gens.

— Eh bien… tu connais Brissot ? Il est en Amérique en ce moment, je crois, Camille a reçu une lettre. Il les conseille sur tout. Un grand théoricien, Brissot, grand spécialiste de philosophie politique, même s'il n'a pas une chemise à se mettre sur le dos. Il y aurait aussi tous ces Américains, ces Irlandais et ces Genevois de carrière, pour ainsi dire – tous ces gouvernements en exil, et les écrivaillons, les plumitifs, les avocats ratés –, tous ces hommes qui prétendent haïr ce qu'ils désirent au plus haut point.

— Tu ne risques rien à tenir ce genre de propos. Ta famille est en faveur, ton journal est du bon côté de la censure. Une opinion radicale est un luxe qui t'est autorisé.

— Là, tu me dénigres, d'Anton.

— Tu dénigres bien tes amis.

— Fin de la discussion, dit Fréron en étendant les jambes. Est-ce que tu sais, ajouta-t-il tout de même en fronçant les sourcils, pourquoi il m'appelle Lapin ?

— Pas la moindre idée. »

Fréron revint à Gabrielle. « Ainsi donc, madame d'Anton, je continue à croire que vous avez matière à ouvrir un salon. Vous m'avez, moi, vous avez François Robert et sa compagne – Louise Robert dit qu'elle écrirait volontiers un roman sur Annette Duplessis et la débâcle de la rue de Condé, mais elle craint que Camille ne soit pas crédible en tant que personnage de fiction. »

Les Robert venaient de se marier, étaient incroyablement épris l'un de l'autre et terriblement pauvres. Lui, vingt-sept ans, forte carrure, affable et ouvert à toutes les suggestions, enseignait le droit. Elle, une Mlle de Kéralio avant son mariage, avait grandi en Artois dans la maison d'un censeur royal ; son aristocrate de père avait mis son veto au mariage, mais elle était passée outre. Le poids du mécontentement familial les avait laissés sans le sou et sans aucun espoir d'avancement pour François. Ils en avaient été réduits à louer une boutique rue de Condé pour ouvrir une épicerie fine, spécialisée en produits venus des colonies. Louise Robert était maintenant derrière sa caisse, retournant les ourlets de ses robes, l'œil dans un volume de Rousseau, l'oreille attentive aux clients et aux bruits d'une éventuelle hausse du prix de la mélasse. Le soir, elle cuisinait un repas pour son mari, vérifiait laborieusement les comptes de la journée, calculant la recette, se redressant fièrement de toute sa hauteur. Quand elle en avait terminé, elle s'asseyait et entretenait calmement François de la doctrine du jansénisme, de l'administration de la justice, de la structure du roman moderne ; plus tard, elle restait longtemps éveillée dans l'obscurité, le bout du nez gelé au-dessus des couvertures, appelant la stérilité de ses vœux.

« Je me sens chez moi, ici », disait Georges Jacques. Il prit bientôt l'habitude, le soir venu, de faire le tour du quartier, ôtant son chapeau devant les dames et engageant la conversation avec leur mari, rentrant nanti de nouvelles informations. Legendre, le maître boucher, était un brave homme et tenait un commerce florissant. L'individu à l'air fruste qui habitait juste en face était en fait un marquis, le marquis de Saint-Huruge, qui en voulait terriblement au régime ; Fabre racontait à ce sujet une histoire formidable de mésalliance et de *lettre de cachet**.

Ce serait plus calme ici, avait déclaré Georges Jacques quand ils avaient emménagé, mais l'appartement ne désemplissait pas de gens qu'ils connaissaient à peine, et ils ne dînaient jamais en tête à tête. D'un petit bureau et d'une pièce qui aurait dû être

252

leur salle à manger, il avait fait un local professionnel. Pendant la journée, les clercs Paré et Deforgues
venaient bavarder un moment avec elle. Et des jeunes
gens qu'elle n'avait jamais vus auparavant se présen-
taient à la porte pour lui demander si elle savait où
habitait Camille à présent. Un jour, elle s'était mise
en colère et avait répondu : « Autant dire ici, pour
la différence que ça fait ! »

Sa mère lui rendait visite une ou deux fois par
semaine, pour s'extasier sur le bébé et critiquer
les domestiques tout en disant : « Tu me connais,
Gabrielle. Jamais je ne me permettrais de m'immiscer
dans tes affaires. » Elle faisait elle-même ses courses,
parce qu'elle était très difficile pour ce qui était des
légumes et tenait à vérifier sa monnaie. La petite
Louise Gély l'accompagnait, sous prétexte de l'aider
à porter ses paniers les plus lourds, et Mme Gély
venait aussi, pour la renseigner sur les commerçants du
quartier et faire des commentaires sur les gens qu'elles
croisaient dans la rue. Gabrielle aimait bien Louise,
une petite fille au visage ouvert, vive, mélancolique
parfois, dotée de cette précocité caractéristique des
enfants uniques.

« Il y a toujours tellement de bruit chez vous, dit
la petite. Tant de dames et de messieurs qui vont et
viennent. Ça ne vous gêne pas, n'est-ce pas, si je
descends de temps en temps ?

— Non, tant que tu es sage et que tu restes tranquillement assise. Et à condition que je sois là.

— Oh, mais autrement, je n'y songerais même pas.
Maître d'Anton me fait peur. Il a une telle mine.

— Il est très gentil en fait. »

L'enfant prit un air dubitatif. Puis son visage

s'éclaira. « Moi, ce que je veux, dit-elle, c'est me marier dès que quelqu'un fera sa demande. Et puis j'aurai des ribambelles d'enfants et je donnerai des réceptions tous les soirs.

— Tu es bien pressée, dit Gabrielle en riant. Tu n'as que dix ans. »

Louise Gély lui jeta un regard de côté. « Je n'ai pas envie d'attendre d'être vieille. »

Le 13 juillet, il y eut des orages de grêle ; de simples mots ne sauraient donner une juste idée de leur violence – celle d'un concentré glacé de la colère divine. Les rues furent le théâtre de toutes sortes de ravages et d'accidents inexpliqués. Les vergers furent dévastés, leurs arbres défoliés, les récoltes couchées sur le sol. Tout le jour, la grêle martela fenêtres et portes – un cataclysme comme on n'en avait jamais vu de mémoire d'homme. La nuit du 13 au 14, c'est une population effrayée qui dormit dans l'appréhension. Elle se réveilla au milieu d'un grand silence ; il fallut longtemps avant que la vie coule à nouveau dans les artères de la ville ; il faisait chaud, les gens paraissaient éblouis par les fragments de lumière, comme si la France tout entière avait été plongée sous l'eau.

Douze mois avant un autre cataclysme : Gabrielle, devant sa glace, arrangeait son chapeau. Elle s'apprêtait à sortir acheter quelques mètres de bonne étoffe de laine pour les robes d'hiver de Louise. Mme Gély se refusait à une entreprise qui risquait, selon elle, d'être une perte de temps, mais Louise aimait bien avoir ses vêtements d'hiver dans son armoire dès la fin du mois d'août. Qui sait ce que le temps leur réservait encore, avait-elle dit, et s'il se refroidissait brusquement, elle serait prise de court, dans la mesure où elle avait énormément grandi depuis l'an dernier. Non pas que j'aille où que ce soit en hiver, avait-elle ajouté, mais peut-être m'emmènerez-vous à Fontenay voir votre mère. Fontenay, c'est la campagne.

Il y avait quelqu'un à la porte. « Entre, Louise », appela-t-elle, mais personne ne vint. Catherine, la bonne, berçait le bébé qui pleurait. Gabrielle courut ouvrir, son chapeau à la main, et se trouva nez à nez avec une fille qu'elle ne connaissait pas. Et qui la regarda, vit le chapeau, recula. « Oh, vous alliez sortir.

— Puis-je faire quelque chose pour vous ? »

La fille jeta un coup d'œil par-dessus son épaule. « Puis-je entrer quelques minutes ? Vous ne me croirez sans doute pas, mais je suis sûre que l'on a enjoint aux domestiques de me suivre. »

Gabrielle s'écarta, et la fille entra. Elle ôta son chapeau à large bord, secoua ses cheveux foncés. Elle portait une jaquette de lin bleu, très ajustée, qui mettait en valeur sa taille de guêpe et la ligne souple de son corps. Elle passa une main dans ses cheveux, leva le menton, l'air gêné, surprit son reflet dans la glace. Gabrielle se fit soudain l'impression d'être boulotte et fagotée, l'air d'une femme qui sort d'une grossesse.

« Vous devez être Lucile.

— Je suis venue, dit cette dernière, parce que la situation est invivable et que j'ai absolument besoin de parler à quelqu'un ; Camille m'a tout dit de vous, il m'a dit à quel point vous êtes bonne et compatissante, que je ne pourrais que vous aimer. »

Gabrielle eut un mouvement de recul. Quel sale tour, infâme et méprisable : s'il lui a vraiment dit cela de moi, comment pourrai-je lui dire à elle ce que moi je pense de lui ? Elle laissa tomber son chapeau sur une chaise. « Catherine, veux-tu faire un saut chez les Gély et dire que je serai en retard ? Et puis tu nous apporteras un peu de limonade, s'il te plaît. Il fait chaud aujourd'hui, n'est-ce pas ? » Lucile lui renvoya son regard, ses yeux pareils à des fleurs de minuit. « Alors, mademoiselle Duplessis… vous vous êtes disputée avec vos parents ? »

Lucile se jucha sur le bras d'un fauteuil. « Mon père arpente la maison en psalmodiant : "L'autorité d'un père ne compte donc pour rien ?" Une vraie mélopée funèbre. Ma sœur n'arrête pas de me le seriner pour me faire rire.

— Il n'a pas raison ?

— Je crois au droit de résistance à l'autorité quand celle-ci s'exerce à tort.

— Et votre mère, qu'en dit-elle ?

— Pas grand-chose. Elle est très silencieuse depuis quelque temps. Elle sait que je reçois des lettres. Et elle fait semblant de ne pas savoir.

— Ce qui n'est pas très avisé de sa part, semblerait-il.

— Je les laisse dans des endroits où elle peut les trouver et les lire.

— Ce qui ne vous avance guère, ni l'une ni l'autre.

— Non, en effet. Plutôt l'inverse.

— Je ne saurais excuser pareille attitude, dit Gabrielle en secouant la tête. Il ne me serait jamais venu à l'idée de défier mes parents. Ou de les tromper.

— Ne pensez-vous pas qu'une femme devrait pouvoir choisir son futur mari ? demanda Louise, l'excitation dans la voix.

— Oh si. Mais dans des limites raisonnables. Or il

serait tout bonnement déraisonnable d'épouser maître Desmoulins.

— Ah ? Vous-même ne le feriez donc pas ? » Lucile avait l'air de quelqu'un en train d'hésiter sur quelques mètres de dentelle. Elle pinça le tissu de sa jupe et le froissa doucement entre ses doigts. « Le problème, voyez-vous, madame d'Anton, c'est que je suis amoureuse de lui.

— Permettez-moi d'en douter. Je crois plutôt que vous traversez une période où vous vous persuadez qu'il vous faut être amoureuse de quelqu'un.

— Avant de rencontrer votre mari, demanda Lucile en la regardant avec curiosité, vous tombiez amoureuse sans arrêt ?

— Pour être franche, non… Je n'étais pas ce genre de jeune fille.

— Alors qu'est-ce qui vous fait croire que moi je le suis ? Cette histoire de période à traverser, c'est ce que racontent les vieilles personnes ; elles pensent avoir le droit de vous regarder du haut de leur perchoir moisi et de juger votre vie.

— Ma mère, qui est une femme de quelque expérience, dirait qu'il s'agit en l'occurrence d'une tocade.

— Tiens ! Imagine-t-on avoir une mère dotée de ce genre d'expérience ? C'est précisément mon cas. »

Gabrielle sentit les premières atteintes d'un certain désarroi. Des ennuis en perspective, et sous son propre toit. Comment faire entendre raison à cette gamine ? Est-elle encore en mesure de comprendre quoi que ce soit, ou bien le bon sens l'a-t-il abandonnée pour de bon, si tant est qu'elle en ait jamais eu ? « Ma mère me conseille, poursuivit-elle, de ne jamais critiquer les choix de mon mari en matière d'amis. Mais dans ce cas précis… si je vous dis que, somme toute, je ne l'admire pas…

— Cela devient très clair. »

Gabrielle se revit vaquant dans l'appartement en se dandinant, tout au long des mois qui avaient précédé la naissance de l'enfant. Sa grossesse, si agréable quant au résultat, avait été à bien des égards une épreuve et un embarras. Dès la fin du troisième mois, elle était déjà énorme, et elle voyait les gens la détailler du regard, sans le moindre scrupule ; et elle savait qu'après la naissance, ils compteraient les mois sur leurs doigts. Au fil des semaines, Georges Jacques l'avait traitée en personne certes intéressante mais étrangère. Il ne lui posait plus que des questions d'ordre strictement domestique. Le café de ses parents lui manquait, plus qu'il n'aurait jamais pu s'en douter ; elle regrettait cette compagnie masculine sans exigence, et les conversations décontractées du monde extérieur.

Bon… quelle importance si Georges ramenait sans arrêt ses amis à la maison ? Mais Camille, lui, venait toujours tout juste d'arriver ou bien s'apprêtait à partir. S'il s'asseyait sur une chaise, c'était toujours sur le bord, et s'il y restait plus de trente secondes, c'est qu'il était vraiment éreinté. Une note de panique dans ses yeux voilés éveillait une note en écho dans son propre corps devenu si lourd. Le bébé vint au monde, la lourdeur disparut ; resta une angoisse diffuse. « Camille est un nuage dans mon ciel, dit-elle. C'est une épine dans ma chair.

— Mon Dieu, madame d'Anton ! Êtes-vous vraiment obligée d'utiliser ce genre de métaphore ?

— Pour commencer... vous savez qu'il n'a pas d'argent ?

— Oui, mais moi j'en ai.

— Il ne se contenterait quand même pas de vivre de votre fortune.

— Des tas d'hommes vivent de la fortune de leur femme. C'est parfaitement respectable, et, dans certains cercles, c'est une pratique courante.

— Et cette histoire avec votre mère, le fait qu'ils ont peut-être eu... Je ne sais pas comment formuler la chose.

— Moi non plus, dit Lucile. Il existe pourtant des mots pour cela, mais je ne me sens pas suffisamment forte ce matin.

— Il faut que vous découvriez ce qu'il en est vraiment à ce sujet.

— Ma mère refuse de m'en parler. Je pourrais demander à Camille. Mais pourquoi l'obliger à me mentir ? Je choisis donc de n'y plus penser, et je considère le sujet comme clos. Voyez-vous, je pense à lui toute la journée. Je rêve de lui – on ne peut quand même pas me condamner pour ça. Je lui écris des lettres, et puis je les déchire. J'imagine que je vais peut-être le croiser par hasard dans la rue... » Lucile s'interrompit, leva une main et repoussa de son front une mèche de cheveux imaginaire. Gabrielle la regardait, horrifiée. Cela témoigne d'une obsession, songea-t-elle, ce geste parodique. De son côté, Lucile en avait pris conscience, elle s'était aperçue dans la glace ; elle se dit : Le geste est évocateur.

Catherine passa la tête par la porte. « Monsieur est rentré de bonne heure. »

Gabrielle bondit sur ses pieds. Lucile se redressa

259

dans son fauteuil. Elle laissa ses avant-bras reposer sur les accotoirs et remua les doigts comme un chat essayant ses griffes. D'Anton entra. Tout en ôtant son manteau, il dit : « Il y a un rassemblement bruyant autour du Palais de justice, et si je suis ici à cette heure, c'est parce que tu m'as fait promettre d'éviter les ennuis. Les manifestants font exploser des pétards et réclament Orléans à grands cris. Les gardes n'ont manifestement pas l'intention de les disperser... » C'est alors qu'il aperçut Lucile. « Ah, dit-il, je vois que les ennuis n'ont pas attendu dehors. Camille est en train de discuter avec Legendre. Il sera là dans une minute. Legendre, ajouta-t-il de façon tout à fait gratuite, est notre boucher. »

Quand Camille fit son entrée, Lucile se leva en douceur, traversa la pièce et l'embrassa sur la bouche. Elle se regarda dans la glace, le regarda, lui. Elle le vit détacher ses mains de ses épaules et les lui croiser gentiment sur la poitrine, comme dans un geste de prière. Lui remarqua à quel point elle était différente avec ses cheveux non poudrés, à quel point étaient spectaculaires ses traits nettement accusés et l'albâtre de son teint. Il vit aussi l'hostilité de Gabrielle à son égard se dissiper quelque peu. Il la vit regarder son mari, qui dévorait Lucile des yeux. Il vit d'Anton penser : Tiens, pour une fois il n'a pas menti, il n'a pas exagéré, il a dit que Lucile était belle, et elle l'est. Le tout ne dura qu'une seconde ; Camille sourit. Il sait que tous ses débordements lui seront pardonnés s'il donne l'impression d'aimer profondément Lucile ; les personnes sentimentales l'excuseront, et il sait fort bien faire jouer la corde sensible chez les autres. Il n'est pas impossible d'ailleurs qu'il soit profondément

amoureux ; après tout, de quel autre mot qu'« amour »
qualifier la souffrance exaltée qu'il lit sur le visage
de Lucile, et que, il en est certain, reflète son propre
visage ?

Comment a-t-elle bien pu se mettre dans un état
pareil ? Ses lettres à lui, probablement. Il se souvient
soudain de ce que Georges lui a dit : « Essaie la prose,
pour voir. » Le conseil ne manque pas d'intérêt. Il
a beaucoup à dire, et s'il est capable de condenser
en quelques pages éloquentes et efficaces les sentiments complexes qu'il nourrit à l'égard de la famille
Duplessis, ce devrait être pour lui jeu d'enfant que
d'analyser l'état du pays. Qui plus est, là où sa vie est
ridicule, inepte et appelée à faire sourire les gens, ses
écrits ne devraient manquer ni de style ni de mordant,
et provoquer pleurs et grincements de dents.

Pendant trente bonnes secondes, Lucile avait oublié
de regarder son image dans la glace. Pour la première
fois, elle sentait qu'elle s'était assuré une prise sur sa
vie ; elle avait pris corps, en quelque sorte, n'était plus
simple spectatrice. Mais combien de temps durerait
cette impression ? La présence de Camille en chair et
en os, après laquelle elle aspirait tant, lui paraissait à
présent trop lourde à supporter. Elle aurait voulu qu'il
s'en allât pour être à nouveau capable de l'imaginer ;
mais elle n'était pas sûre de pouvoir formuler une telle
demande sans passer pour une folle. Camille était en
train d'ébaucher dans sa tête les premières et les dernières phrases d'un pamphlet politique, mais ses yeux
ne quittaient pas le visage de Lucile ; comme il était
très myope, son regard donnait l'impression d'une
concentration si intense qu'elle sentait ses jambes
se dérober sous elle. Empêtrés dans un malentendu,

ils restèrent là pétrifiés, hypnotisés, jusqu'à ce que – comme c'est le propre de tous les moments – celui-ci passât.

« Voici donc la créature qui met sens dessus dessous la maisonnée et suborne domestiques et prêtres, dit d'Anton. Je me demande, ma chère, si vous savez quelque chose des comédies du dramaturge irlandais Sheridan ?

— Non.

— Êtes-vous de ceux qui pensent que la vie doit imiter l'art ?

— Qu'elle se contente d'imiter la vie ! dit Lucile. C'est pour moi suffisamment excitant. Je vais me faire tuer », ajouta-t-elle après avoir vu l'heure à la pendule.

Elle envoya un baiser à la ronde, s'empara vivement de son chapeau à plumes, sortit en courant pour emprunter l'escalier. Dans sa précipitation, elle faillit renverser une petite fille qui semblait écouter à la porte, et qui, à sa surprise, lui cria dans le dos : « J'aime beaucoup votre jaquette ! »

Dans son lit ce soir-là, elle se dit : Hum ! hum ! Cet homme massif et laid, on dirait bien que j'ai fait une conquête de ce côté.

Le 8 août, le roi fixa une date pour la réunion des états généraux : le 1er mai 1789. Une semaine plus tard, le contrôleur général, Brienne, découvrit (c'est du moins ce que l'on raconte) que les coffres de l'État contenaient tout juste assez pour couvrir les dépenses du quart d'une journée. Il décréta la suspension de tous les paiements à la charge de l'État. La France était déclarée en faillite. Imperturbable, Sa Majesté continua de chasser, et, quand elle revenait bredouille, rapportait ainsi le fait dans son journal : *Rien, rien, rien**. Brienne fut renvoyé.

La routine administrative était si chamboulée ces temps-ci que l'on croisait parfois Claude à Paris, alors qu'il aurait dû être à Versailles. Par une chaude matinée d'août, il sortit pour se rendre au Café de Foy. Les années précédentes, ce même mois l'avait trouvé assis devant une fenêtre ouverte dans sa maison de campagne de Bourg-la-Reine.

« Bonjour, maître d'Anton, dit-il. Maître Desmoulins… Je n'imaginais pas que vous vous connaissiez tous les deux. » L'idée sembla le peiner. « Eh bien, que pensez-vous de la situation ? Les choses ne peuvent plus continuer ainsi.

— Je suppose que nous devrions vous croire sur parole, monsieur Duplessis, dit Camille. Que pensez-vous de la perspective du retour de M. Necker ?

— Quelle importance ? dit Claude. Je crois que même l'abbé Terray trouverait la situation irrémédiable.

— Du nouveau du côté de Versailles ? demanda d'Anton.

— Quelqu'un m'a dit, intervint Camille, que quand le roi ne peut pas chasser, il monte sur les toits du château et tire à l'aveuglette sur les chats de ces dames. Vous pensez qu'il y a du vrai là-dedans ?

— Je n'en serais pas autrement surpris, dit Claude.

— Que les choses aient pu se détériorer à ce point depuis la dernière fois où Necker était en poste, voilà qui surprend beaucoup de gens. Si l'on se reporte à 1781, et que l'on examine les comptes publics, on constate que les registres faisaient état d'un excédent dans...

— Des comptes falsifiés, dit Claude d'un air lugubre.

— Vraiment ?

— Trafiqués à souhait, je vous l'assure.

— Au temps pour Necker, dit d'Anton.

— Mais ce n'était pas un tel crime, vous savez, suggéra Camille. Surtout s'il pensait que c'était la confiance des gens qui primait.

— Un vrai jésuite, dit d'Anton.

— Des choses me viennent aux oreilles, dit Claude en se tournant vers ce dernier. Des bruits de couloirs sur les changements à venir... Barentin, votre protecteur, devrait quitter la présidence de la Cour des aides et obtenir le ministère de la Justice dans le nouveau gouvernement. » Il sourit. Il avait l'air vraiment très fatigué. « C'est un triste jour pour moi. J'aurais donné n'importe quoi pour qu'on n'en arrive pas à de telles extrémités. Sans compter que cela ne va pas manquer de donner un nouvel élan aux éléments les plus incontrôlés... » Son œil tomba sur Camille. Lequel s'était montré fort poli, fort bien élevé, ce matin-là, mais, qu'il appartînt précisément à ces éléments incontrôlés, Claude n'en doutait pas un instant. « Maître Desmoulins, dit-il, j'espère que vous avez cessé de vous bercer d'illusions quant à un éventuel mariage avec ma fille.

— Bien au contraire, j'y pense plus que jamais.

— Si seulement vous pouviez envisager les choses de mon point de vue.

— Non. Je crains bien de n'être capable de les voir que du mien. »

M. Duplessis se détourna. D'Anton lui posa une main sur le bras. « À propos de Barentin… pouvez-vous m'en dire un peu plus ?

— Moins on en dit, mieux on se porte, dit Claude en levant un index. J'espère ne pas avoir parlé mal à propos. Mais je m'attends à vous voir sous peu. Lui aussi, d'ailleurs », ajouta-t-il en désignant Camille d'un geste résigné.

Camille le regarda partir. « "Des bruits de couloirs", dit-il d'un ton méprisant. As-tu jamais entendu pareilles sottises ? On devrait organiser un concours de clichés entre lui et maître Vinot. Mais bien sûr ! s'exclama-t-il brusquement. Je comprends tout à fait ce qu'il a voulu dire : ils vont t'offrir un poste. »

Sitôt entré en fonctions, Necker se mit à négocier un emprunt auprès de l'étranger. Les parlements furent rétablis. Le pain augmenta de deux sous. Le 19 août, une bande d'émeutiers incendia les postes de garde du Pont-Neuf. Le roi trouva l'argent nécessaire à l'entrée de troupes dans la capitale. Les soldats ouvrirent le feu sur une foule de six cents personnes ; il y eut sept ou huit morts et un nombre inconnu de blessés.

M. Barentin fut nommé ministre de la Justice et garde des Sceaux. La populace confectionna un pantin en paille à la ressemblance de son prédécesseur et y mit le feu en place de Grève, au milieu des huées et des quolibets, des crépitements et des sifflements des feux d'artifice, et au son des chants avinés et complaisants des soldats des gardes françaises, désormais stationnés en permanence dans la capitale, qui affectionnaient ce genre d'incident.

D'Anton avait exposé ses raisons avec précision, sans passion excessive mais sans équivoque ; il avait préparé à l'avance ce qu'il dirait, de manière à être parfaitement clair. L'offre de Barentin, un poste de secrétaire, ne tarderait pas à être connue de tous à l'Hôtel de Ville, dans les ministères et même au-delà. Fabre lui suggéra d'offrir quelques fleurs à Gabrielle et de lui annoncer sa décision avec ménagement.

Quand il arriva, Mme Charpentier était là, ainsi que Camille. Ils cessèrent de parler à son entrée. L'atmosphère était tendue ; mais Angélique s'approcha de lui, un grand sourire aux lèvres, et l'embrassa sur les deux joues. « Mon cher fils, dit-elle, nos sincères félicitations.

— Et pourquoi ? demanda-t-il. Mon affaire n'est pas venue en débat. La justice, ces temps-ci, bouge à la vitesse d'un escargot.

— Nous avons cru comprendre, reprit Gabrielle, que l'on t'avait proposé un poste au gouvernement.

— Certes, mais c'est sans importance. Je l'ai refusé.

— Qu'est-ce que je vous avais dit ! s'exclama Camille.

— Bon, je m'en vais, dit Angélique, en se levant.

— Je te raccompagne », dit Gabrielle, cérémonieuse. Elle était rouge comme une pivoine. Elle se leva, les deux femmes sortirent et chuchotèrent de l'autre côté de la porte.

« Angélique va la raisonner », dit d'Anton. Camille, qui n'avait pas bougé de sa chaise, sourit. « Tu es facile à contenter », lui dit Georges Jacques, avant d'ajouter à l'intention de sa femme : « Rentre et calme-toi – ferme la porte. Essaie de comprendre, s'il te plaît, que j'agis pour le mieux.

— Quand il a dit, répondit-elle en désignant Camille, que tu avais refusé le poste, je lui ai demandé pour quel genre d'idiote il me prenait.

— Ce gouvernement ne tiendra pas un an. Et cette offre ne me convient pas, Gabrielle.

— Et alors, que vas-tu faire ? demanda-t-elle, sidérée. Fermer le cabinet parce que l'état de la justice n'a pas l'heur de te convenir ? Tu avais de l'ambition, avant, tu disais…

— C'est vrai, et il est encore plus ambitieux aujourd'hui, la coupa Camille. Il est bien trop bon pour se contenter d'un poste de subalterne sous Barentin. Il est probable… plus que probable qu'il aura un jour la responsabilité du grand sceau de l'État.

— Si pareille chose arrive jamais, dit d'Anton en riant, je te le donnerai. C'est promis.

— C'est probablement de la trahison, dit Gabrielle, dont les cheveux se dénouaient et commençaient à pendre, comme ils le faisaient souvent dans les moments de crise.

— N'embrouille pas les choses, dit Camille. Georges Jacques sera un jour un grand homme, en dépit des obstacles qui pourraient se dresser sur sa route.

— Vous êtes fou, dit Gabrielle en secouant la tête, ce qui provoqua une cascade d'épingles à cheveux qui tombèrent au sol en tournoyant. S'il y a une chose que je ne supporte pas, Georges, c'est de te voir suivre comme un petit chien l'opinion des autres.

— Moi ? Tu crois vraiment ça de moi ?

— Non, dit précipitamment Camille, ce n'est pas son genre.

— Il vous écoute, vous, alors que moi il ne m'écoute absolument pas.

— Mais c'est parce que... » Camille s'interrompit, incapable d'expliquer la chose avec tact. « Puis-je t'exhiber au Café de Foy ce soir ? demanda-t-il à d'Anton. Il se peut que l'on s'attende à un petit discours de ta part, et je suis sûr que ce n'est pas fait pour te déranger. »

Gabrielle, occupée à ramasser ses épingles, leva les yeux sur lui. « Dois-je comprendre, dit-elle, que cette affaire vous a apporté la gloire, d'une certaine façon ?

— Je ne parlerais pas de "gloire", répondit Camille, l'air modeste. Mais c'est un début.

— Y vois-tu un inconvénient ? demanda d'Anton à Gabrielle. Je ne rentrerai pas tard. Et, à mon retour, je t'expliquerai mieux les choses. Gabrielle, laisse ces épingles, veux-tu, Catherine les ramassera. »

Gabrielle secoua à nouveau la tête. Elle n'avait pas envie d'explications, et si elle demandait à Catherine de ramper par terre à la recherche de ses épingles, celle-ci signifierait probablement son congé, comment pouvait-il l'ignorer ?

Les hommes descendirent. « Je crois que c'est le genre d'existence que je mène qui agace Gabrielle. Même quand ma fiancée au désespoir se présente à sa porte, elle continue à croire que j'essaie de t'entortiller pour t'attirer dans mon lit.

— Et ce n'est pas le cas ?

— L'heure est aux choses sérieuses, dit Camille. Ah, je suis tellement heureux. Tout le monde dit que les changements sont pour demain, que le pays va connaître un grand bouleversement. Tout le monde le dit, mais toi, tu y crois vraiment. Et tu agis en conséquence. On te *voit* agir selon cette conviction.

— Il y avait un pape... j'ai oublié lequel... qui

disait à qui voulait l'entendre que la fin du monde était proche. En conséquence de quoi, les gens mirent tous leurs biens sur le marché ; le pape les acheta et devint très riche.

— C'est une jolie histoire, dit Camille. Tu n'es pas pape, mais ça ne fait rien, je crois que tu te débrouilleras fort bien. »

Dès que la nouvelle des élections prochaines parvint à Arras, Maximilien commença à mettre ses affaires en ordre. « Comment sais-tu que tu seras élu ? lui demanda son frère Augustin. On pourrait fort bien monter une cabale contre toi. C'est même fort probable.

— Alors, je vais devoir me montrer discret d'ici à la tenue des élections, dit-il d'un air sombre. En province, presque tout le monde a une voix, pas seulement les nantis. C'est pour cette raison qu'ils ne seront pas en mesure de m'écarter.

— S'ils ne t'élisent pas, dit sa sœur Charlotte, ce seront des monstres d'ingratitude. Après tout ce que tu as fait pour les pauvres. Tu le mérites.

— Ce n'est pas une récompense, tu sais.

— Mais tu as travaillé tellement dur, et pour rien, ni argent, ni reconnaissance. Et n'essaye pas de nous faire croire que tu n'en éprouves pas du ressentiment. Personne ne t'a demandé de vivre comme un ascète. »

Il soupira. Charlotte avait une façon bien à elle de trancher dans le vif. De taillader les chairs, avec le couteau de famille.

« Je sais ce que tu penses, Max, dit-elle. Tu as beau dire, tu sais que tu ne reviendras pas de Versailles, ni dans six mois, ni dans un an. Tu crois que ces élections vont définitivement changer ta vie. Tu voudrais qu'ils fassent une révolution uniquement pour satisfaire ton attente ? »

« Ce que feront les états généraux, je n'en ai cure, dit Philippe d'Orléans, dès l'instant où je serai là quand ils débattront des libertés individuelles, et que je pourrai user de ma voix et de mon vote en faveur d'une loi qui, une fois adoptée, me garantira que, le jour où la fantaisie me prendra d'aller dormir au Raincy, personne n'aura le pouvoir de m'envoyer contre mon gré à Villers-Cotterêts. »

Vers la fin de l'année 1788, le duc nomma un nouveau secrétaire particulier. Il adorait mettre les autres dans l'embarras, et ce fut sans doute la raison qui guida son choix. L'ajout ainsi fait à son entourage était un officier de l'armée du nom de Laclos. Un homme proche de la cinquantaine, de grande taille, plutôt osseux, avec un beau visage et des yeux d'un bleu froid. Il était entré dans l'armée à dix-huit ans mais n'avait jamais porté les armes. À une époque, il l'avait regretté, mais vingt années passées en province dans des villes de garnison lui avaient laissé un air de profonde indifférence et l'avaient rendu philosophe. Pour se divertir un peu, il avait écrit quelques vers légers, ainsi que le livret d'un opéra qui avait quitté l'affiche au bout d'une seule représentation. Et il avait observé les gens, noté les détails de leurs manipulations, leurs jeux de pouvoir. Pendant vingt ans, il n'avait pas eu d'autre occupation. Il s'était familiarisé avec cette tournure d'esprit qui consiste à dénigrer ce que l'on envie et admire le plus, qui vous fait aspirer uniquement à ce qui est hors de votre portée.

Son premier roman, *Les Liaisons dangereuses*, avait été publié à Paris en 1782. La première édition fut épuisée en quelques jours. Les éditeurs se frottèrent les mains et se dirent que, si ce livre choquant et cynique plaisait tant aux lecteurs, ce n'était certes pas à eux de jouer les censeurs. La deuxième édition connut un succès égal. Mères de famille et évêques crièrent au scandale. Un exemplaire à la reliure vierge fut commandé pour la bibliothèque privée de la reine. L'auteur se vit claquer des portes à la figure. Il avait réussi.

Il semblait que sa carrière dans l'armée fût terminée. De toute façon, ses critiques de l'institution militaire rendaient sa position intenable. « Je crois qu'un homme comme lui pourrait m'être utile, dit le duc. Il lit comme à livre ouvert dans la moindre de vos affectations. » Quand Félicité de Genlis eut vent de la nomination, elle menaça de démissionner de son poste de gouvernante des enfants du duc. Il y a certainement pires désastres, se dit Laclos.

Pour le duc, le moment était crucial. S'il voulait tirer profit de ces temps troublés, il lui fallait disposer d'une organisation, d'une assise politique, et utiliser au mieux sa popularité dans la capitale. S'attacher les services d'un petit groupe d'hommes, fouiller leur passé et décider de leur avenir. Il faudrait tester leur loyauté, puiser dans les coffres.

Laclos étudia la situation, faisant appel à toute sa froide intelligence. Il se mit à fréquenter des écrivains connus de la police. Mena de discrètes enquêtes sur certains Français vivant à l'étranger, pour connaître les raisons de leur exil. Il se procura un grand plan de Paris et cercla en bleu les endroits qui pouvaient aisément être fortifiés. Il veillait tard dans la nuit pour passer au crible les pamphlets sortis jour après jour des presses parisiennes, car la censure avait cessé d'opérer. Il cherchait les écrivains les plus hardis et les plus virulents, puis s'efforçait de lier connaissance. Parmi ces derniers, rares étaient ceux à avoir connu le succès.

Laclos fut bientôt le bras droit de Philippe. Laconique dans ses déclarations, décourageant par son attitude toute tentative d'intimité, il était le genre d'homme dont on ignore toujours le prénom. Il n'en continuait pas moins à étudier les hommes et les femmes à la dérobée, avec un intérêt tout professionnel, et notait les idées qui lui venaient à l'esprit sur des bouts de papier trouvés ici et là.

En décembre 1788, le duc vendit les trésors de sa magnifique galerie d'art du Palais-Royal et consacra l'argent ainsi obtenu à venir en aide aux pauvres. On annonça par voie de presse qu'il distribuerait quotidiennement un millier de livres de pain, qu'il prendrait en charge les frais d'accouchement des indigentes (y compris, dirent les plaisantins, celles qu'il n'avait pas lui-même engrossées) ; qu'il renonçait aux dîmes levées sur le grain dans ses domaines et qu'il abolirait les lois sur la chasse sur ses terres.

Tel était le programme élaboré par Félicité. C'était pour le bien du pays. Au passage, il ne faisait pas de mal à Philippe.

Rue de Condé. « Même si la censure n'est plus en vigueur, dit Lucile, il y a encore des poursuites.

— Et c'est heureux », dit son père.

Le premier pamphlet de Camille se trouve sur la table, tout frais sorti des presses, sous sa couverture en papier. Son deuxième, encore à l'état de manuscrit, est à côté. Les imprimeurs refusent d'y toucher, du moins pour l'instant ; ils préfèrent attendre que la situation prenne un tour franchement fâcheux.

Les doigts de Lucile le caressent, en caressent l'encre, le papier, la reliure :

Le retour de cette liberté chez les Français était réservé à nos jours [...] Depuis quarante ans, la philosophie a miné de toutes parts sous les fondements du despotisme ; et comme Rome avant César était déjà asservie par ses vices, la France avant Necker était déjà affranchie par ses lumières [...] Le patriotisme s'étend chaque jour dans la progression accélérée d'un grand incendie. La jeunesse s'enflamme, les vieillards, pour la première fois, ne regrettent plus le temps passé ; ils en rougissent.

VI

Les derniers jours de Titonville

(1789)

Extrait d'un cahier de doléances préparé en vue des états généraux :

La communauté de Chaillevois est composée d'environ deux cents personnes [...] La plupart des habitants n'ont aucune propriété ; ceux qui en ont, c'est si peu de chose qu'il n'en faut point parler [...] La nourriture ordinaire est du pain trempé dans de l'eau salée [...] pour ce qui est de la viande, on en mange le jour du Mardi Gras, le jour des Pâques et le jour de la fête du saint patron [...] On peut aussi manger quelquefois des fèves et des haricots lorsque le maître n'empêche pas d'en mettre dans ses vignes [...] Voilà comment le petit peuple est heureux sous le meilleur des rois [...].

Honoré Gabriel Riqueti, comte de Mirabeau :

« Mon seul mot d'ordre sera : me faire élire délégué aux États généraux. »

Nouvel An. Vous sortez dans la rue, et vous vous dites que c'est fait, il est là, enfin arrivé : le grand bouleversement, l'effondrement, la fin du monde. De mémoire d'homme, il n'a jamais fait aussi froid. Le fleuve n'est plus qu'une épaisse plaque de glace. Le premier matin, les gens furent saisis par la nouveauté du phénomène. Les enfants criaient, couraient en tout sens, entraînaient dehors des mères réticentes pour aller voir le spectacle. « On pourrait patiner », disaient-ils. Au bout d'une semaine, on se désintéressait de la chose et on gardait les enfants à l'intérieur. Sous les ponts, frileusement blottis autour de maigres feus, les miséreux attendent la mort. Prix d'un pain pour le Nouvel An : quatorze sous.

Ils ont quitté leurs pauvres abris, ces gens, leurs cabanes, leurs grottes, ont abandonné les champs gelés et couverts de neige où ils se disent que plus rien ne poussera jamais. Ils ont emballé quelques morceaux de pain, peut-être quelques châtaignes, dans un carré de toile de sac, ficelé un petit fagot de bois, et ils ont pris la route, sans un adieu. Ils se déplacent en bandes, pour plus de sécurité ; parfois seulement des hommes, parfois des familles entières, et toujours avec les gens de leur district, qui parlent la même langue. Au début, ils chantent et racontent des histoires. Au bout de deux ou trois jours, ils marchent en silence. L'allure s'est ralentie, et la colonne s'étire. Avec un peu de chance, on tombe sur une grange ou une étable où passer la nuit. Au matin, on a du mal à réveiller les vieilles, et l'on s'aperçoit qu'elles n'ont plus toute leur tête. On abandonne les petits devant des entrées de maison. Certains meurent, d'autres sont trouvés par des âmes charitables, et grandiront sous un nouveau nom.

Ceux qui atteignent Paris avec leurs forces intactes se mettent aussitôt à chercher du travail. On débauche déjà, leur dit-on, des gens d'ici, alors, ceux qui viennent d'ailleurs, on en veut encore moins. Le fleuve gelé fait que les marchandises n'arrivent plus : point de draps à teindre, point de peaux à tanner, point de blé. Les bateaux sont prisonniers de la glace, tandis que le grain pourrit dans les cales.

Les vagabonds se regroupent dans les lieux abrités, sans discuter de la situation, puisqu'il n'y a rien à discuter. Au début, on les trouve autour des marchés en fin d'après-midi, parce que, à l'heure où les vendeurs plient bagage, ce qu'il reste de pain est vendu à bas prix, ou donné pour rien ; mais souvent, les matrones de Paris, rudes et grossières, les ont devancés. Bientôt, il n'y a plus de pain du tout passé midi. On leur dit que le bon duc d'Orléans distribue un millier de miches par jour aux indigents. Mais, cette fois, ce sont les mendiants de Paris qui les laissent sans rien, impitoyables qu'ils sont, et prêts à en découdre, comme à leur donner des informations mensongères ou à piétiner ceux qui ont été jetés à terre. Ils se rassemblent dans les arrière-cours, sous les porches des églises, partout où ils peuvent s'abriter des morsures du vent. Les très jeunes et les très vieux sont accueillis dans les hôpitaux. Moines et bonnes sœurs s'efforcent d'obtenir du linge supplémentaire et des livraisons de pain frais, pour découvrir qu'ils doivent se contenter de linge souillé et de pain vieux de plusieurs jours. À les en croire, les desseins du Seigneur sont admirables, car, si le temps venait à se réchauffer, l'épidémie ferait rage. La peur fait pleurer les femmes quand elles donnent naissance à un enfant.

Même les riches éprouvent un sentiment de complète désorganisation. L'aumône ne semble plus suffire : il y a des cadavres gelés jusque dans les rues des beaux quartiers. Quand ils descendent de leur voiture, les aristos se couvrent la figure de leur manteau pour se protéger les joues du froid mordant et les yeux des scènes les plus pénibles.

« Tu rentres chez toi pour les élections ? demande Fabre. Camille, comment peux-tu m'abandonner ainsi ? Alors que notre grand roman n'est qu'à moitié achevé.

— Ne te tracasse pas pour ça, répond Camille. Quand je rentrerai, nous n'aurons peut-être pas besoin d'avoir recours à la pornographie pour gagner notre vie. Il se pourrait qu'on ait d'autres sources de revenus.

— Camille pense que les élections, c'est comme tomber sur une mine d'or, dit Fabre avec un grand sourire. Tu me plais bien ces temps-ci, à la fois fragile et violent, tu parles comme un personnage de roman. Serais-tu phtisique, par hasard ? Atteint d'une fièvre naissante ? » Il pose une main sur le front de son ami. « Crois-tu que tu tiendras jusqu'en mai ? »

Ces temps-ci, au réveil, Camille n'avait qu'une envie : s'enfouir sous les couvertures. Sa migraine ne le quittait pas, et il semblait ne jamais comprendre ce qu'on lui disait.

Deux choses – la révolution et Lucile – paraissaient plus éloignées que jamais. Il savait qu'elles dépendaient l'une de l'autre. Il n'avait pas vu Lucile depuis huit jours, et elle lui avait paru assez distante, malgré la brièveté de leur entretien. « Ce n'est pas que je veuille avoir l'air distant, mais je… avait-elle dit avec un sourire douloureux, je n'ose pas laisser transparaître la souffrance. »

Dans ses moments plus calmes, il parlait à tout le monde de réformes pacifiques, se proclamait républicain tout en disant ne rien avoir contre Louis, qu'il pensait être un brave homme. Il tenait les propos de tout un chacun. Mais d'Anton disait : « Je te connais, va, c'est la violence que tu veux, elle te possède malgré toi. »

Il alla voir Claude Duplessis et lui dit que sa fortune était faite. Même si la Picardie ne l'envoyait pas comme député aux états généraux (il faisait mine de croire la chose vraisemblable), elle y enverrait à coup sûr son père. Claude dit : « Je ne sais quel genre d'homme est votre père, mais il serait bien avisé de vous ignorer quand il sera à Versailles, pour éviter de se retrouver dans l'embarras. » Son regard, rivé sur un point en haut du mur, redescendit sur le visage de Camille ; ce qui lui procura le sentiment d'une chute. « Un petit plumitif ! dit-il. Ma fille est capricieuse, idéaliste, innocente. Elle ne sait pas ce que signifient épreuves ou soucis. Elle croit sans doute savoir ce qu'elle veut, mais ce n'est pas le cas ; moi, je le sais. »

Il quitta Claude, qu'il ne devait pas revoir avant plusieurs mois. Il resta un moment dans la rue de Condé, les yeux sur les fenêtres du premier étage, espérant voir Annette. Mais il ne vit personne. Il fit à nouveau le tour des éditeurs en qui il fondait quelque espoir, comme si – en l'espace d'une semaine – ceux-ci avaient pu se métamorphoser en casse-cou. Les presses fonctionnent jour et nuit, et leurs propriétaires mesurent les risques : il y a certes une forte demande pour une littérature incendiaire, mais aucun d'entre eux ne peut se permettre de voir ses presses saisies et ses ouvriers embarqués. « C'est très simple : je publie ça, et je me retrouve en prison, dit l'imprimeur Momoro. Vous ne pouvez pas édulcorer un peu ?

— Non », répondit catégoriquement Camille. Non, je refuse les compromis, comme disait Billaud-Varenne. Il secoua la tête. Il avait laissé pousser ses cheveux, si bien que, quand il secouait la tête avec un tant soit peu d'énergie, leurs grandes vagues brunes se déployaient autour de lui d'une manière toute théâtrale. Il aimait jouer de cet effet. Pas étonnant qu'il eût mal à la tête.

« Et où en êtes-vous avec M. Fabre de ce roman grivois ? s'enquit l'imprimeur. Le cœur n'y est pas, en ce moment ? »

« Une fois qu'il sera parti, dit Fabre à d'Anton avec une gaieté malicieuse, je vais pouvoir réviser le manuscrit, et faire de notre héroïne le portrait craché de Lucile Duplessis. »

Si l'assemblée des États généraux se tient, selon la promesse du roi [...] il est probable que cela n'ira pas sans bouleversement au sein du gouvernement. Une constitution, sans doute assez semblable à celle qui existe en Angleterre, sera adoptée, et des limites seront imposées au pouvoir de la Couronne.

J. C. Villiers, député d'Old Sarum

Gabriel Riqueti, comte de Mirabeau, fête aujourd'hui ses quarante ans : bon anniversaire. Eu égard à la circonstance, il s'examina dans un grand miroir. Les dimensions et la vivacité de l'image reflétée étaient telles qu'elles semblaient rapetisser à l'extrême le cadre en filigrane.

Histoire de famille : le jour de sa naissance, l'accoucheur s'approcha de son père, le bébé enveloppé dans un drap. « Ne prenez pas peur... », commença-t-il.

Aujourd'hui, ce n'est toujours pas un prix de beauté. Il a peut-être quarante ans, mais on lui en donnerait volontiers dix de plus. Une ride pour sa faillite jamais surmontée (une seule, l'argent ne l'a jamais beaucoup préoccupé). Une ride pour chacun de ces mois atroces passés en prison au donjon de Vincennes. Une ride par bâtard engendré. Tu as vécu, se dit-il, et tu voudrais que la vie ne t'ait pas laissé de marques ?

Quarante ans, c'est un tournant dans l'existence. *Ne regarde pas derrière toi.* Ne revis pas l'enfer domestique des débuts : les cris et les disputes sanglantes, les jours entiers de silences meurtriers et de bouches cousues. Un jour, il s'était interposé entre son père et sa mère ; sa mère lui avait tiré une balle dans la tête. Quatorze ans à peine, et son père disait de lui : *J'ai vu la nature de la bête.* Puis l'armée, quelques duels de routine, des accès de débauche et des crises de rage aveugle et obstinée. La vie en cavale. La prison. Son frère Boniface, s'enivrant à mort tous les jours de sa vie, son corps enflant au point de le faire ressembler à un phénomène de foire. *Ne regarde pas derrière toi.* Et incidemment, passant presque inaperçus, une faillite et un mariage : la minuscule Émilie, l'héritière, le petit flacon de poison auquel il avait juré fidélité. Il se demanda où elle pouvait bien être, Émilie, à cette heure.

Joyeux anniversaire, Mirabeau. Les points forts, à présent. Il se redressa de toute sa hauteur. C'était un homme de haute taille, puissant, au large poitrail dénotant des poumons de grande capacité. Le visage, lui, était repoussant tant il était grêlé, ce qui, soit dit en passant, ne semblait guère rebuter les femmes. Il tourna la tête légèrement de côté de manière à examiner la courbe de son nez aquilin. Une bouche fine, intimidante, que l'on aurait pu dire cruelle, supposa-t-il. L'un dans l'autre, un visage viril, plein de vigueur, suggérant une haute extraction. Grâce à quelques petites entorses à la vérité, il avait réussi à faire de sa famille l'une des plus vieilles et des plus nobles de France. Et qui se souciait des entorses ? Les pédants et les généalogistes. Les autres vous prennent pour celui que vous leur faites accroire, songea-t-il.

Mais voilà que la noblesse, le deuxième ordre du royaume, l'avait désavoué. Il n'aurait ni siège ni voix. *C'est du moins ce qu'ils pensaient.*

Tout se compliquait du fait que l'été précédent avait paru un livre à scandale intitulé *Histoire secrète de la cour de Berlin*. Lequel abondait en détails sur le côté le plus sordide de la haute société prussienne et des préférences sexuelles de ses membres les plus en vue. Il eut beau se défendre avec la dernière vigueur d'en être l'auteur, il était évident pour tout le monde que l'ouvrage se fondait sur ses observations personnelles lors de son séjour à Berlin comme diplomate. (Lui, diplomate ? Quelle farce !) À strictement parler, il n'était en rien responsable : n'avait-il pas remis le manuscrit à son secrétaire en lui enjoignant expressément de ne s'en séparer à aucun prix, et surtout de ne jamais le lui remettre à lui ? Comment pouvait-il savoir que sa maîtresse du moment, la femme d'un éditeur, avait pour détestable habitude de forcer les serrures et de fouiller dans le bureau dudit secrétaire ? Mais ce n'était pas là le genre d'excuse susceptible de satisfaire le gouvernement. Sans compter qu'en août dernier, il s'était trouvé à court, vraiment très à court, d'argent.

Le gouvernement aurait dû faire preuve de davantage de compréhension à son égard. Si, au lieu de le tenir à l'écart, on lui avait donné un poste l'an dernier – quelque chose à la mesure de ses talents, disons l'ambassade de Constantinople, ou celle de Saint-Pétersbourg –, il aurait brûlé son *Histoire secrète*, ou l'aurait jetée dans un étang. S'ils avaient écouté ses conseils, il ne serait pas sur le point, à l'heure qu'il était, de leur donner une leçon qu'ils ne seraient pas près d'oublier.

Ainsi donc, la noblesse l'avait rejeté. Fort bien. Trois jours plus tôt, il s'était porté candidat pour le tiers état à Aix-en-Provence. Résultat ? Un enthousiasme délirant. « Père de la patrie », c'est ainsi qu'on l'avait baptisé ; il était populaire, en province. Quand il se retrouverait à Paris, les cloches d'Aix résonneraient encore à sa gloire, le ciel nocturne du Midi serait encore sillonné par les traînées dorées des feux d'artifice. *Un feu vivant*. Il irait à Marseille (pour ne pas prendre de risques), où il recevrait un accueil tout aussi bruyant et splendide. Histoire de se l'assurer, il ferait circuler une petite brochure anonyme vantant ses mérites et ses compétences.

Comment donc se comporter avec ces minables de Versailles ? La conciliation ? La calomnie ? Iraient-ils jusqu'à vous arrêter au beau milieu d'une élection générale ?

Pamphlet de l'abbé Sieyès, 1789 :

Qu'est-ce que le tiers état ? Tout.
Qu'a-t-il été jusqu'à présent dans l'ordre politique ?
Rien.
Que demande-t-il ?
À être quelque chose.

Première assemblée électorale du tiers état de Guise, circonscription de Laon : 5 mars 1789. Président, maître Jean-Nicolas Desmoulins, en sa qualité de lieutenant général du bailliage du Vermandois, assisté de M. Saulce, fondé de pouvoir, et de M. Marriage, secrétaire ; présents, 292.

Eu égard à la solennité de l'occasion, le fils de M. Desmoulins avait noué ses cheveux en arrière à l'aide d'un large ruban vert. Un peu plus tôt dans la matinée, le ruban avait été noir, mais il s'était souvenu juste à temps que le noir était la couleur des Habsbourg donc de Marie-Antoinette, et que ce n'était pas du tout celle qu'il souhaitait défendre. Le vert, en revanche, était la couleur de la liberté et de l'espoir. Coiffé d'un chapeau neuf, son père l'attendait devant la porte d'entrée, pestant contre son retard. « Je n'ai jamais compris pourquoi l'espoir était considéré comme une vertu, dit Camille. Ça semble tellement égocentrique. »

C'était une journée froide et venteuse. Dans la rue du Grand-Pont, Camille s'arrêta et posa la main sur le bras de son père. « Viens avec moi à Laon, à l'assemblée électorale. Et parle en ma faveur. S'il te plaît.

— Tu crois peut-être que je devrais te céder la place ? demanda Jean-Nicolas. Les traits de caractère que les électeurs vont préférer chez moi ne sont pas ceux dont tu as hérité. Je suis conscient du fait que d'aucuns à Laon s'agitent en ta faveur, disant que tu dois avoir l'expérience nécessaire à ce genre d'activités. Mais qu'ils te rencontrent, c'est tout ce que j'ai à dire. Qu'ils essaient seulement d'avoir une conversation normale de cinq minutes avec toi. Que dis-je, *qu'ils posent seulement les yeux sur toi* ! Non, Camille, je ne tremperai en aucune façon dans une entreprise visant à t'imposer aux électeurs. »

Camille ouvrait la bouche pour répondre quand son père ajouta : « Crois-tu que ce soit une bonne idée de rester là à nous quereller en pleine rue ?

— Oui, pourquoi pas ? »

Jean-Nicolas prit son fils par le bras. Le traîner jusqu'à la réunion manquerait certes de dignité, mais il était prêt à le faire si besoin était. Il sentait le vent humide pénétrer ses vêtements et réveiller de vieilles douleurs un peu partout. « Allez, viens, dit-il d'un ton sec, avant qu'on ne nous croie perdus pour de bon. »

« Ah, enfin ! » s'exclamèrent les cousins Viefville. Le père de Rose-Fleur examina Camille, l'air revêche. « J'avais espoir de ne pas te voir, mais je suppose que tu restes un membre du barreau local, et ton père a fait remarquer qu'on pouvait difficilement te priver de ton droit de vote. C'est peut-être là, après tout, ta dernière chance de pouvoir jouer un rôle quelconque dans les affaires de la nation. J'ai entendu dire que tu t'étais mis à écrire. Des pamphlets, c'est ça ? Pas vraiment, si je puis me permettre, le moyen de persuasion d'un homme du monde. »

Camille fit à M. Godard son plus beau et son plus gracieux sourire. « Maître Perrin vous envoie ses salutations », dit-il.

285

Après l'assemblée, il ne resta plus à Jean-Nicolas qu'à se rendre à Laon pour recevoir son investiture officielle. Adrien de Viefville, maire de Guise, les raccompagna chez eux. Jean-Nicolas semblait tout étourdi par une victoire aussi facilement remportée ; il allait devoir commencer à faire ses bagages pour Versailles. Il s'arrêta au milieu de la place d'Armes et leva les yeux vers sa maison. « Que faites-vous ? lui demanda son cousin.

— J'examine les gouttières », répondit Jean-Nicolas.

Le lendemain matin, tout était à l'eau. Maître Desmoulins n'apparut pas à la table du petit déjeuner. Madeleine avait imaginé à l'avance le cliquetis joyeux des tasses à café, les félicitations générales, peut-être même quelques rires. Mais ceux des enfants qui étaient encore à la maison étaient tous enrhumés et se prélassaient dans leur lit, si bien qu'elle se retrouva en présence d'une seule personne, un fils qu'elle ne connaissait pas suffisamment bien pour lui parler et qui, de toute façon, ne prenait jamais de petit déjeuner.

« Est-ce que par hasard il ferait la tête ? demanda-t-elle. Je ne pensais pas que cela pût être le cas, surtout un jour comme aujourd'hui. Voilà ce qui arrive quand on veut singer la famille royale en faisant chambre à part. Je ne sais jamais ce que pense cet énergumène.

— Je pourrais aller voir, suggéra Camille.

— Non, ne te donne pas cette peine. Prends donc un peu de café. Il va sans doute me faire parvenir un mot. »

Madeleine examina son fils aîné. Mit un morceau de brioche dans sa bouche, lequel, à sa surprise, lui resta collé au palais, comme une boule de cendres.

« Que nous est-il arrivé ? dit-elle, les larmes aux yeux. Que t'est-il arrivé, à toi ? » Elle aurait voulu pouvoir poser la tête sur la table et se mettre à hurler.

Un mot lui parvint effectivement, lui annonçant que Jean-Nicolas ne se sentait pas bien. Une douleur qu'il avait. Le médecin arriva, lui ordonna de garder le lit. On envoya des messages chez le maire.

« Est-ce mon cœur ? » s'enquit faiblement Desmoulins. Si c'est le cas, était-il sur le point d'ajouter, c'est la faute de Camille.

« Je vous ai assez répété, dit le médecin, où était votre cœur et où étaient vos reins, et dans quel état ils étaient l'un comme les autres. Si votre cœur va fort bien, partir pour Versailles avec des reins comme les vôtres serait pure folie. Vous atteindrez la soixantaine dans deux ans – si, et uniquement à cette condition, vous vivez une vie paisible. Qui plus est…

— Oui ? Pendant que vous y êtes, allez-y.

— Les événements qui risquent de se produire à Versailles sont davantage susceptibles de provoquer chez vous une crise cardiaque que tout ce qu'a jamais pu faire votre fils. »

Jean-Nicolas laissa retomber sa tête sur les oreillers. La douleur et la déception lui jaunissaient le visage. Les Viefville s'étaient déjà rassemblés dans le salon au rez-de-chaussée, ainsi que les Godard, et tous les membres du bureau électoral. Camille entra à la suite du docteur : « Dites-lui qu'il est de son devoir de se rendre à Versailles, dût-il y laisser la vie.

— Vous n'avez jamais eu de cœur », dit M. Saulce.

Camille se tourna pour interpeller un groupe de Viefville. « Envoyez-moi à sa place », dit-il.

Jean Louis de Viefville des Essarts, avocat,

parlementaire, le toisa derrière son pince-nez et lui
asséna : « Camille, je ne vous enverrais pas même
au marché acheter une salade. »

Artois : les trois ordres se réunirent séparément, et
les assemblées du clergé et de la noblesse laissèrent
entendre l'une et l'autre que, en ces temps de crise
nationale, elles seraient prêtes à faire le sacrifice de
certains de leurs anciens privilèges. Le tiers état envi-
sagea aussitôt un chaleureux vote de remerciements.

Un jeune homme d'Arras prit la parole. Il était
petit et fluet, portait un manteau remarquablement bien
coupé et un linge immaculé. Son visage, sérieux et
intelligent, présentait un menton étroit et de grands
yeux bleus en partie masqués par des lunettes. Sa
voix n'était guère impressionnante, et au milieu de
son discours elle s'éteignit momentanément dans sa
gorge ; ses auditeurs durent se pencher en avant et
pousser leurs voisins du coude pour arriver à savoir
ce qu'il disait. Ce n'est pas son élocution qui fut à
l'origine de leur consternation, mais sa déclaration
selon laquelle le clergé et la noblesse n'avaient rien
fait qui fût digne d'éloges, se contentant de promettre
de réformer leurs abus les plus criants. En conséquence de quoi, il n'était nul besoin de leur adresser
des remerciements.

Ce n'est pas sans surprise que les gens qui n'étaient
pas d'Arras et ne le connaissaient pas apprirent qu'il
était l'un des huit délégués élus pour représenter le
tiers état de l'Artois. Il paraissait replié sur lui-même,
et manquer de souplesse ; et puis, il n'a aucun talent
d'orateur, aucune classe, pour tout dire ce freluquet
n'a rien pour lui.

« J'ai remarqué que tu avais réglé ton tailleur, dit sa sœur Charlotte. Et ton gantier, en disant même qu'il n'avait pas son pareil. J'aimerais bien que tu arrêtes de faire le tour de la ville comme si tu avais décidé de partir pour de bon.

— Tu préférerais que je saute une nuit par la fenêtre, avec toutes mes possessions rassemblées dans un grand mouchoir à pois ? Tu pourrais leur dire que je me suis enfui pour prendre la mer. »

Toujours prompte à manier le couteau, Charlotte ne se laissa pas attendrir : « On va vouloir que tu arranges tes affaires avant de partir.

— Tu veux dire, avec Anaïs ? demanda-t-il en levant les yeux de la lettre qu'il était en train d'écrire à un ancien camarade d'école. Elle a dit que ça lui était égal d'attendre.

— Mais elle n'attendra pas. Je connais les filles. Si j'ai un conseil à te donner, c'est de l'oublier.

— Tes conseils sont toujours les bienvenus. »

Elle releva brusquement la tête et lui jeta un regard noir, soupçonnant le sarcasme. Mais le visage de Maximilien n'exprimait que sollicitude. Il revint à sa lettre :

Très cher Camille,
Je me flatte de penser que tu ne seras guère surpris d'apprendre que je me mets en route pour Versailles. Je ne saurais te dire à quel point il me tarde de…

Maximilien de Robespierre, 1789, plaidoirie lors de l'affaire Dupond :

La conscience d'avoir voulu le bien de ses semblables est le salaire de l'homme vertueux ; vient ensuite la reconnaissance des peuples qui environne sa mémoire des honneurs que lui ont déniés ses contemporains. Comme toi je voudrais acheter ces biens au prix d'une vie laborieuse, au prix même d'un trépas prématuré.

Paris : le 1er avril, d'Anton se rendit pour voter à l'église des franciscains, que les Parisiens appelaient les Cordeliers. Legendre, le maître boucher, l'accompagnait ; c'était un homme rude, grand et fort, un autodidacte, qui avait pour habitude d'être toujours d'accord avec ce que disait d'Anton.

« Quand même, un homme comme vous… avait dit Fréron, faisant montre d'une flatterie soigneusement dosée.

— Un homme comme moi ne peut pas se permettre de se présenter à cette élection, avait rétorqué d'Anton. Les députés reçoivent… quoi… une allocation de dix-huit francs par session ? Et il me faudrait vivre à Versailles. J'ai une famille à nourrir, je ne peux pas laisser mon étude à l'abandon.

— Mais vous le regrettez, avait avancé Fréron.

— Oui, peut-être. »

Les votants ne rentrèrent pas tout de suite chez eux ; ils restèrent devant le couvent des Cordeliers, à bavarder en groupes et à se livrer à des pronostics. Fabre n'avait pas le droit de voter parce qu'il ne payait pas suffisamment d'impôts et en concevait un grand dépit. « Pourquoi n'avons-nous pas les mêmes droits en matière de suffrage que les gens des provinces ? Je vais vous le dire, moi, c'est parce que l'on considère Paris comme une ville dangereuse, et que l'on a peur de ce qui pourrait arriver si tous ici nous avions le droit de vote. » Il échangea des propos on ne peut plus séditieux avec le belliqueux marquis de Saint-Huruge. Louise Robert ferma boutique et sortit au bras de François, fardée et vêtue d'une robe qui était un souvenir de jours meilleurs.

« Pensez un peu à ce qu'il en serait si les femmes avaient le droit de vote », dit-elle. Elle regarda d'Anton. « Maître d'Anton estime que les femmes ont beaucoup à apporter à la vie politique, je me trompe ?

— Non, pas vraiment, dit-il gentiment.

— Tout le district est dans la rue », dit Legendre. Il était tout heureux. Le marin qu'il avait été dans sa jeunesse aimait à présent se sentir enraciné.

En milieu d'après-midi, une visite surprise : Hérault de Séchelles.

« J'ai eu dans l'idée de venir faire un tour par ici, dit-il, histoire de voir comment vous votiez, vous autres sauvages des Cordeliers. » Mais d'Anton eut la nette impression que c'était lui qu'il était venu trouver. Hérault prit une pincée de tabac à priser dans une petite boîte ornée sur le couvercle du portrait de Voltaire. Il tourna et retourna la tabatière entre ses doigts, avec un air de connaisseur, avant de l'offrir à Legendre.

« Notre boucher, dit d'Anton, heureux de son effet.

— Enchanté », dit Hérault, sans que la moindre surprise vienne altérer l'amabilité de ses traits. Mais d'Anton le surprit après coup en train de vérifier subrepticement l'état de ses poignets pour voir s'ils ne portaient pas des traces de sang de bœuf ou d'abats. « Êtes-vous allé au Palais-Royal aujourd'hui ? dit-il en se tournant vers d'Anton.

— Non, j'ai entendu dire qu'il y avait des troubles…

— On reste à l'abri des ennuis, c'est commode, marmonna Louise Robert.

— Vous n'avez donc pas vu Camille ?

— Il est à Guise, Camille.

— Non, il est rentré. Je l'ai vu hier en compagnie de l'excessivement ignoble Jean-Paul Marat… Ah, vous ne connaissez pas ce bon docteur ? Non que ce soit une grande perte : l'homme a un casier judiciaire dans la moitié des pays d'Europe.

— Ce qui ne parle pas forcément en sa défaveur, dit d'Anton.

— Mais il a derrière lui un long passé d'imposteur. C'était le médecin des troupes de la maison du comte d'Artois, et on dit qu'il a été l'amant d'une marquise.

— Bien entendu, vous n'en croyez pas un mot.

— Écoutez, je ne peux rien à ma naissance, dit Hérault, non sans quelque irritation dans la voix. J'essaie de me la faire pardonner… Vous pensez peut-être que je devrais faire comme Mlle de Kéralio et ouvrir une boutique ? Ou alors, votre boucher pourrait m'engager pour nettoyer ses sols ? » Il s'interrompit. « Ah, on ne devrait pas parler ainsi et perdre son sang-froid. Ce doit être l'atmosphère de ce quartier. Faites attention, Marat ne va pas tarder à débarquer ici.

— Mais pourquoi ce monsieur est-il "ignoble" ? C'est une simple façon de parler ?

— Non, j'entends bien l'épithète dans son sens littéral. Cet homme a trahi sa vocation pour choisir de vivre comme une sorte de vagabond, dit Hérault en frissonnant, tant cette histoire avait marqué son imagination.

« — Que fait-il donc ?

— Il paraît s'être consacré à une œuvre de destruction générale.

— Ah, la destruction générale. Voilà un commerce lucratif. Une voie dans laquelle engager un fils.

— Ce que je vous dis est la pure vérité… Mais allons, allons, je me laisse distraire. En fait, j'étais venu vous demander de faire quelque chose à propos de Camille, et de façon urgente…

— Oh là, là ! Camille ! » intervint Legendre. Et il ponctua son exclamation d'une expression qu'il n'avait plus guère utilisée depuis l'époque où il était dans la marine marchande.

« Certes, certes, dit Hérault. Mais on ne voudrait tout de même pas le voir arrêté par la police. Le Palais-Royal est plein de gens perchés sur des chaises en train d'abreuver la foule de discours incendiaires. Je ne sais pas s'il y est encore aujourd'hui, mais ce qui est sûr c'est qu'il y était hier et avant-hier…

— J'ai bien entendu ? Camille prononcerait un *discours* ? »

La chose paraissait improbable, quoique pas impossible. Une image se présenta à l'esprit de D'Anton. Quelques semaines auparavant, un soir où ils avaient tous beaucoup bu, surtout Fabre, celui-ci avait déclaré : « Nous serons bientôt des hommes publics. » Et il avait poursuivi : « Tu te souviens, d'Anton, de ce que je t'ai dit à propos de ta voix la première fois qu'on s'est rencontrés, quand tu n'étais encore qu'un gamin ? Je t'ai dit : Il faut que tu sois capable de parler pendant des heures, que tu ailles chercher ta voix très loin, là en bas… Eh bien, aujourd'hui, tu te débrouilles bien, mais il y a encore des progrès à faire. Les salles d'audience sont une chose, mais l'heure n'est plus à jouer dans ce genre d'endroits. »

Là-dessus, Fabre s'était levé et avait placé le bout de ses doigts sur les tempes de D'Anton. « Mets tes doigts là, avait-il dit. Tu sens comme ça vibre ? Maintenant, mets-les là, et puis là. » Il indiquait à Danton différents points de son visage, en dessous des pommettes, sur le côté de la mâchoire. « Je vais t'apprendre à parler comme un acteur. Cette ville va devenir notre scène.

— Livre d'Ézéchiel : "Cette ville est le chaudron, et nous sommes la chair", intervint Camille.

— Ce bégaiement, dit Fabre en se tournant vers lui, n'est pas une fatalité.

— Laisse-moi tranquille, dit Camille en plaçant les mains sur ses yeux.

— Même toi, dit Fabre, le visage enflammé, oui, même toi, je t'apprendrai la diction. »

Il bondit, arracha Camille à son siège. Le prit par les épaules, le secoua et lui lança : « Tu vas parler comme tout le monde, je te le garantis ! Même si l'un de nous deux doit y laisser sa peau. »

Camille leva les mains au-dessus de sa tête pour se protéger. Fabre continuait à le malmener ; d'Anton était trop las pour intervenir.

À présent, sous le clair soleil de cette matinée d'avril, il se demandait si cette scène s'était réellement passée. Il ne s'en mit pas moins en route.

Les jardins du Palais-Royal regorgeaient de monde. Il faisait plus chaud ici que n'importe où ailleurs, semblait-il, et l'on avait l'impression d'être en plein été. Les boutiques des arcades étaient toutes ouvertes et faisaient des affaires ; les gens se disputaient, riaient, se pavanaient. Les agents de change de la Bourse avaient défait leur col, dénoué leur foulard et buvaient de la limonade ; les clients des cafés s'étaient répandus dans les jardins et s'éventaient avec leur chapeau. De très jeunes filles étaient sorties prendre l'air et exhiber leur robe d'été, histoire de se comparer aux prostituées, lesquelles étaient venues en nombre, attirées par l'espoir d'un commerce fructueux en milieu de journée. Des chiens errants couraient un peu partout, montrant les dents ; des vendeurs de journaux annonçaient leurs titres à tue-tête. La scène baignait dans une atmosphère de vacances : des vacances dangereuses, chargées de tension.

Camille était juché sur une chaise, les cheveux flottant dans un vent léger. Il avait à la main une feuille de papier et lisait ce qui avait tout l'air d'un dossier de police. Quand il eut terminé, tenant le document entre le pouce et l'index, il le tendit à bout de bras, avant de le lâcher et de le laisser voleter jusqu'à terre. La foule hurla de rire. Deux hommes échangèrent un regard et se détachèrent discrètement des derniers rangs de l'assistance. « Des indicateurs », commenta Fréron. Camille parla ensuite de la reine sur un ton de cordial mépris, et la foule se mit à siffler et à huer ; il parla de délivrer le roi de conseillers malavisés et fit l'éloge de M. Necker, ce qui lui valut des applaudissements nourris. Il parla encore du bon duc Philippe et de sa sollicitude envers le peuple, et cette fois les gens lancèrent leurs chapeaux en l'air en poussant force vivats.

« Il va se faire arrêter, dit Hérault.

« — Comment cela ? Au vu et su de tout ce monde ? demanda Fabre.

— Non, plus tard. »

D'Anton avait l'air préoccupé. La foule se faisait de plus en plus dense. La voix de Camille leur parvenait, vierge de toute trace d'hésitation. Par accident ou à dessein, il avait pris un fort accent parisien. Les gens arrivaient des quatre coins des jardins. D'une fenêtre du premier étage, au-dessus d'une bijouterie, Laclos, le bras droit du duc, contemplait la scène d'un regard détaché, avalant de temps à autre une gorgée d'eau et prenant des notes pour ses fichiers. Il faisait chaud, de plus en plus chaud ; seul Laclos restait froid. Camille se passa les doigts sur le front pour en essuyer la sueur. Il s'attaquait maintenant aux spéculateurs sur le marché des grains. Laclos griffonna : « Ce que j'ai entendu de mieux cette semaine. »

« Je suis heureux que vous soyez venu nous avertir, Hérault, dit d'Anton. Mais je ne vois pas comment on pourrait l'arrêter à présent.

— C'est entièrement ma faute, dit Fabre, le visage brillant de plaisir. Je vous l'avais dit ; avec Camille, rien ne vaut la manière forte. Il faut lui cogner dessus. »

Ce soir-là, au moment où Camille quittait l'appartement de Fréron, deux messieurs l'interceptèrent et lui demandèrent poliment de l'accompagner jusqu'à l'hôtel particulier du duc de Biron. Une voiture attendait. En chemin, personne n'ouvrit la bouche.

Camille en fut heureux. Il avait mal à la gorge, et son bégaiement avait repris. Au tribunal, dans le feu de l'action, il avait parfois réussi à s'en défaire.

Quand il était en colère, hors de lui, comme possédé, son infirmité avait tendance à s'estomper, mais jamais pour bien longtemps. Et, en ce moment, il n'y avait pas à s'y méprendre, elle était là. Il lui fallut donc recourir à sa vieille stratégie : il n'arrivait pas à mener une phrase à son terme sans que son esprit éprouve le besoin de se projeter vers l'avant, quatre ou cinq phrases plus loin, pour voir si des mots ne se profilaient pas qu'il serait incapable de prononcer. Il devait alors trouver des synonymes – les plus incongrus qui soient, parfois – ou tout simplement modifier ce qu'il avait l'intention de dire… Il se souvint de Fabre en train de lui cogner la tête assez violemment contre le bras d'un fauteuil.

Le duc de Biron ne fit qu'une apparition très brève ; il gratifia Camille d'un signe de tête, et son visiteur fut entraîné sur-le-champ dans une galerie donnant accès à l'intérieur de la maison. L'air était lourd, des appliques projetaient une lumière diffuse. Sur les murs couverts de tapisseries qui étouffaient les bruits, on apercevait des figures de déesses, d'hommes, de chevaux : bras tissés, sabots de laine, tentures exhalant une odeur de camphre et d'humidité. Les scènes évoquaient les frissons de la chasse ; il voyait des chiens de meute, des épagneuls, la mâchoire dégoulinante de bave, des chasseurs au visage terreux habillés à l'antique, un cerf aux abois embourbé dans un étang. Il s'arrêta soudain, saisi de panique, d'une envie irrépressible de prendre ses jambes à son cou. Un des hommes qui l'accompagnaient l'attrapa – non sans douceur – par le bras et le fit avancer.

Laclos l'attendait dans un petit salon tendu de soie verte. « Asseyez-vous, lui dit-il. Parlez-moi de vous.

Dites-moi ce que vous aviez en tête quand vous avez pris la parole là-bas, aujourd'hui. » Distant et réservé comme il l'était, il avait le plus grand mal à comprendre comment on pouvait afficher avec de tels effets des nerfs aussi à vif.

Sillery, l'ami du duc, entra et servit à Camille une coupe de champagne. Point de table de jeu, ce soir, il s'ennuyait ; autant parler à cet extraordinaire petit agitateur. « Je suppose que vous avez des problèmes d'argent, dit Laclos. Nous pourrions vous en débarrasser. »

Quand il en eut fini de ses questions, il fit un signe discret, et les deux messieurs silencieux réapparurent. Le processus reprit en sens inverse : marbre froid sous les pieds, murmures de voix derrière des portes fermées, brusques éclats de rire, musique en provenance de pièces invisibles. Les tapisseries, remarquat-il, avaient des bordures de lis, de roses et de poires bleues. Dehors, il faisait toujours aussi chaud. Un laquais leva un flambeau. La voiture était à nouveau devant la porte.

Camille laissa retomber sa tête sur les coussins. Un de ses accompagnateurs tira un rideau de velours, pour cacher leur visage à la rue. Laclos déclina l'offre à souper que lui fit son hôte et retourna à ses écritures. Le duc est fort bien servi par ces gens qui plaisent aux foules, dit-il, par de jeunes déséquilibrés comme celui-là.

Le soir du 22 avril, un mercredi, le fils de Gabrielle, bientôt âgé d'un an, refusa de manger, repoussa la cuillère, et resta à pleurnicher dans son berceau, sans force, semblait-il. Sa mère le prit avec elle dans son lit, et il s'endormit ; mais à l'aube, quand elle posa la joue contre son front, il était brûlant de fièvre.

Catherine courut chercher le docteur Souberbielle. « Il tousse ? demanda celui-ci. Il n'a toujours rien mangé ? Bon, ne vous affolez pas. Cette période de l'année n'est pas particulièrement propice à la santé, dit-il en lui tapotant la main. Essayez de prendre vous-même quelque repos, chère petite madame. »

Le soir venu, il n'y avait toujours aucun signe d'amélioration. Gabrielle dormit une heure ou deux, puis alla relever Catherine. Elle se cala dans une chaise à haut dossier, à l'écoute de la respiration du bébé. Elle ne pouvait s'empêcher de le toucher toutes les cinq minutes : une caresse du bout du doigt sur la joue, un petit tapotement de la main sur la poitrine enflammée.

À quatre heures, il semblait aller mieux. La température était tombée, ses poings s'étaient ouverts, ses paupières étaient closes et il somnolait. Elle se laissa aller sur son siège, soulagée, les membres en compote sous l'effet de la fatigue.

La pendule sonna cinq heures. Arrachée à un rêve, elle sursauta et faillit tomber. Elle se leva, frigorifiée et le cœur au bord des lèvres, s'appuyant d'une main au berceau. Elle se pencha. L'enfant était couché sur le ventre, totalement immobile. Sans avoir à le toucher, elle sut qu'il était mort.

Au carrefour de la rue de Montreuil et du faubourg Saint-Antoine se dressait une grande bâtisse connue des habitants du quartier sous le nom de Titonville. Au premier étage se trouvaient les appartements (somptueux, disait-on) de M. Réveillon. Au sous-sol, dans

299

de vastes caves, de grands crus vieillissaient dans la pénombre. C'est le rez-de-chaussée de cette ancienne demeure qui abritait la source de la richesse de M. Réveillon : une fabrique de papier peint employant trois cent cinquante personnes.

M. Réveillon avait acquis Titonville quand son ancien propriétaire avait fait faillite ; il avait monté depuis un commerce florissant avec l'étranger. C'était un homme riche, l'un des plus grands employeurs de Paris ; rien de plus naturel, donc, à ce qu'il se porte candidat aux élections en vue des états généraux. Le 24 avril, il se rendit, plein d'espoir, à l'assemblée du secteur Sainte-Marguerite, où ses voisins l'écoutèrent avec déférence. Un homme bien, ce Réveillon. Et qui connaît son affaire.

M. Réveillon observa que le prix du pain était trop élevé. Il y eut un murmure d'assentiment et quelques applaudissements flagorneurs, comme si la remarque avait quelque chose d'original. Et si le prix du pain devait baisser, continua M. Réveillon, les employeurs pourraient aussi baisser les salaires ; ce qui entraînerait une réduction du prix des articles manufacturés. Dans le cas contraire, comment tout cela finirait-il ? Hausse des prix égalait hausse des salaires...

M. Henriot, propriétaire de la fabrique de salpêtre, appuya chaleureusement ces observations. Des gens stationnaient près de la porte de la salle et livraient des bribes d'information à ceux qui, n'ayant pas le droit de vote, attendaient dehors dans la rue.

Une partie seulement du programme de M. Réveillon retint l'attention générale : sa proposition d'une baisse des salaires. Il n'en fallait pas plus pour que tout Saint-Antoine se retrouve dans la rue.

De Crosne, le lieutenant général de police, avait déjà laissé entendre qu'il risquait d'y avoir des troubles dans ce secteur. Un quartier surpeuplé, bavard, hautement inflammable, qui regorgeait de travailleurs immigrés et où sévissait le chômage. La nouvelle se répandit lentement dans la ville ; mais Saint-Marcel fut bientôt au courant, et un groupe de manifestants se mit en marche en direction du fleuve. À leur tête, un tambour rythmait l'allure, et la foule réclamait des mises à mort :

> Mort aux riches
> Mort aux aristocrates
> Mort aux profiteurs
> Mort aux prêtres.

Ils transportaient un gibet assemblé en quelques minutes par un apprenti charpentier tout heureux de rendre service. Deux poupées de paille sans yeux et vêtues de vieux habits s'y balançaient, la poitrine barrée de leur nom griffonné à la craie : Henriot et Réveillon. Les boutiquiers accrochèrent leurs volets quand ils les entendirent arriver. Les poupées furent exécutées en grande pompe place de Grève.

Tout cela n'a rien d'inhabituel. Jusqu'ici, il n'y a pas eu de victimes, pas même un chat. Les parodies d'exécution sont un rituel qui sert d'exutoire à la fureur. Le colonel des gardes françaises dépêcha cinquante hommes dans le voisinage immédiat de Titonville, au cas où la colère ne serait pas totalement apaisée. Mais il négligea la demeure d'Henriot, si bien qu'un petit détachement de manifestants ayant obliqué dans la rue de Cotte eut tout loisir d'enfoncer les portes et de mettre le feu à l'intérieur. M. Henriot en sortit sain et sauf. Il n'y eut aucune victime. Et M. Réveillon fut élu député.

Mais le lundi suivant, la situation s'était aggravée. De nouveaux manifestants envahissaient la rue Saint-Antoine, renforcés par une nouvelle incursion des gens de Saint-Marcel. Tandis qu'ils défilaient le long des berges du fleuve, les débardeurs se joignirent à eux, puis les ouvriers charriant les billes de bois, et les clochards qui dormaient sous les ponts ; les employés de la verrerie royale cessèrent le travail et se répandirent en masse dans les rues. Un contingent des gardes françaises fort de deux cents hommes fut envoyé sur place ; ils prirent position devant Titonville, réquisitionnant des charrettes pour s'abriter. C'est à ce moment que leurs officiers ressentirent les premières atteintes de la panique. Ils pouvaient être cinq mille derrière les barricades, tout aussi bien dix mille, il n'y avait aucun moyen de le savoir. Certes, il y avait eu quelques violents affrontements ces derniers mois ; mais voilà qui était entièrement différent.

Il se trouva qu'il y avait ce jour-là des courses à Vincennes. Tandis que les carrosses traversaient le faubourg Saint-Antoine, leurs occupants, dames et messieurs habillés *à l'anglaise**, un peu nerveux, étaient sortis des voitures sur les pavés et dans les caniveaux. On les forçait à crier « À bas les profiteurs ! », avant de les fourrer à nouveau sans ménagement sur leur siège. Beaucoup des messieurs distribuèrent de l'argent pour se concilier les émeutiers, et certaines de ces dames se virent contraintes, en signe de solidarité, d'embrasser des apprentis pouilleux ou des conducteurs de haquet fort malodorants. Quand apparut la voiture du duc d'Orléans, des hourras s'élevèrent. Le duc descendit, dit quelques mots destinés à calmer la foule avant de vider sa bourse à la volée. Les voitures qui le suivaient durent s'arrêter. « Voilà le duc qui passe ses troupes en revue », dit une voix d'aristocrate nettement audible.

Les soldats chargèrent leur fusil et attendirent. La foule piétinait, s'approchait parfois d'eux pour leur parler, mais sans manifester la moindre agressivité. À Vincennes, les anglophiles encourageaient leurs favoris dans la dernière ligne droite. L'après-midi passa.

On tenta de détourner la route de ceux qui s'étaient rendus aux courses et se trouvaient maintenant sur le chemin de retour, mais, quand le carrosse de la duchesse d'Orléans apparut, les choses se compliquèrent. Là-bas, derrière ces barricades, c'était précisément là que voulait aller la duchesse, annonça son cocher. On lui expliqua la situation. La dame réticente ne voulut rien entendre. Fallait-il respecter l'étiquette ou faire preuve d'opportunisme ? C'est la première qui prévalut. Soldats et spectateurs commencèrent à démanteler les barricades. C'est alors que l'humeur changea, s'inversa : la passivité de l'après-midi se dissipa, des slogans retentirent, des armes réapparurent. La foule se précipita en masse à la suite du carrosse de la duchesse. Au bout de quelques minutes, il ne restait plus rien de Titonville qui valût la peine d'être brûlé, vandalisé ou emporté.

Quand la cavalerie arriva, les émeutiers pillaient déjà les boutiques de la rue de Montreuil. Ils mettaient les soldats à bas de leur monture. Puis l'infanterie fit son apparition, mâchoires serrées ; des ordres retentirent dans l'air, et soudain, des coups de feu. Des cartouches à blanc ; mais avant que quiconque comprenne ce qui se passait, un fantassin avait le visage éraflé par une tuile lancée d'un toit, et, au moment où il levait la tête pour voir d'où venait le projectile, l'homme qui l'avait choisi pour cible lui en expédiait une autre, qui, celle-là, lui crevait un œil.

En une minute, la foule avait fracturé portes et serrures, et envahissait les toits de la rue de Montreuil, arrachant les ardoises à leurs pieds. Les soldats battirent en retraite sous le déluge, se protégeant la figure et la tête des mains, tandis que le sang coulait entre leurs doigts et qu'ils trébuchaient sur les corps des hommes déjà à terre. Ils ouvrirent le feu. Il était six heures et demie du soir.

À huit heures débarquaient des troupes fraîches. Les émeutiers furent repoussés. On commença à évacuer ceux qui pouvaient encore marcher. Des femmes apparurent dans les rues, un châle sur la tête, un seau d'eau à la main pour nettoyer les blessures et donner à boire à ceux qui avaient perdu beaucoup de sang. Les devantures des boutiques étaient béantes, les portes pendaient à leurs gonds, les maisons avaient été vidées de tout ce qui pouvait être emporté ; on marchait sur du verre brisé et des tuiles cassées poisseuses du sang répandu, au milieu des petites flammes qui couraient sur le bois calciné. À Titonville, les caves avaient été pillées, et les hommes et les femmes qui avaient percé les fûts et brisé les goulots des bouteilles gisaient à demi conscients sur le sol, s'étouffant dans leurs vomissures. Les soldats des gardes françaises, la vengeance en tête, les matraquèrent à mort sans qu'ils opposent la moindre résistance. Un petit ruisseau de bordeaux courait entre les pavés. À neuf heures, la cavalerie arriva en force. La garde suisse apporta huit canons. La journée était terminée. Ce sont trois cents cadavres qu'il fallut ramasser pour déblayer les rues.

* * *

Jusqu'au jour de l'enterrement, Gabrielle resta cloîtrée chez elle. Enfermée dans sa chambre, elle pria pour le petit être déjà souillé par le péché, dans la mesure où il s'était montré intempérant, exigeant, gourmand de lait pendant son unique année d'existence. Plus tard, elle se rendrait à l'église pour allumer des cierges aux Saints Innocents. Pour l'instant, d'énormes larmes coulaient lentement sur ses joues.

Louise Gély descendit la réconforter. Elle fit ce que les bonnes n'avaient pas eu l'idée de faire : emballer les vêtements et les couvertures de l'enfant, ramasser sa balle et sa poupée de chiffon et emporter le tout au premier. Son petit visage était résolu et fermé, comme si elle avait l'habitude de s'occuper des affligés et savait qu'elle devait se garder de céder à leurs émotions. Elle s'assit à côté de Gabrielle, emprisonnant sa main dodue dans sa main osseuse de petite fille.

« Eh oui, c'est comme ça, dit maître d'Anton. Vous finissez tout juste de mettre de l'ordre dans votre vie, quand la sagesse du foutu Tout-Puissant... » La femme et la petite fille levèrent un visage scandalisé. Il fronça le sourcil. « Je n'attends plus aucune consolation de cette religion. »

Après l'enterrement, les parents de Gabrielle la raccompagnèrent. « Regarde l'avenir, lui conseilla Angélique. Des enfants, tu pourrais en avoir une dizaine d'autres. » Son gendre fixait le vide, l'air malheureux. M. Charpentier, lui, allait et venait en soupirant. Il se sentait inutile. Il s'approcha de la fenêtre pour regarder dans la rue. On arriva à convaincre Gabrielle de manger un peu.

Vers le milieu de l'après-midi, l'humeur avait changé : la vie devait continuer. « Voilà une bien triste situation, dit M. Charpentier, pour un homme qui se flattait d'être au courant de tout. » Il essayait de faire comprendre à son gendre que les femmes auraient préféré rester seules.

Georges Jacques se leva à contrecœur. Les deux hommes mirent leur chapeau et se rendirent jusqu'au Palais-Royal et au Café de Foy par les rues encombrées et bruyantes. M. Charpentier essaya de faire parler son gendre, sans succès. Celui-ci regardait droit devant lui. Le massacre dont la ville avait été le théâtre ne le concernait en rien, il ne pensait qu'aux siens.

Tandis qu'ils jouaient des coudes pour pénétrer dans le café, Charpentier dit : « Je ne connais personne. »

D'Anton jeta un coup d'œil autour de lui. Il fut surpris de constater que lui connaissait beaucoup de monde. « C'est ici que la société des patriotes du Palais-Royal tient ses réunions.

— Et qui sont ces gens ?

— La bande habituelle de fainéants. »

Billaud-Varenne se frayait un chemin jusqu'à eux. Cela faisait plusieurs semaines que d'Anton ne lui avait pas proposé de travail ; son visage bilieux était devenu une cause d'irritation permanente ; Et vous ne pouvez pas vous permettre, lui avait dit son clerc Paré, d'entretenir tous ces fainéants qui ne savent que râler.

« Que pensez-vous de tout ça ? » Les yeux de

Billaud, d'ordinaire pareils à des petits fruits acides, donnaient des signes de mûrissement. « Desmoulins a enfin choisi son camp, à ce que je vois. Il est chez les Orléans. Ils ont fini par l'acheter. » Il regarda par-dessus son épaule. « Ah, quand on parle du loup... »

Camille entra, seul. Il jeta un coup d'œil circonspect à la ronde. « Georges Jacques, où étais-tu passé ? Huit jours que je ne t'ai pas vu. Que penses-tu de Réveillon ?

— Je vais vous dire ce que j'en pense, moi, intervint Charpentier. Il n'y a que mensonges et diffamation dans cette affaire. Réveillon est le meilleur patron de toute la ville. L'hiver dernier, il a payé ses ouvriers pendant toute la période de chômage technique.

— Vous le prenez pour un philanthrope ? demanda Camille. Excusez-moi, il faut que je parle à Brissot. »

D'Anton n'avait pas vu Brissot jusqu'ici ; ou peut-être l'avait-il vu, mais sans lui prêter attention, ce qui n'avait rien de bien difficile. Brissot se tourna vers Camille, fit un signe de tête, avant de se retourner vers son groupe pour dire : « Non, non, purement législatif. » Il revint à Camille et lui tendit la main. C'était un homme mince, pour ne pas dire maigre, terne, étroit d'épaules, voûté jusqu'à la difformité. Il avait trente-cinq ans, mais une mauvaise santé et la pauvreté le faisaient paraître plus âgé ; aujourd'hui, pourtant, son visage blafard et ses yeux pâles étaient aussi pleins d'attente que ceux d'un enfant lors de son premier jour d'école. « Camille, dit-il, j'ai l'intention de fonder un journal.

— Je vous conseille la prudence, intervint d'Anton. La police n'a pas perdu tout contrôle de la situation. Vous risquez de ne pas pouvoir le distribuer. »

Les yeux de Brissot parcoururent le corps massif de D'Anton, remontant jusqu'à son visage grêlé. Il ne demanda pas à être présenté.

« J'ai d'abord pensé commencer le 1er avril et sortir deux numéros par semaine, et puis je me suis dit : mieux vaut attendre le 20 et en sortir quatre par semaine, avant de me dire : non, attends encore huit jours, quand les états généraux se réuniront – pas de meilleur moment pour créer la sensation. Je ferai venir à Paris toutes les nouvelles de Versailles et j'en inonderai les rues. Il se peut que je me fasse ramasser par la police, mais qu'importe. Je me suis déjà retrouvé à la Bastille une fois, je peux y retourner. Je n'ai pas eu un moment à moi, j'ai donné un coup de main pour les élections dans la section des Filles-Saint-Thomas, ils voulaient absolument avoir mon avis…

— Mais tout le monde le réclame, dit Camille. C'est du moins ce que tu me dis.

— Ne me raille pas », dit gentiment Brissot. L'impatience se lisait dans les fines rides autour de ses yeux. « Je sais bien que tu ne me crois pas capable de diriger un journal, mais il n'est plus temps de se ménager. Qui aurait cru, il y a un mois, qu'on aurait fait de telles avancées aujourd'hui ?

— Voilà quelqu'un qui pense que trois cents morts, c'est une avancée, dit Charpentier.

— Je pense… commença Brissot, avant de s'interrompre. Je vous dirai en privé tout ce que je pense. Il pourrait y avoir des indicateurs dans la salle.

— À commencer par toi », dit une voix derrière lui.

Brissot fit la grimace. Il ne se retourna pas, préférant regarder Camille pour voir s'il avait entendu la remarque. « C'est Marat qui a fait courir ce bruit, marmonna-t-il. Après ce que j'ai fait pour appuyer la carrière de cet homme et défendre sa réputation, tout ce que j'en retire n'est qu'insinuations et calomnies. Vraiment, les gens que j'ai appelés camarades m'ont réservé des traitements bien pires que ceux que j'ai connus aux mains de la police.

— Ton problème, dit Camille, c'est que tu as fait machine arrière. Je t'ai entendu dire que les états généraux sauveraient le pays. Et il y a deux ans tu disais que rien ne pourrait se faire si on ne se débarrassait pas d'abord de la monarchie. Alors, qu'en est-il aujourd'hui ? Tu penses quoi, exactement ? Non, ne réponds pas. Y aura-t-il une enquête pour déterminer les causes de ces émeutes ? Non. On va se contenter de quelques pendaisons, c'est tout. Et pourquoi ? Parce que personne n'ose demander ce qui s'est vraiment passé – ni Louis, ni Necker, pas même le duc. Mais nous savons tous que le premier crime de Réveillon aura été de se présenter aux élections contre le candidat soutenu par le duc d'Orléans. »

Il y eut un silence. « On aurait dû s'en douter, dit Charpentier.

— On n'aurait jamais imaginé que cela pût prendre une telle ampleur, dit Brissot à voix basse. C'était planifié, c'est vrai, et des gens ont été payés – mais pas dix mille personnes. Même le duc ne serait pas en mesure de payer autant de monde. Ils ont agi d'eux-mêmes.

— Et ça bouleverse tes plans ?

— Il faut que le peuple reste sous contrôle, dit Brissot, avant de secouer la tête. Nous ne voulons pas de l'anarchie. J'en ai des frissons dans le dos quand je me trouve en présence de certains des hommes dont nous devons nous servir… » Il eut un geste en direction de D'Anton, lequel avait commencé à s'éloigner d'eux en compagnie de M. Charpentier. « Regarde un peu cet homme. À voir la manière dont il est habillé, on pourrait le prendre pour un citoyen respectable. Mais il est manifeste qu'il serait plus heureux une pique à la main.

— Mais c'est maître d'Anton, dit Camille, interloqué, le conseiller d'État. Méfie-toi des conclusions hâtives. Crois-moi, maître d'Anton pourrait avoir un poste au gouvernement. Sauf qu'il sait où est son avenir. Mais bref, Brissot… pourquoi cet air troublé ? Tu as peur d'un homme du peuple ?

— Je suis en complète harmonie avec le peuple. Et j'ai le plus grand respect pour son âme pure et élevée.

— Je ne crois pas, non. Ces gens-là, tu les regardes de haut parce qu'ils puent et ne savent pas le grec. » Sur quoi, Camille traversa la salle pour rejoindre d'Anton. « Il t'a pris pour un assassin, lui dit-il plaisamment, avant de poursuivre à l'adresse de Charpentier : Brissot a épousé une Mlle Dupont alors qu'elle occupait un emploi subalterne pour Félicité de Genlis. C'est de cette façon qu'il s'est trouvé en contact avec Orléans. En vérité, j'ai du respect pour l'homme. Il a passé des années à l'étranger, à écrire et à parler de ses écrits. Il mérite bien une révolution. Ce n'est que le fils d'un traiteur rôtisseur, mais il est fort cultivé et, s'il se donne de grands airs, c'est parce qu'il a beaucoup souffert. »

M. Charpentier était déconcerté, et en colère. « Vous, Camille… vous qui acceptez l'argent du duc… vous avouez que Réveillon a été la cible…

— Ah, mais cette affaire n'a plus d'importance

310

à présent. S'il n'a pas effectivement prononcé ces paroles, il aurait pu. Il aurait même pu seulement les penser. La vérité ne compte plus désormais. Tout ce qui compte, c'est ce que pense la rue.

— Dieu sait que je n'aime guère la tournure qu'ont prise les choses, dit Charpentier, mais je préfère ne pas penser à ce qui se passera si la conduite des réformes tombe entre des mains comme les vôtres.

— Des réformes ? reprit Camille. Qui vous parle de réformes ? C'est la ville tout entière qui va exploser cet été. »

D'Anton se sentait mal, secoué d'un brusque accès de chagrin. Il aurait voulu prendre Camille à l'écart, le mettre au courant pour le bébé. Cela l'aurait arrêté net. D'un autre côté, son ami prenait un tel plaisir à imaginer le massacre qui s'annonçait. D'Anton se dit : Au nom de quoi lui gâcherais-je sa semaine ?

Versailles : l'organisation de la procession a été l'objet d'une intense réflexion. Il ne s'agit pas simplement de se lever et de se mettre en marche, comme ça, bêtement.

Le pays est impatient et plein d'espoir. Le jour tant attendu est enfin arrivé. Les douze cents députés aux états généraux se dirigent en procession solennelle vers l'église Saint-Louis de Versailles, où monseigneur de La Fare, évêque de Nancy, prononcera le sermon d'usage et bénira leur entreprise au nom de Dieu.

Le clergé, le premier ordre : une lumière radieuse de début mai fait étinceler les mitres rassemblées, scintille en glissant sur les robes aux couleurs de joyaux. Derrière vient la noblesse : la même lumière allume des éclats sur trois cents gardes d'épée, ondule joyeusement le long de trois cents dos vêtus de soie. Trois cents plumets blancs flottent gaiement dans la brise.

Mais c'est le tiers état qui vient en tête, vêtu des manteaux noirs sans ornement que lui a imposés le maître de cérémonie : un contingent fort de six cents hommes, telle une immense limace en marche. Pourquoi ne pas les avoir carrément habillés en sarraus et leur avoir mis un brin de paille dans la bouche ? Mais, à mesure qu'ils avancent, la situation perd de son caractère humiliant. Ces vêtements de deuil deviennent une marque de solidarité. Après tout, s'ils sont là, c'est pour assister à la mort de l'ancien régime, et non pour participer à un bal costumé. Au-dessus des cols sans apprêt, leurs visages solennels laissent transparaître une certaine fierté. Nous sommes les hommes de la décision : à bas les mignardises.

Maximilien de Robespierre marchait au milieu d'un groupe d'élus de sa région, entre deux fermiers ; s'il tournait la tête, il voyait les visages des députés bretons, prêts pour la bataille. Des épaules l'encerclaient, le retenaient prisonnier. Il gardait les yeux fixés droit devant lui, réprimant son désir de scruter les rangs des badauds enthousiastes massés le long du cortège. Personne ici qui le connût ; personne pour l'acclamer, lui en particulier.

Dans la foule, Camille avait rencontré l'abbé de Bourville. « Tu ne me reconnais pas, s'était plaint l'abbé, jouant des coudes pour s'approcher de lui. On était à l'école ensemble.

— Oui, mais à cette époque tu avais le teint bleu, à cause du froid.

— Moi, je t'ai reconnu tout de suite. Tu n'as pas changé. On te donnerait vingt ans.

— Te voilà devenu un homme pieux, Bourville ?

— Pas franchement, non. Il t'arrive de croiser Louis Suleau ?

— Jamais. Mais je suppose qu'il ne va pas tarder à se montrer. »

Ils revinrent au spectacle de la procession. Un moment, il fut en proie à la certitude irrationnelle que c'était lui, Desmoulins, qui avait orchestré tout cela, que les trois ordres défilaient à sa requête, que Paris tout entier et Versailles tournaient autour de sa seule personne.

« Tiens, voilà Orléans, dit Bourville en le tirant par la manche. Regarde, il insiste pour défiler dans les rangs du tiers état. Et le maître de cérémonie qui le supplie. Il en transpire à grosses gouttes. Et tiens, là, c'est le duc de Biron.

— Oui, je le connais. Je suis allé chez lui.

— Ah, voilà La Fayette. » Le héros de l'Amérique marchait d'un pas alerte dans son veston argenté, son jeune visage, pâle et grave, un peu distrait, son crâne particulièrement pointu dissimulé sous un tricorne *à la** Henri IV. « Lui aussi, tu le connais ?

— Seulement de réputation, marmonna Camille. Le *pot-au-feu** de Washington.

— Tu devrais la mettre par écrit, celle-là, dit Bourville en riant.

— C'est déjà fait. »

À l'église Saint-Louis, Robespierre avait une bonne place, tout au bord d'un bas-côté. Une bonne place pour s'agiter pendant le sermon, pour être près du cortège des grands. Si près que quand, l'espace d'une seconde, les flots ondulants de l'océan épiscopal s'ouvrirent, au milieu des robes violettes et des manches de linon, le roi, trop gros dans son habit d'or, le regarda droit dans les yeux, sans le vouloir aucunement ; et, quand la reine tourna la tête (si près pour la seconde fois, madame), les plumes de héron qui ornaient sa coiffure semblèrent le saluer, fort civilement. Dans son ostensoir incrusté de joyaux, le saint sacrement jetait ses feux comme un petit soleil entre les mains d'un évêque ; ils prirent place sur une estrade surmontée d'un dais de velours brodé de fleurs de lis dorées. Puis le chœur entonna :

O salutaris hostia
Si l'on vendait tous les joyaux de la Couronne, que pourrait-on acheter pour la France ?
Quae caeli pandis ostium,
Le roi a l'air à moitié endormi.
Bella premunt hostilia,
La reine a un air orgueilleux.
Da robur, fer auxilium.
Un air de Habsbourg.

Uni trinoque Domino,
Madame Déficit.
Sit sempiterna gloria,
Dehors, les femmes scandaient le nom d'Orléans.
Qui vitam sine termino,
Personne ici que je connaisse.
Nobis donet in patria,
Camille est peut-être ici. Quelque part.
Amen.

« Regarde, mais regarde, dit Camille à Bourville. Maximilien.

— Oui, c'est bien lui. Notre vieux Chose. Je suppose qu'on ne devrait pas être trop surpris.

— C'est moi qui devrais être là. Dans ce cortège. Robespierre est mon inférieur, intellectuellement parlant.

— Quoi ? » L'abbé se retourna, stupéfait, avant de partir d'un grand rire. « Louis XVI par la grâce de Dieu est ton inférieur, intellectuellement parlant. Il en va sans doute de même de notre Saint-Père le pape. Que voudrais-tu donc être d'autre, en dehors d'être député ? » Camille ne répondit pas. « Mon Dieu, mon Dieu, dit l'abbé, feignant de s'essuyer les yeux.

— Il y a Mirabeau là-bas, dit Camille. Il vient de fonder un journal. Je vais écrire pour lui.

— Comment t'y es-tu pris ?

— Je n'ai encore rien fait. Je m'en occupe dès demain. »

Bourville lui jeta en coup d'œil en biais. Camille est un menteur, songe-t-il, et ce depuis toujours. Non, c'est un peu dur ; disons seulement qu'il fabule. « Eh bien, bonne chance à toi, reprit-il. Tu as vu l'accueil qu'ils ont réservé à la reine ? Plutôt méchant, non ? En revanche, ils ont acclamé Orléans. Et La Fayette. Et Mirabeau. »

Et d'Anton, dit Camille, mais à voix basse, simplement pour tester le son du patronyme. D'Anton avait une grosse affaire en cours et ne s'était pas dérangé pour venir voir le spectacle. Et Desmoulins, ajouta-t-il. Ils ont surtout acclamé Desmoulins. Il était rongé de dépit.

Il avait plu toute la nuit. À dix heures du matin,

quand le cortège s'était mis en marche, la vapeur montait des rues sous l'effet des premiers rayons du soleil, mais à midi, le sol était parfaitement sec et déjà chaud.

Camille s'était arrangé pour passer la nuit à Versailles dans l'appartement de son cousin ; il avait demandé cette faveur au député alors qu'il y avait plusieurs personnes présentes, sachant que l'autre ne pourrait refuser sans perdre la face. Il était bien après minuit quand il arriva.

« Mais que diable as-tu donc fait jusqu'ici ? lui demanda Viefville.

— J'étais avec le duc de Biron. Et le comte de Genlis, murmura Camille.

— Ah, je vois », dit Viefville, agacé de ne pas savoir s'il devait le croire ou non. Et puis, il y avait une troisième personne dans la pièce, ce qui interdisait une prise de bec en bonne et due forme.

Un jeune homme se leva discrètement du siège où il était assis au coin de la cheminée. « Je vais vous laisser, monsieur de Viefville. Mais réfléchissez à ce que je vous ai dit. »

Viefville ne fit aucun effort pour présenter ses deux hôtes l'un à l'autre. Le jeune homme dit à Camille : « Je m'appelle Barnave. Vous avez peut-être entendu parler de moi.

— Oui, comme tout le monde.

— Vous pensez peut-être que je ne suis qu'un provocateur. J'espère bien prouver que je suis davantage. Mon bonsoir, messieurs. »

Il referma silencieusement la porte derrière lui. Camille aurait aimé le rattraper et le questionner, essayer de cimenter leur relation ; mais la journée avait épuisé toutes ses capacités à admirer des êtres d'exception. Ce Barnave était l'homme qui, dans le Dauphiné, avait organisé la résistance contre les édits royaux. Les gens l'appelaient le Tigre, épithète gentiment moqueuse, Camille s'en rendait compte à présent, pour désigner un jeune avocat au nez retroussé, assez quelconque mais d'apparence plutôt agréable.

« Et alors ? s'enquit Viefville. Déçu ? Tu ne le voyais pas comme ça ?

— Que voulait-il ?

— Que j'appuie les mesures qu'il veut proposer. Il n'avait qu'un quart d'heure à m'accorder, et qui plus est en pleine nuit.

— Et vous vous sentez insulté ?

— Tu les verras tous demain se battre pour se placer avantageusement. Si tu veux mon avis, ils sont là uniquement pour le profit qu'ils pourront en tirer.

— Il n'y a donc rien qui puisse ébranler vos mesquines convictions de provincial ? demanda Camille. Vous êtes encore pire que mon père.

— Camille, si j'avais été ton père, il y a des années que j'aurais tordu ton cou de petit imbécile. »

Au palais, et partout dans la ville, les horloges se mirent à sonner une heure, entonnant un lugubre concert ; Viefville pivota sur ses talons et partit se coucher. Camille sortit le brouillon de son pamphlet « La France libre ». Il en relut consciencieusement chaque page, avant de le déchirer et de le jeter au feu. Il n'avait pas réussi à rester à la hauteur de l'événement. La semaine prochaine, *deo volente*, le mois prochain, il le réécrirait. Dans les flammes, il se voyait en train de le rédiger, sa plume dérapant

317

sur le papier, lui-même relevant la mèche qui retombait sur son front. Quand la circulation eut cessé de gronder sous la fenêtre, il se recroquevilla dans un fauteuil et s'endormit devant le feu mourant. À cinq heures, la lumière commença à filtrer entre les lattes des persiennes et la première charrette passa avec son chargement de pain noir pour le marché de Versailles. Il se réveilla et regarda autour de lui la pièce peu familière, lourd d'une appréhension qui le parcourait à la manière d'une flamme lente et sans chaleur.

Le valet, qui n'avait pas l'air d'un valet mais plutôt d'un garde du corps, dit : « C'est vous qui avez écrit ça ? »

Il avait dans la main un exemplaire du premier pamphlet de Camille, *Une philosophie pour le peuple français*, et il le brandissait comme il l'eût fait d'une assignation. Camille eut un mouvement de recul. Il était huit heures du matin, et l'antichambre de Mirabeau était déjà bondée. Tout Versailles voulait un entretien, tout Paris. Il se sentit minuscule, insignifiant, complètement écrasé par l'agressivité de cet homme. « Oui, dit-il. Mon nom figure sur la couverture.

— Crénom ! Le comte voulait absolument vous voir, dit le valet en le prenant par le coude. Suivez-moi. »

Rien n'avait été facile jusqu'ici, et Camille avait du mal à croire que cette démarche le serait davantage. Le comte de Mirabeau était enveloppé dans une robe de chambre de soie écarlate, qui avait des allures de draperie antique, le genre qu'aurait porté l'échanson lors d'un banquet de sculpteurs. Il n'était pas rasé, et son visage grêlé, qui luisait de transpiration, avait la couleur du mastic.

« Ah, j'ai donc mis la main sur le Philosophe, dit-il. Teutch, sers-moi du café. » Il se tourna, d'un mouvement délibéré, et lança : « Approchez. » Camille hésita. Il aurait voulu avoir dans les mains un filet et un trident. « Je vous ai dit d'approcher, reprit le comte d'un ton sec. Je ne mords pas, ajouta-t-il avant de bâiller. Du moins pas à cette heure. »

L'examen auquel le soumit le comte tenait de l'agression physique et était visiblement destiné à intimider. « J'avais dans l'idée de vous intercepter au passage dans quelque endroit public, dit-il, et de vous faire amener ici. Malheureusement, je perds mon temps, à attendre chez moi que le roi m'envoie chercher.

— Il aurait déjà dû le faire, monsieur.

— Ah, vous partagez donc mes idées ?

— J'ai eu l'honneur de débattre en me fondant sur vos principes.

— Oh, oh, voilà qui me plaît, dit Mirabeau d'un ton moqueur. Je n'aime rien tant que la flatterie, maître Desmoulins. »

S'il y a une chose que Camille ne comprend pas, c'est cette façon de le considérer qu'ont les gens du duc d'Orléans, et Mirabeau à présent, comme s'ils avaient tous des projets pour lui. Personne n'a plus jamais placé d'espoirs en lui depuis le jour où les prêtres l'ont donné pour perdu.

« Pardonnez ma tenue, dit le comte d'un ton suave. Mes affaires me tiennent éveillé la nuit. Pas toujours politiques, ces affaires, force m'est d'en convenir ».

Du vent que tout cela, Camille s'en rend bien

compte. S'il le voulait vraiment, le comte recevrait ses admirateurs rasé et sobrement vêtu. Mais sa conduite est à tous égards le résultat d'un calcul, et son aisance, sa désinvolture, sa façon négligente de s'en excuser sont autant de moyens de dominer et de décontenancer les hommes anxieux et circonspects qui se sont mis à son service. Le comte fixa une seconde le visage impassible de Teutch, son domestique, et partit d'un rire retentissant, comme si l'autre venait de faire une plaisanterie ; puis il s'interrompit pour dire : « J'apprécie vos écrits, maître Desmoulins. Il y a tellement d'émotion là-dedans, tellement de passion.

— J'écrivais de la poésie dans le temps. Je sais aujourd'hui que je n'étais pas doué pour ce genre d'exercice.

— Il existe suffisamment de contraintes dans l'écriture, sans y ajouter celle du mètre.

— Je n'avais pas l'intention d'y mettre de la passion. J'imagine que je voulais avoir l'air profond.

— Laissez donc ça aux plus âgés que vous. » Le comte leva la main qui tenait le pamphlet. « Vous pouvez refaire quelque chose du même genre ?

— Oh, ça ? Bien sûr. » Il en était venu à n'avoir que mépris pour son premier pamphlet, un mépris qui semblait pour l'heure englober tous ceux qui l'admiraient. « Je peux vous faire ça… aussi facilement que je respire. Je ne dis pas aussi facilement que je parle, pour des raisons qui vous apparaîtront clairement.

— Mais vous parlez pourtant, maître Desmoulins. Au Palais-Royal, par exemple.

— Je me force à le faire.

— Pour ma part, la nature m'a destiné à la démagogie, dit le comte, tournant son bon profil du côté de son interlocuteur. Depuis quand avez-vous ce bégaiement ? »

On aurait dit qu'il parlait d'un jouet ou d'une innovation de bon goût. « Depuis très longtemps, répondit Camille. Depuis l'âge de sept ans, quand je suis parti de chez moi.

— Cela vous a donc traumatisé à ce point, de quitter votre famille ?

— Je ne saurais le dire, aujourd'hui. Mais je suppose que ce fut le cas. À moins que je n'aie essayé par là d'exprimer mon soulagement.

— Ah, il s'agissait donc de ce genre de foyer, dit Mirabeau en souriant. J'ai moi-même goûté à toutes les joies de la vie de famille, depuis la mauvaise humeur à la table du petit déjeuner jusqu'aux conséquences de l'inceste. » Il tendit une main et attira Camille dans la pièce. « Le roi – le précédent – avait pour habitude de dire qu'il aurait fallu nommer un secrétaire d'État avec pour seule fonction de servir d'arbitre dans les querelles de ma famille. Ma famille, voyez-vous, est très ancienne. Très noble.

— Vraiment ? La mienne ne fait que prétendre à l'ancienneté.

— Que fait votre père ?

— Il est magistrat, répondit Camille, avant que l'honnêteté l'oblige à ajouter : Je crains fort d'être la grande déception de sa vie.

— Ne m'en parlez pas. Je ne comprendrai jamais la bourgeoisie. J'aimerais que vous vous asseyiez un moment. Il faut que je connaisse un peu votre vie. Dites-moi, où avez-vous été éduqué ?

— À Louis-le-Grand. Vous pensiez que j'avais reçu mon instruction du curé du coin ?

— Sade y a été élève, dit Mirabeau en reposant sa tasse de café.

— Pas vraiment représentatif.

— J'ai eu la malchance d'être incarcéré un jour avec Sade. "Monsieur, lui ai-je dit, je ne souhaite pas avoir de relations avec vous. Vous découpez les femmes en petits morceaux." Excusez-moi, je m'égare. » Il se laissa tomber dans un fauteuil, en aristocrate mal élevé qui ne s'abaissait jamais à demander pardon quoi qu'il fît. Camille l'observa : un monstre de vanité et de suffisance, se comportant en grand homme. Quand le comte se déplaçait et parlait, il rôdait et rugissait. Au repos, il évoquait un vieux lion empaillé et plutôt défraîchi dans un musée d'histoire naturelle : mort, mais pas autant qu'on aurait pu le croire. « Poursuivez, dit-il.

— Pourquoi ?

— Pourquoi est-ce que je m'intéresse à vous ? Vous pensez peut-être que j'ai l'intention d'abandonner vos petits talents à la bande de vauriens du duc ? Je m'apprête à vous donner de bons conseils. Le duc vous donne-t-il de bons conseils ?

— Non. Il ne m'a jamais adressé la parole.

— Quel ton pathétique pour dire ça ! Bien sûr qu'il ne vous a jamais parlé. Moi, en revanche, je m'intéresse à vous. J'ai des hommes de génie à mon service. Je les appelle mes esclaves. Et sur ma plantation, j'aime que tout le monde soit heureux. Vous savez ce que je suis, bien sûr. »

Camille se souvient des termes dans lesquels Annette parlait de Mirabeau : un débauché, insolvable de surcroît. Penser à Annette dans cette petite pièce qui manque d'air, encombrée de meubles, avec ses murs couverts de vieilles tentures et le comte qui se gratte le menton au milieu du tic-tac des pendules, semble on ne peut plus incongru. Partout des signes de belle vie ; pourquoi cette expression, « la belle vie », se demande-t-il, pour exprimer en réalité goût du luxe, gloutonnerie et paresse ? Que sa faillite n'ait pas été suivie d'une réhabilitation n'empêche pas le comte, apparemment, d'acquérir des objets de prix – au nombre desquels lui-même, Camille, semble désormais devoir être compté. Quant à la débauche, le comte ne paraît que trop enclin à la reconnaître. Ses ambitions sont là, tapies dans un coin, attendant le petit déjeuner pour assouvir leur féroce appétit, nauséabondes au bout de leur chaîne.

« Eh bien, vous avez disposé d'un joli moment de réflexion », dit le comte avant de se lever d'un mouvement fluide, les pans de sa robe de chambre balayant le sol. Il passa un bras autour des épaules de Camille et l'attira dans la lumière qui se déversait à flots par la fenêtre. La soudaine chaleur du soleil parut rayonner de sa personne. Son haleine était chargée d'alcool. « Il faut que je vous dise que j'aime à m'entourer d'hommes au passé compliqué et quelque peu sordide. Je suis à l'aise avec eux. Et vous, Camille, avec les élans et la passion que vous avez vendus au Palais-Royal comme autant de bouquets empoisonnés… » Il s'interrompit pour lui effleurer les cheveux. « Et puis, cette intéressante aura, subtile mais tout de même perceptible, d'ambivalence sexuelle…

— C'est une habitude chez vous que de disséquer les gens de cette manière ?

— Vous me plaisez, dit Mirabeau sèchement avant de s'écarter, parce que, quoi qu'on vous dise, vous

323

ne niez jamais rien. En ce moment circule un texte manuscrit intitulé *La France libre*. Il est de vous ?

— Oui. Vous ne pensiez tout de même pas que ce tract anodin que vous avez entre les mains constituait toute ma production ?

— Non, maître Desmoulins, pas du tout, et je vois que vous avez vous aussi vos esclaves et vos copistes. Vous êtes quoi, politiquement parlant... en un mot ?

— Républicain. »

Mirabeau lâcha un juron sonore. « Chez moi, la monarchie est un article de foi. J'en ai besoin, de ce régime. C'est par son biais que j'ai l'intention de m'affirmer. Elles sont nombreuses, vos relations clandestines, à penser comme vous ?

— Non, pas plus d'une demi-douzaine. Plus exactement, je ne pense pas que vous trouveriez plus d'une demi-douzaine de républicains dans tout le pays.

— La raison, à votre avis ?

— Je dirais que c'est parce que les gens ont du mal à regarder la réalité en face. Ils croient que le roi va les siffler pour les tirer du caniveau et faire d'eux des ministres. Mais tout ce monde-là sera bientôt balayé. »

Mirabeau hurla pour appeler son valet. « Teutch, sors-moi de quoi m'habiller. Quelque chose de bien.

— Du noir, dit Teutch, en entrant d'un pas tranquille. Vous êtes député, tout de même.

— Morbleu ! J'avais oublié. On dirait qu'ils commencent à s'agiter là-dedans, poursuivit-il avec un hochement de tête en direction de son antichambre. Fais-les entrer, oui, tous en même temps, ça risque d'être amusant. Ah, voici le gouvernement de Genève en exil. Bonjour, monsieur Duroveray, monsieur Dumont, monsieur Clavière. Ce sont là quelques-uns de mes esclaves, dit-il à Camille dans un chuchotement tout à fait audible. Clavière voudrait être ministre des Finances. Peu importe le pays. Très curieux, comme ambition. »

Brissot arriva à pas précipités. « On m'a bâillonné », dit-il.

« C'est bien triste », dit Mirabeau.

Ils remplirent peu à peu la pièce, les Genevois en soie claire, les députés en noir, des feuillets sous le bras, et Brissot dans son manteau marron râpé, ses cheveux fins et non poudrés coupés droit sur le front, d'une manière censée rappeler le monde antique.

« Pétion, député ? Bonjour à vous, dit Mirabeau. De quel endroit ? Chartres ? Très bien. Merci d'être venu me voir. »

Il se détourna ; il parlait à trois personnes en même temps. Ou vous éveilliez son intérêt, ou vous ne l'éveilliez pas. Ce qui fut le cas pour le député Pétion. C'était un homme grand, à l'air aimable et assez beau dans le genre replet, un peu comme un jeune chiot. Il regardait autour de lui en souriant. Jusqu'au moment où ses yeux bleus paresseux se fixèrent. « Ah, le tristement célèbre Camille. »

Camille eut un violent sursaut. Il aurait préféré la formule amputée de son adverbe. Mais c'était un début.

« Je suis venu à Paris en coup de vent, expliqua Pétion, et j'ai entendu votre nom dans les cafés. Et puis le député Robespierre m'a fait une telle description de vous que, quand je vous ai aperçu à l'instant, je vous ai reconnu tout de suite.

— Vous connaissez Robespierre ?

— Assez bien, oui. »

Ça, j'en doute, songea Camille. « La description était-elle flatteuse ? demanda-t-il néanmoins.

— Oh, mais il pense le plus grand bien de vous, lui dit Pétion avec un large sourire. C'est le cas de tout le monde, d'ailleurs. Allons, n'ayez pas l'air aussi sceptique », ajouta-t-il en riant. La voix de Mirabeau retentit à travers la pièce. « Brissot, qu'est-ce qu'ils fabriquent au Palais-Royal aujourd'hui ? Toujours à tramer leurs sordides intrigues, j'imagine ? poursuivit-il sans attendre la réponse. Tous, sauf le bon duc Philippe, bien sûr ; il est trop simple pour les intrigues, lui. Le cul, le cul, encore le cul, voilà tout ce à quoi il est capable de penser.

— Je vous en prie, plaida Duroveray. Mon cher comte, un peu de modération.

— Mille excuses, dit le comte. J'ai tendance à oublier que vous venez de la ville de Calvin. C'est pourtant vrai, ce que je dis. Même quelqu'un comme Teutch ferait un meilleur homme d'État que lui. Et de loin. »

Brissot dansait d'un pied sur l'autre. « Allez-y doucement sur le duc, siffla-t-il. Laclos est ici.

— Par Dieu, je ne vous avais point vu, dit le comte. Allez-vous rapporter mes propos ? » Sa voix s'était faite suave. « Au fait, comment se porte le commerce du livre cochon ?

— Qu'est-ce que tu fabriques ici ? demanda Brissot à Camille au milieu du brouhaha des conversations. Comment as-tu fait pour être en si bons termes avec lui ?

— C'est à peine si je le sais moi-même.

— Messieurs, votre attention, s'il vous plaît », dit Mirabeau, qui poussa Camille devant lui et lui posa ses mains couvertes de bagues sur les épaules. Il était devenu un tout autre animal : dangereux et turbulent, un ours sorti de sa fosse. « Je vous présente ma dernière acquisition, M. Desmoulins. »

Le député Pétion lui sourit aimablement. Laclos croisa son regard et détourna les yeux.

« À présent, messieurs, si vous voulez bien m'accorder le temps de m'habiller… Teutch, la porte pour ces messieurs, et je vous rejoins de suite. » Ils sortirent à la queue leu leu. « Vous, vous restez », enjoignit-il à Camille.

Le silence retomba brusquement. Le comte se passa une main sur le visage. « Quelle farce ! s'exclama-t-il.

— Il me semble que c'est une perte de temps. Mais j'ignore tout des pratiques en ce domaine.

— Oh, vous ignorez beaucoup de choses, mon cher, ce qui, pour autant, ne vous empêche pas d'avoir vos petites opinions bien à vous. » Il se mit à sautiller à travers la pièce, bras largement écartés. « Grandeur… et encore grandeur du comte de Mirabeau. Il faut qu'ils me voient, estiment-ils, il faut qu'ils voient l'ogre. Laclos vient ici pour fouiner. Même chose pour Brissot. Il me fatigue, celui-là, à ne jamais rester tranquille. Je ne veux pas dire par là qu'il court dans tous les sens comme vous, mais il s'agite. Au fait, pendant que j'y pense, je suppose que vous acceptez de l'argent d'Orléans ? Vous avez tout à fait raison. Il faut bien vivre, et aux dépens des autres si possible. Teutch, dit-il, tu peux me raser, mais surtout ne me mets pas de la mousse dans la bouche. Je veux parler.

— Comme s'il y avait là du nouveau », dit le valet. Son employeur se pencha et lui donna un coup de poing dans les côtes. Teutch renversa un peu d'eau, sans paraître autrement incommodé.

« Je suis très demandé auprès des patriotes, dit Mirabeau. Les patriotes ! Avez-vous remarqué que nous ne pouvons pas écrire un seul paragraphe sans utiliser ce mot ? Votre pamphlet sera publié, dans un mois ou deux. »

Camille restait assis à le regarder d'un air sombre. Il était calme, comme s'il dérivait vers la pleine mer.

« Les éditeurs constituent une race de poltrons tout à fait à part, dit le comte. Si j'avais la disposition de l'enfer et le pouvoir de l'organiser à ma guise, je réserverais un cercle à leur intention, où ils grilleraient à petit feu sur des presses chauffées à blanc. »

Les yeux de Camille allèrent se poser sur le visage de Mirabeau. À voir la colère et les tensions qui s'y lisaient, il se dit qu'il n'était sans doute pas, lui, Camille, le seul sur lequel le diable pouvait miser à coup sûr. « Vous êtes marié ? lui demanda soudain le comte.

— Non, mais d'une certaine façon je suis fiancé.

— Elle a de l'argent ?

— Beaucoup.

— À chacun de vos aveux, vous m'êtes plus sympathique, dit-il avant d'agiter la main pour congédier Teutch. Je crois qu'il vaudrait mieux que vous vous installiez ici, du moins quand vous êtes à Versailles. Je ne suis pas sûr qu'on puisse vous laisser aller et venir en toute liberté. » Il tira sur son foulard. Son humeur avait changé. « Vous savez quoi, Camille, dit-il d'une voix radoucie, il se peut que vous vous demandiez comment vous avez atterri ici ; mais je me pose la même question à mon sujet... être ici, à Versailles, à attendre que l'on me convoque d'un instant à l'autre au palais, et ce sur la foi de mes écrits, de mes discours, du soutien dont je jouis auprès du peuple... jouer enfin dans ce royaume le rôle pour lequel je suis fait... Parce qu'il va bien falloir que le roi fasse appel à moi, non ? Quand toutes les vieilles solutions se seront révélées inopérantes ?

— Je le pense, en effet. Mais il devra clairement comprendre à quel dangereux adversaire il a affaire.

— Certes... et ce sera là un autre risque à prendre. Avez-vous jamais tenté de mettre fin à vos jours ?

— L'idée refait surface, de temps à autre.

— Tout n'est qu'une vaste plaisanterie, dit sèchement le comte. J'espère que vous saurez faire montre de désinvolture quand vous serez jugé pour trahison. » Il baissa à nouveau la voix. « Oui, je comprends ce que vous voulez dire : on y pense, comme à une solution possible. Vous savez, les gens vous disent qu'ils n'éprouvent aucun regret, ils s'en vantent même, mais moi, vous pouvez me croire, des regrets j'en ai – les dettes que j'ai contractées et que je contracte encore tous les jours, les femmes dont j'ai causé la ruine avant de les abandonner, ma propre nature dont je ne parviens pas à domestiquer la sauvagerie, que je n'ai jamais appris à contrôler, qui n'a jamais appris, elle, à attendre son heure... Oui, je vous le dis, la mort aurait été comme une remise de peine, m'aurait délivré de moi-même. Mais j'ai été idiot. À présent, je tiens à vivre pour... » Il s'interrompit. Ce qu'il aurait voulu dire, c'est qu'il avait souffert aux mains des autres, qu'on lui avait cruellement mis le nez dans ses erreurs, qu'il avait été humilié, rabaissé, traîné dans la boue.

« Alors… à vivre pour quoi ? »

Mirabeau eut un large sourire. « Pour pouvoir leur en faire baver ! »

L'hôtel des Menus Plaisirs, c'est ainsi que s'appelait l'endroit. Jusqu'à présent, il avait servi d'entrepôt pour remiser le matériel et les décors des fêtes de la Cour. Ces deux caractéristiques, le nom et la fonction, ne furent pas sans occasionner des commentaires.

Quand le roi eut décidé que le bâtiment constituait un lieu de réunion convenable pour la tenue des états généraux, il fit appeler charpentiers, menuisiers et peintres. Ceux-ci tendirent les murs de velours et de glands, montèrent à la hâte quelques fausses colonnes et passèrent ici et là quelques coups de peinture dorée. Cela vous avait tout de même quelque allure, et, somme toute, n'avait pas coûté bien cher. Il y avait des sièges à gauche et à droite du trône pour les deux premiers ordres ; le troisième était relégué sur des bancs de bois inconfortables en nombre insuffisant, au fond de la salle.

Les choses démarrèrent mal. Après une entrée solennelle, le roi survola l'assemblée du regard, un sourire un peu idiot aux lèvres, et ôta son chapeau. Qu'il remit après s'être assis. Les robes brillantes et les manteaux de soie rejoignirent majestueusement leurs places et s'installèrent dans un froissement d'étoffe. Trois cents plumets se soulevèrent, avant de retrouver chacun sa noble tête. Mais le protocole exige que, en présence du monarque, les roturiers, eux, restent debout et gardent la tête nue.

Deux minutes ne s'étaient pas écoulées qu'un homme au teint rougeaud se plaquait son pauvre chapeau sur la tête et s'asseyait en s'ingéniant à produire le maximum de bruit possible. Avec un bel ensemble, le tiers état s'arrogea la position assise. Le comte de Mirabeau se rua sur les bancs avec les autres.

Sans sourciller, Sa Majesté se leva pour prononcer son discours. Il n'était pas raisonnable, pensa le roi à part lui, de laisser ces pauvres gens debout tout l'après-midi, alors qu'ils avaient déjà attendu trois heures pour pénétrer dans la salle. Ma foi, ils avaient pris l'initiative, il n'allait pas en faire une histoire. Il commença son discours. Quelques minutes plus tard, les occupants des rangs du fond se penchaient vers ceux des rangs de devant. Quoi ? Que dit-il ?

Aussitôt, c'est une évidence : seuls les géants dotés de poumons d'airain pourront prétendre à quelque chose dans cette salle. Géant lui-même, nanti d'une voix de stentor, Mirabeau sourit.

Le roi dit... très peu de chose, en vérité. Il parla du fardeau de la dette laissée par la guerre en Amérique. Il dit qu'il convenait de réformer la fiscalité du pays. Sans préciser de quelle façon. Se leva ensuite M. Barentin, ministre de la Justice, garde des Sceaux, qui avertit l'assemblée de ne pas céder à l'action précipitée, aux innovations inconsidérées, et invita les trois ordres à se réunir séparément le lendemain, afin d'élire leurs responsables et d'élaborer un protocole. Sur quoi, il se rassit.

Ce que veulent d'abord les représentants du tiers, c'est que les trois ordres se réunissent ensemble pour délibérer et que soit adopté le principe du vote par tête. Faute de quoi, le clergé et la noblesse feront corps contre le tiers ; si bien que l'octroi d'une représentation double de celle de chacun des deux ordres privilégiés ne leur sera finalement d'aucune utilité. Ils pourraient aussi bien rentrer chez eux dès à présent.

Mais pas avant que Necker eût pris la parole. Le contrôleur général des Finances se leva, dans un silence religieux ; et Maximilien de Robespierre s'avança, imperceptiblement, sur son banc. Necker commença. On l'entendait plus distinctement que Barentin. Des chiffres, des chiffres, un déluge de chiffres.

Au bout de dix minutes, les yeux de Maximilien de Robespierre suivirent ceux des autres hommes présents dans la salle. Les dames de la Cour étaient entassées sur des bancs comme de la faïence dans un vaisselier, raides et emprisonnées dans leurs robes, corsets et traînes impossibles. Chacune était assise bien droite, puis, quand elle était trop lasse d'avoir gardé cette position, elle cherchait le soutien des genoux de la dame assise derrière elle. Au bout d'une dizaine de minutes, ces genoux commençaient à fatiguer et à vouloir se dégourdir ; alors la dame se redressait d'un coup. Mais elle ne tardait pas à se tasser à nouveau, à bâiller, à s'agiter, à se tortiller dans un froissement d'étoffe pour changer de posture dans le peu d'espace qui lui était imparti, tout en gémissant à part elle et en priant pour que cette torture prît fin au plus vite. Comme elles auraient voulu pouvoir se pencher en avant, laisser tomber leur tête embrouillée sur leurs genoux ! Pauvres créatures, pensait-il. Pauvres petites choses. Elles vont se briser la colonne.

La première demi-heure passa. Necker avait dû venir dans cette salle auparavant pour essayer sa voix, car il s'était montré tout à fait audible ; dommage simplement que rien de ce qu'il avait à dire ne fît sens. Une réelle initiative, voilà ce que nous attendons, songea Maximilien, nous voulons… quelques belles phrases, je suppose. Une certaine inspiration, disons-le. Mais Necker s'essoufflait nettement à présent. Sa voix le lâchait. Ce qui, manifestement, avait été prévu. Il avait un substitut à son côté. À qui il fit passer ses notes. Le suppléant se leva et commença à son tour. Sur un ton qui évoquait les grincements d'un pont-levis.

Il y avait une personne que Maximilien observait en particulier : la reine. Pendant le discours de son mari, elle avait fait un effort pour paraître concentrée et attentive. Quand Barentin avait pris la parole, elle avait baissé les yeux. Et maintenant elle regardait autour d'elle, sans même s'en cacher. Elle scrutait les bancs du tiers, décidée à étudier tous ces gens qui l'examinaient, baissait les yeux sur ses genoux, remuait légèrement les doigts pour voir étinceler ses diamants dans la lumière, relevait la tête et, à nouveau, le visage à la mâchoire serrée se tournait, d'un côté, de l'autre. Elle paraissait s'obstiner à chercher quelque chose. Mais quoi ? Un visage au-dessus des manteaux noirs… Un ennemi ? Un ami ? Son éventail s'agitait dans sa main, comme un oiseau encore en vie.

Trois heures plus tard, la tête farcie, les députés sortaient sous le soleil. Un groupe important se forma aussitôt autour de Mirabeau, qui entreprit de disséquer pour leur instruction le discours de M. Necker. « C'est le genre de discours que l'on attendrait de la part d'un employé de banque tout juste compétent. Quant au déficit, c'est notre meilleur allié. Si le roi n'avait pas besoin de lever de l'argent, serions-nous ici, je vous le demande ?

— On pourrait aussi bien ne pas y être, dit un

député, si on n'obtient pas le vote par tête. » Mirabeau lui expédia une claque qui faillit l'envoyer par terre.

Maximilien s'écarta prudemment. Il ne voulait pas courir le risque d'un coup dans le dos, même accidentel, de la part de Mirabeau ; et l'homme était prodigue de ses poings. Aussitôt, il sentit qu'on lui tapait, mais discrètement, sur l'épaule. Il se retourna. C'était un des députés bretons, qui lui dit : « Débat sur la tactique à adopter, ce soir, dans mon appartement, huit heures, d'accord ? »

Maximilien hocha la tête. C'est « stratégie » qu'il veut dire, songea-t-il, l'art d'imposer à l'ennemi l'heure, le lieu et les conditions de l'affrontement.

Puis le député Pétion surgit d'un bond à ses côtés. « Pourquoi rester à l'écart aussi modestement, Robespierre ? Regardez… je vous ai trouvé votre ami. » Le député plongea bravement dans le cercle qui entourait Mirabeau, avant d'émerger à nouveau un instant plus tard, avec à sa suite Camille Desmoulins. Pétion était un grand sentimental ; visiblement content de lui, il s'écarta un peu pour observer les retrouvailles. Mirabeau s'éloignait à grandes enjambées, engagé dans une conversation animée avec Barnave. Camille plaça ses mains entre celles de Robespierre – froides, sèches et fermes. Camille sentit les battements de son cœur se ralentir. Il jeta un coup d'œil par-dessus son épaule à Mirabeau, qui était loin maintenant. L'espace d'une seconde, il vit le comte sous un jour radicalement différent : un grand de ce monde de pacotille, jouant les premiers rôles dans quelque mélodrame ampoulé. Il n'avait qu'une envie : quitter les lieux sur-le-champ.

Le 6 mai, le clergé et la noblesse se réunirent séparément, dans les salles qui leur avaient été attribuées. Mais en dehors de celle des Menus Plaisirs il n'y avait aucun endroit suffisamment grand pour accueillir le tiers état. On les autorisa donc à rester là où ils étaient. « Le roi a commis une erreur, dit alors Robespierre. Il nous a laissés maîtres du terrain. » Il se surprit lui-même : peut-être avait-il finalement retenu quelque chose de ses brefs échanges avec Lazare Carnot, le capitaine du génie. Un jour prochain, il lui faudrait s'attaquer à la redoutable entreprise consistant à s'adresser à cette grande assemblée. Arras semble loin, très loin à présent.

En attendant, le tiers état ne peut se permettre de traiter la moindre question, évidemment. Le faire reviendrait à accepter son statut d'assemblée séparée. Or, il ne l'accepte pas. Il demande aux deux autres ordres de revenir et de siéger avec lui. Noblesse et clergé refusent. C'est l'impasse.

« Donc, quoi que je dise à partir de maintenant, notez-le. »

Les esclaves genevois étaient assis autour de Mirabeau, des bouts de papier étalés sur des livres calés sur leurs genoux. Les dossiers du comte recouvraient toutes les surfaces susceptibles de les accueillir. De temps à autre, les esclaves échangeaient des regards entendus, comme les révolutionnaires chevronnés qu'ils étaient. Le comte arpentait les lieux, gesticulant, une liasse de feuillets à la main. Il portait sa robe de chambre écarlate, et les bagues sur ses grosses mains poilues accrochaient la lumière des bougies et lançaient de petits éclairs dans la pièce confinée. Il était une heure du matin. Teutch entra.

TEUTCH : Monsieur…

MIRABEAU : Dehors.

[*Teutch tire la porte pour la refermer derrière lui.*]

MIRABEAU : Résumons-nous, la noblesse ne souhaite pas nous rejoindre. Ils ont voté contre notre proposition – avec une majorité de plus de cent voix. Le clergé ne le veut pas davantage, mais, dites-moi si je me trompe, avec un écart de seulement dix-neuf voix, 133 contre 114.

LES GENEVOIS : C'est exact.

MIRABEAU : Un vote serré, donc. Et riche d'enseignement.

[*Il se met à marcher de long en large. Les Genevois continuent à gratter sans désemparer. Il est 2 h 15. Teutch entre.*]

TEUTCH : Monsieur, il y a ici un homme avec un nom difficile qui attend de vous voir depuis onze heures hier soir.

MIRABEAU : Que veux-tu dire, un nom difficile ?

TEUTCH : Un nom que je n'arrive pas à comprendre.

MIRABEAU : Eh bien, tu n'as qu'à le lui faire écrire sur un morceau de papier que tu m'apporteras ici, espèce d'imbécile.

[*Teutch sort.*]

MIRABEAU [*faisant une digression*] : Necker… Mais qu'est donc Necker, au nom du ciel ? En quoi est-il qualifié pour le poste qu'il occupe ? Qu'est-ce qui, au nom du ciel, le rend si populaire ? Je vais vous le dire, moi : ce type n'a ni dettes ni maîtresses. Serait-ce ce que les gens veulent aujourd'hui – un

Suisse grippe-sou et sans couilles ? Non, non, Dumont, ne notez pas ça.

DUMONT : À vous entendre, on dirait que vous êtes jaloux de Necker, Mirabeau. De sa position de ministre.

[*2 h 45. Entre Teutch, un bout de papier à la main. Mirabeau le lui prend au passage et le fourre dans sa poche.*]

MIRABEAU : Oublions Necker. Tout le monde l'oubliera, de toute façon. Revenons à nos moutons. Il semblerait donc que le clergé soit notre meilleure chance. Si nous parvenons à convaincre ses membres de nous rejoindre…

[*À 3 h 15, il ressort le papier de sa poche.*]

MIRABEAU : « De Robespierre ». C'est vrai que le nom est curieux… Bien, tout dépend donc de ces dix-neuf prêtres. Il me faut un discours qui ne se contentera pas de les inviter à nous rejoindre mais les convaincra de le faire – pas un discours banal, mais quelque chose d'extraordinaire. Qui leur montrera clairement où est leur intérêt… et leur devoir.

DUROVERAY : Et un discours, soit dit en passant, qui entourera le nom de Mirabeau d'une gloire éternelle.

MIRABEAU : Cela aussi, oui.

[*Entre Teutch.*]

MIRABEAU : Morbleu, Teutch ! Suis-je condamné à tes allées et venues incessantes et à tes claquements de porte toutes les deux minutes ? M. de Robespierre est-il toujours ici ?

TEUTCH : Oui, monsieur.

MIRABEAU : Quelle patience il doit avoir, cet homme. J'aimerais avoir la même. Eh bien, Teutch, dans ta grande bonté, va donc jusqu'à lui préparer une tasse de chocolat, à ce bon député, et dis-lui que je le recevrai sous peu.

[*4 h 30 : Mirabeau parle toujours. De temps à autre, il s'arrête devant une glace, le temps de vérifier l'effet d'un geste. M. Dumont s'est endormi.*]

MIRABEAU : M. de Robinpère est toujours ici ?

[*5 heures : Le front léonin s'éclaircit.*]

MIRABEAU : Merci, merci à vous tous. Jamais je ne vous remercierai assez. L'alliance, mon cher Duroveray, de votre érudition, mon cher Dumont, de vos... ronflements... et de tous vos remarquables talents, soudés grâce à mes dons d'orateur...

[*Teutch passe la tête par la porte.*]

TEUTCH : Vous en avez terminé cette fois ? Il est toujours ici, vous savez.

MIRABEAU : Notre grande œuvre a été menée à bien. Fais-le entrer, fais-le entrer.

[*L'aube se lève derrière la tête du député d'Arras tandis qu'il pénètre dans la petite pièce étouffante. La fumée de tabac lui pique les yeux. Il se sent à son désavantage : ses vêtements sont froissés, ses gants salis ; il aurait dû rentrer se changer. Mirabeau, nettement plus débraillé, l'examine ; il voit un homme jeune, anémique, fatigué. Robespierre doit faire un effort pour sourire, tout en tendant une petite main aux ongles rongés.*

Ignorant la main, Mirabeau lui touche légèrement l'épaule.]

MIRABEAU : Mon cher monsieur Robispère, asseyez-vous, je vous prie. Ah... y a-t-il un siège quelque part ?

ROBESPIERRE : Ne vous inquiétez pas, je suis resté assis un assez long temps.

MIRABEAU : Oui, et vous m'en voyez désolé. La pression des affaires…

ROBESPIERRE : Ne vous inquiétez pas.

MIRABEAU : Je suis désolé. J'essaie de me rendre disponible pour tous les députés qui cherchent à me voir.

ROBESPIERRE : Je ne serai pas long, vraiment.

[*Cesse de t'excuser comme ça, se dit Mirabeau. Il s'en moque ; il vient de te dire de ne pas t'inquiéter.*]

MIRABEAU : Y a-t-il quelque chose de particulier, monsieur de Robertspierre ?

[*Le député sort de sa poche plusieurs feuillets pliés. Il les tend au comte.*]

ROBESPIERRE : C'est là le texte d'un discours que j'espère prononcer demain. Je me demandais si vous pourriez y jeter un coup d'œil, et me dire ce que vous en pensez. C'est vrai qu'il est assez long, je le reconnais, et que vous voulez sans doute aller vous coucher…

MIRABEAU : Bien sûr que je le lirai. Ne vous faites aucun souci. Et quel en est le sujet, monsieur de Robespère ?

ROBESPIERRE : Mon discours invite le clergé à rejoindre le tiers état.

[*Mirabeau se détourne brusquement. Son poing se referme sur les feuillets. Duroveray se met la tête entre les mains et émet quelques grognements discrets.*

Mais quand le comte fait à nouveau face à Robespierre, son visage est calme, sa voix de velours.]

MIRABEAU : Monsieur de Robinpère, il me faut vous féliciter. Vous avez mis le doigt sur la question qui devrait nous occuper demain. Nous devons à tout prix assurer le succès de cette proposition, nous sommes bien d'accord ?

ROBESPIERRE : Certainement.

MIRABEAU : Mais vous est-il venu à l'esprit que d'autres membres de notre assemblée pouvaient s'être fixé le même objectif ?

ROBESPIERRE : Oui, bien sûr. Le contraire serait étonnant. C'est même la raison pour laquelle je suis venu vous voir, je pensais que vous seriez au courant de ce qui était prévu. Il serait regrettable de voir une kyrielle d'intervenants se lever l'un après l'autre pour dire la même chose.

MIRABEAU : Vous serez sans doute rassuré d'apprendre que j'ai moi-même rédigé le brouillon d'un petit discours traitant du même sujet. [*Mirabeau parle ; mais il lit également.*] Puis-je suggérer que la proposition aurait plus de chances d'aboutir si elle émanait d'une personne déjà bien connue de nos collègues députés, d'un orateur chevronné ? Le clergé sera peut-être moins enclin à écouter quelqu'un qui a encore... comment dire... qui n'a pas encore eu l'occasion de révéler ses remarquables talents.

ROBESPIERRE : Révéler ? Nous ne sommes pas des prestidigitateurs, monsieur. Nous ne sommes pas ici pour tirer des lapins d'un chapeau.

MIRABEAU : N'en soyez pas si sûr.

ROBESPIERRE : En supposant que l'on soit doté de ces remarquables talents, pourrait-on rêver meilleur moment pour les « révéler » ?

MIRABEAU : Je comprends votre point de vue, mais je vous suggère, en cette occasion précise, de céder la place, au nom du bien commun. Voyez-vous, je suis certain d'emporter l'adhésion de mon auditoire. Parfois, quand un nom célèbre s'allie à une cause...

[*Mirabeau s'interrompt brusquement. Il discerne sur le visage triangulaire et délicat du jeune homme des traces indubitables de mépris. La voix de son visiteur reste cependant pleine de déférence.*]

ROBESPIERRE : C'est un bon discours que j'ai là, vous savez, il contient tous les éléments pertinents.

MIRABEAU : Je n'en doute pas, mais c'est l'orateur... Je vais vous dire franchement, monsieur de Robertpère, j'ai passé toute la nuit à travailler mon discours, et j'ai bien l'intention de le prononcer. Je vous demanderai donc, en toute cordialité et toute amitié, d'attendre une autre occasion pour faire vos débuts, ou de vous en tenir à quelques mots de soutien en ma faveur.

ROBESPIERRE : Non, je ne suis pas prêt à pareille concession.

MIRABEAU : Vous n'êtes pas prêt, voyez-vous ça ! [*Il note avec plaisir que le député a un mouvement de recul quand il élève la voix.*] C'est moi qui ai du poids dans nos réunions. Vous, vous êtes un inconnu. Ils n'interrompront même pas leurs conversations privées pour vous prêter attention. Regardez un peu ce discours, il est prolixe, ampoulé ; les huées vont vous réduire au silence.

ROBESPIERRE : Inutile d'essayer de me faire peur. [*Ce n'est pas une fanfaronnade. Mirabeau l'étudie de près. L'expérience lui a appris qu'il était capable de terroriser la plupart des gens.*] Je ne cherche pas à vous empêcher de prononcer votre discours. Si vous y tenez absolument, allez-y. Et je ferai le mien après.

MIRABEAU : Mais, morbleu, l'ami, nous dirons exactement la même chose.

ROBESPIERRE : Oui, je sais… mais je pensais que, dans la mesure où vous avez une réputation de démagogue, on risquait de ne pas vous faire entièrement confiance.

MIRABEAU : Démagogue ?

ROBESPIERRE : Politicien, disons.

MIRABEAU : Et vous, vous êtes quoi ?

ROBESPIERRE : Un citoyen ordinaire, rien de plus.

[*Le visage du comte s'empourpre, et il se passe les doigts dans sa tignasse qu'il ébouriffe à l'excès.*]

MIRABEAU : Vous allez vous couvrir de ridicule.

ROBESPIERRE : C'est mon problème.

MIRABEAU : Vous devez en avoir l'habitude, des problèmes.

[*Il lui tourne le dos. Dans la glace se dessine l'image vacillante de Duroveray.*]

DUROVERAY : Pourrait-on suggérer un compromis ?

ROBESPIERRE : Non. Je lui ai proposé un compromis, et il l'a rejeté.

[*S'ensuit un silence. Le comte le meuble d'un profond soupir. Reprends-toi, Mirabeau, s'admoneste-t-il. Allons, l'heure est à l'apaisement.*]

MIRABEAU : Monsieur de Robinspère, tout ceci est un malentendu. Évitons de nous quereller, voulez-vous ?

[*Robespierre ôte ses lunettes et met un doigt et un pouce au coin de ses yeux qui le démangent. Mirabeau remarque que sa paupière gauche tressaute, agitée d'un tremblement nerveux. La victoire n'est pas loin, songe-t-il.*]

ROBESPIERRE : Je dois vous laisser, maintenant. Je

suis sûr que vous aimeriez vous reposer une heure ou deux.

[*Mirabeau sourit. Robespierre abaisse les yeux sur le tapis, à présent jonché des pages froissées et déchirées de son discours.*]

MIRABEAU : Vous voudrez bien excuser cet accès de rage puérile. [*Robespierre se penche et ramasse les feuillets d'un geste fluide qui ne semble trahir aucune fatigue.*] Voulez-vous que je les mette au feu ? [*Robespierre les lui tend, docilement. Les muscles du comte se relâchent de manière visible.*] Il faudra venir dîner un soir, de Robertpère.

ROBESPIERRE : Merci, ce serait avec plaisir. Quant à mon texte, cela n'a aucune importance… J'ai un brouillon qui me permettra de faire mon discours plus tard dans la journée. Je garde toujours mes brouillons.

[*Du coin de l'œil, Mirabeau voit Duroveray se lever, en faisant racler sa chaise sur le sol, et porter discrètement sa main à son cœur.*]

MIRABEAU : Teutch !

ROBESPIERRE : Ne dérangez pas votre valet, je trouverai la sortie tout seul. Au fait, mon nom est Ro-bes-pierre.

MIRABEAU : Oh, je croyais que c'était « robespierre ».

ROBESPIERRE : Non, non. Robespierre, sans particule.

D'Anton se rendit au Palais-Royal pour écouter Camille. Il resta au dernier rang de l'assistance et essaya de trouver un support contre lequel s'adosser, de façon à pouvoir croiser les bras et observer la scène avec un sourire détaché. Camille lui dit d'un ton sec : « Tu ne vas pas quand même passer toute ta vie à regarder le monde avec cet air cynique. Il serait temps que tu adoptes une attitude convenable.

— Tu veux dire que je prenne une pose ? » demanda d'Anton.

Camille passait maintenant le plus clair de son temps avec Mirabeau. C'est à peine si son cousin Viefville lui disait bonjour. À Versailles, les députés parlaient, parlaient : comme si parler pouvait servir à quelque chose. Quand le comte se levait pour prendre la parole, la désapprobation parcourait les rangs avec des bruissements de feuilles d'automne. La Cour ne l'avait toujours pas sollicité ; le soir, il avait besoin d'une nombreuse compagnie pour ne pas sombrer dans la dépression. Il s'entretenait avec La Fayette : Amenez les nobles libéraux à changer de camp, le suppliait-il. Et de dire à l'abbé Sieyès : Essayez de convaincre les curés de campagne, ils sont pauvres, ils sont de cœur avec les roturiers, pas avec leurs évêques. L'abbé faisait une pyramide de ses doigts ; c'était un homme frêle et raide, au teint blafard, qui laissait les mots tomber de sa bouche comme s'ils étaient gravés dans la pierre, ne plaisantait jamais, n'acceptait jamais la discussion : La politique, disait-il, est une science que j'ai portée à la perfection.

Le comte alla ensuite taper du poing sur le bureau de M. Bailly, premier député de l'assemblée du tiers, et lui asséna ses brillantes suggestions. M. Bailly le regarda d'un air grave : c'était un célèbre astronome, et, comme quelqu'un en avait fait la remarque, il se préoccupait davantage des révolutions célestes que de celle qui agitait les esprits sur terre. Parce que le mot « révolution » était désormais dans toutes les bouches, pas seulement au Palais-Royal, mais ici, au milieu des glands et des peintures dorés des Menus Plaisirs. On l'entendait sur les lèvres du député Pétion, tandis qu'il inclinait sa tête poudrée vers le député Buzot, un jeune avocat présentant bien qui venait d'Évreux. Il y avait une vingtaine ou une trentaine d'hommes qui s'asseyaient toujours ensemble, échangeaient à voix basse des propos de révoltés et parfois riaient. Le premier discours du nouvel élu Robespierre fut retiré de l'ordre du jour en raison d'un vice de procédure.

Les gens se demandent ce qu'il a bien pu faire à Mirabeau, alors que le combat vient à peine de commencer. Le comte l'a baptisé « l'agneau enragé ».

L'archevêque d'Aix se présenta devant le tiers état porteur d'un morceau de pain noir, dur comme du caillou, et versa des larmes de crocodile. Il exhorta les députés à ne plus perdre davantage de temps en débats futiles. Dans le pays, les gens mouraient de faim, et voilà le genre de chose qu'on leur donnait à manger. Il leva le quignon en l'air, le tenant entre le pouce et l'index comme entre des pincettes, pour que tout le monde pût le voir, avant de sortir un mouchoir, brodé à son chiffre, et d'essuyer la moisissure bleuâtre qui lui souillait les doigts. Dégoûtant, se récrièrent les députés. Ce qu'ils avaient de mieux à faire, poursuivit l'archevêque, c'était d'oublier les querelles de procédure et de former un comité rassemblant des membres des trois ordres, qui discuterait des remèdes à apporter à la famine.

Robespierre se leva. S'avança vers l'estrade. S'imaginant qu'on allait essayer de l'arrêter, voyant déjà des députés se dresser pour le devancer, il baissa sa petite tête bien coiffée comme un taureau, prêt à les écarter de son chemin. S'il se joint aux autres ordres ne serait-ce que pour une seule réunion de comité, pour un seul vote, le tiers état a perdu la partie. C'était un piège que l'archevêque était venu leur tendre. Ces quelques pas lui donnaient l'impression d'être en train d'arpenter un champ immense, de gravir une pente boueuse en hurlant « Non, non », tandis que le vent emportait sa voix. Son cœur semblait lui être remonté dans la gorge et avoir durci là, prenant la taille exacte du morceau de pain noir que l'archevêque tenait dans sa main. Il se retourna et vit, levés vers lui, des centaines de visages blancs et déconcertés ; puis, dans le silence qui soudain s'était fait, il entendit sa voix, cinglante et assurée :

« Qu'ils vendent donc leurs carrosses et donnent l'argent aux pauvres… »

Suit un moment d'incompréhension. Pas d'applaudissements, mais des murmures dans l'assistance, vifs et intrigués. Les gens se lèvent pour mieux voir. Il rougit légèrement sous le poids de leurs regards. C'est ici que tout commence : le 6 juin 1789, à trois heures de l'après-midi.

6 juin, sept heures du soir, journal de Lucile Duplessis :

Sommes-nous condamnés à vivre toute notre vie à genoux ? Quand trouverons-nous enfin le bonheur que nous cherchons ? L'homme se laisse facilement aveugler – quand il s'oublie, il se croit heureux. Non, le bonheur sur terre n'existe pas, ce n'est qu'une chimère. Quand le monde n'existera plus… Mais comment pourrait-il être anéanti ? On dit qu'alors il n'y aura plus rien. Rien que le néant. Le soleil aura perdu son éclat, ne brillera plus jamais. Qu'adviendra-t-il de lui ? Comment s'y prendra-t-il pour n'être plus rien ?

Sa plume hésite, sur le point de souligner « rien ». Mais le mot n'a pas vraiment besoin d'être souligné, si ?

Son père lui dit : « Tu ne manges plus, Lucile. Tu t'étioles. Qu'est-il en train d'arriver à ma jolie petite fille ? »

Elle s'affine, père. Elle se fait plus anguleuse, aux épaules et aux poignets. Elle a des cernes sous les yeux. Elle refuse de relever ses cheveux. Ses yeux, vifs et pleins d'entrain il y a encore peu, jettent aujourd'hui sur le monde et les gens un regard sombre, étrangement fixe.

Sa mère lui dit : « Lucile, j'aimerais bien que tu cesses de te tripoter les cheveux. Ça me rappelle… ça m'exaspère. »

Tu n'as qu'à sortir de la pièce, mère ; détourne les yeux.

Son cœur doit être de pierre, car il semble ne pas vouloir se briser. Tous les matins, elle se retrouve vivante, respirant, physiquement présente, et entame sa journée prise dans le carcan de leurs visages inquisiteurs. Quand elle regarde dans les yeux de son père, elle y voit l'image d'une jeune femme de vingt-cinq ans, heureuse, et nantie de deux ou trois beaux enfants rassemblés à ses genoux ; à l'arrière-plan se tient un homme robuste, honorable, portant un veston bien coupé, le visage encore flou. Elle ne leur procurera pas cette satisfaction. Elle songe à diverses manières de se suicider. Mais cela reviendrait à faire une fin ; et la véritable passion, c'est connu, n'est jamais consommée. Mieux vaudrait trouver un cloître, et étouffer cette concupiscence métaphysique sous les plis d'une coiffe amidonnée. Ou sortir un jour, sous le prétexte d'une course banale, et plonger dans la pauvreté, l'amour et le hasard.

« Miss Languish », c'est ainsi que l'appelle d'Anton. Sans doute à cause des pièces anglaises qu'il se plaît à lire.

Le 12 juin, trois curés de campagne rejoignent le tiers état. Le 17, seize autres suivent leur exemple. Le tiers se proclame « Assemblée nationale ». Le 20 juin, l'Assemblée nationale se voit refuser l'entrée de sa salle. Fermée jusqu'à nouvel ordre pour remise à neuf, leur dit-on.

M. Bailly ne se départ pas de sa solennité au milieu des rires sardoniques et sous la pluie battante qui coule de son chapeau. Le docteur Guillotin, son confrère de l'Académie, est à son côté. « Que diriez-vous de cette salle de jeu de paume, un peu plus loin dans la rue ? » suggère-t-il.

Ceux qui étaient à portée de voix le regardèrent, stupéfaits. « Elle n'est pas fermée à clé… je sais que nous n'aurions pas énormément de place… Mais bon, est-ce que quelqu'un a une meilleure idée ? »

Au Jeu de paume, ils juchent le président Bailly sur une table. Ils font le serment de ne pas se séparer avant d'avoir donné à la France une Constitution. Submergé par l'émotion, l'homme de science prend une pose de statue antique. Tout bien considéré, le moment est digne de l'histoire romaine. « On va voir s'ils restent solidaires quand la troupe arrivera », ironise le comte de Mirabeau.

Trois jours plus tard, alors qu'ils ont retrouvé les Menus Plaisirs, le roi vient interrompre la réunion. D'une voix hésitante et mal assurée, il déclare annuler leurs décisions. Il leur fera parvenir un programme de réformes, lui et lui seul. Devant lui, des manteaux noirs, des foulards blancs, des visages de pierre alignés dans le plus grand silence : des hommes qui posent pour leur propre monument. Il leur donne l'ordre de se disperser et, rassemblant le peu de majesté qu'il lui reste, quitte la salle avec sa suite.

Mirabeau a sauté sur ses pieds. En homme qui ne perd jamais de vue sa propre légende, il regarde autour de lui pour voir si sténographes et journalistes sont bien là. C'est alors qu'intervient le maître de cérémonie : auraient-ils l'obligeance de mettre un terme à la réunion, conformément à l'ordre donné par le roi ?

MIRABEAU : Si l'on vous a dit de nous faire sortir de cette salle, il vous faut avoir l'ordre exprès d'user de la force. Car nous ne sortirons d'ici que par la force des baïonnettes. Le roi peut nous faire tuer ; dites-lui que nous attendons la mort ; mais il ne faut pas qu'il espère nous voir nous séparer tant que nous n'aurons pas élaboré la Constitution.

Et il ajoute dans l'oreille de son voisin : « S'ils font donner la troupe, on fout le camp, et vite ! »

Un moment, tous gardent le silence – les cyniques, les détracteurs, les fouilleurs de passé. Les députés l'applaudissent à tout rompre. Plus tard, ils s'écarteront sur son passage, les yeux sur la couronne de lauriers invisible posée sur ses cheveux en bataille.

« Ma réponse n'a pas varié, dit l'imprimeur Momoro à Camille. Je publie ce texte, et nous finissons tous les deux à la Bastille. À quoi cela servirait-il de le revoir, dites-moi, si chaque nouvelle version est pire que la précédente ?

— Je reviendrai vous voir, répondit Camille avec un soupir, en reprenant son manuscrit. Enfin… peut-être. »

Ce matin-là, une diseuse de bonne aventure l'avait arrêté sur le Pont-Neuf. Elle lui avait prédit les choses habituelles : richesse, pouvoir, réussite en amour. Mais quand il lui avait demandé s'il vivrait longtemps, elle avait à nouveau regardé les lignes de sa main et lui avait rendu son argent.

D'Anton était dans son bureau, une grande pile de dossiers devant lui. « Viens m'entendre au tribunal cet après-midi, dit-il à Camille. J'ai l'intention de démolir ton ami Perrin.

— Ne pourrais-tu pas faire preuve de méchanceté avec d'autres adversaires que ceux que tu affrontes au tribunal ?

— Tu parles de méchanceté ? s'étonna d'Anton. Ce n'est pas de la méchanceté. J'ai de bons rapports avec Perrin. Encore que pas aussi bons que les tiens, bien sûr.

— Je n'arrive pas à comprendre comment tu peux rester absorbé tout entier dans des préoccupations aussi mesquines.

— Le problème est que je dois gagner ma vie, dit d'Anton lentement. J'aimerais bien aller faire un tour à Versailles pour voir ce qui s'y passe, mais voilà, j'ai maître Perrin et une horde de plaignants hargneux qui m'attendent à deux heures tapantes.

— Georges Jacques, qu'est-ce que tu cherches, au fond ?

— Ce que je cherche ? demanda d'Anton avec une grimace. À ton avis ?

— De l'argent. D'accord, je vais t'en faire gagner. »

Café de Foy. La société patriotique du Palais-Royal est en séance. Des nouvelles de Versailles arrivent toutes les demi-heures. Le clergé est en train de se rallier *en masse**. Et demain, dit-on, ce sera le tour d'une cinquantaine de nobles, sous la houlette d'Orléans.

Il est clairement établi aux yeux des membres de la société qu'il existe un complot de la famine. Des accapareurs haut placés affament le peuple pour mieux le soumettre. Il ne peut en être autrement : le prix du pain augmente tous les jours.

Le roi est en train de faire venir des troupes de la frontière ; les soldats, des milliers de mercenaires allemands, sont en marche en ce moment même. Le péril immédiat, cependant, ce sont les Brigands, comme on les appelle désormais. Ils campent en dehors des murs et, malgré les précautions, il y en a toujours qui chaque nuit réussissent à s'introduire dans la ville. Ce sont les réfugiés venus des provinces victimes des mauvaises récoltes, des champs mis à nu par l'orage de grêle de l'été et par les hivers précédents ; affamés et violents, ils rôdent dans les rues comme des prophètes fous, des bâtons noueux à la main, les côtes saillantes sous leurs haillons. Les femmes ne se risquent plus à sortir seules. Les maîtres arment leurs apprentis de manches de pioche. Les boutiquiers font poser de nouveaux verrous. Les bonnes qui vont faire la queue devant les boulangeries glissent des couteaux de cuisine sous leur

351

tablier. Que les Brigands puissent avoir leur utilité est un fait relevé uniquement par les plus perspicaces : la société patriotique du Palais-Royal.

« Alors, Guise a eu vent de tes exploits ? demanda Fréron à Camille.

— Oui, mon père m'envoie tout un tas de mises en garde. J'ai aussi reçu cette lettre. » Il la tendit à Fréron. Elle était de son supposé parent, Antoine de Saint-Just, le jeune délinquant notoire originaire de Noyon. « Lis-la, reprit-il. Tu pourrais aussi la lire à tout le monde. »

Fréron prit la lettre. Écriture minuscule, difficile à déchiffrer. « Pourquoi ne pas le faire toi-même ? » demanda-t-il.

Camille secoua la tête. Prendre la parole en petit comité, il ne s'en sent pas capable. (*Et pourquoi ?* Il voit poindre le visage de Fabre, il entend sa voix, Fabre au petit matin, égaré par la colère. *Pourquoi serait-ce plus difficile que de s'adresser à une foule ? Pourquoi, tu veux me le dire, espèce de bourrique ?*)

« Très bien », dit Fréron. Personnellement, il ne voyait pas d'un bon œil que Camille devienne trop compétent au quotidien.

La lettre contenait des nouvelles intéressantes : troubles dans toute la Picardie, émeutiers dans les rues, bâtiments en flammes, minotiers et grands propriétaires menacés de mort. Le ton adopté était celui d'une joie à peine déguisée.

« Ma foi, dit Fabre, je suis très impatient de rencontrer ton cousin ! Il me fait l'effet d'un jeune homme des plus agréables, et des plus pacifiques aussi.

— Mon père ne fait aucune allusion à tous ces désordres, dit Camille en reprenant la lettre. Crois-tu

qu'Antoine exagère ? » Un coup d'œil à la lettre lui
fit froncer le sourcil. « Mon Dieu, son orthographe
ne s'arrange pas... Il a tellement envie qu'il arrive
quelque chose, voyez-vous, il n'a pas une vie bien
drôle... Bizarre aussi sa façon de ponctuer, et puis
cette habitude de saupoudrer son texte de majus-
cules... Je crois que je vais aller aux Halles parler
aux maraîchers.

— Encore une de tes mauvaises habitudes,
Camille ? s'enquit Fabre.

— Ah, ce sont tous des Picards là-bas, dit Fréron
en tâtant le petit pistolet qu'il gardait dans la poche
de son manteau. Dis-leur que Paris a besoin d'eux.
Dis-leur d'occuper la rue.

— Mais Antoine me stupéfie, dit Camille. Pendant
que vous restez là, à déplorer la violence excessive
en des termes on ne peut plus conventionnels, le sang
de ces marchands est pour lui...

— Ce qu'il est pour toi, le coupa Fabre. Une manne
céleste, Camille. Juillet t'apportera la terre promise. »

VII

L'heure est venue de tuer

(1789)

Vendredi 3 juillet 1789, Launay, gouverneur de la Bastille, à M. de Villedeuil, ministre d'État :

J'ai l'honneur de vous rendre compte qu'ayant été obligé hier, à cause des circonstances actuelles, de suspendre la promenade sur les tours que vous aviez eu la bonté d'accorder au sieur de Sade, il s'est mis hier à midi à sa fenêtre, et a crié de toutes ses forces, et a été entendu de tout le voisinage et des passants, qu'on égorgeait, qu'on assassinait les prisonniers de la Bastille et qu'il fallait venir à leur secours. [...] Il est impossible de lui rendre la promenade sur les tours, les canons sont chargés, cela serait du danger le plus éminent. Tout l'état-major vous serait infiniment obligé si vous voulez bien lui accorder de faire transférer très promptement le sieur de Sade.

Signé : De Launay.

P.-S. Il promet de recommencer ses cris.

Au cours de la première semaine de juillet, Laclos partit en chasse. Il restait dans ces derniers moments quelques noms à ajouter à la liste du personnel.

Le jour même où il avait entendu Camille Desmoulins au Palais-Royal, une copie de son pamphlet non publié qui circulait sous forme de manuscrit était parvenue aux mains du duc. Lequel avait déclaré que cette lecture lui brûlait les yeux, tout en ajoutant néanmoins : « Cet homme, l'auteur de ce texte, il pourrait nous être utile, non ?

— Je le connais, avait dit Laclos.

— Ah, homme précieux que vous êtes, passez donc le voir, voulez-vous ? »

Laclos n'avait pas idée de la raison pour laquelle le duc semblait entretenir l'idée que Desmoulins était une de ses vieilles connaissances.

Au Café de Foy, Fabre d'Églantine lisait à haute voix des extraits de sa dernière œuvre. Laquelle ne semblait guère prometteuse. Laclos reconnut en lui un homme qui ne tarderait pas à avoir besoin de davantage d'argent. Il n'avait pas une haute opinion de Fabre, mais d'un autre côté, songeait-il, on a parfois besoin d'un crétin pour remplir certains emplois.

Camille s'approcha discrètement de lui, prêt à être emmené à l'écart : « Est-ce que c'est pour le 12 ? » demanda-t-il.

Laclos fut choqué par une question aussi directe ; l'autre ne voyait-il donc pas l'infinie patience, l'infinie complexité… « Non, le 12 n'est plus possible. Nous prévoyons la chose pour le 15.

— Mirabeau dit que les troupes suisses et allemandes seront dans Paris dès le 13.

— Il nous faut courir le risque. Ce qui m'inquiète,

ce sont les communications. On pourrait massacrer la population de tout un quartier que personne n'en saurait rien à moins d'un kilomètre de là. » Il but une gorgée de café. « On parle beaucoup, vous savez, d'organiser une milice citoyenne.

— Mirabeau dit que les marchands s'inquiètent bien davantage des brigands que des troupes, c'est la raison pour laquelle ils réclament une milice.

— Allez-vous arrêter, dit Laclos, soudain hargneux, de me citer Mirabeau à tout bout de champ ? Je n'ai pas besoin qu'un tiers me rapporte ses opinions, alors que j'entends l'homme lui-même vociférer à s'en décrocher la mâchoire tous les jours à l'Assemblée. Le problème avec vous, c'est que vous vous laissez obséder par certaines personnes. »

Cela ne fait guère que quelques semaines que Laclos le connaît, et lui aussi donne déjà dans le « Le problème avec vous… ». Cela n'aura donc jamais de fin ? « Si vous êtes en colère, dit Camille, c'est parce que vous n'avez pas pu acheter Mirabeau pour le compte du duc.

— Oh, je suis sûr que nous ne tarderons pas à nous mettre d'accord sur la somme. Mais, laissons cela, le bruit court que l'on demanderait à La Fayette – le pot-au-feu de Washington, comme vous l'appelez avec à-propos – de prendre la tête de cette milice de citoyens. Je n'ai pas besoin de vous dire que c'est tout bonnement impensable.

— Non, en effet. La Fayette est si riche qu'il pourrait acheter le duc.

— C'est là une chose dont vous n'avez certainement pas à vous occuper, dit froidement Laclos. Je veux que vous me parliez de Robespierre.

— Laissez tomber.

— Mais il pourrait avoir son utilité à l'Assemblée. J'admets qu'il n'en est pas pour l'heure un des acteurs les plus stylés. On rit de lui, mais il s'améliore, il s'améliore.

— Ce n'est pas son utilité que je mets en doute. Ce que je voulais dire, c'est que vous ne pourrez jamais l'acheter. Et il ne rejoindra pas vos rangs par amour du duc. Les factions ne l'intéressent pas.

— Alors, qu'est-ce qui l'intéresse ? Si vous me le dites, je ferai le nécessaire. Quelles sont ses faiblesses, c'est tout ce que j'ai besoin de savoir. Quels sont ses vices ?

— Des faiblesses, autant que je sache, il n'en a pas. Et il est à coup sûr dépourvu de vices.

— Tout le monde en a au moins un, dit Laclos, visiblement perturbé.

— Dans votre roman, peut-être.

— Ah, mais ce serait là une réalité qui dépasserait la fiction. Êtes-vous en train de me dire que l'on a affaire à un homme qui n'a point besoin de fonds ? D'un emploi ? D'une femme ?

— Je ne sais rien de son compte en banque. Quant à la femme, s'il en veut une, j'imagine qu'il peut se la trouver tout seul.

— À moins que peut-être… Voyons, vous vous fréquentez depuis longtemps tous les deux, n'est-ce pas ? Il n'aurait pas de penchants… dans l'autre direction ?

— Mon Dieu, non ! s'exclama Camille en reposant sa tasse. Jamais de la vie.

— Je conviens que la chose est difficile à imaginer », dit Laclos. Il fronça les sourcils. Il n'avait pas son pareil pour imaginer ce qui se passait dans le lit des autres – après tout, c'était son fonds de commerce. Mais le député d'Artois avait un curieux air d'innocence. Laclos n'arrivait pas à se le représenter au lit autrement qu'en train de dormir. « Laissons cela pour l'instant, reprit-il. M. Robespierre, semble-t-il, serait source d'ennuis plus que d'avantages. Parlez-moi de Legendre, ce boucher… On me rapporte que l'homme dira tout ce que l'on veut lui faire dire et qu'il a des poumons remarquables.

— Tiens, je n'aurais jamais pensé qu'il puisse être de la classe du duc. Il faut qu'Orléans soit aux abois. »

Laclos se représenta le visage inexpressif, perpétuellement inattentif, du duc. « C'est l'époque qui est aux abois, mon cher, dit-il avec un sourire.

— Si vous voulez vraiment quelqu'un dans le district des Cordeliers, il y a là-bas un homme qui serait bien meilleur, et de loin, que Legendre. Et qui est doté d'un coffre à toute épreuve.

— Vous pensez à Georges d'Anton, c'est ça ? J'ai effectivement son nom dans mes fichiers. C'est le conseiller d'État qui l'an dernier a refusé un bon poste dans le ministère de Barentin. Étrange tout de même que vous me recommandiez quelqu'un qui se recommande lui-même de Barentin. Il a d'ailleurs refusé une autre proposition par la suite… Ah, je vois qu'il ne vous en a rien dit. Vous devriez tout savoir, comme moi. Bon, alors… qu'avez-vous à me dire de lui ?

— Il connaît tout le monde aux Cordeliers. C'est un homme qui s'exprime parfaitement, qui possède une personnalité très affirmée. Ses opinions sont… enfin, pas celles d'un extrémiste. On pourrait le convaincre de les canaliser.

— Je vois que vous avez une haute opinion de lui », dit Laclos en levant les yeux.

Camille rougit comme s'il avait été surpris en flagrant délit de tromperie. Laclos le fixa d'un regard entendu de ses yeux bleus, la tête penchée sur le côté. « Je me souviens de D'Anton. Une grande brute, d'une laideur incroyable. Une sorte de Mirabeau du pauvre, non ? Vraiment, Camille, comment pouvez-vous avoir des goûts aussi bizarres ?

— Je ne peux pas répondre à toutes vos questions à la fois, Laclos. Maître d'Anton a des dettes. »

Laclos eut un petit sourire satisfait, comme si on lui avait ôté un grand poids de l'esprit. Au nombre de ses principes d'action figurait la conviction que de petites sommes suffisaient à séduire un homme endetté, alors qu'il en fallait de grosses pour tenter un homme à l'aise et donner ainsi une dimension nouvelle à son avarice. Les coffres du duc étaient bien garnis et, tout récemment, il avait reçu un témoignage de bienveillance de la part de l'ambassadeur de Prusse, dont le roi ne manquait jamais une occasion pour contrarier un monarque français en place. Pour autant, ses liquidités n'étaient pas inépuisables ; Laclos se divertissait à réaliser de petites économies. Il considérait d'Anton d'un œil intéressé mais circonspect. « Combien en échange de sa coopération ?

— Je négocierai pour votre compte, dit Camille avec empressement. La plupart des gens exigeraient une commission, mais, dans le cas présent, je renoncerai à tout dédommagement en signe de mon estime pour le duc.

— Vous voilà bien fat, dit Laclos, piqué au vif.

Je ne débourse rien avant de savoir si c'est un homme sûr.

— Mais nous sommes tous corruptibles, non ? C'est du moins ce que vous prétendez. Écoutez, Laclos, il faut agir sans tarder, avant que la situation vous échappe. Si la Cour retrouve un peu de bon sens et se met à payer, vous allez voir vos amis vous abandonner par dizaines.

— Laissez-moi vous dire, fit remarquer Laclos, que vous ne semblez pas vous-même prendre vraiment à cœur les intérêts du duc.

— Certains d'entre nous se posent la question de savoir le sort que vous pourriez réserver, plus tard, à ceux dont le soutien manque de cœur. »

Camille attendit. Laclos réfléchissait. Pourquoi pas un aller simple pour la Pennsylvanie ? Tu apprécierais la vie chez les Quakers, mon petit. À défaut, un petit plongeon dans la Seine ? Il finit par dire : « Restez avec le duc, mon garçon, et je vous garantis que vous n'aurez pas l'occasion de vous en repentir.

— Oh, ça, vous pouvez en être sûr, répliqua Camille, après s'être calé sur sa chaise. Vous est-il jamais venu à l'esprit, Laclos, que c'est vous qui risquez de m'aider à accomplir ma révolution, et non moi la vôtre ? Un peu comme dans un de ces romans où les personnages prennent le pas sur l'auteur et le laissent en plan. »

Laclos asséna un coup de poing sur la table et haussa le ton. « Vous cherchez toujours à pousser les gens dans leurs retranchements, n'est-ce pas ? Vous voulez toujours avoir le dernier mot ?

— Moins fort, Laclos, tout le monde vous regarde. » Impossible à ce stade de poursuivre. Laclos s'excusa au moment où ils se séparèrent. Il s'en voulait de s'être emporté avec ce pamphlétaire de second ordre, et l'excuse était sa pénitence. Tout en s'éloignant, il reprit l'air d'urbanité qui était habituellement le sien. Camille le regarda sortir. Non, cela ne fera pas l'affaire, songea-t-il. Si les choses continuent ainsi, je n'aurai plus d'âme à vendre quand quelqu'un se présentera avec l'offre du siècle. Il s'empressa d'aller annoncer à d'Anton qu'il n'allait pas tarder à se voir proposer un pot-de-vin.

11 juillet. Camille alla rendre visite à Robespierre à Versailles. « Mirabeau vient de demander au roi de retirer ses troupes de Paris. Louis refuse ; mais ces troupes ne sont pas fiables. La coterie de la reine s'efforce d'obtenir le renvoi de M. Necker. Et voilà que le roi déclare qu'il va exiler l'Assemblée en province. »

Robespierre était en train d'écrire une lettre à Charlotte et à Augustin. Il leva les yeux. « Une assemblée, soit dit en passant, qui appelle toujours les états généraux.

— C'est vrai, oui. Alors, je suis venu voir si tu faisais tes bagages.

— Loin s'en faut. Je finis tout juste de m'installer.

— Tu es bien calme, dit Camille, qui avait commencé à faire le tour de la pièce.

— J'apprends la patience en avalant ma dose quotidienne des idioties que l'on entend à l'Assemblée.

— Ah, je vois que tu ne penses pas grand bien de tes collègues. Mirabeau... tu le détestes.

— Ne dramatise pas, dit Robespierre en posant sa plume. Camille, viens ici et laisse-moi te regarder.

— Non, non, dit Camille non sans nervosité.

Max, dis-moi ce que je dois faire. Je vais finir par mollir. La république… le comte s'en gausse. Il m'oblige à écrire, me dit ce que je dois écrire, et c'est à peine s'il me permet de sortir de sa vue. Je dîne tous les soirs à ses côtés. La nourriture est bonne, le vin aussi, et la conversation itou. » Il eut un geste d'impuissance. « Il est en train de me corrompre.

— Qu'est-ce que c'est que ces scrupules de bien-pensant ? dit Robespierre de manière inattendue. Voilà un homme qui peut te permettre de faire ton chemin dans le monde, et c'est ce dont tu as besoin pour le moment. C'est chez lui que tu devrais être, et pas ici. Je ne suis pas en mesure de te donner ce qu'il a à t'offrir. »

Robespierre sait – il sait presque toujours – ce qui va arriver. Camille est vif et intelligent, mais on dirait que l'idée jamais ne l'effleure de la nécessité de se protéger. Il l'a vu en compagnie de Mirabeau en public, un bras du comte passé autour de ses épaules, comme s'il n'était qu'une putain ramassée au Palais-Royal. Tout cela est de fort mauvais goût, et les motivations plus larges du comte, ses visées à plus ou moins long terme, sont aussi claires que s'il se trouvait sur la table de dissection du docteur Guillotin. Pour le moment, Camille prend du plaisir. Le comte l'aide à faire fleurir ses talents. Camille apprécie la flatterie et les petits soins dont on l'entoure ; mais, ensuite, il vient réclamer l'absolution. Leur relation a repris le tour qu'elle avait jadis, comme si la dernière décennie n'avait rien changé. Il prévoit les désillusions dont souffrira Camille un jour ou l'autre, mais à quoi bon tenter de l'en avertir : il va falloir qu'il les affronte. C'est comme les déceptions amoureuses.

Tout le monde doit y passer. C'est du moins ce qu'on entend.

« Je t'ai dit pour Anaïs ? demanda Maximilien, changeant brusquement de sujet. Tu sais, cette fille à laquelle je suis censé être fiancé. Eh bien, Augustin me fait savoir que j'ai des rivaux à présent.

— Quoi ? Depuis que tu es parti ?

— Il semblerait. Elle n'a pas langui bien long-temps, en tout cas.

— En es-tu affecté ?

— Ma foi, comme tu le sais, dit Maximilien au bout d'un instant de réflexion, j'ai toujours eu un *amour-propre** démesuré. Mais non, pas vraiment… Elle est gentille, Anaïs, mais pas très fine. La vérité, c'est qu'on a arrangé l'affaire pour moi.

— Pourquoi t'es-tu laissé faire ?

— Pour avoir la paix. »

Camille traversa la pièce. Il ouvrit la fenêtre en grand et se pencha à l'extérieur. « Que va-t-il arriver ? demanda-t-il. La révolution est inévitable.

— Oh, oui. Mais Dieu a besoin des hommes pour accomplir son œuvre.

— Et donc ?

— Il va falloir que quelqu'un nous sorte de l'im-passe où sont engagés l'Assemblée et le roi.

— Mais dans la réalité, sur le plan de l'action concrète, cela donne quoi ?

— Je ne vois pas qui, en dehors de Mirabeau. D'accord, il n'a la confiance de personne, mais s'il donnait le signal…

— Impasse ! Signal ! » Camille referma la fenêtre d'un coup sec. Il retraversa la pièce. Au passage, Robespierre eut le réflexe de soustraire l'encrier à sa fureur. « Est-ce qu'un signal c'est quelque chose que l'on donne en agitant les bras ? » demanda Camille. Sur quoi, il tomba à genoux. Robespierre le saisit par les bras et voulut le relever. « Bon, dit Camille, voilà qui est bien réel. Je me mets à genoux, et toi tu essaies de me remettre sur pied. Non pas métaphoriquement, mais pour de vrai. Regarde, continua-t-il en s'arrachant aux mains de son ami, maintenant je me jette au sol, visage contre terre. Ça, c'est de l'action. (Il parlait la bouche dans le tapis.) Alors, es-tu capable de distinguer ce qui vient de se passer de ce qui arrive quand quelqu'un dit : "le pays est à genoux" ?

— Évidemment. Allez, lève-toi, s'il te plaît. »

Camille obtempéra et épousseta un peu ses vêtements.

« Tu me fais peur », dit Robespierre. Il se détourna et se rassit à la table où il était occupé à écrire sa lettre et où il posa les coudes, avant d'ôter ses lunettes et d'appuyer le bout de ses doigts sur ses yeux fermés. « Les métaphores ont du bon, dit-il. J'aime bien les métaphores. Elles ne tuent pas les gens.

— Elles me tuent, moi. Si j'entends parler encore une fois de marée montante ou d'édifice lézardé prêt à s'écrouler, je me jette par la fenêtre. Je refuse de prêter plus longtemps l'oreille à ce genre de langage. J'ai vu Laclos l'autre jour. Je suis sorti si dégoûté de ma conversation avec lui que je me suis dit que j'allais être forcé d'agir par moi-même. »

Robespierre prit sa plume et ajouta une phrase à sa lettre. « J'ai peur des émeutes, dit-il.

— Peur ? Moi, je les appelle de tous mes vœux. Mirabeau, lui... fait passer ses intérêts en premier,

mais si nous avions un chef dont le nom soit absolument sans tache…

— Je ne sais pas s'il existe un tel homme dans
l'Assemblée.

— Toi, dit Camille.

— Ah oui ? » Maximilien hésita une seconde avant
de se lancer dans la phrase suivante. « On appelle
Mirabeau "la Torche de Provence", sais-tu comment
on me surnomme, moi ? "La Chandelle d'Arras".

— Mais avec le temps, Max…

— Oui, oui, avec le temps. On pense sans doute
que je devrais fréquenter des vicomtes et m'initier
aux ornements de la rhétorique. Non. *Avec le temps*,
peut-être finira-t-on par me respecter. En revanche, je
ne tiens pas à l'approbation des gens, parce que, du
jour où ils m'approuveront, je serai un homme fini.
Je ne veux ni pots-de-vin, ni promesses, ni comités
de soutien, ni sang sur les mains. Je ne suis pas leur
homme providentiel, j'en ai peur.

— Mais dans ta tête, pour toi-même, l'es-tu, cet
homme providentiel ? »

Robespierre abaissa à nouveau les yeux sur sa lettre.
Il venait de penser à un post-scriptum. Il reprit sa
plume.

« Pas plus que toi », dit-il.

Dimanche 12 juillet, cinq heures du matin.

« Camille, il n'y a pas de réponse à ces questions,
dit d'Anton.

— Ah bon ?

— Non. Mais regarde. L'aube se lève. C'est un
jour nouveau. Tu as réussi. »

Les questions de Camille : Suppose que j'arrive à

obtenir Lucile, comment vais-je faire pour vivre sans Annette ? Pourquoi n'ai-je donc jamais rien réussi ? Rien de rien, nom de Dieu ! Pourquoi ne publie-t-on pas mon pamphlet ? Pourquoi mon père me déteste-t-il ?

« Bon, ça va, dit d'Anton. Les réponses les plus courtes sont toujours les meilleures. Pourquoi devrais-tu vivre sans Annette ? Mets-les toutes les deux dans ton lit, tu en es parfaitement capable. Je suppose que ce ne serait pas la première fois dans l'histoire du monde qu'une telle chose se produit.

— Rien ne te choque plus ces temps-ci, on dirait, dit Camille en le regardant l'air étonné.

— Tu veux me laisser continuer ? Si tu n'as jamais rien réussi, c'est parce que tu es du genre foutrement horizontal. Ce que je veux dire, c'est que, au moment où tu es censé être quelque part, tu n'y es pas, et les gens disent : Mon Dieu, qu'il est distrait. Mais moi je sais ce qui s'est passé : tu as commencé la journée avec d'excellentes intentions, tu étais peut-être même sur le chemin d'un rendez-vous qu'on t'avait fixé, et voilà que tu tombes sur quelqu'un. L'instant d'après, tu te retrouves au lit avec lui.

— Et la journée est fichue, dit Camille. C'est vrai, ce que tu dis, c'est vrai.

— Alors, comment bâtir une carrière avec des habitudes pareilles ? Bref, où en étais-je ? Ah oui, le pamphlet, ils ne le publieront pas tant que la situation sera aussi tendue. Quant à ton père... il ne te déteste pas, tant s'en faut, il est plus que probable qu'il tient trop à toi, comme moi-même et bien d'autres personnes. Et puis, tiens, tu m'épuises. »

D'Anton, les traits creusés par la fatigue, avait passé

le vendredi au tribunal et le samedi à travailler sans relâche. « J'ai un service à te demander, dit-il avant de se lever et d'aller à la fenêtre d'un pas raide. Si tu as l'intention de te suicider, pourrais-tu attendre au moins jusqu'à mercredi, le temps que soit réglée l'affaire que j'ai sur les bras ?

— Je retourne à Versailles tout de suite, dit Camille. Il faut que je parle à Mirabeau.

— Pauvre crétin. » D'Anton chancela un instant, prêt à s'endormir debout. « Il va faire encore plus chaud aujourd'hui », dit-il avant d'ouvrir en grand le volet. Une clarté aveuglante envahit la pièce.

Le problème de Camille n'était pas de rester éveillé, mais plutôt de retrouver la trace de ses effets personnels. Cela faisait quelque temps qu'il n'avait plus d'adresse fixe. Il se demanda, sincèrement, si d'Anton était capable de comprendre les difficultés qu'il avait à affronter. Quand vous débarquez sans prévenir dans un endroit où vous avez longtemps vécu, il est difficile de dire aux gens : « Bas les pattes ! Je suis juste venu chercher une chemise propre. » On ne vous croira pas. On prendra votre requête pour un prétexte.

Et puis il y a le fait qu'il est toujours en transit. Il faut facilement trois heures pour rejoindre Versailles depuis Paris. En dépit de ses difficultés, il est chez Mirabeau à l'heure où les gens normaux prennent habituellement leur petit déjeuner ; il s'est rasé, changé, peigné, il correspond en tout point (c'est du moins ce qu'il pense) à l'image de l'humble petit avocat au service d'un grand de ce monde.

Teutch leva les yeux au ciel et le tira à l'intérieur.

« Il y a un nouveau cabinet, dit-il. Et il n'en fait pas partie. »

Mirabeau arpentait la pièce, une veine saillant sur sa tempe. Il s'arrêta un instant en voyant entrer Camille. « Ah, vous voilà. Vous étiez avec cette putain de Philippe ? »

La pièce était pleine à craquer : visages furieux, traits tirés par l'angoisse. Le député Pétion laissa tomber une main moite sur son épaule. « Eh bien, vous avez bonne mine, Camille. Pour ma part, je ne me suis pas couché de la nuit. Vous savez qu'ils ont renvoyé Necker ? Le nouveau cabinet se réunit ce matin, s'ils parviennent à trouver un ministre des Finances. Trois personnes ont déjà refusé le poste. Necker est un homme populaire... Cette fois-ci, ils ont vraiment eu sa peau.

— C'est l'œuvre de Marie-Antoinette ?

— C'est ce qu'on dit. Il y a ici des députés qui s'attendaient à être arrêtés dès hier soir.

— L'heure n'est pas encore aux arrestations.

— Je suis d'avis, dit Pétion fort à propos, que certains d'entre nous devraient se rendre à Paris... Vous ne croyez pas, Mirabeau ? »

Le comte lui jeta un regard noir. En voilà un, se dit-il, qui ne se prend pas pour rien : oser m'interrompre de la sorte. « Pourquoi ne le faites-vous pas vous-même ? » grogna-t-il, faisant semblant d'avoir oublié le nom de Pétion.

Dès que les nouvelles seront connues au Palais-Royal... songea Camille. Il se fraya un chemin jusqu'au comte. « Gabriel, il faut que je parte tout de suite. »

Mirabeau l'attira à lui, l'air méprisant – la raison

de ce mépris restant obscure. Il le retint contre lui, et d'une de ses grandes mains rejeta les cheveux de Camille de son visage. Ce faisant, il lui accrocha le coin de la bouche d'une de ses bagues. « Ah, je vois que maître Desmoulins se sent d'humeur à assister à une petite émeute. C'est dimanche matin, Camille, pourquoi n'êtes-vous pas à la messe ? »

Camille se dégagea. Quitta la pièce. Descendit précipitamment l'escalier. Il était déjà dans la rue quand il entendit Teutch arriver à grands pas derrière lui. Il s'arrêta. Le valet le dévisagea sans rien dire.

« Le comte veut-il me faire part d'un conseil ?

— En effet, mais j'en ai oublié la teneur. » Teutch réfléchit un instant, puis la lumière se fit. « Ah oui, je l'ai. Veillez à ne pas vous faire tuer. »

C'est le milieu de l'après-midi, peu avant trois heures, quand la nouvelle du renvoi de Necker atteint le Palais-Royal. L'aimable financier suisse s'est forgé une solide réputation ces temps derniers mais jamais autant qu'au cours de la semaine écoulée, à un moment où sa chute paraissait imminente.

Toute la populace semble être dehors, marée bouillonnante qui envahit la chaleur étouffante des rues et des places et converge vers les jardins du Palais-Royal, avec leurs larges allées de marronniers et leurs relents orléanistes. Le prix du pain vient encore d'augmenter. Les troupes étrangères campent aux portes de la ville. L'ordre public n'est plus qu'un souvenir, la loi ne tient plus qu'à un fil. Les soldats des gardes françaises ont déserté leur poste pour se consacrer à leurs intérêts de simples travailleurs, et tous les habitués de la rumination solitaire sont sortis au grand jour. Leur visage fermé et anémique porte les traces de leurs fantasmes nocturnes de pendaison, de supplices publics divers et variés et de solutions finales. Dans le ciel, le soleil, œil tropical dévorant, darde sa blessure.

Sous cet œil, l'alcool coule à flots, on s'énerve, on explose. Perruquiers et gratte-papier, apprentis de toutes sortes et machinistes, petits commerçants, drapiers, brasseurs, tanneurs et concierges, aiguiseurs, cochers et filles des rues ; ils sont là, les anciens de Titonville. La foule ondule, avance, recule, travaillée par les rumeurs et un malaise croissant, pour revenir toujours au même endroit. C'est alors que l'horloge se met à sonner, égrenant les heures.

Jusque-là, toute cette histoire n'a été qu'une sorte de jeu, un sport sanguinaire, un combat à mains nues. La foule est pleine de femmes et d'enfants. Les rues empestent. Pourquoi la Cour devrait-elle en passer par le processus politique ? Dans ces allées, la populace, tel un troupeau de porcs, peut aisément être conduite dans les arrière-cours et massacrée par des cavaliers allemands. Doit-elle attendre que cela se produise ? Le roi profanera-t-il le jour du Seigneur ? Demain sera chômé, le peuple peut choisir son heure pour mourir. Les horloges finissent de sonner. C'est l'heure de la crucifixion, comme nous le savons tous. Il est opportun qu'un homme sacrifie sa vie pour le peuple et, en 1757, c'est un dénommé Damiens qui a blessé l'ancien roi d'un coup de canif. On parle encore de son exécution, un jour de terribles réjouissances, une véritable fête de la torture. Trente-deux ans plus tard, les élèves du bourreau sont là, prêts à célébrer un sanglant jubilé.

Voici comment s'est opérée l'entrée précipitée de

Camille dans l'histoire. Il se tenait dans l'entrée du Café de Foy, suant, exalté, légèrement effrayé par la cohue. Quelqu'un derrière lui avait suggéré qu'il pourrait tenter de s'adresser à la foule, et c'est ainsi qu'une table avait été poussée sur le seuil du café. Un moment, il eut l'impression qu'il allait défaillir. Il s'appuya contre la table, serré de près par tous ces gens au point de suffoquer. Il se demanda fugitivement si d'Anton avait la gueule de bois. Et qu'est-ce qui avait bien pu le pousser, lui, à vouloir rester debout toute la nuit ? Il aurait donné n'importe quoi pour se retrouver dans une pièce sombre, seul, mais, comme l'avait dit d'Anton, foutrement horizontal. Son cœur battait à tout rompre. Il se demanda s'il avait mangé ce jour-là. Probablement pas. Il avait l'impression qu'il allait sombrer dans les miasmes âcres de la sueur, du malheur et de la peur.

Trois jeunes gens, marchant de front, arrivèrent en fendant la foule. Visages figés, bras dessus bras dessous, ils essayaient manifestement de mettre le feu aux poudres ; il avait assisté à suffisamment de jeux de rue pour deviner leur état d'esprit et anticiper les conséquences probables en termes de victimes. Des trois il en reconnut deux, le troisième, il ne l'avait jamais vu. C'est ce dernier qui lança : « Aux armes ! » Aussitôt imité par les deux autres.

« Quelles armes ? » demanda Camille. Il écarta une mèche de cheveux collée à son visage et tendit le bras en signe de perplexité. La seconde d'après, quelqu'un lui avait mis un pistolet dans la main.

Il regarda l'arme comme si elle était tombée du ciel. « Il est chargé ?

— Bien sûr que oui. » Quelqu'un lui donna alors

un second pistolet. Sa stupéfaction fut telle que si l'homme ne lui avait pas refermé les doigts sur la crosse, il aurait laissé tomber l'arme. Telle est la conséquence de la rigueur intellectuelle, le prix à payer pour ne pas avoir laissé les gens s'en tirer avec un banal slogan. « Par pitié, tiens-le bien, dit l'homme. C'est un de ces engins qui vous pètent à la figure comme un rien. »

Ce sera certainement pour ce soir, se dit-il ; les troupes vont venir du Champ-de-Mars, il y aura des arrestations, des rafles, des traitements exemplaires. Il comprit soudain à quel point la situation avait évolué par rapport à ce qu'elle était une semaine auparavant, ou le matin même – voire une demi-heure plus tôt. Ce sera certainement pour ce soir, et il vaudrait mieux qu'ils le sachent ; nous sommes au bout du rouleau.

Il avait si souvent vécu ce moment en imagination qu'il agissait maintenant de façon tout à fait machinale ; ses actes, parfaitement synchronisés, s'accomplissaient naturellement, comme dans un rêve. Il avait parlé maintes fois depuis l'entrée du café. Le tout était de sortir les premiers mots, la première phrase ; après, il pourrait se déchaîner, il réussirait dans son entreprise, et il savait qu'il le ferait mieux que personne : c'est là la part que Dieu lui a réservée, comme le dernier morceau laissé sur une assiette.

Il mit un genou sur la table et grimpa, rassemblant les deux pistolets dans ses bras. Il était déjà encerclé par son auditoire, comme dans un amphithéâtre. Il comprenait à présent le sens de l'expression « une mer de visages » ; c'était une mer en mouvement, d'où émergeaient des visages frappés de panique cherchant à aspirer un peu d'air avant que le courant les entraîne par le fond. Mais il y avait aussi des gens accrochés aux fenêtres au-dessus du café et à celles des bâtiments tout autour, et la foule grandissait à vue d'œil. Il n'était pas suffisamment haut perché, pas vraiment visible. Personne ne semblait capable de voir ce dont il avait besoin et, tant qu'il n'aurait pas commencé à parler sans balbutier, il n'arriverait pas à se faire entendre. Il fit passer les deux pistolets dans une seule main, les serrant contre lui, si bien que, si le coup était parti accidentellement, il n'aurait pas été beau à voir ; mais il ne s'en serait séparé pour rien au monde, ne serait-ce qu'un instant. Il eut un geste du bras gauche vers l'intérieur du café. On sortit une chaise, que l'on planta sur la table à côté de lui. « Vous pouvez me la tenir ? » demanda-t-il. Il reprit un des pistolets dans sa main gauche. Il est à présent trois heures et deux minutes.

Au moment où il monta sur la chaise, elle dérapa un peu. Il pensa que cela causerait une terrible stupéfaction s'il en tombait, mais les gens diraient sans doute que c'était bien de lui. Il sentit qu'on agrippait le dossier pour la maintenir en place. C'était une chaise ordinaire avec une assise en paille. Heureusement que Georges Jacques n'était pas à sa place : il serait passé au travers illico.

Il se trouvait à présent à une hauteur vertigineuse. Un souffle fétide parcourait les jardins. Quinze secondes s'étaient écoulées. Il était en mesure d'identifier certains visages dans la foule, et la surprise qu'il en éprouva lui fit cligner les yeux. UN MOT, UN SEUL, songea-t-il. La police était présente, ses espions et ses informateurs aussi, ceux qui le surveillaient depuis des semaines, les collègues et complices des hommes qui, à peine quelques jours auparavant, s'étaient fait tabasser par les émeutiers et jeter dans les fontaines. Mais à présent l'heure est venue de tuer ; il y a des hommes armés derrière eux. Pris de terreur, il se mit à parler.

Il montra du doigt les policiers, les identifia pour le bénéfice de son auditoire. Il les mettait au défi, dit-il : qu'ils approchent, qu'ils l'abattent ou essayent de le prendre vivant. Ce qu'il suggère à la foule, ce qu'il lui apporte sur un plateau, c'est une insurrection armée, la ville soudain transformée en champ de bataille. Dès cet instant (à trois heures et quatre minutes), il est déjà coupable d'une longue liste de crimes passibles de la peine de mort, et s'ils laissent la police s'emparer de lui, il est fini, sauf au regard des peines prévues par la loi. C'est pourquoi, si l'on tente de l'appréhender, il n'hésitera pas à abattre un policier, avant de retourner son arme contre lui-même, en espérant mourir vite. Ensuite, la révolution sera là. Cette décision ne lui prend pas plus d'une demi-seconde, prise en sandwich entre les formules qu'il est occupé à préparer. Leur forme exacte n'a plus guère d'importance à présent. Il sent quelque chose se produire sous ses pieds ; la terre est en train de s'ouvrir. Que veut la foule ? Rugir. Ses intentions à plus long terme ? Pas de réponse claire. Demandez-les-lui : elle rugit. Qui sont ces gens ? Des anonymes. La foule ne cherche qu'à enfler, étreindre, se refermer, se souder, se fondre, hurler d'une seule voix. S'il n'était pas là sur sa chaise, il serait de toute façon en train de mourir, de mourir entre les pages de ses lettres. S'il survit à ce moment – la mort comme remise de peine –, il faudra qu'il le confie au papier, la vie qui nourrit l'écriture qui elle-même nourrit la vie à venir et, déjà, il redoute de n'être pas capable de décrire la chaleur, le vert des marronniers, l'étouffement dû à la poussière, l'odeur du sang, la joyeuse sauvagerie de son auditoire, redoute un voyage dans l'hyperbole, une odyssée du mauvais goût. Cris, lamentations, serments sanglants l'entourent de toutes parts, nuage écarlate sur lequel il flotte comme dans un cinquième élément, pur et raréfié. Il porte la main à son visage et tâte le coin de sa bouche, là où la bague du comte l'a accroché ce matin ; c'est le seul indice qui lui assure qu'il habite toujours le même corps, possède toujours la même chair.

L'avance de la police a été freinée. Il y a quelques jours, à ce même endroit, il disait : « La bête est prise au piège : achevons-la. » Ce qu'il désignait ainsi, c'était le régime moribond, le système qu'il avait connu toute sa vie. Mais à présent, il a vu se lever une autre bête : la foule. Une foule n'a point d'âme, point de conscience, rien en dehors de pattes, de griffes et de dents. Il se souvient du chien de M. Saulce, échappé sur la place des Armes, se déchaînant dans la torpeur de l'après-midi ; il a trois ans, il se penche à la fenêtre de la Vieille Maison et voit le chien lancer un rat en l'air avant de lui briser le cou. Personne ne l'arrachera à ce spectacle. Le chien qu'il a maintenant sous les yeux, personne ne pourra l'enchaîner, n'a le pouvoir de le faire rentrer à la niche. Il s'adressait à lui comme il convenait, penché vers lui, une main tendue paume en l'air, le charmant, le cajolant, l'encourageant. Il a perdu un des pistolets, ne sait pas où, mais peu importe. Le sang s'est figé comme du marbre dans ses veines. Il veut vivre à jamais.

La foule commençait maintenant à s'enrouer, et la fièvre qui s'était emparée d'elle la creusait de remous. Il sauta en son sein. Cent mains se tendirent vers ses vêtements, ses cheveux, sa peau, sa chair. Les gens criaient, juraient, scandaient des slogans. Son nom était dans toutes les bouches, ils le connaissaient. Le vacarme était une horreur sortie tout droit de l'apocalypse, les cohortes de l'enfer soudain lâchées par les rues. Le quart a sonné, mais personne ne l'a remarqué. Les gens pleurent. Ils le soulèvent de terre et lui font faire le tour des jardins juché sur leurs épaules. Une voix hurle qu'on peut se procurer des piques, de la fumée monte à travers les arbres. Quelque part, un tambour se met à battre : un roulement ni profond, ni très sonore, mais dur, sec, sauvage.

Camille Desmoulins à Jean-Nicolas Desmoulins, à Guise :

Vous avez manqué de politique, quand, l'année dernière, vous n'avez pas voulu venir à Laon et me recommander aux personnes de la campagne qui auraient pu me faire nommer. Je m'en moque aujourd'hui. J'ai écrit mon nom en plus grosses lettres dans l'histoire de la Révolution que celui de tous nos députés de la Picardie.

En début de soirée, M. Duplessis sortit avec quelques amis qui souhaitaient satisfaire leur curiosité. Il se munit d'une canne robuste, au cas où il aurait à repousser quelque voyou. Mme Duplessis le supplia de ne pas sortir.

L'inquiétude plissait le visage d'Annette. Les domestiques étaient rentrés porteurs de nouvelles alarmantes, dont elle craignait qu'elles soient en partie vraies. Lucile, pour sa part, semblait en être convaincue. Assise, l'air remarquablement calme et modeste, on aurait pu croire qu'elle avait gagné à la loterie.

Adèle était à la maison. Elle l'était le plus souvent ces temps-ci, quand elle n'était pas à Versailles, à faire des visites ou à recueillir les rumeurs de tout bord. Elle connaissait des députés et des femmes de députés, les potins des cafés et toutes les stratégies mises sur pied lors des votes à l'Assemblée constituante.

Lucile alla s'enfermer dans sa chambre, où elle écrivit : « Adèle est amoureuse de Maximilien Robespierre », avant d'arracher la feuille et de la froisser.

Elle prit ensuite un ouvrage de broderie. Se mit à travailler lentement, prêtant la plus grande attention à ce qu'elle faisait. Elle avait l'intention par la suite de montrer aux gens le travail méticuleux qu'elle avait accompli cet après-midi-là entre cinq heures et quart et six heures et quart. Elle songea à faire quelques gammes. Quand je serai mariée, se dit-elle, j'aurai un piano, sans parler d'autres innovations.

Quand Claude rentra, il se rendit directement dans son bureau, sans se défaire ni de son manteau ni de sa canne, et claqua violemment la porte. Annette comprit qu'il risquait d'avoir besoin d'un peu de temps pour se remettre. « Je crains que votre père n'ait reçu quelque mauvaise nouvelle, dit-elle.

— Comment aurait-il pu, demanda Adèle, simplement en sortant pour aller voir ce qui se passe ? Ce n'est pas comme s'il s'agissait de mauvaises nouvelles concernant quelqu'un en particulier, si ? »

Annette alla frapper à la porte, les deux filles à ses côtés. « Sortez, dit-elle. Ou bien laissez-nous entrer.

— Le ministre a servi de prétexte, voilà tout, dit Claude.

— Necker, le corrigea Adèle. Il n'est plus ministre.

— Non, c'est vrai. » Claude était partagé entre sa loyauté envers son supérieur hiérarchique et son désir d'exprimer sa pensée. « Vous savez que je n'ai jamais aimé cet homme. C'est un charlatan. Mais il mérite mieux que d'être utilisé comme simple prétexte.

— Mon cher, dit Annette, il y a ici trois femmes qui souffrent le martyre. Pensez-vous que vous pourriez vous montrer un peu plus explicite dans votre description des événements ?

— C'est l'émeute, dit simplement Claude. Le renvoi de M. Necker a déclenché un tumulte incroyable. Nous sommes plongés dans un état d'anarchie, et "anarchie" est pourtant un mot que j'ai banni de mon vocabulaire.

— Asseyez-vous, mon cher », dit Annette.

Claude s'exécuta et se passa la main sur les yeux. Dominant la scène depuis le mur : l'ancien roi ; la reine actuelle sur une estampe bon marché, plumes au vent, menton flatteur parce que pratiquement effacé ; un buste en plâtre de Louis, aux allures d'aide-charron ; l'abbé Terray en double exemplaire, de face et de profil.

« C'est une véritable insurrection, dit-il. Ils sont en train de mettre le feu aux barrières de l'octroi. Ils ont fermé les théâtres et pénétré par effraction dans le musée de cire.

— Dans le musée de cire ! s'exclama Annette, consciente du sourire d'idiote qui se dessinait sur son visage. Pourquoi feraient-ils une chose pareille ?

« — Et comment le saurais-je ? dit Claude, en élevant la voix. Comment pourrais-je savoir ce qui les pousse à faire ceci ou cela ? Il y a là-bas cinq mille personnes, six mille peut-être, qui marchent sur les Tuileries. Et ce n'est là qu'un des cortèges, il y en a d'autres qui arrivent pour venir grossir les rangs. Ils mettent la ville à sac.

— Mais où sont les soldats ?

— Où ils sont ? Le roi lui-même, j'en suis sûr, aimerait le savoir. Ils pourraient aussi bien être sur le parcours à applaudir, pour ce qu'ils sont utiles. Dieu merci, le roi et la reine sont à Versailles ; qui sait ce qui pourrait arriver, dans la mesure où à la tête de ces émeutiers il y a... (Les mots lui manquent.) Il y a cet individu.

— Je ne vous crois pas. » Cela dit d'une voix neutre, simplement pour la forme, convaincue qu'est déjà Annette.

« À votre aise. Vous le lirez demain dans le journal... en admettant qu'il y en ait un. Il semblerait qu'il ait fait au Palais-Royal un discours qui a produit quelque effet, et qu'il soit devenu une sorte de héros pour ces gens. Pour ces émeutiers, devrais-je dire. La police a tenté de l'appréhender, et, d'une manière à mon sens fort peu avisée, il a tenu les hommes à distance en les menaçant d'une arme à feu.

— Ce n'était pas si mal avisé, dit Adèle, au vu des résultats obtenus.

— Ah, j'aurais dû prendre des précautions, dit Claude. J'aurais dû vous envoyer toutes les deux quelque part. Je me demande ce que j'ai pu faire pour mériter ça. Une fille qui fraye avec des extrémistes, et l'autre qui envisage de se fiancer à un criminel.

— Un criminel ? fit Lucile, surprise.

— Mais oui. Il a enfreint la loi.

— La loi sera changée.

— Mon Dieu, mais qu'est-ce que tu racontes ? Les troupes vont les écraser.

— Vous semblez penser, père, que tout cela est purement accidentel, dit Lucile. Non… laissez-moi parler. J'en ai le droit, ne serait-ce que parce que je sais mieux que vous ce qui se passe. Vous dites qu'il y a des milliers d'émeutiers, combien exactement, vous n'en savez rien, mais les gardes-françaises n'attaqueront pas les leurs, et la plupart de ces soldats sont de notre côté. S'ils sont correctement organisés, ils ne tarderont pas à avoir un effectif suffisant pour engager le combat avec le reste des troupes. Le régiment royal-allemand sera submergé par la seule force du nombre. »

Claude la regardait, effaré. « Il est trop tard pour prendre quelque mesure que ce soit », intervint son épouse à voix basse. Lucile s'éclaircit la voix. C'était pratiquement un discours qu'elle était en train de faire, un pâle discours de salon. Elle avait les mains qui tremblaient. Elle se demandait s'il avait eu très peur, si, poussé et encouragé par la foule, il avait oublié le calme dans l'œil du cyclone, l'endroit inviolable au cœur de tous les projets auxquels on tient vraiment.

« Tout cela a été prévu, dit-elle. Je sais que des renforts sont attendus, mais ils auront à franchir le fleuve. (Elle va jusqu'à la fenêtre.) Regardez. C'est une nuit sans lune. Combien de temps va-t-il leur falloir pour traverser dans l'obscurité, avec des chefs qui risquent de ne pas être d'accord entre eux ? Ils savent peut-être se battre sur un champ de bataille, mais ne sont pas habitués aux combats de rue. D'ici à demain matin – si les troupes peuvent être contenues à la hauteur de la place Louis-XV –, le centre de la ville en sera débarrassé. Et les électeurs de Paris auront leur milice sur pied ; ils peuvent demander des armes à l'Hôtel de Ville. Il y a des fusils aux Invalides, quarante mille mousquets…

— Champ de bataille ? l'interrompit Claude. Renforts ? Comment sait-tu tout cela ? D'où le tiens-tu ?

— À votre avis ? rétorqua-t-elle sans se démonter.

— Électeurs ? Milice ? Mousquets ? Est-ce que par hasard tu saurais aussi, demanda-t-il sur un ton hystérique teinté de sarcasme, où ils ont l'intention de se procurer la poudre et les plombs ?

— Mais oui, dit Lucile. À la Bastille. »

Le vert, telle était la couleur qu'ils avaient choisie comme signe de ralliement – le vert, la couleur de l'espoir. Au Palais-Royal, une fille avait donné à Camille un morceau de ruban vert, et depuis les gens avaient dévalisé toutes les merceries ; à présent, des mètres et des mètres de vert, sauge, pomme, émeraude ou tilleul, étaient tendus en travers des rues poussiéreuses et traînaient dans les caniveaux. Au Palais-Royal, ils avaient arraché les feuilles des marronniers et les portaient maintenant, tristement défraîchies, au chapeau et à la boutonnière. Leur odeur douceâtre flottait en nappes dans l'air de l'après-midi.

Le soir venu, ils étaient toute une armée à marcher derrière leurs propres bannières, et la chaleur n'avait en rien diminué. Puis, au cours de la nuit, l'orage éclata, et les grondements du tonnerre au-dessus de leurs têtes rivalisèrent avec les claquements des coups de feu et les fracas du verre brisé. Les gens chantaient ; des ordres trouaient l'obscurité ; on entendait résonner le bruit sourd des bottes sur les pavés et le cliquetis du métal. Les éclairs qui zébraient le ciel éclairaient des rues dévastées ; et le vent charriait les tourbillons de fumée qui montaient des barrières en flammes. À minuit, un grenadier ivre dit à Camille : « J'ai d'jà vu ta tronche quelque part, toi. »

À l'aube, sous la pluie, il croisa Hérault de Séchelles, sans réagir, car il était parvenu à un stade où plus rien ne pouvait l'étonner. Il se serait retrouvé côte à côte avec Mme Du Barry qu'il n'aurait pas été surpris. Le visage du juge était sali, son manteau déchiré ne tenait plus sur son dos que par un fil. Dans une main, il tenait un très joli pistolet de duel, qui faisait partie d'une paire de grande valeur fabriquée pour Maurice de Saxe ; dans l'autre, un couperet.

« Le gâchis, l'irresponsabilité ! dit Hérault. Ils ont pillé le monastère Saint-Lazare. Tous ce beau mobilier, mon Dieu, et l'argenterie ! Oui, ils ont fait une descente dans les caves, et ils sont par terre dans la rue à cuver et à dégorger. Pardon, vous avez dit… Versailles ? Et c'était "pour en finir" ou "pour les finir" ? Dans ce cas, j'aurais intérêt à changer de vêtements, cela m'ennuierait beaucoup de me présenter au palais dans cet état. Bon sang, s'exclama-t-il en empoignant fermement son couperet et en replongeant dans la foule, ça vaut tous les actes d'assignation du monde, non ? » Il n'avait jamais, au grand jamais, été aussi heureux de sa vie.

Le duc Philippe avait passé la journée du 12 dans son château du Raincy, dans la forêt de Bondy. En apprenant ce qui se passait à Paris, il s'était déclaré « très surpris et choqué ». « Je crois qu'il l'était vraiment », avait commenté son ex-maîtresse, Mrs Elliott.

Au lever du roi, le matin du 13, Philippe fut d'abord ignoré ; puis Sa Majesté lui demanda (brutalement) ce qu'il voulait, avant de lui dire : « Retournez d'où vous venez. » Philippe partit pour sa maison de Mousseaux de fort méchante humeur, et jura (au dire de Mrs Elliott) que « c'en était fini, il n'approcherait plus jamais ces gens-là ».

Dans l'après-midi, Camille retourna aux Cordeliers. Le grenadier ivre ne le lâchait pas, répétant à l'envi : « J't'ai déjà vu quéque part, toi. » Il traînait aussi à sa suite quatre soldats des gardes françaises, qui n'avaient pas bu mais n'en manifestaient pas moins des intentions meurtrières, et qui risquaient de se faire lyncher s'il lui arrivait quelque chose ; plusieurs évadés de la prison de la Force ; une harengère à la voix éraillée, portant jupe à rayures et bonnet de laine, armée d'un couteau de cuisine à large lame et d'un vocabulaire ordurier (Tu m'as tapé dans l'œil, ne cessait-elle de lui répéter. À partir de maintenant, mon p'tit, toi et moi on s'quitte plus) ; une jolie jeune femme, un pistolet glissé dans la ceinture de sa tenue d'amazone, ses cheveux bruns noués à l'arrière avec deux rubans, l'un rouge et l'autre bleu.

« Et alors, le ruban vert ? lui demanda-t-il.

— Quelqu'un s'est rappelé que le vert est la couleur du comte d'Artois. Pas question de l'adopter… On porte maintenant les couleurs de la ville de Paris, rouge et bleu. » Le sourire qu'elle lui adressa semblait témoigner d'une vieille affection. « Anne Théroigne, dit-elle. Nous nous sommes rencontrés un jour où je passais une audition avec Fabre. Vous vous souvenez ? »

Son visage semblait lumineux dans la lumière délavée. Il s'aperçut alors qu'elle était trempée et frissonnait de froid. « Le temps a changé, dit-elle. Et tant d'autres choses avec lui. »

À la cour du Commerce, le concierge avait barricadé les portes, et Camille dut parler à Gabrielle par une fenêtre. Elle avait le visage cireux et les cheveux en bataille. « Georges est sorti avec notre voisin, M. Gély, dit-elle, recruter des volontaires pour la milice citoyenne. Il y a quelques minutes, maître Lavaux – vous le connaissez, non ? Il habite juste en face – est passé et m'a dit : "Je me fais du souci pour Georges, il est debout sur une table où il s'égosille à essayer de persuader les gens qu'il faut protéger nos maisons des soldats et des brigands." » Elle s'interrompit, bouche bée à la vue de la petite troupe qui l'accompagnait, avant de dire : « Qui sont ces gens ? Ils sont avec toi ? »

Le visage de Louise Gély apparut soudain sous l'épaule de Gabrielle. « Bonjour, dit-elle. Vous entrez ou vous avez l'intention de rester dans la rue ? »

Gabrielle l'entoura de son bras et la serra contre elle. « Sa mère est ici, elle a ses vapeurs, la pauvre. Georges a dit à maître Lavaux : "Rejoignez-nous. De toute façon, vous avez perdu votre situation, la monarchie est finie." Mais pourquoi, pourquoi avoir dit une chose pareille ? se lamenta-t-elle. Quand va-t-il rentrer ? Qu'est-ce que je vais devenir ?

— Parce que c'est la vérité, dit Camille, c'est la fin de la monarchie. Mais rassurez-vous, Georges ne sera pas long, ce n'est pas son genre. Gardez votre porte bien fermée. »

Le grenadier lui planta un doigt dans les côtes. « Alors, comme ça, c'est ta femme ? » demanda-t-il.

Camille recula d'un pas et regarda l'homme, stupéfait. C'est alors que quelque chose sembla se briser avec un claquement sonore dans sa tête, et les autres durent l'appuyer contre un mur et lui faire avaler un peu d'eau-de-vie, si bien que, très vite, il perdit toute notion de la réalité.

Une nouvelle nuit dans la rue : à cinq heures, le tocsin et le canon d'alerte. « Cette fois, ça commence vraiment pour de bon », dit Anne Théroigne. Elle détacha les rubans de ses cheveux et les enroula dans la boutonnière de la veste de Camille. Rouge et bleu. « Rouge pour le sang, dit-elle, bleu pour le ciel. » Les couleurs de Paris : ciel de sang.

À six heures, ils étaient à la caserne des Invalides, parlementant pour obtenir des armes. Quelqu'un le fit pivoter doucement sur lui-même et lui montra l'endroit du Champ-de-Mars où des baïonnettes prêtes pour le corps-à-corps étincelaient sous les premiers rayons du soleil. « Ils ne viendront pas », dit-il, et, effectivement, ils ne vinrent pas. Il entendait sa propre voix prononcer des paroles apaisantes et sensées, tandis qu'il regardait dans la bouche des canons, près desquels se tenaient les soldats, flambeau allumé à la main. Il n'était pas le moins du monde effrayé. Puis les négociations prirent fin, et il y eut des courses et des cris. C'est alors qu'eut lieu ce que l'on appelle la prise des Invalides. Pour la première fois, il eut peur.

Quand tout fut terminé, il s'appuya contre un mur, et la fille aux cheveux bruns lui mit une baïonnette dans les mains. Il passa la paume sur la lame et demanda, par simple curiosité : « C'est difficile de s'en servir ?

— Facile comme tout, dit le grenadier ivre. Ah, mais ça y est, j'te remets maintenant. C'était pendant une p'tite émeute de rien, devant le Palais de justice, y a quoi ? deux ans d'ça. Une bonne journée au grand air. J't'ai comme qui dirait jeté par terre et pis j't'ai donné quelques coups de pied dans les côtes. Tu m'excuseras, hein ? J'faisais mon boulot, c'est tout. J't'ai pas fait bien mal, à t'voir. »

Camille le regarda fixement. Le soldat était couvert de sang, il en dégouttait littéralement ; sa tenue en était imprégnée, ses cheveux étaient collés ; il riait derrière un voile de sang. Tout en le regardant, il pivota sur ses talons et exécuta une petite gigue, ses bras écarlates levés en l'air.

« La Bastille, hein ? entonna-t-il. À présent à la Bastille, hein, tous à la Bastille. »

Launay, le gouverneur de la Bastille, était un civil et portait une redingote grise quand il se rendit. Peu après, il tenta de s'ôter la vie avec sa canne-épée, mais on l'en empêcha.

La foule qui se pressait autour de Launay hurlait : « Tuez-le ! » Des membres des gardes françaises s'interposèrent, lui faisant un bouclier de leur corps. Mais à la hauteur de l'église Saint-Louis, quelques émeutiers réussirent à s'emparer de lui, lui crachèrent dessus et le précipitèrent au sol à coups de gourdin. Quand les gardes réussirent à le soustraire à leurs violences, il avait le visage tuméfié, les cheveux arrachés par poignées entières, et c'est à peine s'il pouvait encore marcher.

Dans le voisinage de l'Hôtel de Ville, ils durent s'arrêter. Une dispute avait éclaté entre ceux qui étaient partisans de faire passer l'homme en jugement avant que de le pendre et ceux qui voulaient l'éliminer sur-le-champ. Frappé de panique, Launay ouvrit grands les bras ; on les lui immobilisa aussitôt, si bien qu'il n'avait plus de main libre pour essuyer le sang qui lui coulait dans les yeux. Au supplice, il se débattit en donnant des coups de pied. L'un d'eux atteignit un certain Desnot à l'entrejambe. L'homme, un cuisinier sans emploi, hurla de douleur et tomba sur les genoux, se tenant le bas-ventre à deux mains.

Un inconnu apparut à son côté et considéra le prisonnier. Un instant, il hésita, puis il avança d'un pas et planta sa baïonnette dans le ventre de Launay. Quand il la retira, le malheureux tomba en avant et s'empala sur les pointes de six autres armes. Quelqu'un lui asséna une série de coups derrière la tête à l'aide d'un gros morceau de bois. Ses protecteurs reculèrent quand on le traîna dans le caniveau, où il mourut, mais pas avant que l'on ait tiré à plusieurs reprises sur son corps dévasté et encore agité de soubresauts. Desnot se fraya alors un chemin jusqu'à lui en boitillant. « Il est à toi », dit quelqu'un. Il fouilla dans sa poche, le visage encore tordu par la douleur, et s'agenouilla à côté du cadavre. Ayant passé les doigts dans les quelques cheveux qui lui restaient encore sur le crâne, il fit jaillir la lame d'un petit couteau et, tirant à lui la tête du mort, commença à lui taillader la gorge. On lui proposa une épée, mais il n'était pas sûr de savoir s'en servir. Il se remit au travail, son visage trahissant à peine plus que son propre inconfort, et il continua à manier son canif jusqu'à ce que la tête de Launay soit entièrement tranchée.

Camille dormait. Ses rêves étaient emplis de verdure, de campagne, d'eaux claires. Mais à la fin c'étaient des eaux sombres qui coulaient dans les caniveaux, poisseuses du sang des gorges tranchées. « Mon Dieu, mon Dieu », dit une voix de femme étouffée par les larmes. Sa tête reposait sur un sein point trop maternel. « Je suis en proie à des émotions si fortes, dit Louise Robert.

— Vous avez pleuré », remarqua-t-il, énonçant une évidence. Combien de temps avait-il dormi ? Une heure, une demi-journée ? Il n'arrivait pas à comprendre comment il avait pu atterrir dans le lit des Robert. Il ne se souvenait de rien. « Il est quelle heure ? demanda-t-il.

— Asseyez-vous, dit-elle. Asseyez-vous et écoutez-moi. » C'était une femme aux allures de petite fille, fragile et pâle. Elle s'était levée et faisait les cent pas dans la chambre. « Ce n'est pas notre révolution. Ce n'est ni la nôtre, ni celle de Brissot, ni celle de Robespierre. » Elle s'immobilisa brusquement. « Saviez-vous que je connaissais Robespierre ? dit-elle. Je suppose que j'aurais pu devenir Mme Chandelle d'Arras, si je l'avais voulu. Croyez-vous que c'eût été une bonne chose pour moi ?

— Vraiment, je ne sais pas.

— C'est la révolution de La Fayette, voyez-vous. Et de Bailly et de ce foutu Philippe. Mais c'est un début. » Elle le dévisagea un instant, se prenant la gorge à deux mains. « Il a fallu que ce soit vous, incroyable, non ?

— Revenez près de moi », dit-il en tendant une main vers elle. Il avait l'impression de s'être égaré sur une mer de glace, loin, très loin de toute présence humaine. Elle vint s'asseoir à côté de lui, arrangeant ses jupes. « J'ai fermé la boutique. Personne ne s'intéresse aux produits des colonies. On n'a pas vu un client depuis deux jours.

— Il n'y aura peut-être bientôt plus de colonies. Plus d'esclaves.

— Ce n'est sans doute pas pour demain, dit-elle en riant. Mais ne me détournez pas de ma tâche, qui est de vous empêcher d'approcher de la Bastille, au cas où la chance vous abandonnerait.

— Ce n'est pas une question de chance. » C'est à peine s'il est réveillé, mais déjà il travaille à sa légende.

« Vous êtes en droit de le penser, oui.

— Si j'allais à la Bastille et que je me fasse tuer, je trouverais ma place dans les livres d'histoire, vous ne croyez pas ?

— Si, sans doute, dit-elle en le regardant d'un air bizarre. Mais il n'est pas question que vous alliez vous faire tuer, à la Bastille ni ailleurs.

— À moins que votre époux ne rentre et me tue, dit-il, pensant à la situation dans laquelle ils se trouvaient.

— Ah oui », fit-elle. Elle sourit d'un air sombre, les yeux ailleurs. « De fait, j'ai bien l'intention d'être fidèle à François. Je crois que nous avons un avenir, ensemble. »

Nous avons tous un avenir désormais. Ce n'était pas un accident, songe-t-il, ni un coup de chance. Il voit son corps, minuscule et aplati, ses mains cherchant des prises sur la paroi du futur, crayeuse et d'un blanc aveuglant, sent son visage écrasé contre le rocher, sent ses membres trembler sous l'effet du vertige ; il n'a jamais cessé de grimper. Louise le tenait serré. Il s'affaissa contre elle, avec l'envie de dormir. « Quel *coup de théâtre** ! » murmura-t-elle, en lui caressant les cheveux.

Elle lui apporta du café. Ne bougez pas, restez tranquille, dit-elle. Il regarda la tasse sans y toucher. L'air autour de lui était chargé d'électricité. Il examina la paume de sa main droite. Elle passa son doigt sur la coupure, aussi fine qu'un cheveu. « Comment me suis-je fait ça ? Je ne m'en souviens pas, mais, vu les circonstances, avec ces gens qui mouraient écrasés et se faisaient piétiner…

— Je pense que vous êtes béni des dieux, dit-elle. Mais je ne l'avais jamais soupçonné jusqu'ici. »

François Robert rentra. Il resta sur le seuil de la pièce et embrassa sa femme sur la bouche. Ôta son manteau et le lui tendit. Puis, debout devant une glace, il peigna tranquillement ses cheveux noirs et bouclés, tandis que Louise, plus petite de deux têtes, attendait à son côté. « La Bastille a été prise », dit-il quand il eut terminé. Il traversa la pièce et regarda Camille. « En dépit du fait que tu étais ici, tu étais quand même là-bas. Des témoins t'y ont vu, et tu étais un des protagonistes de l'action. Le deuxième homme à pénétrer à l'intérieur était Hérault de Séchelles. Il reste encore un peu de ce café ? demanda-t-il, en s'éloignant pour aller s'asseoir. Toute vie normale a cessé. » Il avait dit cela comme s'il s'adressait à un idiot ou à un petit enfant. Il ôta ses bottes. « Tout sera radicalement différent à partir de maintenant. »

C'est ce que tu crois, songea Camille avec lassitude. Il n'arrivait pas à saisir totalement ce qu'on lui disait. La pesanteur n'a pas été abolie, le sol là-bas en bas est hérissé de piques. Même au sommet de la falaise, il y a des cols et des précipices, des défilés aveugles aux parois semblables à celles d'un tombeau. « J'ai rêvé que j'étais mort, dit-il. Que j'avais été enterré. » Il y a un sentier étroit qui mène au cœur des montagnes, le pays de l'esprit, rocailleux, incertain, hésitant et fastidieux. Toujours tes mensonges, se dit-il à part lui. Ce n'est pas de cela que j'ai rêvé ; j'ai rêvé d'eau, j'ai rêvé que je perdais mon sang dans la rue. « On pourrait penser que mon bégaiement aurait disparu, dit-il, mais je ne suis pas aussi béni des dieux que cela. Pouvez-vous me donner du papier ? Il faut que j'écrive à mon père.

— Très bien, Camille, dit François. Dis-lui que tu es célèbre à présent. »

Troisième partie

Dire à beaucoup de gens qu'on a de
la réputation : ils le répéteront, et ces
répétitions feront réputation.

[...]

Théorie de l'ambition, essai,
Marie-Jean Hérault de Séchelles

I

Vierges

(1789)

Monsieur Soulès, membre de l'assemblée électorale de Paris, était seul sur les remparts de la Bastille. On était venu le trouver tôt dans la soirée, en lui disant : La Fayette vous demande ; Launay a été assassiné, et vous êtes nommé gouverneur par intérim. Oh non, dit-il, pourquoi moi ?

Remettez-vous, que diable, lui avait-on dit ; les troubles sont terminés.

Trois heures du matin, sur les remparts. Il avait renvoyé son escorte épuisée. La nuit est noire comme une âme damnée ; le corps aspire à l'anéantissement. Montant vers lui de Saint-Antoine, à ses pieds, le hurlement douloureux d'un chien aux étoiles. Au loin, sur sa gauche, une torche léchait faiblement l'obscurité, accrochée contre son mur, éclairant les pierres gluantes, les fantômes en pleurs.

Jésus, Marie, Joseph, aidez-nous maintenant et à l'heure de notre mort.

Il se retrouva les yeux dans la poitrine d'un homme, et l'homme avait un mousquet.

Il devrait y avoir une sommation, songea-t-il dans son égarement, tu es censé demander : Qui va là, ami ou ennemi ? Et si l'on te répond « ennemi » et que l'on continue néanmoins d'avancer ?

« Qui êtes-vous ? demanda la poitrine.

— Je suis le gouverneur.

— Le gouverneur est mort et découpé en morceaux.

— C'est ce que j'ai entendu dire. Je suis le nouveau gouverneur. C'est La Fayette qui m'a envoyé.

— Ah, vraiment ? C'est La Fayette qui l'envoie », dit la poitrine. Des ricanements se firent entendre dans l'obscurité. « Voyons un peu votre mandat. »

Soulès fouilla dans sa poche, tendit la feuille de papier qu'il avait gardée contre son cœur tout au long de ces heures passées dans la plus grande nervosité. « Comment voulez-vous que je lise sans lumière ? » Il entendit le bruit du papier que l'on froisse. « Fort bien, dit la poitrine avec condescendance. Je suis le capitaine d'Anton, du bataillon des Cordeliers de la milice citoyenne, et je vous arrête parce que vous me paraissez être un individu fort suspect. Citoyens, faites votre devoir. »

Soulès ouvrit la bouche.

« Inutile de crier. J'ai inspecté la garde, ils sont tous ivres et dorment comme des sonneurs. On vous emmène à notre quartier général. »

Soulès scruta l'obscurité. Il y avait au moins quatre hommes armés derrière le capitaine d'Anton, et peut-être davantage dans l'ombre.

« Ne vous avisez pas de résister. »

Le capitaine avait une voix cultivée et très nette.

Piètre consolation. Garde toute ta tête, s'admonesta Soulès avec détermination.

On sonna le tocsin à Saint-André-des-Arts. En quelques minutes, une centaine de personnes étaient dans la rue. Un quartier animé, comme l'avait toujours dit d'Anton.

« On n'est jamais assez prudent, dit Fabre. On devrait peut-être l'abattre. »

Soulès ne cessait de répéter : « J'exige d'être emmené à l'Hôtel de Ville. »

— Vous n'avez rien à exiger », finit par dire d'Anton. Puis une idée sembla le frapper. « Entendu. L'Hôtel de Ville. »

Le voyage fut mouvementé. Ils durent prendre une voiture ouverte, dans la mesure où rien d'autre n'était disponible. Il y avait déjà (ou encore) des gens dans les rues, et il leur sembla évident que les citoyens des Cordeliers avaient besoin d'aide. Ils couraient le long de la voiture en criant : « Pendez-le ! »

« C'est bien ce que je pensais, dit d'Anton quand ils furent arrivés. Le gouvernement de la ville est entre les mains de quiconque se présente en déclarant : "C'est moi qui commande." » Depuis déjà quelques semaines, des membres de l'assemblée électorale s'étaient constitués en un organisme officieux appelé la Commune, le gouvernement de la municipalité parisienne ; M. Bailly de l'Assemblée nationale, qui avait présidé l'assemblée électorale, en était le principal inspirateur. Hier encore, il est vrai, il y avait un prévôt de Paris, nommé par le roi ; mais les insurgés l'avaient tué, une fois réglé le sort de Launay. Qui gouverne la ville à présent ? Qui détient les sceaux, les timbres ? Ce sont des questions à poser pendant les heures ouvrables. Le marquis de La Fayette, dit un secrétaire encore debout, est rentré se coucher.

« C'est bien le moment de dormir ! s'exclama d'Anton. Faites-le venir ici. Que faut-il penser de tout ça ? Des citoyens quittent leur lit pour aller inspecter la Bastille, une forteresse arrachée aux tyrans au prix d'énormes sacrifices, et qu'est-ce qu'ils trouvent ? La garde pratiquement ivre morte, et cet individu qui prétend être le gouverneur sans être capable de s'expliquer. » Il se tourna vers sa patrouille. « Il faudrait tout de même que quelqu'un rende compte au peuple. Il doit y avoir des squelettes à dénombrer. Et peut-être même de malheureuses victimes encore enchaînées dans les cachots.

— Ah, mais on a tout vérifié, dit le secrétaire. Il n'y avait que sept prisonniers, vous savez. »

Il n'en reste pas moins, songea d'Anton, que les locaux étaient toujours restés disponibles. « Qu'en est-il des effets des prisonniers ? demanda-t-il. J'ai moi-même entendu parler d'un billard entré là il y a vingt ans, et qui n'en est jamais ressorti. »

Rires parmi les hommes massés derrière lui. Regard vide et effaré du secrétaire. D'Anton avait soudain retrouvé une certaine mesure. « Allez chercher La Fayette », dit-il.

Jules Paré, libéré de son emploi de clerc, eut un grand sourire dans l'obscurité. Des lumières éclairaient la place de Grève. Les yeux de Soulès furent irrésistiblement attirés vers la lanterne – un grand porte-flambeau en fer où brûlait une torche. C'est à cet endroit que, quelques heures plus tôt, la foule avait joué comme avec un ballon avec la tête tranchée du marquis de Launay. « Priez, monsieur Soulès », suggéra plaisamment d'Anton.

L'aube pointait quand La Fayette apparut. D'Anton fut déçu de constater que sa mise était impeccable ; seul son visage rasé de près était rougi autour des pommettes.

« Savez-vous l'heure qu'il est ?

— Cinq heures ? dit d'Anton obligeamment. À vue de nez. J'ai toujours cru que les soldats étaient prêts à se lever à n'importe quelle heure de la nuit. »

La Fayette se détourna l'espace d'une seconde. Il serra les poings, leva les yeux vers le ciel rougeoyant. Quand il se tourna à nouveau vers d'Anton, sa voix était aimable et alerte. « Désolé. Ce n'était pas là une façon de vous saluer. Capitaine d'Anton, n'est-ce pas ? Des Cordeliers ?

— Et un de vos grands admirateurs, général, dit d'Anton.

— Trop aimable à vous. » Le regard étonné de La Fayette s'attarda sur le subordonné que le nouveau monde lui apportait, ce géant à la carrure imposante et au visage grêlé. « Je me demande si tout cela était bien nécessaire, dit-il, mais je suppose que vous faites… de votre mieux.

— Nous essaierons de faire en sorte que notre mieux soit assez bien », dit le capitaine d'Anton résolument.

Un instant, un soupçon traversa l'esprit du général : se pouvait-il qu'il fût victime d'une farce grossière ? « C'est M. Soulès, dit-il, je l'identifie formellement. M. Soulès a mon autorité pleine et entière. Bien entendu, je vais lui délivrer un nouveau mandat. Cela fera-t-il l'affaire ?

— À merveille, dit le capitaine avec empressement. Mais votre seule parole me suffira, général, en toutes circonstances.

— Bien, je vais rentrer, à présent, capitaine d'Anton. Si vous en avez terminé avec moi. »

Le capitaine n'entendait rien au sarcasme. « Dormez bien », dit-il. La Fayette pivota sur les talons avec élégance, en se demandant : Faut-il que nous saluions ou pas ?

D'Anton fit faire demi-tour à sa patrouille pour la ramener au fleuve, les yeux étincelants. Gabrielle l'attendait. « Mais pourquoi t'es-tu conduit ainsi ?

— Une preuve d'initiative, non ?

— Tu n'as fait que contrarier La Fayette.

— C'est bien ce que je voulais dire.

— C'est le genre de petit jeu que les gens du quartier adorent, dit Paré. Je suis sûr, d'Anton, qu'ils vont te nommer capitaine de la milice pour de bon. Et je pense également qu'ils vont t'élire président du district. Après tout, tout le monde te connaît.

— La Fayette me connaît », dit d'Anton.

Nouvelles de Versailles : M. Necker est rappelé. M. Bailly, quant à lui, est nommé maire de Paris. Momoro, l'imprimeur, travaille toute la nuit pour composer le texte du pamphlet de Camille. On appelle des ouvriers en bâtiment pour démolir la Bastille. Les gens l'emportent, pierre par pierre, en guise de souvenir.

L'émigration commence. Le prince de Condé quitte le pays précipitamment, laissant impayés les honoraires de ses hommes de loi et beaucoup d'autres factures. Le frère du roi, le comte d'Artois, prend lui aussi ses cliques et ses claques, ainsi que les Polignac, les favoris de la reine.

Le 17 juillet, le maire de Paris quitte Versailles dans un carrosse orné de fleurs, arrive à l'Hôtel de Ville à dix heures et se remet aussitôt en route, au milieu d'une foule de dignitaires, pour aller à la rencontre du roi. Ils vont jusqu'à la pompe à incendie de Chaillot : maire, électeurs, gardes, clés de la ville dans une coupe en argent – c'est là qu'ils rencontrent trois cents députés ainsi que le cortège royal, qui arrivent dans l'autre sens.

« Sire, dit Bailly, j'apporte à Votre Majesté les clés de sa bonne ville de Paris. Celles-là mêmes qui furent présentées à Henri IV ; il avait reconquis son peuple, et ici aujourd'hui le peuple a reconquis son roi. »

Paroles qui manquent quelque peu de tact, mais il n'y entend pas malice. Applaudissements nourris et spontanés. Les miliciens bordent la route sur trois rangs. Le marquis de La Fayette marche devant le carrosse du roi. Plusieurs salves de coups de canon retentissent. Sa Majesté descend de son carrosse et accepte du maire le nouvel emblème du pays : la cocarde tricolore, où le blanc de la monarchie a été ajouté au rouge et au bleu. Il l'épingle à son chapeau, et la foule l'acclame. (Il a rédigé son testament avant de quitter Versailles.) Il monte les marches de l'Hôtel de Ville sous une arche d'épées. La foule en délire se bat autour de lui, le bouscule pour essayer de le toucher afin de voir s'il est fait comme le reste des hommes. « Vive le roi ! » crient-ils. (La reine pensait ne jamais le revoir.)

« Laissez-les faire, dit-il aux soldats. Je crois qu'ils m'aiment vraiment. »

Un semblant de retour à la normale s'effectue. Les boutiques rouvrent. Un vieillard ratatiné et squelettique, doté d'une longue barbe blanche, est porté en triomphe à travers la ville pour saluer les foules qui peuplent encore les rues. C'est le comte de Whyte – peut-être un Anglais, ou un Irlandais –, personne ne sait combien de temps il est resté enfermé à la Bastille. Il semble apprécier l'attention dont il jouit, même si, quand on l'interroge sur les circonstances de son incarcération, il se met à pleurer. Les mauvais jours, il ne sait même plus qui il est. Les bons, il répond au nom de Jules César.

Interrogatoire de Desnot, juillet 1789, à Paris :

Quand on lui a demandé si c'était avec ce couteau qu'il avait mutilé la tête du sieur de Launay, il a répondu que c'était avec un couteau noir, plus petit ; et quand on lui a fait remarquer qu'il était impossible de trancher la tête d'un homme avec un instrument aussi petit et peu solide, il a répondu que, en sa capacité de cuisinier, la viande, il connaissait.

18 août 1789

À l'amphithéâtre d'Astley, Westminster Bridge
(*après le funambule Signior Spinacula*)
Un Splendide Spectacle Entièrement Nouveau

LA RÉVOLUTION FRANÇAISE

Du dimanche 12 juillet
au mercredi 15 juillet (inclus)
Intitulé
PARIS À FEU ET À SANG
Avec les effets les plus grandioses
et les plus extraordinaires jamais déployés
pour un spectacle fondé sur des faits authentiques

Loge 3 s, Parterre 2 s, Bal. 1 s, Gal. 6 d.
Ouverture des portes à 5 h 30,
Début du spectacle à 6 h 30 précises

Camille était désormais *persona non grata* rue de Condé. Il devait s'en remettre à Stanislas Fréron pour aller et venir, lui rapporter des nouvelles, et transmettre ses sentiments (et ses lettres) à Lucile.

« Vois-tu, lui dit Fréron, si je saisis bien la situation, elle t'aimait pour la belle qualité de ton esprit. Parce que tu étais si sensible, d'une nature si élevée. Parce que, croyait-elle, tu vivais sur une autre planète que celle que nous habitons, nous autres mortels à la fibre grossière. Mais regarde un peu ce qui est arrivé. Tu t'es révélé le genre d'homme à parcourir les rues, couvert de boue et de sang, pour appeler au massacre. »

D'Anton lui dit que Fréron « essayait de déblayer le terrain à son profit, d'une manière ou d'une autre ». Son ton était cynique. Il cita l'épigramme de Voltaire à propos du père de « Lapin » : « L'autre jour au fond d'un vallon / Un serpent piqua Jean Fréron / Que croyez-vous qu'il arriva ? / Ce fut le serpent qui creva. »

La vérité – mais Fréron n'était pas prêt à l'admettre devant lui – était que Lucile était plus amoureuse que jamais. Claude Duplessis restait convaincu que s'il arrivait à présenter sa fille à l'homme idoine, elle serait délivrée de son obsession. Mais trouver quelqu'un susceptible de l'intéresser ne serait-ce que de loin risquait de ne pas être chose facile : il suffirait qu'il estime tel parti convenable pour qu'elle pense le contraire. Tout, chez Camille, l'excitait : son absence de respectabilité, ses maniérismes de *faux naïf**, son intellect capricieux. Et, surtout, sa soudaine célébrité.

Fréron – le vieil ami de la famille – avait noté ce changement chez Lucile. Une jolie petite demoiselle

403

vouée aux jeux de patience s'était transformée en une splendide jeune femme, la bouche pleine du jargon politique à la mode, une lueur malicieuse dans les yeux. Sera bonne au lit, songeait Fréron, quand le moment sera venu. Lui-même avait une femme, une casanière sans personnalité qui n'avait guère de place dans sa vie. Aujourd'hui, tout est possible, songeait-il.

Manque de chance, Lucile avait adopté cette fâcheuse habitude de l'appeler « Lapin ».

Camille ne dormait pas beaucoup : il n'en avait pas le temps. Quand cela lui arrivait, ses rêves l'épuisaient. Il rêvait, *inter alia*, que le monde entier était allé à une grande fête. La scène changeait selon les moments : la place de Grève, le salon d'Annette, la salle des Menus Plaisirs. Tout le monde était présent. Angélique Charpentier discutait avec Hérault de Séchelles ; ils comparaient leurs notes à son sujet, détruisaient ses fictions. Sophie, avec laquelle il avait couché à Guise quand il avait seize ans, racontait l'épisode à Laclos. Lequel avait sorti son carnet de notes, et avait à son côté maître Perrin, qui réclamait l'attention d'une voix de ténor du barreau. Le député Pétion, ce crampon plein de suffisance, déambulait bras dessus bras dessous avec le défunt gouverneur de la Bastille ; le corps de Launay ballottait de-ci de-là, inutile désormais sans sa tête. Son vieux camarade de classe Louis Suleau se disputait dans la rue avec Anne Théroigne. Fabre et Robespierre jouaient à un jeu d'enfants ; ils se figeaient au garde-à-vous quand la dispute cessait.

Il se serait inquiété de ces rêves s'il n'avait pas dîné dehors tous les soirs. Il savait qu'ils renfermaient une vérité ; tous les gens qui peuplaient sa vie se retrouvaient ensemble, maintenant. Il dit à d'Anton : « Que penses-tu de Robespierre ?

— Max ? Un petit gars formidable.

— Ah non, ne dis pas ça. Il n'aime pas qu'on fasse allusion à sa taille. N'aimait pas, en tout cas, quand nous étions en classe ensemble.

— Mon Dieu ! s'exclama d'Anton. Contentons-nous, en ce cas, de "formidable". Je n'ai pas de temps à perdre à ménager les susceptibilités des uns et des autres.

— Et tu as le toupet de m'accuser de manquer de tact ?

— Tu cherches la bagarre ou quoi ? »

C'est ainsi qu'il ne sut jamais ce que d'Anton pensait de Robespierre.

Il dit à Robespierre : « Que penses-tu de D'Anton ? » Robespierre ôta ses lunettes et se mit en devoir de les essuyer. Il réfléchit longuement à la question. « Très agréable, finit-il par dire.

— Mais qu'en penses-tu vraiment ? Là, tu éludes la question. On ne peut pas se contenter de dire de quelqu'un qu'il est juste "agréable", et rien d'autre, si ?

— Mais si, Camille, mais si », dit gentiment Robespierre.

Et c'est ainsi qu'il ne sut jamais non plus ce que Robespierre pensait de D'Anton.

L'ex-ministre Foulon avait dit un jour, en période de disette, que si les pauvres avaient faim, ils n'avaient qu'à manger de l'herbe. C'est du moins ce que voulait la rumeur. C'est pourquoi – et non sans raison – le 22 juillet, il se trouvait place de Grève, avec un public.

Il était sous bonne garde, mais on sentait que les gens qui étaient là, peu nombreux mais très belliqueux, savaient fort bien pourquoi ils étaient venus et étaient prêts à l'arracher à ses gardiens. La Fayette arriva et s'adressa à eux. Il ne souhaitait certes pas entraver la justice du peuple, mais Foulon devait au moins bénéficier d'un procès en bonne et due forme.

« Quel besoin d'un procès, clama une voix, pour un homme qui est reconnu coupable depuis trente ans ? »

Foulon était un vieillard ; beaucoup d'années avaient passé depuis qu'il avait risqué son *bon mot**. Pour échapper à son sort, il s'était caché et avait fait courir le bruit de sa mort. On disait même que des funérailles avaient eu lieu, avec un cercueil rempli de pierres. Poursuivi, arrêté, il regardait à présent le général d'un air implorant. Des rues étroites derrière l'Hôtel de Ville parvenait le grondement sourd que les Parisiens associaient désormais à une foule en marche.

« Ils sont en train de converger vers nous, dit un aide de camp au général. Depuis le Palais-Royal d'un côté, et Saint-Antoine de l'autre.

— Je sais, répondit ce dernier. J'ai des oreilles pour entendre. Combien, à votre avis ? »

Personne n'aurait su le dire. Ils étaient en trop grand nombre. La Fayette regarda Foulon sans grande sympathie. Il n'avait pas de troupes sous la main ; si les autorités municipales tenaient à assurer la protection de cet homme, elles allaient devoir s'en charger elles-mêmes. Il jeta un coup d'œil à son aide de camp et haussa imperceptiblement les épaules.

Ils bombardèrent Foulon de touffes d'herbe, lui en couvrirent le dos, lui en bourrèrent la bouche. « C'est bon, l'herbe, hein ? » ricanaient-ils. S'étouffant sur les brins coupants, il fut traîné à travers la place de Grève jusqu'à l'endroit où une corde fut lancée par-dessus la barre de fer forgé de la lanterne. Pendant quelques instants, le vieil homme se balança là où au crépuscule se balancerait la grande lumière. Puis la corde cassa, il tomba dans la foule. Après avoir été bourré de coups, il fut à nouveau hissé en l'air. La corde céda encore une fois. Des mains le saisirent, veillant à ne pas administrer le *coup de grâce**. Un troisième nœud coulant fut glissé autour du cou livide. Cette fois-ci, la corde résista. Quand il fut mort, ou presque, on le décapita, et sa tête fut exhibée au bout d'une pique.

Au même moment, le gendre de Foulon, Bertier, l'intendant de la généralité de Paris, était arrêté à Compiègne et conduit, terrorisé, le regard vitreux, jusqu'à l'Hôtel de Ville. On le poussa précipitamment à l'intérieur, parmi une foule qui le mitrailla de croûtes de pain noir rassis. Peu après, on le fit ressortir tout aussi précipitamment, pour le transporter à la prison de l'Abbaye ; d'où il fut mené presque aussitôt à sa mort – étranglé peut-être, ou achevé d'un coup de mousquet, comment savoir à quel moment au juste ? Et peut-être n'était-il même pas mort quand une épée commença à lui taillader le cou. Sa tête fut, elle aussi, plantée au bout d'une pique. Les deux cortèges se rencontrèrent et les piques s'inclinèrent l'une vers l'autre, amenant les têtes tranchées face à face. « Allez, embrasse papa ! » hurlait la populace. On ouvrit la poitrine de Bertier à la scie, afin d'en arracher le cœur. Qui fut ensuite empalé sur une épée, puis porté en grande pompe jusqu'à l'Hôtel de Ville et jeté sur le bureau de Bailly. Le maire manqua défaillir. Le cœur fut ensuite emporté au Palais-Royal.

Où on en pressa le sang dans un verre, avant de le boire. La foule chantait :

> Une fête n'en est pas une
> Si le cœur n'y est pas.

Les nouvelles de ces exécutions sommaires provoquèrent la consternation à Versailles, où l'Assemblée était engagée dans un débat sur les droits de l'homme. Stupeur, indignation, désapprobation : où était la milice pendant tout ce temps ? Il est vrai que Foulon et son gendre passaient généralement pour avoir détourné du grain afin d'affamer le peuple, mais les députés, qui allaient et venaient entre la salle des Menus Plaisirs et les garde-manger bien garnis de leur domicile, avaient perdu tout contact avec ce que l'on appelle communément le sentiment populaire. Écœuré par leur hypocrisie, le député Barnave les interpella : « Ce sang qui a été répandu était-il donc si pur ? » Outrés, ils couvrirent sa voix de leurs cris, tout en le classant mentalement dans la catégorie des hommes dangereux. Il convenait de reprendre le débat ; ils étaient décidés à élaborer une « Déclaration des droits de l'homme ». On entendit certains protester que l'Assemblée aurait dû d'abord rédiger la Constitution, dans la mesure où les droits n'existent qu'en vertu des lois ; mais la jurisprudence est une affaire tellement ennuyeuse, et la liberté, un sujet tellement passionnant.

Nuit du 4 août : le système féodal est aboli en France. Le vicomte de Noailles se lève et, la voix tremblante d'émotion, fait don de tous ses biens – pas grand-chose, à dire le vrai, comme le suggère son surnom, « Jean sans Terre ». L'Assemblée constituante se dresse comme un seul homme pour une orgie de magnanimité ; on se débarrasse des serfs, des lois sur la chasse, des redevances en nature, des tribunaux seigneuriaux… Des larmes de joie coulent sur les joues des députés. L'un d'eux fait passer une note au président : « Levez la séance, ils ont perdu tout contrôle d'eux-mêmes. » Mais la main du ciel elle-même ne saurait les arrêter ; dans un tumulte indescriptible, ils jouent à qui sera le plus patriote, se lancent des discours où ils renoncent à ce qui leur appartient et, avec un empressement encore plus grand, à ce qui appartient aux autres. La semaine suivante, ils tenteront, bien sûr, de faire machine arrière ; mais ce sera trop tard.

Quant à Camille, il parcourt Versailles, distribuant une pluie de feuillets froissés, qui répandent dans le silence étouffant de ces nuits estivales la prose qu'il a cessé de mépriser…

C'est cette nuit, devez-vous dire, bien mieux que celle du samedi saint, que nous sommes sortis de la misérable servitude d'Égypte. […] C'est cette nuit qui a réintégré les Français dans les droits de l'homme, qui a déclaré tous les citoyens égaux, également admissibles à toutes les dignités, places, emplois publics ; qui a arraché tous les offices civils, ecclésiastiques et militaires, à l'argent, à la naissance et au prince, pour les donner à la nation et au mérite. […] qui a ôté à Madame d'Épr. sa pension de vingt mille livres, pour avoir couché avec un ministre. […] Ira commercer aux Indes qui voudra ; aura boutique qui pourra. Le maître tailleur, le maître cordonnier, le maître perruquier pleureront ; mais les garçons se réjouiront, et il y aura illumination dans les lucarnes. […] Ô nuit désastreuse pour la grand'chambre, les greffiers, les huissiers, les procureurs, les secrétaires, sous-secrétaires […], pour tous les gens de rapine ! […] Mais ô nuit charmante, *vere beata nox* […], heureuse enfin pour tous, puisque les barrières qui fermaient à presque tous les chemins des honneurs et des emplois sont forcées et arrachées pour jamais, et qu'il n'existe plus d'autres distinctions que celles des vertus et des talents.

Un coin sombre, dans un obscur café : le docteur Marat était penché, les épaules voutées, au-dessus d'une table. « Le 4 août n'a été qu'une sinistre plaisanterie », dit-il.

Il jeta un œil noir sur le manuscrit qu'il avait sous les yeux. « *Vere beata nox*… Si seulement c'était vrai, Camille. Mais tu es en train de créer un mythe, tu ne le vois pas ? Tu fais une légende de ce qui se passe en ce moment, tu fais de la révolution une légende. Tu vois de l'artistique là où il n'y a que nécessité… » Il s'interrompit. Son corps frêle semblait se contracter de douleur.

« Tu es malade ?

— Et toi ?

— Non, j'ai trop bu, c'est tout.

— Avec tes nouveaux amis, je suppose. » Marat se redressa péniblement sur le banc, le visage empreint de cette même expression de tension et de malaise ; puis il considéra Camille, ses doigts tambourinant sans rythme sur la table. « Peut-on dire que nous sommes en sécurité ?

— Pas particulièrement, non. On m'a averti que je risquais d'être arrêté.

— Ne t'attends pas à ce que la Cour prenne des gants. Un homme armé d'un couteau pourrait faire un joli travail avec toi. Ou avec moi, d'ailleurs. J'ai l'intention, pour ma part, d'aller m'installer dans le district des Cordeliers. Un des seuls endroits où l'on viendra si j'appelle au secours. Pourquoi n'en ferais-tu pas autant ? » Marat sourit, découvrant ses épouvantables dents. « On serait tous voisins. Confortable, comme situation. » Il se repencha sur le manuscrit, le feuilletant rapidement, s'arrêtant ici et là. « Ce que tu dis après, là, je suis d'accord. À toute autre époque, il aurait fallu des années de guerre civile pour que le peuple se débarrasse d'ennemis comme Foulon. Et une guerre, c'est des milliers de morts, non ? Les lynchages sont donc tout à fait justifiés. Ils représentent la solution la plus humaine. Il se peut que tu aies à souffrir un jour d'avoir exprimé une telle opinion, mais n'aie pas peur de porter ton manuscrit chez l'imprimeur. » Le bon docteur se frotta pensivement l'arête du nez, un geste aussi prosaïque que le ton sur lequel il parlait. « Vois-tu, ce qu'il nous faut faire, Camille, c'est couper des têtes. Plus nous attendrons, plus il nous faudra décapiter. Écris-le, ça. Il est impératif de tuer des gens, et de leur trancher la tête. »

Premiers raclements hésitants de l'archet sur la corde. Un, deux : les doigts de D'Anton tapotent le pommeau de son sabre. Ses voisins piétinent et crient sous ses fenêtres, se bousculant pour avoir la meilleure place. L'orchestre de l'Académie royale de musique est en train de s'accorder. Bonne idée qu'il a eue, de louer ses services, cela donnera de la classe à l'événement. Bien entendu, il y aura également une fanfare militaire. En sa double qualité de président du district et de capitaine de la garde nationale (comme se nomme désormais la milice des citoyens), c'est à lui qu'incombait l'intégralité de l'organisation de la journée.

« Tu es bien, comme ça », dit-il à sa femme, sans la regarder. Il transpirait abondamment dans son uniforme tout neuf : pantalon blanc, hautes bottes noires, tunique bleue à parements blancs, col écarlate vraiment trop étroit. Dehors, le soleil boursouflait les peintures.

« J'ai demandé à l'ami de Camille, Robespierre, de venir pour la journée, dit-il. Mais il ne peut pas quitter l'Assemblée, ne serait-ce qu'un moment. Vraiment très consciencieux, cet homme.

— Le pauvre garçon ! dit Angélique. Je n'arrive pas à imaginer de quel genre de famille il vient. Je lui ai dit : "Mon cher, vous n'avez pas le mal du pays ? Les vôtres ne vous manquent pas ?" À quoi il a répondu, avec le plus grand sérieux : "Eh bien, si, madame Charpentier, je regrette mon chien."

— Il m'a assez plu, à moi, dit Charpentier. Comment en est-il jamais venu à fréquenter Camille, voilà qui me dépasse. Bref, ajouta-t-il en se frottant les mains, quel est le programme pour aujourd'hui ?

— La Fayette sera ici dans un quart d'heure. Nous allons tous à la messe, le prêtre bénit le drapeau de notre nouveau bataillon, nous le hissons après être sortis en cortège et nous défilons devant, La Fayette prenant des airs de commandant en chef. Je suppose qu'il s'attendra à être acclamé. Il devrait y avoir suffisamment de lourdauds dans l'assistance pour produire un vacarme présentable, même dans un district aussi cynique que le nôtre.

— Je ne suis toujours pas sûre de bien comprendre,

dit Gabrielle d'un air contrarié. Est-ce que la milice est du côté du roi ?

— Oh, mais tout le monde est du côté du roi, lui répondit son mari. Ce sont ses ministres, ses serviteurs, ses frères et sa femme que nous ne supportons pas. Louis lui-même n'est pas un mauvais diable, le pauvre vieux benêt.

— Mais pourquoi les gens disent-ils de La Fayette qu'il est républicain ?

— Il l'est uniquement en Amérique.

— Des républicains, il y en a chez nous ?

— Très peu.

— Ils seraient prêts à tuer le roi ?

— Grand Dieu, non. Nous laissons ce genre de chose aux Anglais.

— Ils le mettraient en prison ?

— Je ne sais pas. Demande à Mme Robert quand tu la verras. C'est une extrémiste, elle. Ou à Camille.

— Donc, si la garde nationale est du côté du roi...

— Du côté du roi, l'interrompit-il, tant qu'il n'essaie pas de nous ramener à la situation d'avant juillet.

— Oui, ça je comprends. La garde est du côté du roi, et contre les républicains. Mais Camille, Louise et Robert, eux, sont des républicains, non ? Donc, si La Fayette te demandait de les arrêter, est-ce que tu le ferais ?

— Morbleu, non ! Je lui laisserais faire son sale boulot. »

Et il songea : Nous pourrions être maîtres de nous-mêmes dans ce district. Ce n'est peut-être pas moi qui commande le bataillon, mais La Fayette est sous ma coupe.

Camille arriva, essoufflé et débordant d'enthousiasme.

« Les nouvelles ne pourraient pas être meilleures, dit-il. À Toulouse, mon dernier pamphlet a été brûlé de la main même du bourreau. C'est vraiment trop gentil à eux, la publicité va probablement me valoir une deuxième édition. Et à Oléron, des moines ont pillé une librairie qui l'avait en vente et, après avoir sorti tout le stock et y avoir mis le feu, ils ont estropié le marchand.

— Je ne trouve pas ça drôle, dit Gabrielle.

— Non. C'est même tragique, en fait. »

Une poterie des faubourgs de Paris fabriquait des assiettes en faïence vernissée avec son portrait dans des tons criards de jaune et de bleu. Voilà ce qui arrive quand on devient un personnage public ; les gens vous mangent sur la tête.

Il n'y avait pas un souffle d'air quand ils hissèrent le nouveau drapeau, qui pendouilla comme une immense langue tricolore le long de son mât. Gabrielle se tenait entre son père et sa mère. Ses voisins, les Gély, étaient à sa gauche, la petite Louise arborant un nouveau chapeau dont elle était insupportablement fière. Elle-même était consciente des regards tournés vers elle. Tiens, là, disait-on, c'est la femme de D'Anton. Elle entendit quelqu'un dire : « Une belle femme, en vérité ! Ils ont des enfants ? » Elle leva les yeux vers son mari, debout sur le parvis de l'église, dominant de toute sa masse de lutteur professionnel la silhouette de La Fayette, raide comme un piquet. Elle se força à un certain mépris pour le général, simplement parce que son mari le méprisait. Elle voyait bien qu'ils s'efforçaient d'être polis l'un avec l'autre. Le commandant du bataillon agita son chapeau en l'air, prélude des hourras en l'honneur de La Fayette. La foule poussa des acclamations que le général accueillit d'un sourire pincé. Gabrielle cligna les paupières pour se protéger du soleil. Elle entendait derrière elle Camille discourir sans interruption, s'adressant à Louise Robert comme si c'était un homme. Les députés de Bretagne, disait-il, et l'initiative de l'Assemblée nationale constituante. Je voulais aller à Versailles sitôt la Bastille prise – elle entendit l'acquiescement étouffé de Mme Robert –, mais il faudrait que la chose se fasse le plus vite possible. Il parle d'une autre émeute, songea-t-elle, une autre Bastille. C'est alors que, venant de derrière, retentit un cri : « *Vive d'Anton**. »

Elle se retourna, stupéfaite et reconnaissante. Le cri fut repris. « Ce ne sont que quelques Cordeliers, dit Camille sur un ton d'excuse. Mais bientôt ce sera toute la ville. »

Quelques minutes plus tard, la cérémonie était terminée et la fête pouvait commencer. Georges était descendu se mêler à la foule et serrait son épouse contre lui. « J'étais en train de penser, dit Camille, que l'heure est venue pour toi d'enlever cette apostrophe de ton nom. Ce n'est plus du tout dans l'air du temps.

— Tu as peut-être raison, dit ce dernier. Je le ferai, mais sans précipitation. Je ne vois pas l'intérêt d'une annonce publique.

— Si, si, n'attends pas. C'est la meilleure façon de faire savoir à tous où tu te situes.

— Toujours aussi tyrannique », dit Georges Jacques d'un ton affectueux. Il lui venait, à lui aussi, cet appétit pour la confrontation. « Ça t'ennuierait ? demandat-il à Gabrielle.

— Je veux que tu fasses ce que tu penses être le mieux, dit-elle. Enfin, ce que tu penses être juste.

— Et si les deux ne coïncidaient pas ? lui demanda Camille. Je veux dire, ce qu'il pense être le mieux et ce qu'il pense être juste.

— Mais ce sera forcément le cas, dit-elle, un peu troublée tout de même. Parce que c'est un homme bon.

— Voilà qui est profond. Il va te soupçonner de penser pendant qu'il n'est pas à la maison. »

Camille avait passé la journée précédente à Versailles et, dans la soirée, s'était rendu en compagnie de Robespierre à une réunion du club breton. L'endroit était devenu un forum pour les députés libéraux, ceux qui soutenaient la cause du peuple et se méfiaient de la Cour. On y voyait quelques nobles ; la folie de la nuit du 4 août avait été soigneusement préparée en ces lieux. Tout homme au patriotisme avéré y était le bienvenu, même s'il n'était pas membre de l'Assemblée.

Et qui donc pouvait se targuer d'un patriotisme plus fervent que le sien ? Robespierre l'incita à prendre la parole. Mais Camille était nerveux, éprouvait des difficultés à se faire entendre et bégayait plus que jamais. L'assistance ne fit montre d'aucune indulgence à son égard. Autant qu'ils pouvaient en juger, ce n'était qu'un anarchiste, un agitateur bon à exciter les masses. Ce fut dans l'ensemble une prestation ratée, et déprimante. Robespierre fixait les boucles de ses chaussures. Quand Camille descendit de l'estrade pour revenir s'asseoir à côté de lui, il ne leva pas les yeux ; se contenta d'un regard en biais de ses yeux verts et de son petit sourire patient et méditatif. Pas étonnant qu'il n'eût aucun encouragement à offrir. Chaque fois que lui-même se levait pour prendre la parole à l'Assemblée, des membres de la noblesse organisaient un chahut, faisant mine de souffler des chandelles, à grands renforts de halètements et de grognements ; ou bien trois ou quatre d'entre eux se liguaient pour imiter à l'unisson les cris d'un mouton enragé. Alors quelle utilité de dire : « Tu as été très bien, Camille » ? De servir des mensonges réconfortants ?

Une fois la réunion terminée, Mirabeau monta à la tribune et offrit à ses admirateurs et flagorneurs une imitation de Bailly essayant de déterminer si l'on était lundi ou mardi et observant les lunes de Jupiter afin de trouver la réponse, pour finir par admettre (avec un geste obscène à l'appui) que son télescope était trop petit. Le numéro ne plut guère à Camille, qui le trouva bête à pleurer. Accompagné d'un tonnerre d'applaudissements, le comte descendit de la tribune, envoya des claques sur quelques dos, serra quelques mains. Robespierre toucha le coude de Camille : « Allez, on y va, qu'en penses-tu ? » dit-il.

Trop tard. Le comte avait aperçu Camille. Il le serra contre lui à lui briser les côtes. « Tu as été magnifique, lui dit-il. Ne fais pas attention à ces provinciaux. Laisse-les à leurs malheureux petits principes. Aucun d'entre eux n'aurait pu faire ce que tu as fait. Aucun. La vérité, c'est que tu les terrifies. »

Robespierre avait reculé dans le fond de la salle, afin de ne pas les gêner. Camille avait l'air si réjoui, si heureux à la perspective de terrifier les gens. Pourquoi n'avait-il pas été capable de dire lui-même ce que lui disait Mirabeau ? C'était la vérité. Et dire qu'il voulait lui faciliter les choses, qu'il prétendait veiller sur lui. C'était la promesse qu'il avait faite, presque vingt ans auparavant, et il ne voyait rien qui eût pu l'en décharger. Mais c'était ainsi – il n'avait pas le don de dire ce qu'il fallait au bon moment. Les besoins et les désirs de Camille restaient en grande partie pour lui un livre fermé, un ouvrage écrit dans une langue qu'il n'avait jamais apprise. « Viens donc dîner chez moi, entendit-il le comte dire à Camille. Et pourquoi ne pas emmener l'agneau avec nous ? On lui donnera de la viande rouge sur laquelle s'exercer. »

Ils étaient quatorze à table. Une belle viande de bœuf rougissait les assiettes. La chair du turbot fleurait bon le laurier et le thym. La peau bleu-noir des aubergines, grillées sur le dessus, exsudait une chair crémeuse sous la pointe du couteau.

Le comte vivait largement ces temps-ci. Il était difficile de dire s'il continuait à accumuler les dettes ou s'il pouvait effectivement se permettre pareil train de vie. Dans la seconde hypothèse, on pouvait se demander par quelle opération. Il entretenait une correspondance secrète avec diverses sources. Ses déclarations publiques avaient un air à la fois grandiloquent et sibyllin, et il avait acheté à crédit un diamant pour sa maîtresse, la femme de l'éditeur. Comme il était aimable, ce soir, avec le jeune Robespierre. Pourquoi cette amabilité ? La politesse ne coûte rien, songea-t-il. Mais, au cours de ces dernières semaines, il avait observé le député de près, remarquant sa fréquente sécheresse de ton, son indifférence (apparente) pour l'opinion des autres à son endroit, devinant dans la tête de l'avocat un bouillonnement d'idées dont on aurait le temps, se disait-il, de s'inquiéter plus tard.

Toute la soirée, il s'entretint avec la Chandelle d'Arras, à voix basse et sur le ton de la confidence. À bien y réfléchir, se dit-il, il n'y a pas grande différence entre la politique et le sexe : tous deux sont affaires de pouvoir. Il ne pensait certes pas être le premier à faire ce genre d'observation. Il faut savoir séduire, si possible rapidement et à moindre prix : si Camille, songea-t-il, peut être assimilé à une de ces petites modistes qui n'arrivent pas à joindre les deux bouts – en d'autres termes, le parfait pigeon –, alors Robespierre est une carmélite, farouchement déterminée à devenir mère supérieure. Impossible de la corrompre ; vous aurez beau agiter votre bite sous son nez, elle ne sera pas choquée, ni même intéressée : pourquoi le serait-elle, étant donné qu'elle n'a aucune idée de ce à quoi sert cet instrument ?

Ils parlèrent du roi, de la question de savoir s'il devait disposer d'un droit de veto sur les lois passées par l'Assemblée. Robespierre était contre, Mirabeau était pour – ou du moins pensait-il pouvoir l'être si l'on négociait des conditions acceptables. Ils parlèrent de la manière dont les Anglais traitaient ces affaires ; Robespierre le corrigea en peu de mots, l'air légèrement amusé. Lui accepta les corrections, s'efforça de l'amadouer ; quand il fut récompensé par un sourire triangulaire bien net, il se sentit extraordinairement soulagé.

Onze heures : l'agneau enragé s'excusa et quitta furtivement la pièce. C'est déjà quelque chose de savoir qu'il est mortel, et qu'il doit pisser comme tout un chacun. Mirabeau se sentait bizarre, exceptionnellement sobre, incroyablement lucide. Il regarda un de ses Genevois assis de l'autre côté de la table. « Ce jeune homme ira loin, dit-il. Il croit tout ce qu'il dit. »

Brûlart de Sillery, comte de Genlis, se leva, bâilla, s'étira. « Merci, Mirabeau. Nous allons passer maintenant aux choses sérieuses, et boire pour de bon. Camille, tu rentres avec nous ? »

L'invitation semblait s'adresser à tous. Elle excluait de fait deux personnes : la Chandelle d'Arras (absente en cet instant précis) et la Torche de Provence. Les Genevois, qui s'excluaient d'eux-mêmes, se levèrent, s'inclinèrent et dirent leur bonsoir ; ils se mirent en devoir de plier leur serviette, de récupérer leur chapeau, d'ajuster leur col, de tirer sur leurs bas. Tout à coup, Mirabeau se prit à les détester. Il détestait leur redingote en soie grise, leur exactitude, leur déférence servile à ses moindres exigences ; il aurait voulu leur enfoncer leur chapeau jusqu'aux yeux et sortir pour aller beugler dans la nuit, un bras amical passé autour de sa modiste, l'autre autour d'un romancier à succès. Ce qui ne laissait pas d'être pour le moins étrange : s'il y avait un homme qu'il ne supportait pas, c'était bien Laclos, et s'il y en avait un avec qui il aurait détesté s'enivrer, c'était bien Camille. Ces aspirations insensées ne pouvaient être, songea-t-il, que le résultat d'une soirée, toute d'abstinence et de bonnes manières, passée à cultiver Maximilien Robespierre.

Le temps que ce dernier revienne, la pièce se serait vidée. Ils n'auraient plus qu'à échanger une petite poignée de main sèche à l'anglaise. Prends soin de toi, la Chandelle. Regarde où tu mets les pieds, la Torche.

Il fallut bien évidemment sortir les cartes ; sinon, Sillery n'aurait jamais consenti à aller se coucher. Après avoir essuyé une très mauvaise passe, il se redressa sur sa chaise et se mit à rire. « Comme Mr Miles et les Elliott seraient ennuyés s'ils savaient ce que je fais de l'argent du roi d'Angleterre.

— J'imagine qu'ils ont une assez bonne idée de ce que vous en faites, dit Laclos, en battant les cartes. Que vous puissiez le consacrer à des œuvres charitables ne leur traverserait même pas l'esprit.

— Qui est Mr Miles ? » demanda Camille.

Laclos et Sillery échangèrent un regard. « Je pense que vous devriez le lui dire, suggéra Laclos. Camille ne devrait pas vivre comme un roi insouciant, dans une ignorance crasse de la provenance de l'argent.

— C'est très compliqué, dit Sillery non sans réticence, en posant ses cartes à l'envers sur la table. Vous connaissez Mrs Elliott, la charmante Grace ? Vous l'avez certainement vue en train de sillonner la ville, occupée à recueillir avec soin les rumeurs à caractère politique. Pour le compte du gouvernement anglais. Cette position intéressante, elle la doit à ses diverses liaisons amoureuses. Elle était la maîtresse du prince de Galles avant que Philippe l'amène en France. Bon, c'est bien sûr Agnès de Buffon qui est la maîtresse actuelle – ces choses sont du ressort de Félicité, mon épouse –, mais Grace et le duc sont toujours en excellents termes. Il se trouve, reprit-il après s'être brièvement interrompu et s'être frotté le front d'un geste las, que Mrs Elliott a deux beaux-frères, Gilbert et Hugh. Hugh vit à Paris, et Gilbert fait le voyage de temps en temps. Et il y a un autre Anglais avec qui ils travaillent, un certain Mr Miles. Tous sont des agents du ministère anglais des Affaires étrangères. Ils sont ici pour suivre les événements, faire leur rapport et nous faire parvenir des fonds.

— Bravo, Charles Alexis, dit Laclos. D'une admirable lucidité. Encore un peu de bordeaux ?

— Mais dans quel but ? demanda Camille.

— Parce que les Anglais s'intéressent de près à notre révolution, dit Sillery. Oui, Laclos, je veux bien, passez-moi la bouteille. On pourrait croire qu'ils aimeraient nous voir bénéficier des bienfaits d'un Parlement et d'une Constitution comparables aux leurs, nenni, mon cher ; tout ce qui les intéresse dans l'histoire, c'est de pouvoir miner la position de Louis. Comme à Berlin. Comme à Vienne. Ce pourrait être une bonne affaire pour les Anglais si nous nous débarrassions du roi Louis pour le remplacer par le roi Philippe. »

Pétion leva lentement les yeux. Son visage, large et plutôt beau, était plissé par l'incertitude. « Est-ce pour nous accabler avec cette révélation que vous nous avez amenés ici ?

— Non, intervint Camille, s'il nous fait pareille confidence, c'est parce qu'il a trop bu.

— Ça n'a rien d'une "révélation", dit Charles Alexis. La chose est connue de la plupart des gens. Demandez à Brissot.

— J'éprouve le plus grand respect pour Brissot, insista le député Pétion.

— Ah, vraiment ? marmonna Laclos.

— Il ne me semble pas homme à se prêter à ce genre de manœuvres sournoises.

— Ce cher Brissot, dit Laclos. Naïf au point de croire que l'argent apparaît dans sa poche grâce à un phénomène de génération spontanée. Bien sûr qu'il est au courant, mais il refuse de l'admettre. Il prend bien soin de ne jamais chercher à savoir. Si tu veux lui causer une petite frayeur, Camille, tu n'as qu'à t'approcher de lui et lui glisser à l'oreille "William Augustus Miles".

— Si je puis me permettre, intervint Pétion. Brissot n'a pas l'allure d'un homme qui touche de l'argent. Je ne lui vois jamais qu'un seul manteau, presque troué aux coudes.

— Oh, nous ne lui donnons pas grand-chose, dit Laclos. Il ne saurait pas quoi en faire. Contrairement aux membres de l'honorable compagnie. Qui, eux, ont du goût pour les belles choses. Toujours pas convaincu, Pétion ? Dites-le-lui, Camille.

— C'est probablement vrai, répondit celui-ci. À une époque, il acceptait l'argent de la police. Il faisait parler ses amis, et allait ensuite rapporter leurs opinions politiques.

— Là, vous me sidérez, dit Pétion, dont la voix restait cependant tout à fait maîtrisée.

— Sinon, comment aurait-il gagné sa vie ? demanda Laclos.

— Tous ces gens, dit Charles Alexis en s'esclaffant, ils en savent suffisamment long les uns sur les autres pour vivre de chantage et s'enrichir. Je n'ai pas raison, Camille ? S'ils s'abstiennent de le faire, c'est uniquement par crainte d'être à leur tour victimes de chantage.

— Mais vous êtes en train de m'attirer dans... » Un instant, Pétion eut un air posé ; il porta la main à son front. « Si seulement j'arrivais à penser juste à ce sujet.

— Impossible, dit Camille, pas là-dessus. Essayez une autre façon de penser. »

Pétion dit : « Il va devenir si difficile de garder une quelconque... intégrité. »

Laclos lui versa un autre verre de vin. « Je voudrais fonder un journal, dit Camille.

« — Et vous avez pensé à qui comme bailleur de fonds ? » s'enquit Laclos sur un ton suave. Il aimait entendre les gens admettre qu'ils avaient besoin de l'argent du duc.

« Le duc sera heureux que j'accepte son argent, dit Camille, alors qu'il y a tant d'autres sources de financement possibles. Il se peut que nous ayons besoin du duc, mais ce n'est rien en comparaison du besoin que le duc a de nous.

— S'il a besoin de vous, c'est collectivement, dit Laclos sur le même ton. Peu importent les individus. Vous pouvez chacun de votre côté vous jeter du haut du Pont-Neuf et mettre un terme à votre pauvre petite existence. Individuellement, vous êtes tous remplaçables.

— Vous le croyez vraiment ?

— Oui, Camille, j'en suis persuadé. Vous avez une idée tout à fait exagérée de votre place dans l'ordre des choses. » Charles Alexis se pencha et posa la main sur le bras de Laclos. « Doucement, mon vieux, fit-il. On change de sujet ? » Laclos déglutit péniblement, l'air furieux. Il s'enferma dans le silence, ne se déridant que lorsque Sillery se mit à raconter des histoires au sujet de sa femme. Félicité, dit-il, avait conservé des paquets de carnets de notes sous le lit conjugal, qu'il lui arrivait de consulter pendant qu'on la besognait à la poursuite de l'extase. Le duc trouvait-il cette habitude aussi fatale à la concentration que lui-même ?

« Votre épouse est terriblement ennuyeuse, dit Laclos. Mirabeau dit qu'il l'a eue lui aussi.

— C'est fort probable, en effet, dit Sillery. Il les a toutes eues. Quant à ma femme, elle s'est calmée de ce côté-là. Elle préfère maintenant organiser les choses pour les autres. Mon Dieu, quand je pense à ma vie, que je repense au passé… (Il tomba dans une courte rêverie.) Comment aurais-je jamais pu imaginer que je finirais un jour marié à l'entremetteuse la plus cultivée d'Europe ?

— Au fait, Camille, dit Laclos, Agnès de Buffon jacassait l'autre jour à propos de votre dernier pamphlet. La prose. Elle s'estime capable d'en juger. Il faut que nous vous la présentions.

— Ainsi que Grace Elliott, intervint Sillery, déclenchant le rire de Laclos.

— Elles vont le manger tout cru », dit celui-ci.

À l'aube, Laclos ouvrit une fenêtre et étira son long corps élégant au-dessus de la ville, aspirant l'air du roi, le souffle court. « Personne dans Versailles qui soit plus ivre que nous, annonça-t-il. Laissez-moi vous dire une chose, bande de pirates : chaque chien a son heure, et celle de Philippe ne saurait tarder. Août, septembre, octobre. »

Le nouveau pamphlet de Camille sortit en septembre. Intitulé *Discours de la lanterne aux Parisiens*, il était assorti d'une épigraphe, « *Qui male agit odit lucem* », attribuée à saint Matthieu par l'auteur, qui la traduisait librement par : « Les fripons ne veulent point de lanterne. » Le gibet de fer de la place de Grève s'annonçait prêt à recevoir d'autres victimes. On trouvait leurs noms dans le pamphlet. Mais celui de l'auteur n'apparaissait nulle part ; le texte était signé du « Procureur général de la Lanterne ».

À Versailles, Marie-Antoinette n'en lut que les deux premières pages avant de dire à Louis : « En temps normal, cet écrivain serait jeté en prison pour très longtemps. »

Le roi était en train de lire un livre de géographie. Il leva les yeux. « En ce cas, nous allons devoir consulter La Fayette, je suppose.

— Mais vous n'avez plus toute votre tête, mon ami ! » s'exclama sa femme d'un ton froid. L'urgence des situations leur faisait désormais adopter une manière de parler assez commune. « Le marquis est notre ennemi juré. Il paie ce genre d'individu pour nous calomnier.

— Le duc itou », dit le roi à voix basse. Il trouvait difficile de prononcer le nom de Philippe, « notre cousin rouge », comme l'appelait la reine. « Lequel des deux est le plus dangereux, je me demande. »

Ils réfléchirent à la question. La reine fut d'avis que c'était La Fayette.

La Fayette lut le pamphlet et fredonna pour lui-même quelques notes sans suite. Il alla le montrer à Bailly. « Trop dangereux, dit Bailly.

— Tout à fait d'accord.

— Non, je veux dire, l'arrêter serait trop dangereux. C'est le district des Cordeliers, vous savez. Il est installé là-bas, maintenant.

— Avec tout le respect que je vous dois, monsieur Bailly, je maintiens que cet écrit constitue un acte de sédition sans pareil.

— Tout ce que je peux dire, général, c'est que le coup n'est déjà pas passé loin le mois dernier quand j'ai reçu du marquis de Saint-Huruge une lettre ouverte où il me sommait de m'opposer au veto du roi, sans quoi je serais lynché. Comme vous ne l'ignorez pas, quand nous avons arrêté l'homme, les Cordeliers ont fait un tel raffut que j'ai jugé prudent de le relâcher.

Cela ne me plaît guère, mais c'est la réalité. Le district tout entier cherche la bagarre. Vous connaissez ce Danton, le président des Cordeliers ?

— Oui, dit La Fayette. En effet.

— Nous devons rester prudents, dit Bailly en secouant la tête. Nous ne sommes pas en mesure de faire face à de nouvelles émeutes. Et nous devons éviter de faire des martyrs.

— Force m'est de constater que vos propos ne manquent pas de bon sens, admit La Fayette. Si tous les gens que menace Desmoulins devaient être pendus demain, on pourrait difficilement parler d'un massacre des innocents. Alors, on ne bouge pas. Du même coup, cependant, notre position devient difficile à tenir : nous allons être accusés de nous soumettre à la loi de la rue.

— Que suggérez-vous, alors ?

— Ce que je suggère…, commença La Fayette en fermant les yeux. Eh bien, soit dit entre nous, j'enverrais volontiers deux ou trois lascars de l'autre côté du fleuve avec pour mission de réduire M. le procureur général à une petite tache rouge sur un mur.

— Mon cher marquis, voyons !

— Vous savez bien que je ne le pense pas vraiment, dit La Fayette, à regret tout de même. Mais il m'arrive de souhaiter ne plus être un honorable gentleman. Je me demande souvent de quelle efficacité pourront être des méthodes civilisées face à des gens de cet acabit.

— Vous êtes le gentleman le plus honorable de France, dit le maire, non sans quelque raideur. C'est un fait généralement admis. » Il aurait volontiers dit « universellement », s'il n'avait été astronome.

« Pourquoi, à votre avis, avons-nous tant de

problèmes avec le district des Cordeliers ? Il y a ce Danton, bien sûr, et aussi cet avorton de Marat, et puis ce… (Il indiqua le pamphlet.) Au fait, quand ceci se retrouvera à Versailles, il serait bon que Mirabeau s'en occupe, ce qui nous apprendra peut-être quelque chose sur l'homme.

— Entendu, j'en prends bonne note. Vous savez, dit doucement Bailly, d'un point de vue littéraire, cet écrit est admirable.

— Ah, ne me parlez pas de littérature », dit La Fayette. Il revoyait le corps de Bertier, les intestins pendant de l'abdomen lacéré de toutes parts. Il se pencha et fit voler les pages du pamphlet d'une chiquenaude. « Vous connaissez Camille Desmoulins ? demanda-t-il. L'avez-vous déjà vu ? C'est un de ces jeunots sortis des écoles de droit. Qui n'a jamais manié quelque chose de plus dangereux qu'un coupe-papier. » Il secoua la tête d'un air perplexe. « D'où viennent-ils donc, ces garçons ? Ce sont des vierges. Ils n'ont jamais mis les pieds sur un champ de bataille. Ignorent ce qu'est la chasse. N'ont jamais tué un animal, sans même parler de tuer un homme. En revanche, ils font preuve d'un véritable enthousiasme pour le meurtre.

— Oui, tant qu'ils n'ont pas à être les exécutants, je suppose. » Le maire se souvenait du cœur arraché, vulgaire morceau de viande de boucherie tremblotant, qui avait atterri sur son bureau.

À Guise : « Comment puis-je encore garder la tête haute dans la rue ? demanda Jean-Nicolas de façon toute rhétorique. Le pire, c'est qu'il pense que je devrais être fier de lui. Il dit qu'il est connu partout. Il dîne avec des aristocrates tous les jours.

— S'il mange, ce n'est déjà pas si mal », dit Mme Desmoulins. Venant de sa propre bouche, le commentaire ne manqua pas de la surprendre. La fibre maternelle n'avait jamais été un de ses points forts. Pas plus que chez Camille l'intérêt pour la nourriture.

« Je ne sais pas comment je vais me comporter face aux Godard. Ils vont tous l'avoir lu. Il y a une chose certaine, néanmoins : je parierais que Rose-Fleur est bien heureuse aujourd'hui de voir ses fiançailles rompues.

— Décidément, vous n'entendez rien aux femmes, mon ami ! » s'exclama son épouse.

Rose-Fleur Godard conservait le pamphlet sous sa boîte à couture et en citait des extraits à tout moment, à propos et hors de propos, histoire d'ennuyer M. Tarrieux de Tailland, son nouveau fiancé.

Danton avait lu le pamphlet, avant de le passer à Gabrielle. « Tu ferais bien de le lire, lui dit-il. Tout le monde ne parlera bientôt plus que de ça. »

Gabrielle en parcourut la moitié, avant de renoncer. Son raisonnement était le suivant : il lui fallait, pour ainsi dire, vivre avec Camille ; en conséquence, elle préférait ne pas en savoir trop sur ses opinions. Elle était tranquille à présent, s'adaptant jour après jour, comme une aveugle dans une nouvelle maison. Elle ne demandait jamais à Georges Jacques ce qui se passait lors des réunions de l'assemblée de district. Quand de nouveaux visages apparaissaient à la table du dîner, elle se contentait d'ajouter quelques couverts et s'efforçait de donner un ton léger à la conversation. Elle était à nouveau enceinte. Personne n'attendait grand-chose d'elle. Personne ne s'attendait à ce qu'elle s'inquiète de l'état de la nation.

Le célèbre écrivain Mercier introduisit Camille dans les divers salons de Paris et Versailles. « Dans vingt ans, prédit Mercier, ce sera notre homme de lettres le plus en vue. » Vingt ans ? Pour quelqu'un qui était incapable de patienter plus de vingt minutes.

Son humeur, lors de ces rencontres, était sujette à de brusques variations. Euphorique un moment, il se disait le suivant que sa présence était une grossière hypocrisie. Les hôtesses des soirées mondaines, qui s'étaient donné beaucoup de mal pour le faire venir, se sentaient souvent obligées de prétendre qu'elles ne le connaissaient pas. L'idée, c'était que son identité devait se révéler peu à peu, si bien que si quelqu'un décidait de partir, il pourrait le faire sans déclencher une scène. Mais les hôtesses voulaient l'avoir à tout prix ; il fallait qu'elles connaissent ce *frisson**, qu'elles créent la sensation. Une fête n'en est pas une si…

Il souffrait à nouveau de ses migraines ; à force peut-être de passer son temps à rejeter ses cheveux en arrière. La seule constante, dans ces soirées, c'est qu'il n'avait pas à ouvrir la bouche. C'étaient les autres qui parlaient autour de lui. Parlaient de lui.

Un vendredi soir, tard, chez la comtesse de Beauharnais, entourée d'une cour de jeunes poètes flatteurs, et de créoles fortunés assez intéressants. Les grands salons miroitaient de reflets, argentés, bleu pâle. Fanny de Beauharnais le prit par le bras : un geste possessif, si différent des attitudes qu'il avait connues du temps où personne ne voulait frayer avec lui.

« Arthur Dillon, murmura-t-elle. Vous ne le connaissez pas ? Fils du onzième vicomte Dillon. Membre de l'Assemblée de la Martinique. » Légère pression, chuchotement, bruissement de soie. « Général Dillon ? Voici quelque chose qui va piquer votre curiosité. »

Dillon se retourna. C'était un homme d'environ quarante ans, au physique d'une beauté singulière et aux traits raffinés, presque une caricature d'aristocrate : nez busqué très fin, petite bouche rouge. « Le procureur de la Lanterne, murmura Fanny à son oreille. Ne le dites pas à tout le monde. Du moins pas en même temps. »

Dillon l'examina des pieds à la tête. « Je veux bien être pendu si je m'attendais à ça. » Fanny s'éloigna à pas feutrés, laissant dans son sillage un nuage de parfum. Le regard de Dillon était fixe maintenant, comme fasciné. « Les temps changent, et nous avec eux », fit-il remarquer en latin. Il glissa une main sur l'épaule de Camille, le prenant sous sa protection. « Venez donc faire la connaissance de mon épouse. »

Laure Dillon occupait une *chaise longue**. Elle portait une robe en mousseline blanche garnie de paillettes d'argent ; un turban de soie transparente blanc et argent retenait ses cheveux. Allongée sur son siège, Laure s'adonnait à son péché mignon, comme chaque fois qu'elle était inoccupée : suçoter le bout de chandelle de cire qu'elle avait toujours avec elle.

« Très chère, dit Dillon, je vous présente le procureur de la Lanterne.

— Qui donc ? demanda Laure, quelque peu irritée d'être dérangée.

— L'homme qui a déclenché les émeutes juste avant la prise de la Bastille. Celui qui fait pendre les gens, leur fait couper la tête, et j'en passe.

431

— Ah », dit Laure en levant les yeux. Les anneaux en argent de ses boucles d'oreilles tremblèrent dans la lumière. Ses yeux magnifiques glissèrent sur lui. « Mignon, dit-elle pour tout commentaire.

— Pas très portée sur la politique, ma femme », dit Arthur avec un petit rire.

Laure décolla le morceau de cire tiède de ses douces lèvres. Elle soupira, tripota d'un air absent le ruban sur le col de sa robe. « Restez donc à dîner », souffla-t-elle.

Tandis que Dillon lui faisait retraverser la pièce, Camille surprit son reflet dans un miroir : un visage blême, sombre et tendu. Les pendules sonnèrent onze heures. « Presque l'heure de souper », dit Dillon. Il se retourna et vit sur le visage du procureur de la Lanterne l'expression de la confusion la plus déchirante. « Ne prenez pas cet air, dit-il, plein de sollicitude. C'est ça, le pouvoir, voyez-vous. Et vous l'avez à présent. Il change tout.

— Je sais. Mais je n'arrive pas à m'y faire. »

Partout où il allait maintenant, on l'examinait à la dérobée, on baissait la voix à son approche, on jetait des regards en arrière. Qui ? Lui ? Vraiment ?

Le général l'observa, quelques minutes plus tard, au centre d'un groupe de femmes. Il semblait que son identité fût connue à présent. Leurs joues étaient colorées, leurs bouches légèrement entrouvertes, leur pouls s'accélérait du seul fait de sa proximité. Spectacle peu édifiant, songea le général, mais ainsi sont les femmes. Trois mois plus tôt, elles n'auraient guère prêté attention au garçon.

Le général était un homme bienveillant. Il avait entrepris de s'intéresser à Camille, de s'inquiéter pour lui et, à compter de ce soir-là – régulièrement au cours des cinq années suivantes –, il allait s'en souvenir. Chaque fois qu'il repenserait à Camille, il éprouverait – aussi stupide que cela puisse paraître – l'envie de le protéger.

Le roi Louis devait-il avoir le pouvoir d'opposer son veto aux décisions de l'Assemblée nationale constituante ?

« Madame Veto », tel était le nouveau nom de la reine dans la rue.

S'il n'existait pas, disait Mirabeau de manière sibylline, ce serait comme si l'on vivait à Constantinople. Mais dans la mesure où le bon peuple de Paris était fermement opposé au veto (qu'il prenait dans l'ensemble pour un nouvel impôt), Mirabeau bricola pour l'Assemblée un discours où il y avait à boire et à manger pour tout le monde, l'œuvre moins d'un homme d'État que d'un contorsionniste de foire. Pour finir, on parvint à un compromis : le roi se retrouva avec le pouvoir non pas de bloquer mais de différer l'entrée en vigueur de lois préalablement adoptées. Ce qui ne contenta personne.

La confusion était à son comble. Un orateur en plein vent dans une rue de Paris : « Il n'y a pas huit jours que l'on a accordé ces veto suspensifs aux aristos, et ils les mettent déjà à profit pour faire main basse sur tout le blé disponible et l'envoyer à l'étranger. C'est pour ça que le pain manque chez nous. »

Octobre : personne ne savait au juste si le roi envisageait de résister ou de fuir. En tout cas, il y avait de nouveaux régiments à Versailles, et, quand arriva celui des Flandres, la garde personnelle du roi donna un banquet au palais en son honneur.

L'affaire manqua de discrétion, et le moment était on ne peut plus mal choisi – même si, de toute façon, les pamphlétaires auraient crié à l'orgie devant un simple pique-nique sur les pelouses du parc.

Quand le roi fit son apparition avec sa femme et le petit Dauphin, il fut acclamé à tout rompre par les militaires éméchés. L'enfant fut hissé sur les tables, où il déambula en riant. Des toasts furent portés au châtiment des rebelles, la cocarde tricolore jetée au sol et piétinée sous des talons de gentilshommes.

Samedi 3 octobre : Versailles banquette pendant que Paris meurt de faim.

Ce même jour, à cinq heures de l'après-midi, le président Danton haranguait l'assemblée de son district de sa voix de stentor, martelant la table de son poing serré. Les citoyens des Cordeliers vont placarder les murs de la ville, disait-il. Ils vont venger l'insulte faite aux patriotes. Sauver Paris de la menace royale. Le bataillon va rameuter ses frères d'armes dans tous les districts, et ils seront les premiers sur la route. Ils ramèneront le roi de force à Paris, où ils l'auront sous la main. En dernier recours, le président Danton se rendra à Versailles en personne et, s'il le faut, traînera Louis jusqu'à Paris tout seul. J'en ai fini avec le roi, clame le conseiller d'État.

Stanislas Maillard, huissier à la cour de justice du Châtelet, interpella les femmes des Halles. Il leur parla, bien inutilement, de leurs enfants qui avaient faim. Un cortège se forma. La haute silhouette maigre de Maillard évoquait la Mort dans un livre d'images. À sa droite se tenait une romanichelle, une traînée connue des clochards sous le nom de « Reine de Hongrie ». À sa gauche, un échappé de l'asile de fous, agrippé à une bouteille de tord-boyaux. Le liquide coulait de sa bouche pendante le long de son menton, et ses yeux couleur de silex étaient totalement vides. C'était un dimanche.

Lundi matin : « Vous ne songiez quand même pas à vous absenter ? » demanda Danton à ses clercs.

Pour tout dire, ils avaient prévu une journée à Versailles.

« C'est un cabinet d'avocat ici, pas le quartier général d'un état-major. »

« Danton a une importante affaire de transport de biens en cours, dit Paré à Camille, un peu plus tard dans la matinée. Il ne veut pas qu'on le dérange. Vous ne songiez pas sérieusement à y aller vous-même ?

— C'est simplement qu'il a donné l'impression à l'assemblée de district de… Eh bien, non, pas sérieusement. Au fait, c'est toujours cette affaire sur laquelle il était déjà au moment de la prise de la Bastille ?

— Nous avons fait appel », dit Danton derrière sa porte verrouillée.

Santerre, le commandant d'un bataillon de la garde nationale, conduit un assaut contre l'Hôtel de Ville ; on y vole un peu d'argent et l'on y détruit quelques documents. Les femmes du marché se répandent dans les rues, entraînant à leur suite, par la persuasion ou la menace, celles qu'elles croisent. Place de Grève, les meneurs rassemblent des armes. Ils exigent de la garde nationale qu'elle les accompagne à Versailles, avec La Fayette à leur tête. De neuf heures à onze heures du matin, le marquis parlemente avec eux. Un jeune homme lui dit : « Le gouvernement nous trompe – il faut qu'on aille chercher le roi pour l'amener à Paris. Si, comme on le dit, c'est vraiment un faible d'esprit, alors on couronnera son fils, vous serez régent, et tout ira beaucoup mieux. »

À onze heures, La Fayette va parlementer avec les chefs de la police. Tout l'après-midi, il est retenu dans les locaux, n'a des nouvelles que par bribes. Mais, à cinq heures, il est sur la route de Versailles, à la tête de quinze mille gardes nationaux. On ne compte plus les émeutiers. Il pleut.

Un groupe de femmes qui a pris les devants a déjà envahi l'Assemblée. Elles s'assoient sur les bancs, jupes trempées remontées aux genoux, jambes allongées devant elles, bousculant les députés, multipliant les plaisanteries et appelant Mirabeau à grands cris. Une petite délégation de ces femmes est admise en présence du roi, qui leur promet tout le pain qui se pourra trouver. Le pain ou le sang ? Anne Théroigne est à l'extérieur et parle avec les soldats. Elle porte une tenue d'amazone, un sabre à la ceinture. La pluie abîme les plumes de son chapeau.

Message reçu par le général La Fayette en cours de route : le roi a finalement décidé d'accepter la Déclaration des droits de l'homme. Ah, vraiment ? Pour le général, las et démoralisé, les mains glacées enserrant les rênes de sa monture et la pluie dégoulinant le long de son nez pointu, on pourrait rêver mieux comme nouvelle.

Paris : Fabre fait le tour des cafés, modelant l'opinion. « Le tout, dit-il, quand on prend une initiative de ce genre, c'est que le mérite en revienne à ses auteurs.

Qui songerait à nier que ce sont le président Danton et son district qui sont à l'origine de celle-là ? Quant à la marche elle-même, qui mieux que les femmes de Paris pouvaient l'entreprendre ? Ils ne tireront jamais sur des femmes. »

Fabre n'était nullement déçu que Danton fût resté chez lui ; il en était au contraire soulagé. Il commençait à percevoir confusément la manière dont les choses allaient tourner. Camille avait raison ; en public, face à un auditoire qu'il connaissait, Danton s'auréolait de grandeur. À partir de maintenant, Fabre le pousserait à toujours éviter le danger.

C'est la nuit. Il continue de pleuvoir. Les hommes de La Fayette attendent dans l'obscurité, tandis qu'il est interrogé par l'Assemblée. Quelle est la raison de cette démonstration de force totalement déplacée ?

Dans sa poche, La Fayette a une note du président de cette même Assemblée, le suppliant de marcher sur Versailles avec ses hommes pour sauver le roi. Il aimerait y glisser la main afin de s'assurer que ce message, il ne l'a pas rêvé, mais il ne peut le faire au vu et au su de l'Assemblée, qui prendrait ce geste pour un manque de respect. Que ferait Washington à sa place ? se demande-t-il. Il n'a pas de réponse. Il se contente donc de rester là, debout, crotté jusqu'aux épaules, à répondre de son mieux à ces étranges questions, implorant son auditoire d'une voix de plus en plus rauque : ne pourrait-on pas, afin de s'épargner bien des ennuis, persuader le roi de faire un bref discours en faveur du nouveau drapeau national ?

Un peu plus tard, on l'introduit, épuisé, toujours couvert de boue, en présence du roi, et il s'adresse à un groupe composé de Sa Majesté, du frère de Sa Majesté, le comte de Provence, de l'archevêque de Bordeaux et de M. Necker. « Eh bien, dit le roi, je suppose que vous avez fait tout ce qui était en votre pouvoir. »

Éprouvant de plus en plus de mal à s'exprimer clairement, le général porte la main à sa poitrine, dans un geste qu'il n'a jamais vu jusqu'ici que sur des peintures, et s'engage à donner sa vie en échange de celle du roi, ajoutant qu'il est aussi le serviteur dévoué de la Constitution et que quelqu'un, quelqu'un, répète-t-il, a dû débourser beaucoup d'argent.

La reine se tenait dans l'ombre, un peu à l'écart, et le regardait avec animosité.

Il sortit de la pièce, désigna ceux qui devaient patrouiller autour du palais et dans la ville, regarda d'une fenêtre des torches qui brûlaient faiblement et entendit des chansons d'ivrognes dans le vent nocturne. Des ballades, sans aucun doute, qui avaient trait à la vie de la Cour. Il fut submergé par un accès de mélancolie, une sorte de désir nostalgique d'héroïsme. Il vérifia ses patrouilles, revint dans les appartements royaux. Mais ne fut pas admis ; le couple royal s'était retiré pour la nuit.

Un peu avant l'aube, il se jeta sur une couchette tout habillé et ferma les yeux. Le général Morphée, devait-on l'appeler par la suite.

Lever du soleil. Roulements de tambour. Une petite grille est restée sans surveillance, par négligence ou trahison ; des coups de feu éclatent, les gardes du corps royaux sont débordés et, quelques minutes plus tard, des têtes sont brandies sur des piques. Les émeutiers envahissent le palais. Des femmes armées de couteaux et de gourdins se précipitent dans les galeries à la recherche de leurs victimes.

Le général est réveillé. Debout, et plus vite que ça. Avant qu'il ait le temps d'arriver sur place, les manifestants ont atteint la porte du salon de l'Œil-de-bœuf, et les gardes nationaux les ont repoussés. « Donnez-moi le foie de la reine, hurle une femme, que j'en fasse une fricassée ! » La Fayette – à pied, pas le temps de faire seller un cheval – n'a pas encore pénétré à l'intérieur du château, car il est pris au milieu d'une foule hurlante qui a déjà passé des cordes autour du cou de quelques gardes du corps. La famille royale est en sécurité – enfin, tout juste – dans le salon. Les enfants royaux pleurent. La reine est pieds nus. Elle ne doit la vie qu'à l'épaisseur d'une porte.

La Fayette arrive enfin. Il croise les yeux de la femme pieds nus – celle qui l'a chassé de la Cour, qui, un jour, a tourné ses manières en ridicule et s'est moquée de sa façon de danser. Ce qu'elle attend de lui à présent dépasse de beaucoup les seuls talents d'un courtisan. Une foule énorme est massée sous les fenêtres. La Fayette montre le balcon. « Il le faut », dit-il.

Le roi sort sur le balcon. Des cris retentissent : « À Paris ! » Les émeutiers brandissent des piques, braquent des fusils. Ils réclament la reine.

À l'intérieur, le général lui fait signe de se montrer elle aussi. « N'entendez-vous pas ce qu'ils crient ? dit-elle. Ne voyez-vous pas les gestes qu'ils font ?

— Si, bien sûr, répond La Fayette, en se passant un doigt en travers de la gorge. Mais si vous n'allez pas à eux, ils viendront à vous. Sortez, Madame. »

Le visage pétrifié, elle prend ses enfants par la

main et sort sur le balcon. « Pas d'enfants ! » hurle la foule. La reine lâche la main du Dauphin, qui est ramené à l'intérieur avec sa sœur.

Marie-Antoinette est seule maintenant. La Fayette imagine déjà la suite : un déchaînement de violence, une guerre impitoyable dès ce soir. Il sort à son tour et vient se placer à côté d'elle, espérant lui faire un rempart de son corps si le pire... La foule hurle... Et puis – ô courtisan modèle ! – il s'empare de la main de la reine, la lève vers lui et, avec une profonde révérence, lui baise le bout des doigts.

Revirement immédiat. Des cris retentissent : « *Vive** La Fayette ! »* Le général frémit devant tant d'inconstance, un frémissement tout intérieur. Puis une voix lance : « *Vive la reine** !* » Le cri est repris en chœur. Un cri que l'on n'a pas entendu depuis une dizaine d'années. La reine desserre les poings, entrouvre la bouche, il la sent s'appuyer contre lui, toute molle de soulagement. Un garde du corps sort pour l'assister, une cocarde tricolore au chapeau. Acclamations dans la foule. La reine est raccompagnée à l'intérieur. Le roi déclare qu'il ira à Paris.

L'expédition prend toute la journée.

Sur le chemin de Paris, La Fayette escorte le carrosse royal ; c'est à peine s'il ouvre la bouche. À partir de maintenant il n'y aura plus de gardes du corps, songe-t-il, en dehors de ceux que je fournirai moi-même. J'avais la nation à protéger du roi, à présent j'ai le roi à défendre du peuple. Je lui ai vraiment sauvé la vie, se dit-il encore. Il revoit le visage blême, les pieds nus, la sent s'affaisser contre lui, tandis que retentissent les hourras de la foule. Elle ne le lui pardonnera jamais, il le sait. Il dispose désormais des forces armées, sa position devrait être imprenable... mais là, piétinant dans la demi-obscurité, il y a la foule innombrable, le Peuple, qui hurle : « Nous les tenons, le boulanger, la boulangère et le petit mitron ! » Les gardes nationaux échangent leurs bicornes avec les gardes du corps et se donnent du coup une allure ridicule, mais plus grotesques encore sont les visages ensanglantés et défigurés qui dansent, lieue après lieue, devant le carrosse royal.

Telles furent les journées d'octobre.

L'Assemblée suivit le roi à Paris et s'installa temporairement dans le palais de l'archevêché. Le club breton reprit ses réunions dans le réfectoire d'un bâtiment conventuel désaffecté situé rue Saint-Jacques. Les anciens occupants, des dominicains, avaient toujours été appelés « Jacobins » par les gens du voisinage, et le nom resta accolé aux députés, journalistes et hommes d'affaires qui débattaient en ces lieux comme au sein d'une seconde Assemblée. Leur nombre grandissant sans cesse, ils déménagèrent dans la bibliothèque puis, pour finir, dans l'ancienne chapelle, qui possédait une galerie pour recevoir le public.

En novembre, l'Assemblée prit, elle, ses nouveaux quartiers dans ce qui avait été à l'origine un manège. C'était un lieu passablement exigu et mal éclairé, dont l'architecture laissait à désirer et l'acoustique plus encore. Les membres se faisaient face de part et d'autre d'une passerelle. Au milieu d'un des côtés se trouvaient le siège du président et la table des secrétaires, et de l'autre la tribune. Les défenseurs déclarés du pouvoir royal siégeaient à droite de la passerelle, les patriotes, comme ils s'appelaient souvent eux-mêmes, à gauche.

La salle était chauffée par un poêle qui trônait au milieu, et très mal aérée. À la suggestion du docteur Guillotin, on répandait deux fois par jour sur le sol du vinaigre et des herbes aromatiques. Les galeries réservées au public étaient elles aussi de dimensions restreintes, et si les trois cents spectateurs qu'elles contenaient pouvaient être organisés et encadrés, ils ne l'étaient pas nécessairement par les autorités.

Très rapidement, les Parisiens n'appelèrent plus l'Assemblée que le « Manège ».

Rue de Condé : vers la fin de l'année, Claude autorisa un certain dégel dans les relations. Annette donna une soirée. Ses filles invitèrent leurs amis, lesquels invitèrent les leurs. Annette regarda autour d'elle avant de dire : « Imaginez qu'un incendie se déclare. C'est presque toute la révolution qui partirait en fumée. »

Avant l'arrivée des invités avait eu lieu la traditionnelle dispute avec Lucile ; impossible désormais de faire quoi que ce soit sans en passer par là. « Laisse-moi remonter tes cheveux, la cajola Annette. Comme par le passé, tu veux ? Avec des fleurs. »

Plutôt mourir, fit savoir Lucile avec la plus grande véhémence. Elle ne voulait ni épingles, ni rubans, ni fleurs, ni colifichets d'aucune sorte. Ce qu'elle voulait, c'était une crinière dont elle pût jouer à volonté, et, si elle acceptait d'y introduire quelques boucles, c'était uniquement, pensa Annette, dans le but d'accentuer la ressemblance. « Oh, vraiment, dit-elle avec humeur, si tu cherches à imiter Camille, au moins fais-le correctement. Si tu continues ainsi, tu finiras avec un torticolis. » Adèle se mit la main sur la bouche et pouffa de plaisir. « Voilà comme il faut t'y prendre, reprit Annette, joignant le geste à la parole. Tu ne peux pas *en même temps* rejeter la tête en arrière et chasser les cheveux de tes yeux. Les deux gestes doivent rester distincts. »

Lucile fit un essai, un sourire bête à la bouche. « Vous avez peut-être raison, dit-elle. Tiens, Adèle, essaie, toi. Mais lève-toi, il faut être debout, sinon l'effet n'est pas le même. »

Les trois femmes se bousculèrent pour prendre place devant le miroir. Elles commencèrent par de petits rires, avant de s'esclaffer comme des folles. « Et puis, il y a celui-là aussi, dit Lucile. Écartez-vous, bêtasses, que je vous montre. » Elle fit disparaître le sourire de son visage, plongea le regard dans la glace, yeux écarquillés dans une profonde extase narcissique et, d'une pichenette délicate, fit voler une petite mèche imaginaire.

« Sotte que tu es, lui dit sa mère. Ton poignet n'est pas du tout au bon angle. Tu as des yeux pour voir, non ? »

Lucile ouvrit de grands yeux et lui renvoya un regard à la Camille. « Je ne suis née que d'hier », dit-elle piteusement.

Adèle et sa mère titubèrent à travers la pièce, se tenant les côtes. Adèle se jeta sur le lit et se mit à pleurer dans l'oreiller. « Ah, arrête, arrête, je t'en prie ! » s'exclama Annette. Ses cheveux s'étaient dénoués et des larmes creusaient des sillons dans son rouge. Lucile s'affaissa sur le sol et martela le tapis de son poing. « Je crois que je vais en mourir », dit-elle.

Ah, quel soulagement ! Après tous ces mois passés à

ne pratiquement plus s'adresser la parole. Elles se rele-
vèrent et s'efforcèrent de retrouver leur calme ; mais
tandis qu'elles s'activaient avec poudre et parfum, le
fou rire les reprenait à tour de rôle. De toute la soirée,
elles ne seraient plus à l'abri de rechutes. « Maître
Danton, vous connaissez Maximilien Robespierre,
n'est-ce pas ? » et Annette de se détourner brusquement, parce que les larmes lui montaient aux yeux,
et que ses lèvres étaient saisies de tremblements, prélude à un nouvel éclat de rire. Maître Danton avait
cette habitude extrêmement belliqueuse consistant à se
ficher un poing sur la hanche et à froncer le sourcil,
même quand il parlait du temps ou de tout autre sujet
aussi banal. Maximilien Robespierre, quant à lui, avait
une très curieuse façon de vous regarder sans jamais
ciller, et une façon tout aussi curieuse de s'insinuer
discrètement entre les meubles ; ce serait merveilleux
de le voir bondir sur une souris. Elle les abandonna
à leur suffisance, riant à part elle.

« Alors, où logez-vous maintenant ? s'enquit Danton.
— Rue Saintonge, dans le Marais.
— C'est confortable ? »
Robespierre ne répondit pas. Il n'arrivait pas à se
figurer l'idée que Danton pouvait se faire du confort,
si bien que sa réponse, s'il en avait eu une à donner,
n'aurait pas rimé à grand-chose. Des scrupules de
ce genre le désarçonnaient souvent, même dans les
conversations les plus innocentes. Par chance, Danton
ne semblait pas attendre de réponse. « La plupart des
membres de l'Assemblée, enchaîna-t-il, ne semblent
guère apprécier de devoir venir s'installer à Paris.
— Oh, vous savez, la plupart d'entre eux sont

absents la moitié du temps. Et quand ils sont présents, ils ne prêtent aucune attention à ce qui se dit. Ils passent leur temps à bavarder entre eux du collage du vin et de l'engraissement des porcs.

— Que voulez-vous, ils pensent au pays. L'Assemblée représente une interruption du cours normal de leur vie. »

Robespierre esquissa un mince sourire. Il ne les méprisait pas pour cela, mais il trouvait simplement que c'était là une curieuse façon de voir les choses. « Mais leur vie, elle est ici.

— Il faut les comprendre, ils pensent à la ferme qui va à vau-l'eau, aux enfants qui grandissent sans eux, à la femme qui couche à droite et à gauche. Ils sont humains, après tout. »

Robespierre lui jeta un coup d'œil incrédule. « Vraiment, Danton, les circonstances étant ce qu'elles sont, je pense que nous aurions tous intérêt à être un peu plus que simplement humains. »

Annette circulait parmi ses invités, s'efforçant de dissimuler son envie de rire sous un sourire de convenance. D'une certaine façon, il ne lui semblait plus possible de voir ses invités masculins tels qu'ils souhaitaient être vus. Pétion (petit rictus suffisant d'égocentrique) paraissait aimable ; de même que Brissot (avec sa panoplie de tics et de tremblements nerveux). Danton l'observait de l'autre bout de la pièce. À quoi peut-il bien penser ? Elle eut comme une intuition et l'imagina en train de dire de sa voix traînante : « Elle a de l'allure pour une femme de son âge. » Fréron se tenait à l'écart, seul avec ostentation ; il suivait Lucile des yeux.

Camille, comme d'habitude maintenant, avait un

cercle d'auditeurs. « Il ne nous reste plus à présent qu'à décider d'un nom, disait-il. Et à organiser les abonnements pour la province. Il sortira tous les samedis, plus souvent cependant si les événements l'exigent. Format in-octavo, couverture grise. Brissot écrira pour nous, ainsi que Fréron, et Marat. Nous aurons une rubrique courrier des lecteurs. Et des critiques théâtrales particulièrement cinglantes. L'univers et toutes ses folies trouveront place dans les pages de ce journal hypercritique.

— Et vous pensez qu'il sera rentable ? demanda Claude.

— Oh, il ne le sera pas du tout, dit Camille joyeusement. Nous ne rentrerons même pas dans nos frais, à mon avis. L'idée, c'est de maintenir le prix de vente au niveau le plus bas possible, de manière que presque tout le monde soit en mesure de se l'offrir.

— Et comment dans ce cas pensez-vous payer votre imprimeur ?

— Par le biais de sources occultes, dit Camille d'un air mystérieux. L'idée, c'est de laisser les gens vous payer pour écrire ce que vous auriez écrit de toute façon.

— Vous me faites peur, dit Claude. Vous semblez dépourvu de tout sens moral.

— Au bout du compte, ce sera une bonne opération. Je n'aurai pas à consacrer plus de quelques colonnes aux remerciements à mes commanditaires. J'utiliserai le reste du journal pour faire de la publicité au député Robespierre. »

Claude jeta un coup d'œil craintif à la ronde. Le député Robespierre n'était pas loin, en grande conversation avec sa fille Adèle. Une conversation qui semblait confidentielle, voire presque intime. Force lui était de reconnaître toutefois que, si l'on parvenait à faire le départ entre les discours du député Robespierre au Manège et sa personne, il n'y avait rien chez lui d'alarmant. C'était même l'inverse, pour tout dire. C'est un jeune homme bien mis, posé ; il paraît réservé, d'humeur égale, responsable. Adèle ne cesse d'amener son nom dans la conversation ; à l'évidence, il ne la laisse pas indifférente. Il n'a aucune fortune, mais… on ne peut pas tout avoir. C'est déjà bien d'avoir un gendre qui ne fasse pas preuve de violence physique.

Adèle s'était immiscée dans l'intimité de Robespierre au terme d'une série d'échanges à bâtons rompus. De quoi parlaient-ils en ce moment ? De Lucile. « C'est effrayant, était-elle en train de dire. Aujourd'hui… Ma foi, aujourd'hui c'était différent, et nous avons ri aux larmes. » Je me garderai bien de lui dire à quel sujet, décida-t-elle. « Mais d'ordinaire l'ambiance a de quoi faire peur. Lucile est tellement têtue, elle n'arrête pas de discuter. Et cette fois-ci elle est vraiment décidée à propos de Camille.

— J'aurais pensé que, dans la mesure où il était invité aujourd'hui, votre père voyait la chose d'un œil un peu plus indulgent.

— C'était aussi mon impression. Mais vous voyez la tête qu'il fait, là-bas ? » Ils regardèrent Claude à l'autre bout de la pièce, puis se retournèrent pour échanger un signe de tête d'un air sombre. « Il reste, dit Adèle, qu'ils finiront par avoir gain de cause. Ils font partie de ces gens qui parviennent toujours à leurs fins. Ce qui m'inquiète c'est de savoir à quoi ressemblera le mariage.

— L'ennui, dit Robespierre, c'est que tout le monde semble considérer Camille comme un cas. Mais à mes yeux, il ne l'est pas. C'est le meilleur ami que j'aie jamais eu.

— C'est trop gentil à vous de dire ça. » Et gentil, il l'est indubitablement, songea-t-elle. Qui d'autre se risquerait à une déclaration aussi candide, dans la période compliquée que nous vivons ? « Regardez, dit-elle. Regardez là-bas, Camille et ma mère sont en train de parler de nous. »

C'était effectivement le cas ; têtes penchées l'une contre l'autre, comme au bon vieux temps. « La profession de marieuse reste l'apanage des vieilles filles, disait Annette.

— Vous n'en connaissez pas une à laquelle vous pourriez faire appel ? J'aime que les choses soient faites dans les formes.

— Mais il l'emmènera loin d'ici. En Artois.

— Et alors ? Rien n'empêche de faire le voyage. Vous pensez peut-être que Paris est entouré d'un ravin infranchissable, que, arrivé à Chaillot, on tombe en enfer ? Et puis, je ne pense pas qu'il retourne jamais chez lui.

— Mais qu'arrivera-t-il une fois la Constitution adoptée et l'Assemblée dissoute ?

— Je ne crois pas que les choses se passeront ainsi, voyez-vous. »

Lucile ne manquait rien du spectacle. Ah, mère, pourquoi ne pas vous rapprocher davantage encore ? Pourquoi ne pas l'entraîner sur le tapis pour en finir une bonne fois pour toutes ? En ce qui la concernait, la bonne humeur de tout à l'heure s'était totalement dissipée. Elle n'avait plus aucune envie d'être dans cette pièce, entourée de tous ces bavardages. Elle chercha des yeux un coin où elle serait tranquille. Où Fréron la suivit.

Elle s'assit, afficha un sourire crispé. Il posa un bras possessif sur le dossier de sa chaise ; affectant une certaine nonchalance, parlant de tout et de rien, les yeux sur le salon et non sur elle. Sauf quand, de temps à autre, il les baissait une seconde. Pour finir, d'un ton doucereux, insinuant, il dit : « Toujours vierge, Lucile ? »

Elle rougit jusqu'à la racine des cheveux et baissa la tête. En somme, l'attitude de la petite demoiselle bien convenable. « On ne saurait l'être davantage, répondit-elle.

— Je ne retrouve pas là le Camille que je connais.

— Il me réserve pour quand nous serons mariés.

— Ce n'est pas lui que ça doit gêner. Il a des... exutoires, non ?

— Je n'ai pas envie de savoir.

— C'est sans doute mieux pour vous. Mais vous êtes une grande fille à présent. Les plaisirs de la virginité ne commencent-ils pas à vous peser ?

— Et que me conseilleriez-vous pour y remédier, monsieur Lapin ? De quelles occasions croyez-vous donc que je dispose ?

— Oh, je sais pertinemment que vous vous débrouillez pour le voir. Je sais que vous vous glissez dehors de temps en temps. Je me disais, chez les Danton, peut-être. Lui et Gabrielle ne sont pas très à cheval sur les principes. »

Lucile lui jeta un regard de côté, aussi dénué d'expression que possible. Elle aurait bien aimé ne pas avoir ce genre de conversation, mais elle trouvait un soulagement douloureux à parler de ses sentiments à quelqu'un, fût-il pour elle un tourmenteur. Pourquoi calomnier ainsi Gabrielle ? Lapin est capable de dire n'importe quoi, décida-t-elle. Même lui se rendit compte qu'il était allé trop loin – elle le lut dans son regard. Tu te vois un peu, se dit-elle, en train de dire : « Gabrielle, on peut venir demain et vous emprunter votre lit ? » Gabrielle mourrait d'abord.

Penser au lit des Danton lui procure, elle doit le reconnaître, un sentiment étrange. Un sentiment difficile à décrire. L'idée lui vient que, quand le jour viendra, Camille ne lui fera pas de mal, mais c'est Danton qui lui en fera – et son cœur bondit dans sa poitrine, elle rougit à nouveau, plus fortement encore, parce qu'elle ignore comment est née cette idée. Qui lui est venue contre son gré, qu'elle voudrait ne jamais avoir eue.

« Quelque chose vous contrarie ? demande Fréron.

— Vous devriez avoir honte », dit-elle d'un ton sec. Il reste qu'elle n'arrive pas à effacer cette image de son esprit : cette énergie conquérante, ces mains énormes et dures, le poids de ce corps. La femme devrait remercier Dieu, se dit-elle, d'avoir une imagination limitée.

Le journal changea plusieurs fois de nom. Il parut d'abord sous le titre *Courrier du Brabant* : eux aussi avaient une révolution, de l'autre côté de la frontière, et Camille pensait qu'il était bon d'en parler. Avant de devenir *Révolutions de France et de Brabant*. Bien entendu, Marat faisait de même, pour diverses raisons plus ou moins suspectes. Il avait été *Le Publiciste parisien*, et était à présent *L'Ami du peuple*. Titre dont on pensait, aux *Révolutions*, qu'il était d'une naïveté risible. On aurait dit le nom d'un remède contre la chaude-pisse.

Tout le monde fonde des journaux, y compris ceux qui ne savent pas écrire et qui, à entendre Camille, ne sont pas même capables de penser. Mais *Révolutions* est une publication qui sort du lot, qui fait sensation, qui impose aussi un emploi du temps strict. Si le personnel est réduit, temporaire et quelque peu pagailleux, peu importe, car Camille est capable de rédiger un numéro à lui tout seul. Que sont trente-deux pages (in-octavo) pour un homme qui a tant à dire ?

Le lundi et le mardi, on travaillait à la préparation du numéro de la semaine. Le mercredi, l'essentiel était prêt pour l'imprimerie. C'est aussi le mercredi qu'arrivaient les assignations en justice consécutives aux diffamations du samedi précédent, même s'il y avait parfois des victimes disposées à rappeler leurs avocats de la campagne un dimanche matin afin que l'assignation soit notifiée dès le mardi. Les provocations en duel tombaient de manière sporadique, tout au long de la semaine.

Jeudi, le journal était mis sous presse. On procédait aux corrections de dernière minute, avant qu'un grouillot courût chez l'imprimeur, M. Laffrey, dont les locaux étaient situés quai des Augustins. À midi, ce même jour, M. Laffrey et le concessionnaire, M. Garnery, s'arrachaient les cheveux. Vous voulez voir les presses saisies, nous voir jetés en prison ? Asseyez-vous donc, buvez un coup, disait Camille. Il acceptait rarement, pratiquement jamais, d'apporter un quelconque changement à son texte.

Les autres n'ignoraient pas que plus grand était le risque, plus le journal se vendrait.

René Hébert venait souvent au journal, teint rose et comportement détestable. Il ne cessait de faire des plaisanteries désobligeantes sur la vie privée de Camille ; pas une de ses phrases qui n'eût un double sens. Camille tentait de l'excuser auprès de ses collaborateurs ; il travaillait au guichet d'un théâtre, mais s'était vu renvoyer pour avoir puisé dans la caisse.

« Mais pourquoi le supportez-vous ? lui demandait-on. La prochaine fois qu'il met les pieds ici, voulez-vous qu'on le jette dehors ? »

Voilà comment ils étaient aux *Révolutions* ; toujours à chercher une occupation un peu moins sédentaire.

« Mais non ! Laissez-le tranquille, disait Camille. Il a toujours été agressif. C'est dans sa nature. »

« Je veux avoir mon journal, moi aussi, dit Hébert. Il sera très différent de celui-ci. »

Brissot était présent ce jour-là, perché sur un bureau, le visage toujours convulsé de tics. « Il ne devrait pas l'être trop, dit-il. Parce que celui-ci est une vraie réussite. »

Brissot et Hébert se détestaient cordialement.

« Camille et vous écrivez pour les gens instruits, dit Hébert. C'est vrai aussi de Marat. Moi, je ne ferai pas ça.

— Vous allez publier un journal pour les illettrés ? demanda Camille d'une voix suave. Je vous souhaite tout le succès possible.

— J'ai l'intention d'écrire pour l'homme de la rue. En utilisant la langue qu'il connaît.

— Alors un mot sur deux sera une grossièreté, dit Brissot avec une grimace de dédain.

— Précisément », dit Hébert, avant de sortir d'un pas léger.

Brissot est le rédacteur du *Patriote français* (un quotidien de quatre pages in-quarto, ennuyeux au possible). Il collabore également aux journaux des autres avec générosité, assiduité et une extrême inventivité. Pratiquement chaque matin, il entre plein d'enthousiasme dans les bureaux, son visage étroit et osseux illuminé par sa dernière idée de génie. J'ai passé toute ma vie à ramper devant les éditeurs, disait-il volontiers ; et de raconter comment on l'avait trompé, comment on lui avait volé ses idées, piraté ses manuscrits. Il ne semblait pas faire le rapprochement entre ce triste bilan et sa présence en cet instant – onze heures trente du matin – dans le bureau d'un autre rédacteur, où il était occupé, tout en tournant et retournant entre ses mains son chapeau poussiéreux de quaker, à se répandre en paroles. « Mes parents – vous comprenez, Camille ? – étaient des gens pauvres et ignorants. Ils voulaient que je devienne moine, incapables qu'ils étaient d'envisager meilleur avenir pour moi. J'ai perdu la foi… et il a bien fallu, pour finir, que je leur avoue la vérité. Bien entendu, ils n'ont pas compris. Comment auraient-ils pu ? C'était comme si on parlait des langues différentes, eux et moi. Par exemple, comme s'ils avaient été suédois et moi italien… c'est dire à quel point j'étais proche des miens. C'est alors qu'ils m'ont dit : Tu pourrais peut-être devenir avocat. Or voilà comment se sont passées les choses. Je marchais un jour dans la rue quand j'ai entendu un voisin s'exclamer : "Ah, regardez, voilà M. Janvier qui rentre du tribunal !" Et il montre du doigt cet avocat, un homme bedonnant à l'air stupide qui trottine pour rentrer chez lui, son travail du soir glissé sous le bras. Et d'ajouter : "Si vous travaillez dur, un jour vous serez comme lui." C'est alors que j'ai eu un terrible serrement de cœur. Oh, je sais bien, c'est une figure de style… mais, vous savez quoi, mon cœur s'est bel et bien serré, je vous jure, il s'est recroquevillé sur lui-même et il m'est descendu dans le ventre. J'ai pensé : Il peut m'arriver le pire – être menacé de la prison –, mais je refuse d'être un jour comme cet homme. Bon, c'est vrai, il n'avait pas l'air aussi stupide que ça, il avait de l'argent, il était respecté, il n'exploitait pas les pauvres ni rien de ce genre, et il venait tout juste de se remarier, avec une jeune femme très gentille… Alors pourquoi donc n'étais-je pas tenté ? J'aurais pu me dire : Tiens, c'est une façon de vivre comme une autre, pas si désagréable. Mais que voulez-vous, une situation stable, une vie facile… peut-on vraiment ne pas demander plus à l'existence ? »

Un des assistants intermittents de Camille passa la tête par la porte : « Ah, Camille, il y a quelqu'un qui vous demande. Une femme, pour une fois. »

Anne Théroigne entra d'un pas majestueux. Robe blanche, ceinture tricolore, une tunique de garde national déboutonnée jetée sur ses épaules fines et carrées. Ses cheveux châtains, une cascade de boucles délicates que balaierait la brise la plus légère ; elle avait eu recours à l'un de ces coiffeurs qui vous donnent l'air de ne jamais avoir approché un coiffeur de votre vie. « Salut, comment va ? » dit-elle. Son allure s'accordait mal avec ce bonjour démocratique ; elle irradiait l'énergie et une excitation quasi sexuelle.

Brissot sauta du bureau et lui ôta obligeamment sa

jaquette avant de la plier avec soin et de la déposer sur une chaise. Ce qui en faisait… quoi, au juste ? Une assez jolie jeune femme en robe blanche, sans plus. Elle manifesta une certaine contrariété. Il y avait quelque chose de lourd dans la poche de la tunique. « Vous avez une arme à feu sur vous ? demanda Brissot, surpris.

— Depuis le jour où on a pillé les Invalides et où je suis tombée sur ce pistolet. Vous vous souvenez, Camille ? dit-elle, en traversant la pièce dans un grand frou-frou. On ne vous a guère vu dans la rue, ces dernières semaines.

— Oh, je n'avais pas assez d'allure pour ça, murmura Camille. Contrairement à vous. »

Anne Théroigne s'empara de sa main et la retourna. On voyait encore au creux de la paume l'entaille, aussi fine qu'un cheveu, laissée par la baïonnette du 14 juillet. Pensive, Anne Théroigne la suivit de l'index. Brissot les regardait, bouche bée. « Écoutez, si je gêne…

— Mais pas du tout », fit Camille. Il ne voulait surtout pas que quelque rumeur au sujet d'Anne parvînt aux oreilles de Lucile. Pour autant qu'il le sût, Anne menait une vie chaste et sans tache ; mais, chose étrange, elle semblait s'obstiner à donner l'impression inverse. Les feuilles à scandale royalistes étaient promptes à sauter sur la moindre rumeur ; Anne Théroigne, dans ce domaine, était une véritable manne pour elles.

« Puis-je écrire quelque chose pour vous, mon chéri ? demanda-t-elle.

— Vous pouvez toujours essayer. Mais mes exigences sont démesurées.

— Vous refuseriez, c'est ça ?

— Je crains bien que oui. Le fait est que l'offre dépasse déjà largement la demande.

— Tant que nous savons où nous situer », dit-elle. Elle attrapa son vêtement sur la chaise où l'avait posé Brissot et – dans un geste de charité perverse – déposa un baiser sur la joue creusée de ce dernier.

Après son départ, une odeur s'attarda derrière elle, mélange de transpiration féminine et d'eau de lavande. « Calonne, dit Brissot. Il utilisait de l'eau de lavande. Vous vous souvenez ?

— Je ne fréquentais pas ces cercles.

— Eh bien, c'est la vérité. »

On pouvait faire confiance à Brissot. Il savait toujours tout. Il croyait en la Fraternité universelle. Il pensait que tous les hommes éclairés d'Europe auraient dû se réunir pour discuter de la meilleure forme de gouvernement et du développement des arts et des sciences. Il connaissait Jeremy Bentham et Joseph Priestley. Il dirigeait une société antiesclavagiste, écrivait sur la jurisprudence, le système parlementaire anglais et les épîtres de saint Paul. Il était arrivé jusqu'à son logement exigu de la rue Grétry après être passé par la Suisse, les États-Unis, une cellule à la Bastille et un appartement dans Brompton Road. Thomas Paine était (à l'entendre) un de ses grands amis, et George Washington avait plus d'une fois sollicité son avis. Brissot était un optimiste, persuadé que le bon sens et l'amour de la liberté finiraient toujours par triompher. À l'égard de Camille, il se montrait bienveillant, serviable et légèrement condescendant. Il aimait parler de sa vie passée et se féliciter des jours meilleurs qui n'allaient pas manquer d'arriver.

La visite d'Anne Théroiĝne – et peut-être surtout le baiser final – le jeta pourtant dans un véritable accès de comment-en-est-on-arrivés-là et comme-la-vie-est-bizarre. « J'ai connu des moments difficiles, dit-il. Mon père est mort, et peu de temps après ma mère s'est retrouvée atteinte de démence. »

Camille posa la tête sur son bureau et se mit à rire, à rire à ne plus pouvoir s'arrêter, si bien qu'ils se demandèrent bientôt s'il n'allait pas se rendre malade.

Le vendredi, Fréron était d'ordinaire au bureau. Camille sortait pour déjeuner et restait absent plusieurs heures. Ils avaient ensuite une réunion consacrée aux diverses assignations, afin de décider s'ils devaient présenter ou non des excuses. Dans la mesure où Camille avait rarement fini de cuver son vin, il n'y en avait jamais. Le personnel des *Révolutions* était censé être en service à toute heure du jour. Ses membres avaient vocation à sauter du lit à l'aube avec une idée géniale à vous faire dresser les cheveux sur la tête ; ils étaient condamnés à se faire cracher dessus dans la rue. Chaque semaine, une fois le texte composé, Camille disait invariablement : Plus jamais, c'est le dernier numéro, promis, juré. Et le samedi suivant le journal reparaissait, parce que son rédacteur ne supportait pas l'idée que ces gens-là puissent croire l'avoir effrayé avec leurs menaces, leurs insultes et leurs provocations, avec tout leur argent, leurs rapières et leurs amis haut placés. Quand venait le moment d'écrire et qu'il s'emparait de sa plume, pas un instant il ne songeait aux conséquences, s'attachant uniquement au style. Je me demande pourquoi j'ai jamais été préoccupé par le sexe, se disait-il ; il n'y a rien de plus gratifiant en ce bas monde qu'un point-virgule correctement placé. Une fois encre et papier à portée de main, il devenait imperméable à tout appel à ses bons sentiments, à toute tentative visant à lui expliquer qu'il détruisait des réputations, anéantissait des vies. Une sorte de venin douceâtre coulait dans ses veines, plus fluide que le meilleur cognac et plus prompt à monter à la tête. De même que certains n'aspirent qu'à l'opium, lui n'aspire qu'à exercer son art subtil de la raillerie, de la récrimination et de l'insulte ; il se peut que le laudanum apaise les sens, mais un bon éditorial vous coupe le souffle et stoppe les battements de votre cœur l'espace d'un instant. Écrire, c'est dévaler une pente en courant : le voudrait-on qu'on ne pourrait s'arrêter.

Quelques basses intrigues pour boucler l'*annus mirabilis*… La Fayette dit au duc Philippe qu'il est à la recherche de preuves de son implication dans les émeutes d'octobre et que, s'il en trouve, il… ira plus loin. Le général voudrait voir le duc quitter le pays ; Mirabeau, lui, qui l'estime essentiel à la réalisation de ses projets, veut le voir rester à Paris. « Dites-moi qui fait pression sur vous », supplie Mirabeau, comme s'il ne l'avait pas deviné.

Quant au duc lui-même, il est perplexe. Il devrait être roi à l'heure qu'il est, mais ne l'est toujours pas. « Vous mettez les choses en route, se plaint-il auprès de Sillery, et d'autres arrivent qui vous les retirent des mains. »

Charles Alexis compatit. « Il va vous falloir louvoyer, la mer est grosse.

— Par pitié, dit le duc, épargnez-moi vos métaphores maritimes, je ne suis pas d'humeur, ce matin. »

Le duc a peur – peur de Mirabeau, de La Fayette, à peine plus du second que du premier. Il a même peur du député Robespierre, qui à l'Assemblée s'oppose à tous et à tout, sans jamais élever la voix, ni perdre son sang-froid, ni se départir du regard implacable de ses yeux calmes derrière ses petites lunettes.

Après les journées d'octobre, Mirabeau conçoit un plan qui permettrait à la famille royale de prendre la fuite – car c'est bien de « fuite » qu'il faut parler à présent. La reine le hait, mais il intrigue de telle façon qu'il donne l'impression à la Cour d'être l'homme de la situation. Il méprise La Fayette, mais pense que celui-ci pourrait se révéler de quelque utilité : le général tient les cordons de la bourse des services secrets, et ce n'est pas négligeable quand vous avez à recevoir, à payer vos secrétaires, à aider des jeunes gens dans le besoin qui mettent leurs talents à votre service.

« Il se peut qu'ils me paient, dit le comte, mais ils ne m'ont pas acheté. Si quelqu'un voulait bien me faire confiance, je n'aurais pas à me montrer aussi retors.

— Oui, monsieur, dit froidement Teutch. À la place de monsieur, je ne commercialiserais pas trop cette épigramme. »

Pendant ce temps, le général La Fayette ruminait de sombres pensées. « Mirabeau, affirma-t-il sans ambages, est un charlatan. Si je prenais la peine de mettre ses complots au grand jour, le ciel lui-même lui tomberait sur la tête. L'idée qu'il puisse occuper un poste au gouvernement est inconcevable. Il est corrompu jusqu'à la moelle. On a du mal à croire qu'il puisse continuer à être populaire. Je pourrais même dire que sa popularité grandit. Oui, elle grandit. Je vais lui proposer un poste, une ambassade quelconque, qu'il quitte le pays… » La Fayette passa ses doigts dans ses cheveux blonds clairsemés. Il était heureux que Mirabeau ait un jour déclaré – en public, de surcroît – qu'il ne voudrait pas de Philippe comme valet. Parce que s'ils devaient vraiment s'allier… Non, impensable. Il faut qu'Orléans quitte la France, que Mirabeau soit acheté, et le roi protégé jour et nuit par six gardes nationaux, de même pour la reine. Bon, ce soir, je dîne avec Mirabeau et je vais lui proposer… Il était retombé dans ses pensées silencieuses. Peu importait où commençaient et où finissaient ses phrases puisqu'il se parlait à lui-même. À qui d'autre se confier ? Il jeta un bref coup d'œil à son image dans une glace, à ce visage maigre, au teint clair, et à ce front dégarni que les pamphlétaires des Cordeliers raillaient à l'envi ; puis, avec un soupir, il quitta la pièce vide.

Le comte de Mirabeau au comte de La Marck :

Hier, tard dans la soirée, j'ai vu La Fayette. Il m'a parlé du poste et du salaire ; j'ai refusé. Je préférerais une promesse écrite concernant une grande ambassade. Une partie du salaire doit m'être avancée demain. La Fayette s'inquiète beaucoup des agissements du duc d'Orléans […] Si mille louis vous paraissent une somme excessive, ne les demandez pas, mais c'est là le montant dont j'ai un pressant besoin […]

Orléans partit pour Londres, la lippe boudeuse, Laclos dans ses bagages. « Mission diplomatique », disait la déclaration officielle. Camille était en compagnie de

Mirabeau quand leur parvint la mauvaise nouvelle. Le comte se mit à arpenter la pièce, devait-il dire par la suite, en jurant comme un charretier.

Autre revers pour le comte : début novembre, l'Assemblée adopta une motion interdisant aux députés d'occuper un poste de ministre.

« Ils s'allient pour m'ostraciser ! hurla Mirabeau. C'est La Fayette qui est derrière tout ça. La Fayette, je vous dis.

— Nous craignons pour votre santé, avança prudemment l'esclave Clavière, quand vous vous mettez dans des rages pareilles.

— Ils ricanent, me calomnient, m'abandonnent, rugit le comte. Tous ces intrigants, ces amis des beaux jours, ces vils flagorneurs.

— La mesure vous visait personnellement, cela ne fait pas de doute.

— Je vais le démolir, cet infâme bâtard. Pour qui se prend-il ? Cromwell ? »

3 décembre 1789 : maître G. J. Danton versa à maître Huet de Paisy et Mlle Françoise Duhauttoir la somme de 12 000 livres, assortie de 1 500 livres d'intérêts.

Il se dit qu'il devrait en informer son beau-père ; ce qui lui ôterait un poids de l'esprit. « Mais c'est avec seize mois d'avance ! » s'exclama Charpentier, qui additionnait les chiffres dans sa tête, calculant revenus et dépenses. Il sourit, déglutit péniblement. « Eh bien, vous voilà un homme libéré et définitivement établi, à présent », dit-il.

Il pensa à part lui : Comment a-t-il fait ? Au nom du ciel, que peut bien fabriquer Georges Jacques ?

II

Liberté, gaieté, démocratie royale

(1790)

« C'est notre nature qui forge notre destinée, dit Félicité de Genlis. Pour cette raison même, les gens ordinaires n'ont pas de destinée, ils sont le jouet du hasard. Une femme jolie et intelligente dotée d'idées originales devrait avoir une vie remplie d'événements extraordinaires. »

Nous voici en 1790. Il se produit des événements dans la vie de Gabrielle... dont certains peuvent être qualifiés d'extraordinaires.

En juin de cette année, j'ai donné un fils à mon mari. Nous l'avons appelé Antoine. Il semble robuste, mais il en allait de même de mon premier-né. Celui-là, nous n'en parlons jamais. Je sais pourtant qu'il arrive à Georges de penser à lui. Les larmes lui viennent aux yeux.

Je vais vous conter ce qu'il s'est passé d'autre, dans le monde du dehors. En janvier, mon mari a été élu au conseil général de la Commune de Paris, en même temps que Legendre, notre boucher. Je n'ai rien dit – je ne dis plus jamais rien ces temps-ci –, mais j'ai été étonnée qu'il se présente à l'élection, dans la mesure où il n'arrête pas de critiquer la Commune, et surtout le maire, Bailly.

Juste avant qu'il ait commencé à siéger, il y a eu l'histoire du docteur Marat. Marat avait tellement insulté les autorités qu'un mandat d'arrestation avait été délivré contre lui. Il habitait l'hôtel de la Fautrière, dans notre section. On a envoyé quatre officiers procéder à son arrestation, mais une femme a couru l'avertir, et il a réussi à prendre la fuite.

Je n'ai pas compris pourquoi Georges s'est autant inquiété du sort de Marat. Il a pour habitude de rapporter le journal du docteur à la maison, puis au beau milieu de sa lecture il s'écrie « Ordure, ordure, ordure ! » et le jette à travers la pièce, ou dans le feu s'il se trouve à proximité. Mais là, il a dit que c'était une question de principe. Il a déclaré devant le Comité de section que personne n'arrêterait qui que ce soit dans le secteur sans sa permission. « Ici, c'est moi qui délivre les mandats », a-t-il ajouté.

Le docteur Marat est entré dans la clandestinité. J'ai pensé que c'en était fait pour un moment de son journal et que nous allions avoir un peu la paix. Mais Camille a déclaré : « Je pense que nous devons nous entraider. Je suis sûr d'arriver à faire paraître le prochain numéro à temps. » Lequel s'avéra encore plus violent à l'encontre de la municipalité.

Le 21 janvier, M. Villette, le nouveau commandant en chef de notre force, est venu demander à voir Georges de toute urgence. Georges est sorti de son

bureau, et M. Villette a brandi un morceau de papier.
« Ordre de La Fayette. Priorité absolue : arrêter Marat.
Qu'est-ce que je fais ?

— Établissez un cordon autour de l'hôtel de la
Fautrière », a répondu Georges.

L'épisode suivant a vu les fonctionnaires du tribunal
de grande instance revenir avec le mandat – et un
millier d'hommes.

Georges est entré dans une rage folle. Il a dit que
cela équivalait à une invasion par des troupes étrangères. Tout le quartier s'est retrouvé dans la rue.
Georges a repéré le commandant du détachement et
est allé le trouver. « Mais, bon Dieu, à quoi vous
serviront tous ces hommes, je vous le demande ? Je
n'ai qu'à faire sonner le tocsin et tout Saint-Antoine
descend dans la rue. Je peux mobiliser vingt mille
hommes en armes, comme ça », dit-il en claquant des
doigts sous le nez de l'autre.

« Passe la tête par la fenêtre, dit Marat, et essaye
d'entendre ce que dit Danton. Je le ferais bien moi-
même, mais quelqu'un risquerait de me la faire sauter.

— Il est en train de demander où est passé ce
putain de commandant.

— J'ai écrit à Mirabeau et à Barnave. » Marat
tourna vers Camille ses yeux las, mouchetés d'or.
« J'ai pensé qu'ils avaient besoin d'être éclairés.

— J'imagine que ni l'un ni l'autre n'a répondu.

— En effet. Je renonce à toute modération, dit-il
au bout d'un instant de réflexion.

— C'est plutôt la modération qui renonce à toi.

— C'est bien comme ça.

— Danton te défend bec et ongles.

465

« — En voilà une expression ! dit Marat.

— Oui. Je ne sais pas où je vais les chercher.

— Pourquoi n'essaient-ils jamais de t'arrêter, toi ? Je suis en fuite depuis octobre. » Marat se mit à monologuer, tout en arpentant la pièce et en se grattant de temps à autre. « Cette affaire pourrait bien lancer Danton pour de bon. Nous manquons de bons éléments. On pourrait faire sauter le Manège, ce ne serait pas une grosse perte. Il n'y a guère qu'une demi-douzaine de députés qui soient d'une quelconque utilité. Buzot a les idées qu'il faut, mais il est foutrement empêtré dans ses principes. Pétion, lui, est un imbécile. J'ai quelques espoirs en Robespierre.

— Moi de même. Mais je ne crois pas qu'une seule des mesures qu'il a proposées jusqu'ici ait jamais été adoptée. Il suffit qu'il soutienne une motion pour que la plupart des députés votent contre.

— Mais il a de la persévérance, dit Marat d'un ton brusque. Et le Manège n'est pas la France, si ? Quant à toi, ton cœur est au bon endroit, mais tu es fou. Danton, voilà un homme que j'estime. Il fera quelque chose, lui. Ce que j'aimerais voir... » Il s'interrompit et tira sur le mouchoir sale qu'il avait, noué autour du cou. « J'aimerais voir le peuple se débarrasser du roi, de la reine, des ministres, de Bailly, de La Fayette, du Manège... et voir le pays gouverné par Danton et Robespierre. Et je serais là pour garder un œil sur eux. On peut toujours rêver », conclut-il en souriant.

Gabrielle : Toute la journée s'est passée ainsi, les hommes de notre force encerclant le bâtiment, le docteur Marat à l'intérieur, et les troupes envoyées par La Fayette postées tout autour du cordon. Georges est passé à la maison pour voir si nous étions en sécurité, il paraissait très calme, mais chaque fois qu'il remettait le pied dans la rue il semblait pris d'une rage folle. Il s'est adressé aux soldats de La Fayette : « Vous pouvez rester ici jusqu'à demain si ça vous chante, mais morbleu ! ça ne vous avancera à rien. »

Il y eut ce jour-là beaucoup d'obscénités échangées.

Au fil de la matinée, nos hommes et les leurs ont commencé à se parler. Il y avait des troupes régulières, ainsi que des volontaires, et tout le monde disait : Après tout, ce sont nos frères, qui viennent d'autres sections, ils ne vont pas se battre contre nous. Et Camille allait et venait, disant : Ils n'arrêteront pas Marat, bien sûr, c'est l'Ami du peuple.

Georges s'est ensuite rendu à l'Assemblée. Ils ont refusé de le laisser monter à la tribune, et ils ont voté une motion stipulant que les Cordeliers devaient se conformer à la loi. Il m'a semblé qu'il restait parti des heures. Je me suis ingéniée à trouver des choses pour m'occuper l'esprit. Imaginez un peu. Vous épousez un avocat, et voilà qu'un beau jour vous vous retrouvez en train de vivre sur un champ de bataille.

« Voici les habits, docteur Marat, dit François Robert. M. Danton espère qu'ils vous iront.

— Je me demande, dit Marat. J'espérais prendre la fuite en ballon. Je rêve depuis tellement longtemps de monter en ballon.

— On n'a pas pu en dénicher un. Pas avec le peu de temps dont on disposait.

— Je parie que vous n'avez même pas essayé », dit Marat.

467

Quand il se fut lavé, rasé, peigné et eut passé une redingote, François Robert dit : « Stupéfiant.

— On était toujours impeccablement vêtu, dit Marat, du temps où l'on fréquentait la haute société.

— Qu'est-il arrivé ?

— Je suis devenu l'Ami du peuple, dit Marat en lui lançant un regard noir.

— Pourquoi cela vous empêcherait-il de vous habiller correctement ? Vous dites du député Robespierre que c'est un patriote, et il est toujours extraordinairement bien mis, lui.

— Il y a peut-être une tendance à la frivolité chez M. Robespierre, dit sèchement Marat. Pour ma part, je n'ai pas de temps à perdre en futilités. Je pense à la révolution vingt-quatre heures sur vingt-quatre. Si vous voulez réussir, vous en ferez autant. Et maintenant, je vais tout simplement sortir, franchir le cordon et passer au travers des troupes de La Fayette. Je vais sourire, ce qui je vous l'accorde est assez rare chez moi, et je vais faire des moulinets d'un air détaché avec cette élégante canne que m'a obligeamment fournie M. Danton. On se croirait presque dans un conte de fées, non ? Et puis, hop ! je pars pour l'Angleterre, le temps que tout ce tintouin se calme. Ce qui, je ne l'ignore pas, ne manquera pas de vous soulager tous. »

Gabrielle : Quand on a frappé à la porte, je n'ai pas su que faire. Mais ce n'était que la petite Louise, notre voisine du dessus. « Je suis sortie, madame Danton.

— Louise, tu n'aurais pas dû.

— Mais je n'ai pas peur. Et puis… tout est fini. Les soldats se dispersent. La Fayette a fini par céder. Et je m'en vais vous dire un secret, madame Danton, que M. Desmoulins m'a demandé de vous révéler. Marat n'est plus là-bas. Il est sorti il y a une heure, déguisé en être humain. »

Quelques minutes plus tard, Georges est rentré. Et ce soir-là, nous avons donné une fête.

Le lendemain, mon mari est allé siéger pour la première fois à l'Hôtel de Ville. Ce qui n'est pas allé sans une nouvelle confrontation. Certains ont essayé de l'en empêcher, disant qu'il n'avait pas le droit d'être membre du conseil de la Commune parce qu'il n'avait aucun respect pour la loi et l'ordre et qu'il se conduisait en souverain dans sa section. De très vilaines choses circulaient sur le compte de Georges : qu'il acceptait de l'argent des Anglais pour attiser la révolution et, d'un autre côté, de l'argent de la Cour pour empêcher la révolution de se durcir. Le député Robespierre est venu, et ils ont essayé de deviner qui pouvait diffamer Georges de la sorte. Robespierre lui a dit qu'il ne fallait surtout pas qu'il se crût seul. Il avait apporté une lettre de son frère Augustin, qui habite Arras, et il l'a donnée à Georges pour qu'il la lise. Le bruit courait à Arras que Robespierre était un mécréant qui ne cherchait qu'à tuer le roi – ce qui ne peut être vrai : je n'ai jamais rencontré un homme doté de manières plus douces. Ça m'a fait de la peine ; ils ont même avancé, dans ce que Georges appelle les « torchons royalistes », que c'était un descendant de Damiens, l'homme qui avait tenté d'assassiner l'ancien roi. Et puis ils orthographient mal son nom, de propos délibéré, uniquement pour l'insulter. Quand il a été élu président du club des Jacobins pour un mandat, La Fayette a quitté la salle en signe de protestation.

Après la naissance d'Antoine, la mère de Georges est venue de la campagne passer quelques jours avec nous pour voir le bébé. Le beau-père de Georges serait bien venu lui aussi, sauf qu'il lui était impossible d'interrompre, ne fût-ce qu'un moment, ses inventions – c'est du moins le prétexte que l'on nous a fourni, mais je soupçonne le pauvre homme d'avoir été tout heureux à la perspective de rester seul quelques jours. J'ai vécu des moments épouvantables ; je regrette d'avoir à le dire mais Mme Recordain est la femme la plus désagréable qu'il m'ait jamais été donné de rencontrer.

« Mais que Paris est donc sale ! s'est-elle exclamée dès son arrivée. Comment peut-on élever un enfant ici ? Pas étonnant que vous ayez perdu le premier. Vous auriez intérêt à envoyer celui-ci à Arcis quand il sera sevré. »

J'ai pensé : En voilà une bonne idée, pour qu'il se fasse encorner et reste marqué à vie.

Puis, après avoir jeté un coup d'œil autour de la pièce, elle a dit : « Eh bien, ce papier peint a pas dû coûter deux sous. »

Dès le premier repas, elle s'est plainte de la qualité des légumes et m'a demandé combien je payais notre cuisinière. « C'est beaucoup trop, a-t-elle décrété. Et d'ailleurs, d'où vient tout cet argent ? » Je lui ai expliqué que Georges travaillait vraiment beaucoup, mais elle s'est contentée de grommeler d'un air incrédule, avant de dire qu'elle avait une bonne idée de ce que pouvait gagner un avocat à son âge et que ce n'était pas suffisant pour entretenir un palais et permettre à sa femme de vivre dans le luxe.

C'est ainsi que je vis, à ses yeux.

470

Quand je l'ai emmenée faire des courses, elle a déclaré que le prix des denrées était un scandale. Force lui a été d'admettre que notre viande était bonne, mais elle a quand même trouvé que Legendre était un homme bien commun et a ajouté qu'elle n'avait pas élevé Georges *en lui prodiguant tous ces soins* pour le voir fréquenter un boucher. Elle m'a sidérée : ce n'est pas comme si Legendre passait son temps à envelopper des morceaux de bœuf sanguinolents dans du papier. On ne le voit plus jamais en tablier. Il porte un manteau noir, comme un avocat, et siège désormais aux côtés de Georges au conseil de la Commune.

Le matin, Mme Recordain disait : « Vous savez, je n'ai pas besoin qu'on me sorte. » Mais si je l'écoutais, elle disait le soir venu : « Faire tout ce voyage pour rester claquemurée dans un appartement. »

J'ai eu l'idée de l'emmener rendre visite à Louise Robert, vu que Mme mère est snob, et que Louise est de très bonne famille. Louise n'aurait pu se montrer plus aimable. Elle n'a pas levé la langue sur la république, ni sur La Fayette, ni sur Bailly. Au lieu de quoi, elle a sorti tout son stock pour le montrer à madame, lui a expliqué la provenance des différentes épices, comment on les faisait pousser et comment on les préparait pour la consommation, comment on les utilisait, etc. Elle a même proposé de lui préparer un petit paquet plein de bonnes choses à remporter chez elle. Mais au bout de dix minutes, la reine mère lançait des regards incendiaires autour d'elle, et j'ai dû m'excuser auprès de Louise avant de lui emboîter le pas. Une fois dans la rue, elle a déclaré : « C'est une honte pour une femme que de se mésallier. Cela dénote les appétits les plus bas. Et je ne serais pas le moins du monde surprise de découvrir qu'en fait ils ne sont pas mariés. »

Georges a dit : « Écoute, ce n'est pas parce que ma mère est ici que je ne peux plus voir mes amis. Invite quelques personnes à dîner. Des gens qui lui plairont. Que dirais-tu des Gély ? Et de la petite Louise ? »

Je savais qu'il consentait là à un véritable sacrifice, parce qu'il n'a jamais raffolé de Mme Gély ; en fait, on voyait à son expression qu'il se renfrognait déjà à cette seule idée. Si bien que je n'ai pu que lui dire : « Oh, non, je ne crois pas, elles se sont déjà rencontrées. Ta mère trouve que Mme Gély fait des manières et qu'elle est ridicule avec ses tenues qui ne sont plus de son âge. Quant à Louise, à l'entendre, elle est trop délurée et aurait besoin d'une bonne correction de temps en temps.

— Mon Dieu ! fit Georges, ce qui pour lui, n'est-ce pas, était une exclamation inhabituellement anodine. Nous devons quand même bien connaître des gens sympathiques, non ? »

J'ai envoyé à Annette Duplessis un mot où je la priais instamment de bien vouloir laisser Lucile venir dîner un soir. La mère de Georges serait présente, il n'y aurait donc rien d'inconvenant ; elle ne resterait jamais seule avec… Lucile a donc obtenu la permission ; elle portait une robe blanche ornée de rubans bleus, et elle s'est comportée comme un ange, posant à madame toutes sortes de questions intelligentes sur la vie en Champagne. Camille s'est montré extrêmement courtois – comme il l'est d'ailleurs le plus souvent, sauf dans son journal –, et j'avais pris soin, bien sûr, de cacher les vieux numéros. J'avais également invité Fabre, parce qu'il s'entend à merveille à entretenir la conversation – et je dois dire qu'il n'a pas ménagé ses efforts avec madame. Mais elle n'a pas cessé de le snober, si bien qu'il a fini par mettre son lorgnon pour la regarder, ce dont je lui avais expressément conseillé de s'abstenir.

Madame est sortie de la pièce au moment où nous prenions le café, et je l'ai trouvée dans notre chambre, occupée à passer le doigt sous l'appui de la fenêtre pour voir s'il y avait de la poussière. « Vous avez un ennui ? » lui ai-je demandé poliment. Et elle de répondre, du ton le plus acerbe qui soit : « C'est vous qui aurez des ennuis, et beaucoup, si vous ne surveillez pas cette fille avec votre mari. »

L'espace d'un instant, je n'ai même pas compris ce qu'elle voulait dire.

« Et laissez-moi vous dire encore une chose. Pendant que vous y êtes, vous auriez intérêt à surveiller aussi ce garçon avec votre mari. Ces deux-là ont donc pour projet de se marier ? Ma foi, ils seront bien assortis. »

Nous avons obtenu des billets pour la galerie du public au Manège, mais les débats se sont révélés très ennuyeux ce jour-là. Georges a dit qu'ils n'allaient pas tarder à discuter de la confiscation des terres de l'Église au profit de la nation et que, si elle devait assister à ce débat-là, sa mère causerait un scandale et nous ferait jeter dehors. En l'occurrence, elle les a traités de scélérats et d'ingrats et a prédit qu'il ne sortirait rien de bon de tout cela. M. Robespierre nous a aperçues et est venu nous entretenir quelques instants ; il a été très aimable, nous a montré les gens importants, et parmi eux Mirabeau, à propos duquel madame a aussitôt affirmé : « Cet homme ira droit en enfer à sa mort. »

M. Robespierre m'a lancé un regard du coin de l'œil et a souri avant de dire à madame : « Vous êtes une jeune dame selon mon cœur. » Ce qui a suffi à éclairer toute sa journée.

Pendant tout l'été nous avons traîné cette histoire du docteur Marat. Nous savions qu'il y avait un mandat d'arrêt à l'encontre de Georges, prêt à être utilisé mais relégué pour l'instant dans un tiroir de la mairie. Chaque matin je me disais : Et si c'était aujourd'hui qu'ils décidaient de l'exhumer et de le dépoussiérer ? Nous nous étions préparés : s'il était arrêté, je devais faire une valise et filer chez ma mère, après avoir laissé les clés de l'appartement à Fabre, chargé de s'occuper de tout le reste. Pourquoi Fabre ? Je n'en sais trop rien, peut-être parce qu'il est toujours dans les parages.

À ce moment-là, les affaires de Georges étaient fort compliquées. Il ne semblait pas passer beaucoup de temps à son cabinet. Je suppose que Jules Paré doit être compétent, puisque l'argent continue de rentrer.

C'est au début de l'année qu'il s'est passé quelque chose qui, selon Georges, prouvait à quel point les autorités nous craignaient. Ils ont supprimé les districts, dont le nôtre bien sûr, et redécoupé la ville en circonscriptions électorales, appelées sections. Désormais, dans chaque section, toute réunion publique qui n'est pas consacrée à une élection est proscrite. On nous avait déjà interdit d'appeler notre bataillon de la garde nationale « les Cordeliers ». Notre nom était désormais « Numéro 3 ».

Georges a dit qu'il en faudrait bien davantage pour

avoir la peau des Cordeliers. Il a déclaré que nous allions créer un club, à l'image de celui des Jacobins, mais en mieux. Les gens de n'importe quel quartier pourraient y venir, afin que personne ne puisse dire qu'il était illégal. De son vrai nom, c'était la Société des Amis des droits de l'homme, mais les gens l'ont tout de suite baptisé le club des Cordeliers. Au début, ils ont tenu leurs réunions dans une salle de bal. Ils auraient voulu pouvoir le faire dans l'ancien monastère des Cordeliers, mais la mairie a fait apposer des scellés sur les portes du bâtiment. Et puis, un jour – sans aucune explication –, les scellés ont été enlevés, et ils ont pu occuper les lieux. D'après Louise Robert, la chose s'était faite grâce à l'intervention du duc d'Orléans.

Il est difficile d'être admis au club des Jacobins. La cotisation annuelle est élevée, il faut être parrainé par plusieurs membres, et leurs réunions sont très formelles. La fois où Georges y est allé pour s'adresser à eux, il est revenu fou de rage : on l'avait traité comme un chien.

Aux Cordeliers, tout le monde pouvait venir et prendre la parole. C'est ainsi qu'on y rencontrait nombre d'acteurs, d'avocats et de commerçants du coin, mais aussi des individus beaucoup plus frustes qui rentraient là simplement parce qu'ils passaient devant le bâtiment. Bien entendu, je n'y suis jamais allée, mais j'ai vu ce qu'ils avaient fait de la chapelle. Elle était sinistre et très nue. Quand des fenêtres ont été cassées, il a fallu des semaines pour qu'elles soient réparées. Je me suis dit que les hommes étaient bizarres : chez eux, ils veulent tout le confort possible, mais à l'extérieur ils semblent s'en moquer. Le bureau du président était un établi de menuisier qu'ils avaient trouvé abandonné là quand ils avaient pris possession de la salle. Des planches posées sur quatre poutres mal équarries en guise de tribune et, sur un mur, un calicot portant cette inscription à la peinture rouge : *Liberté, Égalité, Fraternité.*

Après les jours pénibles que j'avais passés avec la mère de Georges, j'ai été vraiment malheureuse de l'entendre me dire qu'il voulait que nous allions quelque temps à Arcis. À mon grand soulagement, nous avons logé chez sa sœur, Anne-Madeleine, et à ma grande surprise nous avons été reçus partout avec beaucoup de déférence et de respect. C'était on ne peut plus bizarre, voire troublant. C'est tout juste si les amis d'Anne-Madeleine ne me faisaient pas la révérence. J'ai d'abord pensé que les gens du coin avaient dû entendre parler des succès de Georges en tant que président de section, mais je n'ai pas tardé à me rendre compte que les journaux parisiens ne leur parviennent pas, et que les gens ici ne s'intéressent de toute façon pas beaucoup à ce qui passe dans la capitale. Et puis on n'arrêtait pas de me poser des questions bizarres, du genre : quelle est la couleur préférée de la reine, quels sont ses plats préférés ? Si bien qu'un jour j'ai fini par dire à Georges, prise d'une idée subite : « Ils pensent que parce que tu es au Conseil du roi, ce dernier te mande tous les jours auprès de lui. »

Il en resta un moment abasourdi. Puis il éclata de rire. « Crois-tu vraiment que ce soit ça ? Bénis soient-ils, ces braves gens. Et moi qui vis à Paris, au milieu de tous ces cyniques et ces beaux esprits. Donne-moi quatre ou cinq ans, Gabrielle, et je reviendrai ici m'installer comme fermier. Nous quitterons Paris pour de bon. Cela te plairait-il ? »

Je n'ai su quoi répondre. D'un côté je me disais : Quel bonheur d'être loin des journaux, des harengères, de toute cette délinquance, des rayons vides dans les magasins. Mais d'un autre je pensais à la perspective de voir Mme Recordain débarquer tous les jours chez moi. Je n'ai rien dit, parce que j'ai compris que ce n'était que tocade de sa part. Lui, renoncer au club des Cordeliers ? À la révolution ? Je l'ai vu qui commençait à s'impatienter. Jusqu'à ce qu'un soir il déclare tout à trac : « Nous rentrons demain. »

N'empêche, il a passé beaucoup de temps avec son beau-père, à visiter des propriétés et à consulter le notaire du coin pour l'achat d'un terrain. « Eh bien, fils, ça marche, les affaires, on dirait », a commenté M. Recordain. Georges s'est contenté de sourire.

Je pense que cet été-là restera toujours très net dans ma mémoire. Au fond de moi, j'étais mal à l'aise, parce que je crois de tout mon cœur que, quoi qu'il arrive, nous devrions rester fidèles au roi, à la reine et à l'Église. Mais bientôt, si certains arrivent à leurs fins, le Manège sera plus important que le roi, et l'Église ne sera plus qu'un département du gouvernement. Je sais qu'il est de notre devoir d'obéir à l'autorité et que, cette autorité, Georges l'a souvent défiée. C'est dans sa nature : à l'école, m'a dit Paré, on l'appelait l'« Anti-Autorité ». Bien sûr que l'on doit essayer de vaincre les pires tendances de sa nature, mais, en attendant, je fais quoi, moi qui ai le devoir d'obéir à mon mari, sauf s'il m'incite à commettre un péché ? Est-ce par exemple un péché que de préparer un repas pour des gens qui parlent de renvoyer la reine en Autriche ? Quand j'ai demandé conseil à mon confesseur, il m'a dit que je devais me comporter en épouse obéissante, tout en m'efforçant de ramener mon mari à la foi catholique. Ce qui ne m'a été d'aucun secours. Si bien que, en apparence, je suis Georges dans ses opinions, mais, au fond de moi, j'émets des réserves. Et je prie tous les jours pour qu'il change certaines de ses positions.

Et pourtant... les choses paraissent aller si bien pour nous. Il y a toujours une occasion à fêter. Quand est arrivé l'anniversaire de la prise de la Bastille, toutes les villes de France ont envoyé une délégation à Paris. On a construit un grand amphithéâtre sur le Champ-de-Mars, où l'on a dressé un autel baptisé « autel de la Patrie ». Le roi s'y est rendu et a juré solennellement de faire respecter la Constitution, et l'évêque d'Autun a dit la grand-messe. (Quel dommage qu'il soit athée, celui-là.) Nous-mêmes, nous n'y sommes pas allés : Georges a dit qu'il ne supporterait pas de voir les gens baiser les bottes de La Fayette. Il y a eu des bals à l'endroit où, un an auparavant, s'élevait encore la Bastille ; le soir, des réjouissances ont animé tout notre quartier ; nous avons passé la nuit dehors, allant d'une fête à l'autre. J'avais trop bu, tout le monde s'est moqué de moi. Il avait plu à verse toute la journée, et quelqu'un a écrit un petit couplet où il était dit que c'était là la preuve que Dieu était un aristocrate. Je n'oublierai jamais nos tentatives lamentables pour allumer des feux d'artifice sous une pluie battante, ni Georges me ramenant chez nous, tandis que je m'accrochais à son bras, glissant sur les pavés mouillés, et que l'aube commençait à éclairer les rues. Le lendemain, je me suis rendu compte que le satin de mes chaussures neuves était taché, et qu'elles étaient complètement fichues.

Je voudrais que vous nous voyiez tels que nous sommes aujourd'hui. Vous ne nous reconnaîtriez pas. Certaines dames à la mode ont renoncé à poudrer leurs cheveux et, au lieu de les relever, les portent en boucles sur les épaules. Nombreux sont les messieurs qui, eux aussi, ont renoncé à la poudre, et l'on porte beaucoup moins de dentelle. Les femmes ne se maquillent plus, c'est démodé ; j'ignore ce que font les dames de la Cour, mais Louise Robert est la seule que je connaisse qui mette encore du rouge. Il faut reconnaître que, sinon, elle n'a pas très bonne mine. Nous confectionnons nos robes à partir des tissus les plus simples, et les couleurs en vogue sont celles de la nation, rouge, blanc et bleu. Mme Gély dit que cette nouvelle mode n'est guère flatteuse pour les femmes d'un certain âge, et ma mère est du même avis. « Mais toi, dit-elle, tu peux en profiter pour te libérer des dentelles et des corsets. » Je ne suis pas d'accord avec elle, dans la mesure où je n'ai pas retrouvé ma silhouette d'avant la naissance d'Antoine.

Côté bijoux, le dernier cri cette année est un éclat d'une pierre de la Bastille, monté en broche ou porté comme pendentif. Félicité de Genlis a une broche avec le mot LIBERTÉ écrit en diamants – c'est Pétion qui me l'a décrite. Fini aussi les éventails recherchés, les nouveaux sont faits de petites baleines en bois et de papier plissé, et ornés de quelque scène patriotique aux couleurs éclatantes. Il faut que je fasse très attention à avoir sur le mien une scène qui soit en accord avec les opinions de mon époux. Donc pas de portrait de Bailly couronné de lauriers, ni de La Fayette sur son cheval blanc ; mais je peux avoir le duc Philippe, la prise de la Bastille, ou Camille en train de haranguer la foule au Palais-Royal. Mais lui, qu'ai-je besoin de son portrait quand je le vois tous les jours en chair et en os ?

Je me souviens de Lucile chez nous, le matin de l'anniversaire de la prise de la Bastille, tordant le bas de sa robe, ses rubans tricolores en tire-bouchons. La mousseline lui collait au corps de la manière la plus saisissante, et elle ne semblait pas avoir grand-chose sur elle en matière de sous-vêtements. Imaginez un peu ce qu'aurait dit la mère de Georges si elle avait été là ! Je me suis moi-même montrée assez sévère à son égard – j'ai fait allumer un feu et je lui ai ôté ses vêtements, avant de l'envelopper dans la couverture la plus chaude que j'ai pu trouver. Je regrette d'avoir à le dire mais, enveloppée d'une simple couverture, Lucile est absolument exquise. Elle était assise, ses pieds nus remontés sous elle, à la manière d'un chat.

« Quelle enfant vous faites ! ai-je dit. Cela m'étonne que votre mère vous ait laissée sortir dans cette tenue.

— Elle dit toujours que mes erreurs doivent me servir de leçon. » Elle a sorti deux bras blancs de la couverture avant de dire : « Donnez-moi le bébé un moment ».

Je lui ai donné mon petit Antoine. Elle a roucoulé avec lui quelques instants. « Voilà un an que Camille est célèbre, a-t-elle dit, l'air abattu, et notre mariage semble toujours aussi éloigné. J'ai pensé que ce serait bien que je tombe enceinte, que cela accélérerait un peu les choses. Mais, croyez-le, impossible de le mettre dans mon lit. Vous n'avez aucune idée de ce à quoi peut ressembler Camille quand il est en pleine crise de conscience. À côté de lui, John Knox était un enfant de chœur.

— Taisez-vous, vilaine fille ! » me suis-je exclamée. Davantage pour la forme que pour la réprimande. Je l'aime bien, Lucile ; il est difficile de s'en empêcher. Oh, je ne suis pas stupide au point de ne pas voir que Georges la regarde, mais quel homme ne le fait pas ? Camille habite juste au coin de la rue à présent. Il a un fort joli appartement et, pour l'entretenir, une femme à l'air plutôt féroce du nom de Jeannette. Je ne sais pas où il l'a trouvée, mais c'est une bonne cuisinière, et elle accepte volontiers de venir m'aider quand nous avons une grande compagnie à dîner. Hérault de Séchelles vient souvent nous voir ces temps-ci, et j'essaie alors de me surpasser, bien entendu. Il a de fort belles manières, ce qui me change agréablement des théâtreux de Fabre. Nous recevons aussi divers députés et journalistes, à propos desquels j'ai des opinions mitigées, que le plus souvent je garde pour moi. Georges, lui, estime que, du moment que l'on est patriote, la personnalité n'a pas beaucoup d'importance. Il a beau dire, j'ai bien remarqué qu'il évite Billaud-Varenne chaque fois qu'il le peut. Vous vous souvenez de Billaud, n'est-ce pas ? Il travaillait pour Georges autrefois, de temps à autre. Depuis la révolution, il a l'air d'avoir un tant soit peu meilleur moral. Il semblerait que, d'une certaine façon, celle-ci lui fournisse un travail régulier.

Un soir de juillet, un certain Collot d'Herbois est venu souper. C'est curieux tout de même : ils ont bien un prénom, tous ces gens ? Mais non, comme l'autre, Billaud, celui-ci on ne l'a jamais appelé que « Collot ». Il ressemble assez à Fabre, en ce sens que c'est un acteur et un dramaturge et qu'il a été directeur de théâtre, sans compter qu'ils sont à peu près du même âge. Quand il est venu, on jouait une pièce de lui, *La Famille patriote*, au Théâtre de Monsieur. Le genre de pièce qui était devenu brusquement très populaire, et nous avons passé toute la soirée à tenter d'éluder le fait que nous ne l'avions pas vue. C'était un grand succès, ce qui n'adoucissait en rien l'humeur de Collot. Il a insisté pour nous raconter l'histoire de sa vie, dans laquelle il apparaissait que tout était toujours allé de travers ; même sa réussite actuelle, il s'en méfiait. Dans sa jeunesse, a-t-il dit, il était constamment déconcerté par la manière dont les autres le trompaient et le rabaissaient, mais il s'était bientôt rendu compte qu'ils étaient en fait jaloux de ses dons. Il pensait aussi qu'il n'avait tout bonnement pas de chance, mais que les responsables c'étaient les autres, qui s'acharnaient à conspirer contre lui. (Quand il nous a fait cette sortie, Fabre m'a fait un signe pour me signifier qu'il était carrément fou.) Tous les sujets que nous abordions n'étaient pour lui qu'une occasion d'exprimer son amertume, pour un rien son visage se congestionnait de colère, et il se mettait à faire des moulinets avec ses bras, comme s'il était en train de parler à la tribune du Manège. J'ai eu très peur pour ma vaisselle.

« Je n'aime pas Collot, ai-je dit à Georges un peu plus tard. Il est encore plus aigri que ta mère. Et je suis sûre que sa pièce est épouvantable.

— Voilà une remarque typiquement féminine, a répondu Georges. Je ne vois pas ce qu'on peut lui reprocher, en dehors du fait qu'il est d'un ennui mortel. Ses opinions sont… poursuivit-il avant de s'interrompre et de sourire. J'allais dire qu'elles sont les bonnes, mais ce que je veux dire, c'est que ce sont les miennes. »

Le lendemain, Camille a dit : « Cet horrible Collot. C'est bien le pire individu que je connaisse au monde. Quant à sa pièce, parfaitement insupportable, j'imagine.

— Je suis sûr que tu as raison », a docilement acquiescé Georges.

Vers la fin de l'année, Georges est allé parler à l'Assemblée. Quelques jours plus tard, le ministère tombait, et on a dit que c'était Georges qui en était la cause. « Ma petite, tu es mariée à un homme puissant », a commenté ma mère.

L'Assemblée nationale constituante en séance, Lord Mornington, septembre 1790 :

Ils n'ont aucune discipline dans leurs débats sur les affaires courantes ; certains parlent depuis leur siège, d'autres depuis le sol, d'autres encore depuis la table ou la tribune ou le bureau […] le vacarme est tel qu'il est très difficile de saisir ce qui se dit. Je suis certain d'avoir vu une centaine de personnes s'adresser à l'Assemblée en même temps, toutes insistant pour avoir la parole, tandis qu'il y en avait au moins autant qui voulaient répondre aux premières de tous les coins de la salle. Il arrive un moment où le président se bouche les oreilles des deux mains et hurle Silence, comme s'il appelait une voiture […] il frappe la table du plat de la main, se frappe la poitrine […] il est fréquent de le voir se tordre les mains, et je suis sincèrement convaincu qu'il jure […] les galeries font connaître leur approbation ou leur désapprobation en applaudissant ou en sifflant.

Je suis allé aux Tuileries ce matin, et c'est une Cour bien morose que j'y ai trouvée. Le roi avait l'air de ne pas aller mal, mais j'ai constaté que ses manières s'étaient faites plus humbles depuis la fois où je lui avais été présenté ; maintenant, il s'incline devant tout le monde, ce qui n'était pas dans les habitudes des Bourbons avant la révolution.

L'année de Lucile : Je garde désormais deux jeux de carnets, l'un réservé aux pensées pures et idéales, l'autre aux événements de ce monde.

Dans le temps, je vivais comme Dieu, à travers différentes personnes. La raison en était la monotonie de ma vie. Je faisais semblant d'être Marie Stuart et, pour être tout à fait honnête, il m'arrive encore de le faire, par pure nostalgie. Il n'est pas si facile de se défaire de ce genre de penchant. Tous ceux qui occupaient ma vie se voyaient assigner un rôle bien défini – en général celui de dame de compagnie ou quelque chose d'approchant –, et je les détestais quand ils ne le jouaient pas correctement. Si je me lassais de Marie S., je passais à la Julie de *La Nouvelle Héloïse*. Ces temps-ci, je me pose des questions sur la nature de ma relation avec Maximilien Robespierre. Je vis à l'intérieur de son roman favori.

Ce n'est qu'en rêvant que l'on peut se protéger de la dure réalité de la vie. L'année s'est ouverte avec les poursuites pour diffamation engagées contre Camille par le bourreau, M. Sanson. Étrange, non ? On imagine mal un bourreau avoir recours à la loi comme n'importe quel autre individu, on l'imagine mal, avec un pareil métier, avoir de l'animosité de reste.

Par bonheur, le cours de la loi est lent, ses procédures pesantes et, quand des dommages et intérêts sont accordés, le duc est tout prêt à mettre la main à la poche. Non, ce ne sont pas les tribunaux qui m'inquiètent. Chaque matin je me réveille en me disant : Est-il encore en vie ?

Camille se fait attaquer dans la rue. On le dénonce à l'Assemblée. On le provoque en duel – même si les patriotes se sont entendus pour ne jamais répondre aux provocations. Des fous parcourent la ville qui se vantent d'attendre le moment propice pour lui planter un couteau dans le corps. Ils lui écrivent, ces fous – des lettres si démentielles et révoltantes qu'il refuse de les lire lui-même. Un simple coup d'œil suffit, dit-il, pour les reconnaître. Parfois, on n'a même pas besoin d'aller plus loin que l'écriture sur l'enveloppe. Il a une boîte dans laquelle il les jette. Ensuite, ce sont d'autres qui les parcourent, au cas où elles contiendraient des menaces précises, du genre : j'aurai ta peau, à telle heure et à tel endroit.

Mon père est bizarre ces temps-ci. Environ deux fois par mois, il va m'interdire de jamais revoir Camille. Mais tous les matins, il n'a rien de plus pressé que de s'emparer des journaux : « Des nouvelles ? Des nouvelles ? » Aimerait-il apprendre que Camille a été retrouvé dans le fleuve, la gorge tranchée ? Non, je ne pense pas. Je crois que, sans Camille, il trouverait sa vie infiniment monotone. Ma mère le taquine sans pitié à ce sujet. « Reconnaissez-le, Claude. C'est le fils que vous n'avez jamais eu. »

Claude ramène quelques jeunes gens à souper, avec l'idée qu'ils pourraient peut-être me plaire. Des (petits) fonctionnaires. Seigneur !

Parfois, ils m'écrivent des poèmes, de jolis petits sonnets de fonctionnaires. Adèle et moi les déclamons avec toute l'émotion qui s'impose. Nous levons les yeux au ciel, la main sur le cœur, et soupirons à fendre l'âme. Puis nous en faisons des fléchettes et nous en bombardons. Vous voyez que nous sommes d'excellente humeur. Nous passons nos journées dans une sorte d'euphorie malsaine. Sinon, nous nous complaisons dans une avalanche ininterrompue de reniflements et de larmes, de pressentiments et de craintes – et, tant qu'à faire, nous préférons l'hilarité. Nous préférons les plaisanteries à vous glacer le sang.

Ma mère, par comparaison, est tendue, triste ; mais je pense que, fondamentalement, elle souffre moins que moi. Sans doute parce qu'elle est plus âgée et qu'elle a appris à mettre les choses en perspective. « Camille survivra, dit-elle. Pourquoi crois-tu qu'on le voie toujours en compagnie d'hommes aussi costauds ? » Mais il y a les fusils, dis-je, les couteaux. « Des couteaux ? Tu imagines quelqu'un armé d'un couteau essayer de franchir l'obstacle que représente M. Danton ? Taillader dans tous ces muscles, cette masse de chair ? » En supposant, dis-je, qu'il soit prêt à s'interposer. « Mais Camille n'a pas son pareil pour pousser les autres à se sacrifier pour lui. Regarde-moi. Regarde-toi. »

Nous n'allons pas tarder, sans doute, à apprendre la nouvelle des fiançailles d'Adèle. Max est venu ici et, tout à fait gratuitement, a fait l'éloge de l'abbé Terray, disant que l'essentiel de son action n'avait en général pas été comprise. Du coup, Claude a cessé de trouver à redire au fait que Max n'a rien d'autre que son salaire de député, sur lequel il doit, qui plus est, entretenir un frère plus jeune et une sœur.

À quoi va ressembler la vie d'Adèle ? Robespierre,

lui aussi, reçoit des lettres, mais elles n'ont rien à voir avec celles qu'on envoie à Camille. Elles viennent d'un peu partout dans la ville ; les auteurs en sont de petites gens qui ont des démêlés avec les autorités ou qui se sont mis dans les ennuis, et qui le jugent capable de prendre leur affaire en main et de tout arranger. Il lui faut se lever à cinq heures du matin pour y répondre. Je pense que, l'un dans l'autre, ses exigences en matière de confort domestique sont minimes. De même qu'elles paraissent quasi nulles en matière de récréation, d'amusement, de divertissement. Alors, posez-vous la question – pareille vie a-t-elle des chances de convenir à Adèle ?

Robespierre : il n'a pas que Paris à prendre en compte. Les lettres viennent de partout dans le pays. Certaines villes de province ont créé leur propre club des Jacobins, et le comité de correspondance du club de Paris leur fait parvenir nouvelles, conseils, directives ; en réponse arrivent leurs lettres, désignant expressément le député Robespierre parmi tous les autres frères parisiens, et lui réservant éloges et remerciements. C'est une grande satisfaction, après les calomnies des royalistes. Dans son exemplaire du *Contrat social*, il conserve la lettre d'un jeune Picard, un enthousiaste du nom d'Antoine de Saint-Just : « Je vous connais, Robespierre, comme je connais Dieu, par vos œuvres. » Quand il souffre, comme cela lui arrive de plus en plus souvent, d'une inquiétante sensation d'oppression dans la poitrine et d'essoufflement, quand ses yeux sont trop fatigués pour se fixer sur la page imprimée, la seule pensée de cette lettre lui redonne des forces pour accomplir davantage d'œuvres encore.

Il siège tous les jours à l'Assemblée et tous les soirs assiste aux réunions du club. Il rend visite aux Duplessis quand il en trouve le temps, dîne à l'occasion avec Pétion – dîner de travail. Va au théâtre, peut-être deux fois dans la saison, sans grand plaisir et en regrettant le temps perdu. Les gens l'attendent devant le Manège, devant le club, devant la porte de son logement.

Soir après soir, il est épuisé. Sa tête n'a pas touché l'oreiller qu'il dort déjà. D'un sommeil sans rêve, qui s'apparente à une descente dans le néant, une chute au fond d'un puits. C'est le monde nocturne qui est réel, lui semble-t-il, alors que l'air et la lumière du matin sont peuplés d'ombres et de fantômes. Il se lève avant l'aube, pour avoir un avantage sur eux.

William Augustus Miles, observateur pour le compte du gouvernement de Sa Majesté (anglaise) :

L'homme tenu pour l'instant en piètre considération au sein de l'Assemblée nationale […] aura bientôt droit à tous les égards. Il est sévère, direct, rigide dans ses principes, simple dans ses manières, tout le contraire du dandy, certainement incorruptible, méprisant les richesses, et dénué de cette versatilité propre au tempérament français. Aucune des faveurs que pourrait lui accorder le souverain […] ne saurait le détourner du but qu'il s'est fixé. Je l'observe de près tous les soirs. Et je peux affirmer que c'est un être qui mérite un tel examen ; il grandit en stature à chaque heure qui passe, mais, aussi étrange que cela puisse paraître, l'Assemblée nationale dans son ensemble le tient en piètre estime, le considère comme insignifiant. Lorsque j'ai dit que, dans un avenir proche, ce serait l'homme le plus influent du pays, qu'il serait à la tête de tout un peuple, on m'a ri au nez.

Tôt dans l'année, on emmena Lucile faire la connaissance de Mirabeau. Jamais elle n'oublierait l'homme, qu'elle trouva solidement planté sur un tapis d'Orient, dans une pièce au décor épouvantable. Massif, le visage grêlé, les lèvres minces. Il la détailla de haut en bas. « Je crois savoir que votre père est un haut fonctionnaire », dit-il. Puis, la tête penchée vers elle, le regard lubrique, il ajouta : « Vous n'auriez pas une jumelle, par hasard ? »

Dans une pièce, Mirabeau semblait accaparer à son profit tout l'air disponible. Il semblait également accaparer toute la cervelle de Camille. Rien de plus effarant que les illusions que ce dernier était capable d'entretenir : mais non, bien sûr que non, Mirabeau n'était pas à la solde de la Cour, c'était là pure diffamation. Évidemment que Mirabeau était un patriote modèle. Le jour où Camille ne pourra vraiment plus se bercer de ces illusions excentriques, il sera au bord du suicide. Cette semaine-là, pratiquement aucun journal ne parut.

« Max l'avait averti, dit Adèle, mais il n'a rien voulu écouter. Mirabeau a dit de cette traînée d'Autrichienne à moitié illettrée que c'était "une femme grande et noble". Et pourtant, aux yeux de l'homme de la rue, Mirabeau reste encore un dieu. Ce qui montre avec quelle facilité les gens se laissent abuser. »

Claude enfouit son visage dans ses mains. « Faut-il vraiment que nous ayons à supporter à toute heure du jour et de la nuit pareil blasphème et pareils propos séditieux de la part de toutes jeunes femmes ? Qui plus est sous notre toit ?

— Je pensais que Mirabeau devait avoir ses raisons pour s'entretenir avec la Cour, dit Lucile. Mais il n'a plus aucun crédit auprès des patriotes.

— Des raisons ? L'argent, en voilà une, de raison, et l'appétit du pouvoir. S'il veut sauver la monarchie, c'est uniquement pour que celle-ci lui en soit reconnaissante et lui soit à jamais inféodée.

— Sauver la monarchie ? demanda Claude. Mais de quoi ? De qui ?

— Père, le roi a réclamé à l'Assemblée une liste civile s'élevant à vingt-cinq millions, et ces crétins serviles la lui ont accordée. Vous connaissez l'état du pays. Il voudrait le saigner à blanc qu'il ne ferait pas mieux. Réfléchissez bien, croyez-vous que cela puisse durer ? »

M. Duplessis regarda ses filles pour retrouver, si c'était possible, les enfants qu'elles avaient été un jour. Il se sentit obligé d'argumenter contre elles. « Mais si vous n'aviez plus le roi, ni La Fayette, ni Mirabeau, ni les ministres – et je vous ai entendues parler contre eux tous –, qui resterait-il pour gouverner le pays ?

— Nos amis », dirent les deux sœurs après avoir échangé un regard.

Camille attaqua Mirabeau dans son journal, avec une sauvagerie dont il ne se serait pas cru capable. Mais capable, il l'était bel et bien ; l'injure lui court dans les veines, la colère vaut toutes les nourritures. Au début, Mirabeau continua à prendre sa défense contre la droite quand celle-ci tentait de le faire taire. « Pauvre Camille », disait-il alors de lui. Avec le temps, il finirait par passer dans les rangs ennemis. « Je suis un vrai chrétien, dit Camille, j'aime mes ennemis. » Et il est vrai que ceux-ci lui permettaient de se déterminer. Il lisait dans leurs yeux le but qu'il devait poursuivre.

En s'éloignant de Mirabeau, il se rapprocha de Robespierre. Ce qui signifiait une vie très différente – soirées passées à échanger des documents par-dessus un bureau, silence rompu uniquement par le murmure occasionnel d'un échange de vues, grincement des plumes sur le papier, tic-tac d'une pendule. Pour être avec Robespierre, Camille avait dû se parer de sérieux comme d'un manteau d'hiver. « Il est tout ce que je devrais être, dit-il à Lucile. Max se moque de l'échec comme de la réussite, l'un et l'autre s'annulent dans son esprit. Il se moque de ce que les autres disent de lui ou pensent de ses actes. Du moment que ce qu'il entreprend lui paraît juste, au fond de lui, il n'en demande pas davantage, c'est son seul guide. Il est l'un de ces rares, très rares hommes qui n'ont besoin que de leur conscience comme témoin. »

Et pourtant, la veille encore, Danton avait dit à Lucile : « Ah, le jeune Maximilien, il est trop bon pour être vrai, celui-là. Je ne sais vraiment pas qu'en penser. »

Mais, somme toute, Robespierre avait vu juste au sujet de Mirabeau. Quoi qu'on pensât de lui, force était de reconnaître qu'il se trompait rarement.

En mai, Anne Théroigne quitta Paris. Elle était sans le sou et en avait assez de se faire qualifier de traînée par les journaux royalistes. Son passé trouble avait été fouillé dans ses moindres détails. La période londonienne, en compagnie d'un lord désargenté. Sa relation plus profitable avec le marquis de Persan. Son séjour à Gênes avec un chanteur italien. Quelques semaines à Paris, quand, tout juste arrivée, elle s'était fait passer pour une certaine comtesse de Campinado, une grande dame qui connaissait des temps difficiles. Rien de criminel là-dedans, ni de vraiment scandaleux, juste le genre d'attitude à laquelle la pression des circonstances nous oblige tous un jour ou l'autre. Mais qui la laissait tout de même exposée au ridicule et à l'insulte. Quelle vie, se demandait-elle tout en faisant ses bagages, résisterait au type d'examen auquel la mienne est soumise ? Elle avait l'intention de revenir dans quelques mois. D'ici là, pensait-elle, la presse aura trouvé d'autres cibles.

Elle laissa un vide, bien sûr. C'était une habituée du Manège, où l'on voyait souvent dans la galerie réservée au public son manteau rouge et le groupe de ses admirateurs, du Palais-Royal aussi, où elle se promenait, un pistolet glissé dans sa ceinture. On apprit qu'elle avait disparu de son domicile, à Liège ; ses frères pensaient qu'elle était partie avec un homme, mais bientôt le bruit se répandit de son enlèvement par les Autrichiens, qui l'avaient mise en détention.

Si seulement ils pouvaient la garder, dit Lucile. Elle était jalouse d'Anne Théroigne. Qu'est-ce qui lui donnait le droit, à celle-là, de jouer les hommes, d'aller aux Cordeliers et d'exiger de monter à la tribune ? Un comportement qui rendait Danton complètement fou. Au point que sa rage en était suspecte. Le genre de femmes qu'il appréciait, c'était celles qu'il croisait à la table du duc : Agnès de Buffon, qui lui jetait des regards langoureux on ne peut plus ridicules ;

l'Anglaise blonde, Grace Elliott, avec ses liens politiques mystérieux, son air systématiquement enjôleur et ses œillades assassines. Lucile était allée chez le duc ; elle avait eu l'occasion d'y observer Danton. Elle supposait qu'il savait pertinemment de quoi il retournait, qu'il savait que Laclos essayait de le piéger en lui agitant ces femmes sous le nez. L'entremetteuse, Félicité, il la laissait à Camille. Lequel n'avait rien contre une conversation intelligente avec une femme, qu'il semblait même apprécier au plus haut point. Une perversion de plus, disait Danton.

Cet été-là, Louis Suleau, le vieil ennemi de Camille du temps où ils étaient au collège, vint à Paris. Il arriva de Picardie sous mandat d'arrêt, pour écrits séditieux et anticonstitutionnels. Sa sédition était d'une tout autre nature que celle de Camille, puisqu'il était plus royaliste que le roi. Louis fut acquitté ; le soir où il fut relâché, lui et Camille débattirent jusqu'à l'aube. Une fort bonne discussion – très bien conduite, très érudite, et placée sous le patronage de Voltaire. « Il faut que je tienne Louis éloigné de Robespierre, dit Camille à Lucile. Louis est un excellent homme, mais je doute que Max comprenne ses discours. »

Louis était un gentleman, songeait Lucile. Il avait du panache, du style, une présence. Il ne tarda pas à disposer également d'une tribune ; il rejoignit le comité de rédaction d'une feuille à scandale royaliste, *Les Actes des Apôtres*. Les députés qui siégeaient à gauche aimaient s'appeler les « apôtres de la liberté », et Louis pensait qu'une épithète aussi pompeuse méritait d'être stigmatisée. Qui étaient les collaborateurs de cette feuille de chou ? Une coterie de roués épuisés et de prêtres défroqués, disaient les patriotes fort dépités par l'affaire. Et comment arrivait-elle seulement à paraître ? Les *Actes* organisaient des « dîners évangéliques » au restaurant Beauvilliers et chez Mafs, où ils échangeaient les racontars du moment et planifiaient le prochain numéro. Ils invitaient leurs opposants et les abreuvaient abondamment, histoire de voir ce qu'ils auraient à dire. Camille comprenait le principe : un détail croustillant par-ci, une concession par-là, un moment de récréation aux dépens des idiots et des raseurs qui s'efforçaient d'occuper le centre. Il arrivait souvent qu'un bon mot dont les *Révolutions* n'avaient pas l'usage trouvât sa place dans les *Actes*. « Mon cher Camille, dit Louis, si seulement tu acceptais de nous rejoindre. Il est certain qu'un jour nous verrons les choses d'un même œil. Oublie ces foutaises de "Liberté, égalité, fraternité". Tu connais notre devise à nous autres ? "Liberté, gaieté, démocratie royale". Si on réfléchit bien, nous voulons tous deux la même chose – que les gens soient heureux. À quoi bon votre révolution si c'est pour qu'elle engendre des têtes de six pieds de long ? À quoi bon une révolution menée par de petits hommes tristes dans de tristes petites pièces ? »

Liberté, gaieté, démocratie royale. Les femmes de la maison Duplessis commandent leurs parures à leur couturière pour l'automne 1790. Robes de soie noire à ceinture écarlate et jaquette garnie d'un passepoil tricolore les accompagnent aux premières théâtrales, aux réceptions et aux expositions privées. Où elles font de nouvelles connaissances…

C'était encore l'été, pourtant, quand Antoine de Saint-Just débarqua à Paris. Pas pour y rester, mais pour une simple visite ; Lucile était impatiente de le voir. Lui qui avait pris la fuite avec l'argenterie de famille et dilapidé l'argent en quinze jours. Elle ne demandait qu'à tomber sous le charme.

Il avait vingt-trois ans à présent. L'épisode de l'argenterie datait de trois ans. Camille aurait-il par hasard inventé cette histoire ? Difficile de croire que quelqu'un pût changer à ce point. Elle dut lever les yeux, tant il était grand, et remarqua aussitôt son expression, ou bien plutôt son absence d'expression. On fit les présentations ; et il la regarda comme si elle n'existait pas. Il était en compagnie de Robespierre ; apparemment, ils entretenaient une correspondance depuis un certain temps. Étrange, cette indifférence, se dit-elle – la plupart des hommes ne savaient qu'inventer dans leur empressement à obtenir d'elle plus qu'une banale affabilité. Non pas qu'elle lui en tînt rigueur, c'était même un agréable changement.

Saint-Just était beau garçon. Des yeux de velours, un sourire paresseux ; il avait des mouvements et des gestes précautionneux, comme il arrive souvent aux hommes de grande taille. Un teint clair, des cheveux châtain foncé et, seul défaut dans son visage, un menton un peu trop lourd et trop long. Qui le sauvait en un sens d'une beauté fade, songea-t-elle ; vu sous certains angles, son visage paraissait bizarrement déséquilibré.

Camille était avec Lucile, bien entendu. Il était dans une de ses humeurs instables, taquin mais agressif. « Vous avez écrit de nouveaux poèmes ? » demanda-t-il à Saint-Just. L'année précédente, ce dernier avait publié un poème épique – interminable, violent, plutôt salace – et le lui avait envoyé pour avoir son avis.

« Pourquoi ? Vous seriez prêt à les lire ? demanda Saint-Just, une lueur d'espoir dans le regard.

— La torture a été abolie, vous savez », répliqua Camille sans coup férir, en secouant lentement la tête.

Saint-Just retroussa les lèvres. « J'imagine qu'il vous a choqué, ce poème. Que vous l'avez trouvé pornographique.

— Rien d'aussi positif, malheureusement », dit Camille en riant.

Leurs regards se croisèrent. « Mon poème était sérieux, dit Saint-Just. Croyez-vous que je gaspillerais mon temps à des futilités ?

— Voilà une question à laquelle je ne saurais répondre. »

Lucile sentit sa bouche se dessécher. Elle regarda les deux hommes s'affronter : Saint-Just, le teint pâle, inexpressif, dans l'expectative ; Camille, nerveux, hostile, l'œil brillant. Cela n'a rien à voir avec un poème, se dit-elle. Robespierre, lui aussi, commençait à s'alarmer. « Tu es un peu sévère, Camille, dit-il. L'œuvre ne peut pas être totalement dénuée de mérite, tout de même ?

— Aucun, elle n'en a aucun, rétorqua Camille. Mais si vous voulez, Antoine, je pourrai vous apporter quelques échantillons de mes premiers efforts en la matière et vous laisser vous moquer à loisir. Vous êtes probablement meilleur poète que je ne l'étais et vous serez certainement un meilleur homme politique. Regardez-vous, vous savez vous maîtriser. Vous ne demanderiez pas mieux que de me frapper, mais vous ne le ferez pas. »

Le visage de Saint-Just, à présent insondable, s'était complètement fermé.

« Vous ai-je vraiment offensé ? demanda Camille, s'efforçant de prendre un ton d'excuse.

— Profondément, confirma Saint-Just, en esquissant un sourire. Je suis blessé jusqu'au tréfonds de mon être. Car n'est-il pas évident que vous êtes le seul homme dont je recherche à tout prix l'estime ? Vous sans lequel aucune table d'aristocrate ne saurait être complète ? »

Saint-Just lui tourna le dos pour s'adresser à Robespierre. « Pourquoi ne pas avoir montré un minimum de gentillesse ? chuchota Lucile.

— Si j'avais parlé à l'ami, répondit Camille avec un haussement d'épaules, j'aurais pu être aimable. Mais il s'adressait à un rédacteur, non à un ami. Ce qu'il voulait, c'est que je glisse une ligne ou deux dans le journal pour faire l'éloge de ses talents. Il n'avait que faire de mon opinion personnelle, seule l'intéressait l'opinion du professionnel. Et il l'a eue.

— Qu'est-il arrivé ? J'avais cru comprendre que tu l'aimais bien, non ?

— Il a été très bien. Mais il a changé. Avant, il passait son temps à échafauder les plans les plus fous et à se mettre dans les ennuis avec les femmes. Mais regarde-le aujourd'hui, il est devenu tellement solennel. Je voudrais que Louis Suleau le voie, c'est un parfait exemple du révolutionnaire triste. Il dit être républicain. Eh bien, moi, je ne voudrais pas vivre dans sa république.

— Peut-être qu'il ne t'y autoriserait pas. »

Plus tard, il entendit Saint-Just dire à Robespierre : « Il est frivole, cet homme. »

Elle pesa le mot. Qui évoquait pour elle des pique-niques insouciants l'été à la campagne, ou des soupers bavards au champagne après le théâtre, avec les actrices froufroutantes encore en nage et maquillées venant s'asseoir à côté d'elle et lui disant : Vous êtes très amoureuse, à ce que je vois, il est très beau, j'espère que vous serez heureuse. Elle n'avait jamais jusque-là entendu cette épithète sonner comme une accusation, chargée de menace et de mépris.

Cette même année, l'Assemblée fit des évêques et des prêtres des fonctionnaires, payés par l'État et soumis à l'élection, avant d'exiger d'eux un serment d'allégeance à la nouvelle Constitution. Aux yeux de certains, c'était une erreur que de contraindre les prêtres à un choix aussi radical ; refuser de jurer était considéré comme déloyal et dangereux. Tout le monde était d'accord (lors des petits après-midi de sa mère) pour dire qu'un conflit avec l'Église représentait potentiellement le plus grand danger qui pût menacer un pays.

De temps à autre, l'évolution de la situation arrachait un soupir à sa mère. « La vie va devenir tellement prosaïque, se plaignait-elle. La Constitution, la grandeur d'âme, les chapeaux de quakers.

— Et que voudriez-vous donc, ma chère ? lui demanda Danton. Des plumets et du grand théâtre au Manège ? L'anarchie à la mairie ? L'amour et la mort ?

— Ah, ne vous moquez pas. Nos aspirations romantiques en ont pris un coup, si je puis dire. La révolution est là, l'incarnation de l'esprit de Rousseau, nous pensions…

— Eh oui, et tout ce que vous avez, c'est M. Robespierre avec sa vue basse et son accent provincial.

— Et aussi des tas de gens qui discutent de leur compte en banque.

— Qui vous a donc fait des indiscrétions sur mes affaires ?

— Les murs ont des oreilles et parlent de vous, monsieur Danton. » Elle s'interrompit, lui posa la main sur le bras. « Dites-moi une chose, s'il vous plaît. Max vous déplaît-il ?

— Me déplaire ? fit-il, apparemment surpris. Je ne crois pas. Il met un peu mal à l'aise, c'est tout. Il semble vraiment exiger beaucoup de tout le monde. Croyez-vous que vous réussirez à satisfaire à de telles exigences quand il sera votre gendre ?

— Oh… la question est loin d'être réglée.

— Adèle n'arrive pas à se décider ?

— C'est plutôt que la demande n'a pas été faite.

— En ce cas, il s'agit de ce qu'on appelle un entendement, dit Danton.

— Je ne suis pas sûre que Max pense avoir fait la demande… Mais non, je dois m'abstenir de toute interprétation. Inutile de lever le sourcil de cette manière. Comment une simple femme pourrait-elle savoir ce qui se passe dans la tête d'un député ?

— Ah, mais les "simples femmes" n'existent plus, ma chère. La semaine dernière vos deux futurs gendres ont pris le meilleur sur moi dans un débat à ce propos. On me dit que les femmes sont à tous égards les égales de l'homme. Il ne leur manque que les occasions de le prouver.

— Oui, dit-elle. C'est un mouvement déclenché par cette petite créature aux opinions très arrêtées qu'est Louise Robert, qui ne semble pas savoir ce qu'elle a mis en branle. Je ne vois pas pourquoi les hommes devraient passer leur temps à vouloir prouver que les femmes sont leurs égales. Ce qui semble aller à l'encontre de leurs intérêts.

— Robespierre est désintéressé, voyez-vous. Comme toujours. Et Camille ne cesse de m'expliquer que nous allons devoir donner le droit de vote aux femmes. Nous les verrons bientôt au Manège, chapeautées de noir, un épais porte-documents à la main, dissertant sans fin sur le système fiscal du pays.

— La vie n'en sera que plus prosaïque.

— Ne soyez pas inquiète, dit-il. Il vous restera toujours nos petits drames sordides à vous mettre sous la dent. »

Cette révolution a-t-elle une philosophie, voulait savoir Lucile, a-t-elle un avenir ?

Elle n'osait poser la question à Robespierre, de peur de se voir infliger un interminable discours sur la Volonté générale ; pas plus qu'à Camille, au risque cette fois d'un exposé cohérent et réfléchi de deux heures sur la naissance et le développement de la république romaine. Elle posa donc la question à Danton.

« Je pense bien qu'elle a une philosophie, répondit ce dernier avec le plus grand sérieux : Emparez-vous de tout ce qui vous tombe sous la main et filez avant que les choses se gâtent. »

Décembre 1790 : Claude a changé d'avis. Et ce par un sinistre jour de décembre où des nuages couleur de plomb et gonflés de neige s'accrochaient aux toits et aux cheminées de la ville.

« Je n'en peux plus, dit-il. Qu'ils se marient, avant que je meure de la fatigue que m'occasionne cette affaire. Menaces, larmes, promesses, ultimatums… Je me sens incapable de supporter tout cela un an de plus, que dis-je, une semaine de plus. J'aurais dû me montrer plus ferme dès le départ, à présent c'est trop tard. Il va falloir que nous fassions contre mauvaise fortune bon cœur, Annette. »

Annette alla trouver sa fille dans sa chambre. Lucile était occupée à noircir du papier. Elle leva les yeux en sursaut, l'air coupable, et posa la main sur sa feuille. Une tache d'encre s'étala sur la page.

Quand Annette lui fit part de la nouvelle, elle fixa le visage de sa mère, les yeux écarquillés, prise de court. « C'est aussi simple que cela ? murmura-t-elle. Claude n'a qu'à changer d'avis, et tout s'arrange ? J'avais fini par croire que c'était beaucoup plus compliqué. » Elle détourna la tête. Éclata en sanglots. Posa la tête sur son journal et laissa couler ses larmes sur les mots interdits : qu'elles salent donc les paragraphes, qu'elles délavent les lettres ! « Quel soulagement ! dit-elle. Quel soulagement ! »

Debout derrière elle, sa mère la prit par les épaules, en y ajoutant un petit pincement vindicatif. « Alors, vous avez ce que vous vouliez. Et je te prierai de cesser tes sottises avec M. Danton. Tu vas te conduire convenablement, maintenant.

— Un vrai parangon de vertu, dit-elle en se redressant sur sa chaise. Allez, il faut nous organiser. » Elle s'essuya les joues du revers de la main. « Nous allons nous marier tout de suite.

— Tout de suite ? Mais pense à ce que vont dire les gens ! Et puis c'est l'Avent. On ne se marie pas pendant l'Avent.

— Nous obtiendrons une dispense. Quant à ce que

diront les gens, c'est leur problème. Ce n'est certainement pas à moi de m'en inquiéter. De toute façon, je n'y changerais rien. »

Lucile bondit de son siège. Elle semblait incapable de s'en tenir plus longtemps à un comportement de personne civilisée. Elle courut dans toute la maison, riant et pleurant à la fois, faisant claquer les portes. Camille arriva. « Pourquoi a-t-elle de l'encre sur le front ? demanda-t-il, visiblement perplexe.

— J'imagine qu'on pourrait voir là le signe d'une sorte de second baptême, dit Annette. Ou bien l'équivalent républicain d'une onction aux saintes huiles. Après tout, mon cher, il y a tellement d'encre dans vos vies. »

Il y en avait effectivement sur une des manchettes de Camille. Lequel avait tout à fait l'air de celui qui vient de rédiger un éditorial et qui s'inquiète du sort que s'apprête à lui réserver le typographe. Il se souvenait de la fois où il avait parlé de Marat comme d'un « apôtre de la liberté » pour voir la formule transformée en « apostat de la liberté ». La victime avait débarqué dans le bureau, écumant de rage…

« Écoutez, monsieur Duplessis, êtes-vous bien sûr de votre décision ? dit Camille. Je ne suis pas quelqu'un à qui le sort réserve ce genre d'aubaine, voyez-vous. Ce ne serait pas une erreur, par hasard ? Une sorte de coquille ? »

Annette ne parvenait pas à empêcher les images de se bousculer dans sa tête, images aussi indésirables qu'inexorables. Le bruissement de ses jupes tandis qu'elle arpentait cette pièce et disait à Camille de sortir de sa vie. La pluie qui tambourinait sur les vitres. Et ce baiser, ce baiser de dix secondes qui,

502

sans l'apparition inopinée de Lucile, se serait terminé par une porte fermée à clé et des transports totalement indignes, là sur la *chaise longue**. Le siège même, recouvert d'un velours bleu passé, qu'elle fixait des yeux à cet instant. « Annette, dit Claude, pourquoi avez-vous l'air aussi en colère ?

— Je ne suis pas en colère, très cher. Je passe une très belle journée.

— Vraiment ? Si vous le dites… Ah, les femmes ! » s'exclama-t-il, l'air attendri, tout en quêtant une certaine complicité auprès de Camille. Lequel se contenta de lui jeter un regard froid. J'ai encore dit ce qu'il ne fallait pas, songea Claude, sans penser à ses vues à elle sur la question. « Lucile ne semble pas davantage savoir où elle en est pour l'instant. J'espère… » Il s'approcha de Camille. On aurait dit qu'il allait lui poser une main sur l'épaule, mais celle-ci resta suspendue en l'air avant de retomber mollement le long de son corps. « Eh bien… je vous souhaite d'être heureux.

— Camille, mon cher, dit Annette, votre appartement est très agréable, mais je suppose que vous allez vouloir plus grand ? Il va vous falloir quelques meubles supplémentaires… aimeriez-vous avoir cette *chaise longue** ? Je sais que vous l'avez toujours admirée.

— Admirée ? répondit Camille en baissant les yeux. Mais, Annette, j'en ai rêvé.

— Je pourrais la faire recouvrir.

— N'en faites surtout rien ! dit Camille. Laissez-la en l'état, je vous en supplie. »

Claude avait l'air quelque peu déconcerté. « Eh bien, je vais vous laisser à vos affaires, si vous devez parler meubles », dit-il. Et il sourit, vaillamment, avant d'ajouter : « Mon cher garçon, vous ne cesserez de me surprendre. »

Le duc d'Orléans dit : « Ah, vraiment ? N'est-ce pas merveilleux ? Vous savez, je n'ai plus jamais de bonnes nouvelles ces temps-ci. » Quelques mois auparavant, on lui avait présenté Lucile, et elle avait passé l'examen avec succès. Elle avait du panache, presque autant qu'une Anglaise ; ce serait bien de la voir lors d'une partie de chasse. Ce mouvement brusque de la tête, cette échine souple. Je veux leur faire un beau cadeau, décida-t-il. « Laclos, j'ai quelque part une maison de ville qui est vide, vous savez, celle avec un jardin, un peu décrépite, douze chambres... Au coin de la rue Chose. »

« Ah, magnifique ! s'exclama Camille. Il me tarde de savoir ce que dira mon père. Quand je pense à cette superbe maison ! Et à toute la place que nous aurons pour la *chaise longue**. »

Annette se prit la tête entre les mains. « Il m'arrive de désespérer, dit-elle. Où seriez-vous si vous n'aviez pas autant de gens pour se préoccuper de votre sort ? Camille, réfléchissez un peu. Comment pouvez-vous accepter une maison du duc, alors même qu'un tel cadeau revient à une tentative de corruption aussi grossière que patente ? Ne croyez-vous pas que ce serait un rien compromettant ? Ne serait-ce pas là l'occasion d'un ou deux paragraphes bien sentis dans la presse royaliste ?

— Peut-être, oui, dit Camille.

— Demandez-lui l'équivalent en liquide, dit Annette, avec un soupir. À propos de maisons, jus-

tement, venez jeter un coup d'œil à ces esquisses ».
Elle déplia un plan de sa propriété de Bourg-la-Reine.
« J'ai fait quelques croquis d'une petite maison que
j'aimerais faire construire pour vous. J'ai pensé à cet
emplacement, là, dit-elle en le montrant du doigt, au
bas de l'allée de tilleuls.

— Mais pourquoi ?

— Pourquoi ? Parce que je tiens à profiter de mes
loisirs, et que je n'ai nullement l'intention de vous
avoir, vous et Claude, dans la même maison, en train
d'échanger des regards méprisants et de multiplier
les silences pleins de sous-entendus. Je ne souhaite
en aucun cas voir les fins de semaines prendre des
allures d'excursions au purgatoire. » Elle se pencha
sur ses dessins. « J'ai toujours eu envie de croquer un
joli petit cottage. Bien entendu, il se peut que dans
mon enthousiasme d'amateur j'oublie quelque détail
significatif. Mais ne vous inquiétez pas, je n'oublierai
pas d'y inclure une jolie chambre pour vous deux.
Et vous ne serez pas en exil là-bas. Non, j'irai vous
rendre visite chaque fois que l'envie m'en prendra. »

Elle sourit. Il ne savait plus comment réagir, pris
entre la terreur et le plaisir. Les quelques années à
venir ne manqueront pas d'intérêt, se dit-elle, quoi
qu'il advienne. Camille a les yeux les plus extraordinaires qui soient : d'un gris très foncé, aussi proches
du noir que peuvent l'être des yeux d'humain, l'iris
se confondant presque avec la pupille. Ils semblent
en ce moment plonger dans l'avenir.

« À Saint-Sulpice, dit Annette, les confessions sont
à trois heures.

— Je sais, dit Camille. Tout est arrangé. J'ai envoyé

un message au père Pancemont. J'ai jugé que c'était la moindre des choses que de le prévenir. Je lui ai dit de m'attendre à trois heures pile, que je ne fais pas ce genre de chose tous les jours et que j'apprécierais qu'on ne me fasse point attendre. Vous venez ?

— Dites qu'on amène la voiture. »

Devant l'église, Annette s'adressa à son cocher. « Nous en avons pour… pour combien de temps, à votre avis ? Vous êtes dans l'humeur d'une longue confession ?

— À vrai dire, je n'ai pas l'intention de confesser quoi que ce soit. Peut-être quelques peccadilles symboliques. Une demi-heure ? »

Un homme en manteau sombre faisait les cent pas au fond, un porte-documents glissé sous le bras. L'horloge sonna. Il s'avança vers eux. « Tout juste trois heures, monsieur Desmoulins. Entrons-nous ?

— Mon conseil juridique, dit Camille.

— Pardon ? dit Annette.

— Mon notaire, si vous préférez. Il est spécialisé en droit canon. C'est Mirabeau qui me l'a recommandé. »

L'homme eut l'air content. Comme c'est intéressant, songea-t-elle, d'apprendre que vous voyez toujours Mirabeau. Mais l'idée de ce qu'il s'apprêtait à faire passait mal. « Camille, dit-elle, vous avez l'intention de vous confesser avec votre notaire à vos côtés ?

— Sage précaution. Qu'aucun pêcheur un tant soit peu responsable ne devrait négliger. »

Il l'entraîna dans l'église d'un pas rien moins qu'ecclésiastique. « Je vais simplement m'agenouiller là », dit-elle, en se déportant sur le côté pour lui échapper. Tout était calme ; il n'y avait là qu'une poignée de vieilles femmes priant pour le retour du bon vieux temps et un petit chien qui ronflait, roulé en boule sur le sol. Apparemment, le prêtre ne vit aucune raison de baisser la voix. « Alors, c'est bien vous ? demanda-t-il.

— Notez ça, dit Camille en se tournant vers le notaire.

— Je ne pensais pas que vous viendriez, je l'avoue. Quand j'ai reçu votre message, j'ai cru à une plaisanterie.

— Ce n'en est certainement pas une. Je dois être en état de grâce, n'est-ce pas, comme tout le monde ?

— Êtes-vous catholique ? »

Bref silence.

« Pourquoi me le demander ?

— Parce que, si vous ne l'êtes, je ne puis vous conférer les sacrements.

— Fort bien. En ce cas, je suis catholique.

— N'avez-vous pas déclaré… (Annette entendit le prêtre se racler la gorge.) N'avez-vous pas déclaré dans votre journal que la religion de Mahomet était tout aussi valable que celle du Christ ?

— Vous lisez mon journal ? s'étonna Camille avec une satisfaction manifeste, avant d'ajouter après un silence : Vous refusez donc de nous marier, c'est cela ?

— Aussi longtemps que vous n'aurez pas fait profession de la foi catholique.

— Vous n'avez aucun droit d'exiger pareille chose de moi. Vous devez me croire sur parole. Mirabeau dit…

— Depuis quand Mirabeau est-il un père de l'Église ?

— Ah, voilà qui va lui plaire, je ne manquerai pas de le lui dire. Mais s'il vous plaît, mon père, soyez compréhensif, parce que je suis terriblement amoureux et que je ne peux rester seul comme vous. Il vaut bien mieux se marier que brûler.

— Puisque nous sommes dans saint Paul, dit le prêtre, puis-je vous rappeler que les autorités existantes ont été instituées par Dieu ? Que celui qui s'oppose à l'autorité s'oppose à l'ordre de Dieu, et que ceux qui résistent seront nécessairement condamnés ?

— Ma foi, je m'en vais devoir courir ce risque, dit Camille. Comme vous le savez – reportez-vous au verset quatorze –, le mari non croyant est sanctifié par sa femme. Si vous avez l'intention de faire de l'obstruction, il va falloir que je porte l'affaire devant une commission ecclésiastique. Vous ne faites que mettre là un obstacle en travers du chemin de votre frère, ou l'exposer au risque du péché. Car – je vous renvoie au chapitre six – on n'est pas censé aller en justice, l'on doit plutôt se laisser dépouiller.

— Mais, en l'occurrence, saint Paul parle de procès avec des non-croyants. Et le vicaire général du diocèse de Sens n'en est pas un, que je sache.

— Vous savez bien que vous avez tort, dit Camille. Où croyez-vous que j'ai été éduqué ? Vous pensez peut-être vous en tirer en me sortant des inepties pareilles ? Non, dit-il à son homme de loi, inutile de consigner ça. »

Ils sortirent. « Rayez mes dernières paroles, dit Camille. Je me suis laissé emporter. » Le notaire prit un air intimidé. « Écrivez en haut de la page : "Concernant la célébration du mariage de L. C. Desmoulins, avocat". Soulignez plusieurs fois. »

Il prit le bras d'Annette. « Vous étiez en train de prier ? lui demanda-t-il. Portez-moi ça à la commission, tout de suite », jeta-t-il par-dessus son épaule.

« Pas d'église, dit Lucile. Pas de prêtre. On ne saurait rêver mieux.

— D'après le vicaire général du diocèse de Sens, dit Camille, c'est à moi qu'il doit d'avoir perdu la moitié de son revenu annuel. Et c'est ma faute si son château a été réduit en cendres. Adèle, cessez de ricaner. »

Ils étaient assis dans le salon d'Annette. « Eh bien, Maximilien, dit Camille, toi qui n'as pas ton pareil pour résoudre les problèmes des autres, résous donc celui-ci. »

Adèle s'efforça de reprendre son sérieux. « Vous ne connaissez pas un prêtre… disons, modéré ? Un ancien camarade de classe ? »

Robespierre leva les yeux. « On devrait arriver à convaincre le père Bérardier. Il a été notre dernier directeur à Louis-le-Grand, expliqua-t-il, et il siège aujourd'hui à l'Assemblée. Je suis sûr, Camille… Il t'appréciait vraiment beaucoup.

— À présent, quand il me voit, il sourit comme pour dire : "J'ai toujours su ce que tu allais devenir." On dit qu'il va refuser de prêter serment à la Constitution, tu sais.

— Peu importe, intervint Lucile. S'il y a une petite chance… »

« J'y mets des conditions, dit Bérardier. Une profession de foi publique, dans votre journal. L'arrêt de toute raillerie anticléricale dans cette même publication et la suppression de son parfum de blasphème.

— Mais comment vais-je gagner ma vie ? demanda Camille.

— Il fallait y penser avant, au moment où vous avez décidé de vous en prendre à l'Église. Mais aussi, vous êtes du genre à ne pas voir plus loin que le bout de votre nez.

— Si vous respectez les conditions stipulées, intervint le père Pancemont, j'autoriserai le père Bérardier à vous marier à Saint-Sulpice. Mais je veux bien être pendu si je le fais moi-même, et je suis convaincu que le père commet là une erreur.

— C'est une nature impulsive, dit le père Bérardier. Un jour viendra où ses impulsions le mèneront dans la bonne direction ; n'ai-je pas raison, Camille ?

— Le problème, c'est que je ne pensais pas sortir un nouveau numéro avant le Nouvel An. »

Les prêtres échangèrent un regard. « En ce cas, votre déclaration devra paraître dans le premier numéro de 1791. »

Camille acquiesça de la tête.

« C'est promis ? dit Bérardier.

— Promis.

— Vous avez toujours menti avec une remarquable aisance. »

« Il ne tiendra pas sa promesse, dit le père Pancemont. Nous aurions dû exiger la déclaration d'abord et accorder le mariage seulement ensuite.

— À quoi bon ? dit le père Bérardier avec un soupir. On ne peut pas forcer les consciences.

— J'ai cru comprendre que le député Robespierre avait lui aussi été votre élève ?

— Pendant un temps, oui. »

Le père Pancemont le regarda comme il aurait regardé quelqu'un qui aurait dit : J'étais à Lisbonne l'année du tremblement de terre. « Vous n'enseignez plus ? demanda-t-il.

— Écoutez… il y a des gens bien pires.

— Je ne vois pas qui », rétorqua le prêtre.

Les témoins au mariage : Robespierre, Pétion, l'écrivain Louis Sébastien Mercier et l'ami du duc, le marquis de Sillery. Choix on ne peut plus diplomatique, qui englobait l'aile gauche de l'Assemblée, les milieux littéraires et les relations orléanistes.

« Ça ne t'ennuie pas, au moins ? demanda Camille à Danton. En fait, j'aurais voulu La Fayette, Louis Suleau, Marat et le bourreau.

— Bien sûr que non. » Après tout, songea-t-il, je serai témoin de tout le reste. « Tu vas être riche à présent ?

— La dot est de cent mille livres. Sans compter une argenterie de grande valeur. Ah, ne prends pas cet air. J'ai dû travailler dur pour ça.

— Et… tu vas lui être fidèle ?

— Bien sûr, dit-il, l'air choqué. Quelle question ! Je l'aime.

— Je me posais la question, c'est tout. Et puis, je pensais qu'il serait peut-être bien d'avoir de ta part une déclaration d'intention. »

Ils emménagèrent dans un appartement au premier étage, rue des Cordeliers, juste à côté de chez les

Danton et, le 30 décembre, accueillirent une centaine d'invités pour leur repas de mariage, la journée sombre et glaciale pointant son nez curieux aux fenêtres brillamment illuminées. À une heure du matin, ils se retrouvèrent enfin seuls. Lucile était toujours vêtue de sa robe de mariée rose, à présent chiffonnée, et tachée là où elle avait renversé une coupe de champagne quelques heures plus tôt. Elle s'effondra sur la *chaise longue** bleue et envoya valser ses chaussures. « Quelle journée ! Y a-t-il jamais rien eu de comparable dans les annales du mariage ? Mon Dieu, toutes ces rangées de gens en train de gémir et de renifler, et ma mère qui pleurait, et mon père, et le vieux Bérardier qui se met à te sermonner en public, et toi qui pleures, et la moitié de Paris qui ne sanglotait pas sur les bancs de l'église debout devant les portes à hurler des slogans et à se livrer à des commentaires obscènes. Et… » Sa voix s'éteignit. L'excitation malsaine de la journée déferlait maintenant sur elle en vagues successives. On éprouve probablement la même impression, pensa-t-elle, quand on est en pleine mer. La voix de Camille sembla lui parvenir de très loin :

« … Et je n'ai pas pensé un instant qu'un bonheur pareil pourrait m'advenir un jour, parce qu'il y a seulement deux ans je n'avais rien et que, maintenant, je t'ai, toi, j'ai de l'argent pour vivre dans l'aisance, et je suis célèbre…

— Oh, j'ai trop bu », dit Lucile.

Quand elle repensa à la cérémonie, tout lui apparut dans une sorte de brouillard, si bien qu'elle se fit la réflexion que même à ce moment-là elle avait peut-être déjà trop bu, et, dans un bref accès de panique, elle se demanda : Sommes-nous vraiment unis ?

L'ivresse constitue-t-elle une incapacité juridique ? Et qu'en est-il de la semaine dernière, quand nous avons visité l'appartement… est-ce que, alors, j'étais dans un état tout à fait normal ? L'appartement, au fait, il est où ?

« J'ai cru qu'ils ne partiraient jamais », dit Camille.

Elle leva les yeux sur lui. Dire qu'elle s'était préparée avec tant de soins en prévision de ce moment, qu'elle avait passé les quatre dernières années à se répéter tout ce qu'elle allait dire, et voilà qu'elle n'était capable de rien d'autre à présent qu'un sourire gêné. Elle s'obligea à garder les yeux ouverts pour empêcher la pièce de tourner, puis les referma, la laissant tournoyer à sa guise. Elle roula sur le côté dans la *chaise longue**, remonta les genoux pour être tout à fait confortable et poussa un petit grognement de satisfaction, comme le chien de Saint-Sulpice. Elle s'endormit. Une personne compatissante lui glissa une main sous la joue, avant de remplacer cette main par un coussin.

« Écoutez donc ce que je vais devenir, dit le roi, si je n'exige pas des pauvres évêques qu'ils prêtent serment de fidélité à la Constitution civile du clergé. » Il ajusta ses lunettes et lut :

« … Ennemi de la liberté publique, perfide conspirateur, le plus lâche des parjures, prince sans honneur, sans pudeur, dernier des hommes… » Il s'interrompit, reposa le journal et se moucha avec vigueur dans un mouchoir brodé aux armes royales – le dernier du genre qu'il eût encore en sa possession. « Une bonne année à vous aussi, monsieur Marat », conclut-il.

III

Au plaisir de Madame

(1791)

MIRABEAU : « La Fayette, suggère à la reine le conseiller privé du roi, marche beaucoup plus dans les traces de Cromwell qu'il ne sied à sa modestie naturelle. »

Nous sommes cuits, dit Marat, pour nous c'est la fin ; la clique de Marie-Antoinette est de mèche avec l'Autriche, les monarques trahissent le pays. Il faut absolument couper vingt mille têtes.

C'est par le Rhin que sera envahie la France. D'ici à juin, le frère du roi, Artois, disposera d'une armée à Coblence. L'ancien client de maître Desmoulins père, le prince de Condé, commandera un régiment à Worms. Un troisième régiment sera placé à Colmar sous le commandement du frère cadet de Mirabeau, connu en raison de sa corpulence et de son ivrognerie sous le nom de Mirabeau-Tonneau.

Le Tonneau a passé ses derniers mois en France à poursuivre le procureur général de la Lanterne devant les tribunaux. Il espère à présent, avec sa force armée, pouvoir le poursuivre dans les rues. Les *émigrés** prétendent restaurer l'ancien régime, sans en changer un iota, et aimeraient bien voir La Fayette devant un peloton d'exécution. Comme il se doit, ils appellent à l'aide les monarchies européennes.

Celles-ci ont toutefois leur façon bien à elles de voir les choses. Ces révolutionnaires français sont dangereux, sans aucun doute ; ils nous menacent tous d'horrible manière. Mais Louis n'est pas mort, ni destitué ; même si le confort et les aménagements des Tuileries ne sont pas à la hauteur de ceux de Versailles, il n'est pas outre mesure dérangé dans ses habitudes. Dans des temps meilleurs, une fois la révolution achevée, il se peut même qu'il soit prêt à admettre que la leçon lui a été profitable. En attendant, c'est un plaisir secret, inavoué, que de regarder un riche voisin se débattre avec des impôts non perçus, une belle armée déchirée par les mutineries, et messieurs les démocrates se couvrir de ridicule. L'ordre établi par Dieu doit certes être maintenu en Europe ; mais nul besoin pour l'heure de redorer les lis des Bourbons.

Quant à Louis, les émigrés lui conseillent d'entamer une campagne de résistance passive. Mais au fil des mois, ils commencent à désespérer de lui. Ils évoquent souvent entre eux la remarque du comte de Provence : « Si vous êtes capable de tenir ensemble dans la main plusieurs boules en ivoire passées à l'huile, alors vous arriverez peut-être à quelque chose avec le roi. » Ce qui les met en rage, c'est de constater que, à chaque déclaration, le souverain s'incline devant l'ordre nouveau… pour leur assurer ensuite en secret qu'ils doivent comprendre exactement le contraire de ce qu'il dit. Ils sont incapables de voir que certains de ces monstres, de ces canailles, de ces barbares qui siègent à l'Assemblée nationale constituante ont en fait à cœur les intérêts du roi. Même chose pour la reine :

« Si je les rencontre, ou si j'entretiens une quelconque relation avec eux, c'est uniquement pour les utiliser ; ils m'inspirent une trop grande horreur pour que je m'engage jamais avec eux de quelque façon que ce soit. » Prends ça pour toi, Mirabeau. Il est possible que La Fayette ait conçu une idée plus claire de la valeur de la dame en question. Il lui a envoyé en pleine figure, dit-on, qu'il a bien l'intention de prouver qu'elle est coupable d'adultère, et de la réexpédier chez elle en Autriche avec armes et bagages. C'est dans ce but que, tous les soirs, il laisse une porte dérobée sans surveillance, pour permettre un accès à son amant supposé, Axel von Fersen. « La conciliation n'est plus possible, écrit-elle. Seule la force armée est capable de réparer les dommages causés. »

CATHERINE, LA TSARINE : « Je fais tout mon possible pour pousser les cours de Vienne et de Berlin à s'impliquer dans les affaires de France, de façon à avoir les mains libres par ailleurs. » Les mains de Catherine sont libres, comme à l'accoutumée, pour mieux étrangler la Pologne. Elle fera sa contre-révolution à Varsovie, dit-elle, et laissera les Allemands faire la leur à Paris. Léopold, en Autriche, s'intéresse surtout aux affaires de Pologne, de Belgique et de Turquie ; William Pitt, lui, songe à l'Inde et à des réformes financières. Tous attendent et regardent la France s'épuiser (c'est du moins ce qu'ils pensent) dans des luttes intestines et cesser, ce faisant, de représenter une menace pour leurs intérêts personnels.

Frédéric-Guillaume II de Prusse pense un peu

différemment ; quand éclatera la guerre avec la France (il la sait inévitable), il a l'intention de gagner sur tous les tableaux. Il a des agents à Paris chargés d'attiser la haine à l'égard de Marie-Antoinette et des Autrichiens, d'encourager l'usage de la force, de faire pencher la balance vers une issue violente. Le seul vrai partisan de la contre-révolution, c'est Gustave III de Suède, Gustave qui se dit prêt à rayer Paris de la surface de la terre, qui, sous l'ancien régime, se voyait verser une pension annuelle d'un million et demi de livres, Gustave et son armée fantôme. Et, de Madrid, parviennent les sentiments farouchement réactionnaires d'un souverain imbécile.

Ces révolutionnaires, disent-ils, sont le fléau de l'humanité. Et chacun d'affirmer : Je suis prêt à les combattre... si vous le faites aussi.

Depuis Paris, l'avenir a des allures précaires. Marat voit des conspirateurs partout, la trahison jusque dans le vent qui agite le nouveau drapeau tricolore devant les fenêtres du roi. Derrière cette façade, surveillé par les gardes nationaux, le roi mange, boit, prend de l'embonpoint et perd rarement la face. « Mon plus grand défaut, a-t-il écrit un jour, c'est ma paresse d'esprit, qui me rend tout effort mental pénible et douloureux. »

Dans la presse de gauche, on fait désormais référence à La Fayette non plus par son titre, mais par son nom de famille, Motier. Le roi, lui, est devenu Louis Capet. Quant à la reine, elle est « la femme du roi ».

Il y a des dissensions au sein du clergé. La moitié environ des curés français ont accepté de prêter serment à la Constitution civile du clergé. On donne aux autres le nom de prêtres réfractaires. Seuls sept évêques soutiennent l'ordre nouveau. À Paris, les bonnes sœurs se font attaquer par les harengères. À Saint-Sulpice, où le père Pancemont témoigne d'un entêtement toujours égal, des émeutiers envahissent la nef en chantant ce refrain salutaire : « Ah, ça ira, ça ira, ça ira, les aristocrates à la Lanterne ». Les tantes du roi, Mmes Adélaïde et Victoire, partent secrètement pour Rome. Il faut convaincre les patriotes que les deux vieilles dames n'ont pas emballé le Dauphin dans leurs paquets. Le pape déclare la Constitution civile du clergé schismatique. La tête d'un policier est lancée dans la voiture du nonce.

Dans une baraque du Palais-Royal, un couple de « sauvages » nus. Ils mangent des cailloux, baragouinent dans une langue inconnue, et pour quelques sous s'accouplent à la demande.

BARNAVE, été 1791 : « Un pas supplémentaire vers la liberté, et c'en sera fait de la monarchie, un pas supplémentaire vers l'égalité, et c'en sera fait de la propriété privée. »

DESMOULINS, automne de cette même année : « Notre révolution de 1789 était une affaire arrangée entre le gouvernement anglais et une minorité de la noblesse, préparée par certains dans l'espoir de se débarrasser de l'aristocratie de Versailles et de s'emparer de leurs châteaux, de leurs maisons et de leurs bureaux, par d'autres dans le but de nous imposer un nouveau maître et par tous dans celui de nous donner deux Chambres, et une Constitution à l'anglaise. »

1791 : dix-huit mois de révolution, et un pays fermement maintenu sous la botte d'une nouvelle tyrannie.

« Cet homme est un menteur, dit Robespierre, qui

peut prétendre que j'ai jamais prôné la désobéissance à la loi. »

Janvier, Bourg-la-Reine. Annette Duplessis, devant la fenêtre, plongeait le regard dans les branches du noyer qui ombrageait la cour. De là où elle se tenait, on ne voyait pas les fondations du nouveau cottage, ce qui n'était pas plus mal, car elles étaient aussi mélancoliques à l'œil que des ruines. Elle poussa un soupir d'exaspération en réponse au silence qui s'épaississait dans son dos. Tous devaient la supplier, intérieurement, de se retourner et de dire quelque chose. Si elle quittait la pièce, elle la retrouverait vibrante de tension à son retour. Prendre ensemble un chocolat en milieu de matinée, l'entreprise n'était tout de même pas insurmontable.

Claude lisait le *Journal de la Cour et de la ville*, une feuille de droite à scandale, un air de défi à peine esquissé au visage. Camille avait, comme souvent, les yeux rivés sur sa femme. (Deux jours de mariage, et elle avait découvert que ces yeux d'un noir dévorant étaient myopes. « Tu devrais peut-être porter des lunettes. – Trop vaniteux. ») Lucile lisait *Clarissa*, en traduction, et sans grande attention. Toutes les deux ou trois minutes, son regard sautait du livre au visage de son mari.

Annette se demandait si c'était là la raison de l'extrême mauvaise humeur de Claude – cet air triomphal de satisfaction sexuelle qu'affichait leur fille, ses joues fortement colorées quand elle descendait le matin. On voudrait qu'elle ait à nouveau neuf ans, se dit-elle, et qu'elle soit heureuse de jouer avec ses poupées. Elle observa la tête penchée de son époux, les mèches grises bien peignées et soigneusement poudrées, les interludes campagnards n'arrachant aucune concession à Claude. Non loin de lui, Camille faisait penser à un Tsigane qui après avoir égaré son violon l'aurait cherché un moment au milieu d'une haie ; il réduisait quotidiennement à néant les efforts d'un tailleur dispendieux et portait ses vêtements comme une sorte de commentaire subtil sur l'effondrement de l'ordre social.

Claude lâcha son journal. Camille, brutalement tiré de sa rêverie, tourna la tête. « Eh bien, qu'y a-t-il ? Je vous avais bien dit que si vous lisiez ce torchon vous auriez du mal à vous en remettre. »

Claude semblait incapable d'articuler un mot. Il désigna la page ; Annette crut l'entendre gémir. Camille tendit la main pour prendre le journal, mais Claude plaqua celui-ci sur sa poitrine. « Allons, ne soyez pas ridicule, Claude, dit Annette, comme si elle s'adressait à un petit enfant. Donnez donc ce journal à Camille.

— Oh, mais vous allez apprécier, dit Camille en parcourant la page du regard. Lolotte, veux-tu sortir un instant ?

— Non. »

D'où venait ce surnom ? Annette avait le sentiment que Danton en était l'auteur. Un peu trop intime, se dit-elle ; et voilà maintenant que Camille l'utilise. « Fais ce qu'on te dit », lui intima-t-elle.

Lucile ne bougea pas. Je suis mariée à présent ; et je n'ai à répondre aux ordres de personne.

« Eh bien, reste donc, dit Camille. Je ne cherchais qu'à t'épargner. Si l'on en croit cet article, tu ne serais pas la fille de ton père.

— Ah, ne dites rien, intervint Claude. Brûlez cette horreur.

— Vous savez ce qu'a dit Rousseau », dit Camille. Annette prit un air contrarié. « "Brûler n'est pas répondre." »

— Et je suis la fille de qui ? demanda Lucile. Suis-je la fille de ma mère ou bien une enfant trouvée ?

— Tu es sans aucun doute la fille de ta mère, mais ton père serait l'abbé Terray. »

Lucile ricana. « Lucile, je peux encore t'envoyer une gifle, dit sa mère.

— Ce qui signifie que l'argent de la dot, dit Camille, vient des spéculations de l'abbé sur les grains en temps de famine.

— L'abbé n'a jamais spéculé sur les grains, dit Claude, le visage empourpré, fixant Camille d'un œil franchement hostile.

— Je ne suggère rien de tel. Je me contente de paraphraser le journal.

— Oui… bien sûr. » Claude détourna les yeux, l'air pitoyable.

« Avez-vous jamais rencontré Terray ? demanda Camille à sa belle-mère.

— Une fois, je crois. Nous avons dû échanger trois mots.

— Vous savez, dit Camille en se tournant vers Claude, Terray avait bel et bien une réputation d'homme à femmes.

— Ce n'était pas sa faute, s'emporta à nouveau Claude. Il n'avait jamais voulu devenir prêtre. C'est sa famille qui l'y a forcé.

— Calmez-vous, enfin », intervint Annette.

Claude se pencha en avant, tassé sur lui-même,

les mains serrées entre ses genoux. « Terray était notre meilleur espoir. Il travaillait dur, déployait une immense énergie. Les gens le craignaient. » Il s'interrompit, semblant se rendre compte que pour la première fois depuis des années il avait ajouté un nouvel élément à son discours, une coda.

« Et vous, vous le craigniez ? demanda Camille, sans chercher à avoir le dessus, mais par simple curiosité.

— J'aurais pu, rétorqua Claude, après avoir réfléchi.

— Moi, j'ai souvent peur des gens, dit Camille. C'est un terrible aveu, non ?

— Peur de qui, par exemple ? demanda Lucile.

— Ma foi, surtout de Fabre. S'il m'entend bégayer, il me secoue, me prend par les cheveux et se met à me cogner la tête contre le mur.

— Annette, dit Claude, il y a eu d'autres insinuations. Dans d'autres journaux, ajouta-t-il, en jetant un regard furtif à Camille. J'ai réussi à les effacer de mon esprit. »

Annette ne fit aucun commentaire. Camille jeta le journal à l'autre bout de la pièce. « Je vais les poursuivre en justice, dit-il.

— Vous allez quoi ? dit Claude en levant les yeux.

— Je vais les poursuivre en diffamation.

— Vous allez les poursuivre ! dit Claude en se levant. Vous, vous allez poursuivre quelqu'un en diffamation ! » Il sortit de la pièce, et ils entendirent son rire forcé résonner dans l'escalier.

Février : Lucile décorait son appartement. Ils auraient des coussins de soie rose ; Camille se demanda à quoi ils ressembleraient au bout de quelques mois quand des Cordeliers plus ou moins propres les auraient tripotés. Mais il se contenta de jurer à part lui quand il vit sa nouvelle série de gravures « Vie et mort de Marie Stuart ». Il ne les aimait pas du tout. Bothwell avait dans le regard une expression martiale et impitoyable qui lui rappelait un peu trop Antoine de Saint-Just. Des serviteurs à la carrure impressionnante, vêtus de plaids bizarres, brandissaient des sabres ; des gentils-hommes en kilt, le genou grassouillet, aidaient la malheureuse reine des Écossais à monter dans une barque. Lors de son exécution, Marie portait une tenue destinée à mettre sa silhouette en valeur, et on lui aurait donné vingt-trois ans, tout au plus. « D'un romantisme à faire pleurer, non ? » dit Lucile.

Depuis qu'ils avaient emménagé, il était possible de diriger les *Révolutions* sans aller au journal. Des hommes tachés d'encre, irritables et adeptes d'un vocabulaire musclé, montaient et descendaient l'escalier d'un pas sonore, armés de questions auxquelles ils la jugeaient à l'évidence capable de répondre. Des épreuves en attente de correction s'entassaient autour des pieds de table. Des huissiers porteurs d'assignations étaient assis devant la porte d'entrée, occupés parfois à jouer aux cartes ou aux dés, histoire de passer le temps. Comme chez les Danton, qui habitaient le même immeuble, mais à l'angle de la rue, de parfaits inconnus entraient et sortaient à toute heure, la salle à manger était colonisée par des hommes en train d'écrire comme des fous, la chambre à coucher accueillait le trop-plein du salon et servait de carrefour public.

« Il faut que nous fassions faire d'autres rayonnages, dit-elle. On ne peut pas continuer à empiler tout ça par terre dans tous les coins, je glisse dessus quand je me lève le matin. As-tu vraiment besoin de tous ces vieux journaux, Camille ?

— Oui, tout à fait. Ils me servent à traquer les incohérences de mes adversaires et me permettent de les persécuter quand ils changent d'opinion. »

Il en extirpa un d'une pile. « Le journal d'Hébert, dit-elle. Un épouvantable torchon. »

René Hébert colportait maintenant ses idées par le truchement d'un homme du peuple au parler direct, fumeur de pipe et fabricant de fourneaux, nommé le père Duchesne. Le journal était vulgaire, dans tous les sens du terme : un langage très simpliste émaillé d'obscénités. « Le père Duchesne est un grand royaliste, on dirait, remarqua Camille en cochant rapidement un passage. Il se pourrait bien, Hébert, que je te ressorte ça un de ces jours.

— Hébert est-il vraiment à l'image du père Duchesne ? Il fume la pipe et jure comme un charretier ?

— Pas du tout. C'est un petit homme efféminé. Il a des mains très curieuses qui papillonnent sans arrêt. On dirait des créatures qui vivent sous les pierres. Dis-moi, Lolotte... es-tu heureuse ?

— Absolument.

— Tu es sûre ? Aimes-tu l'appartement ? Veux-tu qu'on en change ?

— Non, pas du tout. Cet appartement me plaît. Tout me plaît, et je suis parfaitement heureuse. » Ses émotions semblaient à présent tout près de la surface, prêtes à percer sa peau délicate pour éclore. « Simplement, j'ai peur qu'il arrive quelque chose.

— Mais que pourrait-il bien arriver ? (Il le savait fort bien.)

— Les Autrichiens pourraient débarquer et t'abattre. La Cour pourrait te faire assassiner. Tu pourrais être enlevé et jeté en prison quelque part, sans que je sache jamais où tu es. »

Elle porta la main à sa bouche, comme si elle voulait empêcher ses frayeurs de déborder.

« Je ne suis pas important à ce point, dit-il. Ils ont mieux à faire que de trouver des assassins pour s'occuper de moi.

— J'ai vu une de ces lettres, dans laquelle on te menaçait de mort.

— Voilà ce qu'on gagne à vouloir lire le courrier des autres. On découvre des choses qu'on aurait préféré ne jamais savoir.

— Qui nous oblige à vivre ainsi ? demanda-t-elle d'une voix étouffée, la tête sur son épaule. Il va bientôt falloir que l'on aille se réfugier dans une cave, comme Marat.

— Allez, sèche tes larmes. Il y a quelqu'un. »

Robespierre était dans un coin, l'air gêné. « Votre bonne m'a dit de venir vous voir directement, dit-il.

— C'est très bien ainsi, dit Lucile, avant de désigner la pièce d'un geste circulaire. Ce n'est pas précisément ce qu'on appellerait un nid d'amour, comme vous voyez. Asseyez-vous sur le lit. Dans le lit, si vous voulez. La moitié de Paris était ici ce matin pendant que j'essayais vainement de m'habiller.

— Je ne trouve plus rien depuis que nous avons déménagé, se plaignit Camille. Et tu n'as pas idée du temps que ça prend, d'être marié. On doit décider des choses les plus déconcertantes, comme de savoir s'il faut ou non repeindre les plafonds. J'avais toujours pensé que la peinture était leur état naturel, pas toi ? »

Robespierre déclina l'invitation à s'asseoir. « Je ne reste pas… Je suis simplement venu voir si tu avais écrit l'article que tu m'as promis, à propos de mon pamphlet sur la garde nationale. Je m'attendais à le voir dans ton dernier numéro.

— Bon sang ! s'exclama Camille. Il pourrait être n'importe où. Ton pamphlet, j'entends. Tu en as une copie sur toi ? Écoute, pourquoi tu ne l'écrirais pas toi-même, cet article ? Ce serait plus rapide.

— Mais, Camille, je veux bien donner à tes lecteurs un condensé de mes idées, mais j'escomptais quelque chose de plus… Tu pourrais dire si mes idées te paraissent pertinentes, logiques, exprimées avec clarté. Je ne peux tout de même pas écrire moi-même un article où je ferais mon propre éloge.

— Je ne vois pas où est la difficulté.

— Un peu de sérieux, veux-tu. Je n'ai pas de temps à perdre.

— Désolé, dit Camille en repoussant ses cheveux en arrière et en souriant. Mais tu es tout à fait dans la ligne de notre politique éditoriale, tu le sais bien, non ? Tu es notre héros. » Il traversa la pièce, effleura l'épaule de Robespierre, délicatement, du bout du majeur. « Nous admirons tes principes en général, soutenons tes actions et tes écrits en particulier… et nous ne manquerons jamais de te faire une bonne publicité.

— En l'occurrence, tu as manqué à ta parole, dit Robespierre en reculant d'un pas, exaspéré. Il faut que tu essayes de t'en tenir au travail en cours. Tu es tellement négligent, on ne peut pas te faire confiance.

— Tu as raison, je suis désolé. »

Lucile sentit poindre l'irritation.

« Max, voyons, ce n'est pas un enfant.

— J'écrirai l'article dès cet après-midi, dit Camille.

— Et tu seras aux Jacobins ce soir.

— Oui, bien sûr.

— Vous êtes terriblement dictatorial, dit-elle.

— Oh non, Lucile. » Robespierre la regarda d'un air sérieux ; sa voix s'était soudain adoucie. « C'est simplement qu'il faut le secouer de temps en temps, Camille, tant il est rêveur. Il est certain, ajouta-t-il en baissant les yeux, que si je venais juste de vous épouser, Lucile, je serais tenté de passer beaucoup de mon temps avec vous et n'accorderais pas à mon travail toute l'attention qu'il mérite. Et Camille, livré à lui-même, est incapable de résister à la tentation, il a toujours été ainsi. Mais je ne suis pas dictatorial, ne dites pas une chose pareille.

— Très bien, dit-elle, vous avez la liberté que donne une relation de vieille date. Mais votre ton. Votre comportement. Vous devriez les réserver pour attaquer la droite. C'est d'abord à elle qu'il faut vous en prendre. »

Le visage de Maximilien se durcit, prenant un air peiné et hostile. Elle comprit pourquoi Camille préférait toujours s'excuser. « Oh, dit-il, Camille aime bien qu'on le bouscule un peu. C'est dans sa nature. C'est ce que dit Danton. Au revoir, donc. Pense à le rédiger cet après-midi, d'accord ? » ajouta-t-il gentiment.

« Eh bien, dit-elle après qu'ils eurent échangé un regard. Sa remarque était pleine de sous-entendus, si je ne m'abuse ? Que voulait-il dire au juste ?

— Rien. Il était simplement secoué parce que tu le critiquais.

— Et alors, il ne faut jamais le faire ?

— Non. Il prend tout à cœur, et les critiques l'affectent beaucoup. Et puis il avait raison, en l'occurrence. J'aurais dû me souvenir de ce pamphlet. Ne sois pas dure avec lui. C'est sa timidité qui le rend cassant.

— Il aurait dû la vaincre, tout de même. Il y en a tant d'autres qui ne bénéficient d'aucune indulgence. Qui plus est, tu as dit un jour qu'il n'avait point de faiblesses.

— Au quotidien, si. Mais au bout du compte, non, il n'en a aucune.

— Tu pourrais me quitter, dit-elle brusquement. Pour quelqu'un d'autre.

— Mais qu'est-ce qui te le fait penser ?

— Je n'arrête pas de penser. À ce qui pourrait arriver. Je n'aurais jamais cru qu'on puisse être aussi heureux, que les choses puissent tourner aussi bien.

— Dirais-tu que tu as eu une vie malheureuse ? »

Les apparences étaient contre elle ; mais elle répondit la vérité : « Oui.

— Moi aussi. Mais plus maintenant.

— Tu pourrais être tué dans un accident. Ou mourir de maladie. Ta sœur Henriette est bien morte de phtisie. » Elle le regarda en clignant les yeux, comme si elle voulait voir le tissu sous sa peau, pour parer à toute éventualité.

Il se détourna, incapable de supporter l'idée. Il avait terriblement peur que le bonheur puisse être une habitude, ou un trait inhérent à la personnalité, ou bien encore quelque chose que l'on apprend enfant, une sorte de langue, plus difficile que le latin ou le grec, qu'il faudrait savoir maîtriser dès l'âge de sept ans. Mais, dans le cas où cette maîtrise nous échappe, que se passe-t-il ? Si l'on est, d'une manière ou d'une autre, un handicapé du bonheur, un sourd et muet du bonheur ? L'idée lui vint qu'il y a des gens honteux de leur analphabétisme qui disent toujours savoir lire aux autres. Tôt ou tard, pourtant, on finit par découvrir la vérité. Mais il n'est pas impossible que, pendant qu'ils s'efforcent de donner le change, les principes de la lecture les frappent vraiment pour la première fois, et que, du même coup, ils soient sauvés. Par analogie, il n'est pas impossible que, pendant que l'impotent du bonheur que vous êtes est occupé à essayer d'employer quelques expressions de base – le genre de celles que l'on trouve habituellement dans les guides de conversation à usage des voyageurs –, la grammaire et la syntaxe de cette langue se révèlent à vous, quelque part au fond de votre esprit. Tout cela est bel et bon, songea-t-il, mais le processus pourrait prendre des années. Il comprenait tout à fait le problème de Lucile : comment savoir si l'on vivra assez longtemps pour parler la langue couramment ?

L'Ami du peuple n° 497, J.-P. Marat, rédacteur :

[…] de nommer à l'instant un tribun militaire, un dictateur suprême […] Vous êtes perdus, sans ressource, si vous prêtez l'oreille à vos chefs actuels, qui ne cesseront de vous cajoler et de vous endormir, jusqu'à l'arrivée des ennemis devant vos murs. […] Voici le moment de faire tomber la tête […] de Mottié […], de Bailly […], de tous les traîtres de l'Assemblée nationale. […] Dans quelques jours, Louis XVI […] s'avancera […] à la tête de […] tous les mécontents et des légions autrichiennes […]. Cent bouches à feu menaceront d'abattre votre ville à boulets rouges, si vous faites la moindre résistance. […] tout ce qu'il y a parmi vous de chauds patriotes seront arrêtés, les écrivains populaires seront traînés dans les cachots. Encore quelques jours d'indécision, et il ne sera plus temps de sortir de votre léthargie : la mort vous surprendra dans les bras du sommeil.

Danton chez Mirabeau.

« Alors, où en est-on ? » demanda le comte.

Danton se contenta d'un haussement d'épaules.

« Non, non, je veux vraiment savoir, dit Mirabeau en riant. Êtes-vous complètement cynique, Danton, ou bien nourrissez-vous quelques coupables idéaux ? Vous vous situez où, exactement ? Allez, j'ai soudain grande envie de savoir. Quel roi devrions-nous avoir, Louis ou Philippe ? »

Danton refusa de répondre.

« À moins que ce ne soit ni l'un ni l'autre. Seriez-vous républicain, Danton ?

— Robespierre dit que ce n'est pas l'étiquette d'un gouvernement qui compte, mais sa nature, la manière dont il fonctionne, si c'est un gouvernement par le peuple. La république de Cromwell, par exemple, n'était pas un gouvernement du peuple. Je suis d'accord avec lui. Peu importe, à mon sens, que nous l'appelions monarchie ou république.

— Vous dites que c'est sa nature qui compte, sans préciser celle que vous préféreriez.

— Ma réticence vient d'une mûre réflexion.

— Je n'en doute pas. Les slogans peuvent cacher beaucoup de choses. *Liberté, Égalité, Fraternité*, sans doute, mais encore ?

— Je souscris entièrement à celui-là.

— J'ai cru comprendre que c'était vous qui en étiez l'auteur. Mais "liberté" implique... quoi, au juste ?

— Faut-il que je vous définisse le mot ? Vous devez bien savoir ce qu'il contient.

— Oui, mais ça reste sentimental, dit Mirabeau.

— Le sentiment a sa place en politique, tout autant que dans la chambre à coucher.

— Nous parlerons chambres à coucher plus tard, dit le comte en levant les yeux. Venons-en, si vous le voulez bien, aux questions pratiques. Le gouvernement de la Commune va être remanié, il y aura des élections. La fonction juste en dessous de celle de maire sera celle d'administrateur. Il y aura seize administrateurs. Et vous souhaitez être l'un d'eux, dites-vous. Pour quelle raison, Danton ?

— Je désire servir la ville.

— Je n'en doute pas. Je suis moi-même assuré d'une place. Parmi vos collègues, vous pouvez espérer voir aussi à ce poste Sieyès et Talleyrand. Je déduis à l'expression de votre visage que vous estimez avoir affaire là à une compagnie de temporisateurs au sein de laquelle vous vous sentirez tout à fait à l'aise. En tout cas, si je dois vous apporter mon soutien, je dois avoir l'assurance que vous ferez preuve de modération.

— Vous l'avez.

— J'ai bien dit "modération", n'est-ce pas ? Vous m'avez compris ?

— Oui.

— Pleinement ?

— Oui.

— Ah, Danton, je vous connais. Vous êtes comme moi. Pourquoi croyez-vous qu'on vous appelle le

532

Mirabeau du pauvre ? Vous n'avez pas une once de modération en vous.

— Je pense que notre ressemblance doit être superficielle.

— Vous-même, vous vous considérez comme un modéré ?

— Je ne sais pas. Pourquoi pas ? Il n'y a pratiquement rien d'impossible.

— Il se peut que vous recherchiez la conciliation, mais c'est contre votre nature. On ne travaille pas *avec* les autres, mais toujours *au-dessus* d'eux. »

Danton opina du chef. Il concédait ce point. « Je les mène où je veux, dit-il. Ce qui pourrait être aussi bien sur le chemin de la modération que sur celui des extrêmes.

— Certes, mais le problème, c'est que la modération a des allures de faiblesse, non ? Eh oui, je ne le sais que trop, Danton, pour avoir moi-même peiné sur ce chemin-là. À propos d'extrémisme, je n'apprécie que moyennement les attaques dont je suis l'objet de la part de vos journalistes des Cordeliers.

— La presse est libre. Je ne dicte pas aux journalistes de ma section ce qu'ils ont à dire.

— Pas même à celui qui habite tout près de chez vous ? Je croyais pourtant que si.

— Camille doit toujours avoir un temps d'avance sur l'opinion publique.

— Je me souviens de l'époque, dit Mirabeau, où l'opinion publique n'existait pas. Personne n'avait même jamais entendu l'expression. » Il se frotta le menton, absorbé dans ses pensées. « Très bien, Danton, vous pouvez vous considérer comme élu. Mais je vous tiens pour lié par votre promesse de modération et je compte sur votre soutien. Et maintenant… passons aux potins. Parlez-moi un peu de ce mariage. »

Lucile contempla le tapis. C'était un beau tapis, et, tout bien considéré, elle ne regrettait pas l'argent qu'il lui avait coûté. Elle n'avait pas autrement envie d'en étudier le dessin en ce moment, mais elle ne voulait pas se risquer à laisser voir l'expression qu'elle devait avoir au visage.

« Caro, dit-elle, je ne vois vraiment pas pourquoi vous me dites tout cela. »

Caroline Rémy mit les pieds sur la *chaise longue** bleue. C'était une belle jeune femme, une actrice de la compagnie du Théâtre Montansier. Elle avait deux aventures, l'une avec Fabre d'Églantine, l'autre avec Hérault de Séchelles.

« Pour vous éviter d'avoir à l'apprendre de personnes malveillantes. Qui prendraient plaisir à vous mettre dans l'embarras et à se moquer de votre *naïveté**, dit Caroline, en penchant la tête de côté et en enroulant une boucle autour de son doigt. Voyons un peu… quel âge avez-vous, Lucile, à présent ?

— Vingt et un ans.

— Mon Dieu, mon Dieu ! s'exclama Caroline. Vingt et un ans ! » Elle ne devait pas avoir beaucoup plus elle-même, songea Lucile. Mais elle avait, sans grande surprise, l'air d'avoir déjà beaucoup servi. « Je crains fort, ma chérie, que vous ne sachiez rien du monde.

— Non, en effet. Les gens n'arrêtent pas de me le dire depuis quelque temps. Je suppose qu'ils ont raison. » (Capitulation coupable. Camille, la semaine précédente, tandis qu'il essayait de l'éduquer :

« Lolotte, rien ne devient vrai par la seule vertu de la répétition. » Mais comment rester polie face à une insistance aussi généralisée ?)

« Je suis surprise que votre mère n'ait pas jugé bon de vous avertir, dit Caro. Je suis sûre qu'elle sait tout ce qu'il y a à savoir sur Camille. Mais si j'avais trouvé le courage – et croyez bien que je m'en veux encore aujourd'hui – de venir vous voir avant Noël, et de vous parler, par exemple, de maître Perrin, quelle aurait été votre réaction ?

— Mais, Caro, j'aurais été fascinée », dit Lucile en levant la tête.

Ce n'était pas la réponse à laquelle Caro s'attendait. « Vous êtes une fille vraiment bizarre, dit-elle, l'expression de son visage laissant clairement entendre que la bizarrerie ne paie pas. Voyez-vous, il faudrait vous préparer à ce qui vous attend.

— J'essaie de l'imaginer », dit Lucile. Elle aurait voulu que la porte s'ouvrît brutalement, livrant passage à un des assistants de Camille qui aurait commencé à la bombarder de questions et à fouiller partout à la recherche d'un papier égaré. Mais la maison était fort calme pour une fois : seule se faisait entendre la voix posée de Caro, avec ses trémolos de tragédienne, ses accents un peu rauques.

« L'infidélité, ça se supporte, dit Caro. Dans les cercles que nous fréquentons, c'est une chose admise. » Elle eut un geste de la main, ses doigts élégants déployés en éventail, pour indiquer la correction louable, tant sur le plan esthétique que social, d'un petit adultère bien pensé. « On finit par trouver un *modus vivendi*. Je ne me fais guère de souci à votre sujet : vous saurez vous divertir. Les autres femmes, on peut s'en arranger, à condition qu'elles ne fassent pas partie de vos proches...

— Une minute, s'il vous plaît. Que voulez-vous dire ?

— Camille est un homme séduisant, dit Caro, ouvrant des yeux ronds. Je sais de quoi je parle.

— L'information est tout à fait superflue, marmonna Lucile. Je me passerais volontiers de voir confirmée l'hypothèse que vous ayez couché avec lui.

— Considérez-moi comme une amie, je vous en prie », proposa Caro. Elle se mordit la lèvre. Elle avait au moins découvert que Lucile n'était pas enceinte. Quelle que pût être la raison qui avait précipité le mariage, ce n'était pas celle-là. Ce devait être quelque chose d'encore plus intéressant, si seulement elle parvenait à le deviner. Elle tapota ses boucles pour les remettre en place et se laissa glisser de la *chaise longue**. « Il faut que j'y aille. Répétition. »

Je ne pense pas que tu aies besoin de répétition, dit Lucile en aparté. Tu es parfaite telle quelle.

Une fois Caroline partie, Lucile s'appuya contre le dossier de son fauteuil et, respirant profondément à plusieurs reprises, tenta de se calmer. La gouvernante, Jeannette, entra et la regarda un moment. « Si je vous faisais une petite omelette ? proposa-t-elle.

— Laissez-moi tranquille, dit Lucile. Je ne comprends pas comment vous pouvez penser que manger constitue une solution à tous les problèmes.

— Je peux aller faire un saut chez votre mère et la ramener.

— Je crois pouvoir me passer de ma mère à mon âge. »

Elle accepta un verre d'eau glacée. Qui lui fit mal à la main tant il était froid et lui gela les intérieurs. Camille rentra vers cinq heures et quart et se précipita sur l'encre et la plume. « Il faut que j'aille aux Jacobins », dit-il. Ce qui signifiait qu'il repartait à six heures. Elle se tint debout au-dessus de lui, le regardant noircir la page des boucles brouillonnes de son écriture. « On n'aura même pas le temps de corriger… dit-il sans s'arrêter de griffonner. Lolotte… qu'est-ce qui ne va pas ? »

Elle s'assit et eut un rire timide : tout allait bien.

« Tu es une menteuse terrible, dit-il, biffant des lignes entières. Pitoyable, je veux dire, tant tu mens mal.

— Caroline Rémy est venue me voir.

— Ah, fit-il, une expression légèrement méprisante passant sur son visage.

— J'aimerais te poser une question. Je comprendrais que tu la trouves embarrassante.

— Pose toujours, dit-il sans lever les yeux.

— As-tu eu une aventure avec elle ? »

Il regarda la feuille, le sourcil froncé. « C'est une question bizarre. » Il soupira et écrivit quelque chose dans la marge. « J'ai eu une aventure avec pratiquement tout le monde, tu devrais être au courant depuis le temps.

— J'aimerais quand même le savoir.

— Pourquoi ?

— Pourquoi quoi ?

— Pourquoi aimerais-tu le savoir ?

— Je n'en sais trop rien, pour tout dire. »

Il déchira la feuille en deux et en prit aussitôt une autre. « Ce n'est pas là la plus intelligente des conversations, sais-tu. » Il écrivit pendant une minute en silence. « T'a-t-elle dit que c'était le cas ?

— Pas explicitement.

— Alors, qu'est-ce qui t'en a donné l'idée ? » Il chercha un synonyme au plafond et, quand il rejeta la tête en arrière, la lumière rougeoyante et sans éclat de l'hiver éclaira ses cheveux.

« Elle l'a sous-entendu.

— Tu l'as peut-être mal comprise.

— Cela t'ennuierait-il alors de démentir, tout simplement ?

— Il est probable que j'aie, à un moment ou à un autre, passé une nuit avec elle, mais je n'en garde pas un souvenir bien clair. » Il avait enfin trouvé le mot qu'il cherchait et il s'empara d'une autre feuille de papier.

« Comment peux-tu ne pas en avoir un souvenir clair ? Ce genre de chose, on ne peut pas tout bonnement ne plus s'en souvenir.

— Et pourquoi pas ? Contrairement à toi, tout le monde n'est pas convaincu qu'il s'agit là de la plus haute des activités humaines.

— Je suppose que ne pas se rappeler est l'ultime affront.

— Sans doute. As-tu vu le dernier numéro de Brissot ?

— Il est juste là. Tu as posé ta feuille dessus.

— Ah, oui.

— Tu veux dire que tu ne te rappelles vraiment pas ?

— Je suis très distrait, tout le monde te le dira. Ce n'était pas forcément une nuit avec elle. Un après-midi, tout aussi bien. Voire quelques minutes, ou rien du tout. J'ai même pu croire que c'était une autre. J'aurais pu avoir la tête ailleurs. »

Elle éclata de rire.

« Je ne suis pas sûr que cela devrait t'amuser. Tu devrais peut-être te montrer choquée.

— Elle te trouve très séduisant.

— Quelle nouvelle réconfortante ! J'étais dévoré d'angoisse à l'idée que ce puisse ne pas être le cas. Bon sang, il manque la page que je voulais. J'ai dû la jeter au feu dans un accès de rage. Mirabeau traite Brissot de singe littéraire. Je ne vois pas exactement ce qu'il entend par là, mais j'imagine qu'il trouve l'expression très insultante.

— Caroline a aussi fait allusion à un avocat que tu aurais connu dans le temps.

— Lequel parmi les cinq cents que j'ai dû approcher ? »

Mais il était sur la défensive, à présent. Elle ne répondit pas. Il essuya soigneusement sa plume avant de la reposer. Il lui glissa un regard de biais, circonspect. Esquissa un sourire furtif.

« Par pitié, ne me regarde pas ainsi, dit-elle. On dirait que tu vas me dire que tu as passé d'excellents moments avec lui. Les gens sont au courant ?

— Certains, manifestement.

— Ma mère aussi ? »

Pas de réponse.

« Et pourquoi je ne le suis pas, moi ?

— Je n'en sais rien. Peut-être parce que tu n'avais guère plus de dix ans à l'époque. Nous ne nous connaissions pas encore. Je ne vois pas comment les gens auraient pu aborder pareil sujet.

— Ah. Elle ne m'a pas dit que cela datait de si longtemps.

— Non, je suis sûr qu'elle ne t'a dit que ce qui l'arrangeait. Lolotte, est-ce vraiment si important ?

— Pas vraiment. Je suppose qu'il était gentil.

— Oui, en effet. » Quel soulagement de pouvoir le dire ! « Il était d'une très grande gentillesse avec moi. Et puis, tout compte fait, eh bien… ça ne me coûtait pas grand-chose. »

Elle le regarda avec de grands yeux. Il est vraiment unique, songea-t-elle. « Mais aujourd'hui… dit-elle, sentant soudain qu'elle avait compris l'essence du phénomène, tu es un personnage public. Tout ce que tu fais a de l'importance aux yeux des gens.

— Et aujourd'hui, je suis ton mari. Et personne n'aura jamais rien à me reprocher, sinon de trop aimer ma femme et de ne plus fournir aucun pré-texte aux commérages. » Camille repoussa sa chaise. « Les Jacobins attendront. Je ne crois pas avoir envie d'écouter des discours ce soir. Je préférerais écrire une critique de théâtre. Qu'en dis-tu ? J'aime t'emmener au théâtre. J'aime être vu avec toi. Je fais des envieux. Sais-tu ce que j'apprécie par-dessus tout ? J'aime voir les gens te regarder, s'imaginer des choses et dire : Elle est mariée ? – Oui ; et leur visage se ferme, mais bientôt ils se disent : Ma foi, malgré tout, pourquoi pas ? Puis ils demandent : À qui ? Et quand on leur dit : Au procureur général de la Lanterne, ils s'excla-ment : Oh là là, avant de s'éloigner, l'œil vitreux. »

Elle partit s'habiller pour le théâtre en toute hâte. En repensant à leur conversation, elle ne put s'empêcher d'admirer la façon qu'il avait eue de la détourner.

Un petit bout de femme – l'épouse de Roland – sortit du Manège au bras de Pétion. « Paris a beaucoup changé depuis ma dernière visite, il y a six ans de cela, dit-elle. Une visite que je n'oublierai jamais. Tous les soirs au théâtre. Je ne me suis jamais autant divertie de ma vie.

— Espérons que nous ferons aussi bien cette fois-ci, dit Pétion avec une galanterie appuyée. Et pourtant, vous êtes parisienne, à ce que m'a dit mon ami Brissot ? »

Tu en fais trop côté charme, Jérôme, jugea l'ami Brissot.

« Oui, mais les affaires de mon mari nous ont retenus si longtemps en province que je ne peux plus guère prétendre à ce titre. J'ai si souvent voulu revenir dans la capitale – et voilà que j'y suis enfin, grâce aux affaires de la municipalité de Lyon. »

Brissot pensa : Elle parle comme un personnage de roman.

« Je suis sûr que votre mari est un représentant pétri de qualités, dit Pétion, mais laissez-nous nous bercer du secret espoir qu'il ne conclura pas trop vite ses affaires lyonnaises. C'est la mort dans l'âme que nous nous verrions privés, trop tôt, de la manne de vos conseils – et de l'éclat rayonnant de votre personne. »

Elle leva les yeux vers lui et sourit. C'était le genre de femme qu'il aimait : petite, plutôt potelée, yeux noisette, anglaises auburn encadrant un visage ovale… une tenue un petit peu trop jeune pour elle, peut-être ? Quel âge pouvait-elle avoir ? Trente-cinq ans ? Ah, enfouir son visage dans cette opulente poitrine… Pas maintenant, bien sûr, mais quand l'occasion se présenterait.

« Brissot m'a souvent parlé de son correspondant lyonnais, dit-il, de sa "Dame romaine", et j'ai évidemment lu tous les articles de ladite dame, admirant tout à la fois l'élégance de ses tournures de phrases et la noblesse de la pensée qui les inspire ; mais jamais, je l'avoue, je ne me serais attendu à une si parfaite alliance de la beauté et de l'esprit. »

Une légère raideur dans son sourire toujours prêt donna à penser que le compliment était un peu outré. Brissot roulait des yeux blancs sans se cacher. « Alors, qu'avez-vous pensé de l'Assemblée constituante, madame ? lui demanda-t-il.

— Je dirais que, si elle a eu une utilité, elle n'en a plus, et c'est le jugement le moins sévère que l'on puisse prononcer à son encontre. Sans compter la pagaille qui règne en ce lieu ! Les choses se passent-elles toujours comme aujourd'hui ?

— Ma foi, oui, j'en ai peur.

— Quel gaspillage de temps ! On croirait des écoliers en train de se bagarrer pendant la récréation. J'espérais trouver des manières et des débats plus élevés.

— Les Jacobins ont dû vous plaire davantage, non ? On y est plus mesuré.

— Du moins ont-ils l'air de se sentir concernés par la question à débattre. Je suis sûre qu'il y a de vrais patriotes dans l'Assemblée, mais je suis consternée de voir que les adultes qu'ils sont soient prêts à se laisser duper aussi facilement. » La conclusion de ce constat se lisait déjà dans son regard assombri. « Je crains que d'aucuns, d'ores et déjà vendus à la Cour, le fassent de leur plein gré. Sinon, nos progrès ne seraient pas aussi lents. Ne comprennent-ils pas, ces gens-là, que, s'il doit y avoir une quelconque liberté en Europe, il nous faut nous débarrasser de tous les monarques ? »

Danton passait par là, vaquant aux affaires de la ville ; il se retourna, leva un sourcil, puis son chapeau ; avant de poursuivre son chemin après un laconique :
« Bonjour, madame la révolutionnaire, messieurs.

— Dieu du ciel ! Qui était-ce ?

— C'était M. Danton, répondit Pétion, d'un ton mielleux. Une des curiosités de la capitale.

— Une curiosité, en effet. » À contrecœur, elle détacha les yeux du dos de Danton qui s'éloignait. « D'où lui viennent toutes ces cicatrices ?

— Tout le monde préfère ne pas se poser la question, dit Brissot.

— Il a tout l'air d'une brute !

— C'est pourtant un homme cultivé, dit Pétion avec un sourire. Avocat de profession et, de surcroît, ardent patriote. Un des administrateurs de la ville, pour tout dire. Son apparence donne de lui une fausse impression.

— C'est à souhaiter, en effet.

— Et qui madame a-t-elle vu aux Jacobins ? s'enquit Brissot. Lesquels de nos amis a-t-elle rencontrés ?

— Le marquis de Condorcet – mille excuses, je ne devrais pas dire "marquis" –, rétorqua Pétion, et le député Buzot. Ah, madame, vous rappelez-vous ce petit homme aux Jacobins qui vous inspira d'emblée une si vive antipathie ? »

Quelle impolitesse, songea Brissot : je suis moi-même un petit homme, ce qui vaut toujours mieux que le gros lard que tu es en train de devenir.

« Cet homme vaniteux et sarcastique qui regardait tout le monde à travers un lorgnon ?

— Oui. C'est Fabre d'Églantine, un grand ami de Danton.

— Quel curieux couple ils doivent former. Ah, voici enfin mon mari », dit-elle après s'être retournée. Elle fit les présentations. Pétion et Brissot eurent du mal à cacher l'effarement que provoqua chez eux la vue de M. Roland, son crâne chauve, son visage grave à la peau jaune et flétrie, sa haute silhouette maigre et desséchée. Il aurait pu tout aussi bien être son père, se dirent-ils tous les deux, en échangeant un regard à cet effet.

« Eh bien, ma chère, dit Roland, j'espère que vous vous êtes divertie ?

— J'ai préparé les résumés que vous m'aviez demandés. Tous les chiffres ont été vérifiés, et je vous soumets plusieurs propositions pour votre déposition à l'Assemblée. À vous de me dire laquelle a vos préférences, je lui donnerai alors sa forme définitive. Tout est en ordre.

— Ma petite secrétaire, dit-il en prenant sa main et en la baisant. Rendez-vous compte, messieurs, de la chance que j'ai. Sans elle je serais perdu.

— Peut-être aimeriez-vous, madame, tenir un salon ? dit Brissot. Je vous en prie, ne rougissez pas, vous avez toutes les qualités pour ce faire. Nous qui débattons des grandes questions du jour aurions besoin de le faire sous l'égide d'une gracieuse présence féminine. (Quel trou du cul pompeux, pensa Pétion.) Et, dans le but d'égayer un peu l'atmosphère, d'accueillir peut-être quelques représentants du monde des arts et des lettres ?

— Non, non, intervint Brissot, surpris lui-même par la fermeté de son ton. Pas d'artistes, ni de poètes, ni d'acteurs – pas en tant que tels. Nous devons faire la preuve du sérieux de notre entreprise. Ces gens-là ne seraient admis qu'à condition d'être aussi des patriotes.

— Ah, Brissot, toujours aussi pénétrant, dit Pétion. (Pénétrant, ce n'est pas l'envie qui te manquerait de l'être, pensa Brissot.) Vous pourriez songer au député Buzot, madame… Il vous a plu, n'est-ce pas ?

— Oui, en effet. Il m'a fait l'impression d'un jeune homme d'une grande intégrité, d'un patriote convaincu. Il a une belle force morale. »

(Sans compter un visage de beau ténébreux, songea Pétion, qui n'est sans doute pas étranger à son charme. Dieu vienne en aide à cette pauvre Mme Buzot, si quelconque, si cette petite créature résolue s'avise d'enfoncer ses griffes dans François Léonard.)

« Et que diriez-vous de Louvet ?

— J'aurais quelques réserves à son sujet. N'est-il pas l'auteur d'un livre indécent ? » Pétion la regarda d'un air apitoyé. « Vous vous moquez de moi, reprit-elle, parce que je ne suis qu'une petite provinciale. Mais on a des principes.

— Bien sûr. Mais *Faublas* était en réalité un livre bien inoffensif. » Il eut un sourire involontaire, comme la plupart des gens quand ils essayaient d'imaginer un Jean-Baptiste au teint blafard en train d'écrire un ouvrage scabreux. Tout y était autobiographique, disait-on.

« Et que penseriez-vous de Robespierre ? persista Brissot.

— Oui, amenez donc Robespierre. Il m'intéresse,

cet homme. Si réservé. J'aimerais beaucoup le faire sortir de sa coquille. »

Qui sait ? songea Pétion, tu seras peut-être celle qui aura finalement ce privilège. « Robespierre est un homme très occupé, dit-il. Il n'a pas de temps à consacrer à une vie sociale.

— Mais mon salon n'aura rien à voir avec une quelconque vie sociale, le corrigea-t-elle d'une voix suave. Ce sera une tribune où l'on débattra sérieusement des problèmes auxquels sont confrontés les patriotes et les républicains. »

Je voudrais bien qu'elle ne parle pas autant de république, pensa Brissot. C'est une question qu'il convient d'aborder sur la pointe des pieds. Tiens, je vais lui donner une petite leçon. « Si vous voulez des républicains, je vous amènerai Camille.

— Qui est-ce donc ?

— Camille Desmoulins… Personne ne vous l'a donc montré aux Jacobins ?

— Sombre, cheveux longs, l'air boudeur, dit Pétion. Léger bégaiement… Mais non, il ne s'est pas exprimé, si ? ajouta-t-il à l'adresse de Brissot. Il était assis à côté de Fabre, à chuchoter.

— Copains comme cochons, ces deux-là, reprit Brissot. De grands patriotes, bien sûr, mais pas ce que l'on appellerait des modèles de vertu. Camille n'est marié que depuis quelques semaines et déjà…

— Messieurs, messieurs, intervint Roland, de tels propos sont-ils faits pour les oreilles de mon épouse ? » Celui-là, ils l'avaient oublié – si falot, si terne à côté de sa joyeuse et pétulante femme. Il se tourna vers elle. « M. Desmoulins, ma chère, est un jeune journaliste à l'intelligence certaine et au comportement scandaleux que l'on appelle parfois le procureur général de la Lanterne. »

Légère rougeur à nouveau sur la peau douce et fraîche, et ce sourire, capable de disparaître à une vitesse incroyable pour laisser place à une bouche dure et décidée. « Je ne vois pas l'utilité de faire sa connaissance.

— Mais il est au nombre des personnalités qu'il faut connaître, voyez-vous.

— En quoi cela concerne-t-il notre affaire ?

— Après tout, dit Pétion, on a des principes. »

Brissot eut un petit rire. « Je vois que madame ne trouve pas grand-chose à son goût dans la clique de Danton.

— Elle n'est pas la seule, dit Pétion, parlant maintenant à l'intention de Roland. Danton a des qualités, mais il y a chez lui un manque évident de scrupules – il dépense sans compter, et, bien entendu, les gens se demandent d'où vient tout cet argent. Les antécédents de Fabre sont on ne peut plus douteux. Quant à Camille... ma foi, il est intelligent, je vous l'accorde, et populaire, mais il n'ira pas loin.

— Je suggère, poursuivit Brissot, que madame ouvre son appartement aux patriotes entre la fin de la séance à l'Assemblée – aux environs de quatre heures de l'après-midi en temps normal – et la réunion du club des Jacobins à six heures. (Et un peu plus tard, songea Pétion, ce sont ses jambes qu'elle leur ouvrira.) Un va-et-vient continu de personnes ne manquera pas de piquant.

— Et d'utilité, ajouta-t-elle.

— Je crois, messieurs, dit Roland, que vous ne pourrez que vous féliciter de cette initiative. Comme vous le voyez, mon épouse est une femme cultivée et sensible. » Il abaissa les yeux sur elle, au comble de la satisfaction, la regardant comme il l'eût fait d'une toute petite fille s'essayant à ses premiers pas.

Le visage de la petite fille brillait d'excitation. « Être ici, enfin, dit-elle. Pendant des années, j'ai étudié, observé, fulminé, et argumenté – avec moi-même, bien entendu ; j'ai attendu, espéré, si j'avais eu la foi, j'aurais prié ; je n'avais qu'une idée en tête : que la France devienne une république. Me voici enfin ici, à Paris, et mon souhait va se réaliser. » Elle sourit aux trois hommes, découvrant d'impeccables dents blanches dont elle était très fière. « Et très bientôt. »

Danton vit Mirabeau à l'Hôtel de Ville. Il était trois heures, un après-midi de la fin du mois de mars. Le comte, appuyé contre un mur, la bouche légèrement entrouverte, donnait l'impression de récupérer après un effort. Danton s'arrêta et lui qui n'était pourtant pas du genre à remarquer ce genre de chose constata qu'il avait beaucoup changé depuis leur dernière rencontre. « Mirabeau...

— Il ne faut plus m'appeler ainsi, dit le comte avec un sourire accablé. Mon nom désormais est Riqueti. Les titres de noblesse ont été abolis par l'Assemblée. A voté pour le décret Marie Joseph Paul Yves Roch Gilbert du Motier, *ci-devant** marquis de La Fayette, et contre, l'abbé Maury, un fils de cordonnier.

— Vous vous sentez bien ?

— Oui, dit Mirabeau. Non. À dire le vrai, non, Danton, je suis malade. J'ai une douleur... ici, et ma vue baisse.

— Vous avez vu un médecin ?

— Oh, plusieurs. Ils parlent de mon tempérament colérique et me prescrivent des compresses. Savez-vous à quoi je pense, Danton, ces temps-ci ? demanda-t-il, l'agitation se lisant sur son visage.

— Vous devriez vous reposer, ou tout du moins vous trouver une chaise. » Danton s'était entendu parler, inconsciemment, comme s'il s'adressait à un enfant ou à un vieillard.

« Je n'ai pas besoin de chaise, écoutez-moi plutôt, dit-il en posant une main sur le bras de son interlocuteur. Je pense à la mort du vieux roi. Quand il est décédé, me dit-on, poursuivit-il en se passant l'autre main sur le visage, on ne trouva personne pour envelopper le corps dans son linceul. La puanteur était atroce, et le spectacle une horreur – aucun membre de la famille n'osa s'exposer à la contagion, et les serviteurs refusèrent tout net. Pour finir, on fit venir quelques pauvres diables et on les paya une somme dérisoire pour mettre le cadavre dans le cercueil. Voilà comment finit un roi. On dit que l'un des journaliers en est mort. Je ne sais si c'est vrai. Quand on conduisit le cercueil à la crypte, les gens, au bord de la route, crachèrent et hurlèrent des obscénités. "Place au Plaisir de Madame !" » Il leva un visage outré vers Danton. « Bon Dieu, dire qu'ils se croient invulnérables. Parce qu'ils règnent par la grâce de Dieu, ils croient avoir Dieu dans leur poche. Ils dédaignent mes conseils, des conseils honnêtes, avisés, bien intentionnés ; je ne cherche qu'à les sauver, et je suis le seul à pouvoir le faire. Ils ont perdu toute notion du sens commun, et d'appartenance à une commune humanité. » Mirabeau avait soudain l'air d'un vieillard ; son visage grêlé s'était empourpré sous l'effet de l'agitation mais, sous le rouge, il était couleur de glaise. « Et je suis mortellement las. J'ai épuisé le temps qui m'était imparti. Danton, si je croyais à l'existence de poisons à l'action lente, je dirais que quelqu'un m'a empoisonné, parce que j'ai l'impression de mourir à petit feu. » Il cligna les paupières. Il avait une larme au coin de l'œil. Il parut se secouer comme un gros chien. « Transmettez mon bon souvenir à votre chère épouse. Et à ce pauvre petit Camille. Travaille, s'exhorta-t-il. Retourne à ton travail. »

Le 27 mars, le *ci-devant** comte de Mirabeau s'affaissa, pris de grandes douleurs, et fut transporté chez lui, rue de la Chaussée-d'Antin. Il mourut sans avoir repris connaissance, le 2 avril, à huit heures trente du matin.

Ces derniers temps, Camille s'était réfugié sur la *chaise longue** bleue, derrière un rempart de livres, ses longues jambes repliées sous lui comme pour se désolidariser des choix de Lucile en matière de tapis. Dans la lumière déclinante de cette fin d'après-midi, la rue était pratiquement déserte. Les magasins étaient restés fermés, en signe de deuil. Les funérailles avaient lieu le soir même, à la lueur des flambeaux.

Il s'était rendu chez Mirabeau. Il souffre beaucoup, lui avait-on dit, il est dans l'incapacité de vous voir. Camille avait supplié : Je vous en prie, juste un moment, s'il vous plaît. Signez le livre des visiteurs, lui avait-on dit. Là, à côté de l'entrée.

Puis un Genevois, en passant, lui avait confié, trop tard : « Mirabeau vous a réclamé, dans les derniers instants. Mais force nous a été de lui dire que vous n'étiez pas là. »

La Cour s'était enquise de ses nouvelles deux fois par jour alors que, tout récemment, quand Mirabeau aurait été en mesure de les aider, ils n'avaient jamais pris la peine de le faire. Tout est oublié à présent : la méfiance, les dérobades, l'orgueil, le culte du moi d'un homme avide de disposer de l'avenir de la nation et fouillant sans relâche les circonstances comme quelqu'un qui chercherait un billet à ordre dans une liasse graisseuse. On arrête dans la rue des gens que l'on ne connaît point, le temps de s'apitoyer sur un sort commun et d'exprimer sa crainte des lendemains.

Sur le bureau de Camille, une feuille gribouil-lée sur toute sa surface, presque illisible. Danton la ramassa. « "Mais oui, allez-y, idiots que vous êtes, et prosternez-vous devant la tombe de ce dieu…" Qu'est-ce que ça dit après ?

— "Ce dieu des menteurs et des voleurs." »

Danton reposa la feuille, effaré. « Tu ne peux pas écrire une chose pareille. Tous les journaux du pays se livrent à un incroyable panégyrique. Barnave, pourtant un de ses plus farouches adversaires, vient de prononcer son éloge aux Jacobins. Ce soir, la Commune et l'Assemblée au grand complet seront dans le cortège funèbre. Ses ennemis les plus inflexibles le couvrent de louanges. Camille, si tu publies cela, tu vas te faire écharper lors de ta prochaine apparition publique. Au sens littéral de l'expression, j'entends.

— J'écris ce qui me plaît, répondit-il d'un ton sans réplique. Chacun est libre de ses opinions. Si le reste du monde est fait d'hypocrites et de gens aveuglés, ce n'est pas une raison pour… Suis-je obligé de changer d'opinion maintenant que l'homme est mort ?

— Nom de Dieu ! » s'exclama Danton, l'air stupéfait, avant de tourner les talons.

Il faisait à présent presque nuit. Lucile était rue de Condé. Dix minutes s'écoulèrent ; Camille restait assis dans la pièce sans lumière. Jeannette passa la tête par la porte. « Vous ne voulez parler à personne ?

— Non.

— Il n'y a que le député Robespierre qui se soit présenté.

— Robespierre, oui, je veux bien lui parler. »

Il entendit de l'autre côté de la porte la voix pleine de tact de la femme du peuple qu'était Jeannette. Je n'arrête pas de tomber sur des mères, songea-t-il, des mères et des amis.

Robespierre avait l'air hagard et mal à l'aise, sa peau claire avait pris une teinte cireuse. D'un geste incertain, il tira à lui une chaise au dossier dur et s'assit en face de Camille. « Tu ne dors pas ? lui demanda Camille.

— Pas très bien, ces dernières nuits. Je fais toujours le même cauchemar, et, quand je me réveille, j'ai du mal à respirer », dit-il en posant une main hésitante sur sa cage thoracique. Il redoutait l'été qui s'annonçait, l'encerclement suffocant des murs, des bâtiments publics et des rues. « Je regrette de ne pas avoir meilleure santé. Mes journées, ces temps-ci, mettent comme jamais mes forces à l'épreuve.

— Veux-tu que nous ouvrions une bouteille pour porter un toast au mort glorieux ?

— Non merci. Je bois trop en ce moment, dit-il

sur un ton d'excuse. Il faut que je me surveille, au moins l'après-midi.

— Je n'appelle pas ça l'après-midi, dit Camille. Max, dis-moi, que va-t-il se passer maintenant ?

— La Cour va se mettre à la recherche d'un nouveau conseiller. Et l'Assemblée, d'un nouveau maître. C'était lui leur maître jusqu'ici, et ils ont une nature d'esclave ; c'est du moins ce que dirait Marat. » Robespierre rapprocha sa chaise de quelques centimètres. La complicité était totale ; tous deux avaient compris Mirabeau, et ils avaient été les seuls. « Barnave va se faire de plus en plus pesant. Même s'il n'a rien d'un Mirabeau.

— Tu haïssais Mirabeau, Max.

— Non, dit ce dernier, en relevant promptement les yeux. Je me garde de la haine. Elle brouille le jugement.

— Moi, je n'ai pas de jugement.

— Non, en effet. C'est pourquoi j'essaie de te servir de guide. Tu es capable de juger des événements, mais pas des hommes. Tu étais trop attaché à Mirabeau. C'était dangereux pour toi.

— Oui. Mais je l'aimais bien.

— Je sais. Je reconnais qu'il était généreux à ton égard, qu'il t'a aidé à prendre confiance en toi. Je ne suis pas éloigné de croire que… il aurait aimé être un père pour toi. »

Morbleu, se dit Camille, c'est donc là l'impression que tu avais ? Je crois bien, pour ma part, que mes sentiments n'étaient pas entièrement filiaux. « Les pères peuvent être des créatures trompeuses », dit-il.

Maximilien resta silencieux un moment. « À l'avenir, finit-il par dire, nous devrons nous garder des liens affectifs. Il se peut que nous ayons à nous en libérer… » Il s'interrompit, conscient qu'il venait soudain de dire ce qu'il avait en tête en venant voir son ami. Camille le regarda sans un mot. « Peut-être n'es-tu pas venu pour me parler de Mirabeau, dit-il au bout d'un moment. Peut-être que je me trompe, mais n'aurais-tu pas choisi ce soir pour me dire que tu n'as aucune intention d'épouser Adèle ?

— Je ne veux blesser personne. C'est la vraie raison, en fait. »

Robespierre évita le regard de son interlocuteur. Ils gardèrent un moment le silence. Jeannette entra, leur sourit à tous deux et alluma les lampes. Une fois qu'elle fut sortie, Camille se jeta aux pieds de Maximilien. « Il va falloir trouver mieux que cela, tu sais. » Il était hors de lui.

« C'est difficile à expliquer. Un peu de patience, s'il te plaît.

— Et c'est à moi de le lui annoncer, c'est bien ça ?

— C'est l'espoir que j'avais, en effet. Honnêtement, je ne vois pas comment tourner la chose. Il faut me comprendre, c'est à peine si je la connais.

— Tu savais ce que tu faisais, non ?

— Ne me crie pas dessus, je t'en prie. Il n'y a jamais eu un quelconque entendement. Rien de définitif. Et je ne supporte plus de rester dans ce vague. Plus les choses dureront et pire ce sera. J'ignore même comment toute l'affaire a commencé. Suis-je en situation de me marier ?

— Je ne vois pas le problème.

— C'est que… c'est que je travaille tout le temps. Je travaille parce que c'est mon devoir, à ce qu'il me semble. Je n'aurais pas de temps à consacrer à une famille.

— Mais il te faut bien manger, Max, dormir quelque part, avoir un toit. Même toi, tu ne peux faire autrement que t'accorder une heure de répit de temps à autre. Adèle sait à quoi s'attendre.

— Il y a autre chose, vois-tu. Je risque d'avoir à consentir à certains sacrifices pour le bien de la révolution. J'en serais très heureux, d'ailleurs. C'est ce que je...

— Des sacrifices ? Quel genre ?

— Imagine qu'il soit nécessaire que je meure.

— Mais qu'est-ce que tu racontes ?

— Elle se retrouverait veuve pour la deuxième fois.

— Tu as parlé à Lucile, c'est ça ? Et elle a déjà tout envisagé. L'épidémie de peste bubonique. La voiture qui vous écrase dans la rue. Les Autrichiens qui vous abattent d'une balle, éventualité, je le reconnais, tout à fait vraisemblable. D'accord... un jour tu mourras. Mais si tout le monde partait de tes principes, l'espèce humaine serait condamnée à l'extinction parce que personne ne voudrait plus avoir d'enfants.

— Oui, je sais, dit Maximilien, embarrassé. Il est bien pour toi d'être marié, même si ta vie est en danger. Mais pas pour moi. Ce ne serait pas bien pour moi.

— Les prêtres eux-mêmes se marient à présent. Tu as fait campagne à l'Assemblée pour qu'ils obtiennent ce droit. Tu vas à l'encontre de l'esprit de l'époque.

— Ce que font les prêtres et ce que je fais, moi, sont deux choses bien distinctes. La plupart d'entre eux étaient incapables de respecter le célibat, nous n'avons fait que mettre fin à un abus.

— Parce que tu trouves le célibat confortable ?

— Confortable ou non, la question n'est pas là.

— Et cette fille à Arras… Anaïs, c'est ça ? Tu l'aurais épousée si les choses s'étaient passées différemment ?

— Non.

— Donc, ce n'est pas Adèle qui est en cause.

— Non, en effet.

— Il y a tout simplement que tu ne veux pas te marier.

— C'est exact.

— Mais pas pour les raisons que tu viens de m'exposer.

— N'essaye pas de m'intimider, s'il te plaît. Nous ne sommes pas dans une salle de tribunal. » Il se leva, grandement perturbé. « Tu me crois insensible, mais c'est faux. Je veux tout ce que veulent les gens – mais, pour moi, ça ne marche pas. Je suis incapable de m'engager, sachant – craignant, devrais-je dire – ce que l'avenir risque de me réserver.

— Tu as peur des femmes ?

— Non.

— Réfléchis honnêtement à la question.

— Je m'efforce toujours d'être honnête.

— D'un point de vue purement pratique, dit Camille d'un ton cinglant, la vie va devenir intenable pour toi à partir d'aujourd'hui. Il se peut que cela ne te plaise pas, mais il semble que les femmes te trouvent séduisant. Elles n'hésitent pas à te coincer contre les murs et à jouer de la poitrine à ta seule intention. Un frémissement quasiment sensuel parcourt les galeries du public quand tu fais une intervention. Seule la conviction que tu avais déjà un attachement les a retenues jusqu'ici, mais que va-t-il en être à présent ? Elles vont te poursuivre de leurs assiduités dans tous les lieux publics et t'arracheront tes vêtements. Je ne plaisante pas. »

Robespierre s'était rassis, le visage pétrifié de dégoût et de consternation.

« Et maintenant, persista Camille, donne-moi la vraie raison.

— Tu l'as déjà. Je ne puis m'expliquer davantage. » Une image surgit du fond de sa mémoire, terrifiante : celle d'une femme, la bouche pincée, les cheveux rassemblés et retenus par un bandeau, pendant que, à proximité, crépitait un feu de cheminée, et que bourdonnaient les mouches. Il leva les yeux, désemparé. « Tu comprends ou tu ne comprends pas, c'est tout. Je crois que j'avais quelque chose à te dire… mais tu n'aurais pas dû t'emporter de cette façon parce que je ne m'en souviens plus. Il reste que j'ai besoin de ton aide. »

Camille se laissa tomber dans un fauteuil et contempla le plafond un moment, les bras pendant de part et d'autre des accotoirs. « C'est bon, dit-il doucement. Je me débrouillerai avec ce que j'ai. Mais toi, n'y pense plus. Ce dont tu as peur, c'est que, une fois marié à Adèle, tu commences à l'aimer vraiment. Et si tu as des enfants, tu les aimeras plus que tout au monde, plus que la patrie, plus que la démocratie. Si tes enfants se révèlent en grandissant des traîtres à la cause du peuple, seras-tu capable de demander qu'ils soient mis à mort, comme le faisaient les citoyens romains ? Peut-être, mais peut-être pas. Tu as peur, en aimant les gens, d'être détourné de ton devoir, mais c'est en vertu d'un autre genre d'amour, n'est-ce pas, que ce devoir s'impose à toi. Toute cette histoire est ma faute, en fait, ma faute et celle d'Annette. L'idée nous plaisait, et nous avons agi en conséquence. Toi, tu étais trop poli pour t'opposer à nos manœuvres. Tu n'es même jamais allé jusqu'à l'embrasser. De ta part, rien d'étonnant à cela. Il y a ton travail, je sais. Personne ne fera ce qu'il est de ton destin d'accomplir, et tu en es arrivé au point où tu refuses, autant qu'il est possible, de céder aux faiblesses et aux besoins du reste de l'humanité. Je voudrais… j'aimerais pouvoir t'aider davantage. »

Robespierre scruta son visage à la recherche de quelque trace de malveillance ou de légèreté, mais n'en trouva aucune. « Quand nous étions enfants, dit-il, la vie ne nous a pas particulièrement épargnés, ni l'un ni l'autre, n'est-ce pas ? Mais nous nous sommes épaulés, non ? Les années à Arras, ces années intermédiaires, ont été les pires. Je me sens moins seul aujourd'hui.

— Hem ! » fit Camille, cherchant une formule susceptible de capturer ce que rejetait son instinct. « La révolution est ton épouse, dit-il. Comme l'Église est l'épouse du Christ. »

« Bah ! fit Adèle, il me restera toujours Jérôme Pétion pour lorgner dans mon décolleté et me souffler des fadaises à l'oreille. Écoutez, Camille, je sais à quoi m'en tenir depuis des semaines. Mais j'espère que cela vous apprendra à ne plus comploter à l'avenir. »

Il était stupéfait de voir qu'elle prenait aussi bien la chose. « Allez-vous sortir d'ici et pleurer tout votre soûl ?

— Non, je vais simplement… reconsidérer la situation.

— Les hommes ne manquent pas, Adèle.

— Comme si je ne le savais pas !

— Croyez-vous être capable de le revoir après ça ?

— Mais bien sûr. On peut rester amis, non ? Je suppose que c'est ce qu'il souhaite ?

— Oui, évidemment. Je suis si content. Parce que, dans le cas contraire, les choses seraient difficiles pour moi. »

Elle le regarda d'un air affectueux. « Quel égoïste vous faites, Camille ! »

Danton se mit à rire. « Un eunuque, dit-il. La fille devrait remercier le ciel qu'il n'ait pas poursuivi cette farce plus avant. Ah, j'aurais dû m'en douter.

— Pas besoin de cette jubilation malsaine, dit Camille, l'air sombre. Essaie donc de comprendre.

— Comprendre ? Mais je comprends parfaitement. Rien de plus facile. »

Il alla clabauder au Café des Arts. Il savait de source sûre, dit-il à tout un chacun, que le député Robespierre était impuissant. Il le raconta à ses familiers de l'Hôtel de Ville et à bon nombre des députés de sa connaissance ; il répandit également le bruit auprès des actrices du Théâtre Montansier et de pratiquement tous les membres du club des Cordeliers.

Avril 1791 : le député Robespierre s'opposa à une proposition visant à exiger le statut de propriétaire pour les futurs députés et défendit la liberté d'expression. Mai : il se fit l'avocat de la liberté de la presse, se prononça contre l'esclavage et réclama les droits civiques pour les mulâtres des colonies. Quand il fut question de l'établissement d'une nouvelle législature, il argumenta en faveur de la non-réélection des membres de l'Assemblée existante, lesquels, selon lui, devaient laisser la place à des hommes nouveaux. On l'écouta deux heures durant dans un silence respectueux, et sa motion fut adoptée. Au cours de la troisième semaine de mai, il tomba malade, épuisé par le surmenage et la tension nerveuse.

Fin mai, il réclama, sans succès, l'abolition de la peine de mort.

Le 10 juin, il était élu accusateur public près le tribunal criminel de Paris. Le principal magistrat de la ville démissionna plutôt que de travailler avec lui. Et c'est Pétion qui prit sa place. Petit à petit, comme vous voyez, nos gens prennent le pouvoir qu'ils ont toujours estimé leur revenir de droit.

IV

Encore quelques Actes des Apôtres

(1791)

C'est la fin du carême. Le roi décrète qu'il ne recevra pas la sainte communion, le dimanche de Pâques, des mains d'un prêtre « constitutionnel ». Il ne souhaite pas pour autant déclencher une polémique ni faire outrage aux patriotes.

Il décide en conséquence de passer des Pâques paisibles à Saint-Cloud, à l'abri de l'œil accusateur de la ville.

Ses plans viennent à être connus.

Dimanche des Rameaux, Hôtel de Ville.
« La Fayette ! »
Cette voix était désormais pour le général synonyme de catastrophe. Danton se tenait tout près de lui pour lui parler, l'obligeant à lever les yeux sur son visage ravagé.
« La Fayette, ce matin un prêtre réfractaire, un jésuite, a dit la messe aux Tuileries.

— Vous êtes mieux informé que je ne le suis, dit l'autre, la bouche sèche.

— C'est inadmissible, dit Danton. Le roi a accepté les changements introduits dans l'Église. Il a signé les décrets de sa plume. S'il est pris à tricher, il y aura des représailles.

— Quand la famille royale décidera de partir pour Saint-Cloud, dit La Fayette, la garde nationale établira un cordon de sécurité, et, si besoin est, je lui fournirai une escorte. Ne vous mêlez pas de cela, Danton. »

Danton sortit de son manteau… non pas un pistolet, comme La Fayette n'était pas loin de penser, mais une feuille de papier roulée sur elle-même.

« Ceci est un placard préparé par le bataillon des Cordeliers. Souhaitez-vous en parcourir le texte ?

— Un nouvel échantillon des pressantes invectives dont est coutumier M. Desmoulins ? persifla La Fayette en tendant la main, avant de balayer la feuille du regard. Ainsi donc, vous appelez la garde nationale à empêcher le roi de quitter les Tuileries. » Ses yeux fouillaient à présent le visage de Danton. « Mes ordres seront bien différents. En conséquence de quoi, c'est une sorte de mutinerie que vous encouragez.

— On pourrait le formuler ainsi. »

Danton soutint son regard sans ciller, attendant qu'une légère rougeur aux pommettes lui fasse savoir que les forces intérieures du général étaient en déroute. Un moment plus tard, les capillaires répondaient à son attente.

« Je n'aurais pas cru que l'intolérance religieuse figurât au nombre de vos vices, Danton. Que vous importe la personne qui pourvoit aux besoins spirituels du roi ? Dans son idée, il a une âme qu'il doit sauver. En quoi cela vous concerne-t-il ?

— Cela me concerne, voyez-vous, dès lors que le roi ne respecte pas ses engagements et défie la loi. De même s'il quitte Paris pour Saint-Cloud, puis Saint-Cloud pour la frontière, où il pourra se placer à la tête des *émigrés**.

— Qui vous a dit que c'était là son intention ?

— Je le devine aisément.

— On croirait entendre Marat.

— Vous m'en voyez navré.

— Je vais convoquer une réunion d'urgence de la Commune et réclamer la proclamation de l'état de siège.

— Ne vous gênez pas, dit Danton d'un ton méprisant. Savez-vous comment Camille Desmoulins vous appelle ? Le don Quichotte des Capets. »

Réunion d'urgence à l'Hôtel de Ville : M. Danton, s'appuyant sur les pacifiques et les accommodants de l'Assemblée, obtint une majorité de voix contre la loi martiale. La Fayette, dans un mouvement de colère, offrit sa démission à Bailly. Sur quoi, M. Danton fit remarquer que le maire n'avait pas pouvoir de l'accepter ; si le général souhaitait démissionner, il lui faudrait se rendre dans les quarante-huit sections concernées et leur annoncer sa décision.

À noter également que M. Danton traita le général La Fayette de couard.

Les Tuileries, lundi de la semaine sainte, onze heures trente du matin.

« C'est pure folie que d'avoir ici le bataillon des Cordeliers, dit Bailly.

— Vous voulez dire le bataillon n° 3 », corrigea La Fayette. Il ferma les yeux. Il sentait un petit point douloureux sous les paupières.

On autorisa la famille royale à monter dans son carrosse, et elle y resta. La garde nationale désobéissait aux ordres. Elle ne permettait pas que l'on ouvrît les grilles. La foule, elle, ne permettait pas au carrosse d'avancer. Et la garde nationale refusait de disperser la foule. On entonna le « Ça ira ». Le premier gentilhomme de la chambre du roi fut agressé. Le Dauphin éclata en sanglots. L'année précédente, ou deux ans plus tôt, une telle scène aurait peut-être fait naître quelques remords. Mais s'ils ne voulaient pas soumettre l'enfant à cette épreuve, ils n'avaient qu'à le remmener tout de suite à l'intérieur du palais.

La Fayette accabla ses hommes d'injures. Monté sur son cheval blanc, il tremblait de fureur, et l'animal, rétif, se cabrait.

Le maire lança un appel à l'ordre. Les cris couvrirent sa voix. À l'intérieur du carrosse, les deux membres du couple royal se dévisageaient fixement.

« Espèce de porc ! hurla un homme à l'intention du roi. On te paie vingt-cinq millions de livres par an, alors tu fais ce qu'on te dit. »

« Proclamez la loi martiale, intima La Fayette à Bailly, lequel détourna la tête en silence. Alors, qu'attendez-vous ?

— Je ne peux pas. »

Il fallait maintenant faire preuve de patience. Mais au bout d'une heure trois quarts, le roi et la reine en eurent assez. Au moment de pénétrer à nouveau dans les Tuileries, la reine se retourna pour parler à La Fayette au milieu des huées de la foule. « Cette fois, force vous est d'admettre que nous ne sommes plus libres. »

Il était treize heures quinze.

Éphraïm, agent au service de Frédéric-Guillaume de Prusse, à Laclos, lui-même au service du duc d'Orléans :

Pendant quelques heures notre position a été très favorable. J'ai même cru que votre cher employeur allait remplacer son cousin sur le trône ; mais je suis à présent loin d'être aussi optimiste. La seule chose qui me procure quelque satisfaction dans l'affaire, c'est que nous avons ruiné La Fayette, ce qui est une bonne chose. Nous avons dépensé 500 000 livres pratiquement pour rien, et je le déplore grandement ; nous ne disposerons pas de sommes pareilles tous les jours, et le roi de Prusse finira par se lasser de payer.

* * *

Par une belle journée de juin, Philippe se trouvait sur la route de Vincennes dans son dog-cart anglais, en compagnie d'Agnès de Buffon. Tout à coup, il vit, venant sur lui à vive allure, un véhicule de fabrication toute récente, fort chic et fort imposant, du genre connu alors sous le nom de « berline ».

Le duc lui fit signe de s'arrêter en brandissant son fouet. « Bonjour, bonjour, Fersen. Alors, mon vieux, on essaie de se rompre le cou ?

— J'essaie surtout ma nouvelle voiture de voyage,

mon seigneur, répondit l'amant de la reine, le comte suédois au visage mince et à la taille souple.

— Ah oui ? fit le duc, qui remarqua l'élégance des roues jaune citron, le vert foncé de la voiture et ses finitions en noyer. Vous partez en voyage ? Un peu grand, non ? Vous emmenez toutes les danseuses de la troupe de l'Opéra ?

— Non, mon seigneur, dit Fersen en inclinant respectueusement la tête. Je vous les laisse. »

Le duc regarda la voiture s'éloigner et prendre de la vitesse. « Tiens, tiens, dit-il à Agnès. Ce serait bien de Louis de choisir un équipage de ce genre pour piquer un sprint jusqu'à la frontière. »

Agnès détourna la tête, mal à l'aise, tout en esquissant un faible sourire. Elle était effrayée à la perspective de voir Philippe monter sur le trône.

« Et bas les masques, Fersen, lança le duc en direction de la poussière soulevée au loin sur la route, foin de ton air d'hypocrite. On sait tous comment tu passes ton temps quand tu n'es pas aux Tuileries. Sa dernière maîtresse en date est une acrobate de cirque, pas moins. Non pas que je souhaite à quiconque d'avoir cette grande perche d'Autrichienne pour seule consolation. » Sur quoi, il rassembla ses rênes.

Le bébé, Antoine, se réveilla à six heures et resta un moment à regarder la lumière du jour filtrer à travers les persiennes. Quand il en eut assez, il se mit à hurler pour appeler sa mère.

Un instant plus tard, sa mère était là, le visage amolli par le sommeil. « Espèce de petit tyran », murmura-t-elle. Il tendit les bras pour qu'elle le prenne. Lui posant un doigt sur les lèvres, elle le fit taire et le porta dans la grande chambre. Une alcôve fermée par des rideaux abritait deux lits jumeaux, séparant ainsi leur territoire privé de la piste du cirque patriotique qu'était devenue leur chambre à coucher. Lucile avait le même problème, d'après ce qu'elle lui avait dit. Peut-être devrions-nous déménager, prendre quelque chose de plus grand ? Mais non, tout le monde connaît l'adresse de Danton, jamais il n'acceptera d'aller ailleurs. Sans parler du chambardement que cela occasionnerait.

Elle grimpa dans son lit où elle s'installa, le petit corps chaud contre sa poitrine. Sur l'autre couche, le père de l'enfant dormait, le nez dans l'oreiller.

À sept heures, on sonna à la porte d'entrée. Son cœur bondit d'appréhension. Ce réveil en fanfare à une heure aussi matinale ne pouvait rien présager de bon. Elle entendit Catherine protester ; puis la porte s'ouvrit à la volée. « Fabre ! s'exclama-t-elle. Mon Dieu, que se passe-t-il ? Les Autrichiens sont là ? »

Fabre se précipita sur son mari et le bourra de coups pour le réveiller. « Danton, ils se sont enfuis pendant la nuit. Le roi, sa femme, sa sœur, le Dauphin, toute la putain de clique. »

Danton remua, se mit sur son séant. En un clin d'œil, il fut pleinement réveillé ; peut-être n'avait-il jamais dormi ? « La Fayette était chargé de la sécurité. Soit il est vendu à la Cour et il nous a trahis, soit c'est un incapable, dit-il avant d'envoyer un coup de poing dans l'épaule de Fabre. Il est là où je voulais l'amener. Trouve-moi de quoi m'habiller, ma belle, veux-tu ?

— Pour aller où ?

— D'abord aux Cordeliers… trouver Legendre, lui

567

dire de rassembler son monde. Puis à l'Hôtel de Ville, et ensuite au Manège.

— Et si on ne les rattrape pas ? demanda Fabre.

— Est-ce si important ? demanda Danton en se passant la main sur le menton. Du moment que suffisamment de gens les voient prendre la fuite. »

Toutes prêtes, ses réponses, toujours adroites. « Tu savais qu'une chose pareille allait arriver ? dit Fabre. Que dis-je, tu l'appelais de tes vœux ?

— De toute façon, on les rattrapera. On les ramènera, de gré ou de force, dans la semaine. Louis fiche toujours tout en l'air, le pauvre diable, dit-il, songeur. Il y a des moments où il me fait pitié. »

GRACE ELLIOTT : « Je suis certaine que La Fayette était au courant de cette tentative de fuite, et que c'est la peur qui l'a amené à les trahir. »

GEORGES JACQUES DANTON au club des Cordeliers : « En conservant une monarchie héréditaire, l'Assemblée nationale a réduit la France en esclavage. Abolissons une bonne fois pour toutes le nom et la fonction de roi ; faisons de ce royaume une république. »

ALEXANDRE DE BEAUHARNAIS, président de l'Assemblée : « Messieurs, le roi a pris la fuite pendant la nuit. Passons maintenant à l'ordre du jour. »

Quand Danton arriva au Manège, avec une petite escorte militaire, il fut acclamé par une salle bondée, en proie à toutes les rumeurs. « Longue vie à notre père, Danton ! » cria quelqu'un. Georges Jacques en resta un instant stupéfait.

Plus tard ce même jour, M. Laclos arriva rue des

Cordeliers. Il examina Gabrielle par le menu – non pas d'un œil lubrique, mais comme s'il jaugeait sa capacité à remplir un rôle qu'il voudrait lui faire jouer. Elle rougit et se détourna nerveusement pour échapper à son regard. Elle croyait souvent ces temps-ci que tout le monde remarquait qu'elle avait pris du poids. Laclos poussa un petit soupir. « Quelle chaleur nous avons là, madame Danton. » Il passa dans le salon, se déganta, méthodiquement, un doigt après l'autre, avant de lever les yeux sur Danton. « Il y a certaines choses dont nous devons discuter », dit-il d'un ton agréable.

Trois heures plus tard, il remettait ses gants, en procédant de manière tout aussi méthodique, et prenait congé.

Paris sans le roi. Un plaisantin placarda un avis sur les grilles des Tuileries : LOCAUX À LOUER. Danton parcourait la ville en appelant à la république. Aux Jacobins, Robespierre se leva pour lui répondre, ajustant sa cravate avec minutie de ses petits doigts aux ongles rongés. « Qu'est-ce qu'une république ? » interrogea-t-il.

Danton se rend compte qu'il lui faut être plus précis. Maximilien Robespierre ne prend jamais rien pour argent comptant.

Le duc asséna son poing sur une frêle petite table ornée d'une marqueterie de roses, de rubans et de violons.

« Arrêtez de me parler comme à un enfant de trois ans ! » gronda-t-il.

Félicité de Genlis était une femme patiente. Elle esquissa un sourire. Elle était prête à argumenter, si besoin était, toute la journée.

« L'Assemblée vous a demandé d'accepter le trône, s'il devait se libérer, dit-elle.

— Voilà que vous recommencez ! s'emporta le duc. La chose a été clairement établie. Nous le savons tous. Vous me fatiguez, à la fin.

— Cessez de fanfaronner, mon cher. Puis-je vous faire remarquer qu'il y a fort peu de chances pour que le trône se libère ? J'apprends que le voyage de votre cousin a été interrompu. Il est sur le chemin de Paris, à l'heure qu'il est.

— Oui, dit le duc avec délectation. Quel gros nigaud ! Se faire arrêter, comme ça. Ils ont envoyé Barnave et Pétion pour le ramener, lui et les autres. J'espère que le député Pétion se montrera des plus grossiers avec eux tout au long de la route. »

Une éventualité qui, aux yeux de Félicité, était une certitude. « Vous savez, continua-t-elle, que l'Assemblée, maintenant que la Constitution est rédigée et n'attend plus que la signature du roi, a pour préoccupation majeure la stabilité. Les changements sont allés si loin et si vite que les gens, je crois, aspirent à un retour à l'ordre. Il est fort possible que, d'ici un mois, Louis soit réinstallé sur son trône. Comme si rien ne s'était passé.

— Mais, sacrebleu, il s'est enfui. Il est censé gouverner ce pays, or il essayait de le quitter !

— Il se peut que l'Assemblée n'interprète pas ses actes de cette façon.

— Et quelle autre interprétation pourrait-elle en donner, je vous prie ? Pardonnez-moi, mais je suis un homme simple…

— Eux ne le sont pas. Pour tout dire, ils sont très

malins. N'oubliez pas que ce sont des hommes de loi, pour la plupart.

— Je ne leur accorde aucune confiance, dit Philippe. Tous autant qu'ils sont.

— Donc, réfléchissez un peu, mon cher... Si Louis retrouve son trône, comment croyez-vous qu'il prendra la chose si vous vous montrez si pressé de prendre sa place ?

— Mais c'est ce que je veux, non ? » Philippe la regarda, interloqué. Où diable voulait-elle en venir ? N'était-ce pas autour de ce trône que tout tournait depuis maintenant plus de trois ans ? N'était-ce pas pour devenir roi qu'il avait enduré la compagnie de gens qui n'étaient pas des gentilshommes, ne chassaient pas, n'étaient pas capables de distinguer le nez d'un cheval de sa queue ? N'était-ce pas dans le but de devenir roi qu'il avait supporté la condescendance de Laclos et son œil de poisson mort ? N'était-ce pas pour être roi un jour qu'il avait consenti à recevoir à sa table cette brute de Danton au visage grêlé, qui reluquait de manière éhontée sa maîtresse actuelle, Agnès, aussi bien que Grace, la précédente ? Et n'était-ce pas pour être roi qu'il avait payé, payé tant et plus ?

Félicité ferma les yeux. Vas-y doucement, se dit-elle. Sois prudente dans le choix de tes mots, mais parle : pour le pays, pour les enfants de cet homme, que tu as élevés. Et pour sauver nos vies.

« Réfléchissez, dit-elle.

— Réfléchir ! Réfléchir ! explosa le duc. Très bien, vous ne faites pas confiance à mes partisans. Moi non plus. Mais je les contrôle, je vous assure.

— J'en doute.

— Vous croyez peut-être que je vais me laisser

marcher sur les pieds par des gens d'une espèce aussi grossière ?

— Philippe, ce n'est pas vous qui pourrez fixer des limites à leur ambition. Ils vous dévoreront, vous et vos enfants – et toutes les choses et toutes les personnes qui sont chères à votre cœur. Ne voyez-vous donc pas que des hommes prêts à détruire un roi peuvent en détruire un autre ? Vous croyez peut-être qu'ils s'embarrasseraient de scrupules si vous ne faisiez pas exactement ce qu'ils vous demandent ? Vous ne seriez, au mieux, qu'un bouche-trou pour ces gens-là – jusqu'au moment où ils estimeront qu'ils peuvent se passer de la royauté. » Elle prit une grande inspiration. « Souvenez-vous, Philippe... repensez à l'époque d'avant la chute de la Bastille. Quand Louis ne cessait de vous dire : Allez ici, allez là-bas, revenez à Versailles, n'y venez plus, vous vous rappelez ? Votre vie ne vous appartenait pas, disiez-vous. Vous n'aviez aucune liberté. Songez que dès l'instant où vous direz : "Oui, je veux être roi", vous sacrifierez à nouveau votre liberté. À compter de ce jour, vous vous retrouverez en prison. Oh, certes, pas une prison avec chaînes et barreaux – mais une agréable geôle préparée à votre intention par M. Danton. Une geôle dotée d'une liste civile, d'une étiquette, d'us bien établis et des plus agréables divertissements de société – ballets, bals masqués, et même courses de chevaux.

— J'ai horreur du ballet, dit le duc. Je m'y ennuie à mourir. »

Félicité lissa ses jupes et abaissa les yeux sur ses mains. Ce sont elles qui trahissent l'âge d'une femme, songea-t-elle ; elles révèlent tout. Il y avait eu une époque où l'espoir était encore de mise. Où l'on pouvait encore croire en la promesse d'un monde plus juste et plus propre ; personne n'avait davantage cru à cette promesse, n'avait travaillé plus assidûment qu'elle-même à sa réalisation. « Oui, une prison, reprit-elle. Ils vous tromperont, vous amuseront, vous occuperont – et pendant ce temps ils se partageront le pays. Parce que c'est là leur but. »

Il leva les yeux sur elle, son grand enfant. « Vous les croyez plus habiles que moi, n'est-ce pas ? demanda-t-il.

— Beaucoup, beaucoup plus, mon chéri, sans discussion possible.

— J'ai toujours connu mes limites, dit-il, fuyant maintenant son regard.

— Ce qui fait de vous un homme plus sage que la plupart. Et doté d'une sagesse plus grande que celle que veulent bien vous reconnaître ces manipulateurs. »

La remarque le combla d'aise. L'idée lui vint qu'il pourrait peut-être se montrer plus malin qu'eux. Elle avait parlé très doucement, si bien qu'il avait l'impression que ces pensées étaient les siennes. « Quelle est la meilleure chose à faire ? Dites-le-moi, Félicité, je vous en prie.

— Vous désengager. Ne pas compromettre votre nom. Refuser d'être leur dupe.

— Alors, ce que vous voulez… (il avait du mal à trouver ses mots), c'est que je me rende à l'Assemblée et que je dise : Non, non, je ne veux pas du trône, vous avez pu croire que je le convoitais, mais telles n'étaient pas mes intentions ?

— Prenez cette feuille. Asseyez-vous, voulez-vous. Et écrivez sous ma dictée. »

Elle vint s'appuyer contre le dossier de sa chaise.

Les mots étaient tout prêts dans sa tête. Hasardeux, songea-t-elle. La marge de manœuvre est étroite. Si seulement je pouvais le mettre à l'abri de toute autre influence, de tout autre pouvoir de persuasion… mais c'est impossible. J'ai déjà eu bien de la chance de le garder une heure en tête à tête.

Vite, à présent – avant qu'il change d'avis. « Apposez votre signature. Bien, voilà qui est fait. »

Philippe jeta sa plume sur la table. L'encre en éclaboussa les roses, les rubans et les violons. Il porta une main à sa tête. « Laclos va me tuer », gémit-il.

Félicité émit quelques murmures apaisants, comme si elle s'adressait à un enfant souffrant de coliques, et prit la feuille des mains de Philippe pour corriger sa ponctuation.

Quand le duc lui fit connaître sa décision, Laclos se contenta d'un mouvement d'épaules en guise de révérence. « C'est vous qui décidez, milord », dit-il, et il se retira. Il ne comprit jamais par la suite pourquoi il s'était adressé à lui en anglais. Une fois dans son appartement, il tourna le visage vers le mur et avala une bouteille de cognac, l'air songeur, le regard meurtrier.

Chez Danton, il se fraya un chemin jusqu'à un fauteuil confortable, s'aidant des meubles pour garder l'équilibre, si bien qu'il avait l'air d'un homme se déplaçant sur le pont d'un bateau. « Accordez-moi un moment, dit-il. Je ne vais pas tarder à émettre des observations d'une grande perspicacité.

— Moi, je vais partir », dit Camille. Il n'était pas certain de vouloir entendre ce que Laclos avait à dire. Il préférait ne pas connaître tout le détail des tractations de Danton ; et même s'il n'ignorait pas qu'ils étaient censés considérer Philippe comme un moyen en vue d'une fin, la chose devenait beaucoup plus délicate quand il s'agissait d'une personne qui vous avait accordé de grandes faveurs. Chaque fois qu'un lourdaud des Cordeliers venait parcourir son appartement à pas pesants et bruyants, en criant d'une pièce à l'autre, Camille repensait au cadeau de mariage de douze pièces que lui avait octroyé le duc. S'il ne s'était pas retenu, il en aurait pleuré.

« Assieds-toi, Camille, dit Danton.

— Vous pouvez rester, dit Laclos, mais gardez mes confidences pour vous, sinon je vous trucide.

— Cela va de soi, dit Danton. Bon, maintenant allez-y, parlez.

— Mes observations se divisent en trois points. Primo, Philippe est un crétin et un trouillard à la cervelle pas plus grosse qu'un petit pois. Deuxio, Félicité est une sale pute vérolée qui en ferait vomir plus d'un.

— Fort bien, dit Danton. Passons à votre tertio.

— Un *coup d'État**, dit Laclos, qui regarda Danton sans lever la tête.

— Allons, allons. Ne nous emballons pas.

— Forcer la main de Philippe. Lui montrer où est son devoir. Le mettre dans une position où il pourra... » Levant la main droite et l'agitant paresseusement, Laclos eut les gestes d'un homme qui trancherait un saucisson.

« Qu'avez-vous au juste en tête ? demanda Danton, venu se placer devant lui.

— L'Assemblée va débattre et décider de restaurer Louis. Parce qu'ils ont besoin de lui pour que fonctionne leur jolie Constitution. Parce que ce sont les hommes du roi, Danton, parce que ce vaurien de Barnave est un vendu. Jolie allitération, soit dit en passant. » Il hoqueta. « Ou s'il ne l'était pas jusqu'ici, c'est désormais chose faite, après son retour de la frontière aux côtés de cette traînée d'Autrichienne. Croyez-moi, en ce moment même, ils inventent les finasseries les plus grotesques pour tromper les gens. Vous avez vu la déclaration qu'a faite La Fayette : "Les ennemis de la révolution se sont emparés de la personne du roi." Ils parlent d'un enlèvement, affirma-t-il en enfonçant la paume de la main dans l'accotoir de son fauteuil. À les entendre, ce gros imbécile aurait été emmené de force jusqu'à la frontière. Ils sont prêts à tout et n'importe quoi pour sauver la face. Dites-moi franchement, Danton, quand on vend des mensonges pareils au peuple, l'heure n'est-elle pas venue de faire couler un peu de sang ? »

Laclos regardait ses pieds à présent, l'air plus posé et plus prêt à raisonner. « L'Assemblée devrait, doit prendre en compte la volonté du peuple. Le peuple ne pardonnera jamais à Louis de l'avoir abandonné. En conséquence, *dignum et justum est, aequum et salutare* que le Manège fasse ce qu'on lui demande. Et donc, nous, nous allons faire circuler une pétition. Un gratte-papier comme Brissot devrait être capable de la rédiger. Elle réclamera la déposition de Louis. Les Cordeliers la soutiendront. On arrivera peut-être à convaincre les Jacobins de la signer, je dis bien : "peut-être". Le 17 juillet, toute la ville se rassemble au Champ-de-Mars pour célébrer la prise de la Bastille. Nous faisons signer notre pétition et nous obtenons des centaines, des milliers de noms. Nous la portons à l'Assemblée. Si elle refuse d'agir en conséquence, le peuple envahit les lieux – au nom de sa Volonté sacrée, et tout le saint-frusquin. Les principes soustendant l'action, nous les définirons après, quand nous en aurons le loisir.

— Vous suggérez que nous ayons recours à la force armée contre l'Assemblée ?

— En effet.

— Contre nos représentants ?

— Des gens qui ne représentent plus rien !

— Et, éventuellement, avec effusion de sang ?

— Merde, à la fin ! » explosa Laclos. Son visage à la fine ossature devint écarlate. « Avons-nous fait tout ce chemin pour renoncer maintenant, et nous transformer en humanitaristes geignards, alors qu'on n'a plus qu'à se baisser pour tout rafler ? » Il ouvrit les mains, doigts écartés. « Peut-on faire une révolution sans verser le sang ?

— Je n'ai jamais dit cela.

— Eh bien, alors. Même Robespierre est de cet avis.

— Je voulais simplement être sûr de vous avoir bien compris.

— Ah, je vois.

— Et que se passe-t-il après, si nous parvenons à déposer Louis ?

— Après, c'est à vous, Danton, de partager le butin.

— Et nous le partageons avec Philippe ?

— Certes, il a refusé le trône une fois. Mais il verra où est son devoir, même si je dois pour cela étrangler Félicité de mes propres mains – ce qui, je ne vous le cache pas, me procurerait une grande jouissance. Écoutez, Danton, nous dirigerons le pays à nous tous. Nous ferons de Robespierre notre ministre des

577

Finances, on le dit honnête. Nous rapatrierons Marat et le laisserons donner des cauchemars aux gardes suisses. Nous…

— Laclos, tout cela n'est pas sérieux.

— Oh, je sais, dit Laclos, qui se leva en chancelant. Je sais ce que vous voulez. Un mois après l'accession au trône de Philippe le Naïf, M. Laclos est retrouvé mort dans un caniveau. Une mort attribuée à un accident de la circulation. Deux mois plus tard, le roi Philippe est retrouvé mort dans le même caniveau – c'est décidément une portion de rue dangereuse. Les héritiers et les cessionnaires de Philippe ayant par hasard tous expiré, fin de la monarchie, et début du règne de M. Danton.

— Vous avez une imagination vraiment délirante.

— On dit que si on continue à boire, on finit par voir des serpents, dit Laclos. Des créatures ondulantes, des dragons, des monstres en tout genre. Alors, vous le feriez, Danton ? Vous joueriez le jeu avec moi ? »

Danton s'abstint de répondre.

« Vous le feriez, j'en suis sûr, dit Laclos, qui voulut se tenir bien droit et tendit les bras, tout en vacillant toujours sur ses jambes. Gloire et triomphe, poursuivit-il, maintenant bras ballants. Après… peut-être qu'après, vous me tuerez. Je suis prêt à courir le risque. Pour une simple mention dans les livres d'histoire. L'obscurité m'épouvante, voyez-vous. La vieillesse nue et sans gloire, la médiocrité d'une fin minable, *sans* everything*, comme dit le grand poète anglais. "Ainsi passe le pauvre vieux Laclos, il a écrit un livre un jour, j'ai oublié le titre." Bon, je vais prendre congé, dit-il avec toute la dignité possible. Tout ce que je vous demande, c'est de réfléchir à tout cela. » Il gagna la porte en titubant et tomba sur Gabrielle, qui entrait au même moment. « Jolie petite femme », murmura-t-il à part lui. Ils l'entendirent trébucher dans l'escalier.

« Je pensais que vous voudriez savoir tout de suite, dit Gabrielle. Ils sont rentrés.

— Les Capets ? demanda Camille.

— La famille royale, oui. » Elle quitta la pièce en refermant doucement la porte derrière elle. Ils tendirent l'oreille. La chaleur et le silence enveloppaient la ville.

« J'aime bien les moments de crise », dit Camille. Un bref silence. Danton le regardait comme s'il était transparent. « Je vais te rappeler à tes récentes professions de foi républicaines. C'est à elles que je pensais pendant que Laclos tempêtait. J'en suis désolé, crois-moi, mais il faudra se défaire de Philippe. Tu peux t'en servir, et après le jeter.

— Ah, tu n'as pas plus de pitié que... » Danton s'interrompit, faute d'une comparaison adéquate susceptible de décrire Camille rejetant ses cheveux d'un bref mouvement de poignet et disant « t'en servir, et après le jeter ». « Ce geste, il est inné chez toi, demanda-t-il, ou est-ce que tu le tiens d'une prostituée ?

— Débarrasse-toi d'abord de Louis, et ensuite nous nous affronterons sur le sujet.

— Nous pourrions fort bien tout perdre », dit Danton. Mais il avait déjà fait ses calculs. Comme toujours, alors même qu'il paraissait s'enflammer et s'abandonner à une agressivité irrationnelle et sarcastique, son esprit restait lucide et prenait calmement une direction donnée. Sa décision était arrêtée. Il allait courir sa chance.

La famille royale avait été interceptée à Varennes, après un voyage de quelque soixante-dix lieues, entamé de façon inepte et terminé au milieu d'innombrables maladresses. Six mille personnes entourèrent les deux carrosses lors de la première étape du retour. Le lendemain, les voyageurs étaient rejoints par trois députés de l'Assemblée nationale constituante. Barnave et Pétion prirent place dans la berline aux côtés de la famille royale. Le Dauphin se prit d'affection pour Barnave. Il bavarda avec lui, tout en tripotant les boutons de sa redingote et en lisant la légende gravée dessus : *Vivre libre ou mourir*. « Nous devons faire preuve de caractère », répétait inlassablement la reine.

Au terme de l'expédition, l'avenir du député Barnave apparaissait clairement. Mirabeau mort, il prendrait sa place comme conseiller secret de la Cour. Quant à Pétion, il était persuadé que la petite sœur du roi, la potelée Mme Élisabeth, était tombée amoureuse de lui ; il est vrai que, sur la longue route du retour, elle s'était endormie la tête sur son épaule. Il en eut plein la bouche pendant les deux mois qui suivirent.

Ce fut par un jour de grande chaleur que le roi réintégra Paris. La foule, compacte et silencieuse, était massée le long du trajet. La berline était remplie de la poussière suffocante de la route, et à la fenêtre apparaissait le visage ridé et tourmenté d'une femme aux cheveux gris : Marie-Antoinette. Dès qu'ils furent réinstallés aux Tuileries, La Fayette déploya ses gardes et s'empressa d'aller trouver le roi. « Quels sont les ordres de Votre Majesté pour la journée ?

— Il apparaît, observa Louis, que c'est moi qui suis à vos ordres, plutôt que vous aux miens. »

Tandis qu'ils traversaient la ville, les rangs des soldats qui montaient la garde sur le parcours avaient présenté les armes le canon dirigé vers le bas, comme pour des funérailles – ce qui, en un sens, était bien le cas.

Camille Desmoulins, *Révolutions de France* n° 83 :

Lorsque Louis XVI fut rentré dans son appartement aux Tuileries, il se jeta dans un fauteuil, en disant : « Il fait diablement chaud. » Puis : « J'ai fait là un s... voyage. Enfin, cela me trottait depuis longtemps dans la cervelle. » Ensuite, regardant les gardes nationaux présents : « C'est une sottise que j'ai faite, j'en conviens ; eh bien, ne faut-il pas que je fasse aussi mes farces comme un autre ? Allons, qu'on m'apporte un poulet. » Un de ses valets de chambre parut. « Ah ! te voilà, toi ? Et moi aussi, me voilà... » On apporte le poulet. Louis XVI boit et mange avec un appétit qui aurait fait honneur au roi de Cocagne.

Quant à Hébert, ses sympathies royalistes connurent une évolution radicale :

On va te fourrer à Charenton et ta putain à l'Hôpital. Quand vous serez enfin entre quatre murs, l'un et l'autre, et que vous n'aurez plus de liste civile, je veux bien qu'on me tranche la tête si vous parvenez encore à vous évader.

Père Duchesne n° 61

Du fauteuil où il était vautré, Danton voyait Louise Robert en train d'argumenter et d'essayer d'éviter des larmes qui ne demandaient qu'à couler. Son mari avait été arrêté et jeté en prison. « Demandez qu'il soit relâché, disait-elle. De force, s'il le faut. »

Il s'adressa à elle de l'autre bout de la pièce. « Vous n'êtes plus la républicaine dure à cuire que l'on a connue, on dirait. »

Elle lui jeta un regard qui le surprit par l'intensité de son animosité. « Laissez-moi réfléchir, dit-il. Accordez-moi un moment. »

Les yeux mi-clos, il parcourut la pièce du regard. Lucile tripotait son alliance, des signes de tension sur son visage d'enfant. Ces derniers temps, elle ne quittait guère son esprit ; c'était son visage qu'il voyait toujours en premier quand il entrait dans une pièce. Il passait du temps à se sermonner, jugeant son attitude des plus déloyales à l'égard de la mère de ses enfants.

(FRÉRON : Je l'aime depuis des années.

DANTON : Sottises.

FRÉRON : Tu peux bien dire ce que tu veux, mais qu'en sais-tu ?

DANTON : Je te connais, va.

FRÉRON : Mais, toi-même, tu n'es pas, semble-t-il, sans entretenir quelque espoir à son endroit. C'est du moins ce que tout le monde constate.

DANTON : Bon… peut-être, mais moi je ne lui parle pas d'amour. J'aurais vraisemblablement quelque chose de plus cru à lui dire. Je serais sans doute plus honnête que tu ne l'es.

FRÉRON : Et si tu en avais l'occasion, tu… ?

DANTON : Bien entendu.

FRÉRON : Mais Camille…

DANTON : Oh, Camille, je n'aurais pas grand mal à le calmer. Écoute, il faut profiter de toutes les occasions qui se présentent pour obtenir ce que l'on veut.

FRÉRON : Je sais.)

Fréron, à présent, l'observait, essayant de lire sur son visage et désireux de parler avant lui. Les choses étaient allées de travers. Leurs plans étaient connus à l'Hôtel de Ville ; Félicité, qui finissait toujours par découvrir ce qui se passait, avait dû dire un mot à La Fayette. Qui en ce moment même faisait converger des troupes vers les Tuileries ; ce fieffé crétin de blondinet avait toujours la haute main sur les hommes et les armes, il était toujours maître de la situation. Il avait installé un cordon autour du Manège pour protéger les députés de toute incursion, fait sonner le tocsin, déclaré le couvre-feu. Les Jacobins – exposant au grand jour leur modération et leur timidité – avaient refusé leur soutien. Fréron aurait donné cher pour oublier toute l'affaire, et c'est la raison pour laquelle il disait maintenant : « Danton, je pense qu'il est trop tard pour faire machine arrière.

— Tu as donc tant de mal à t'en convaincre, Lapin ? Faut-il que tu reviennes là-dessus sans arrêt ? » Au ton de sa voix, tous les occupants de la pièce se retournèrent. Se raidirent, changèrent de position. « Camille, repars aux Jacobins.

— Ils ne voudront rien entendre, dit Camille. Ils disent que la loi ne leur permet pas d'approuver une telle pétition, que la question de la déposition du roi est du seul ressort de l'Assemblée. Alors, à quoi bon ? C'est Robespierre qui préside, mais les partisans de La Fayette sont en trop grand nombre, que veux-tu qu'il fasse ? Quand bien même il accepterait de nous accorder son soutien, ce qui est… dit-il, sans finir sa phrase. Robespierre n'a aucun désir de sortir de la légalité.

— La loi, je n'ai pas moi-même particulièrement envie de la violer », dit Danton. Deux journées entières de discussion serrée n'avaient abouti à rien. La pétition avait fait des allées et venues entre l'Assemblée, les Cordeliers et les Jacobins, elle avait été imprimée, amendée (parfois en secret) et réimprimée. Ils étaient tous là à attendre : trois femmes et Fréron, Fabre, Legendre, Camille. Il se souvint de ce que lui avait dit Mirabeau à l'Hôtel de Ville : On ne travaille pas *avec* les autres, Danton, mais toujours *au-dessus* d'eux. Mais comment aurait-il pu se douter, s'interrogeait-il, que les gens seraient aussi prêts à obéir aux ordres ? Plus jeune, il n'avait jamais pensé la chose possible.

« Cette fois-ci, nous allons t'apporter de l'aide, dit-il à Camille. Fréron, rassemble une centaine d'hommes. Il faut qu'ils soient armés.

— Les citoyens de cette section ne sont jamais très loin de leurs piques. »

Danton le fusilla du regard. Camille était souvent gêné par ce que disait Fréron, par sa fausse bonhomie, son empressement suspect.

« Des piques, murmura Fabre. J'espère que ce n'est qu'une façon de parler. Je suis très loin de ma pique, personnellement. De pique, je n'en ai pas.

— Tu t'imagines, Lapin, dit Camille, que nous nous apprêtons à embrocher les Jacobins et à les clouer à leurs bancs ?

— Appelons cela une démonstration de notre volonté, et non une démonstration de force, dit Danton. Évitons d'inquiéter Robespierre. Mais, Lapin… (la voix de Danton l'arrêta alors qu'il s'apprêtait à sortir), donne un quart d'heure à Camille pour essayer de les convaincre. Un délai convenable, quoi. »

Autour de lui, un tourbillon d'activité s'empara de la pièce. Les femmes se levèrent, lissant leurs jupes, lèvres serrées, l'air malheureux. Gabrielle tenta de croiser son regard un moment. L'appréhension lui donne un teint cireux – il a déjà eu l'occasion de le remarquer. Il y a peu, il s'est aperçu – comme on note les nuages de pluie ou l'heure à une pendule – qu'il a cessé de l'aimer.

Dans la soirée, la garde nationale fit dégager les rues. Il y avait là les bataillons des miliciens, mais on voyait aussi nombre de membres des troupes régulières de La Fayette. « C'est assez étonnant, dit Danton. Il y a des patriotes parmi les soldats, mais la vieille habitude de l'obéissance aveugle a la vie dure. » Et nous risquons de devoir compter encore longtemps sur cette vieille habitude, songea-t-il, si le reste de l'Europe nous envahit. Il s'efforça de chasser cette idée de son esprit ; pour l'instant, c'était le problème d'un autre. Il lui fallait, quant à lui, se concentrer sur les prochaines vingt-quatre heures.

Gabrielle alla se coucher à minuit passé. Impossible de s'endormir. Elle entendait les sabots des chevaux résonner sur le pavé ; la cloche de la grille, dans la cour du Commerce ; le brouhaha des voix quand on faisait entrer ou sortir les visiteurs. Il était peut-être deux heures, deux heures et demie, quand elle abandonna la lutte ; elle s'assit dans son lit, alluma une bougie, regarda le lit de Georges. Il était vide, et n'avait pas été défait. Il faisait toujours très chaud ; sa chemise de nuit lui collait à la peau. Elle se glissa hors du lit, ôta sa chemise et alla se rafraîchir dans une eau qui aurait dû être froide mais de fait était tiède. Elle enfila un vêtement propre. S'assit devant sa coiffeuse, se tamponna les tempes et la gorge avec de l'eau de Cologne. Ses seins lui faisaient mal. Elle libéra ses longs cheveux bruns de leur tresse, démêla la vague ondulante avant de les tresser à nouveau. À la lumière de la bougie, son visage paraissait creusé, sombre. Elle alla à la fenêtre. Rien : la rue des Cordeliers était vide. Elle enfila ses chaussons et quitta la chambre pour se rendre dans la salle à manger plongée dans l'obscurité. Elle ouvrit les persiennes, faisant pénétrer la lumière qui montait de la cour du Commerce. Des ombres semblaient bouger dans son dos ; la pièce, de forme octogonale, était jonchée de papiers, qui s'agitèrent sous l'effet d'une petite brise bienvenue. Elle se pencha au-dehors pour la sentir sur son visage. Il n'y avait personne en vue, mais elle percevait des coups sourds mêlés à un cliquetis ininterrompu. La presse de Guillaume Brune, songea-t-elle ; à moins que ce ne soit celle de Marat. Qu'est-ce qu'ils fabriquent à une heure pareille ? Ils vivent de mots, se dit-elle ; ils n'ont pas besoin de sommeil.

Elle referma les persiennes et regagna la chambre à coucher dans le noir. Elle entendit la voix de son mari en passant devant la porte de son bureau. « Oui, oui, j'entends ce que vous dites. Nous testons notre force, et La Fayette la sienne. C'est lui qui détient les fusils. »

Puis son interlocuteur répondit. La voix lui était inconnue. « Il s'agit simplement d'une mise en garde. Bien intentionnée, je vous assure.

— Bon, très bien, dit Georges, mais il est trois

heures du matin, et je ne vais pas me précipiter dehors maintenant comme un locataire le jour du terme. Retrouvons-nous ici à l'aube. Nous aviserons alors. »

Trois heures. François Robert était plongé dans une pitoyable léthargie. Ce n'était pas la pire des cellules – pas trace de rats, apparemment, et du moins y était-il au frais –, mais il aurait préféré être ailleurs. Il ne voyait pas pourquoi il était ici – il n'avait fait que s'occuper de cette histoire de pétition. Louise et lui avaient un journal à faire paraître ; le *Mercure national* devait absolument sortir, quoi qu'il arrive. Sans doute Camille s'inquiéterait-il de savoir si elle avait besoin d'aide. D'elle-même, elle ne demanderait rien.

Grand Dieu, mais qu'est-ce que ce vacarme ? On dirait que des bottes à bouts ferrés cognent sur sa porte. Bruits d'autres bottes martelant le sol ; puis une voix, étonnamment forte : « Parmi ces ordures il y en a qui ont des couteaux. » Puis à nouveau un piétinement sourd, et une voix d'ivrogne sans timbre qui fredonne quelques mesures d'une des chansons populaires de Fabre ; l'homme a oublié les paroles, reprend du début. Les bottes à bouts ferrés ébranlent à nouveau sa porte ; au bout de quelques secondes de silence, quelqu'un entonne : « À la lanterne ».

François Robert frissonne. Procureur général de la Lanterne, tu devrais être ici, songe-t-il.

« Mort à la salope d'Autrichienne ! dit le chanteur à la voix avinée. Qu'on pende la putain de Louis Capet. Qu'on pende la bête de Babylone. Qu'on lui coupe les tétons. »

Des gloussements à donner le frisson coururent le long des murs. Une voix jeune partit d'un rire haut perché, au bord de l'hystérie. « Vive l'Ami du peuple ! »

Puis une autre qu'il n'arriva pas à distinguer, suivie d'une troisième, toute proche : « Il dit qu'il a dix-sept prisonniers et nulle part où les mettre.

— Voyez-vous ça, dit la voix jeune. On n'arrête pas de rigoler ici. »

Une seconde plus tard, la lumière orangée d'un flambeau envahissait la cellule. François Robert se leva précipitamment. Plusieurs têtes apparurent à la porte ; à son grand soulagement, elles appartenaient toujours à un corps. « Tu peux sortir à présent.

— Je peux vraiment m'en aller ?

— Oui, puisque j'te l'dis. » La voix était celle d'un homme en colère mais à jeun. « J'ai plus de cent personnes à loger, des gens trouvés dans la rue sans excuse valable. Toi, on pourra toujours aller te ramasser dans quelques jours.

— Qu'est-ce que t'as fait, d'abord ? s'enquit le jeune à la voix haut perchée.

— C'est un professeur de droit », annonça Bottes-Ferrées. C'était lui, l'ivrogne. « C'est pas vrai, c'que j'dis, professeur ? Un grand copain à moi. » Il passa un bras autour des épaules de Robert et s'appuya sur lui, lui soufflant son haleine avinée au visage. « Et Danton, qu'esse qu'y d'vient ? En voilà un homme.

— Si vous le dites, concéda Robert.

— J'l'ai rencontré, moi, fit savoir Bottes-Ferrées à ses collègues. Et y m'a dit, vu qu'les prisons elles ont pas de secret pour toi, quand j'serai le patron de cette ville, c'est toi qui s'ras chargé d'ramasser tous les aristos et d'leur couper la tête. Et tu s'ras grassement payé pour ça, parce que, comme y m'a dit, tu rendras service à la communauté.

— Allez, arrête ! intervint le garçon. Danton, y t'a jamais parlé, espèce de vieux soûlard. C'est m'sieur Sanson, le bourreau. Et avant, c'était son père, et encore avant son grand-père. Tu veux l'mettre au chômage, c'est ça ? Danton t'a jamais dit une chose pareille. »

François Robert chez lui. La tasse de café refusait de cesser de trembler entre ses doigts ; elle n'arrêtait pas de cliqueter contre la soucoupe. « Qui aurait cru que ça me mettrait dans un état pareil ? » Il s'efforçait de sourire, mais arrivait tout juste à grimacer. « Le moment de la libération a été aussi pénible que celui de l'arrestation. Louise, on oublie trop ce à quoi ressemblent les gens, leur ignorance, leur violence, la façon qu'ils ont de tirer des conclusions sans même réfléchir. »

Elle repensa à Camille, deux ans plus tôt : les héros de la Bastille dans les rues, le café qui refroidissait à côté de leur lit, la panique qui après coup hantait encore ses yeux froids et si étrangement écartés. « Les Jacobins se sont scindés, dit-elle. La droite a fait sécession, et ses membres vont former un autre club. Tous les amis de La Fayette sont partis, ainsi que tous ceux qui soutenaient Mirabeau. Il reste Pétion, Buzot, Robespierre… une poignée d'anciens.

— Et qu'en dit Robespierre ?

— Qu'il est heureux de voir les divisions étalées au grand jour. Qu'il est prêt à recommencer, cette fois-ci avec de vrais patriotes. »

Elle lui prit la tasse des mains et lui attira la tête

contre son estomac, lui caressant les cheveux et la nuque. « Robespierre va se rendre au Champ-de-Mars, dit-elle. Il va se montrer, c'est certain. Mais eux, ils n'iront pas… je parle de la clique de Danton.

— Mais alors, qui va porter la pétition ? Qui va représenter les Cordeliers ? »

Oh, non, par pitié ! s'exclama-t-il intérieurement.

C'est l'aube, maintenant, et Danton le félicite d'une grande tape dans le dos. « Brave garçon, dit-il. Ne t'inquiète pas, on veillera sur ta femme. Et puis, François, les Cordeliers n'oublieront jamais ton geste. »

À l'aube, ils s'étaient retrouvés dans le bureau aux murs rouges de Danton. Les domestiques dormaient encore à l'entresol. De leur sommeil de domestique, songea Gabrielle. Elle apporta du café aux hommes, en évitant leur regard. Danton tendit à Fabre un exemplaire de *L'Ami du peuple*, frappant le journal du bout de son index. « Il est écrit là – avec Dieu sait quel fondement – que La Fayette a l'intention de tirer sur le peuple. "En conséquence de quoi, écrit Marat, moi, j'ai l'intention de faire assassiner le général." Or, il se trouve que pendant la nuit on a été avertis que…

— Vous ne pouvez pas arrêter tout ça ? intervint Gabrielle. Vous ne pouvez pas empêcher le rassemblement ?

— Et renvoyer les gens chez eux ? Trop tard. Ils viennent fêter un événement. Pour eux, la pétition n'est qu'un aspect secondaire de la manifestation. Et je ne peux pas répondre de La Fayette.

— Alors, faut-il que nous nous tenions prêts à partir, Georges ? Je n'y vois pas d'inconvénient, mais dis-moi simplement ce que je dois faire. Dis-moi ce qui se passe. »

Danton prit un air fuyant. Son instinct lui disait : Aujourd'hui les choses vont mal tourner, alors dépêche-toi de filer. Il jeta un coup d'œil autour de la pièce, comme pour trouver quelqu'un qui donnerait voix à son instinct. Fabre s'apprêtait à ouvrir la bouche quand Camille dit : « Tu sais, Danton, il y a deux ans tu pouvais te permettre de verrouiller ta porte pour travailler sur tes dossiers. Aujourd'hui la situation est bien différente. »

Danton le regarda, réfléchit, hocha la tête. Ils commencèrent leur longue attente. Il faisait grand jour à présent ; le soleil éclairait le début de cette journée qui allait connaître une chaleur suffocante, éprouvante, à peine supportable.

Le Champ-de-Mars, le jour de la fête : des milliers de gens en habits du dimanche. Femmes portant ombrelle, petits chiens tenus en laisse. Enfants aux doigts collants tirant sur les jupes de leur mère, jeunes gens affublés d'une noix de coco récemment achetée dont ils ne savent que faire. Soudain, des éclairs de baïonnettes, des gens qui s'attrapent par la main, empoignent les enfants et les soulèvent de terre, se bousculent et lancent des cris affolés en se voyant séparés du reste de leur famille. Une erreur, il y a forcément une erreur. Le drapeau rouge de la loi martiale est déployé. Qu'est-ce qu'un drapeau, un jour de fête comme celui-ci ? Ensuite, l'horreur de la première salve. On recule, on perd l'équilibre, fleurs de sang dans l'herbe, doigts écrasés dans le sauve-qui-peut général, os brisés sous les sabots. Tout est terminé en quelques minutes. On a fait un exemple. Un soldat glisse de sa selle et vomit.

En milieu de matinée arrivèrent les nouvelles : une cinquantaine de morts peut-être, selon des estimations sans doute exagérées. Peu importe le nombre, il est difficile à avaler. La pièce aux murs rouges paraissait minuscule à présent, et l'air irrespirable. La porte en était verrouillée – le même verrou que celui qui était tiré deux ans plus tôt, celui qui avait déjà servi le jour de la marche des femmes sur Versailles.

« Pour parler sans détour, dit Danton, il est temps que nous filions d'ici. Quand la garde nationale prendra vraiment conscience de ce qu'elle a fait, elle cherchera des boucs émissaires. Il lui viendra tout naturellement à l'esprit d'accuser les auteurs de la pétition, et ces auteurs… eh bien, c'est nous. Quelqu'un a tiré depuis la foule ? demanda-t-il en levant les yeux. C'est ça ? Un geste de panique ?

— Non, intervint Camille. Je crois ce que dit Marat. Je crois tes informateurs, tout avait été soigneusement orchestré. »

Danton secoua la tête. La chose restait toujours aussi dure à avaler. Quand il pensait au soin apporté au choix des formules, à la recherche des phrases les mieux tournées, au temps passé à rédiger, puis à remanier le texte de la pétition, aux allées et venues entre les Jacobins et l'Assemblée, tout cela pour en arriver là – un drame expéditif, stupide, sanglant. Des techniques d'hommes de loi nous permettront de nous tirer d'affaire, avait-il pensé ; la violence, peut-être, mais *seulement comme ultime recours*. Il avait respecté les règles – du moins pour l'essentiel.

Il était resté dans les limites de la loi, tout juste. Il avait supposé que, de leur côté, La Fayette et Bailly les respecteraient également, qu'ils se contenteraient de contenir la foule, sans intervenir directement. Mais nous entrons désormais dans un monde où les règles sont en voie de redéfinition ; mieux vaut s'attendre au pire.

« Les patriotes ont vu dans la pétition une opportunité à saisir, dit Camille. Et La Fayette a, semble-t-il, fait la même chose. Il y a vu l'occasion d'un massacre. »

C'était là, ils le savaient, propos de journaliste. Dans la réalité, les choses ne sont jamais aussi claires, aussi tranchées. Mais le mot resterait à jamais attaché à l'événement : « le massacre du Champ-de-Mars ».

Danton sentit une énorme colère l'envahir. La prochaine fois, se dit-il, oui, tactique du taureau, tactique du lion ; mais pour l'instant ce sera la tactique du rat en fuite.

C'était maintenant la fin de l'après-midi, et Angélique Charpentier était dans son jardin à Fontenay-sous-Bois, un panier passé au bras. Elle essayait de se contrôler, mais en réalité elle aurait aimé se jeter à genoux au milieu des rangées de salades et passer sa rage sur les limaces. Grosse chaleur, électricité dans l'air : nous ne sommes pas nous-mêmes.

« Angélique ? » Une mince silhouette noire qui se découpe contre le soleil.

« Camille ? Que faites-vous ici ?

— Pouvons-nous entrer dans la maison ? Plusieurs autres personnes seront ici dans l'heure qui vient. Vous risquez de ne pas en savoir gré à Georges Jacques, mais il a pensé que vous seriez ici en sécurité. Il y a eu un massacre. La Fayette a fait tirer sur la foule qui fêtait la prise de la Bastille.

— Georges… il n'est pas blessé au moins ?

— Bien sûr que non. Vous connaissez Georges. Mais la garde nationale nous recherche.

— Ils ne viendront pas jusqu'ici ?

— Non, pas avant plusieurs heures. La ville est sens dessus dessous. »

Angélique le prit par le bras. Ce n'est pas la vie que j'espérais, se dit-elle ; pas la vie dont je rêvais pour Gabrielle.

Tandis qu'ils se hâtaient en direction de la maison, elle enleva le carré de tissu blanc qui lui protégeait la nuque du soleil. Elle essaya de réarranger sa coiffure. Combien seraient-ils pour le dîner ? se demandat-elle ; il allait falloir faire manger tout ce monde. La ville aurait pu être à des centaines de lieues d'ici : c'était l'heure de l'après-midi où les oiseaux sont silencieux, où des senteurs lourdes imprègnent les jardins.

Elle vit son mari, le visage inquiet, sortir précipitamment. En dépit de la chaleur, François avait son air habituel : soigné, tiré à quatre épingles. Il était en bras de chemise, mais son foulard était noué dans les règles ; il avait sur la tête sa grande perruque brune ; on imaginait presque la serviette sur son bras. « Camille ? » interrogea-t-il.

Un moment, Camille crut que les cinq années qui s'étaient écoulées pourraient s'effacer. Il aurait aimé retrouver le Café de l'École, sa fraîcheur, sa grande salle pleine du brouhaha des voix, l'arôme du café, la sveltesse d'Angélique, les dissertations sans fin de maître Vinot sur son plan de carrière. « Quel merdier, je n'arrive pas à y croire ! dit-il à mi-voix. Qu'est-ce qu'on fait maintenant, je n'en sais rien. »

Ils arrivèrent jusque tard dans la soirée, les uns à la suite des autres. Camille semblait avoir pris une certaine avance sur eux ; quand Danton s'en vint, il était assis sur la terrasse, en train de lire le Nouveau Testament, un verre de limonade à côté de lui.

Fabre annonça que François Robert avait été aperçu vivant. Legendre avait vu le quartier des Cordeliers envahi par des patrouilles, des presses démolies et son magasin vidé d'un grand nombre de carcasses, emportées par les pilleurs venus dans le sillage des soldats. « Voulez-vous que je vous dise ? avoua-t-il. Il y a des jours où mon amour du peuple souverain a tendance à se refroidir un tantinet. » Il avait vu un jeune journaliste, Prudhomme, passé à tabac par les gardes nationaux, puis transporté quelque part très mal en point. « Je serais bien allé le rechercher, dit-il, mais tu nous avais ordonné de ne pas prendre de risques, c'est bien ça, Danton ? » Ses yeux, pleins d'une dévotion aveugle, quêtaient l'approbation.

Danton ne fit aucun commentaire et se contenta d'un bref hochement de tête. Il demanda : « Pourquoi se sont-ils emparés de Prudhomme ?

— Parce que, dit Fabre, dans l'excitation du moment ils ont cru que c'était Camille.

— S'il s'était agi de Camille, dit Legendre, je serais parti le chercher.

— Tu parles ! » s'exclama l'intéressé en levant les yeux de saint Matthieu.

Gabrielle, le teint cireux, l'air effrayé, arriva avec

suffisamment de bagages pour soutenir un siège. « Allez, file à la cuisine, dit Angélique, en lui arrachant les sacs des mains. Il y a des légumes à préparer. Tu as cinq minutes pour te nettoyer un peu, et tu te présentes au travail. » C'est dur mais c'est pour son bien, se dit-elle à part elle ; trouve-lui de quoi s'occuper, fais-lui la causette.

Mais Gabrielle n'était même pas en état d'ébouter des haricots. Elle s'assit à la table de la cuisine, Antoine sur les genoux, et fondit en larmes. « Écoute, il est sain et sauf, lui dit sa mère, et en sécurité. Il est déjà occupé à tirer des plans sur la comète. Le pire est passé. » Les larmes n'en continuaient pas moins à ruisseler. « Tu es à nouveau enceinte, c'est ça ? » lui demanda Angélique. Elle pressa sa fille, secouée de hoquets et de sanglots, contre sa poitrine, lui lissant les cheveux et sentant les joues de Gabrielle brûlantes sous sa main, comme si elle avait la fièvre. On n'aurait pu rêver meilleur moment pour apprendre la nouvelle ! Le petit Antoine se mit à pleurer. Elle entendait les hommes rire, dehors sur la terrasse. De l'humour noir, sans doute.

À l'exception de Georges Jacques, sur lequel on pouvait toujours compter en la matière, les autres n'avaient pas grand appétit. Ils laissèrent le canard se perdre, la sauce figer, les légumes refroidir dans leurs plats. Fréron fut le dernier à arriver ; il était en piteux état, couvert d'ecchymoses, tremblant, incohérent. Il eut besoin d'une bonne dose d'alcool avant d'entamer un récit sensé. Il avait été ramassé sur le Pont-Neuf, jeté par terre et battu. Plusieurs hommes du bataillon des Cordeliers qui passaient par là l'avaient reconnu et s'en étaient mêlés, causant une diversion qui lui avait permis de s'enfuir. Autrement, dit-il, à l'heure qu'il était il serait mort.

« Quelqu'un a vu Robespierre ? » demanda Camille. Des signes de dénégation lui répondirent. Il prit un couteau sur la table et laissa pensivement son doigt courir sur le tranchant de la lame. Lucile, présumait-il, devait être rue de Condé ; elle ne serait pas restée seule dans leur appartement, elle ne manquait pas de bon sens à ce point. Deux jours plus tôt, elle avait dit : Tu sais, il faut vraiment qu'on se décide pour cette tapisserie, on prend une imitation treillage ? À quoi il avait répondu : Lucile, pose-moi une vraie question. Et là, maintenant, il sentit que la vraie question venait d'être posée. « Je rentre à Paris », dit-il, et il se leva.

Un bref silence s'ensuivit, bientôt brisé par Fabre. « Tu pourrais aussi bien aller à la cuisine et te trancher la gorge tout de suite. On t'enterrera dans le jardin.

— Enfin, Camille ! » protesta Angélique. Elle se pencha par-dessus la table et lui saisit le poignet.

« Le temps d'une intervention, dit-il. Devant les Jacobins, enfin, ce qu'il en reste. Simplement pour préciser notre position. Recouvrer quelque maîtrise de la situation. Et puis il faut que je retrouve ma femme, et Robespierre. Je serai reparti avant qu'il y ait à nouveau du grabuge. Je connais les itinéraires qu'emprunte Marat pour s'échapper. »

Ils le regardèrent, abasourdis, bouche bée. Il est difficile pour ces gens de se rappeler – dans les intervalles entre les crises – que c'est là l'homme qui a tenu la police en respect au Palais-Royal, qui un jour a brandi un pistolet en menaçant de se tuer. Même lui a parfois du mal à se voir sous ce jour – en temps normal. Mais le fait est là. Il est maintenant le procureur général de la Lanterne. Prisonnier d'un rôle qu'il est forcé de jouer, et il ne bégaiera pas s'il s'en tient à son texte. « Je voudrais te parler, en privé », lui dit Danton, et d'un mouvement de tête il lui désigna la porte qui menait au jardin.

« Des petits secrets au sein de la fraternité », dit Fréron d'un air malicieux.

Personne ne releva. En silence, respectueuse de l'abattement général, Angélique se mit en devoir de rassembler les assiettes. Gabrielle marmonna quelques mots et s'esquiva sans bruit.

« Où iras-tu ? demanda Camille.

— À Arcis.

— Ils partiront à ta recherche.

— Sans doute.

— Et alors ?

— L'Angleterre.

— Et tu reviendras quand ?

— Aussitôt que… » Danton jura d'une voix douce. « Regardons les choses en face, reprit-il, peut-être jamais. Ne rentre pas à Paris maintenant. Reste ici cette nuit – il faut prendre le risque, nous avons besoin de dormir. Écris à ton beau-père, dis-lui de mettre tes affaires en ordre. Tu as rédigé un testament ?

— Non.

— Eh bien, fais-le maintenant, et écris à Lucile. Demain à l'aube, nous partons pour Arcis. On restera cachés une dizaine de jours, jusqu'à ce que nous puissions atteindre la côte sans trop de risques.

— La géographie, ce n'est pas mon fort, dit Camille, mais ne serait-ce pas mieux d'y aller directement d'ici ?

— J'ai des choses à faire, des papiers à signer.

— C'est compréhensible, évidemment, au cas où tu ne reviendrais pas.

— Bon, arrête de discuter, s'il te plaît. Les femmes viendront nous rejoindre dès que ce sera possible. On peut même faire venir ta belle-mère si tu penses vraiment ne pas pouvoir te passer d'elle.

— Et tu crois que les Anglais seront contents de nous voir ? Tu crois qu'ils vont nous accueillir à Douvres avec un banquet citoyen et une fanfare militaire ?

— On a des contacts là-bas.

— J'en conviens, dit Camille, qui ajouta avec une amertume feinte : Où est Grace Elliott quand on a besoin d'elle ?

— Nous ne sommes pas obligés de voyager sous notre véritable identité. J'ai déjà de faux papiers, et je peux t'en obtenir. Nous nous ferons passer pour des hommes d'affaires – tout ce qu'il y a à savoir sur la filature du coton, je le sais. Une fois arrivés là-bas, nous entrerons en contact avec nos sympathisants, nous chercherons un endroit où loger – l'argent ne devrait pas poser de problème... Quelque chose qui te gêne ?

— Quand est-ce que tu as mis tout cela au point ?

— En venant ici.

— Tout est si clair dans ta tête... Mais bon Dieu, bien sûr, ça a toujours été ton idée, n'est-ce pas ? Profiter du temps calme et filer dès que la mer est démontée ? Tu veux aller jouer les gentlemen-farmers dans le Hampshire ? C'est ça, la dernière de tes nobles ambitions ?

— Tu as une autre solution ? » Danton avait mal à

la tête et l'attitude de Camille ne faisait qu'aggraver son état. Je te connais, tu sais, avait-il envie de dire ; je t'ai déjà vu mort de peur.

« Je n'arrive pas à croire, dit Camille d'une voix qui tremblait à présent, que tu veuilles prendre la fuite.

— Mais si nous allons en Angleterre, nous pourrons tout recommencer. Définir de nouvelles actions. »

Camille le regarda d'un air peiné. Il y avait plus que de la peine dans son expression, mais Danton n'était pas en état d'en déchiffrer le contenu, tant l'épuisait la seule idée d'avoir à tout recommencer.

« Bon, vas-y, pars, dit Camille. Moi, je reste. Je me cacherai aussi longtemps qu'il le faudra. Quand je jugerai qu'il n'y a plus de danger, je te le ferai savoir. J'espère alors que tu reviendras. J'ignore si tu le feras, mais si tu me le promets, je te croirai. Je ne vois pas d'autre façon de procéder. Si tu ne reviens pas, j'imagine que j'irai te rejoindre en Angleterre. Je n'ai aucune intention de continuer ici sans toi.

— J'ai une femme et un enfant, et je…

— Oui, je sais. Et bientôt un deuxième.

— C'est elle qui te l'a dit ?

— Non. Gabrielle et moi ne sommes pas intimes à ce point.

— Ah bon. Parce qu'elle ne m'en a pas encore parlé. »

Camille indiqua la maison du geste. « Bon, je vais y retourner à présent et passer un savon à toute cette bande, histoire de leur faire honte. Ce soir même, ils rentreront à Paris, en pleurnichant, c'est une certitude. Ils causeront ainsi une diversion – ce qui te donnera une chance de t'échapper, et l'homme important, c'est toi. J'en suis conscient, tu sais, et je n'aurais jamais dû te parler comme je viens de le faire. Je vais demander à Fabre d'emmener Lucile à Bourg-la-Reine, où il pourra rester plus ou moins caché pendant une semaine ou deux.

— Je me demande si je ferais confiance à un type comme Fabre pour servir d'escorte à ma femme.

— Qui, alors ? Notre Lapin ? Notre brave et farouche boucher ? »

Leurs yeux se croisèrent, et ils échangèrent un sourire. « Tu connais cette phrase favorite de Mirabeau ? dit Camille. "Nous vivons une époque de grands événements et de petits hommes." »

— Allez, fais attention à toi, dit Danton. Oh, et souviens-toi, rédige ton testament, quoi qu'il arrive. Tant que tu y seras, n'oublie pas de me léguer ta femme. »

Camille s'esclaffa. Danton lui tourna le dos. Il ne voulait pas le voir partir.

Au début des combats, Robespierre s'était retrouvé écrasé contre une barrière. La surprise avait été plus grande que la douleur. Il avait vu des hommes morts ; après le retrait des troupes, il était resté à regarder les blessés que l'on emportait, notant au passage les détritus dérisoires abandonnés sur ce champ de bataille civil : chapeaux à fleurs, chaussures dépareillées, poupées et jouets d'enfants.

Il s'était mis à marcher. Et avait poursuivi pendant des heures, peut-être. Il n'était pas sûr d'avoir emprunté la bonne direction, mais il lui semblait impératif de revenir rue Saint-Honoré, aux Jacobins, pour reprendre possession du terrain. Il avait presque atteint son but, quand quelqu'un lui bloqua le passage.

Il leva la tête. L'homme portait une chemise déchirée à l'encolure, un bonnet poussiéreux et les lambeaux d'un uniforme de garde national.

Le plus étrange, c'était qu'il riait, montrant les dents, comme un chien.

Il avait un sabre à la main, dont la garde s'ornait d'un ruban tricolore.

Il y avait trois autres hommes derrière lui, dont deux armés de baïonnettes.

Robespierre resta totalement immobile. Il avait toujours refusé de porter un pistolet, en dépit des nombreuses mises en garde de Camille. « De toute façon, lui avait-il dit, je ne m'en servirai jamais. Je serais incapable de tirer sur quelqu'un. »

C'était la vérité. Et voilà qu'il était maintenant trop tard.

Serait-il tué sur le coup ou mettrait-il longtemps à mourir ? Cela dépendait de quelqu'un d'autre ; il n'avait lui-même aucun pouvoir de décision en la matière. Il en avait fini de lutter.

Dans un moment, songea-t-il, je connaîtrai le repos. Dans un moment, je m'endormirai pour toujours.

Le terrible calme qui envahissait son cœur se fit jour sur son visage.

L'homme-chien tendit la main d'un geste nonchalant. Le saisit par le devant de sa veste.

« À genoux », dit-il.

Un autre le poussa par-derrière. Ses pieds quittèrent le sol.

Il ferma les yeux.

Eh oui, songea-t-il.

En pleine rue.

Puis il entendit qu'on appelait son nom – pas depuis les confins de l'éternité, mais de tout près, à portée de son oreille.

Deux paires de mains le hissèrent sur ses pieds.

Il entendit l'étoffe de sa veste se déchirer. Puis des jurons, un cri, le bruit mat de la rencontre d'un poing avec ce fragile arrangement que constitue un visage humain. Quand il ouvrit les yeux, l'homme-chien saignait abondamment du nez, et une femme, aussi grande que lui, avait la bouche en sang. « Tu serais prêt à attaquer une femme, c'est ça ? dit-elle. Allez viens, mon gars, voyons un peu ce que je peux couper avec ça. » Elle sortit de ses jupes un instrument qui ressemblait à une paire de grands ciseaux de tailleur. Une autre femme, derrière elle, avait à la main le genre de hachette dont on se sert pour débiter le petit bois.

Le temps qu'il recouvre son souffle, une dizaine d'autres femmes avaient surgi d'une maison. L'une avait un pied-de-biche, une autre une hampe de pique, et toutes brandissaient des couteaux. Elles criaient « Robespierre ! », tandis que les gens sortaient en masse dans la rue pour assister au spectacle.

Les hommes armés de baïonnettes avaient abandonné la lutte. L'homme-chien cracha ; un jet de sang et de salive atteignit le visage de la générale. « Crache donc, aristocrate ! cria-t-elle. Montre-moi La Fayette, que je lui ouvre le ventre pour le farcir de châtaignes. Robespierre ! hurla-t-elle. Si nous devons avoir un roi, ce sera lui.

— Le roi Robespierre ! reprirent les femmes en chœur. Le roi Robespierre. »

L'homme qui apparut était grand et commençait

à se dégarnir ; il portait un tablier propre en calicot et avait un marteau à la main. Il faisait de grands moulinets de l'autre bras pour se frayer un passage dans la foule. « Je suis de votre côté, rugit-il. J'habite juste là. » Les femmes reculèrent. « C'est Duplay, le menuisier, dit l'une d'elles. Un bon patriote, et un bon maître. »

Duplay agita son marteau à l'adresse des gardes, et les femmes poussèrent des hourras. « Ordures, lança-t-il aux hommes, foutez-moi le camp, pourris que vous êtes ! » Puis, prenant Robespierre par le bras, il dit encore : « Ma maison est tout à côté, mon bon citoyen, venez vite. Par ici. »

Les femmes s'écartèrent, tendant la main malgré tout pour toucher Robespierre au passage. Celui-ci suivit Duplay, se baissant pour passer par une petite porte ménagée dans un grand portail massif. Les verrous furent aussitôt tirés derrière lui.

Dans la cour, un petit groupe d'ouvriers s'était rassemblé. Une minute de plus, c'était évident, et ils rejoignaient leur maître dans la rue. « Retournez au travail, mes braves gars, dit Duplay. Et enfilez vos chemises. Je ne suis pas sûr que votre tenue fasse bien honneur à notre invité.

— Oh, non, surtout pas. » Maximilien essaya de croiser le regard de Duplay. Ils ne devaient rien changer à leurs habitudes à cause de lui. Une grive chantait dans un petit buisson rabougri qui se trouvait à proximité du portail. L'air était imprégné de l'odeur douceâtre du bois fraîchement scié. Au fond se dressait la maison d'habitation. Il savait ce qu'il trouverait derrière cette porte. Le menuisier tendit une main et le saisit par l'épaule. « Vous êtes en sécurité à présent, mon garçon », lui dit-il. Robespierre n'essaya pas de se dégager.

Une femme de haute taille, assez quelconque, vêtue d'une robe sombre, sortit par la porte latérale. « Père, dit-elle, que se passe-t-il ? Nous avons entendu des cris, la rue s'agite ?

— Éléonore, dit Duplay, rentre dire à ta mère que le citoyen Robespierre est enfin venu vivre chez nous. »

Le 18 juillet, un détachement de police fit irruption rue des Cordeliers, avec ordre de fermer les *Révolutions de France.* Ils ne trouvèrent pas le rédacteur en chef, mais tombèrent sur son assistant, lequel sortit un pistolet. Des coups de feu furent échangés. L'assistant fut maîtrisé, tabassé, et pour finir jeté en prison.

Quand la police arriva chez les Charpentier à Fontenay-sous-Bois, elle ne trouva qu'un homme, lequel, d'après son âge, aurait pu être Georges Jacques Danton. Il s'agissait en fait de Victor Charpentier, le frère de Gabrielle. Il nageait déjà dans une mare de sang, sérieusement blessé, quand les policiers s'aperçurent de leur erreur, mais l'époque n'était pas au respect des règles de procédure. Des mandats d'arrêt furent lancés contre un dénommé Danton, avocat, Desmoulins, journaliste, Fréron, également journaliste, et Legendre, maître boucher.

Camille Desmoulins se cachait non loin de Versailles. À Arcis, Danton mettait de l'ordre dans ses affaires. Il avait donné procuration à son beau-frère pour, *inter alia*, vendre ses meubles et résilier le bail de son appartement parisien s'il l'estimait nécessaire.

Il signa l'acte d'acquisition d'un petit manoir au bord de la rivière, où il installa sa mère, prenant dans le même temps des dispositions pour que lui soit versée une rente viagère. Début août, il partit pour l'Angleterre.

Dépêche de Lord Gower, ambassadeur de Grande-Bretagne :

Danton a fui, et M. Robespierre, grand *dénonciateur**, investi de la fonction d'*accusateur public**, est sur le point d'être lui-même *dénoncé**.

Révolutions de Paris :

Que va-t-il advenir de la liberté ? Certains disent qu'elle a vécu...